AL PIE DE LA MONTAÑA

AL PIE DE LA MONTAÑA

- Romina Naranjo -

TITANIA

Argentina • Chile • Colombia • España
Estados Unidos • México • Perú • Uruguay • Venezuela

«*Todos los viajes tienen destinos secretos sobre los que el viajero, nada sabe.*»
MARTIN BUBER

Prólogo

Virginia Occidental noviembre de 1922

Si dejaba de moverse, moriría.

Corría sin ver adónde iba a través de los vastos bosques diseminados por el enorme cinturón montañoso de los Apalaches. No sabía si la dirección que tomaba la llevaba más cerca del peligro del que huía, pero sabía que, si dejaba de moverse, moriría. Por eso, debía continuar sin pensar en emitir un quejido.

Calada hasta los huesos, sin aliento y sintiendo pinchazos en las piernas y costados, aferró con más fuerza la pañoleta con la que se cubría la cabeza, rezando para que los leves copos blancuzcos, que anunciaban la pronta llegada del invierno, dejaran de caer. En la nieve las huellas eran más visibles.

Entonces, él tardaría aún menos en encontrarla.

Sacando fuerzas de flaqueza, arrulló con más tesón el saco que escondía bajo su vestido. Maldecía su peso, pero el escaso contenido era todo cuanto poseía. Sola, desamparada y perseguida por el hombre en el que había creído, Bree no contaba más que con aquellas pocas monedas para procurarse alimento y refugio. Eso si no moría a causa de las bajas temperaturas o perdida en medio de árboles gruesos y tenebrosos, cuyas ramas se le enredaban en las faldas, le arañaban las piernas y la golpeaban sin piedad, como si el andar desorientada y con miedo no fuera suficiente.

Dairon Pickton había aparecido en su vida solo unos meses atrás, en un baile local de Kentucky donde se habían encontrado por casualidad. La había desarmado con su mirada brillante y sus historias sobre la fortuna que iba a lograr explotando minas de carbón en la frontera con Virginia. Parecía conocer aquellos territorios y le narraba con detalle el color de los árboles, el aroma de las flores y la sensación placentera del trabajo duro bien hecho. Le dijo que le gustaría estar allí con ella, que Bree conociera un lugar nuevo y viera más de aquel mundo que la rodeaba. La aventura, el viaje, esa emoción de empezar de cero... todo relucía en los ojos de Dairon y ella hizo suyos sus deseos.

Bree pasó horas escuchándole hablar de todos sus planes y de los compañeros que había perdido en derrumbamientos, cuyos rostros y nombres jamás olvidaría. Qué orgullo había sentido cuando él se fijó en ella. Se sintió tan especial y única, tan perfecta a sus ojos, que no dudó en aceptar cuando ofreció llevarla con él. Había quedado huérfana con poco más de doce años y había vivido desde entonces con una tía solterona a la que había terminado sirviendo. ¿Qué podía esperarla en Kentucky cuando ya no fuera necesaria, sin más familia y nada en lo que desempeñarse? Dairon necesitaba amor, cariño y una familia, o eso le decía para convencerla de que lo poco que se conocían no era en realidad tan importante como los recientes sentimientos que se fraguaban entre ellos. Saldrían adelante juntos, le decía, el gran golpe de suerte llegaría pronto.

Ahora, Bree sabía que todo eso era mentira. Le había costado mucho descubrir cómo era Dairon en realidad. Cegada con su sonrisa de hombre guapo y su mirada seductora, había creído cada palabra que salía de su boca. Nunca había sido bueno ahorrando, le había dicho con aquella risa musical, pero trabajaba duro para ganar cada moneda y poder permitirse algún capricho. Sin que ella lo supiera, gastaba a manos llenas en la cantina, probando licores caros hasta altas horas, pero, cuando amanecía, volvía a estar aseado, luciendo su atractivo rostro fresco y despierto. Dairon vivía y buscaba emociones nuevas, algo que Bree siempre había soñado conocer. Por eso, cuando él le dijo que era momento de buscar la fortuna en otra parte y que esperaba que ella fuera de su mano, ella aceptó.

Bree pensó en su huida juntos. Lo que se le había antojado un momento lleno de romanticismo entre dos enamorados, se le antojaba ahora un gran error. La sonrisa brillante y la mirada de buen hombre pronto se empañaron y Dairon comenzó a mostrar una gran afición a la crueldad. La castigaba a menudo, solo porque podía hacerlo, usando palabras hirientes y haciéndole daño sin que ella entendiera por qué. Aquello parecía satisfacerlo. El dolor en sus ojos lo hacía feliz.

Bree había llegado a la conclusión de que el mal que Dairon sufría no se debía a la frustración de no ver logrados sus objetivos. No era algo pasajero. Ahora comprendía que la maldad bullía en su interior, mezclada con la sangre, recorriendo cada vena de su cuerpo.

Y que Dios la perdonara, pero ahora Bree estaba segura de que todos aquellos accidentes de los que milagrosamente había escapado, pero que se habían cobrado la vida y las ganancias de sus compañeros, no podían haber sido una casualidad.

La verdad era que había dejado Kentucky junto a un hombre al que no conocía en absoluto.

Pensar en los besos y caricias, en las entregas que ella había considerado muestra de un amor puro y verdadero, hacía que el estómago se le contrajera y sintiera unas fuertes náuseas que amenazaban con doblarla en dos, como castigo a lo estúpida y crédula que había sido, por lo rápido que había confiado.

Pero, por supuesto, aquel no era el único motivo por el que se sentía enferma.

—¡¿Dónde demonios estás?! —le oyó bramar entre los finos copos de nieve, que habían empezado a caer golpeando las copas de los árboles. Estaba furioso—. ¡Detente ahora mismo o juro que te destrozaré! ¿Me has oído? ¡Te haré pedazos!

Atenazada por el pánico, Bree apretó el paso rogando por su vida a un Dios que parecía haberse olvidado de ella. Solo necesitaba encontrar un refugio o a cualquier persona que la ayudara, quien fuese, para que se interpusiera entre el dolor que Dairon le provocaría y ella. De verse sola mucho más tiempo, bajo aquel frío y con las pisadas amenazantes de él a su espalda, lo que le quedaba de vida podría empezar a contarse en minutos.

—¡Estúpida! ¡Ven aquí ahora mismo!

Sin notar ya las lágrimas que le corrían por las mejillas, Bree apenas hizo una mueca cuando una rama gruesa le golpeó el hombro. Como pudo, se rehízo, sujetó con la otra mano el saco que escondía lo poco que llevaba encima y siguió adelante, negándose a parar y esperar el fin con sumisión.

Ella no merecía morir a manos de un hombre que la había golpeado por motivos que todavía no alcanzaba a comprender. Sentía que, a pesar de lo ingenua que había sido huyendo con Dairon, tenía derecho a salvar una vida que había creído que viviría feliz. Deseaba tener la oportunidad de volver a empezar para hacer las cosas bien. O por lo menos moriría tratando de defenderse, demostrando el mismo coraje que había reunido tras cada golpe e insulto, para meter en el saco las pertenencias de valor y el dinero y echarse a la montaña, consciente de que la incertidumbre y la oscuridad de lo más profundo de los Apalaches era más deseable que los puños de su marido.

Resbaló al intentar alcanzar una cuesta escarpada y la pañoleta que le cubría la cabeza cayó dejando su trenza rojiza al descubierto. Al instante, la coronilla se le llenó de minúsculos copos de nieve que parecieron anidar entre los mechones rojos y despeinados.

Un color hermoso, había dicho él cuando la conoció. Ahora, un blanco perfecto para encontrarla.

Trató de escalar, pero sus pies magullados se negaban a sostenerse en la piedra empinada. Hacerlo con un solo brazo parecía una tarea imposible, mas la intentó de todas formas. Logró trepar algunos metros, pero resbaló a causa de la ligera llovizna que hacía correr el barro montaña abajo. Calada hasta los huesos, sucia y exhausta, recibió con un chillido el tirón de pelo que separó su cuerpo de la pared rocosa.

Estaba hecho, se dijo. Dairon la había atrapado. Su vida pronto terminaría.

—¡Maldita ladrona! ¿Adónde crees que vas con lo que es mío?

Quiso decirle que el dinero también le pertenecía. Bree había trabajado sin descanso todos los días, primero bajo la promesa de que las cosas cambiarían pronto, el dinero llegaría a manos llenas y nunca más tendría que limpiar o padecer penurias. Después, siguió haciéndolo, con más dureza aún, bajo la amenaza de que él la molería a golpes si protestaba.

Jamás la había respetado, nunca la había querido. Cada palabra o gesto amable que le dedicara no había sido más que una burda mentira ideada para encerrarla en su casa y dañarla a placer.

Abrió la boca, pero el sabor de la sangre la obligó a cerrarla cuando el reverso de aquella mano, tan grande y conocida, impactó contra sus labios.

—¿De verdad creías que podías abandonarme, estúpida? ¡Cómo si tuvieras un sitio mejor al que ir! ¡Cómo si pudieras permitirte hacer tu voluntad!

Sosteniéndola todavía del pelo, Dairon la zarandeó sin piedad, sin importarle la poca ropa que la cubría ni que el frío y la nieve estuvieran haciendo mella en su cuerpo. De un empellón, la lanzó contra la dura superficie de pared escarpada, haciendo que le crujieran los huesos. Después, una sonrisa cínica le cruzó las facciones, ahora dominadas por completo por la maldad que siempre había dormido en su interior.

—Nunca serviste para nada más que limpiar y obedecer, Bree. Has demostrado valor al robarme, lo admito, pero ese único momento de orgullo va a costarte la vida. —Levantó el puño ante su cara ya amoratada, sin dejar de sonreír—. Voy a matarte, furcia, pero te aseguro que, antes de que exhales, vas a sufrir lo que no está escrito. Esa es una promesa que cumpliré.

Bree trató de alzar las manos para protegerse, pero el dolor del brazo que se había golpeado lo impidió. Con los ojos llenos de lágrimas, decidió que no le importaba suplicar por su vida. Rogaría por su vida si eso le satisfacía, pues cualquier cosa era mejor que esperar la muerte con rendición.

—Por favor, Dairon... ¡por favor, te lo suplico, te lo ruego! ¡Soy tu esposa, ten piedad! ¡Soy tu esposa!

Él se rio a carcajadas, con aquel sonido intenso que a ella la había hipnotizado al conocerle. Como un hombre joven y despreocupado, que reía ante los problemas y siempre encontraba el modo de salir adelante. Le había visto como alguien alegre y divertido... qué diferentes eran las sensaciones que el ruido de su risa le provocaba ahora.

—Oh, Bree, mi ingenua y estúpida Bree... todavía no lo has entendido, ¿verdad? —Se inclinó hacia ella, todavía con la sonrisa pintada en los labios, y bajó el tono—. La boda... los votos, las promesas... todo fue una farsa. Una mentira. Jamás me habría casado con una mujer como tú, Bree. Haces que sea tan fácil engañarte que no tiene ninguna gracia. Conseguir que abrieras las piernas no fue satisfacción suficiente. Torturarte, sin embargo... casi valió la pena. —Dairon enredó un dedo en su pelo, tirando de él. Ensanchó la sonrisa—. Nunca fuiste la esposa de nadie ¿pero sabes qué? Representaré bien mi papel. Ofreceré la imagen de un viudo lleno de dolor... y obtendré el consuelo que necesito desesperadamente tras tu horrible y trágica muerte.

Bree se echó atrás tanto como pudo. No sabía si intentaba fundirse con la montaña para escapar del inevitable destino que la aguardaba o si solo buscaba apoyo en lo único que podía mantenerla en pie. En ese momento, con la seguridad de que el primer golpe no tardaría en llegar, contuvo el aire en los pulmones, se aferró a los salientes que tenía a su espalda y, entonces, cerró la mano en el primer canto suelto que encontró.

Demasiado ocupado en insultarla y humillarla, narrándole cómo pensaba satisfacerse con su cuerpo una vez más mientras aún respirara, él no se dio cuenta de que ella calculaba el momento exacto del golpe para su último intento desesperado de sobrevivir. Tan pronto él alzó la mano en su contra, luciendo aquella sonrisa de placer que siempre adornaba su rostro al saberla quebrada, Bree se echó a un lado y provocó que los nudillos de Dairon se rompieran contra la dura ladera de la montaña.

Cuando todavía bramaba de dolor, Bree levantó el canto y le golpeó en la cabeza con cada ápice de fortaleza y rabia que pudo reunir. Le vio caer como un fardo, sin mirarla ni pronunciar sonido alguno, con un ruido sordo que retumbó en el silencio de las montañas. La profunda brecha sangró a borbotones que impregnaron la nieve.

Paralizada y todavía agarrando la roca con las manos, Bree dio un paso atrás y luego, otro. Dairon no se movió. Estaba allí tirado, sangrando sin parar. Inmóvil.

Lo había matado.

Su cuerpo reaccionó con temblores, profirió un grito que nadie pudo oír y, después, echó a correr.

1

Harry Murphy era un hombre rudo y de pocas palabras, para el que nada tenía más importancia que el cuidado de su familia. Que su padre hubiera muerto cuando apenas había dejado atrás la adolescencia podía haber contribuido a su forma de ser, protector, siempre atento y teniendo en cuenta las necesidades y el bienestar de los demás, pero, como a menudo solía decir su madre, Rose Anne, ese tipo de carácter era algo que, o se tenía, o no. Estaba segura de que, si el padre de Harry hubiese estado vivo, él no habría sido diferente al hacerse un hombre; del mismo modo que Boyle, su hijo mayor, no habría sido más capaz de valerse por sí mismo pese a contar más años con la figura paterna. A menudo, Rose Anne solía bromear diciendo que Harry apartaría del camino un árbol que le impidiera el paso, en tanto que Boyle estudiaría la situación para ver si alguien podía hacerlo por él. No era un mal hombre, pero había dependido de su madre hasta tener edad de casarse y, ahora, esa distinguida posición la ocupaba su esposa.

Aunque estaba soltero, Harry sentía que sus ataduras familiares no acababan nunca, los días como aquel, con el invierno amenazando con llegar al pueblo e impregnarlo todo de frío y nieve, eran una liberación. No le importaba tener que enganchar los caballos a la carreta y subir montaña arriba, protegido con el grueso abrigo de piel y los guantes, mientras la cara se le cuarteaba y la nariz se volvía casi insensible. Dejar su casa y pasar un par de días en el bosque recolectando madera de los gruesos árboles que crecían cerca de la falda de los Apalaches era su retiro personal. Con aquella excursión anual se aseguraba de que en casa no faltara fuego para las chimeneas durante los días más crudos y, además, la soledad y el silencio le daban la oportunidad de pensar y hacer planes para la nueva estación.

Sacudió la cabeza para que las gotas de nieve derretida cayeran del ala de su sombrero y pensó en las personas junto a las que vivía. Su sobrino JJ, con apenas cinco años, se le pegaba a los talones haciendo preguntas y ofreciendo ayuda para labores que no tenía la edad ni el tamaño para realizar. Mary Kate, su cuñada, que aligeraba la carga de tareas de la matriarca de la familia encargándose de guisar, mantener la casa limpia y hacer cuentas. Su madre, una mujer recia, acostumbrada a la vida de granja, trabajadora hasta el cansancio y siempre dispuesta a remangarse. Los años pasaban para ella, pero Rose Anne no estaba dispuesta a prestarles atención. Por último, estaba su hermano Boyle. De él poco podía decirse. Hacía su parte del trabajo, aunque siempre con desgana, y tendía a esperar al último momento, con la esperanza de que otra persona, normalmente Harry, decidiera encargarse por él.

Boyle requería del fuego y el agua caliente casi más que el niño, pero no se ofrecería a cortar la leña a la intemperie bajo amenaza de ponerse enfermo. Entonces, además de soportar sus malas caras, habría que cuidarle. A pesar de ello, Harry quería a su hermano. Sentía un amor y respeto inmensos por toda su familia, pero esos días perdido en la montaña, sin más compañía que el eco del viento entre los árboles y su hacha, eran un bálsamo para su mente. Su tiempo para sí mismo.

Deseoso de llegar a la rústica cabaña del claro que su padre había usado antes que él, planeó la jornada siguiente con precisión, tratando de ignorar el frío que sentía golpearle la espalda mientras su mente se mantenía caliente organizando las horas venideras. Decidió que pondría algunas trampas al llegar para, con suerte, recoger piezas de caza antes de empezar a cortar madera. Así comería caliente y llevaría las sobras a casa cuando volviera.

Su sobrino apreciaría un buen guiso de conejo si nadie decía de dónde provenía la carne.

Cuando llevaba más de medio camino hecho, se caló el sombrero y miró al horizonte, donde el crepúsculo comenzaba a brillar. De no haberse retrasado con tareas de última hora, como aquella tabla suelta de la cocina o abastecer de paja limpia a la vaca, a esas horas ya estaría acomodado en la cabaña, se habría aseado y las trampas estarían puestas. La noche caería pronto y no deseaba que le pillara en medio de ninguna parte.

Conocía aquella zona de los Apalaches tan bien como cada marca de su cuerpo, no en vano, de crío, habían sido necesarias tres partidas de búsqueda por causa de su afán de explorador. Recordaba, ahora con una sonrisa en los labios, el sudor frío en la nuca mientras trataba de dejar marcas visibles en los troncos y los senderos usando la sangre de las raspaduras de sus manos y rodillas, cómo se movía por los claros con el oído alerta, a la espera de oír a los perros de rescate o la profunda voz de su padre yendo a por él...

Pese a todo, no se sentía cómodo si la oscuridad le sorprendía en el camino; durante la noche, las alimañas salían de sus escondrijos y lo que menos necesitaba, con el frío que imperaba, era que los caballos se asustaran y amenazaran con volcar la carreta.

—Será mejor que lleguemos cuanto antes —le dijo al silencio del bosque.

El destino quiso que Harry tomara un desvío por el que raras veces decidía pasar. Normalmente, si contaba con más tiempo, bordeaba la zona baja de las montañas y echaba un vistazo a los árboles que cortaría con las primeras luces del alba. En aquella ocasión, no obstante, oscurecería pronto y, con el tiempo galopando más deprisa que sus bayos, decidió atajar por la senda que discurría paralela al río Potomac. Así tardaría menos de una hora en divisar la cabaña, que estaba bien situada al amparo del viento, en un claro de robles recios que la rodeaban. Desde dentro se oía el rumor del río, que quedaba lo bastante cerca para ser de utilidad, pero lo suficiente lejos para evitar las crecidas.

Echando una mirada a las heladas aguas, Harry divisó el brillo de algún pez rezagado que todavía no había subido río arriba para desovar. Trató de recordar si había cargado los útiles de pesca; de ser así, tal vez hiciera una parada rápida para hacerse con un esturión que llenara su estómago esa noche.

Ya iba a echar el brazo hacia atrás para destapar la lona que cubría el contenido de la carreta, cuando algo llamó su atención. Con todos los sentidos alerta, tiró de las riendas y siseó. Los caballos se detuvieron.

—Eso no parece una roca —murmuró al tiempo que entrecerraba los ojos bajo el ala del sombrero—, y desde luego no es un pez.

Giró el cuerpo hacia un lado, pues la figura le resultaba difusa en la distancia. No creía que se tratara de ningún montañero extraviado, pero no dormiría tranquilo si avanzaba sin comprobarlo. Quizá algún animal se había visto herido y agonizaba, en cuyo caso, podría aliviarle el sufrimiento y asegurarse una cena caliente. Agarró el rifle con la mano derecha, después, saltó al suelo y colocó el arma sobre su hombro por si tuviera que abrir fuego. No le gustaba disparar, pero lo hacía con pericia si las cosas se ponían feas. Cuando uno tomaba caminos como ese, a veces se veía en la tesitura de tener que decidir entre el pellejo propio y el de alguna bestia que se cruzara en el camino.

Con tiento, fue acercándose todo lo que pudo a la orilla del río, notando cómo el agua fría le mojaba las suelas de las botas. Se agachó lo suficiente para poder ver a través de las ramas bajas de los arbustos, que habían crecido al amparo de la humedad, y siguió avanzando.

Con asombro, se percató de que aquello que yacía junto al agua, humedecido por los copos de nieve que caían sin cesar desde hacía un buen rato, era un cuerpo de persona. Bajando apenas el arma, dio un par de pasos largos, hasta situarse a un escaso metro. Entonces, la vio con toda claridad.

Una mujer.

Sin perder un segundo, se colgó el rifle del hombro y cruzó aquella sección del río Potomac en dos zancadas, sin hacer caso al agua que empapaba sus perneras. Una vez junto al cuerpo, se arrancó un guante con los dientes y colocó los dedos en el cuello de la mujer. Estaba helada y apenas sentía el pulso, de tan débil como era.

Indeciso sobre si debía o no moverla, Harry trató de encontrar en su cuerpo alguna fractura evidente. Le tocó la cabeza, coronada por una mata de pelo rojizo muy largo y despeinado; los brazos, y los hombros, delgados y hundidos. Uno de ellos parecía dislocado y tenía heridos varios dedos. No le parecía que hubiera huesos rotos o, por lo menos, ninguna fractura tan grave como para que él pudiera detectarla a simple vista. Con cuidado, le rozó el torso notando algo bajo la ropa que parecía un saco, al que no dio importancia. La mujer era menuda y estaba demasiado delgada, lo que no ayudaría a que recobrara pronto el calor corporal.

Un examen más preciso le dijo que iba poco vestida para haberse aventurado en semejante paraje, no llevaba abrigo ni calzado de montaña y, desde luego, no parecía que hubiera tomado ninguna ruta que la llevara a lugar alguno.

La roca que sostenía entre los helados dedos de la mano izquierda y los moratones que surcaban su rostro, de un feo color carmesí, le pusieron tenso de repente. Por algún motivo, la imagen de la esposa del posadero vino a su mente. Los cardenales que lucía cada vez que su marido se pasaba la noche bebiendo tenían el mismo aspecto que las marcas que veía en la cara de esa desconocida. Maldiciendo por lo bajo, Harry se echó hacia atrás el sombrero mientras miraba entre las sombras de los árboles y se preguntaba si el dueño de aquellos puños todavía seguía por allí.

Con toda probabilidad aquella desgraciada criatura había subido a la montaña huyendo, aunque no acertaba a comprender qué la había impulsado a creer que hallaría refugio alguno montaña arriba. Solo la desesperación ante la amenaza de una nueva paliza podría haberla llevado a tomar una decisión como esa.

Tal vez hubiera logrado escapar, pero no viviría mucho más en tales condiciones. Harry supo que solo había una cosa por hacer. La arrastró lejos del agua para evitar que siguiera mojándose con todo el cuidado que pudo, luego, con dedos suaves, la zarandeó tratando de infligirle el menor daño posible.

—¿Señora? —llamó, sin obtener respuesta—. ¿Puede oírme, señora?

No hubo reacción alguna.

Volvió a tomarle el pulso y no encontró ni rastro del latido que segundos antes la mantenía con vida. Acercó la mejilla a los labios azules de la mujer para asegurarse de que todavía no era tarde para hacer algo por ella. Si no respiraba, si había exhalado su último aliento, más le valía sacar la pala de la carreta y pensar en darle cristiana sepultura.

A sabiendas de que no estaba obrando con la corrección que se le exigía, pero consciente de que el tiempo corría en su contra, Harry tanteó las precarias ropas que llevaba la muchacha y soltó algunos botones de la camisa en busca de algún signo de vida. La piel inmaculada y fría que lo recibió le arrancó un suspiro, pues jamás había contemplado tanta delicadeza mancillada por la mano del hombre. Sus dedos calientes hallaron el lugar donde el corazón palpitaba con debilidad, pero no notaba aliento ni existía movimiento alguno en su pecho que le diera esperanzas. Si no lograba hacer algo para que volviera a inhalar aire, moriría.

—Vamos, señora, no me complique más el día, por Dios —musitó acercando de nuevo el rostro a su boca entreabierta.

El roce de aquellos labios al punto de la congelación en su mejilla sin rasura, provocó un brote de furia que rugió en las entrañas de Harry. Era demasiado hermosa para dejarla morir y haría lo que estuviera en su mano por darle aliento. Dejándose arrastrar por su lado más irracional, deseó incluso poder darle el suyo propio, cualquier cosa, antes que verla perecer y perderse el resto de una vida que apenas había empezado.

La idea lo hizo reaccionar y, sin pensar en lo que se proponía, acercó sus labios a los de ella hasta que la boca de la mujer tomó posesión de una ínfima parte del calor que la suya desprendía. Tan solo unos inocentes segundos después, comenzó a notar un leve movimiento y sintió que se la arrancaba poco a poco a la muerte. El hálito tenue de su respiración actuó como un bálsamo para el orgullo de Harry y, acicateado por la idea de hacerla despertar de la pesadilla que estaba viviendo, se estrechó más contra su cuerpo para transmitirle vida y esperanza, sin prestar atención a lo indecoroso de las circunstancias ni a la intensidad que tomaba el beso que ambos ya compartían. Le pareció que ella le correspondía, pero ordenó a su mente alejar locura semejante de sus pensamientos.

Con mucha lentitud y delicadeza, se apartó de los violáceos labios de la mujer, que ya cobraban un nuevo tono más saludable, y la miró con expresión preocupada. Sin apenas separarse más que unos centímetros, recorrió con la mirada los finos rasgos sucios y heridos, el pelo enmarañado y las escasas ropas que vestía, preguntándose una vez más qué hondo temor la habría llevado a aventurarse a un lugar como aquel.

De pronto, los ojos de la muchacha se abrieron aterrados y se anclaron a los de Harry, impresionado por la profundidad color avellana que lo observaba.

—¿Se encuentra bien, señora? —pronunció con cuidado de no asustarla más de lo que ya se encontraba. Aun así, no se movió. Continuó protegiéndola con la fuerza de su cuerpo.

El bramido de la mujer alteró a los caballos de la carreta de Harry, que piafaron incómodos con el frío y el lugar en el que aguardaban. Pronto se separó de ella al notar sus finos puños golpear contra su pecho, en un desesperado acto de defensa y huida. Harry se apartó al instante, dejándole el espacio necesario para que se sintiera segura, dispuesto a explicarle la situación para que no existiera temor en su mirada. Pero la joven no tenía fuerzas para ponerse en pie siquiera y, después de arrastrarse unos centímetros en dirección a ninguna parte, emitió un jadeo y cayó desmayada de nuevo.

Sin apenas esfuerzo, Harry recompuso lo mejor posible sus ropas mojadas, la levantó en vilo y la pegó a su pecho para tratar de infundirle calor con el cuerpo. Le pareció tan liviana como su sobrino de cinco años, lo que no era una señal de buena salud, pero sí algo útil para cargar con ella. No se molestó en preguntarse qué hacía, solo actuó, decidido a procurar la supervivencia de la mujer a cualquier precio. A pasos rápidos, cruzó de nuevo las aguas del río para auparla a la carreta. Después, temiendo que se cayera al no poder sostenerse sola, subió a su lado de un salto y la sujetó.

—Vamos, señora, aguante —le dijo, aunque sabía que no le escuchaba—. Si ha escapado de un malnacido capaz de golpearla, el viento de la montaña no debe ser nada para usted.

Sin pensárselo, se desprendió del chaquetón y lo colocó con torpeza sobre los delgados hombros, sacando el pelo húmedo y cubriendo tanta piel como pudo bajo la gruesa tela. Le pasó el brazo por encima, se la pegó al costado y tomó las riendas.

Dios sabía si llegaría viva a la cabaña. Y él haría cuanto estuviera en su mano para que lo lograra. Espoleó a los bayos sin descanso, dedicando miradas preocupadas a la mujer, que se bamboleaba con cada roca del camino que golpeaba las ruedas. Trató de no pensar en su reacción aterrorizada cuando le había visto inclinado hacia ella y también se forzó a olvidar la rara calidez que había anidado en su pecho al rozar su boca contra la de ella.

—No pienses en eso —se obligó, aferrando las riendas—. No lo pienses.

Al echar otro vistazo más allá de las magulladuras y arañazos, Harry encontró una piel blanca y suave, huesos delicados y formas menudas. Saltaba a la vista que era una mujer, pero bien podría pasar por una chiquilla desvalida. Asombrado, vio que aún sostenía aquel canto entre los dedos. Mirándolo más de cerca, notó que había manchas en él. Sangre.

De forma repentina, le creció un orgullo profundo que calentó su cuerpo, que ya empezaba a acusar la falta de abrigo conforme se adentraban en el bosque.

—Se defendió con todo cuanto tenía —aseguró apretando más el abrazo en que la tenía refugiada—. Toda una mujer.

Harry respetó que hubiera sido capaz de luchar por su vida y, en honor a aquel sentimiento, se juró a sí mismo que no iba a dejarla morir sentada en su carreta.

—Aguante, señora. —Apretó los dientes al decirlo y azuzó aún más a los caballos—. No deje ganar a ese hijo de puta.

Vislumbró a los lejos los altos robles y casi pudo ver la chimenea, erigida en el tejado de la cabaña, justo en el centro de los árboles. Animado ante lo poco que faltaba, Harry tiró de las riendas para avanzar más deprisa y en su mente empezó a trazar a toda velocidad el plan por el que se guiaría tan pronto pusiera un pie sobre el suelo.

Cualquier idea que llevara organizada había sido desterrada. Ahora, su principal prioridad era que esa mujer entrara en calor, se repusiera de sus heridas y, si era capaz, le dijera de dónde había salido y qué demonios había pasado en esa montaña.

 2

El frío helaba su subconsciente, pero había algo envolviéndola. El zarandeo repetitivo que movía su cuerpo, lanzándola en bandazos suaves contra algo que le irradiaba calor, era casi agradable. Aquellos susurros constantes, venidos de algún lugar perdido de su mente, la tranquilizaban.

Una voz incomprensible, que realmente no llegaba a escuchar, hacía que el pozo negro en que deseaba sumergirse fuera menos profundo. La salvaba de la trampa. La mantenía luchando, aunque no estaba segura de poder ganar.

Harry decidió que lo mejor que podía hacer era ser práctico, de modo que, tan pronto hubo colocado a la desconocida tumbada en el sofá, prendió la estufa de leña y empezó a moverse a toda prisa a su alrededor.

Lo primero, antes incluso que limpiarle las heridas, era conseguir que entrara en calor. Llenó dos cuencos de agua y los puso a hervir. Mientras el agua burbujeaba, echó una gruesa manta de lana por encima del bulto encogido en que se había convertido la mujer, que no había proferido sonido alguno. Mientras observaba el tono azulado de su piel, Harry pensó que la forma más rápida de dar calor al cuerpo era eliminar todo contacto con la ropa mojada y, por un segundo, se planteó desnudar a la mujer y envolverla bien entre las mantas, pero encontrándose a solas y estando ella inconsciente... no le pareció decoroso. Aunque dejarla vestida con aquellas prendas húmedas no fuera lo más inteligente, iba a tener que servir. Con todo lo que había sufrido ya la pobre desventurada, al menos podría conservar su pudor intacto.

Tan pronto el humo le indicó que la temperatura era la adecuada, llevó los cuencos junto al sofá y, con cuidado, metió las manos amoratadas en cada uno de ellos. Si tenía suerte y había actuado con suficiente premura, no habría que lamentar la pérdida de ningún dedo. Cuando los músculos se ablandaron, dio un tirón certero, le arrancó la piedra manchada de sangre de la palma de la mano y la dejó en el suelo junto al improvisado lecho.

—En un momento de desesperación, cualquier cosa puede ser una buena arma —musitó aunque no pudiera oírle—. Use esa fuerza que usó para sobrevivir para no morirse en mi cabaña, señora.

Revisó las heridas y contusiones dedicándole atención al hombro que, tal como había supuesto, estaba dislocado. Aprovechó que la mujer estaba inconsciente para recolocarlo con un golpe seco. El crujido le hizo sentir culpable, pero haber esperado a que despertara para solicitarle permiso hubiera sido peor. Después, se lo inmovilizó con un cabestrillo improvisado. Poco más podía hacer por el momento.

Sin querer apartarse demasiado, Harry avivó el calor de la estufa echando otro leño, consciente de que aquel retraso en sus planes quizá supondría tener que pasar algún día más en la montaña. Y eso sin contar con que iba a tener una inesperada compañía con quien compartir las provisiones.

—Ahora no te preocupes por eso —se ordenó. Volvió a ponerse el chaquetón, que escurría, y agarró el rifle.

Abrió la puerta, al tiempo que recibía una ráfaga fría como un azote. Fuera, la noche había caído y la nieve cuajada relucía bajo la brillante luz de la luna. Levantó el arma, entrecerró un ojo mirando los matorrales y permaneciendo inmóvil, apenas unos metros alejado de la puerta de la cabaña.

Rogando que la suerte le acompañara tras un inicio de viaje tan accidentado, movió el cañón del rifle a un lado y otro, atento a cualquier sonido que pudiera provenir de los bajos de los árboles. Quizá alguna liebre despistada diera tumbos buscando su madriguera, pensó con esperanza. Aguardó varios minutos, tratando de no moverse para que su presencia no alertara a posibles presas. Por fin, la providencia pareció sonreírle y el susurro de unas pisadas le alertó. Giró medio cuerpo a la izquierda, colocó el dedo suavemente en el gatillo y disparó una sola vez.

El animal cayó con un ruido sordo sobre el lecho de nieve, sin vida.

Con el arma al hombro, Harry se aproximó y valoró a su presa. Era un cervatillo pequeño y algo famélico que probablemente se había separado de su manada y andaba perdido por aquella zona. Mala suerte para el animalillo, pero excelente para él.

Sacó el cuchillo sin perder el tiempo y procedió a despellejar y despiezar el animal antes de volver a la cabaña. Desechó la parte del animal que había recibido el plomo del rifle y, después, enterró los restos, ocultando la sangre y la piel con la nieve para no atraer carroñeros. Tomó entre las manos los pedazos limpios de carne y volvió dentro de la cabaña, donde preparó una olla de puchero lo bastante grande para varias raciones.

Las provisiones estaban en la carreta, todavía sin descargar, pero habría tiempo cuando la carne estuviera tierna y cocida. Iba a ser una noche larga, Harry lo sabía bien. Cuando la mujer despertara, sería bueno recibirla con algo caliente que llenara su estómago y aplacara aquel espíritu que alguien había tratado de quebrar a base de golpes.

Después, cuando su buena acción estuviera hecha y ella mínimamente recuperada, volvería a centrarse en sus pensamientos y se ocuparía de las tareas que se había pospuesto durante aquellas horas. No podía decir que se arrepintiera de esa decisión, claro. Había hecho lo que querría que alguien hiciera por su madre o su cuñada de encontrarse en apuros, pero aquello no significaba que estuviera dispuesto a alterar sus planes por completo.

—Con suerte mañana todo esto habrá pasado —se dijo mientras troceaba los pedazos del ciervo y los echaba a la cazuela, que hervía—; ella estará a salvo y yo podré empezar con mi trabajo.

Pasó el resto de la noche sustituyendo el agua de los cuencos cada vez que se enfriaba y masajeándole los dedos cuarteados de frío, pero ella no recuperó la conciencia. Le echó otra manta por encima, avivó el fuego en la estufa y valoró con seriedad la escasez de leña que quedaba en la cabaña. Su tez continuaba pálida como la muerte, pero sus labios tenían ahora un color más vivo. Le hubiera gustado saber si estaban calientes o fríos, pero no creyó correcto aprovecharse de su inconsciencia para besarla como le pedían los rincones más oscuros de su mente. No debía ni siquiera planteárselo, lo que había ocurrido en el bosque no podía volver a repetirse.

Molesto consigo mismo, tomó un poco de caldo y lo mantuvo a buena temperatura por si acaso ella abría los ojos, mas no mostró signo alguno de recuperación. Harry esperó con paciencia mientras el crepitar del fuego lo acompañó en la soledad de sus pensamientos.

Dos horas antes de que rayara el alba, exhausto tras vaciar la carreta y aprovisionar a los caballos en el cubículo del lateral de la cabaña, Harry intentó acomodarse en una silla, apoyó la cabeza en sus manos y dejó que el sueño le venciera.

Bree emitió un sonido sordo que apenas se oyó. Intentó alzar los dedos, pero el dolor la paralizó. Dolía demasiado como para moverse, dudaba de ser capaz incluso de abrir los ojos. Sin embargo, notó el calor que emanaba de aquella habitación, algo impensable en la cruda montaña por donde había estado deambulando, tratando de salvarse de una muerte segura. Percibió también la blandura sobre la que estaba recostada y las confortables pieles que cubrían su cuerpo magullado.

Nada de aquello tenía sentido, a menos que no se encontrara más a la intemperie, sino dentro de algún refugio. Lo cual solo podía significar una cosa, Dairon había sobrevivido y había dado con ella. Atenazada por el pánico, trató de incorporarse y, al hacerlo, se apoyó en el brazo que llevaba sujeto al pecho. El dolor fue tal que profirió un grito que retumbó en las cuatro paredes de la cabaña.

Oyó pasos que se acercaban presurosos. El sonido de unas botas que resonaban contra la madera. Aventurándose a mirar a su verdugo a la cara, Bree abrió los ojos rogando a Dios que todo acabara pronto, que él no se ensañara con ella.

«Por favor, que me mate rápido. Que tenga piedad y no me cuente los horrores que me esperan en sus manos. Otra vez no, por favor, Dios mío, te lo suplico», rogó Bree para sus adentros. ¿Por qué la habría salvado? ¿Por qué llevarla a un refugio y abrigarla para luego acabar con ella?

—¿Señora? ¿Puede oírme? —preguntó una voz ronca pero clara y agradable. Una voz masculina que no pertenecía a Dairon.

Bree enfocó la vista nublada y vio a un hombre alto y corpulento inclinado sobre ella. Llevaba el cabello ligeramente despeinado y del color del trigo oscurecido, que hacía juego con una barba que se le diseminaba sobre las mejillas y el mentón, cuadrado y fuerte. Le parecía vagamente familiar...

Percibió los hombros y el torso amplio, cubiertos por una camisa metida dentro de unos pantalones gruesos con tirantes. Los brazos, fuertes como troncos de árbol, caían a los lados de su cuerpo. Le vio levantar una mano, grande y ruda, que movió ante su cara. Pálida del susto, intentó removerse en el sofá, pero él la sujetó con cuidado y firmeza.

—No se mueva. Tenía el hombro dislocado y tuve que colocárselo. Le dolerá como el infierno si se apoya en él.

Sin poder pronunciar palabra, Bree recorrió el interior de la cabaña con la mirada. Vio la enorme olla humeante colocada sobre el fuego, el rifle apoyado junto a la puerta, los fardos y cajas con suministros de comida y agua apilados, la estufa cuyo calor le recorría el cuerpo y, a sus pies, la roca todavía ensangrentada con la que había huido de Dairon. ¿Le serviría una vez más si lograba alcanzarla?

Notando la inquietud en aquella mirada desvalida, Harry la soltó despacio y tomó asiento en la silla que había colocado junto al sofá. Pensó a toda velocidad cuál sería la mejor forma de enfrentar aquello y decidió que, dado que la mujer estaría temblando de miedo bajo las mantas, probablemente por encontrarse de frente a un perfecto desconocido, lo más sensato sería presentarse y exponerle los hechos tal como habían sucedido.

—Mi nombre es Harry Murphy —anunció con voz clara pero baja—, vivo en una granja con mi familia, cerca de Morgantown, montaña abajo. La encontré a un lado del Potomac.

Bree procesó toda la información diciéndose que aquello era imposible. ¿El río? ¿Había llegado al río? Ni siquiera recordaba haber visto u oído agua. ¿Cuántos días habían pasado? ¿Cuánto tiempo?

—Ha pasado la noche inconsciente, medio congelada —siguió Harry, señalando con la cabeza sus manos—. No ha perdido ningún dedo, pero el brazo necesitará tiempo para curar y la cara...

Bree se cubrió con la mano sana, notando que las lágrimas se abrían paso sin que pudiera esconderlas. Todo volvió a su memoria de repente, las pisadas a su espalda, las amenazas de brutalidad que Dairon le había declarado y el instinto de supervivencia, que al parecer la había llevado a aquel lugar. Con otro hombre desconocido.

De forma inconsciente, volvió a mirar la piedra y se sintió extrañamente insegura sin tenerla aferrada en su mano. Harry comprendió cómo debía sentirse, se inclinó, recogió la roca y la dejó en su regazo.

—Téngala si la necesita, pero le aseguro que no voy a hacerle ningún daño. Soy una buena persona, aunque tal vez mi palabra valga poco para usted. Esté tranquila, no corre peligro.

Con cuidado y torpeza, Bree giró el cuerpo lo suficiente para poder mirar a Harry de frente. Aunque su aspecto parecía amenazador, grande y rudo, mantenía con ella una distancia suficiente para no hacerla sentir amenazada. Agradeció aquel gesto, e imaginó que no sería lo único por lo que debería dar gracias a aquel hombre.

—¿Puede decirme su nombre?

Por fin, la desconocida de cabello rojo despeinado, cara magullada y ojos tristes de color avellana separó los labios, dispuesta a darle a Harry un foco de esperanza que le llevara a descubrir como su vida, tan organizada y rutinaria, había dado semejante giro en solo unas horas.

—Bree... —Recordó los últimos meses... el engaño, la boda que no había tenido lugar, toda aquella desilusión. Tragó saliva, dejando a un lado la impotencia para obligarse a continuar—. Bree Caser.

Harry asintió con la cabeza, devolviéndole el saludo. Como no deseaba apremiarla demasiado, se levantó de la silla y sirvió en un cuenco el caldo del ciervo. Fue generoso con los trozos de carne, consciente de que nada mataba el frío de los Apalaches como un buen guiso.

Después, sin pedirle permiso, ayudó a Bree a incorporarse en el sofá y le colocó delante el cuenco y una cuchara. Con un gesto de la barbilla, le indicó que empezara a comer, y ella, que ni siquiera recordaba la última vez que había llenado el estómago, no tuvo reparos en hacerlo. Si debía volver a escapar, mejor hacerlo estando fuerte, pensó mientras tragaba un trozo de carne muy tierno.

Harry cruzó los brazos y ocupó de nuevo la silla, dándole unos minutos para que comiera en silencio mientras, en su mente, toda suerte de cuestiones campaba a sus anchas.

—Coma despacio o le sentará mal. Tenemos una larga charla por delante, no quisiera que estuviera indispuesta cuando empezáramos a hablar.

Ella notó que se sonrojaba bajo los moratones de su cara. Se llevó otra cucharada a la boca, y la mano le tembló. Con un suspiro, Harry se acercó un poco, mirándola a través del cabello que tapaba parcialmente el rostro de Bree.

—No debe avergonzarse, pues, sea lo que fuera de lo que huía, no dudo de que supo defenderse.

Temerosa de confesarle la verdad, Bree dejó los restos del caldo a un lado y se abrazó con el brazo sano tratando de esconderse bajo las mantas de piel para no tener que revelar que su propia estupidez la había llevado a estar a expensas de la muerte. Ser confiada casi le había costado la vida, así que la idea de volver a abrirse a alguien no le parecía nada atractiva aunque la persona que tenía delante la hubiera ayudado.

Harry cruzó las piernas y se echó hacia atrás en la silla, pretendiendo mostrar un gesto desenfadado que no resultara preocupante para ella.

—Cuando no era más que un crío imberbe —empezó a decir, mirando hacia el techo como si los viejos tablones de madera le ayudaran a recordar—, me escapé de casa y subí a la montaña solo. Era invierno, uno mucho más crudo de lo que creo que será este.

Tal como esperaba, la atención de Bree se posó en él. Harry se rascó el mentón, buceando en su memoria, y sonrió un poco, como si se contara la historia a sí mismo más que a ella.

—Miraba hacia atrás y me decía que, mientras siguiera viendo el humo de la chimenea de mi casa, todo estaría bien. Fui estúpido, señora, porque confié demasiado en saber algo que no sabía y, cuando anocheció, no era capaz de encontrarme la punta de la nariz en medio de la oscuridad.

—¿Y qué... qué pasó?

—Mi padre envió una partida de hombres a buscarme y dieron conmigo cuando tenía el culo casi congelado. —La sonrisa de Harry se amplió, mostrando una dentadura cuidada y solo un poco irregular—. Después de abrazarme y asegurarse de que no me había roto ningún hueso, me dio una paliza tremenda como castigo a cada lágrima de preocupación que había derramado mi madre.

Bree se tensó a causa de un escalofrío que se hizo notar a pesar de las abrigadas mantas que la cubrían.

—Eso es horrible.

Harry negó con la cabeza, acercándole el cuenco y animándola a acabarse su contenido aunque se hubiera enfriado. El ciervo no había muerto para nada, sino con el propósito de que la pobre criatura de la montaña pudiera recobrarse. Desperdiciar la carne habría sido un gesto muy egoísta.

Bree accedió a la muda petición y comió, a la espera de que él siguiera con su historia.

—Me merecí hasta el último golpe, señora, no lo dude. Sobre todo porque, menos de tres meses después, volví a subir a la montaña y necesité que volvieran a rescatarme.

—¿Y qué hizo su padre? —Llena de inesperado interés, Bree sorbió el cálido caldo con avidez.

—Ponerme a trabajar con más dureza para que no me quedaran fuerzas de explorar. Pero yo siempre he sido un hombre de seso duro, así que subí por tercera vez y, en esa ocasión, encontré este claro. —Harry abarcó con la mirada el interior de la cabaña—. Un lugar bien situado rodeado de árboles perfectos con los que hacer leños.

—¿Pudo volver a su casa?

—Creí que sería capaz, pero solo pude recordar una parte del sendero. —Soltó una risa ronca, recordando haberse sentado en medio del claro esperando una vez más a que alguien lo auxiliara—. Necesité un poco de ayuda, pero mientras mi padre y los demás hombres me bajaban de la montaña una vez más, memoricé el camino. Cada árbol que bordeaba el camino, cada saliente de roca. Hice marcas duraderas, todo un mapa en plena naturaleza a simple vista. Y aprendí. A partir del siguiente invierno, fui yo quien condujo la carreta y los caballos para conseguir la leña para mi familia, pues, según mi padre, ahora era capaz de orientarme sin importar a qué parte del bosque fuera. Construimos la cabaña para tener refugio y le aseguro que he subido con tormentas y ventiscas, y jamás me he vuelto a perder.

Bree vació el cuenco. Lo dejó en el suelo y se quedó pensativa unos segundos, intentando encontrar el sentido a aquella conversación. Agotada, miró a Harry a los ojos, grandes y azules, buscando en ellos signos de crueldad, sin encontrar nada más que verdad en cuanto le decía.

—¿Por qué me cuenta esa historia?

—Porque hablar de algo vergonzoso a un desconocido es más fácil que hacerlo con alguien que te conoce. —Harry levantó la mano y tocó con cuidado la de ella, sin hacer presión—. Y porque sé cómo se debió sentir al darse cuenta de que no sabía dónde estaba, cuando su única certeza era que debía seguir andando. A veces solo podemos seguir adelante, señora, aunque no sepamos hacia dónde nos llevarán nuestros pasos.

—Si volvía a casa tampoco me esperaba nada bueno. —Pensó en su tía, en cuánto le había advertido que Dairon no era un buen hombre. Cada palabra cayó en saco roto cuando él le había sonreído, embaucándola sin apenas esfuerzo.

—Todos merecemos cometer errores, ¿no cree? —Harry vio cómo le temblaban los labios y usó toda su paciencia para evitar ser brusco con ella al seguir indagando—. ¿Su padre la golpeó, Bree?

Ella negó con tal vehemencia, que fue evidente que no mentía.

—Su marido, entonces.

No levantó la mirada al contestarle, temiendo que notara que aquello que pensaba contarle era solo una verdad a medias.

—Sí.

Con la mandíbula apretada, Harry se obligó a cruzar los brazos para que ella no viera como los nudillos se le ponían blancos al cerrar los puños. Aquel tipo, quienquiera que fuera, no merecía llamarse hombre. Observó las manchas de sangre resecas en la piedra que ella mantenía en su regazo, al alcance de la mano. Sin duda, el desgraciado había tenido lo que merecía.

—Ahora está a salvo —le repitió Harry controlando cómo pudo la ira en su tono de voz—, si aparece por aquí yo...

—No lo hará. —Los labios de Bree, todavía amoratados, hicieron el intento de curvarse en una sonrisa, aunque la mueca que mostraron distaba mucho de serlo—. Le golpeé.

Observó a Harry, atenta a su reacción. Él solo se la quedó mirando, aguardando en silencio a que quisiera continuar.

—Me iba a matar. Lo había dicho muchas veces, pero esta... fue diferente. Él... me persiguió montaña arriba, corrió tras de mí, diciéndome los horrores que iba a hacerme. Y luego... iba a matarme. Lo dijo y yo le creí. Supe que esta vez era de verdad.

Hasta ese momento, Harry se había hecho una idea de lo que podría haberle ocurrido a ella, pero ahora sospechaba que tal vez todo el asunto se había tratado de un acto de venganza entre esposos. Tenía que conocer la verdad con detalles.

—Hábleme de él, señora.

Bree necesitaba tan desesperadamente desahogarse con alguien que no fuera a juzgarla que, si bien sentía el recelo cerrándole la garganta, decidió hacerlo.

—Lo conocí en Kentucky. —Decidió que empezar por el principio sería lo más fácil—. Fui a vivir allí con mi tía después de la muerte de mis padres. Estaba en un baile de pueblo y él, Dairon, apareció. Habían encontrado carbón en una mina y se jactaba de que pronto sería muy rico. Yo no era muy popular, ¿sabe? Sin dote y con una tía bastante huraña, no había muchos jóvenes que intentaran un acercamiento, pero él lo hizo. Fue cortés con ella y galante conmigo. Me sonrió y me sacó a bailar.

A Harry no le pasó desapercibida la nostalgia con la que la muchacha, ajada por la tristeza y la decepción, narraba ese momento. Aquel hombre había llegado a su vida prestándole una atención que no había recibido hasta entonces. Teniendo en cuenta cómo la había dejado, el tal Dairon se había aprovechado de aquella debilidad.

—¿Dónde dijo que estaba la mina? ¿Aquí, en Virginia?

Bree asintió.

—Había sobrevivido a algunos... percances y perdido compañeros. Necesitaba cambiar de aires y alguien con quien compartir su suerte, de modo que...

—... que se la llevó a usted después de encandilarla con sus planes. —Harry no permitió que la vergüenza que vio en el rostro de ella le detuviera—. Así que le acompañó aquí.

—Huimos en mitad de la noche, sin más que lo que llevábamos puesto. Al amanecer paramos en una posada y... nos casamos. —Tragó saliva, sintiéndose tonta por haber creído que aquellos serían siempre recuerdos felices—. Después, todo cambió. Dairon cambió. Y al poco tiempo empezaron a ocurrir cosas... terribles en la mina. Cosas de las que él siempre salía con bien. Debía dinero a sus compañeros y... un día...

Estremecida, Bree recordó lo que había sentido, medio escondida en su habitación, al oír a Dairon hablar con uno de los capataces. Su supuesto marido le prometía la mitad de todo cuanto habían sacado los otros si le ayudaba a colocar dinamita que volara en pedazos la mina, con todos los demás dentro.

—Supo que le había escuchado y me amenazó con hacerme daño si abría la boca. Agarró el saco con las monedas que siempre llevaba con él y se fue con la mitad de su contenido a alguna cantina, probablemente a «celebrar» el trato que acababa de cerrar. Me ató a la cama antes de marcharse. Y me pegó.

—¿Qué hizo usted? —Harry estaba asqueado, pero se forzó a permanecer impasible, escuchando. Mantener activa aquella conversación le era útil por varios motivos, primero, porque contar todo lo sucedido sin duda ayudaba a Bree a desahogarse, y, segundo, porque él necesitaba saber a qué atenerse con respecto a ella. No le parecía que estuviera mintiéndole, tan afligida como se veía. Y, cuanto más escuchaba de su terrible historia, más le costaba permanecer sentado, aparentando calma ante una situación que le enfurecía.

Se inclinaba a creerla... y la lástima que le producía imaginar semejante calvario le secó la garganta.

Bree casi podía ver la mirada asesina de Dairon al abandonar el asqueroso lugar, burlándose de ella, de lo poco mujer que era, lo mucho que lo aburría y las ganas que tenía de cambiarla por otra. Estaba desaliñada, le decía, ya no le gustaba ni mirarla, de modo que no tardaría en reemplazarla y librarse de ella.

—Había estado bebiendo con el capataz y estaba borracho, de modo que las ataduras eran torpes —prosiguió, notando el temblor en las muñecas, como si volvieran a estar sujetas con cuerdas—. Escapé, pero antes... me llevé el resto del dinero que había dejado en el saco. No tenía nada más. Si seguía allí, moriría. La montaña era el único sitio al que podía huir.

Harry se preguntó qué grado de pánico debía haber padecido una mujer tan menuda y desprovista de medios como Bree para creer que los Apalaches, en plena noche y con el invierno arreciando, eran su única posibilidad.

—Por supuesto, me descubrió. Había estado furioso antes, pero nunca como en ese momento. Supe que, si me alcanzaba, me mataría.

La mirada de Bree se había vuelto brillante a causa de las lágrimas que no podía contener. En aquel rostro pálido y herido, sus ojos parecían tan grandes y desesperados que tocaron la fibra sensible que Harry reservaba solo para su familia. Pensó en el miedo y la impotencia que había debido sentir, sin apenas abrigo, subiendo la montaña escarpada mientras a su espalda el hombre en quien había confiado se cernía sobre ella.

La compasión le inundó con tanta fuerza que se sintió mareado.

—Me encontró enseguida. —Bree tragó saliva, aunque tenía la garganta cerrada—. Me tenía atrapada contra las rocas, decía unas cosas terribles, cosas que pensaba hacerme, yo solo... no podía... intenté sujetarme y encontré ese canto suelto. No lo pensé, solo... le golpeé. En la cabeza. Le vi caer y sangrar. No se levantó. Se quedó allí... solo se quedó allí.

Con su aspecto desvalido y el temblor sembrado en sus palabras, ella había logrado que la historia que estaba contándole le afectara, a Harry, como propia. Aquella repentina debilidad, le incomodó. Era importante tener la cabeza fría, se recordó, por más pena que le diera la joven mujer que tenía delante, por más inclinado que se sintiera a ampararla a causa de todo lo que le había contado, no podía permitirse hacerse juicios hasta que ella pronunciara las palabras finales. Debía mostrarse prevenido con ella, por más que el corazón le latiera de impotencia en el pecho, hasta estar seguro de que ninguno de los dos, ni ella ni ese hombre, eran una amenaza.

—¿Dónde está él ahora, señora? —Ella no respondió. Inquieto, Harry se inclinó hacia delante en la silla, estiró la mano y levantó con ella la barbilla de Bree, que le miró como el ciervo que espera el tiro de gracia, pero no esconde la cabeza en el momento de recibirlo—. ¿Está muerto?

No tuvo que soltarla para saber que ella iba a asentir.

—Sí —la oyó susurrar—. Yo le maté.

3

Harry se dio a sí mismo unos minutos para pensar. Después, cuando no pudo seguir soportando la mirada inquisitiva de Bree, se levantó de la silla y caminó por el escaso espacio que quedaba entre la cocina y el resto de la cabaña.

Echó un vistazo rápido por la ventana. Por la posición del sol, calculó que debían de faltar unas cuatro horas para el mediodía. Con una noche de descanso precario y un amanecer cargado de confesiones, Harry tuvo la certeza de que el retraso que llevaba en el trabajo estaba pasando de ser incómodo a inaceptable.

Pronto, el día despuntaría con toda su intensidad y, sin haber colocado trampas la noche anterior, la posibilidad de encontrar una presa con rapidez, a plena luz del día, le haría demorarse todavía más. Además, debía pensar en su invitada, a quien no solo debía dar cobijo, sino también alimento para que fortaleciera un cuerpo que, por lo que había oído, ya había sufrido las carencias suficientes.

Mientras estuvo perdido en sus pensamientos, escuchó cada leve movimiento que Bree hizo a su espalda. Dedujo que se mantenía oculta bajo las mantas, echa un ovillo, intentando hacerse más pequeña hasta desaparecer o adivinar qué estaba pensando él en aquellos momentos, preguntándose quizá si la juzgaba mal por sus acciones. Así reaccionaría él si la situación hubiese sido la inversa.

Las últimas palabras que le había oído pronunciar retumbaban todavía en su cabeza. Repasó sus dedos heridos, pegados con fuerza a aquella roca manchada de sangre. Una piedra roma de tamaño medio. Nada más. ¿Sería posible que aquella mujer tan menuda hubiera matado a un hombre corpulento y agresivo de una sola y certera pedrada? «La desesperación nos dota de un poder que ni nosotros mismos conocemos», se dijo a sí mismo.

—¿Va a entregarme?

La repentina pregunta le devolvió a la realidad. Harry giró sobre sus talones, mirándola desde la distancia. El pelo, hecho un completo nido, caía en todas direcciones, y algunos de los moratones de la cara empezaban a cambiar de color, demostrando que no todos tenían solo unas horas de antigüedad. Su marido había estado castigándola durante mucho tiempo.

—¿Entregarla? —Sorprendido, Harry se dio cuenta de que, tras una madrugada llena de confesiones, aquella posibilidad ni siquiera se le pasaba por la cabeza.

—A las autoridades —aclaró Bree, con la voz ahogada por las mantas.

—Dudo que alguno de los honorables agentes de las dependencias policiales tenga abrigo suficiente para aventurarse hasta aquí arriba, señora —declaró con sorna, riéndose de sí mismo y las circunstancias que le habían tocado. La inquietud de aquella mujer era totalmente lógica, en cuanto a él... sus planes se habían ido al traste y su vuelta a casa se vería alterada por unas circunstancias que no tenía ni idea de cómo explicar—. En todo caso, tendría que llevarla hasta el pueblo y eso solo le serviría para perder más tiempo.

Bree solo asintió con la cabeza. Ni aunque hubiera querido, habría podido entender del todo el parecer de aquel hombre. Vio a Harry ponerse un enorme chaquetón, tomar unos guantes de cuero de uno de los bultos que se amontonaban junto al hogar y echar los dos últimos leños que quedaban a la estufa, avivando unas llamas que amenazaban con apagarse con el siguiente suspiro de aire frío que entrara por la rendija de la puerta.

—He matado a un hombre.

—Eso ha dicho.

Exasperada, Bree apartó la manta de un puntapié, gesto que la hizo estremecerse de dolor. Examinó su pierna derecha y comprobó que la tenía arañada y amoratada a consecuencia de los múltiples golpes contra rocas que se había dado en su intento por huir. Se mantuvo quieta unos minutos dejando que los pinchazos y calambres le recorrieran el cuerpo. ¿Qué pensaba hacer? ¿Se pondría en pie y echaría a andar, decidida a marcharse? ¿Avanzaría hasta Harry para repetirle con mayor intensidad que era una asesina y debía ser llevada ante la justicia?

Compadeciéndose a su pesar de la falta de empuje que veía en ella, Harry se acercó haciendo resonar sus botas en el suelo y la tapó dedicándole una mirada que intentaba ser amable. Iba a tener que terminar con las dudas de aquella mujer de una vez si quería que el resto del día le cundiera para algo.

—Escúcheme bien, señora. Por lo que sé, en este país no se encarcela a nadie que lucha por su vida. Quédese tranquila y descanse. Nadie va a encerrarla en ningún sitio.

La vio mirar alrededor, como valorando las posibilidades que tenía de salir corriendo de la cabaña. Si lo hacía, significaba que el pánico no la dejaba pensar con claridad, pues, en su estado y en plena montaña, no tardaría en volver a desfallecer. Y quizá quien la encontrara entonces, si es que alguien lo hacía, no sería tan benévolo como él.

—¿Cree que puede quedarse sola unas horas? —A Bree le dolía todo el cuerpo, pero este empezaba a responderle, así que asintió—. Debo salir a cortar leña y a poner algunas trampas —le explicó, tomando el hacha y colgándola de su cinturón. A Harry no le pasó por alto el gesto que ella hizo y su susto le impacientó—. Le repito, señora, que de querer hacerle daño me habría bastado con dejar que se congelase junto al Potomac.

Harry se puso los guantes dispuesto a abandonar la cabaña y olvidarse de aquella mujer que solo había aparecido en su camino para complicarle la vida. Por lo visto, todas sus acciones serían juzgadas de forma negativa por ella, sin importar que se hubiera comportado con toda corrección desde el momento en que la había encontrado. O, por lo menos, en todos los instantes que ella parecía capaz de recordar. Ya había sujetado el tirador de la puerta, preparándose para recibir con gusto la ola de frío que disiparía sus pensamientos cuando, de nuevo, la voz de Bree le paralizó.

—¿Por qué me prestó auxilio?

Como si no la entendiera, Harry la miró, muy confundido.

—¿Me pregunta por qué la ayudé, señora? —Ella asintió, con la mirada brillante de ansiedad, casi rogando por una respuesta que la reconfortara—. ¿Acaso podría haberla dejado como estaba?

—Nadie se lo habría reprochado, no era asunto suyo, después de todo.

—De haber permanecido en ese lugar una hora más, no habría sobrevivido. —Con eso, a Harry le parecía que su postura estaba clara.

Bree se encogió de hombros.

—¿Y quién cree que lo habría lamentado? —No su tía, desde luego. Aquella mujer que siempre se quejaba de tener una boca más que alimentar vería con alivio la pérdida de su sobrina, por más que hubiera intentado retenerla cuando había decidido escapar con Dairon—. Nadie me hubiera echado de menos, señor Murphy.

La certeza que encontró en sus palabras paralizó a Harry. Cuando él había desaparecido, su padre no tuvo más que comunicarlo para que la partida se organizara sin que hubiera que pedirlo. Y fueron tres veces las que se perdió.

De hecho, él mismo había participado en una búsqueda bosque adentro el verano anterior, cuando el pequeño de los Anderson se había caído del caballo y no pudo regresar a casa por su propio pie. Pensar que alguien pudiera estar perdido, necesitado de ayuda y sin nadie dispuesto a moverse por salvarle le parecía algo imposible de asumir.

—Fui criado por una buena mujer, señora —le explicó, con una voz muy segura y que no dejaba lugar para la duda—. Bajo mi techo viven mi madre, mi hermano con su esposa y un niño pequeño. Si algo les pasara, me gustaría saber que alguien acudiría en su ayuda. No podría aspirar a ese gesto si no predicara con el ejemplo.

—Entonces usted debe ser uno de esos hombres de honor. —Bree suspiró, esbozando una sonrisa muy leve, como si le costara creerlo—. Había olvidado que existían.

—Se me educó para no mirar a otro lado si podía ser útil donde se me necesitara. —Harry se encogió de hombros, incómodo al revelarle cosas tan privadas—. No habría podido vivir con mi conciencia de dejarla donde la hallé.

Bree asintió con la cabeza, demasiado agotada para responder. Le vio darle la espalda, dispuesto a marcharse, y agradeció que su mirada no estuviera puesta en ella para ver cómo temblaba. Toda su capacidad de supervivencia se aferraba a que aquellas palabras que había oído de boca de Harry Murphy fueran ciertas. Rogaba a ese Dios que ya no la tenía en cuenta para que él hiciera gala de esas enseñanzas y convicciones, pues, si fuera de nuevo fruto de maltrato, Bree sabía que no lograría sobrevivir. No sería capaz de salir adelante si su confianza se veía atacada de nuevo y, teniendo en cuenta su estado, necesitaba confiar en ese hombre, al menos hasta que pudiera valerse por sí misma y decidir qué sería de ella.

—Aún no le he dado las gracias —se oyó decir, en un susurro.

—Teniendo en cuenta todo por lo que ha pasado —concedió Harry, restándole importancia—, es suficiente con que no esté gritando.

—De todos modos... yo... gracias.

Recordando los modales que se le habían inculcado, Harry se giró hacia ella y le hizo un gesto con el sombrero, indicándole que apreciaba su agradecimiento y que lo aceptaba. Los ojos de Bree estaban anegados una vez más, pero él no podía hacer nada para consolarla, pues sabía de mujeres lo suficiente para adivinar que el contacto de un hombre debía ser, con toda seguridad, lo que menos apreciaría ella en aquellos momentos.

—Mi madre siempre dice que, si uno está verdaderamente agradecido, más que con palabras, debe demostrarlo con actos.

Bree dejó que sus miradas se encontraran, buscando alguna sombra en Harry que la pusiera alerta. Él, sin embargo, solo la señaló con un gesto de la cabeza, tranquilizando todo pensamiento que ella hubiera podido tener.

—Me sentiré agradecido si puedo irme a trabajar estando seguro de que es capaz de arreglárselas sola. ¿Cree que puede intentar ponerse en pie? ¿Intentar dar algunos pasos? —Había estado tan desfallecida apenas unas horas atrás que Harry temía que sus piernas no pudieran sostenerla—. Puede apoyarse en mí o... sujetarse de la pared si quiere intentarlo.

Iba a negarse, pero la sincera preocupación que veía en el gesto de Harry terminó por convencerla. Con cuidado, Bree apartó las mantas y bajó los pies al suelo. Mantenerse con la espalda rígida y las piernas colgando ya le suponía pinchazos en la carne dolorida y agotada, pero no se quejó. Tomó aire y sujetó el borde de la mesa con la mano sana, haciendo intentos por levantarse. Cerró los ojos un segundo, temiendo irse de bruces si sus pies no estaban lo bastante anclados al suelo como para cargar con todo su peso, pero no llegó a tambalearse, pues las manos de Harry sujetaron su talle, con suavidad pero firmemente.

Bree se sonrojó y, aunque el contacto con un hombre le despertaba toda suerte de malos recuerdos, el calor de las palmas de aquel granjero no la ahuyentó.

—Despacio, deje que todo su cuerpo se acostumbre a estar en pie otra vez —susurró Harry intentando mantenerse lo bastante cerca como para evitarle una caída, pero dándole a la vez espacio para que no sintiera amenaza alguna—. Eso es... espere unos segundos. ¿Está bien? ¿Se encuentra mareada?

—Estoy bien. Solo... con un poco de dolor. Nada que no pueda soportar.

A Harry no le extrañaba, teniendo en cuenta por lo que había pasado. Tras unos segundos, fue separando sus manos de la cintura de Bree, que movió los pies para dar unos pasos. Al principio, su rostro se contrajo en una mueca de incomodidad, pero siguió adelante. Caminó sin ayuda hasta volver a sentarse. Estaba sin aliento, pero era un comienzo.

—No está mal para empezar —declaró Harry, que se apartó de ella con torpeza, de repente ansioso por salir de la cabaña y dejar que el aire frío de la montaña le despejara. Le hormiguearon las manos, pero trató de ignorarlo—. Si puede volver a levantarse, estaría bien mantener ese guiso caliente. Lo necesitaré cuando vuelva.

Bree estuvo de acuerdo. Era lo mínimo que podía hacer. Harry abrió la puerta y, antes de marchar, tomó de la entrada la pala con la que debería retirar la nieve si esta seguía cuajando. Diciéndose que, para tocar aquel tema, más le valía ser práctico que cuidadoso, carraspeó para llamar la atención de Bree.

—¿Recuerda con exactitud donde cayó ese hombre? —Y alzó el mango para que sus intenciones quedaran claras.

—¿Va a enterrarlo? —Bree ni siquiera había pensado en eso. Había estado usando las pocas fuerzas que le quedaban para tratar de borrar a Dairon de su memoria, una tarea en la que, hasta el momento, había fracasado.

—Usted le ha hecho pagar sus acciones. Que llegue donde deba para que se las juzguen. —Harry se encogió de hombros—. Yo siempre he creído que el camino más rápido al juicio es la sepultura.

Ella no se esperaba aquel gesto. Dairon no merecía un entierro cristiano, eso estaba claro. Y, desde luego, tampoco merecía que un hombre como Harry cavara su tumba. Sin embargo, Bree era creyente y le pareció inmoral negarle reposo a su cuerpo después de haber sido ella quien le había quitado la vida, de modo que asintió y describió el lugar lo mejor que pudo.

—Lo encontraré —oyó decir a Harry mientras se subía más el cuello del chaquetón—, tardaré unas horas en volver. Si necesita comer o... cualquier cosa, puede hacerlo con intimidad. La letrina está junto a la casa, pero si no se encuentra con fuerzas para salir, puede usar... bueno... cualquier cosa que le sirva, ¿de acuerdo? —Bree se sonrojó y, aunque él mismo se sentía incómodo hablando de tales asuntos ante una mujer, estaban en la montaña y no podían andarse con remilgos—. No se apure, señora. Todos hemos estado enfermos. No la molestaré ni entraré sin avisar cuando vuelva, no se preocupe.

Bree enrojeció hasta las orejas. El comentario le provocó la vívida certeza de que necesitaba aliviar ciertas necesidades. Agradeció el sonido que hizo la puerta al cerrarse y decidió que debía intentar volver a incorporarse, ocuparse de aquello y valorar, en la calma de su soledad, el estado en que se encontraba.

Intentando no apoyar el brazo, se puso en pie tomando apoyo de la pared que tenía más cerca y fue moviéndose poco a poco. Comprobó, que el espacio interior de la cabaña era muy reducido. Ante ella, una única habitación hacía las veces de cocina y dormitorio. Ella ocupaba un sofá amplio, cubierto por un jergón. A su lado había un par de sillas de aspecto duro e incómodo. No había más superficies disponibles donde uno pudiera sentarse. O dormir.

Con movimientos torpes y usando la mesa que tenía más cerca para sostenerse, dio unos pasos con la manta sobre sus hombros. Notó que una lágrima corría por su mejilla a causa del dolor. Le ardía terriblemente el abdomen. Tenía entumecidas las piernas y casi no se sentía los dedos de la mano que mantenía sujeta en el cabestrillo. De forma inconsciente, se llevó la mano sana al vientre, toqueteándolo mientras el ceño se le arrugaba, gesto que siempre precedía al llanto.

¿Seguiría allí?, se preguntó tanteándose las formas, planas y, en apariencia, idénticas a días anteriores. ¿Serían ciertas sus sospechas? ¿Qué haría entonces? No quería aquello. No se lo merecía. Una ola de rechazo la invadió haciendo que se sintiera débil y pequeña. Pero no lo era, se dijo. Había sobrevivido a Dairon y había escapado de él, se había defendido con las pocas fuerzas y el escaso valor que él le ameritaba, y ahora... estaba muerto. Porque ella, Bree Caser, le había quitado la vida defendiendo la suya propia. Había matado a un hombre. Era una asesina.

—No pienses en eso... ahora no.

Dio un cauteloso paso y después otro más. Cuatro necesitó para acercarse a la ventana. No vio la carreta, pero sí el perfil de la construcción de la letrina, justo a un lado, como Harry le había indicado. De él no había rastro, con toda probabilidad se habría alejado con premura, dispuesto a cumplir con sus obligaciones. Ahora que se encontraba a solas, podía ser honesta consigo misma y admitir que sentía un temor a ser juzgada que iba haciéndose profundo en su interior. ¿Qué pensaría Harry de ella? Aquel hombre fuerte y apuesto, trabajador y tan apegado a sus responsabilidades al que le debía la vida, ¿se habría hecho una imagen negativa de ella? ¿La juzgaría mal por sus acciones? Era indudable que aquellos ojos tan atractivos ocultaban desconfianza y recelo. Bree podía entenderlo, pues apenas habían compartido unas pocas frases inconexas y era lo que merecía después de lo que había hecho. No obstante, su interior se revelaba ante la idea de que Harry Murphy pudiera despreciarla.

Trató de alejar todos esos pensamientos de su mente. Alejarlo a él y ocuparse de ser práctica. Harry había subido a la montaña con una misión y, una vez hubiera terminado, Bree no tenía idea de lo que pensaba hacer con ella. Por lo tanto, lo más inteligente sería aprovechar cada momento que tuviera con techo, calor y comida. Lo primero sería salir de la casa y aliviarse, después, trataría de comer un poco más, sin descuidar que el guiso se mantuviera a buena temperatura. Se asearía tan bien como le fuera posible y empezaría a plantearse sus opciones.

Se tanteó bajo la ropa y descubrió que el saquito que había ocultado seguía tal y donde ella lo había escondido. Tal vez Harry no se hubiera dado cuenta de que llevaba unas pocas monedas encima o, a lo mejor, no le había dado importancia. Como fuera, aquel peso era reconfortante, su modo de poder pagar por el alojamiento cuando debiera abandonar la cabaña. Ese robo, el primero de su vida, era todo cuanto tenía para procurarse un futuro.

Harry dejó varias trampas a medida que se alejaba de la cabaña. Luego cargó la pala y un par de hachas de distinto grosor en la carreta y se alejó del claro hasta llegar a la zona del bosque donde había decidido comenzar a talar.

Marcó los árboles potenciales que cortaría, escogiendo los que cumplirían mejor con la función de convertirse en llamas, desechando los que no habían terminado de crecer y respetando una línea lógica que no estropeara el claro ni alterara demasiado el bosque.

Los recursos de la tierra debían usarse con respeto, lo había aprendido de muy joven y nunca se le había olvidado. Uno no podía talar a la ligera provocando derrumbamientos o que los troncos quedaran varados e inútiles por no tener espacio suficiente en el cual moverlos. Incluso una tarea como aquella, en apariencia tan primitiva, requería de conocimientos, uno de los muchos motivos por los que su hermano Boyle, que siempre actuaba primero y consideraba las consecuencias después, no sería capaz de emprenderla.

Usó un cubo de serrín para evitar el sudor de las palmas de las manos y vació su mente de todo pensamiento concentrándose en preparar la madera que iba cayendo al suelo para transportarla hasta su casa. Taló algunos troncos de grosor medio, lo bastante recios para avivar el fuego durante algún tiempo, pero no tan robustos como para que un solo hombre fuera incapaz de manejarlos. Con el hacha más pequeña, retiró las hojas, raíces y ramas, viendo todo lo que fuera aprovechable y cargándolo bajo la lona de la carreta. El aguanieve no cesaba de caer, lenta pero constante, empapándole un sombrero que pronto desechó y haciendo que el chaquetón le pesara todavía más que estando seco.

Entre las nubes, vio el sol en el lugar más alto del cielo cuando levantó la cabeza para echar un trago de agua y lavarse de sudor el rostro. Empezaba a acusar cansancio, ya notaba los pinchazos en los brazos y el cuello. Dormir en aquella condenada silla tampoco le había ayudado demasiado, pero en ese momento, rodeado de naturaleza y sus conocidos sonidos, se sentía lo bastante bien como para seguir durante unas horas más. Siempre que lograra sacarse de la cabeza a la mujer que estaba provocando que la sangre le bullera en las venas.

Bree. Un nombre que le llenaba de manera especial cada vez que se imaginaba pronunciándolo en voz alta. ¿Qué secretos escondería tras el semblante surcado de marcas y los temblores de miedo? ¿Habría vivido de verdad una pesadilla en la montaña o escapaba de un hombre porque sus sentimientos habían cambiado? No parecía probable que hubiera mentido, y aun así... aun así...

Imaginar lo que podría haber pasado le tenía obsesionado. Harry se sorprendía cada vez que la joven se colaba en su cabeza, imposibilitando que tareas simples como las que llevaba a cabo en esos momentos fueran el desahogo que había esperado. Incluso esforzándose, ella calaba profundo, llenándole de preguntas que no tenía idea de cómo empezar a responder.

Su mirada esquiva, las heridas que surcaban el cuerpo pequeño y delgado, su voz, que le recordaba a un guiso caliente en una noche de tormenta, y esos labios cuyo recuerdo le atormentaría durante mucho tiempo. Toda ella amenazaba con hacerle perder la razón.

—Es solo que no te gusta la incertidumbre —se dijo alzando el hacha una y otra vez—. Tan pronto se recupere y vuelva adonde pertenece... dejarás de pensar en ella.

Se obligó a creer que era verdad y volvió al trabajo. Una vez tuvo a su alrededor una cantidad considerable de madera apilada, colocó una pieza de madera con forma de pendiente que iba desde el lecho del bosque hasta la carreta; después, usando su fuerza bruta como palanca, empujó los troncos hacia arriba y los dejó colocados de tal manera que pudiera atarlos para no perderlos cuando fuera montaña abajo.

Había parado de llover y el cielo oscurecía ya sobre su cabeza cuando decidió que, por ese día, había perturbado el silencio del bosque lo suficiente. Guardó el hacha y recogió algunos trozos de madera, valorando si podría tallarlos con la pericia suficiente para hacerle a su sobrino un par de animales salvajes más para su colección de juguetes.

Echó la lona para evitar que la humedad estropeara la madera y, entonces, agarró la pala y un farol, recordando a sus músculos doloridos que aún quedaba una tarea por realizar antes de volver a la cabaña.

—Más vale que cavemos el hoyo a ese cabrón antes de que pase otra noche más a la intemperie —susurró recuperando el empapado sombrero y echando a andar.

Harry recorrió el sendero, pensativo. A juzgar por las señas que le había dado Bree, el cuerpo solo podía encontrarse en un sitio. El trabajo mecánico había acabado, de modo que ahora no tenía cómo callar los pensamientos que le acosaban. El lugar al que se dirigía era escarpado y desapacible, con frías corrientes de aire que se colaban bajo la ropa. Era increíble que ella hubiera salido bien parada. Realmente increíble. Como toda su historia.

Reconocía que, cuando ella había empezado a contarle lo ocurrido, temió que mintiera. No sería la primera vez que una mujer con cara de ángel hacía quedar a un hombre como un estúpido, se dijo pensando en aquel sonado caso que había tenido lugar unos pocos años atrás, donde un caballero de renombre, decidido a cortejar a una joven viuda, había entregado casa y fortuna en manos de su amada, que había terminado abandonándole por un hombre con el que había estado de acuerdo desde un principio. En el pueblo se habló de aquel engaño durante meses, recordó, pues nadie daba crédito a que una dama tan dulce hubiera sido capaz de armar semejante ardid.

Su propia experiencia, a medida que maduraba, le había enseñado que uno debía guardar cierto grado de desconfianza hacia otras personas. Por la propia seguridad y para evitar que se aprovecharan de actos de buena fe.

Sin embargo, unos golpes como los de Bree no podían infligirse por sí solos. El estado en que se encontraba mientras le narraba su pesadilla tampoco era fingido. Ese tono de voz, marcado por la conmoción, era muy real. Además, pocas mentiras tenían tantos detalles que encajaran con facilidad y fueran simples de demostrar.

De esconder algo, Harry estaba seguro de que ella se habría callado la muerte de Dairon. ¿Para qué decirlo si no era cierto? ¿Para asustarle y evitar que le hiciera daño? Quizá, pero había conocido mujeres suficientes como para estar seguro de que notaría un embuste como ese si lo tuviera delante.

—No tiene aspecto de ser capaz de despellejar un cordero —masculló mientras aminoraba el paso y se acercaba al lugar que ella había indicado—. Si ha matado a ese tipo, es porque no le quedaba otro remedio.

Él respetaba a quienes se defendían y luchaban por sí mismos, incluso si ahora tenerla en la cabaña resultaba un inconveniente para el que todavía no tenía solución.

—Los problemas de uno en uno, demonios. —Clavó la pala en la tierra y agudizó la vista—. Ahí está la subida escarpada a la montaña. Debió de agarrar el canto de uno de esos huecos, asestar el golpe y luego... echar a correr.

Era un verdadero milagro que hubiera cubierto la distancia hasta el Potomac en el estado en que estaba. Había que darle crédito por eso.

Harry recorrió la zona teniendo cuidado de dónde pisaba. El terreno estaba resbaladizo y el camino parcialmente cubierto a causa del aguanieve que se había hecho presente durante la noche. No era de esperar que quedaran muchos rastros, de eso estaba convencido.

Con el sombrero bien calado, Harry se agachó, mirando de cerca las hojas bajas de los matorrales cercanos y las rocas afiladas de la pared que tenía a su espalda. El acantilado estaba a solo unos metros y, a pesar de la oscuridad que empezaba a rodearlo, podía divisar el hundimiento de terreno desde donde se encontraba. Con los dedos cubiertos por los guantes, examinó con ojo crítico el escenario que se le presentaba. Aún quedaban rastros rojizos salpicando las rocas y adheridos a las hojas. El desgraciado debía haber sangrado como un cerdo si las gotas habían llegado a la altura suficiente como para prevalecer ante la nieve y las gruesas gotas de lluvia.

Apartó el barro con las botas, acercándose unos pasos más hacia donde el camino llegaba a su fin. No había cuerpo... pero eso podía tener muchas explicaciones.

—Los depredadores más grandes arrastran a las presas... —murmuró con los ojos fijos en cada curva del camino, que recorrió hasta que seguir andando resultó imposible—. Ninguna bestia se daría un festín sin antes ocultarse del resto de animales.

Además, hacía frío. Era casi época de hibernación, de modo que muchos cazadores estarían alerta y un bocado tan suculento como el cadáver de un hombre adulto no pasaría desapercibido. Los rastros podrían haberse borrado.

Con la mano derecha, Harry se sujetó el sombrero. Afianzó las botas sobre la superficie cubierta de barro y hojas húmedas y orientó el farol en dirección al acantilado. El viento silbaba a través de la gran abertura en la tierra. El fondo era demasiado oscuro. ¿Podría Dairon haber sobrevivido al golpe de Bree? ¿Tal vez había despertado de la inconsciencia y, al intentar arrastrarse para encontrar un punto de apoyo con el que levantarse, había caído?

El suelo bajo el acantilado no se veía. Debía de haber unos doce o quince metros hacia abajo. Un hombre herido, parcialmente congelado y sangrando en abundancia, no podía haber sobrevivido a algo así. Era imposible.

—Ella no mintió —dijo Harry a la nada, hablando con la montaña, cuyo silencio era ensordecedor—. Ese malnacido cayó aquí... estoy seguro.

No había nada que enterrar, pero eso no significaba demasiado. Los Apalaches eran un lugar brutal donde cada bestia intentaba mantenerse viva a costa de otra. Incluyendo las personas. En ese momento, Dairon debía de ser poco más que un conjunto de huesos y despojos en el fondo de alguna madriguera o tal vez... su cuerpo maltrecho estaba destinado a pudrirse en el fondo del acantilado hasta que las aves rapaces dieran con él.

Fueran como fuesen las cosas, no había sepultura que cavar y, por lo tanto, el trabajo de Harry había finalizado.

—No ha podido sobrevivir —se repitió dejando que su mirada recorriera todo el sendero una vez más—. Es imposible.

Después, decidiendo rumiar las posibilidades para sí, volvió sobre sus pasos, dispuesto a montar en la carreta y regresar antes de que terminara de caer la noche.

4

Llegó a la cabaña con la luna brillando en lo alto de un cielo cuajado de estrellas. Una vez la carreta quedó a buen recaudo, Harry aseguró las ruedas con grandes cantos y ató con doble nudo la lona bajo la que se amontonaban los troncos que llevaría a casa. Las noches eran húmedas y pudrirían todo lo que no quedara resguardado.

Se sentó en el porche sin hacer ruido para no alertar de su presencia y empleó todo el tiempo que le fue necesario en despellejar los tres conejos que habían caído en sus trampas. Los había recogido a la vuelta del lugar donde debería haber enterrado al hombre que había dañado a Bree. «Bree», volvió a pronunciar en su pensamiento, sintiendo la sacudida que su estómago acusaba cuando el nombre de esa mujer se le perfilaba entre los labios. Bien podría decir que era el hambre quien hablaba, pero en el fondo era consciente de que nunca había albergado una emoción así en sus entrañas, y mucho menos provocada por el apetito. Eran esas cuatro letras, *Bree,* las que detenían el aire en sus pulmones y hacían temblar los sólidos cimientos sobre los que se había sostenido toda su vida hasta ese preciso momento.

Podía oírla moverse tras la puerta cerrada de la cabaña, como un ratoncillo. Sus pasos eran lentos y, a menudo, jadeaba. Casi podía percibirse el sonido de la tela de las faldas deslizándose por sus piernas y el respirar acompasado que perdía el ritmo y la cadencia posiblemente cuando alguna tarea se volvía especialmente agotadora para el cansado cuerpo que había deambulado por la montaña. Debía de estar muy magullada bajo la ropa, algo que, al tacto, Harry no había podido comprobar cuando la encontró. Entendía el esfuerzo que le suponía haberse levantado, pero también valoraba que intentara hacerlo. Estaba claro que ella no era una de esas mujeres que se quedaban paradas viendo la vida venir. Peleaba por sí misma, de eso no tenía duda alguna. Y, a juzgar por los sonidos que le llegaban, no tenía miedo al trabajo. Sin embargo, también podía estar intentando congraciarse con él, que a fin de cuentas era su salvador y la persona que ponía, en esos momentos, un techo sobre su cabeza y comida en aquel cuerpo delgado y débil.

Decidió confiar en ella y centrarse en la sospecha que le martillaba el pecho desde hacía un buen rato y que no sabía si ocultarle. Callar implicaba dejar a Bree creyéndose una asesina, lo cual era cruel, sin duda. Pero también la convertía en una viuda de un mal hombre que la había dañado y subyugado, llevándola prácticamente al borde de la muerte. Y, como se empeñaba en remarcar su alterado corazón, aquello la hacía libre. Por otro lado, si existía la remota posibilidad que Dairon hubiese sobrevivido, significaría que Bree se encontraría limpia de pecado, pero seguiría casada y estaría obligada a perder cualquier resquicio de paz ante la amenaza de que su marido volviera a por ella. No habría tranquilidad en su vida. Ni motivos para que permaneciera cerca. Tendría que huir nuevamente y no permitiría que nadie se acercara a ella, ni su situación de esposa lo haría decente, se obligó a recordar Harry, con inquietud.

El mal menor sería dejarla pensar que las cosas seguían tal y como ella las había dejado. Dairon muerto, quizá no en aquel claro y a causa del certero golpe, sino tras una agonía lenta por las heridas mortales que se habían ido llevando su vida poco a poco, sepultándolo en algún lugar sin marca ni nombre que Harry no había podido encontrar. Así, aun con el remordimiento a cuestas, Bree se sentiría a salvo.

La decisión de guardar silencio se impuso a las demás.

Terminó de despellejar los conejos, se ocupó de los desperdicios y, una vez limpio el cuchillo y devuelto a su cinturón, dejó las presas en el zurrón y se acercó a lavarse en el abrevadero que había construido tiempo atrás.

Se bajó los tirantes, abrió la camisa despacio y usó la pastilla de jabón para lavarse más a fondo. Podría haberlo hecho dentro, pero imaginaba que Bree disfrutaría tanto de ese espectáculo como de verle despellejar animales y él tampoco estaba de humor para ser delicado tras una jornada de trabajo tan dura como la que había tenido.

Una vez estuvo razonablemente aseado, decidió que había ocupado todo el tiempo que podía antes de volver dentro de la cabaña. Necesitaba una camisa limpia para no pillar una pulmonía y tenía tanta hambre que la idea de hincar el diente a los conejos crudos empezaba a no parecerle tan descabellada.

Fiel a su promesa, llamó a la puerta de su propia casa y, tras recibir el permiso —su hermano Boyle se habría burlado sin piedad ante algo así—, entró. Saludó con la cabeza a Bree, sin mirarla, mientras recorría el espacio que separaba la entrada del arcón donde guardaba las mudas.

Ella, por el contrario, sí le observó al cruzar la estancia. Harry Murphy tenía el cuerpo de los hombres de la montaña, no había duda. Dairon no era enclenque, pero lo que tenía ante ella en ese momento eran una profusión de músculos perfectos, de un tono lo bastante oscuro para hacerle notar que, en épocas soleadas, ninguna prenda solía cubrir aquella piel que ahora contemplaba. El vello, disparado en el torso y el vientre, bajaba en una línea oscura escondiéndose debajo del pantalón, donde probablemente sería más abultado y rizado. Los brazos de Harry, fuertes y de aspecto duro, aquella espalda ancha marcada por alguna que otra cicatriz y las gotitas de agua que corrían pecho abajo hicieron a Bree olvidarse de lo que estaba haciendo. Con un carraspeo y las mejillas encarnadas, removió el guiso que se calentaba al fuego preguntándose cómo era posible que un cuerpo tan poderoso llamara su atención.

—Tiene buen aspecto —le dijo Harry una vez estuvo vestido y le dedicó, por fin, una mirada. Se fijó en que ella había arreglado su aspecto y en que el cabello lucía ahora lustroso, recogido en una larga trenza roja que le llegaba hasta la cintura, dándole una apariencia limpia y suave.

Bree le sonrió como agradecimiento. Se sentía algo mejor tras lavarse. Aunque no hubiera podido cambiarse la ropa, la había adecentado. Con el pelo peinado y los restos de sangre seca y tierra fuera de su cuerpo, se sentía mucho mejor.

—Me he tomado el atrevimiento de sacar algunas zanahorias y cebollas de esa caja —susurró señalando la olla—, pensé que irían bien para acompañar el guiso que usted había preparado.

—No voy a discutírselo. —Harry dejó los conejos sobre la mesa, sacó el cuchillo y comenzó a trocearlos en pedazos pequeños—. Mientras termina, voy a dejar esto preparado para que mañana podamos comer algo distinto.

—¿Los ha cazado usted?

Con la ceja alzada ante su tono de impresión, Harry se preguntó, no por primera vez, con qué clase de hombres habría dado esa mujer. Sabía lo bastante de Dairon como para descartarlo de inmediato, pues no tenía aspecto de ser un hombre capaz de valerse por sí mismo, pero ¿y el padre de Bree? ¿No había cazado nunca cuando la escasez de dinero impedía comprarle la carne a un tendero?

—Dejé algunas trampas antes de encargarme de la tala. —Con tiento, procurando no rozarla en el escaso espacio donde estaba situada la cocina, buscó un recipiente para guardar la carne—. Esperaba cobrarme alguna pieza a la vuelta y así ha sido. He tenido suerte.

—Esa fue... una decisión muy inteligente. —Su tono dejó entrever que no estaba habituada a personas que pensaran en el futuro con anticipación.

—Tengo una familia a mi cargo —expresó Harry encogiéndose de hombros—, procurar el alimento es una costumbre. No siempre se tiene cerca el mercado del pueblo.

—Aun así yo... un hombre que se encarga de todas esas cosas es muy respetable. Deben de estar orgullosos de usted. —No recordaba haberse sentido más agradecida en toda su vida. Harry Murphy hacía mucho por ella, tenía gestos y detalles de los que hasta ese momento no había disfrutado. Su destreza la impresionaba y la actitud que mostraba hacia ella la abrumaba.

Incómodo ante tanto halago, Harry dejó el cuchillo convenientemente guardado y se cruzó de brazos. Bree no le miraba, se limitaba a remover el guiso con su mano sana.

—No hay necesidad de que sea tan amable conmigo, señora. —Tan pronto lo dijo, supo que sus bruscas palabras no habían tenido el sentido esperado.

—¿Cómo dice? —preguntó Bree, cuyo asombro fue notable en el tono ligeramente chillón que impregnó sus palabras. ¿Había oído bien? ¿Él le pedía que no fuera amable?

Harry maldijo por lo bajo su torpeza. No estaba acostumbrado a convivir con desconocidos ante los que tuviera que medir sus palabras. En su casa, su familia le conocía y entendía lo que quería decir. Con Bree, por supuesto, no podía contar con aquello. Y ahora le estaba mirando como si su grosería la hubiera ofendido más allá de todo límite.

—Quiero decir —Harry carraspeó, preguntándose qué iba a explicar en realidad— que no tiene que decir esas cosas buenas de mí por temor a nada. Nadie va a echarla de aquí, ya se lo he dicho. Está segura. A salvo. Eso es todo.

—¿Le molesta que hable bien de usted? —Para Bree, que no había recibido palabras de aliento ni siquiera cuando se esforzaba con dureza para hacer las cosas bien, era importante demostrarle cuánto valoraba sus atenciones.

—Solo si... —maldición, ¡qué difícil era!—, solo si lo hace por temor a que me porte mal con usted.

Bree ya estaba negando con la cabeza antes de que Harry pudiera terminar de hablar. Por lo visto, aquella mujer pensaba más rápido de lo que él era capaz de componer una frase.

—Expreso lo que pienso, señor Murphy. No trato de gustarle para evitar que me eche, aunque admito que estaría en su derecho. Es su casa. —Y qué gratificante era, pensó Bree, poder hablar sin temor a que una bofetada le cruzara la cara por decir algo considerado como inconveniente.

—No sé con qué clase de hombre está acostumbrada a tratar, señora. Aunque me hago una idea. —Harry se hizo con dos cuencos y un par de cucharas del estante—. Sin embargo, le aseguro que no soy uno de ellos.

—Entonces no puede reprocharme que valore sus virtudes y se las haga saber como agradecimiento.

—Cualquiera en mi situación...

—No, señor Murphy. —Bree le miró a los ojos sin titubear. Sus palabras encerraban verdades que llevaba marcadas a fuego por el cuerpo—. No habrían hecho lo mismo que usted.

Como se le pusieron las orejas rojas, Harry decidió que la conversación debía morir en ese punto. Le indicó a Bree con un gesto que fuera a la mesa y él se encargó de servir la comida. Durante unos momentos, cenaron el uno frente al otro en perfecto silencio, llenando sus estómagos mientras sus mentes estaban muy lejos de allí. La de Bree, puesta en qué sería de ella cuando estuviera lo bastante fuerte para valerse por sí misma y Harry Murphy abandonara la cabaña para volver junto a los suyos. La de él, que no se alejaba mucho de aquellos pensamientos, se planteaba cómo seguir con su vida acostumbrada cuando estaba casi seguro de que aquella mujer iba a quedar sola, desprotegida y sin un lugar seguro al que ir. Se repetía una y otra vez que aquello no era asunto suyo, pero debería haberlo pensado antes de bajar de la carreta y arrancársela a la muerte de los brazos. Le había dado cobijo y se había hecho responsable de ella. No podía desampararla, pues moralmente se sentía comprometido con su bienestar.

—¿Señor Murphy?

Levantó la cabeza al oír que le llamaba. La mirada penetrante le provocó la tentación de pedirle que utilizara su nombre de pila, solo para poder oírlo de sus labios rosados. Azorado, comprendió que no iba a ser capaz de dejarla marchar a su suerte. Los ojos que le miraban eran los más bonitos que había visto nunca. Ni la mirada tierna de un cervatillo recién nacido podía compararse al brillo intenso que parecía adueñarse de cada rincón de la cabaña cada vez que Bree parpadeaba, iluminando la tristeza de un rostro que Harry se sorprendía deseando acariciar con las yemas ásperas de sus dedos.

—¿Pudo encontrar... le... le encontró? —El temblor en su voz hizo evidente a qué se refería.

Harry tragó un gran pedazo de carne sin masticarlo, buscando hacer tiempo para componer una verdad a medias lo bastante creíble para no incitar a Bree a hacerle más preguntas. Sin querer entrar en detalles, asintió con la cabeza.

—No se preocupe más por eso, señora. Ya ha pasado.

Bree asintió mientras removía unas zanahorias que, de pronto, no sabía si podría comerse.

—Ignoro si está bien sentirme en paz cuando fui yo quien...

—Usted solo defendía su vida. Cuando se trata de uno mismo u otro, siempre hay que pensar en el propio pellejo.

—¿De verdad lo cree? —Bree lo vio asentir, sin dudarlo—. Según me ha contado, usted abandonó su carreta y se metió en el río solo para auxiliarme. Eso no me parece pensar en el propio pellejo.

—Esa situación es distinta. Usted no suponía una amenaza para mí. Él sí lo era para usted. El mundo no ha perdido nada con que esté muerto y usted ha ganado el derecho a vivir.

«El derecho a vivir»... esas palabras le sonaban a Bree tan desconocidas como si hubieran sido pronunciadas en algún idioma extranjero. Los últimos meses con Dairon había creído que jamás podría seguir adelante y se había limitado a luchar a diario por ver ponerse el sol sin recibir insultos, golpes o amenazas. ¿Sería cierto que ahora se abría un nuevo capítulo para ella? ¿Podría volver a empezar y esperar lo que le deparara la vida, sin miedo?

—Si necesita cambiarse de ropa... —Harry carraspeó con torpeza indicándole con un gesto de la barbilla su arcón—. No encontrará nada de mujer, pero... quizá le sirva alguna camisa o prenda interior.

—Se lo agradezco, señor Murphy. Me temo que no me alcanzará con lo que tengo para pagarle.

—Eso no será necesario, señora. Me sentiré más que recompensado si continúa recuperándose como hasta ahora. —Con un gesto amable de los hombros, Harry le quitó un poco de importancia a la seriedad que veía en la mirada de Bree. Quería que se sintiera bien después de todo lo que había pasado, y que no temiera tener deudas que saldar—. Tal vez, si le parece bien, mañana podría terminar de preparar el conejo para la cena. Lo que ha hecho con esas cebollas y las zanahorias le ha quedado de maravilla.

Bree se sintió tan agradecida de ser útil que asintió con firmeza. Aquello podía hacerlo y, además, sería con enorme gusto.

Rato después, una vez la cena quedó recogida y la estufa provista para la noche, Harry sacó de una de sus cajas una botella de cuerpo redondeado cerrada con un tapón de corcho. Pasando la mano por la superficie de la etiqueta para retirar el polvo, se la mostró a Bree.

—Traiga dos vasos. La noche será fría y un trago nos ayudará a conciliar el sueño.

Muy impresionada, obedeció. Él vertió dos dedos de *whisky* ambarino en cada vaso y le ofreció uno. Antes de que ella pudiera reaccionar, Harry apuró el suyo agradeciendo el calor del alcohol que se deslizaba garganta abajo. Tal vez eso aclarara sus ideas. O quizá solo las enredara más.

—¿Cómo ha conseguido la botella con la Prohibición? —preguntó Bree, sin atreverse a beber.

—Digamos, señora, que todo hombre acostumbrado a visitar la montaña tiene alguna reserva a buen recaudo. Sobre todo, con el invierno encima. Vamos, beba, la ayudará.

Desconfiada, Bree olisqueó el *whisky*. Hizo un mohín y la nariz se le arrugó. Harry compuso una media sonrisa y la animó con un gesto.

—Vamos, ¿ha cruzado la mitad de los Apalaches a pie y le tiene miedo a un par de sorbos de alcohol? No la tenía por una cobarde.

—En ese momento, mi vida corría peligro.

—En unas horas llegaremos a los siete grados bajo cero. Y conforme avance la madrugada, serán más. Una vida puede correr peligro con ese frío, ¿no le parece?

Decidida a borrar de la cara de Harry el gesto burlón, Bree se llevó el vaso a los labios, cerró los ojos y bebió. Fue desagradable y no le gustó nada en un principio; sin embargo, el calor que recorrió su interior empezó a reconfortarla. Con las cejas alzadas en un gesto muy seguro, levantó el mentón y dejó el vaso junto al de Harry. Él se rio negando con la cabeza.

—Uno será suficiente por esta noche. Está muy malherida para soportar más alcohol.

—¿Está seguro de que me ayudará a dormir?

—Como una recién nacida. Confíe en mí. —Bree asintió. La palabra de Harry Murphy había demostrado tener mucho valor, de modo que no encontró razones para desconfiar.

Harry, que no podía tolerar una noche más en la silla, colocó en el suelo el jergón de plumas y dejó que Bree se arrullara bajo las mantas de piel en el sofá. Con el chaquetón puesto y agradeciendo la posición horizontal, se acomodó doblando los brazos bajo su cabeza y mirando al techo, sin moverse.

Bree dio algunas vueltas en la oscuridad hasta hallar la postura. Después, suspiró, oculta casi por completo bajo el calor que una buena cena, el abrigo y el *whisky* habían dado a su cuerpo. Tal vez esa noche durmiera sin pesadillas.

—Que descanse, señor Murphy.

—Usted también, señora —respondió Harry, al que no dejaba de parecerle raro tener un ritual de sueño con alguien. Imaginaba que algo parecido hacían las parejas casadas, pero era una idea que no pretendía dejar germinar en su mente—. Mañana saldré al alba, así si me doy prisa y con un poco de suerte, tal vez al mediodía haya acabado con el trabajo. Uno no puede demorar la estancia aquí demasiado, el invierno va a encrudecerse pronto.

Bree guardó silencio, aunque registró con mucho cuidado la verdad que ocultaban aquellas palabras. Harry había sido amable, solícito y respetuoso con ella. Había compartido refugio, comida y hasta su bebida. Dormía en el suelo para que ella estuviera cómoda y había llamado a la puerta para no asustarla a pesar de que aquella cabaña le pertenecía. Nadie era tan desprendido durante tanto tiempo, Bree lo sabía bien y, ahora, con aquellas palabras que él acababa de decirle, se lo ratificaba.

Tan pronto estuviera bien provisto de leña, volvería a casa para pasar la peor parte del invierno en compañía de su familia. Un hombre con obligaciones y hogar no podía dilatar su estancia en la montaña en épocas tan precarias cómo aquella, eso estaba claro. Al igual que estaba claro para ella, que notó cómo el agradable calor del alcohol la abandonaba alejando el sopor que la había invitado a dormir, que su seguridad junto a Harry Murphy iba a terminar muy pronto.

En cuanto él marchara montaña abajo, ella debería irse también, pues de ninguna manera podría seguir abusando de su hospitalidad solicitándole quedarse unos días más. Contrariada por haberse permitido sentirse arraigada en tan poco tiempo, se recordó que así era su vida ahora. Estaría sola ante lo que viniera. Esperar cobijo de los demás ya había demostrado ser un error antes y no volvería a cometerlo.

5

Fiel a su palabra, Harry salió a la intemperie de la montaña tan pronto despuntaron los primeros rayos del alba. Armado con su hacha, con el rifle cargado al hombro y asegurándose las botas para evitar que la nieve deshecha de la noche anterior le calara en los pies, se ajustó el sombrero y subió a la carreta de un salto.

Solo después de haber sujetado las riendas, se dio cuenta de que había olvidado apartar los gruesos cantos que mantenían inmóviles las ruedas y, aunque no dudaba de que sus bayos tuvieran la fuerza necesaria para traspasarlos, los ejes podrían partirse al pasar por encima. Nunca le había ocurrido algo semejante.

—Concéntrate en el trabajo, Harry Murphy, maldito seas —gruñó a la fría mañana apartando las falcas de las ruedas con una patada más intensa de lo que habría sido necesario.

No tenía pensado alejarse mucho, pues estaba seguro de que una docena más de troncos bastaría. Como siempre, dejó preparadas algunas trampas y aseguró la carreta cuando llegó a la zona escogida para empezar. Aquellos castaños harían buen fuego y, como apenas cortaría unos pocos, el claro no se vería afectado. Tal vez incluso reservara un par de trozos de madera para unas sillas o una mesa baja, a su madre le encantaría tener muebles nuevos.

Midió las edades de los troncos y desechó los que estuvieran en crecimiento, tal como su padre le había enseñado. Luego tomó el hacha y comenzó a cortar de forma precisa, concentrado solo en el sonido que la hoja dentada provocaba en la madera

Sin pretenderlo, pensó en Bree. ¿Se habría levantado o seguiría hundida en las cálidas mantas recobrando la salud con el sueño que tanto necesitaba? La cabaña era un buen sitio si uno lo comparaba con aquellos en los que la mujer debía de haber estado, pero no podía decirse que la estancia allí fuera ideal para recuperarse de heridas como las suyas. Él mismo, acostumbrado al trabajo en aquellas condiciones, acusaba ya las dos noches de mal descanso y el frío y la humedad, que no les daban ni un respiro.

Se había propuesto pasar solo dos noches en la cabaña. De haber llegado con luz, incluso podría haber aprovechado el día de la subida para empezar a trabajar, pero tal como se habían dado las cosas, hasta era probable que tuviera que alargar su estancia una jornada más. En cualquier caso, su plan inicial de volver a la granja esa misma mañana se había esfumado. El destino, o lo que fuera que guiara sus pasos, le había llevado a tomar el atajo del Potomac en lugar de su camino acostumbrado. De no haberlo hecho, Bree sería ahora, con toda seguridad, un cadáver congelado que serviría de comida a las alimañas. En lugar de eso, descansaba en la cabaña, protegida bajo su cuidado. Sus mejillas se habían sonrojado y, aunque sus heridas apenas habían empezado a cicatrizar, se adivinaba una piel suave, de una blancura deseable y tierna. Dulce, con toda probabilidad, bajo una boca experta que supiera saborearla como era debido.

—¡Maldición!

Harry lanzó el hacha al suelo y se quitó el guante a toda prisa, evaluando el corte que acababa de hacerse. Por suerte para su mano, el golpe había sido muy suave y conservaría los cinco dedos de una pieza. Era más de lo que merecía por haber dejado correr en libertad semejantes imágenes dentro de su maltrecho cerebro. ¿Quién se creía que era para albergar ideas como aquellas? Hasta donde él sabía, ningún hombre respetable haría nada parecido, por más que la mujer en cuestión tuviera un cuerpo como el de esas botellas de dorado licor que con gusto habría dilapidado para olvidar lo cerca que estaba de él y lo lejos que la sentía al mismo tiempo. Ojalá el frío que le calaba las ropas enfriara sus ánimos, se dijo. O le recordara por lo menos cómo ser un caballero.

Usó nieve limpia para insensibilizarse la mano y limpiar la herida, después, sacó de la carreta un rollo de tela y se la vendó lo mejor que pudo, flexionando el dedo para asegurarse de que no se había dañado ningún tendón. Solo era un corte superficial, pero cuando el efecto frío del hielo se fuera, dolería como el demonio. Por no hablar de que le haría ir todavía más despacio. ¿Era posible que algún contratiempo más le hiciera tener que demorar su vuelta a casa? Empezaba a creer que en su destino estaba escrito que aquel invierno se congelara perdido en la montaña.

A esas alturas, y conociendo bien sus costumbres, no dudaba de que su madre empezaría pronto a impacientarse. De hecho, y aunque necesitaría varias horas para cubrir el trecho que separaba el claro donde se encontraba de la granja, no le impresionaría si en unas horas oyera perros ladrando montaña arriba, guiando a vecinos y amigos que, sin duda, habrían montado una partida de búsqueda para localizarlo, poco acostumbrados como estaban a que Harry se saliera de los planes y horarios que él mismo se imponía.

—Eso le encantaría a Boyle —sonrió con cinismo y tomó el hacha con cuidado, intentando volver a cortar con la misma velocidad de antes—, levantar su culo del cálido recibidor para subir aquí a rescatarme.

Estaba tentado a empeñar su propio orgullo y dejarse encontrar con tal de ver si su hermano era capaz de seguir el ritmo de los voluntarios que se unían a las partidas, hombres recios que no se dejaban intimidar ante las ventiscas y derrumbamientos.

El humor se le disipó pronto, en cuanto por la mente revolotearon de nuevo los pensamientos que habían amenazado con no abandonarle. Bree Caser, una deliciosa molestia por la que empezaba a sentir un apego más imprudente de lo normal. No era culpa de esa mujer que él estuviera descentrado, estaba lejos de sus intenciones hacerla responsable de nada, pero... ¡le había complicado tanto las cosas desde que había aparecido! La mirada perdida y desamparada que podía vislumbrar cuando no se daba cuenta le partía el alma del mismo modo que su hacha dividía en dos los troncos que talaba. Los leves suspiros que percibía sin venir a cuento restallaban como vendavales en su pecho y lo hacían estremecer, como si el dolor que ella albergaba en el corazón traspasara la distancia que los separaba y se acunara entre sus latidos. De buena gana acogería en sus labios esas exhalaciones, pues no había nada que deseara más desde que la recogió que besarla con su consentimiento para demostrarle que encajaban a la perfección, como los recios troncos y las ventiscas, que se abrazaban y llenaban de caricias en cada tormenta de invierno. Se estaba volviendo loco o quizá solo fuera la falta de descanso lo que notaba alterar su ánimo cada vez con más frecuencia, pero, si algo tenía claro, era que su vida iba a enredarse todavía más. Bree había llegado para repartirle unas cartas con las que Harry no estaba seguro de saber jugar y había llegado el momento de hacer el siguiente movimiento.

Durante la noche anterior, había decidido que no podría volver a su casa dejándola atrás. No solo porque aquello fuera lo menos educado y caballeroso que podría hacer, sino porque no era justo que, tras haberla salvado y haberle dado algunas horas de seguridad, ahora la dejara a su suerte. Por más que Bree hubiera demostrado capacidad de supervivencia antes, cuando las condiciones no le eran nada favorables, no le parecía lo correcto. Cómo explicaría a su familia que volvía con una mujer herida y llena de marcas provocadas por un hombre que, a todas luces, estaba muerto era otro cantar.

—Me enfrentaré a esa tormenta cuando llegue —decidió mientras apartaba unas ramas retorcidas y medio podridas por la humedad de la nieve—. No puedo abandonarla en plena montaña en su condición, sin comida ni abrigo.

Dado que el único sitio al que pensaba ir era su casa, ahí era donde llevaría a Bree. Sospechaba que no iba a ser fácil convencerla, pero esperaba conseguirlo, sobre todo porque tenía que ayudarle a inventar un cuento lo bastante creíble para que su familia la aceptara bajo su techo sin hacer demasiadas preguntas.

Mientras tanto, ajena a los planes de Harry Murphy y convencida de que sus horas bajo un techo confortable estaban contadas, Bree dejó preparado un guiso de conejo lo bastante consistente como para poder comer unos cuantos bocados y asegurarse de que quedaba suficiente para él cuando volviera.

Contó las monedas que llevaba en el saquito y separó las que consideró pago justo por la comida y trato que Harry le había proporcionado aquellos días. No se iría tranquila de otro modo. Aunque fuera poca cosa, el pago simbólico y todo su agradecimiento serían mejor recibidos que salir a hurtadillas sin despedirse.

Tomó del arcón la camisa más desgastada que encontró y se la ató sobre su propia ropa. Con suerte retrasaría la sensación de frío si conseguía ser lo bastante rápida como para alcanzar el pueblo más cercano antes de que cayera la noche.

Agarró un par de cebollas crudas y una zanahoria y las anudó en un pañuelo. Era todo cuanto podía cargar y, además, no era apropiado que usara las provisiones de Harry en su beneficio, por más que estuviera pagando por ellas.

Salió al exterior, encogida ante la ráfaga que la recibió y a causa de los dolores que las magulladuras le provocaban. Ignorando los temblores y la incomodidad, usó el retrete y luego se aseó en el abrevadero, que descansaba junto al porche de la cabaña. Limpió sus heridas lo mejor que pudo, tratando de evitar infecciones en arañazos y cortes, y luego empapó un trozo de tela limpio y aplicó el agua casi helada en las marcas de su cara. Entonces la sobrevino una fuerte arcada y vació el contenido de su estómago en un rincón del claro. Las sienes le palpitaron y el dolor interior se mezcló con el que sentía hormigueándole en la piel. Tal vez había comido demasiado deprisa o los nervios por lo que estaba a punto de hacer habían podido con ella. Todo pensamiento era mejor recibido que la terrible verdad que sabía que crecía dentro de ella.

—No lo pienses —se rogó mientras se soltaba la trenza e intentaba arreglarse el cabello—. Ahora no.

Se imaginó el aspecto que tendría, con todos aquellos moratones de diversos tonos que adornaban su piel blanca. Cualquiera que se encontrara con ella notaría de un solo vistazo a qué eran debidos, y no deseaba despertar lástima en nadie. Esperaba que la ayudaran, pero no quería caridad. Había aprendido a cuidarse y a trabajar desde que era una niña, no tendría reparos en hacerlo para lograr un lugar donde dormir y algo de comida.

Pocas personas existían en el mundo como Harry Murphy, que tan solo le había pedido que mantuviera la cazuela caliente a cambio de sus cuidados. Ella no era tonta y, durante horas, mientras estaba sola en la cabaña, había temido que se cobrara su amabilidad de otra forma. Mas él, correcto y amable, jamás había tenido para Bree una sola mirada que la incomodara.

Esperaba que el pago que le había dejado fuera suficiente. Habría entregado más, pero necesitaba todo cuanto le quedaba. Volvía a estar sola, a punto de volver a enfrentarse a los Apalaches y sin más guía que un mapa arrugado que había hallado en un cajón de la cocina y que no estaba del todo segura de saber interpretar. Eso tendría que valer, se dijo con seguridad mientras intentaba sujetarse el pelo enredado en un rodete. Tenía que pensar con frialdad. Desviarse o adentrarse más profundamente en la montaña era lo que más la preocupaba; por lo tanto, debía intentar mantenerse serena, ir montaña abajo, mantener un paso firme e ir en línea recta siempre que fuera posible.

—Lo menos que puedes hacer es ahorrarle el tener que decirte que se va a su casa —decidió al tiempo que volvía dentro—. Ha hecho suficiente por ti, más que cualquier otra persona. Cuando vuelva y no te vea, estará liberado. Es lo justo.

No abusaría de la hospitalidad del señor Murphy, como tampoco le pondría en el compromiso de ofrecerse a llevarla a algún sitio.

Buscó algo con lo que garabatear unas palabras, pero no encontró papel. Dejó las monedas sobre la mesa de la cocina, revisó la olla una última vez y decidió servirse unas pocas cucharadas más. No podía enfrentar la montaña sin nada en el estómago o sus posibilidades serían aún menores. Después, le colocó la tapa y apagó la estufa.

—Lamento que vaya a encontrar la cabaña helada cuando regrese —susurró a las paredes vacías, tomándose el guiso caliente mientras notaba la añoranza abrirse paso a través del miedo a lo desconocido que estaba a punto de enfrentar. Cuando hubo terminado, limpió el cuenco, cruzó la estancia y tiró de la puerta echando un último vistazo atrás—. Gracias por no dejarme morir.

Fue muy consciente de que era probable que no volviera a ver nunca aquellos ojos, medio escondidos por el flequillo rubio oscuro que le caía sobre la cara cuando se quitaba el sombrero. No oiría la voz ronca y educada que le preguntaba si se sentía mejor ni tampoco volvería a ver su cuerpo fuerte y recio que parecía dedicado solo al trabajo y cuidado de su familia.

Con cierta sorpresa, Bree comprendió que sentiría nostalgia de Harry Murphy. ¿Cómo era posible cuando había sido un hombre quien tanto daño le había causado? Quizá porque él solo se había mostrado amable. No la había juzgado ni castigado por defenderse. No había pensado mal de ella por haber seguido a un hombre al que apenas conocía. Por haber confiado en una palabra que Dairon seguramente jamás había pensado cumplir.

Lo echaría de menos y guardaría de él un recuerdo grato, que ya era más de lo que tenía cuando emprendió el camino a aquella montaña que por poco le había costado la vida. Ahora, era momento de continuar.

Para cuando Harry volvió por el sendero que conducía a la cabaña, aterido de frío, ya era media tarde. No había comido nada, la herida del dedo le palpitaba a consecuencia de no haber querido ralentizar más el trabajo y el peso de la carreta, cargada con los troncos, amenazaba con hacer el avance todavía más lamentable.

Tan pronto desenganchó los caballos y los aprovisionó, aseguró con los cantos la carreta y cubrió como pudo el contenido con la lona, con una sola mano. La otra empezaba a dormírsele y su improvisada venda estaba goteando, señal de que la hemorragia había vuelto a abrirse.

Recordar que en la cabaña habría algo caliente con que llenarse el estómago le cambió el humor. Dejó de lado su rutina de aseo y, sin siquiera sacudirse las botas, abrió la puerta, olvidando el acuerdo que tenía con Bree, y entró, ansioso por resguardarse en el calor de la estufa y poder volver a admirar, aunque solo fuera por unos segundos, el rostro angelical que le daría esa tímida bienvenida a la que tenía miedo de acostumbrarse. Por un instante, pensar que alguien estaría esperándole en la cabaña le reconfortó.

—¿Señora? —llamó, tan pronto cruzó el umbral, quitándose el sombrero—. ¿Por casualidad sabe usted coser heridas abiertas? Me he cortado y el maldito sangrado no...

Nadie le devolvió el saludo. Parado en la entrada, Harry notó que, si bien todo parecía en su sitio... había algo que no encajaba en aquel lugar tan familiar. Algo estaba mal... algo había cambiado irremediablemente en su ausencia. Recorrió la estancia de forma rutinaria, con pasos lentos y pesados. No quería comprobar cómo se cumplían sus peores presagios, pero el silencio y la oscuridad hablaban por sí solos.

No había rastro de Bree Caser por ningún lado, pero sobre el fogón apagado, una olla bien cubierta esperaba por él. Había sido fiel a su palabra, pensó Harry con cierta amargura. Y por lo visto, había decidido cumplirla justo antes de marcharse.

Ahora deambulaba sola, de nuevo. En la montaña.

—¡No, maldita sea! ¿Cómo puede ser tan...? —exasperado, gruñó y volvió sobre sus pasos a todo correr.

Inmóvil ante la puerta abierta de la cabaña, Harry dejó que el aire gélido le azotara la cara unos minutos. El frío que golpeaba su cuerpo no era muy diferente del que reinaba en el interior... lo que significaba que la estufa debía de llevar algunas horas apagada.

—Todavía queda algo de luz —musitó, mirando al cielo plomizo, que se extendía más allá de lo que le abarcaba la vista—. Es una mujer lista... no esperaría a irse a que estuviera a punto de anochecer. Debe de haber partido hace horas... ¿pero hacia dónde?

Acicateado por un impulso, Harry volvió dentro, tratando de seguir los pasos que habría dado Bree antes de partir. Vio las monedas sobre la mesa y el cajón de la cocina a medio cerrar. Tiró de él con fuerza, revolviendo el escaso contenido. Había un mapa dentro, recordó. No tenía tantas pertenencias en la cabaña como para pasar por alto las que faltaban. Había un mapa y ahora ya no estaba.

—Solo marca un par de pueblos... —dijo para sí mismo, tirando de un trapo y usándolo para sustituir el que había estado cubriéndole la mano—. Si ha ido montaña abajo, solo hay un lugar al que ha podido dirigirse... pero si ha tomado algún camino que la lleve más profundamente hasta la montaña...

No quería pensarlo. El espesor de los Apalaches era interminable y, aun cuando él conocía aquella zona razonablemente bien, podía tardar demasiado en dar con ella.

Recorrió el lateral de la casa. Ella había usado el abrevadero... y, al parecer, el esfuerzo de llegar hasta allí para lavarse había provocado que se le revolviera el estómago, pues encontró restos de lo poco que Bree había comido en un rincón. Siguió avanzando y las huellas no tardaron en aparecer. Tal vez porque era demasiado inexperta como para cubrir su rastro o quizá porque más que huir intentaba seguir adelante, el caso es que el camino tomado por Bree pareció abrirse ante los ojos de Harry como las páginas de un libro.

Marcas serpenteantes en el camino, hojas y ramas pisoteadas... todo indicaba que había tomado la dirección del pueblo más cercano marcado en el mapa, montaña abajo.

—Pero no conoce los caminos... tan pronto se le atreviese un árbol y tenga que desviarse acabará adentrándose en la espesura más y más —murmuró valorando las pocas opciones que tenía. Las horas de luz se acababan y las temperaturas de la noche amenazaban con seguir bajando—. Tengo que dar con ella antes de que salga del sendero.

Lo más eficientemente que pudo contando con una única mano sana, Harry volvió a enganchar los caballos. Apartó los topes de las ruedas de una patada y se subió a la carreta de un salto, tirando de las riendas con firmeza.

Las primeras gotas de lluvia le mojaron la cabeza cuando tan solo llevaba unos minutos en marcha y le recordaron que había olvidado el sombrero en la cabaña. Si no encontraba a Bree antes de que el tiempo empeorara y el barro hiciera imposible que la carreta se moviera, tal vez ninguno de los dos lograra salir con vida de aquella montaña.

6

Debería haber supuesto que el destino no iba a ponérselo fácil. Claro que, después de lo que había pasado, ¿qué era un poco de lluvia? Bree no pensaba permitir que las inclemencias del tiempo la desanimaran. Consultó el mapa con ojo crítico. Resguardarlo de las gruesas gotas que caían sin cesar era imposible, de modo que intentó memorizar cuánto pudo antes de volver a guardarlo.

Debía seguir montaña abajo para llegar al pueblo, eso estaba grabado a fuego en su memoria. Si debía desviarse por algún motivo, tenía que tener muy presente volver al camino tan pronto los obstáculos hubieran pasado, pues de eso dependía no perderse.

Podía hacerlo, se repitió. Había salido con bien antes, en condiciones mucho peores que aquella. Ahora tenía el estómago lleno, estaba descansada y además, tenía aquel precioso trozo de papel para guiarla. No era mucho, y sus conocimientos sobre el terreno que pisaba brillaban por su ausencia, pero era más de lo que había tenido durante su huida de Dairon. Lo conseguiría, se dijo con determinación. Incluso se permitió alzar el rostro y dejar que el agua helada mojara sus mejillas.

Tomó aire y se sostuvo con el brazo sano a una rama para admirar el paisaje salvaje que se abría ante sus ojos. Aquello tenía que salirle bien. Aunque escapar del calor de la cabaña sin avisar hubiera sido precipitado y descortés, Harry Murphy no podía verse obligado a llevarla al pueblo y darle comida o dinero para su subsistencia después de salvarle la vida. Ya había abusado de su bondad lo suficiente y Bree era lo bastante orgullosa para saber cuándo no podía aceptar más caridad de nadie. Estaba haciendo lo correcto y ahora, por primera vez, sentía que merecía un nuevo comienzo después de la mala suerte que la había acompañado durante gran parte de su vida.

Se paró un segundo y reforzó el improvisado cabestrillo en que llevaba sujeto el brazo. Le dolía menos gracias al reposo que había hecho en la cabaña, pero era muy difícil avanzar a buen ritmo sin poder sostenerse y apartar ramas con las dos manos. Movió los dedos, abriendo y cerrando el puño como Harry le había enseñado para que no se le entumecieran.

Si quería encontrar trabajo pronto en el pueblo al que llegara, más le valía hacerlo en condiciones apropiadas. Pocos contratarían a una mujer malherida, con aspecto desvalido y débil. Tenía que mostrar que sus lesiones, aunque recientes, estaban camino a curarse y que estaba preparada para desempeñar cualquier oficio, siempre que fuera honrado y le reportara alimento y un techo sobre la cabeza.

Nunca había temido trabajar, siempre había sido capaz de colaborar y ganarse el sustento, aunque para Dairon —que enseguida comenzó a criticar todo cuanto hacía— sus esfuerzos terminaran en hechos inútiles.

Según su opinión, Bree solo era que una palurda sin posibilidades. Una mujer de esas que se contaban por miles, sin ningún encanto especial más que su capacidad para ser manejada y ofendida sin que opusiera resistencia. Disfrutaba diciéndole que no valía para nada después de abofetearla. Eso había sido lo único que probablemente le había hecho feliz desde que habían emprendido el viaje a Virginia, castigarla.

Pero ahora Dairon no estaba. Yacía en alguna tumba profunda, cavada por el honor cristiano del hombre más amable que Bree había conocido jamás. Harry Murphy se había apiadado de ella. Había salvado su vida. Le debía hacer de esa segunda oportunidad algo que mereciera la pena.

—Demostraré que Dairon se equivocaba —declaró para sí misma, con convicción—. Saldré adelante y dejaré de tener miedo.

El sonido de la lluvia sobre las hojas, persistente, la hizo ver que era momento de reemprender el camino. La humedad se impregnaba cada vez más en su chal y la camisa que había tomado de Harry, puesta sobre la ropa, distaba mucho de ser suficiente para aplacar el frío. Empezaron a castañetearle los dientes, las piernas le hormiguearon y su estómago rugió, pero Bree siguió adelante, decidiendo reservar las provisiones que llevaba en el pañuelo para más adelante.

No podían quedar muchas horas de viaje, deseó con esperanza volviendo a consultar el mapa. Los caminos trazados parecían muy asequibles sobre la desgastada superficie... y a ella le parecía que llevaba caminando días.

Se desvió, apartándose de un riachuelo cuya agua helada salpicaba las rocas sembradas a su alrededor. Empezaba a acusar el cansancio y la ropa empapada le provocaba temblores incontrolables. El frío no mostraba compasión, pero se obligó a seguir dando un paso tras otro. No podía faltar mucho, se repitió. Seguro que ya estaba cerca. Tenía que estar cerca.

Mientras tanto, y sintiendo como si el peso de cada tronco que cargaba en la carreta hubiera caído sobre sus hombros, Harry Murphy se acercaba por los caminos impregnados de barro y lluvia maldiciendo su suerte, los pinchazos de dolor de su mano y el día en que había decidido socorrer a Bree Caser.

Si la hubiera dejado morir junto a la orilla del Potomac, nada de aquello habría pasado. Después de todo, parecía que esa condenada mujer, de apariencia frágil y cuerpo menudo, tenía unos inmensos deseos de ver el fin de sus días en medio de la montaña. ¿Por qué, si no, en nombre del Señor, se habría aventurado de nuevo en medio de los Apalaches provista tan solo de un viejo mapa que ni él estaba seguro de poder interpretar?

Harry intentaba comprender el motivo que la podría haber impulsado a arriesgarse de esa manera. Que recordara, no había hecho nada que pudiera haberla ofendido hasta esos extremos. ¿Acaso pensó que intentaría cobrarse su hospitalidad con ella? Si era así, debía tener una pésima opinión de todos los hombres, cosa lógica si uno tenía en cuenta con quién había estado en el pasado. De todas maneras, ¿no había demostrado él de qué pasta estaba hecho? ¿Le era tan difícil confiar y evitar ponerse en peligro una vez más?

Harry no se habría aprovechado nunca de una mujer bajo su cuidado, ese era más el estilo de su hermano Boyle. Sin embargo, tampoco era lo bastante hipócrita como para negar la evidencia que le palpitaba dentro del pecho. Y es que no le hubiera importado disfrutar del cálido toque de esa mujer, ni de comprobar de nuevo a qué sabían los labios pálidos que habían ganado color gracias a la poca conversación mantenida al abrigo de la cabaña. Evitar fijarse en la curva perfecta de su cuello habría sido un imposible, como casi lo era soportar la tentación de acercar la nariz a tan delicado punto y aspirar la esencia femenina que albergaba. Ese aroma puro, sensual, que la brisa traidora traía hasta Harry atormentándolo de forma deliciosa.

Con todo el orgullo que sentía al saberse libre de las ataduras femeninas, debía ser honesto con sus propios impulsos y admitir que no le habría importado atarse con gusto si era una mujer como esa quien sujetara la soga. Bree... pese a las magulladuras y el miedo que habitaban en su interior, había demostrado ser diestra en las labores del hogar, afectuosa en sus palabras e incluso cercana cuando se sentía en confianza.

El burbujeo de sangre caliente que sentía correrle por el cuerpo cada vez que la veía lamerse aquellos labios cuarteados hacía a Harry muy consciente de que sus ansias por el trabajo y la familia no le hacían menos hombre. Su frustración íntima y el hambre por el contacto de una mujer se le despertaba cada vez que sorprendía a Bree mirándolo de reojo, observando sus movimientos o atendiendo sus palabras. El rubor que le cubría las mejillas cada vez que le oía llamarla *señora* era lo más erótico que Harry había visto. Y por eso, aunque jamás lo reconocería, gozaba tanto pronunciando aquella palabra.

Protegerla era cuanto quería y estaba seguro de haberlo demostrado. De modo que solo existía una explicación razonable para que se hubiera aventurado, una vez más, por las recónditas sendas de los Apalaches, desconocidas para ella...

—Está asustada —gruñó Harry sin entender bien por qué. Detuvo la carreta y se apeó para sacar una de las ruedas del amasijo de rocas y barro que la retenían—. Y más lo estará cuando se vea perdida en esta maldita montaña. —Continuó maldiciendo mientras empujaba con las pocas fuerzas que le restaban.

Por suerte para él, avanzaba dejando un mar de rastros a su paso. No obstante, debía darse prisa, pues la lluvia terminaría por borrar aquellas señales. El mal tiempo y la oscuridad de la noche harían muy difícil que ambos encontraran la salida.

Una vez la encontrara, Harry iba a tener que tomar decisiones rápidas. Volver atrás, a la cabaña, parecía una misión imposible. El estado de los caminos, que con toda seguridad empeorarían tan pronto arreciara la ventisca y la nevada que empezaba a caer cuajara, haría imposible el regreso. Por otro lado, podría apresurar los caballos para llegar así a su casa, aunque, con ese tiempo y a oscuras, eso les llevaría prácticamente toda la noche.

No podía estar seguro de las condiciones en las que Bree se encontraría cuando diera con ella, pero llevarla con su familia parecía lo más lógico. Allí ella podría terminar de restablecerse y tendría tiempo para decidir qué haría luego, cuando dejara de ser responsabilidad suya.

Un trueno rompió la negrura de la noche, sacándolo de sus pensamientos y haciendo crujir con su fuerte explosión la parte más profunda del bosque. Definitivamente, volver atrás ya no era una opción. Ahora solo debía encontrar a la mujer y, después, que Dios le ayudara a llegar a su casa y dar convincentes explicaciones, pensó mientras encendía el farol que había llevado a su lado parte del camino.

Tenía los pies empapados. Ya no le quedaba comida y esconderse bajo las ramas altas no servía de nada contra el viento y los gruesos copos de nieve que caían sin parar. Era imposible seguir avanzando en aquella oscuridad. Estaba segura de que había estado desviándose del camino que indicaba el mapa mucho más de lo aconsejable; por lo tanto, ya no estaba convencida de estar yendo en la dirección correcta. Era evidente que no llegaría al pueblo aquella noche. No llegaría a ninguna parte si los centímetros de granizo seguían subiendo, adormeciéndole las terminaciones nerviosas y haciendo que los dientes amenazaran con rompérsele dentro de la boca de tanto como le temblaban.

Una vez más, había fracasado. Otra vez, su intento de salir adelante sola, de tomar decisiones y empezar de cero había sido en vano. Por su incapacidad y lentitud, moriría helada en aquel lugar inhóspito. Dairon, desde donde quiera que estuviera, debía de encontrarse riendo a carcajadas. Se sentía tan apática que casi le pareció oír su voz mientras la miraba con ese desprecio en los que ella había creído ver amor: «¿Qué esperabas, Bree? Eres una inútil. Jamás habrías podido llegar sola a ninguna parte, pese a que tu vida dependía de ello, porque eres una necia y no vales nada».

Las lágrimas se le mezclaron con los ríos de lluvia que corrían por su rostro. También le había fallado a Harry Murphy, que se había arriesgado para socorrerla sin motivo. ¿De qué le había valido ayudarla si ella por su orgullo iba a terminar muerta no muy lejos del mismo punto de donde él la sacara? Su vida no sería memorable. No lograría conocer la felicidad, vivir en paz ni estar tranquila, porque ahí acababa todo.

Durante un segundo, se llevó la mano al vientre preguntándose si, después de todo, iba a morir acompañada. Quizá fuera mejor así...

—¿Señora?

Dando un brinco que la separó del árbol en el que se había recostado, Bree levantó la cabeza lo más que pudo, oteando el negro horizonte con el corazón retumbándole en el pecho. ¿Había oído...? ¿O quizá la locura empezaba a hacer mella en ella de manera cruel animándola a creer en espejismos antes de desfallecer?

—¿Señora, puede oírme?

¡Era su voz! Incapaz de creerlo, Bree cruzó como pudo un riachuelo formado por la nieve que se derretía. Empezó a apartar ramas, buscando ser más visible. Entrecerró los ojos intentando vislumbrar algo pese a la oscuridad y le pareció que, a lo lejos, un traqueteo se acercaba. Y una luz titilaba, de eso no había duda.

¿Sería posible? ¿Había querido Dios que, por segunda vez, Harry Murphy diera con ella en medio de la montaña?

—¡Estoy aquí! —gritó, aunque su voz era poco audible por encima del sonido sordo de la lluvia—. ¡Señor Murphy, estoy aquí!

El relincho de los caballos fue notable entonces y la luz se hizo más brillante. Cuando debió apartarse para que pasara la carreta y vio al enorme hombre calado hasta los huesos medio inclinado sobre las riendas, mirándola ceñudo bajo una cortina de agua que le caía por el pelo, Bree casi estuvo tentada de sonreír. Jamás en toda su vida, se había alegrado tanto de ver a alguien.

—Señor Murphy... —susurró, al borde de la extenuación.

—Agradable noche para dar un paseo por los Apalaches, señora —gruñó él a voz en grito como respuesta.

El reflejo del farol dejaba claro que Harry no estaba nada contento de encontrarse allí, pero eso no impidió que se inclinara hacia ella, valorando su estado. Bree suspiró, incrédula de su suerte.

—No estaba en mis planes que la noche y la tormenta me sorprendieran antes de llegar al pueblo —trató de explicarle entre temblores que la hacían moverse del sitio, como si bailara en medio de la noche, bajo un manto de lluvia helada.

—¿Qué pueblo? —preguntó Harry en voz alta, sin estar seguro de haberla entendido bien—. Lo único que encontrará en esa dirección es lo más profundo del bosque. Donde hibernan los osos.

—Pe... pero el mapa... yo... ¡iba hacia el norte!.

—¿Hacia el norte? —Harry negó con fuerza y se apeó de la carreta de un salto. Sus botas salpicaron agua y el grueso abrigo que llevaba escurría, pero Bree no había contemplado jamás un hombre que pudiera estar tan atractivo cuando todo en su apariencia era un completo desastre. Con el pelo empapado aplastado sobre la nuca, la miraba con el ceño fruncido mientras gotas de barro manchaban sus pantalones. Tenía las manos ennegrecidas y, aun así, ella las habría tomado para dejarse guiar adonde fuera. Aquel hombre, malhumorado y hecho un asco, era su ángel de la guarda. Y había dado con ella para salvar su vida de nuevo—. Los únicos lugares a los que podría haber ido son de vuelta a la cabaña, si hubiera podido dar con ella, y montaña abajo. El pueblo más cercano está a millas de aquí por el camino que está siguiendo.

Levantándola sin preguntar, la sentó en la balda de la carreta, justo en el asiento que él iba a ocupar. Bree tenía las piernas tan entumecidas tras tantas horas andando que no protestó. Oyó como Harry trasteaba bajo la lona donde cargaba los troncos y, después, le vio sacar un sombrero oscuro y una manta que echó sobre sus hombros.

—Veo que lleva mi camisa —murmuró envolviéndola lo mejor que pudo—. No vale ni la mitad de las monedas que dejó por ella, aunque las aceptaré todas como compensación del agradable viajecito que me ha hecho hacer.

—Pretendía dejar de ser una molestia, señor Murphy.

Ceñudo, él volvió a subirse a la carreta y se sentó muy pegado a ella. Se había puesto el sombrero oscuro sobre la cabeza, que no era el mismo que Bree le había visto el día antes. Desconocía por qué se había fijado en ese detalle, pero parecía que todo lo que atañera a Harry Murphy empezaba a calar hondo en todos sus sentidos. No había detalle que se le escapara y por eso sus mejillas se colorearon cuando su mirada esquiva se topó con aquellos ojos claros que la miraban insondables.

—¿Y cree que no está molestándome ahora? ¿Tiene idea de las horas que llevo buscándola, empapado hasta mis partes más íntimas, arrastrando varias toneladas de madera y rezando para que nada asuste a los caballos?

Un caballero no habría usado esas palabras, pero a Harry le dio igual. De hecho, le agradó que ella tuviera la decencia de sonrojarse y bajar la mirada, era lo mínimo que le debía tras lo mucho que había trastocado sus planes en tan pocas horas.

—Solo pretendía librarle de tener que echarme. No es una tarea agradable —explicó ella, tratando de hacerse oír por encima del estruendo de la lluvia sobre las hojas. Comprobando que se ponían en marcha, se agarró con la mano sana al borde de la carreta para no perder el equilibrio—. Ayer por la noche me dijo que su trabajo estaba casi hecho. Nada le retendría en la cabaña.

—¡¿Y qué le hizo creer que pensaba echarla sin más?! —Harry no lograba comprenderlo. Aunque lo intentara, la cabeza no le daba para descubrir qué habría pasado para que Bree actuara de manera semejante. ¿Acaso la había insultado? ¿Había faltado a su pudor? ¿La había incomodado sin ser consciente? Tenían un acuerdo y, hasta donde él sabía, ambos lo habían cumplido de buen grado, ¿por qué, entonces, en nombre de Dios Misericordioso, esa mujer se había hecho a la idea de que él pensaba abandonarla a su suerte?—. No puedo entenderlo, señora.

—¿Qué otra cosa podría haber hecho si no? No podía pretender que siguiera cuidando de mí. No tiene ninguna obligación.

—Demonios, señora... el acuerdo que teníamos funcionaba, ¿no es cierto? Yo la cuidaba y usted cumplía su parte como estaba previsto. Los dos salíamos ganando. Tenerla en la cabaña no era una molestia para mí, yo agradecía su compañía.

Harry tuvo que agachar la cabeza para esquivar una rama baja. Bree hizo lo propio, notando como los músculos empezaban a ceder al esfuerzo. Le costaba hacer el más mínimo movimiento.

—Quise devolverle el favor pagando mi estancia y... no dándole más problemas.

—Me habría sido de mucha más ayuda que no tratara de matarse en esta montaña otra vez —comentó en un tono grave pero algo más sereno. Empezaba a comprender que la voz que le llegaba a través de la lluvia estaba cada vez más debilitada a causa del cansancio. Pronto, Bree ni siquiera tendría aliento para seguir haciéndose oír.

Ella le sonrió, aceptando la suerte de tregua que se adivinaba en las palabras que él había pronunciado. El alivio de ver que se alejaban de aquel improvisado refugio que de nada le habría valido hizo que parte de su tensión se disipara. Se sentía segura junto a Harry Murphy aunque en aquel momento fuera el más gruñón de los hombres que habitaban la tierra.

—Está enfadado conmigo.

—Puede apostar su vida a que sí —le respondió él, sin mirarla.

—Pero aun así ha venido a buscarme. Señor Murphy... no tengo cómo pagarle. Es la primera persona que conozco capaz de arriesgarse por mí, sin tener ninguna razón para ello. Yo... gracias.

Eso ablandó a Harry, que giró la cara y miró a Bree de lado. Parecía tan pequeña así, escondida bajo la manta mientras las finas gotitas de lluvia caían sobre ambos, con la mata de pelo empapado y la barbilla temblorosa de frío... le conmovió. Él tenía sus motivos para haberla socorrido, aunque no estuviera de humor para compartirlos todos con ella.

—Mi honor me hacía imposible dejarla a su suerte, señora. —Todo en su interior le había impulsado a ir por ella, era la verdad—. No entiendo qué se le metió en el cuerpo para arriesgarse así... pero debía venir por usted.

No sin cierta sorpresa, Harry se dio cuenta de que aquella era una sentencia muy real. Nada, ni la montaña, la lluvia o la tormenta podrían haberle impedido que se precipitara en pos de Bree. Se sentía muy aliviado de haber dado con ella. Su felicidad al saberla a salvo, sentada a su lado en aquella carreta, era tan inmensa que casi tenía ganas de reírse. De repente se daba cuenta de que, ya el primer día, cuando la había hallado a punto de sucumbir a causa del frío y las heridas, se había convertido en uno de los momentos más especiales de su vida. Y no era debido al ansia de presumir por haber hecho algo heroico, sino porque el destino le había guiado a él, un granjero corriente, directamente hasta esa mujer. Cuidarla y velar por ella se le descubría de pronto como lo más importante para él, por eso sabía que sería capaz de encontrarla aunque el infierno mismo la ocultara de su vista. Por eso, no permitiría que Bree volviera a correr peligro.

No obstante, su cabeza, más lógica y dominante que aquellos ardientes sentimientos que hacían bombear con toda fuerza su corazón, le gritaba cautela y la necesidad de protegerse, de no dejarse dominar por las pasiones.

Tras unos minutos, el sonido de la lluvia pareció acompasarse con el traqueteo de la carreta, que avanzaba por el sendero a buen ritmo. Los bayos sacudieron las crines mientras Harry los guiaba con relativa facilidad. Bree apenas se movía. Agotada como estaba, luchaba por mantener los párpados abiertos, consciente de que, si se rendía al cansancio, podría dormirse. La idea de perder el equilibrio la asustaba, y quería permanecer alerta para, al menos, servir de compañía a Harry, que se había encogido bajo sus mojadas ropas de abrigo y miraba al frente con el rostro húmedo.

Se irguió en el asiento, pero el camino y los árboles se le hacían borrosos. Ni siquiera la salpicadura de la lluvia la espabilaba y, al final, los ojos se le cerraron y su cabeza cayó hacia un lado, sobre el hombro de Harry.

—¿Señora? ¿Qué...?

Sostuvo las riendas con una sola mano, nervioso de que el estado de inconsciencia de Bree la impulsara a caerse de la carreta. Moviéndose con una torpeza que lo molestaba profundamente, Harry estiró el brazo todo lo que el empapado abrigo le permitía y sujetó a la exhausta mujer contra su costado. La tormenta había amainado lo suficiente para hacer el sendero más visible y, aunque todavía lloviznaba, cabía esperar que el tiempo les diera una tregua.

Inquieto, Harry trató de permanecer inmóvil mientras guiaba a los caballos y sujetaba a Bree al mismo tiempo. Ella murmuró algo y se removió. La cabeza le colgaba, resbalando desde su hombro hasta el interior de su pecho. A Harry lo recorrió un escalofrío que nada tenía que ver con el pelo mojado de Bree. De hecho, su piel se calentó bajo las capas de ropa, incomodándole.

—Cristo... —masculló levantando el hombro. Tenía que evitar que ella perdiera las fuerzas por completo o aquella cara tan delicada acabaría acomodada directamente en su regazo—. ¿Señora? ¿Señora... Bree? Vamos... despierte, no puedo... necesito las dos manos para...

Una de las ruedas pasó por encima de un pequeño canto y la carreta dio un salto. De inmediato, Bree se irguió, pasándose la mano por los ojos. Mortificada, guardó toda la distancia que pudo y evitó mirar a Harry durante unos segundos. Él tampoco podía mirarla a ella. E hizo lo imposible para no mover un músculo.

—Lo siento, señor Murphy, yo... estoy tan cansada que...

—Es comprensible —gruñó él sacudiendo el sombrero para que cayera el exceso de agua que se había ido acumulando—. No se preocupe. Podrá descansar apropiadamente cuando lleguemos.

El silencio se hizo entre ellos, apenas roto por el pisar de los bayos sobre la roca húmeda. Bree aguardó unos minutos, pero como temía volver a dormirse, decidió entablar conversación. Había algunas cosas sobre Harry Murphy que llamaban su curiosidad.

—¿Qué le impulsó a subir por segunda vez a la montaña cuando era niño, tras perderse?

—La estupidez —respondió él demasiado pronto, aunque supo exactamente al punto que ella quería llegar—. Y querer demostrar que era capaz.

Bree asintió mirando al frente, sin ver más que lluvia, caminos echados a perder y árboles mal iluminados por el farol de la carreta. ¿Cómo podría él parecer tan seguro de adónde iban? ¿Cómo lograba orientarse? Para ella cada sendero abierto en medio de los espeluznantes árboles oscurecidos era exacto al anterior.

—Yo he fracasado, pero al menos no me quedé sentada esperando su caridad.

—Señora, si la ayuda no es por caridad, es porque soy un ser humano y usted otro. ¿Qué persona dejaría a un semejante morir si puede evitarlo?

La respuesta bailó en las mentes de ambos, mas ninguno pronunció palabra alguna.

—Gracias, señor Murphy —repitió ahogando un bostezo.

Con nerviosismo creciente, Harry observó como Bree volvía a cabecear. Ella se esforzaba por evitarlo, pero el sueño ya la había rodeado y no parecía posible que fuera a dejarla ir. Con un carraspeo, apretó la mandíbula y se movió apenas en la balda, acercándose. No iba a pedirle que se recostara contra su cuerpo, pero, como parecía inevitable que la gravedad la forzara a hacerlo, prefería estar preparado.

—Ya no debe de faltar mucho... ¿no es así, señor Murphy?

La frente de Bree cayó hacia delante. Ella se rehízo durante unos segundos... solo para que sus ojos volvieran a cerrarse inmediatamente después. Su mejilla se posó sobre el hombro de Harry, que la sujetó. Con el cuerpo en tensión y los nervios a punto de explotar, el granjero se encontró rezando por que la lluvia, que casi había cesado, descargara con toda su virulencia sobre él, pues, quizá así, sus ánimos se enfriaran.

Siguió adelante durante las escasas horas de oscuridad cerrada que quedaban, con Bree adormecida de forma inconstante. Sentirla pegada a su cuerpo, con aquel calor que emanaba de ella, le trastornaba los sentidos. No quería oler su pelo ni sentir la suavidad de su cara aun con las capas de ropa que le separaban de su piel, pero al igual que ella no había podido controlar el sueño, tampoco Harry se veía capaz de dominar los pensamientos que le acosaban.

Había pasado mucho tiempo desde que sus brazos habían estado llenos... y, aunque sabía que albergar esos sentimientos era inapropiado, no podía negar lo agradable que le resultaba servirle a Bree de protección con su cuerpo. Se sentía segura apoyada en él y eso era algo que le hacía sentir muy bien.

Y también frustrado e incómodo, por muchas razones.

Despuntó el alba en el horizonte, revelando el resto del sendero como algo casi mágico, con todo aquel verdor y el olor inconfundible de la tierra mojada. Bree apoyó su mano sana contra el brazo de Harry y acabó de incorporarse. Le dedicó una sonrisa tímida y sus mejillas empezaron a llenarse de rubor. Como podía intuir su turbación, porque él también la había sentido durante cada minuto que había durado aquel trayecto, Harry decidió pasar por alto el momento. O por lo menos, intentar simular que estaba mucho más tranquilo de lo que se sentía en realidad.

Levantó la cabeza, señalando hacia delante con un gesto de la barbilla. Estaba entumecido y, aunque la idea de llegar a su casa le reconfortaba, también le llenaba de nerviosismo.

—Después de bajar la montaña, iremos a Morgantown, el pueblo al que pertenece la granja de mi familia. Apenas está amaneciendo, llegaremos cuando esté entrada la mañana.

Entre medio dormida e impresionada por lo que oía, Bree no calculó bien los movimientos y, al removerse, perdió el equilibrio. Para evitar que se cayera, Harry tuvo que sujetarla como pudo del talle, provocando que una de sus manos rozara la parte baja de su seno, oculto bajo la camisa mojada. Una fuerte corriente eléctrica le recorrió el cuerpo y se sintió avergonzado. ¡Condenada mujer! ¿Acaso estaba dispuesta a abocarlo a los mismísimos fuegos del Averno? ¿Es que no había sido suficiente con tenerla respirando pausadamente contra su cuello durante horas?

—¿Su granja? ¿Con su familia? —exclamó Bree con la voz estrangulada ante tan inesperada noticia. Todo rastro de sueño había desaparecido de sus ojos, que estaban ahora abiertos y brillantes

—Si prefiere hospedarse junto al río, no tengo problema en dejarla aquí mismo —masculló Harry con la mandíbula tan apretada que fue un milagro que las palabras encontraran la forma de salir de entre sus labios.

—Ellos no saben quién soy, señor Murphy. Y dudo mucho que acepten de buen grado dar cobijo a una mujer que abandonó su hogar siguiendo a un marido que la engañó y al que tuvo que...

—Por eso mismo no vamos a contarles todos los detalles, señora. Solo los necesarios.

—¿Qué quiere decir?

Harry había tenido el tiempo suficiente para pensar en todo aquello. Que él recordara, no había mentido nunca a su familia. Al menos, no mentiras de las que uno debiera arrepentirse en su lecho de muerte, y el caso de Bree Caser era uno de esos que se consideraban justificados. Por el momento, cuanto menos supieran de su verdadera historia, mejor. Por un lado, para evitarle a ella el bochorno de tener que dar explicaciones sobre un pasado lleno de dolor y vergüenza, culminado con un asesinato —o intento bastante certero—. Por otro, porque si ese desgraciado había tenido la improbable fortuna de sobrevivir y seguía por ahí buscándola, no podría relacionar a la mujer que había intentado matarle con aquella a la que él pensaba cobijar en su casa. Sabía que aquel hombre se estaría pudriendo en alguna cueva de los Apalaches, eso era lo más lógico, pero toda precaución le parecía poca cuando se trataba de la seguridad y la tranquilidad de Bree.

—¿Conoce usted a Milton Harrison, señora?

Muy confundida, Bree parpadeó y negó con fuerza. Harry compuso una sonrisa torcida.

—No tengo idea de quién me habla.

—Harrison fue mi compañero mientras trabajé en el aserradero de Granville, hace unos años. Éramos lo bastante cercanos para podernos considerar amigos. Un tipo callado, sin familia. Solitario, trabajador. Murió hace poco más de una semana. Tenía... problemas al respirar. Eso es lo que te provoca talar árboles durante tanto tiempo, día tras día.

Recordó que la noticia no le había asombrado demasiado. Cuando Harry llegó al aserradero, Milton ya era un trabajador curtido. Había estado allí el tiempo suficiente como para enfermar, y luego no había considerado dejarlo.

—Recibí un telegrama de nuestro antiguo capataz. Al parecer, entre las pertenencias de Milton había un hacha vieja con la que yo solía trabajar y quería saber si deseaba recuperarla. —Harry se encogió de hombros—. Como ve, señora, no había parientes a los que recurrir.

Bree pasó por alto, de momento, la sorprendente información de que Harry Murphy había tenido otro oficio que no fuera encargarse de su granja y los que allí vivían, sobre todo, porque él no parecía muy dispuesto a dar más detalles sobre el tema.

—Yo... lamento la pérdida de su compañero, señor Murphy, pero ¿eso tiene algo que ver conmigo?

—Por supuesto que sí. Milton Harrison es el nombre de su difunto marido, al que ha perdido tras unos breves meses de matrimonio. —Bree abrió la boca, pero Harry decidió continuar, aprovechando su turbación para exponer por completo su plan—. Un hombre dedicado al trabajo de la madera sabe lo necesaria que es durante el invierno, de modo que decide subir a la montaña, igual que hice yo. Por supuesto, no deseaba dejarla sola, por lo que la trajo con él. Encontrarnos fue una rara casualidad, señora, pero también una suerte, ya que la carreta donde su marido y usted viajaban sufrió un accidente y yo estaba ahí para socorrerla, aunque no pude hacer nada por Milton. —Harry clavó en ella una mirada convincente. Si quería que le creyeran en la granja, su voz tenía que sonar clara y sin titubeos. La historia, por más increíble que pareciera, debía ser simple y encajar. Si había un solo atisbo de duda en sus palabras, todo se descubriría—. Eso es lo que vamos a decir a mi familia.

Bree agrandó los ojos al ser consciente de las implicaciones que tendría aquello. El corazón se le encogió en el pecho al entender que Harry Murphy estaba dispuesto a mentir a su familia para mantener limpio su honor. Un honor que no era tal. No podía permitirse rechazar la ayuda que le estaba brindando, pero aceptarla la obligaba a ser sincera sobre un aspecto de su vida que él desconocía.

—Su gesto es maravilloso, señor Murphy. Pero antes de que se exponga engañando por mí a la gente que le quiere, creo que debería confesarle algo que no sabe —titubeó al tiempo que notaba las primeras lágrimas discurriendo por sus mejillas. Recordar aquel momento le causaba más dolor que todo el daño físico que había padecido y cuyas secuelas aún cargaba en el cuerpo.

—¿De qué me habla? —preguntó Harry con preocupación. El tono sombrío de sus palabras y la expresión acobardada de su bello rostro no auguraban nada bueno.

—Él me engañó —declaró Bree en un susurro casi inaudible—. Yo no lo supe hasta que me alcanzó en la montaña, se lo juro. Yo... yo... nunca lo sospeché, todo fue tan normal... me pareció apresurado, pero... pero él decía que era romántico. Que así era como los enamorados hacían las cosas, sin pensar. Le creí. Quise creerle y... y no me di cuenta...

—Señora, le aseguro que no tengo ni idea de lo que intenta decirme.

Harry detuvo la carreta y se volvió en el asiento para no perderse ni un detalle de aquella extraña confesión. Los hombros de la mujer se sacudieron con un estremecimiento que lo obligó a tener paciencia y respirar en profundidad. Estaba ansioso por llegar a su casa y deshacerse de las ropas mojadas que se le pegaban al cuerpo; también de tomar algo caliente y ponerse delante del fuego del hogar que, a buen seguro, ardería con viveza. Pero no continuaría la marcha hasta que ella acabara el relato que había empezado. Por más que no pareciera tener ni pies ni cabeza para él.

Elevó las manos hacia los brazos de Bree y trató de calmar los espasmos del llanto que le desgarraba el alma, pero la reacción que lo recibió lo hizo retroceder. Ella se asustó y evitó su contacto alejándose todo lo que pudo sobre la balda de la carreta. Temeroso de que volviera a perder el equilibrio, Harry aguardó, decidido a no hacer ningún movimiento en falso.

—Dairon me mintió —insistió Bree, continuando por fin—. Organizó una ceremonia que no fue real, solo una patraña. Entramos a aquella posada y dijo que había un párroco —continuó, con los dientes apretados por la rabia que sentía cuando lo recordaba mofándose de la candidez que aún perduraba en ella—. Él... se aprovechó de mí, me hizo creer que habíamos intercambiado nuestros votos, que éramos esposos, pero... no fue así.

Con la inquietud brillándole en la mirada, Harry se puso aún más en tensión. Aunque sabía la respuesta, se obligó a corroborarlo, pues lo que Bree dijera podría cambiarlo todo.

—¿Qué es lo que trata de decirme, señora?

—Que Dairon y yo jamás estuvimos casados. Ese hombre nunca fue mi marido. Me engañó, señor Murphy, me engañó.

7

Rose Anne Murphy había pasado toda la noche en vela, inquieta por la ausencia de Harry y, al despuntar el alba, cansada de dar vueltas en la cama, decidió sentarse en el porche a esperarlo.

Su hijo debía tener un motivo de peso para demorarse más de lo previsto, por eso no se sorprendió cuando, a primera hora de la mañana, con el cielo ya despejado de la tormenta de la noche anterior, lo vio aparecer en la carreta acompañado.

—Ya llega tu hermano —anunció en voz lo suficiente alta como para que su otro hijo la oyera.

Boyle, que luchaba con una hilera de alambre mientras sostenía unos clavos de forma precaria en la palma de la mano, se incorporó, levantándose el ala del sombrero para mirar hacia donde su madre le indicaba. Escupió al suelo, negando con la cabeza y usando la recia bota para estirar el alambre sobre el tablón que tenía más cerca.

—Bueno, por lo menos ha tenido la decencia de no esperar a que todo el trabajo estuviera hecho para volver.

—No viene de borrachera, Boyle —le espetó con ironía su madre. La actitud del mayor de los Murphy podía llegar a ser muy mezquina cuando se lo proponía—. Ha estado cortando leña, dale un respiro.

—¿Y quién me lo dio a mí cuando tuve que correr tras estos pollos? —Mascullando para sí, enredó el alambre en el segundo tablón, clavado en el suelo paralelo al anterior.

—Las gallinas no tienen la culpa de que la cerca anterior estuviera mal colocada. —Con un suspiro, Rose Anne vertió en el suelo los restos de su último café. Se le había quedado frío—. Por Dios, hijo, si te quitaras los guantes, tus dedos servirían para algo.

—¿Y cortarme las putas manos? No gracias, madre. Prefiero tardar el doble y conservarlas intactas.

—Tú siempre prefieres tardar el doble. Y baja ese tono conmigo, Boyle Drew Murphy. Por muy hombre que seas, todavía puedo darte unos azotes.

Boyle dejó caer el martillo y se irguió cuan alto era. Estaba dispuesto a devolverle la pulla y soltar una de esas acusaciones de las que tanto disfrutaba, algo como que el hijo pródigo había vuelto a casa, lo que, sin duda, cambiaría el humor de Rose Anne, pero de repente se fijó en la carreta que se acercaba a toda prisa.

—¿Pero qué demonios...?

Rose Anne ya había empezado a bajar los escalones del porche frotándose las manos, que, de repente, se le habían quedado frías. Algo muy grave tenía que haberse atravesado en el camino de Harry, estaba segura. Su hijo era prudente y no se habría internado en la montaña en mitad de la noche a menos que tuviera necesidad. El aguacero que había estado castigando la tierra hasta la madrugada tenía que haberlo sorprendido, e imaginarlo en esas circunstancias, empapado y guiando a los caballos por terrenos cubiertos de barro y rocas, aumentó su preocupación.

Mientras su madre recorría parte del camino de la entrada, Boyle solo observaba, mudo de asombro, cómo la figura de su hermano iba haciéndose cada vez más visible en el horizonte. Llevaba un sombrero calado sobre la cara y, junto a él, un bulto menudo. Boyle entrecerró los ojos, incrédulo ante lo que veía.

—Una mujer —masculló, sin dar crédito—. Mi condenado hermano ha bajado de la montaña acompañado por una mujer.

Bree estaba exhausta, con el estómago vacío y el cuerpo aterido por el frío. Las temperaturas durante la noche habían caído en picado y la manta que cubría sus ropas mojadas no había hecho demasiado por ella. Sentía pinchazos en las piernas y los costados, apenas notaba los dedos y los labios le temblaban. Intentó controlar el nerviosismo, mantenerse estoica, pero conforme la carreta se aproximaba a su destino, traqueteando y haciéndola removerse en el incómodo asiento, más le costaba.

Sabía que su estado era lamentable, y no solo a causa de la cara amoratada, el hambre, el cansancio y el insoportable frío, sino también por su espíritu. Sentía unas desgarradoras ganas de llorar, encogiéndose sobre sí misma donde nadie pudiera verla ni hacerle preguntas. Todo lo que había contado a Harry, la terrible mentira de la que había sido víctima le había hecho recordar detalles que, temía, nunca podría olvidar. Lo que había hecho en esa montaña la perseguiría para siempre, no importaba dónde se escondiera.

—Estamos llegando —dijo una voz ronca a su lado.

Aunque él no se había quejado, Bree era consciente de que para Harry Murphy aquel trayecto tampoco había sido fácil. Llevando ella manta, él había tenido que conformarse con su chaqueta empapada y aquel sombrero que apenas evitaba el azote de la lluvia. No se movía demasiado y ella estaba segura de que seguía guiando a los caballos por pura incapacidad para retirar las manos de las riendas. Harry no había cerrado los ojos y su tez era pálida. Todo su rostro gritaba lo agotado que se sentía; sin embargo, logró esbozar una pequeña sonrisa cuando la carreta serpenteó en dirección al camino de entrada.

Haciendo un esfuerzo, Bree giró el torso para mirar la casa hacia la que se dirigían. El olor a tierra y hierba mojada inundó sus fosas nasales mientras contemplaba la vivienda de madera, cuyos ventanales relucían. Había humo saliendo de la chimenea de piedra y construcciones anexas a los lados, probablemente para albergar a los animales.

Parecía un hogar agradable, pero estaba demasiado nerviosa y al borde de sus fuerzas como para apreciarlo.

—Ahora mismo... creo que podría aceptar un poco... un poco de ese *whisky* suyo, señor Murphy. —Se frotó las manos, intentando esconderlas bajo la manta húmeda, buscando desesperadamente algo de calor.

Harry negó, apreciando la desesperación que se escondía tras aquella petición, enfatizando apenas aquella pequeña sonrisa que se había posado en sus labios minutos antes. La miró bajo el ala del sombrero, con un suspiro.

—Eso es imposible, señora. La Prohibición impera en esta granja. —Sacudió los brazos, animando a los caballos a mostrar un poco más de brío antes de poder detenerse a descansar—. Mi madre no me perdonaría nunca que infringiera la ley bajo su techo.

Aunque su pose rígida se había relajado de forma sustancial conforme veía más cerca el momento de llegar a su hogar, lo cierto era que Harry Murphy seguía mostrando tensión. Bree era buena captando trazas de preocupación en la gente, probablemente porque ella misma las había lucido durante días enteros en el pasado, al igual que lo hacía ahora.

Como fuera, Harry no se encontraba todo lo cómodo que habría cabido esperar de un hombre que atraviesa un infierno bajo la lluvia para volver a casa. Tal vez porque la verdad que ella le había confesado sobrevolaba su cabeza como un carroñero a punto de lanzarse a por sus sesos. El que aquella mujer no fuera viuda cambiaba tantas cosas que Harry se veía incapaz de saber por dónde empezar a desenredar la maraña de pensamientos que se le agolpaban en la cabeza. Una boda falsa, un marido que no era tal... demasiadas circunstancias extrañas rodeaban toda la historia del incidente ocurrido en la montaña. Pero él no podía pensar ahora en nada de todo aquello, tenía por delante la dolorosa tarea de tejer una mentira creíble de cara a su familia. Ya habría tiempo de aclarar el asunto.

Temerosa y ajena a sus pensamientos, Bree contemplaba cómo cada vez se alejaban más de aquel refugio perdido donde horas antes se había sentido a salvo. En pocos minutos, sería juzgada y, lo que era peor, tendría que engañar a unas personas que no lo merecían. Por lo menos, su conciencia estaba tranquila respecto a Harry, con quien había logrado sincerarse. No se habría perdonado callar después de cuánto él estaba haciendo por ella.

Tan pronto las ruedas se detuvieron por completo, Bree le vio apearse de un salto y recibir entre sus brazos a la mujer canosa que se había acercado con cara de preocupación a la carreta. Su mirada de inquietud era tan parecida a la de Harry que un estremecimiento le recorrió la columna.

—¡Por Dios, hijo! —exclamó Rose Anne colocando las palmas de las manos sobre el pecho de Harry—. ¡Estás empapado! ¿Qué ha pasado? ¿Por qué...?

—Estoy bien, tranquila. Estoy bien. —Harry besó sus manos, apartándola de sí para poder volver su atención a la carreta, donde Bree aguardaba—. Nos sorprendió la lluvia bajando de la montaña, luego te lo contaré todo, pero ahora debo... tengo que ocuparme de ella.

Harry ancló bien los pies en el suelo y alzó después los brazos para recibir a una temblorosa Bree. La sintió aferrarse a él como si fuera un tronco en medio de una riada, con firmeza a pesar de las pocas fuerzas que le restaban. De un tirón, logró bajarla de la carreta y posarla en el suelo. Ella se tambaleó.

—La tengo. Ya la tengo. Deben de habérsele dormido las piernas.

Con cuidado, Harry utilizó el dorso de la mano para levantar el rostro de Bree. Estaba pálida como la cera y sus moratones eran visibles. Rose Anne ahogó un grito al acercarse para examinarla mejor. Aquella muchacha estaba aterida de frío. Los dientes le temblaban violentamente, dejándose ver a través de unos labios azulados.

Boyle miraba a Harry con el ceño fruncido, sin dejarse conmover por toda aquella escena. La necesidad de su hermano de comportarse como un caballero andante no le había impresionado nunca. Sobre todo cuando eso le obligaba a él a trabajar más.

—No te has retrasado lo bastante para librarte de terminar de arreglar esa condenada cerca —espetó a Harry apoyando la bota en el porche.

—Vete a la mierda, Boyle.

—Oh, no me digas, ¿y adónde estarás tú mientras tanto? ¿En otra de tus excursiones?

Harry levantó la cabeza y miró a su hermano con una clara advertencia en los ojos. No estaba para provocaciones, pero respondería sin dudarlo si aquel imbécil seguía provocándolo.

—Basta, ¡los dos! —Rose Anne se interpuso extendiendo los brazos para evitar que ambos hicieran siquiera el intento de acercarse el uno al otro—. No es momento de peleas sin sentido. Harry y su acompañante han pasado toda la noche a la intemperie, solo hay que mirarlos para darse cuenta de que necesitan algo caliente y ropa seca. Nos ocuparemos de eso. —Dedicó una mirada especialmente larga a Boyle, que se cruzó de brazos—. Todo lo demás puede esperar.

Con un gesto amable, pero sin disimular del todo su preocupación, Rose Anne rompió la distancia y se acercó a Bree. La pobre criatura tenía el rostro marcado de golpes, parecía desnutrida y a punto de desfallecer. Envuelta en aquella manta mojada y con el cabello hecho una maraña, Rose Anne no podría haber dicho si era una mujer adulta o una niña. Para el caso, tanto daba, debía actuar con presteza y atenderla lo antes posible.

—No te apures, jovencita —le dijo en un susurro tomando su mano fría entre las suyas—. Sea lo que sea por lo que has pasado, ahora ha quedado atrás. Vamos, necesitas sentarte junto al fuego.

—Yo... yo lamento... —Bree intentó humedecerse los labios. No podía componer frases coherentes y caminar al mismo tiempo, aun con la fuerza de Harry sosteniéndola. Aquella buena mujer chasqueó la lengua, restándole importancia a las disculpas que ella apenas podía pronunciar—... sin avisar...

—Déjate de formalismos, querida, y entra rápidamente a casa. Ya llegará el momento de dar explicaciones. Tienes muy mal aspecto y necesitas sacarte de encima esta ropa empapada. —Rose Anne rodeó a Bree con un brazo y estiró el cuello, preguntándose si su nuera habría oído las voces desde la cocina. Iba a necesitar su ayuda para ocuparse de los recién llegados—. ¿Harry? Ayúdame, hijo, dudo que la señorita pueda...

—*Señora*, mamá. ¿Recuerdas a Milton Harrison?

—¿El del aserradero? —Harry asintió con la cabeza, aprovechando la oportunidad para empezar a plantear su historia, y señaló a Bree.

—Ella es la señora Harrison, su viuda. Volvía a casa cuando me encontré con un accidente en la montaña. Yo no... no pude hacer nada por él, pero ella respiraba, así que me detuve.

Rose Anne se quedó paralizada en medio de un paso, pero no tardó en rehacerse. «Pobre criatura», pensó con lástima. Ahora aquellas heridas, su estado maltrecho... todo cobraba sentido.

—Perdió a su marido y casi la vida —determinó Harry, sabedor de que aquella verdad a medias era todo cuanto podía ofrecer a su madre por el momento—. No podía dejarla.

—Has hecho lo correcto, hijo. Vamos dentro, rápido. Ya habrá tiempo de contar los detalles. ¡Mary Kate! —llamó, guiando los pasos lentos de Bree hacia el porche—. Tranquila, muchacha, mi nuera y yo nos ocuparemos de ti. Enseguida el frío pasará, ya lo verás... ¡Mary Kate!

Boyle, que había guardado silencio, escogió ese momento para encarar a Harry. Había escuchado su historia con creciente escepticismo y, ahora, observando cómo su madre murmuraba palabras de aliento a aquella desconocida que no parecía capaz de soportar su propio peso, le parecía buen momento para despejar sus dudas.

—¿La mujer de Milton Harrison? —cuestionó alzando la voz para obtener la atención de Harry—. ¿Y puede saberse desde cuándo ese hombre tenía esposa?

Harry apretó los puños, obligándose a dar un paso tras otro detrás de su madre.

—No hacía mucho. Unos meses.

—¿Meses? —se mofó Boyle sin molestarse siquiera en echarle un vistazo a la supuesta viuda. Sus cinco sentidos estaban puestos en Harry—. ¿Y no se ha sabido hasta ahora?

—No mantengo una relación estrecha con todos los hombres con los que he trabajado, Boyle.

Ante las palabras de Harry, él solo negó. Algo no le parecía lógico... y no estaba dispuesto a dejarlo estar.

—Es curioso que digas eso, hermano, teniendo en cuenta que has traído a su «esposa» contigo.

—¡Boyle, este no es el momento para hacer averiguaciones! —Rose Anne respiró con alivio cuando Harry se aproximó y volvió a cargar con el peso de Bree—. ¿Es que no te das cuenta del estado en que se encuentran los dos? Necesitan ayuda urgente.

—Si tan mal está, lo más lógico habría sido bajar al pueblo y llevarla directamente a un hospital —insistió Boyle sin moverse del sitio a pesar de las miradas de su madre—. ¿Qué podemos hacer nosotros por ella?

—Ser prácticos —cortó Rose Anne, que sentía la tensión de Harry crecer a cada segundo—. No quiero oír ni una palabra más. Tu hermano y esta joven han hecho un gran esfuerzo; si no estás dispuesto a ayudar... deja de hacernos perder el tiempo.

Decidida, la matriarca de la familia Murphy comenzó el ascenso por los escalones del porche. Bree, mareada y agotada, se removió. No sabía dónde estaba ni adónde la llevaban y, aunque el calor de Harry contra su costado la reconfortaba, se sentía apresada por la fuerza de su cuerpo. Intentó soltarse, pero su cuerpo ni siquiera respondió.

Tenía mucho frío, el estómago le daba vueltas y algo desagradable subía por su garganta. Con las piernas acalambradas y dolores en cada músculo, le pareció que cada pequeño paso le quitaba el aliento. No lo conseguiría. Dairon se lo había dicho. En medio de la niebla que le provocaba el agotamiento, vio su sombra cernirse sobre ella. Quiso alzar la mano para defenderse, pero no podía enfrentar a un espectro.

—Está... muerto —balbuceó notando unas lágrimas cálidas derramarse por sus mejillas—. Está muerto... muerto... yo...

Sus palabras trémulas llamaron la atención de Boyle, que se acercó unos pasos para oírla mejor

—¿Pero qué dice?

—Es evidente que está en estado de *shock*. —Rose Anne intentó acallarla, sosteniéndola con más fuerza—. Tranquila, hija, ahora estás bien. Ya ha pasado todo.

—Está muerto —insistía Bree, entre violentos temblores—. Él lo enterró... lo enterró... en la montaña.

—Por Dios, esta mujer ha perdido el juicio —señaló Boyle con crueldad—. No sabe lo que dice.

—Está sufriendo —masculló Harry, que empezaba a temer que Bree, en su agonía, dijera algo que echara por tierra la mentira que ambos debían mantener—. Señora, señora, míreme... tiene que calmarse, déjenos ayudarla.

—Está... él está...

—¡Por Dios! ¿Qué ha pasado?

Una mujer ataviada con un delantal y aspecto de haber pasado mucho rato ante los fogones apareció en la entrada. Intercambió una mirada de preocupación con Rose Anne, que emitió un suspiro de alivio al verla. Boyle adelantó al pequeño grupo subiendo los escalones y traspasó el umbral sin prestarles ayuda.

—Esa, Mary Kate, es la viuda Harrison, a la que aparentemente mi hermano ha traído aquí para que muera. —Le dedicó una sonrisa torcida y, después, se perdió en el interior de la casa.

—¿Qué? ¿La viuda...? ¿Quiere alguien explicarme...?

—¡Mary Kate, luego te lo contaremos todo, pero antes, por favor, ayúdanos!

Bree era menuda, pero apenas podía hacer nada para aligerar su propio peso. Perdiendo aún más color, se revolvió cuando Rose Anne intentó alzarla para que terminara de subir los escalones. Mary Kate apartó unas sillas de la entrada, buscando cualquier pretexto para ser de utilidad mientras observaba con asombro cómo Harry rodeaba el talle de aquella mujer con los brazos en el momento exacto en que ella se desvanecía.

A los pies de Bree empezaron a acumularse unas oscuras gotas de sangre.

—Maldición —gruñó Harry levantando a Bree. La preocupación era latente en su rostro surcado por el agotamiento.

—Tranquilo, hijo, es... es una mujer joven —le dijo Rose Anne, aunque no estaba segura de que ninguna de sus palabras fuera a convencerle—. Probablemente sea... quizá solo sea su...

Pero Harry negó, dejando que los malos pensamientos se apoderaran de él. Estaba convencido de que algo más grave se cernía sobre Bree, después de todo, ¿no había demostrado ya la mala suerte tener una cruel predilección por ella? Con los dientes apretados, Harry sacó fuerzas de flaqueza y, por fin, entró a la casa cargando el peso de la desmadejada mujer entre los brazos.

Sin preguntar, subió las escaleras hasta el dormitorio.

8

Dairon cada vez estaba más cerca, acechándola, a punto de atraparla. Le dolía todo el cuerpo, pero parar era impensable. Su vida dependía de ello... Bree sujetó la piedra dispuesta a golpear, decidida a defenderse... pero entonces, la fría blancura de la nieve desapareció. Todo el bosque lleno de tenebrosas sombras cambió por completo y el calor asfixiante de un dormitorio pequeño y oscuro la azotó. Intentó taparse la boca con las manos para retener unas repentinas arcadas que la impelían a vomitar, mas los brazos no le respondieron. No podía moverse. Estaba atrapada.

La dureza de la cama se le clavaba en los huesos. El peso de Dairon le hacía daño, pero él solo se reía de ella por quejarse. Bree intentó relajarse, recordó que aquella era su noche de bodas. Era la esposa de Dairon, él había cumplido su palabra, se la había llevado, se habían casado y ahora... era su turno de aceptar sus deberes aunque estos no fueran agradables. Dairon tenía prisa y se impacientaba. ¡Si al menos le enseñara qué debía hacer, si la tranquilizara un poco! Bree intentó pedírselo, pero no podía hablar, tan solo quedarse tumbada preguntándose cuánto duraría y si él se enfadaría con ella por ser tan torpe.

Una voz le llegaba desde lejos... «¿Hola? ¿Señora Harrison, me oye? ¿Señora Harrison?». Quiso negar con fuerza, gritar que aquello era un error, pero los labios no le respondían, estaban sellados tratando de contener la angustia que le provocaba cada pensamiento. «¡Soy Bree, Bree Caser! ¡Por favor!», chilló su mente, pero nadie la oyó.

Dairon la zarandeaba de nuevo, apartándola de toda ayuda posible. La presionaba bajo el colchón besándola con mucha rudeza. Todo movimiento la hacía sentir pequeña, inútil. Bree intentó ser una novia dispuesta, pero había algo en su mirada... algo que hizo que comprendiera la verdad: no la quería, no la deseaba. Solo pretendía castigarla, someterla de manera violenta. El gélido viento volvió a recorrerla. Pudo ver el acantilado por el que en breve se precipitaría, sintiendo el crujir de todos sus huesos, y después... ¿sería libre después, tras el dolor y la muerte?

Al menos no moriría a oscuras, decidió en un último segundo, cuando casi se notaba caer. Abriría los ojos para ver la vida escapándosele por última vez.

—Aquí está, ya vuelve en sí. Señora Harrison, no se preocupe, todo está bien.

Inquieta, Bree parpadeó. Aquello no eran las montañas y no parecía estar rodeándola ningún peligro. Se encontraba tendida en una gran cama, cubierta de mantas de piel y atendida por una mujer que tenía un rostro redondo surcado de pecas. Estaba tan inclinada hacia ella, tan cerca, que Bree se sintió incómoda e intentó apartarse, sin éxito.

—Estás asustándola, mujer, ¡déjale un poco de aire! —La conocida voz de Rose Anne le llegó desde algún lugar sin determinar. ¿Dónde estaría?

—¡Oh, lo siento mucho, señora Harrison! —La mujer hizo caso de inmediato y se echó a un lado. Llevaba el pelo negro recogido en un rodete y un sencillo vestido de diario. Su sonrisa, aunque franca, escondía pena. Bree lo notó enseguida, reconociéndose a sí misma en ese gesto—. Soy Mary Kate Murphy, la esposa de Boyle. Nos conocimos antes... aunque, tal y como se encontraba, entendería que apenas se hubiera dado cuenta.

Bree enarcó las cejas intentando organizar todos los pensamientos que le nublaban la mente. Habían pasado muchas cosas, y todas deambulaban por su memoria sin orden. Dairon muerto en la montaña. Harry llevándola con su familia bajo la lluvia. Dolor. Mucho dolor. Todo le había dado vueltas, la sangre...

—¡Vuelve a ponerse pálida! ¡Rose Anne! —Mary Kate se alarmó a voz en grito y se cernió sobre Bree al notar que el tono macilento de la muerte volvía a cubrirle la tez.

La madre de Harry apartó a su nuera sin miramientos y ayudó a Bree a inclinarse sobre una palangana en la que pudo vaciar lo poco que quedaba del contenido de su estómago. Entre sollozos, se dobló sobre sí misma sintiendo cómo el peso del mundo entero caía sobre ella sin que pudiera hacer nada para evitarlo. Esas náuseas... ¿Acaso era posible que estuviera allí incluso después de lo ocurrido? No podía ni imaginarlo, era tan injusto... ¿por qué la castigaban de esa manera, a ella, que tan solo había rogado por seguir viviendo?

—No dice ni una palabra —susurró Mary Kate, que mojaba trapos, inquieta, para ponerlos sobre la frente sudorosa de Bree—. ¿Seguirá catatónica?

—Bueno, ¿y tú cómo estarías? Esta pobre criatura ha quedado viuda hace apenas unos días, casi muere en la montaña y ahora...

Mary Kate se persignó a toda velocidad, echando una mirada al cielo como si así hablara en favor del alma de Milton Harrison, aquel supuesto marido que, al parecer, todos bajo aquel techo conocían.

Quiso interrogar a las mujeres sobre lo sucedido desde que se desvaneciera en los brazos de Harry, pero no pudo abrir la boca. ¿Qué le había ocurrido exactamente?

—¿Deberíamos intentar hacer que recobrara la serenidad, Rose Anne? Parece sufrir tanto, con la mirada perdida... —Las ansias de Mary Kate por ser de utilidad se manifestaban en su voz. Frotándose las manos, miraba de forma alterna a la enferma y a su suegra rogando internamente por unas instrucciones claras que pudiera darse prisa en cumplir.

—Ella misma volverá a la conciencia cuando esté lista —concluyó la matriarca tras acariciar el pelo de Bree y secándole el llanto—. Ha sufrido demasiado en muy poco tiempo.

—¿Pero acaso conocer la buena noticia no le aliviará el sufrimiento? ¡Tras la pérdida y el terrible accidente, saber que su bebé no corre peligro no puede ser sino una bendición!

—O un recordatorio constante de la tragedia, Mary Kate. No hagamos sencillo el dolor de los demás, sobre todo si no lo conocemos.

La mujer joven asintió, sonrojada. Estaba claro que su impaciencia era costumbre, pues Rose Anne respondía a sus palabras con la experiencia de conocer bien a la persona con la que estaba hablando. Sus ojos surcados de arrugas estaban puestos en Bree, cuya mirada se había anegado de lágrimas.

Así que allí estaba, allí seguía. Todo había perdido sentido. Su mayor temor se había cumplido marcándola para siempre, haciendo que olvidar su pesadilla junto a Dairon fuera un imposible. Estaba embarazada. Esperaba un hijo del hombre que, sin tener suficiente con fraguar un matrimonio falso, la había perseguido por la inmensidad de los Apalaches buscando terminar con su vida de forma definitiva. Estaba claro que ni saberlo muerto bastaría para que Bree pudiera plantearse siquiera una vida en paz. Ya no sería libre jamás.

Su tía solía decir que había semillas tan malas que se agarraban a la tierra con todas sus fuerzas y hacían imposible que se acabara con ellas. Estaba claro que Dairon era una de ellas, pues su última gran venganza se aferraba ahora a sus entrañas, manteniéndose viva pese a las penurias de la montaña que habían mermado las fuerzas de su cuerpo. Era una maldición que la corroía por dentro, alimentándose de su sangre, creciendo y haciéndose fuerte a su costa.

Pese a la inquietud del momento, o quizá para evadirse de ella, Bree notó que estaba en una amplia habitación con robustos muebles de madera. La gran cama tenía unas columnas fuertes, con tallados sencillos que, desde su posición, no podía ver claramente. Observó también un par de sillas y una mesa atestada de papeles y cuadernos forrados en piel. Había pluma y tinta, arcones y un mueble con cajones justo enfrente. Mucho espacio libre y pocos enseres personales, como si quien moraba habitualmente en esa estancia no tuviera demasiados apegos materiales.

—Es el cuarto de Harry —susurró Rose Anne siguiendo el hilo de su mirada—. Naturalmente te habríamos acomodado en mi cama, querida, pero entiende que ya soy demasiado anciana para acostumbrarme a otro colchón que no sea el mío. La otra habitación pertenece a Boyle y su familia, así que fue mucho más fácil echar a Harry de la suya. Él no necesita demasiado espacio y se acomoda sin problemas en el sofá del costurero.

La mirada de espanto de Bree, que recordaba con mucha viveza las dos noches que ocupó el sofá de la cabaña, dejando a Harry en la silla o el suelo, llamó la atención de Mary Kate. Con la excusa de ahuecarle las mantas, se acercó por el otro extremo de la cama componiendo una sonrisa.

—No debe apenarse, señora Harrison, mi cuñado estuvo más que dispuesto a cederle su dormitorio. De hecho, insistió en que descansara aquí. Le dio un buen susto al desmayarse en sus brazos.

—Todos nos inquietamos. —Rose Anne dedicó a su nuera una mirada de clara reprobación. No quería que Bree se sintiera más avergonzada de lo que ya parecía estar dándole detalles que de nada servirían en esos momentos—. Deberíamos dejarla descansar. Ahora mismo debe de estar demasiado exhausta como para escuchar nuestro parloteo.

Mary Kate estuvo dispuesta a cumplir rauda con aquella petición. Se puso en pie alisándose las faldas y dedicó a Bree una última mirada compasiva. Ella, que vivía bajo el calor de una familia que la quería y la tenía en consideración, con un marido que, si bien era hosco, no parecía peligroso, no debía de entender la cantidad infinita de pensamientos que rodeaban la mente de Bree.

—Si necesitas cualquier cosa, solo debes llamarnos. Estaremos aquí en un segundo —le dijo Rose Anne mientras servía agua fresca en un vaso y lo dejaba en la mesilla—. Tómate tu tiempo para asimilar el luto, querida.

—Ahora está a salvo —añadió Mary Kate—. Más tarde puede darse un baño, cepillarse el pelo y comer caldo caliente. Las cosas son mejores cuando una se siente aseada.

Viéndolas abandonar la habitación, Bree se removió hasta lograr que las pesadas mantas descubrieran todo su cuerpo. Aún llevaba el brazo sujeto en el improvisado cabestrillo, pero era evidente que alguien había lavado sus arañazos y se había deshecho de su ropa, cuyo estado era más que lamentable. Ni siquiera se preocupó por el saquito de monedas que con tanto cuidado había guardado entre sus faldas. Lo único que tenía. Los restos de los robos de Dairon, una cantidad irrisoria por la que había arriesgado el pellejo.

Ahora llevaba un camisón de algodón, algo desteñido y que le iba grande en cada costura, sin duda prestado por aquella mujer pecosa de cara redonda. La esposa de Boyle Murphy. La cuñada de Harry. Harry... Ocupaba su cuarto, tan masculino, tan desprovisto de adornos o lisonjas femeninas. Algunos sonidos del campo le eran audibles a través de la ventana cerrada, recordándole que la vida seguía y se abría paso al otro lado de su improvisado refugio. Estaba cómoda y atendida. Cuidada por unas personas que, sin duda, debían de sentir por ella toda suerte de lástimas. «Cuantas desdichas para la pobre viuda Harrison», debían de pensar. «Tan joven y privada ya del calor del hombre al que se había entregado, casi sin tiempo de descubrir el goce de envejecer juntos». Y además, poco después de haber sobrevivido a duras penas al frío y el dolor, terminaba enterándose de que la vida, irónicamente, seguía abriéndose paso. Aun cuando ella despreciara cada latido vibrante de su interior.

Incapaz de pronunciar los sonidos de rabia que pugnaban por salir de su garganta, Bree se dobló sobre sí misma aferrándose el vientre con el brazo, golpeándolo con el puño, preguntándose sin palabras por qué no se iba, por qué, pese a las dificultades, el dolor y la miseria, seguía ahí.

Lloró quedamente deseando con los jirones que le quedaban en el alma que alguna fuerza de los cielos bajara a llevársela, pues no encontraba otra forma de librarse de los recuerdos que albergaban su mente y ahora se aferraban a sus entrañas como una amenaza invisible destinada a crecer y ser una presencia constante en su vida, una sombra de carne y hueso que no la dejaría olvidar.

La niebla era tan densa que empezaban a caer gotas heladas sobre la hierba, haciendo que bajaran aún más las temperaturas y provocando una brisa desagradable alrededor de los cercados. Harry no podía pensar con claridad; por lo tanto, hizo lo único que podría ayudarle a despejar su mente, trabajar hasta la extenuación. O al menos, todo lo que le dejara su absurda lesión en el dedo. El doloroso escozor que sentía con cada movimiento le recordaba su torpeza una y otra vez.

Sin darse apenas cuenta, empezó a descargar troncos de la carreta bajándolos por la misma estructura de madera con la que los había cargado en la montaña. Después, con el esfuerzo que suponía hacer solo el trabajo de dos hombres, empezó a cortarlos en trozos más pequeños y manejables haciendo, de los gruesos troncos, leños con los que calentar las chimeneas.

Tardaría varios días en terminar, pero el ruido sordo del hacha al romper la madera en dos le era conocido. Era algo familiar a lo que agarrarse cuando su vida había dado tal vuelco que temía volver a entrar a su casa para encontrarse con un nuevo contratiempo que no sabría cómo afrontar.

Recogió los dos pedazos recién cortados, los echó sobre la carretilla y repitió la misma acción una y otra vez. Cuando recogió por quinta vez los trozos, se dio cuenta de que llevaba las botas manchadas de sangre oscura. La sangre de Bree.

A su mente volvió el momento en que ella había perdido el sentido, desangrándose entre sus brazos sin que Harry encontrara explicación alguna para aquello en ese momento.

Siguió cortando y apilando. Oyó abrirse la puerta y sintió a su espalda los pasos de su madre, que se asomó y volvió dentro sin decir palabra. Harry interpretó ese gesto como la constatación de que Bree iba a estar bien. El médico había venido hacía dos horas y luego se había vuelto a marchar sin que él escuchara nada de cuanto tenía que decir. Tampoco le había hecho falta, Rose Anne y Mary Kate habían sido las encargadas de oír el diagnóstico y pocas palabras fueron precisas para que Harry comprendiera la situación y huyera de la casa a toda la velocidad que le dejaron sus piernas. Bree estaba esperando un hijo.

Era una realidad que Harry no se veía capaz de asumir. Él conocía la verdadera historia, había estado con ella en la montaña cuando su vida pendía de un hilo tan fino que, en ocasiones, temió que muriera varias veces en la misma noche. La había rescatado de la orilla helada del Potomac y de una tormenta que habría tumbado a hombres más recios que él mismo. Después, habían bajado juntos hasta la granja bajo la intensa lluvia, montados en una carreta tirada por dos bayos a quienes espoleó hasta el cansancio. Se preguntó si acaso ella había estado al tanto de su condición. Bree le había escondido tantas cosas que Harry se encontró con derecho a desconfiar una vez más. Quizá ella hubiera sabido de su estado, pero entonces, ¿cómo había podido exponerse a tantos peligros? ¿Y por qué callarlo? Él la habría ayudado de todos modos. No tenía sentido que hubiera guardado el secreto por más inquietud que aquello le provocara. Bree debía de desconocer la verdad... y había arriesgado su pellejo creyendo que era el único que ponía en peligro. Eso llevaba a Harry a hacerse otra pregunta: ¿cómo, en nombre de Dios Todopoderoso, podía haber sobrevivido la criatura?

Ya había constatado que era una mujer más dura de lo que su menudo aspecto daba a entender, pero ese nuevo descubrimiento la dotaba, además, de una fortaleza impresionante. La admiraba. Aunque dudaba mucho que ella aceptara verlo de aquel modo. Y la entendía, pues él mismo tampoco podía considerarlo una buena nueva.

—Espera un hijo del hombre que gozaba usando los puños contra su carne —murmuró con los dientes apretados—, del hombre del que tuvo que huir y defenderse con cada resquicio de coraje que tenía en el cuerpo.

Hasta ese momento, Harry había creído que la brutalidad de Dairon se había limitado a golpes y amenazas, aunque podría haber llegado a la muerte si Bree no hubiera tenido los arrestos de correr por su vida, desde luego. Pero no era tan estúpido como para ignorar que no todos los niños eran concebidos como su sobrino, bajo el amparo de un matrimonio real que, de forma voluntaria, decidía compartir la cama y crear con un acto de amor una nueva vida. Con solo pensar cómo podía haber sido para ella, con imaginarlo siquiera...

Clavó el hacha en el tope que servía como soporte para los troncos. Tan profundo fue su golpe que tuvo que usar la fuerza de sus dos piernas para tirar del mango y poder sacar la hoja. El sudor le perlaba la frente y sentía las manos temblorosas del esfuerzo.

Si en algún momento había tenido dudas sobre que aquella mujer hubiera hecho lo que debía asestando una pedrada fatal contra su atacante, ahora las había despejado todas. Rezó para que los animales lo hubieran despedazado después de caer por aquel precipicio. Ojalá pudiera haberlo hecho él mismo con la pala con la que pretendía enterrar sus despojos. Incluso deseó, lleno de una ira irracional, que le hubiera quedado un poco de vida para sentir cómo empezaban a comérselo. No merecía menos.

No habría moral cristiana alguna que pudiera juzgar a Bree si ella rogaba a Dios por que su embarazo no avanzara. Él mismo creía que habría sido más piadoso que lo perdiera. Ahora, sin embargo, tendría que cargar con el recuerdo permanente de Dairon entre los brazos. Y alimentarlo de su propio cuerpo.

—Menuda la has hecho. —La voz de Boyle, llena de reproche, llegó acompañada por el chapoteo que hacían sus botas sobre el pasto húmedo. Su aparición interrumpió las funestas imágenes de Bree envuelta en llanto mientras arrullaba a un bebé sin rostro que habían empezado a acosar a Harry.

Tenso, se dio la vuelta y esperó el estallido que siempre acompañaba a Boyle. Su hermano iba negando con la cabeza, andando a pasos lentos y relajados, como si todo el trabajo del mundo no se les acumulara con el invierno acechándolos sobre la cabeza.

—¿Sabes cómo está? —le preguntó Harry, poco dado a perder el tiempo. Con uno de los dos que lo hiciera era suficiente—. ¿Ha recobrado la conciencia?

¿Habría confesado toda la verdad? ¿Le habría contado a su madre todo sobre Dairon, la montaña y su muerte? ¿Se habría retratado ante toda su familia como una asesina? Las posibilidades eran tantas que se sintió mareado.

—Me sorprende que no hayas corrido al pie de su cama para descubrirlo tú mismo. —Boyle apoyó la bota en uno de los troncos—. Perdón, *tu* cama, quiero decir.

—Alguien tenía que ponerse a trabajar. Di por hecho que no serías tú.

Boyle dejó pasar la pulla con demasiada facilidad, lo que confirmó a Harry la idea de que se traía, además de una excusa para lavarse las manos, nueva artillería con la que sembrar la discordia entre ambos.

—Estaba demasiado ocupado pagando los honorarios del médico y tratando de tranquilizar a mi esposa, que vio entrar a nuestra casa a una desconocida medio muerta y sangrando.

La buena y piadosa de Mary Kate... Sin duda, habría ahogado a Bree en cuidados en cuanto la dejaron acercarse a ella. Su cuñada era una de esas mujeres que había nacido para dar amor y recibirlo después. Aunque la inminente llegada de su sobrino había apresurado las cosas, Harry sabía que Mary Kate se había casado con Boyle enamorada. El motivo por el que aún le quería, teniendo en cuenta los desplantes y el poco entusiasmo que mostraba su hermano por ella y la familia que habían creado, era un misterio para él.

—¿Voy a tener que volver a preguntar? —insistió Harry, cansado de soportar la soberbia que lucía su hermano, mientras este eliminaba con un trapo el inexistente sudor que le perlaba una frente que no había cedido a los estragos del trabajo.

—Madre dice que está despierta, pero no ha pronunciado palabra alguna. Se habrá vuelto loca. Lo que nos faltaba... —respondió por fin Boyle con aire hastiado.

—¿Qué esperabas? Acaba de perder a su marido. Casi muere en ese accidente y...

—¡Y está encinta, Harry! —Boyle le interrumpió exponiendo el hecho como si fuera un insulto—. Has metido en casa a una mujer cuya existencia solo tú conocías, ¿y ahora encima debemos recibir con regocijo que cargue en el vientre un crío? Esperemos por lo menos que sea de Milton Harrison.

Harry agarró el hacha con tal fuerza que los nudillos se le pusieron blancos. Su mirada era una clara advertencia. No toleraría insultos de ese calibre hacia Bree.

—Yo no tenía idea de que estaba en estado, Boyle. Pero eso no habría cambiado mi decisión de traerla a casa.

—¡Tú decisión! —Boyle se presionó las sienes como si la desesperación por no lograr hacerse entender estuviera provocándole una jaqueca—. ¡Tú decisión! ¿Acaso vives solo, Harry? ¿El resto de nosotros no cuenta más que para aceptar lo que decidas recoger en el maldito camino?

—¿Y qué demonios habrías hecho tú? ¿Dejarla morir en medio de la montaña?

Por unos instantes, solo el sonido sordo de las gotas cayendo en la hierba fue audible entre ambos hombres.

—Yo habría pensado en mi familia primero. —Se golpeó el pecho con el índice dando a sus palabras un sentido mucho más profundo del que en realidad tenían—. Has traído a este techo otra boca que alimentar y proteger. Habremos de dar calor y cuidados especiales a esa mujer durante todo el invierno, porque desde luego madre ha anunciado que no va a enviarla con pariente alguno en su condición.

—Si temes porque a tu esposa e hijo les falte leña con la que calentarse, Boyle, descuida. Yo me he ocupado de eso por ti. —Agotado de tener que tragar con la insensatez de su hermano, Harry escupió las palabras como si fueran hiel.

Estaban tan cerca que el vaho que les salía de la boca a causa de la niebla se entremezclaba. Con los puños apretados, sintiendo el dolor del dedo en cada terminación nerviosa, Harry miró a su hermano preguntándose cómo podía tener tan poca humanidad. Con un gesto de la cabeza, se sacudió las gotas de agua que habían empezado a empaparle el sombrero. El cielo encapotado anunciaba una nueva jornada de lluvia intensa.

—No intentes hacerme quedar como el malo, Harry. Cuando tú te vas a hacer tu gran trabajo en la peligrosa montaña, yo soy el que se queda al cuidado de una granja, dos mujeres y un crío. No creas ni por un segundo que tu esfuerzo vale más que el mío.

—Lo que creo es que tu egoísmo pesa más que el trabajo que crees hacer.

Boyle dio un amenazante paso hacia delante y Harry respondió lanzando el hacha al suelo y cuadrándose ante su hermano. No daría el primer golpe, pero gustoso descargaría su rabia devolviéndoselo.

—No te correspondía cargarnos con esa mujer —azuzó Boyle, que estaba más que dispuesto a seguir insistiendo con tal de que su opinión mortificara a Harry lo máximo posible—. Ella no es nada nuestro.

—Eso ya no tiene remedio. Está aquí y no se moverá. —Cerró los puños con fuerza, apretando la mandíbula a la espera del golpe que no llegaba—. Más vale que lo aceptes.

La respuesta murió en los labios de Boyle, que, en lugar de contestar algo hiriente o comenzar la pelea que tanto ansiaba, se apartó rumiando algo que, por su gesto, no iba a ser agradable. Le pareció muy claro que la preocupación de Harry por esa tal Bree Harrison no podía ser del todo desinteresada. Nada lo era nunca, Boyle estaba convencido de ello. Algún interés debía de haber por alguna de las dos partes. O al menos... por la de Harry, al ver la furia con la que salía en defensa de la desgraciada viuda.

—¿Sabes, hermano? —Boyle había ido reculando, dejando una distancia prudencial entre la ira de su hermano y él mismo, antes de formular su último ataque—. La próxima vez que te sientas tentado a portarte como un jodido héroe, hay muchas mujeres en el burdel a las que salvarías con solo unas monedas. Están tan usadas como esta, pero mucho mejor dispuestas.

—¡Eres un pedazo de mierda! —le gritó Harry y en dos zancadas recorrió el espacio que los separaba.

Agarró a su hermano por la camisa y levantó el puño. Obteniendo por fin la reacción esperada, Boyle le dio una patada baja para tirarlo al suelo, sobre la hierba húmeda. Harry cayó con un ruido sordo y resbaló un poco al intentar incorporarse. Logró esquivar otro golpe y, por fin, se levantó. Boyle estaba en guardia, consciente de que el derechazo de Harry era bastante más potente que el suyo.

—No te daré el premio al mártir peleándome contigo después de lo que has causado —dijo Boyle guardando las distancias—. Madre terminaría culpándome a mí, como siempre.

—Además de un cerdo eres un acomplejado, Boyle. Solo Dios sabe cómo existen personas como Mary Kate, capaces de vivir contigo sin enloquecer.

Harry se lanzó al ataque, logrando sujetarle con fiereza. Boyle forcejeó como un animal, revolviéndose. El agarre de Harry le hacía difícil conectar buenos golpes, pero jugar sucio nunca había sido un problema para él. Agachó la cabeza y embistió, golpeando a Harry y logrando liberarse. Con los puños en alto, Boyle alzó la barbilla, dispuesto a golpear con todo si su hermano volvía a acercarse. Y Harry, aunque de buena gana se habría revolcado por la hierba mojada hasta desahogarse por completo, decidió que no merecía la pena. A pesar del enfado que le hacía hervir la sangre, tuvo que reconocer que, con todas las faltas de las que hacía gala Boyle, en esa ocasión la verdad estaba de su lado, por más que le doliera admitirlo.

Había actuado más allá de la compasión dejándose llevar por completo por sus pasiones. Sacarla de aquella montaña y llevarla al único lugar que consideraba suficientemente seguro para ella habían sido sus únicos pensamientos durante las últimas horas, sin medir un solo segundo lo que supondría para su familia que una persona más pasara a hospedarse bajo su techo. Además, Bree estaba en estado, lo que la haría necesitar atenciones y visitas del médico, nada baratas. Era una mujer dura, lo había demostrado, pero ahora mismo no se encontraba en disposición de hacer más que comer y dormir. ¿Afectaría aquello la economía de su familia? Las ganancias de una granja dependían de muchas cosas, y no siempre contaban con excedentes de los que pudieran desprenderse con facilidad. Mantener a Bree en buenas condiciones sería un gran esfuerzo para todos, pero ¿qué más habría podido hacer? Dejarla a su suerte no había sido, ni por un segundo, una opción. Así pues, Harry debería enfrentar cada contratiempo y encontrarle una solución tan pronto como pudiera. No permitiría que su hermano malmetiera contra una inocente porque, por una vez, él hubiera decidido escuchar el corazón antes que la cabeza. Lo arreglaría, decidió, sin importar lo que tuviera que hacer.

Después de que Boyle se hubiera alejado, Harry aún necesitó media docena de troncos para desfogar la ira que corría por su cuerpo. Quería trabajar hasta desfallecer, caer extenuado sobre la hierba y estar tan agotado que los pensamientos fueran incapaces de fluir por su mente. La quietud, la inconsciencia... todo sería bienvenido. Al igual que una buena botella de licor, si pudiera tomarla con libertad.

El sol empezó a ponerse justo cuando la lluvia se hizo más intensa. No podía seguir trabajando, de modo que la excusa para retrasar el momento de entrar en casa había dejado de servirle. Dejó la lona bien echada sobre el resto de los troncos y apiló algunos leños cerca del porche. Luego, usando el agua helada que bombeó del pozo, se aseó a toda prisa sin prestar atención alguna a lo que hacía, con la mente únicamente en Bree y el estado en que la hallaría.

Traspasó la puerta notando inmediatamente que las voces femeninas que venían de la cocina cesaban. Solo el parloteo de su sobrino, inocente de la tensión que se respiraba en el ambiente, resonó en el silencio sepulcral que lo rodeaba a cada paso. Su madre y Mary Kate se giraron para mirarle, pero Harry no les dedicó más que el instante que tardó en quitarse el sombrero. Cruzó la sala sin quitarse las botas manchadas de barro y subió a su dormitorio. Recordó que debía llamar casi en el último segundo.

Alzó la mano sin apenas ser consciente de lo que estaba haciendo y la bajó del mismo modo, incapaz de llevar la acción a término. ¿Qué le esperaba tras el frágil muro que lo separaba de ella? Descubrir que Bree estaba embarazada suponía un giro más para aquella dramática historia que parecía no hacer más que complicarse. Harry todavía no había decidido cómo sentirse ante la perspectiva de que ella nunca hubiera estado casada cuando este nuevo mazazo alteraba los cimientos de todas sus ideas y creencias. ¿Qué estaría pensando esa preciosa cabeza de pelo rojizo en ese preciso momento? ¿Qué sentimientos estaría experimentando si acababa de descubrir que su vientre albergaba una vida concebida por el hombre que casi la había matado? ¿Cómo se sentiría al darse cuenta de que aquella semilla seguía en ella a pesar de todo lo vivido los últimos días?

Sin embargo, allí estaba en esos momentos, deseando saber de ella, volver a verla, necesitando encontrar el modo de decirle que todo estaba bien aunque no fuera cierto. Anhelaba de forma casi dolorosa cruzar la estancia y regalarse el poder mirarla, sentir su respiración y el aroma de mujer que el aire del dormitorio ya debía de haber capturado. Sin embargo, ahora, ese solo pensamiento se le antojaba inmoral, pues Bree no era una viuda ni una mujer casada cuya compañía Harry pudiera justificar. Todo había cambiado para bien y para mal al mismo tiempo, acercándola y apartándola de él con la misma fiereza.

Por fin llamó y tan solo tuvo que esperar unos segundos para que su ansiedad desapareciera al oír su voz. Con cuidado, abrió la puerta. Asomó primero la cabeza y luego el resto del cuerpo. Bree estaba en la cama, con los ojos muy abiertos y brillantes, iluminados por la escasa luz que entraba por la ventana. Parecía incluso más pequeña echada en una cama tan grande y vestida con un camisón que la engullía a causa de la cantidad de tela que sobraba. A Harry le costó un segundo dejar de mirar el lustroso cabello pelirrojo extendido sobre la almohada. Alguien lo había cepillado y, ahora, lejos de parecer el nido que él había contemplado horas atrás, lucía hermoso y suave una vez más. Tentador.

Con un carraspeo, dio un paso al frente preguntándose cómo enfocar la conversación. ¿Qué decía uno en casos como aquel? ¿Qué palabras eran las apropiadas? La única experiencia con mujeres encintas que tenía era su cuñada, y Mary Kate, a pesar de lo precipitado de su situación, había recibido gustosa cada felicitación, llena de incipiente orgullo maternal. No podía afirmar que se alegrara de la noticia, pero exponer con fría claridad que era una catástrofe tampoco le pareció humano. Después de todo, y sin importar cómo estuvieran las cosas, era una mujer en estado y la delicadeza era importante. Abrió la boca, decidido a empezar por algo simple, como que sabía que el médico la había revisado… e ir improvisando desde ahí.

No obstante, Bree le sorprendió incorporándose, mirándole con aquellos ojos de animal herido, con el cabello cayendo sobre sus hombros y el gesto tan compungido como un niño que rompe algo de valor por accidente. Tras horas de silencio, perdida en sus pensamientos, decidió poner voz a la única idea clara que había rondado por su mente durante las últimas horas. Algo que solo Harry Murphy podría responder a su entera satisfacción.

—¿Por qué dejó de trabajar en el aserradero?

9

Parado en la entrada de su propio dormitorio, Harry se la quedó mirando como si estuviera viéndola por primera vez. Casi sentía que una luz completamente nueva y desconocida incidía sobre ella. Aunque, por supuesto, era su desconcierto el que creaba tal efecto. Incrédulo, se rascó la barba tratando de imaginar por un momento qué podría haber poseído su mente para que Bree sacara a colación semejante tema en un momento como ese. Nada tenía que ver con el presente los motivos que había tenido para cambiar de trabajo y, teniendo en cuenta los múltiples frentes abiertos ante los que ambos se encontraban, Harry no podía encontrar el punto de comunión exacto por el que darle aquella explicación pudiera servirle de algo a la mujer que tenía enfrente. No lo entendía, pero la necesidad de hacerlo le quemaba por dentro.

Bree, apoyada en su brazo sano, le miraba sin casi parpadear. Tenía un ligero temblor que hacía moverse hacia arriba la comisura izquierda de su labio. El cuello del camisón, demasiado grande para ella, le resbaló y Harry, con un fuerte carraspeo, dio otro ruidoso paso al frente y se giró fingiendo interés en ajustar la puerta con todo cuidado para ver si ella caía en la cuenta de que debía cubrirse.

—Debería resguardarse del frío, señora —le susurró para que nadie oyera la extraña conversación que, por lo visto, iban a tener—. Y tendría que estar descansando.

—No ha respondido a mi pregunta, señor Murphy —insistió ella sin dejarse distraer ni apartar la mirada de los movimientos lentos que le veía emprender por la habitación en penumbra.

—He sabido lo que ha dicho el médico —tanteó Harry volviendo a mirarla. Por suerte, se había tapado con la sábana, aunque seguía erguida, como a la defensiva.

—¿Por qué dejó de trabajar en el aserradero? —repitió con contundencia Bree, sin que pareciera importarle que un asunto mucho más urgente estuviera pendiente de tratar.

Harry se acercó y le llenó de agua el vaso que descansaba en la mesilla de noche. No era tarea de hombres encargarse de ciertos cuidados hacia las mujeres, pero, por indecoroso que fuera, no podía soportar verla tan desvalida, de modo que se tomaría sus licencias aunque no fueran demasiadas. De ninguna manera se sentaría a los pies de la cama ni tampoco ocuparía la silla que su madre había dejado a un lado. No es que quisiera ser distante con Bree, pero saltaba a la vista que ella no se encontraba en las mejores condiciones para aguantar la cercanía de un hombre. La tensión de todo su cuerpo lo gritaba.

—No veo qué importancia pueda tener eso, señora. A la luz de los hechos...

«Claro que no lo entiende», pensó Bree con resignación, «debo parecer una demente haciendo preguntas que no tienen relación con nada, ignorando la verdad que ocultamos y sus consecuencias». Incluso a ella le costaba ordenar los pensamientos que la habían llevado a plantear una cuestión como aquella. Conmocionada, muerta de miedo, dolorida hasta más allá de lo físico y sintiéndose recogida en casa ajena, viendo sujeto su bienestar a una mentira, lo único que deseaba con fervor era algo que pudiera controlar.

La hospitalidad de los Murphy estaba elevada sobre unos cimientos tan frágiles que Bree no podía confiar en que aguantaran el peso. Un solo error por su parte, un balbuceo nervioso como el que había sufrido al llegar, lo echaría todo a perder. Entonces se vería en la calle, sin tener dónde ir o a quién acudir. Y, lo que era mil veces peor, dejaría a Harry como un embustero ante las personas que le querían. No permitiría algo así jamás. Nunca ensuciaría su buen nombre si podía evitarlo.

Conocer cada detalle de su vida, todo lo que tuviera que ver con aquel engaño, la ayudaría a conseguirlo. Y la haría sentirse un poco más segura.

—Se ha inventado una patraña para contar a su familia —le cortó Bree afanándose en hacerse comprender—. Les ha dicho que soy la viuda de su compañero en el aserradero. Milton Harrison. ¿Se da cuenta? Para sostener un engaño entre dos partes, ambas deben conocer todos los detalles. Yo no los sé, no puedo estar tranquila, así que preguntaré otra vez, ¿por qué...?

—Mi padre enfermó. —Harry se encogió de hombros cuando Bree le miró. No era tan bruto como para no darse cuenta cuando una batalla estaba perdida de antemano. Y más con una mujer. Había asumido que no sacaría nada en claro sobre lo que era de verdad importante hasta no satisfacer la curiosidad de su huésped.

No era un tema que le resultara grato, pero había pasado por cosas peores como para ser remilgado contando un puñado de hechos que ya habían quedado atrás.

—Trabajé en el aserradero algo más de dos años —narró sin emoción en la voz—. Me mudé a varias millas de aquí y viví solo, dedicado a mi trabajo. Hice amigos, conocí personas... era diferente a estar aquí.

—Tenía menos responsabilidades.

—Y menos personas en las que pensar, sí. —Aunque no estaba de humor para gestos caballerosos, le dedicó una media sonrisa. Quizá así sus palabras fueran menos rudas—. Debe sonar horrible desde fuera, pero le aseguro que cuando uno empieza a trabajar con doce años en el cuidado de una granja, poniendo a todo el mundo por encima de sí mismo, el cambio es refrescante.

—¿Por qué terminó su etapa en el aserradero, entonces?

—Como le he dicho, mi padre se puso enfermo. —Harry apartó la silla con la punta de la bota para alejarla de la cama y tomó asiento. A su pesar, estaba rendido de cansancio y más le valía hablar deprisa si no quería caer desmayado en el suelo del dormitorio—. De un día para otro, mi madre lo encontró tirado en el suelo, paralizado. Se había vuelto viejo de repente, incapaz de moverse o trabajar. Tuve que volver.

—¿Y su hermano? —Ante la mirada elocuente que recibió, se hizo una idea de la respuesta.

—Si lo conociera, no preguntaría.

—Deduzco que no volvió a irse.

—Mi padre falleció una semana después. La granja me necesitaba aquí.

—Y sus responsabilidades y las necesidades de su familia. —Fue una afirmación, y la manera en que Harry tragó saliva le confirmó que había estado acertada. Él había olvidado sus planes, cualesquiera hubieran sido, por el deber que tenía hacia su casa.

—Tuve un tiempo para mí mismo, pero este es mi hogar, la herencia que me dejaron. No me arrepiento de haber regresado —concluyó Harry con el resentimiento y el orgullo tiñéndole la voz a partes iguales.

—No puedo entender esa sensación tan grande de apego, señor Murphy. Nunca he tenido nada por lo que luchar. Mi padre era comerciante y no me asenté en ningún lugar hasta que él y mi madre murieron, cuando yo apenas había dejado atrás mi niñez. Incluso estando con mi tía, yo... —negó, incapaz de reconciliar el significado que tenía para Harry el hogar con lo que había sido para ella. El rostro de Bree perdió color y bajó la mirada, que se concentró en los pliegues de las pieles que cubrían su cuerpo.

Harry intentó comprender qué pasaría en esos instantes por la mente de aquella mujer, sin otra familia que una tía de quien se había escapado persiguiendo una quimera que casi la había llevado a la muerte.

—Señora, escúcheme. —Harry se inclinó hacia delante y colocó la mano sobre la cama, pero sin tocar a Bree—. Sé que ahora mismo parece como si toda la fuerza del río la arrastrara, pero no es así. Ya está a salvo, debe ser fuerte y creérselo. Yo... haré cuanto esté en mi mano para protegerla. Cuidaré de usted, lo haré, se lo prometo. Ahora, descanse, por favor. Si desea regresar a Kentucky, yo...

—¿De verdad cree que puedo irme a casa, señor Murphy? ¿Aparecer ante mi tía para contarle que no solo fui engañada, burlada y herida por el hombre con el que escapé pese a sus advertencias, sino que, además, me vi forzada a... matarlo?

Dijo aquella palabra como si temiera que, al pronunciar sus sílabas, el demonio en persona se le apareciera. Harry apretó la mandíbula, consciente de que, si le contaba sus sospechas, aquel terrible peso por su acción ablandaría la ya de por sí pesada carga que llevaba Bree a cuestas... pero también acrecentaría el miedo. ¿Qué la dañaría más, la culpa o el terror de imaginar que cada noche, cuando cerrara los ojos, ese hombre podría aproximarse, acechándola, para terminar el terrible trabajo que la había llevado a escapar a la montaña?

—Tiene el resto del invierno para decidirlo, señora. Le aseguro que mi madre no la dejará partir hasta que la primavera caliente los campos. —«Ni yo tampoco», pensó al notar el arañazo de la soledad de nuevo en el alma. No lo permitiría, no dejaría que ella abandonara la granja bajo ningún concepto hasta que no pudiera valerse por sí misma. No estaba dispuesto a arriesgar la vida de Bree ni a dejar que ella lo hiciera de nuevo.

—Y para entonces será imposible que mire a la familia que me queda a la cara, señor Murphy. Pues no cargaré solo con la vida de Dairon en mi conciencia, sino también con... con el fruto de su último castigo. —Harry vio un par de lágrimas correr por sus mejillas. Tenía los ojos tan enrojecidos que parecía casi un milagro que le quedara alguna—. Por su silencio supongo que lo sabe.

Harry detectó mil formas de vergüenza en aquellas palabras. Por respeto, no dijo nada, dejándola llegar a la conclusión que prefiriera sobre cómo se había enterado de la nueva que el médico había comunicado. Después de todo, recordó mientras intentaba rehacerse de la súbita emoción que le había provocado la conversación, era aquel asunto en particular por el que había irrumpido en el descanso de Bree. Su estado cambiaba muchas cosas.

—Imagino que nunca subir la montaña a por leña le trajo tantos problemas —dijo ella en un intento realmente valiente por sonreír, aunque no lo consiguió del todo.

—Las cosas se dan, señora. No ganamos nada preguntándonos por qué vienen como vienen.

—Se ha ofrecido a cuidarme sabiendo que no tengo cómo pagárselo. Me acogió en su casa y ahora... no puedo permitir esto, ¿lo entiende? Es más que cualquier cosa que pueda soportar o que usted merezca aguantar.

El empeño de Bree por zafarse de su protección lo atormentaba. ¿Cómo podía ser tan terca? Por otro lado, sus peores temores se confirmaban, ella vivía su embarazo como fruto de un castigo. No quería ni imaginar lo que aquel desgraciado habría sido capaz de hacer con ella... Por primera vez deseó realmente que aquel malnacido siguiera con vida para poder acabar con él con sus propias manos.

—Señora, por favor, por una vez, deje de impedir que le dé cobijo y encárguese solo de recuperarse. Sabe que, de momento, es lo más razonable. Solo soy un hombre de campo y no sé gran cosa sobre ser delicado en situaciones como esta, pero hay algo que... ahora está bajo mi techo y yo... —Había ciertos aspectos que Harry no podía quitarse de la cabeza, y la necesidad de conocer-

los era más fuerte que la intención de dejarla tranquila—. Debo preguntarle...
¿alguna vez él la forzó para...?

—¿Eso cambiaría algo? —Bree negó con la cabeza, cansada de repetir en
su mente todos los malos momentos que su conciencia iba enumerando para
intentar reducir la gravedad de lo que había hecho—. Fui igual de estúpida
para irme con él de lo que lo fui para creer que, si no lo rechazaba nunca,
tendríamos un matrimonio feliz. Querría decir que me obligó al menos una
vez, porque eso me quitaría culpa... pero no fue así, señor Murphy.

Bree recordó con dolor su noche de bodas. No había sido nada agradable
y, de hecho, a la mañana siguiente, se convenció de que había algo malo en
ella, puesto que le parecía impensable que alguien pudiera acostumbrarse
felizmente a aquello. Claro que Dairon no había sido nada cuidadoso. Había
tenido prisa por tomar lo que le pertenecía y había arremetido contra ella con
la fuerza de un animal en celo. ¿Serían todos los hombres así? Se había sentido torpe, pequeña y estúpida por no saber qué hacer, por sentir la tentación
de quejarse o tratar de evitar las embestidas. Había pensado que tal vez el
tiempo sería sabio y, con ello, las cosas mejorarían, pero solo resultaron ir a
peor. La piel se le erizaba al constatar que, durante uno de esos terribles momentos compartidos con Dairon, la criatura que ahora llevaba dentro había
empezado a vivir.

—No diga eso, señora. —Harry le habló con suavidad. En su fuero interno
daba las gracias por lo que acaba de escuchar, por lo menos aquel desgraciado
no había roto a Bree en aquel aspecto—. Nadie merece pasar por algo así, bajo
ninguna circunstancia.

—¿Y debe consolarme que esta criatura fuera concebida por acuerdo de
los dos? —Su mirada pareció estallar en llamas, aunque no eran más que lágrimas brillantes que le empapaban la tela del camisón—. ¿Eso hará que me
sienta menos sucia, menos indigna? Es su hijo, llevo en las entrañas la semilla de un hombre que me quiso lo bastante poco como para jugar con mis
sentimientos e ilusiones, que hizo cuanto pudo para acabar con mi vida...

—¡Pero no lo logró! ¡Usted le venció, a él, a la montaña y hasta a la condenada tormenta! ¿No lo entiende? Usted es fuerte, va a salir adelante —declaró
Harry sintiendo renovadas sus energías y provocando que Bree se parapetase
aún más contra el cabecero labrado de la cama.

—Ya no quiero seguir adelante... no puedo. —La voz de Bree, segundos antes teñida de fuerza, se volvió blanda y queda, como una hoja que finalmente cedía al embate del viento y se partía en dos—. Tras tantos tropiezos y pesares en esa montaña, esto que crece en mi vientre debió perecer junto a mi inocencia y lo que creía que sería mi vida. Usted lo sabe y yo también.

—Puede que eso hubiera sido lo más fácil o lo más humano, señora, pero escuche bien, esa criatura que lleva en el vientre es su carne, se aferró a usted y sobrevivió. —Harry se inclinó hacia delante buscando su mirada—. Puede lamentarse y desear que no hubiera sido así, pero hay una parte de usted que late en ella. ¿Podría vivir sabiendo que la ha dejado ir?

—Es su hijo, de él. ¿Entiende lo que sentiré cada vez que lo mire, cuando lo tenga en brazos y deba alimentarlo de mi pecho? Verle, sentirle abrirse paso por mi cuerpo para nacer... todo me lo recordará. Cada día de mi vida... no puedo pasar por eso. No quiero pasar por eso.

Confundido, se dio cuenta de que parte de su pensamiento inicial había cambiado. Cuando estaba fuera cortando leña para desahogarse y lamentando la suerte de la pobre mujer que se veía abocada a cargar con el hijo del hombre que tanto daño le había causado, él mismo había creído, como ahora ella le decía con palabras rotas, que lo más piadoso habría sido ver perecer a aquella criatura antes de que viera el mundo por primera vez. Ahora, se arrepentía de ese pensamiento tan funesto, aunque no entendía sus razones. ¿Por qué había empezado a defender esa vida? ¿Solo por tratar de evitar el espantoso miedo que veía en Bree o era porque realmente creía en lo que decía? No sabía si sería justo para ella enfrentarse a ser la madre de un hijo que era parte del hombre que tanto daño le había hecho, pero tampoco le parecía un consuelo que sufriera las consecuencias de un malparto.

Harry abrió la boca para intentar decirle algo que aclarara las ideas a los dos, pero los pasos a su espalda le detuvieron. Al ver a Rose Anne junto a la puerta, se recostó en la silla, como si buscara apartarse de Bree cuanto le fuera posible para evitar que nadie pensara que entre ellos existía una cercanía mayor a la que se suponía que tenían.

—Madre, estaba...

La expresión adusta que mostraba la mujer se lo dijo todo. Era evidente que Rose Anne había oído suficiente de la conversación para saber desde dónde retomarla. Harry, que supo perfectamente lo que su madre pretendía transmitirle, asintió con respeto y, tras dedicar un último gesto a Bree, deshecha en un nuevo ataque de llanto, se levantó y dejó solas a ambas mujeres.

La señora Murphy tomó asiento y, luego, sujetó la mano de Bree reconfortándola con su cercanía, en silencio, hasta que la muchacha fue capaz de alzar la mirada y enfrentarse a la de la mujer mayor, en cuya expresión no halló juicio alguno, solo comprensión.

—Antes de que lo preguntes, he oído lo que decías a Harry. Y me alegro de que las palabras hayan encontrado el camino a tus labios otra vez.

—Debe de pensar que soy una persona despreciable —expresó con verdadera congoja—. Yo también lo pienso, se lo aseguro.

Rose Anne le acercó el agua y la instó a beber con un gesto de las cejas. Bree obedeció, asumiendo que la matriarca de los Murphy no estaba acostumbrada a que se le llevara la contraria.

—Pienso que estás en todo tu derecho de pensar como lo haces. Es lo más lógico —le concedió sin que sus palabras sonaran condescendientes.

Recordando las convicciones de su tía, a Bree le pareció imposible que alguien pudiera pensar de modo semejante por más que ella misma hubiera tenido esa idea. Tal como ella había sido criada, renegar de un embarazo era casi tan malo como intentar evitarlo mientras se hacía vida de casada, algo mal visto desde cualquier perspectiva.

—¿Le parece bien que no desee este hijo? —se atrevió a preguntar, desconcertada ante una actitud tan benevolente.

—Es comprensible. —Rose Anne dejó el vaso y luego estiró las mantas con gesto metódico—. Tu marido murió demasiado pronto. Ninguno de los dos estaba preparado para eso, ¿cómo vas a querer enfrentar un nacimiento sola? Nadie te culparía por tus pensamientos.

Bree guardó silencio deseando con todas sus fuerzas aferrarse a aquellas palabras y lograr, por pura fuerza de voluntad, que fueran ciertas. Para todos los que vivían bajo aquel techo, era una pobre viuda afligida que lloraba por la pérdida de un hombre que la había desposado y le había dado su amor hasta dejar frutos en su cuerpo, en lugar de la tonta engañada que había tenido que matar para poder vivir.

Estaba segura de que la opinión de la madre de Harry cambiaría de forma radical si supiera la verdad.

—Le odias, ¿no es cierto? —la sorprendió la mujer, que la miraba con una sonrisa afable—. No tengas miedo de admitirlo, querida, es un sentimiento natural.

¿Odiarle? Bree no necesitó dedicar a la cuestión ni siquiera unos segundos. Claro que lo odiaba. Despreciaba a Dairon con cada fibra de su ser, con todo cuanto era y lo poco que tenía. Aun cuando abandonar su casa solo había sido decisión de ella, Dairon dio alas a su tonta fantasía de vivir un romance feliz, engañando sus sentimientos de mujer, haciéndola confiar en un amor que nunca había sentido. Bree se sabía culpable, desde luego. Su tía se lo había advertido, pero ella eligió creer en los cuentos de hadas. Eligió al hombre que le prometía una vida tranquila y llena de alegría. E hijos.

El tiempo a su lado había sido una cruel trampa. Un pozo de lodo donde se había ido ahogando poco a poco. Era demasiado para poder perdonar. Su alma cristiana, llena de arañazos y vergüenza, no encontraría nunca el camino hacia la misericordia. Aborrecía cada recuerdo de Dairon que su mente se empeñaba en traerle, día tras día, a cada minuto que pasaba despierta y en los escasos en que se atrevía a dormir. Saber que llevaba a su hijo, que la marca de su sangre la invadía, se le antojaba la peor de las tragedias. Callárselo era tan imposible como beberse el océano en unos pocos tragos, pero ante Rose Anne, que solo comprendería la pena que se le despierta a una viuda que ve que le arrancan al hombre amado, no podía mostrar la cruda realidad de sus emociones. Bree deseó poder gritarlo, pero se contuvo con lo poco que podría compartir.

—Sí, le odio. —Fue tan liberador, aun sin poder expresarlo del modo en que su alma le pedía, que notó cómo el aire llenaba sus pulmones y la dejaba por fin respirar—. Le odio, señora Murphy. Con todo mi corazón.

El llanto volvió a atenazarla y, esta vez, Rose Anne se inclinó para abrazarla con fuerza, dándole golpecitos en la espalda para reconfortarla, pero sin intentar cesarle el llanto. Dejó que se desahogara, sin interrumpirla ni hablar, hasta que Bree fue capaz de recomponerse.

—Cuando mi esposo murió, yo también le odié. —Rose Anne se permitió recordar aquellos momentos, haciendo suyo parte del dolor de aquella frágil criatura. Lo que veía en los ojos de Bree, esos momentos de rabia tan intensos, se le asemejaba tanto a su propio luto que sentirse identificada era casi una obligación.

—Pero... usted le quería, ¿no?

La madre de Harry le sonrió asintiendo con la cabeza.

—Era un cabezota insoportable. De modo que me enamoré de él nada más verle. Le quería, sí. Pero se murió sin importarle un cuerno en qué situación me dejaba eso a mí. —La mujer suspiró echando atrás los pensamientos que iban doliendo menos con el tiempo—. Dos hijos adultos que discutían como niños, la cosecha por recoger y un verano más seco de lo que puedas imaginar. Odié a ese bastardo porque me había dejado cuando nuestro momento de separarnos no había llegado.

—Estoy segura de que él... no habría querido abandonarla —manifestó Bree empatizando con ella, aunque el odio que ambas sentían era muy diferente.

—Me conocía lo bastante para no arriesgarse a hacerlo de forma voluntaria, eso seguro. —La sonrisa de Rose Anne se suavizó—. El bebé que esperas tampoco quiso llegar a tu vientre en estas condiciones, pero ahí está. No tuvo decisión sobre lo que pasó con su padre, ni pudo preguntarte si era el momento apropiado, solo se aferró a ti y peleó por mantenerse vivo cuando tú misma corrías peligro. Ahora estás a salvo, querida. Y él también.

Bree no podía decirle a Rose Anne que, aunque ocurriera un milagro y lograra creer que la pesadilla había terminado, nunca se sentiría libre del todo. La culpa la perseguiría. Un día, la criatura que llevaba dentro y tanto empeño mostraba por vivir, la reclamaría como madre. Necesitaría amor, cuidados y un cariño especial que no estaba segura de ser capaz de transmitirle. ¿Cómo hacerlo? Y lo que era peor... ¿algún día podría reunir el valor suficiente para confesar a ese niño por qué no había un padre junto a él?

Era una asesina. Una mujer marcada por un crimen terrible que nadie perdonaría jamás. No habría piedad para quien había arrebatado una vida aunque fuera a favor de la suya propia. Y no había palabras para explicar lo que eso le provocaba por dentro.

—Entiendo lo que quiere decirme, señora Murphy, y le agradezco que intente ayudarme, pero... creo que nadie podría hacerlo. Estoy tan... perdida, me siento tan...

—¿Sola? ¿Desampara y muerta de miedo? ¿Cómo un completo e inútil estorbo? Por supuesto que lo entiendo, querida. Lo que tú debes comprender es que tu marido, Dios lo tenga en su gloria, ha dejado de importar. Ya no vive y, por más que la situación de tu embarazo no sea la ideal, es la que tienes ahora y habrá que ver cómo la enfrentas.

—Desearía no tener que pensar ni enfrentar nada en absoluto. Desearía... dormir y despertar dentro de mil años, cuando todas las decisiones se hubieran tomado por sí solas... —«O no despertar en absoluto», pensó derrotada.

—Estás agotada, herida y alterada por cosas que han pasado demasiado pronto. —Con manos suaves, Rose Anne acarició el pelo de Bree. En su rostro, compuso una sonrisa maternal que tocó el corazón de la muchacha recordándole cómo había sido antes, de pequeña, cuando tenía a quien recurrir—. El tiempo pasará, llegarán los cambios de estación y, para cuando florezcas, no podrás creer que hayamos tenido esta conversación.

Parecía tan segura que Bree temió ser irrespetuosa si seguía insistiendo. Sin embargo, estaba convencida de que podrían pasar los meses y la culpa seguiría allí, enraizada en su pecho, de donde dudaba poder arrancarla.

—¿Qué hizo usted para superar la muerte de su marido?

—Por una parte valoré lo que me había dado e intenté olvidar lo que había perdido con su marcha.

Rose Anne se levantó de la silla y la dejó en su lugar. Después, destapó el platito con rebanadas de pan que Mary Kate había dejado en la habitación en su primera visita e hizo una clara insinuación a Bree de que ya era suficiente de pasar hambre.

—Las penas no se harán menos pesadas por tener el estómago vacío.

—Señora Murphy, yo... —A Bree le temblaron los labios. ¿Pensar en cuidarse? ¿En alimentarse para que la criatura creciera fuerte y sana?—. Quisiera que todo eso me consolara... que fuera lo único que me importara... pero... Ya sé que va a decirme que debo cuidarme y alimentarme por mi salud y la de este bebé, pero en este momento... no puedo... no puedo.

—No voy a decirte que empieces a pensar en ese bebé para que eso sane tu dolor —la cortó la madre de Harry alzando la mano y apretando los labios en una línea muy fina—. Si debes llorar y maldecir tu situación, hazlo hasta quedarte sin voz. Desea que las cosas hubieran sido diferentes, ruégalo con todas tus fuerzas. Pero nunca, niña, óyeme bien, nunca maldigas lo que llevas en el vientre, porque si Dios le ha dado fortaleza a esa criatura para acompañarte en la montaña, es porque debe nacer. No lo olvides.

Rose Anne se alejó, decidida a dejar a Bree a solas con sus pensamientos. Esperaba haber puesto un poco de sentido común en aquella pobre cabeza atribulada de preocupaciones, aunque era muy consciente de que no existían las palabras mágicas que sanaran los corazones rotos de un día para el otro.

—¿Señora Murphy? —la llamó con timidez antes de que abandonara la estancia.

—¿Sí?

Bree, que estaba mordisqueando un pedazo de pan, enrojeció un segundo, mas la timidez no le impidió hacer la pregunta que bailaba en su mente. Cualquier excusa era buena para evitar pensar en su situación, decidió. Agradecería distracciones de toda naturaleza.

—Dijo que, por una parte, pensó solo en lo bueno que le había dado su marido para superar que se fuera... —La mujer asintió recordando sus propias palabras—. ¿Qué más hizo?

La mirada de Rose Anne brilló de forma maliciosa.

—Escupí sobre su tumba cuando el enterrador la cubrió de tierra. Se habló de ello durante meses.

Con un guiño que la llenó de asombro, la madre de Harry abandonó la habitación dejando tras de sí el aroma reconfortante de su perfume, el calor de unas caricias entregadas de forma voluntaria y unas palabras sinceras y afectuosas que, aun sin Bree saberlo, habían arraigado profundamente en su corazón.

10

Durante los tres días siguientes, Harry hizo lo imposible por mantenerse ocupado.

Como siempre que su cabeza estaba demasiado llena de pensamientos que no podía controlar, decidió convertir el trabajo en algo prioritario. Se levantaba y salía de la casa sin hacer ruido, mucho antes de que cualquier miembro de su familia hubiera siquiera abierto los ojos para ver un nuevo día. Mientras se atareaba con labores rutinarias de la granja, tales como ordeñar, limpiar los establos y herrar a los caballos, Harry veía cómo amanecía y, horas después, la puesta de sol.

Limpió los caminos para evitar que se enlodaran con las constantes lluvias, segó la hierba que crecía sin control en los alrededores del porche, cortó leña hasta que la camisa se le empapó y las gotas de sudor cayeron rodando por su cara. El agotamiento surcaba su cuerpo y marcaba sus músculos, pero no se quejaba.

Cada mañana inspeccionaba con ojo crítico cuanto tenía alrededor, en busca de cualquier cosa que le mantuviera lo bastante ocupado como para evitar la tentación de entrar en casa y hacer guardia ante la puerta cerrada de Bree. Era un cobarde, le dijo una voz en su interior durante el mediodía del segundo día, un cobarde que no se veía con fuerzas de enfrentar la situación que él mismo había provocado.

Sabía que Bree sufría y penaba en su dormitorio. El médico la había mandado a reposar a causa del sangrado y apenas podía moverse. Imaginaba que los moratones de su cara iban cediendo, y suponía que el dolor en su brazo y el cansancio acumulado debían de estar mejorando... pero no le preguntaba a ella. Después de la conversación que ambos habían tenido, Harry no estaba listo para mirarla y ver el profundo pesar que opacaba su mirada.

Se había ofrecido a cuidarla. A seguir escondiendo la verdad a su familia por ella. No había dudado ni un segundo en serle leal a aquella mujer, y el coraje con el que había pronunciado las palabras inquietaba a Harry, que temía ver descontrolados unos sentimientos que, a su pesar, iban enraizándose en su pecho a cada hora que pasaba.

No había tarea pesada en el mundo que pudiera quitarle a esa mujer del pensamiento.

Durante el tercer día de recuperación de Bree, y teniendo en cuenta que todas las labores menores estaban ya hechas, Harry decidió subir al tejado y echar un vistazo a las goteras. Cada invierno, la vieja construcción de su padre cedía por algún rincón y acababa haciéndose notar en forma de pequeña cascada, empapando alguno de los dormitorios. Harry no tenía los medios para repararlo por completo, de modo que iba ocupándose de secciones cuando contaba con el tiempo, los materiales y, sobre todo, la voluntad.

A pesar de lo versado que estaba en subir a las montañas, trepar al techo de la granja no era una de sus cosas favoritas y pasaba tenso e inquieto todo el rato que duraba el trabajo.

Ya había empezado a arrancar algunas de las tejas sueltas, cuando oyó el silbido de Boyle, que tomaba un café en el porche. Con el ceño fruncido, Harry se preguntó si, un día más, su hermano había salido de casa para manifestarle su descontento con la situación de Bree o si, por el contrario, le daría algún informe preocupante y cínico sobre ella. No era un secreto para nadie que Boyle disfrutaba sacando a Harry de sus casillas y últimamente solía utilizar a la supuesta viuda Harrison para ello.

—¿No te parece una majadería haber esperado a tener el invierno encima para reparar las goteras? —Boyle sorbió el café echándose hacia atrás el sombrero y observando los campos y la pila de leños con desdén—. Ese tipo de reparaciones conviene más hacerlas en primavera.

Harry inclinó el cuerpo lo suficiente para tener un ángulo de visión sobre Boyle.

—En primavera debí ir a la venta de terneros. Y preparar la tierra para el huerto de madre, amén de otras muchas cosas que ahora no puedo recordar.

Las pisadas de Boyle resonaron. Bajó los escalones y alzó la cabeza para mirar a su hermano. Sonrió. Sabía que Harry detestaba estar subido en ese tejado y contemplar la rigidez de su cuerpo le causaba gracia.

—La primavera es una estación llena de posibilidades, Harry. Si te hubieras organizado mejor...

Boyle esquivó la teja que cayó a sus pies sin dificultad.

—Somos dos hombres en esta casa —gruñó Harry aferrándose con más fuerza para evitar resbalar—. Si movieras un jodido dedo para algo más que tus visitas al pueblo, las jodidas goteras ya no serían un problema.

—¿Y privarte de llevarte todo el mérito? Ni soñarlo, hermano. —Boyle vació los restos del café sobre la hierba disponiéndose a alejarse—. Tengo una familia de la que cuidar, no puedo arriesgar el pescuezo en una mala caída. Seguro que lo entiendes ahora que también compartes la cama con una mujer. Oh, perdón... quiero decir, ahora que la mujer de otro ocupa tu cama.

—No hables así de ella, Boyle.

Harry apretó los dientes. El sentido común le decía que lo más sensato era no seguir a Boyle por aquel camino... pero no podía soportar que hablara mal de Bree aunque solo lo hiciera para fastidiarle. Aquella mujer había pasado lo suficiente y sufrido más de lo que ninguno de ellos imaginaba, no era justo que fuera insultada con acusaciones como esa.

—Harry, Harry... siempre a la defensa de los desamparados. —Boyle negó con la cabeza—. Yo de ti, no me haría demasiadas ilusiones con ella. No hay noche que esa condenada viuda no se la pase llorando, me pregunto si será por el pobre Milton Harrison. Debía de ser habilidoso entreteniéndola si ella lo añora tanto, ¿no crees?

El tablón que Harry lanzó estuvo muy cerca de acertar esta vez. Llevándose una mano al sombrero, miró a su hermano con ceño, apuntándole con el dedo con una muda advertencia que no se molestó en pronunciar.

—¡La próxima vez, no voy a fallar! —gritó Harry desde lo alto—. ¡A lo mejor un golpe en la cabeza te enseña a respetar a las mujeres!

Boyle le dio una patada a la tabla, provocando un ruido sordo al estrellarla contra una roca. Podría seguir la discusión... pero estaba harto de tener que levantar el cuello y no pensaba subir para enfrentar a Harry. Tenía cosas más interesantes que hacer.

—Madre quiere que entres a comer —le espetó, volviendo sobre sus pasos—. Pero por lo que a mí respecta, puedes quedarte en ese maldito tejado hasta que anochezca.

Harry lanzó un gruñido tras ver desaparecer a Boyle dentro de la casa. Bajó la vista a sus manos. Tenía los nudillos blancos y un poco arañados. Uno de sus dedos sangraba, aunque no podía recordar por qué. Con los movimientos reducidos a causa del abrigo que llevaba, tomó las herramientas y siguió arrancando las tejas en mal estado, intentando desahogar su rabia y frustración de alguna manera.

Bree se dormía llorando... puede que él retrasara su momento de entrar a la casa lo máximo posible, pero eso no quería decir que fuera ignorante de cada pequeño cambio que tenía que ver con ella. Sabía que estaba descansando poco y que, cuando lo hacía, la acosaban las pesadillas. Quitar la vida a un hombre por defender la propia, descubrir lo de su embarazo, verse abocada a toda aquella historia de la viuda... no era de extrañar que se sintiera al borde de la cordura. Harry lo entendía. Y aun así... seguía sin poder acercarse.

Tal vez porque no tenía modo de remediar su dolor. No había nada que pudiera hacer para ayudar a Bree... pero sí podía intentar reparar ese tejado o cualquier otra cosa que se rompiera.

Quizá así se sintiera menos impotente. Quizá así lograra dejar de pensar en ella.

La despertó una caricia suave e inesperada en el pelo. Despacio, Bree abrió los ojos y se encontró de frente con la mirada limpia y las mejillas regordetas de un niño que la miraba curioso. Tenía un arañazo en la frente, escondido bajo el flequillo sin peinar. Al verla abrir los ojos, sonrió y le mostró su dentadura mellada.

Bree parpadeó, sin saber si quería volver a cerrar los ojos y abandonarse al contacto cálido de la mano del niño o, por el contrario, apartarse lo más que pudiera, pues mirar aquella carita inocente y ver la pureza de la infancia reflejada en unos ojos grandes y vivos la hacía sentir incómoda y culpable. Lo que ahora miraba era aquello en que estaba destinado a convertirse el bebé que esperaba. El bebé que ella había deseado perder. El hijo de Dairon. Su hijo.

—¿Te has caído? —preguntó el niño, que exigió atención y colocó las palmas de las manos en las mejillas de Bree—. Yo también.

Ella estuvo segura de que se refería a los múltiples moratones que debían adornarle la cara y cuyo color debía de ser ya de un carmín apagado. Tragó saliva e intentó responder, pero se encontraba demasiado sobrecogida como para hacerlo. Asintió esperando que fuera suficiente, e hizo memoria para recordar a qué miembros de la familia no había conocido aún. Por lo que Harry le había contado en la cabaña, el pequeño no podía ser otro que su sobrino. El parecido con los rasgos Murphy se le hizo notable a pesar del poco tiempo que hacía que les conocía.

—La abuela dice que hay un bebé en tu tripa.

Aquello conmovió a Bree, que supo que era momento de incorporarse, al menos, para poner cierta distancia entre el asedio del niño y su persona. Subiéndose las mantas, se sentó en la cama con esfuerzo y se apartó el pelo suelto a un lado. El niño siguió sin moverse. Estaba claro que había oído conversaciones, que probablemente habría preguntado y que ahora venía a comprobar lo descubierto por sí mismo.

—¿Tu abuela es la señora Rose Anne? —musitó Bree, inquieta por ser sujeto de cuestiones cuando ella no había podido plantear ninguna.

El niño asintió jugueteando con el suéter que llevaba puesto.

—¿Tienes un bebé en la tripa? —insistió—. Yo *estoy* en la tripa de mamá. Antes. Cuando era pequeño. ¿En la tuya hay uno?

—*Estuve*. Se dice *yo estuve en la tripa de mamá* —corrigió Bree con un asomo de sonrisa. El pequeño le causaba gracia con su ternura y sus preguntas. Aunque aquel no era un tema con el que se sintiera cómoda, la curiosidad del niño la llevó a contestar—. Sí... hay un bebé en mi barriga.

El niño asintió evaluando a Bree con una mirada sin maldad que hablaba de una infancia feliz, rodeada de amor y cuidados. Por un segundo, ella sintió ganas de sonreír, estirar los brazos y abrazarlo contra su pecho, porque no podía haber dolor o peligro en un niño, pero recordó que no debía encapricharse con aquel pequeño, pues, tan pronto como se recuperara, no habría motivos para seguir permaneciendo bajo el techo de los Murphy. No quería que las separaciones fueran aún más duras... ni tampoco que el apego despertara ese instinto maternal del que tan poderosamente deseaba huir.

—¿Tío Harry se lo va a quedar? —preguntó el niño de improviso y sin darle tiempo a responder mientras señalaba con un dedo regordete la tripa todavía plana de Bree, oculta bajo las mantas.

—¿Cómo? —exclamó ella con la voz ahogada. Aquella pregunta inocente le provocó un anhelo poderoso.

—Tío Harry no tiene bebé. ¿Se va a quedar el de tu tripa?

Sin saber cómo responder a eso, Bree boqueó preguntándose por qué el niño habría llegado a aquella conclusión tan alocada. No lo quiso, pero su mente conjuró en un segundo la imagen de los fuertes brazos de Harry Murphy arrullando a un bebé envuelto en una manta. Algo en su vientre se removió con inquietud.

—¡JJ! —gritó una voz desde el pasillo de la habitación. Mary Kate apareció como una exhalación, agarró al niño del brazo y le apartó de Bree. Parecía azorada y llevaba restos de harina en las manos. El niño, cuya estatura pareció mermar, tuvo la decencia de parecer arrepentido, aunque Bree estaba segura de que no se sentía así en absoluto.

—¿No te dije que recogieras los huevos para el desayuno?

—Sí, mami, pero es que...

—¡Es que nada! Nadie en toda la casa ha desayunado porque tú no has hecho la única tarea que se te ha pedido.

—¡Es que la abuela *pide* que vea a la señora enferma!

Algo mortificada, rodeó el cuerpo del niño con el brazo y miró a Bree con disculpa. Intentó arreglarse un mechón de pelo que se le había salido del recogido, pero terminó manchándose aún más de harina.

—Cuanto lo siento, señora Harrison. Este es mi hijo, JJ. No quería molestarla, pero claro... ha habido tanto revuelos estos días que... sentía curiosidad —se excusó Mary Kate, al tiempo que tiraba del niño en dirección a la puerta.

—No pasa nada, estoy bien.

—Tiene un bebé en la tripa, *ma*, como decía la abuela —dijo JJ, muy animado de repente—. ¿Saldrá pronto? ¿Va a ser macho o hembra?

—Basta, jovencito. —Mary Kate se inclinó e hizo esfuerzos por peinar a su hijo, que no paraba de removerse—. La señora Harrison tiene que descansar y tú no puedes entrar a las habitaciones de los demás sin permiso.

—¡Pero es el cuarto de tío Harry! —protestó JJ cargado de razón. Jamás le habían impedido entrar a la habitación de su tío y ahora sentía aquello como un castigo muy poco merecido.

—¡Pero no tienes permiso! —rebatió su madre enfadada.

—De verdad, señora Murphy... —Ya estaba causando suficientes molestias, pensó Bree con amargura. Ocupando la habitación de Harry y provocando cierto desorden en la casa. Lo último que quería era provocar más problemas y alterar las vidas de quienes vivían bajo ese techo—. El niño tiene razón, no quisiera importunar...

Pero la joven madre restó preocupación a sus palabras con un solo gesto de la mano.

—Oh, no me llame así. La señora Murphy es mi suegra, no soñaría jamás con ocupar ese lugar —sonrió—. Solo Mary Kate estará bien.

Bree no estuvo segura de sí lo decía con sumo respeto y cariño o con cierta animadversión, porque todavía no se había hecho una opinión en firme de la esposa de Boyle. Parecía una mujer siempre apresurada y cargada de tareas. Madre y esposa, era evidente que consideraba sus labores hogareñas de suma importancia y no deseaba que nada ni nadie la sacara de su rutina. Ni siquiera la repentina aparición de una desconocida.

—JJ, ve enseguida a recoger los huevos, ¡y no rompas ni uno! —apuntó con el índice, y aquello puso fin a toda protesta. Después, sonrió a Bree, nerviosa—. Lo siento mucho, ya sabe cómo son los niños... ¡bueno, pronto lo sabrá, sin duda!

—Es muy guapo, un niño adorable —la alabó mientras el corazón se le cerraba un poco con cada palabra—. Es usted muy afortunada, Mary Kate.

—Todas las mujeres lo somos cuando nos convertimos en madres. Lo descubrirá en unos meses, señora Harrison —sonrió mientras cruzaba el umbral.

—¡Mary Kate! —La interpelada se detuvo y miró a Bree con curiosidad—. ¿Podría llamarme Bree y empezar a tutearme, por favor? —No quería crear lazos, pero necesitaba desesperadamente agarrarse a algo que fuera verdad. Oír cómo se referían a ella utilizando el apellido de un hombre al que no había conocido solo servía para hacerle recordar su mentira. Una y otra vez.

Forzó una sonrisa y, por suerte, Mary Kate la devolvió.

—Por supuesto, Bree. Y le pido lo mismo. ¡*Te* lo pido! —corrigió con afecto—. Ahora descansa. La señora Murphy vendrá a verte enseguida.

Mary Kate abandonó la habitación con la misma prisa que había llegado. Una vez sola, Bree apoyó la cabeza en la almohada y respiró hondo. Sintió el instinto de rozarse el vientre, pero no lo hizo. JJ, el sobrino de Harry, era una criatura a la que adorar y querer, fruto de un matrimonio unido. Con toda probabilidad, Mary Kate no se había planteado nunca si aceptar o no a la criatura que crecía en sus entrañas. Las cosas se habían dado del modo correcto para ella, refugiada en su hogar, protegida, teniendo funciones, siendo válida e importante...

¿Y ella? ¿Qué iba a ser de ella cuando la compasión de la familia Murphy se agotara?

—Veo que tienes mucha mejor cara, querida. —Rose Anne la sacó de sus pensamientos al entrar y cerrar la puerta. La matriarca dejó unas ropas sobre la silla y miró a Bree con ojo entendido—. Esas magulladuras casi están curadas y apuesto mis huesos sanos a que el brazo funciona mucho mejor.

Bree asintió. Esa mañana no se había puesto el cabestrillo y tenía el brazo apoyado sobre unos almohadones. Con suerte, podría prescindir de él cada vez con más frecuencia hasta no tener que volver a usarlo.

—Esta cama ha hecho milagros —musitó Bree con cierta timidez. Debía admitir que las horas de descanso, abrigada y bien arropada habían sido determinantes en su recuperación física.

—Sí, Harry la echa mucho de menos, pero se conforma con dormir en el sofá del cuarto de costura. —Le guiñó un ojo quitando culpabilidad al gesto que vio en Bree—. Tú la necesitas más que él.

—Siento muchísimo ser una molestia, señora Murphy.

—Bueno, pues hoy lo serás un poco menos. Ya que estás mejor, no creo que haya motivo para que tengas que seguir encerrada entre estas cuatro paredes. Vístete y baja a desayunar con nosotros. Los huevos tardarán un poco, creo que sabes por qué.

—¿Bajar? Yo... señora Murphy, no quisiera...

—Jovencita, pasar hambre nunca ayudó a nadie a curar las heridas. No has comido casi nada estos días y te recuerdo que el luto no se hará menos duro por tener el estómago vacío. Hazlo por mí, ¿de acuerdo? Para que sienta que he tenido fuerzas para convencerte. —Compuso una sonrisa inocente, aunque Bree estuvo segura de que eran muchas las ocasiones en que la señora Murphy se salía con la suya—. Tomaré tu silencio como un sí.

Con manos diligentes, Rose Anne la ayudó a levantarse y empezó a desnudarla sin permitir que el pudor se interpusiera en su camino. Parloteando de cosas a las que Bree no encontró más sentido que el de intentar distraerla, le puso una falda y un blusón que hubo que ajustar a su cuerpo, pues, como el camisón, eran demasiado grandes.

—Las curvas de Mary Kate son más generosas, pero ya pondremos carne en esos huesos. Enfrentar el invierno siendo tan delgada no será bueno para ti.

Rose Anne le trenzó el pelo y la ayudó a calzarse. Una vez vestida y peinada, Bree se miró al pequeño espejo de la cómoda sintiéndose extraña y reconfortada al mismo tiempo. No era ella misma, aquellas no eran sus cosas y el rostro que veía, herido y demacrado, se alejaba mucho del que había tenido en el pasado, pero era un cambio agradable, sin duda.

Estar limpia y descansada hacía que pudiera enfrentar las cosas con otro talante. Aunque estaba lejos de decir que se sentía curada y sus tribulaciones no hacían sino aumentar, por lo menos en apariencia estaba sanando. Cuando no se viera tan rota, podría empezar a olvidar al hombre que la había quebrado.

—Debes de tener hambre, vamos al comedor —exclamó Rose Anne invitando a Bree a salir del dormitorio con un gesto muy maternal que buscaba calmar el temor que veía en sus ojos—. Anda, el primer paso será el más difícil, luego saldrá solo.

—¿Seguro que a sus hijos no les importará? —Bree sentía el temblor de sus manos esparciéndose al resto de su cuerpo. Una cosa era estar refugiada en una habitación, pero bajar al salón comedor e interactuar con la familia era algo completamente distinto. Debería ser partícipe de un momento íntimo de la familia, responder preguntas y verse sometida a no cometer errores ni hablar de más. Estaba asustada y no podía dejar de preguntarse qué pensarían los demás de ella.

—Verás, querida, aunque ellos hacen su vida aquí, trabajan y este será su techo hasta el día en que mueran, la casa no deja de ser propiedad mía. Si alguno tiene problema con que te sientes a la mesa, siempre puede irse afuera, con los animales. Corre una brisa muy agradable —explicó la mujer con amabilidad, dejando bien claro quién era la que tomaba las decisiones en aquella casa.

Rose Anne la tomó del brazo y Bree se vio abocada escaleras abajo. Le llegó el sonido de unas voces, así como el aroma de algo que se cocía al fuego, chisporroteando de forma deliciosa. Le rugió el estómago y la boca se le hizo agua.

La estancia que la recibió, pulcra y ordenada, era amplia y cálida. La presidía una gran mesa de madera rodeada de sillas y había un par de sofás en los rincones, junto a un par de mesas más pequeñas y estantes repletos de libros y papeles. Al otro lado, separada por un medio arco, se atisbaba la cocina, en la que en ese momento entraba JJ llevando un cesto cargado de huevos.

—Ya está aquí, JJ —susurró Rose Anne.

Bree no pudo reprimir una sonrisa al mirar al chiquillo, recordando el breve pero agradable momento que habían compartido. Era un pequeño torbellino lleno de ternura.

—En realidad se llama Jackson Julius. El nombre de su abuelo. —Rose Anne dejó vagar los recuerdos por un momento—. Era tozudo como una mula vieja, pero nunca cruzó la puerta de esta casa con un mal gesto o una palabra grosera. Me quiso y lo sé porque recordaba decírmelo. Siempre me consideró su compañera y no había problema ni decisión que se callara ante mí.

—Debió de ser un gran hombre —respondió Bree, aunque le costaba imaginar qué se sentiría al saberse cuidada y a salvo junto a otra persona—. Perderle tuvo que ser muy duro.

Rose Anne le golpeó cariñosamente el brazo. Sus ojos reflejaban que ambas estaban viudas y, por tanto, conocían bien el sentimiento. De pronto, la añoranza de su marido se le hizo demasiado amarga, por lo que consideró que era buen momento de dejar aquel tema atrás.

—Que JJ se mantuviera alejado de ti los últimos días fue demasiado para él, me temo. Tiene cinco años, la curiosidad a esas edades es imposible de controlar.

—Lo... lo entiendo.

Lo cierto era que Bree no tenía idea de qué estaba diciéndole Rose Anne. Su mirada se había perdido en el rincón de la mesa más cercano a la puerta de entrada a la casa, donde en ese momento se encontraba la única persona a la que anhelaba ver. Estaba sentado con las piernas separadas, atándose un par de botas gastadas y riendo con la boca abierta de algo que su hermano Boyle, mucho más huraño y sin pizca de humor, le contaba. Algún incidente con una coz, le pareció entender, aunque no podía jurar haber prestado atención, pues todos sus sentidos estaban puestos en intentar controlar el desbocado latir que sintió su corazón al ver a Harry.

Su cabello le parecía más largo y claro que la última vez, quizá porque lo llevaba despeinado y sin orden. La barba, un tanto desarreglada, le daba un aspecto varonil que colapsaba la estancia, algo enfatizado por los músculos que llenaban la camisa blanca a medio abrochar que llevaba puesta, revelando músculos firmes y un pecho fuerte. Levantó la mirada justo en el momento en que Bree ponía un pie dentro del comedor y la risa murió en sus labios y se transformó en un gesto de curiosa apreciación. Ella notó cómo todo su interior se paralizaba y, por primera vez en mucho tiempo, deseó que todo se detuviera y poder quedarse en aquel momento, sintiéndose observada por parte de ese hombre, que la miraba como si no existiera nadie más que pudiera captar su atención.

Harry casi podía sentir el aroma que emanaba su piel y llegaba hasta donde se encontraba él, llamándolo de manera tentadora y sensual. Bree estaba bien peinada y, de algún modo, Rose Anne había logrado que las ropas sueltas de Mary Kate se le ciñeran al cuerpo mostrando unas formas femeninas que, en la solitaria y fría montaña, Harry ya había apreciado. Los días transcurridos sin verla parecían haberle hecho sensible a cada pequeño cambio y observó cómo el pelo le brillaba y que algunas de las magulladuras habían perdido intensidad. La leve sombra que provocaban sus pestañas cada vez que parpadeaba marcó el ritmo en que Harry tragó saliva. Cerró los puños contra la madera de la silla temiendo abalanzarse sobre ella, posar el rostro en el nacimiento de su pecho y aspirar su esencia hasta embriagarse.

—Nuestra invitada se encuentra lo bastante fuerte como para acompañarnos a desayunar —anunció Rose Anne separando para Bree la silla situada junto a Harry. No le pasó desapercibida la mirada que ambos compartieron—. No la asustéis demasiado.

Con un carraspeo incómodo, Harry se puso de pie por educación e intentó abrocharse los botones al mismo tiempo que se subía los tirantes. Estaba claro que pensaba que su apariencia desaliñada, que no parecía afectar en nada a Mary Kate, podría resultar un insulto ante Bree.

—Me... me alegro de que esté mejor, señora —le dijo con un gesto de la cabeza—. Comer le hará bien.

Bree le respondió con un gesto de la cabeza, aunque se sentía abochornada por ser el centro de atención. No le molestaba que Harry la mirara, aunque el hecho de que siguiera llamándola *señora* dejaba clara la distancia que parecía imponer entre ambos. Eso, de alguna manera, la incomodaba aún más.

—Me ha salvado la vida y estoy durmiendo en su cama, ¿cree que podría llamarme Bree y tutearme? —le preguntó tratando de que su voz sonara firme y decidida.

—Sí, Harry, ¿cómo tratas de usted a la mujer que calienta tus sábanas? Es demasiado vulgar. —El tono jocoso y desagradable de Boyle rompió la calma que se había instaurado en la mesa.

—Cierra la boca —espetó Harry, con una mirada de advertencia que parecía cortar el aire como una navaja bien afilada.

Su hermano se limitó a sonreír mientras tomaba el plato que Mary Kate le ponía delante. Bree le observó unos segundos; de pelo más oscuro que Harry, iba muy afeitado y tenía una expresión de constante sospecha que la puso nerviosa.

Boyle intercambió una mirada con ella, pero no le dijo palabra alguna, como si su presencia allí le fuera indiferente.

—Querida, Harry siempre ha mantenido las formas con las mujeres —respondió Rose Anne, adelantándose a una nueva chanza que murió en los labios de Boyle—. Lástima que solo él haya sabido aprovechar la buena educación recibida en esta casa. —El gesto molesto hacia su hijo mayor dejó claro que no consentiría más hostilidades en la mesa por ese día. Luego, cuando la mirada de Boyle descendió hasta el plato, se centró en Harry, que parecía absorto ante el rostro angelical que tenía a su lado—. Quizá podrías dejar a un lado tanta caballerosidad y tratar a nuestra invitada con algo más de cercanía, ¿no te parece, Harry?

Las palabras de Rose Anne sorprendieron a Bree, que levantó la cara hacia ella con la sorpresa pintando sus mejillas. No esperaba que la señora de la casa apoyara su tonta petición y, por la expresión huraña en la frente de Harry, él tampoco lo esperaba.

—Lo intentaré, pero no puedo prometer nada —sentenció para satisfacción de su madre.

Rose Anne asintió mostrando que con eso era suficiente por el momento.

—Estupendo, ¡pues ya somos todos una gran familia feliz! —coreó Boyle con excesivo énfasis ganándose a cambio expresiones coléricas de parte de su madre y hermano. Su apetito por contaminar el ambiente parecía ser insaciable.

Mary Kate tomó asiento y miró reprobatoriamente a su marido, aunque ni la mitad que Rose Anne, que en aquel momento troceaba el tocino a JJ, demasiado entretenido en estudiar a Bree como para pensar en comer. Un silencio desagradable se hizo en la mesa durante unos instantes en los que nadie comió ni movió un dedo.

—¿Tienes algún problema esta mañana, Boyle? Porque, si necesitas desahogarte, seguro que hay maneras más provechosas de hacerlo fuera. —Rose Anne no alzó la voz, tan solo arqueó la ceja esperando una excusa.

—¿Problemas, madre? ¡En absoluto! —Señaló a Bree con el tenedor cargado de huevos revueltos y tocino—. Nuestra invitada mejora, lleva la ropa de mi esposa y come en nuestra mesa, ¿qué podría haber mejor que eso?

Harry dejó caer los cubiertos sobre el plato, girando la cabeza hacia su hermano y declarándole, sin pronunciar una sola palabra, que aquella conversación había durado lo suficiente. Rose Anne, que estaba acostumbrada a lidiar con situaciones mucho más inestables, no fue tan calma en su respuesta.

—Parece que no compartes la generosidad de tu mujer, hijo. Lo lamento y me disculpo con Bree por el mal ejemplo que debe de pensar que te he dado.

Echando un trago a su café, Boyle apretó los labios ignorando por completo el fuego que salía de los ojos de Harry.

—Solo digo que tenemos que estar agradecidos por el regalo de su recuperación —ironizó—, pero tal vez deberíamos haberle facilitado una ropa más oscura, ¿o acaso Milton Harrison no merece el luto de su mujer?

—¡Cielos, es cierto! —Mary Kate dejó que toda la culpabilidad se apoderara de ella—. Cuánto lo siento, Bree, ¡no se me ocurrió! Si quieres puedo...

—No... no tiene importancia —balbuceó Bree intentando pronunciar alguna palabra con sentido que sirviera para hacer más creíble la imagen que se suponía debía dar—. La pena se lleva por dentro.

—Pero es decente mostrarla—insistió Boyle—, a menos que no se sienta en absoluto.

—Basta ya, Boyle, lo digo en serio. —Los nudillos de Harry, cerrados con fuerza, se pusieron blancos—. No sigas.

Rose Anne se puso en pie provocando un silencio inmediato en la mesa. Solo JJ, que comía mirando a unos y otros, se atrevió a seguir masticando. Para mostrar su apoyo, la matriarca de los Murphy colocó la mano sobre el respaldo de la silla ocupada por Bree desafiando con la mirada a cualquiera de los presentes que quisiera decir algo.

—Lo que no es decente en absoluto es atormentar a una mujer que ha pasado lo que ella con comentarios estúpidos como los tuyos, Boyle. Sal de aquí y procura tener más sentido común cuando vuelvas o comerás lo que dejen las vacas. —La sentencia de Rose Anne era firme, todos lo sabían.

—¿Me echas de mi propia mesa, madre? ¿Me avergüenzas de ese modo delante de mi esposa y mi hijo poniéndote del lado de una extraña? —rebatió Boyle lleno de resentimiento, aunque no le sorprendió que, una vez más, todos en aquella casa le amonestaran.

—Tú te has avergonzado ante ellos sin ayuda de nadie. Te impido que sigas haciéndolo. Vete.

Arrojando la servilleta sobre el plato sin terminar, Boyle arrastró la silla y salió del comedor a grandes zancadas. Abrió la puerta y dio un portazo tal que hizo retumbar todas las paredes. Bree quiso que la tierra se abriera y se la llevara lejos de allí, donde no pudiera ser sometida a juicio por la mirada inquisitiva del niño y la aturdida de la esposa. Harry relajó los hombros mientras la miraba de reojo, temeroso de que aquel enfrentamiento la hiciera pregonar a los cuatro vientos las verdades que ambos habían planeado ocultar.

Por suerte, la atención se desvió pronto de ella, pues Mary Kate, con las mejillas rojas y el semblante triste, hizo un intento por retirarse que su suegra interceptó a tiempo.

—No te rebajes a ponerte a su nivel cuando no se lo merece —le advirtió—. Boyle no tiene motivos para comportarse como un asno. Si lo hace, que se atenga a las consecuencias.

—Él no es así —decretó la mujer, aunque no quedó claro si lo dijo para ella o para el resto—. Ha estado muy agobiado con el trabajo. La ausencia de Harry le ha exigido mucho. Tal vez habría que presionarle menos.

—Eso ya lo haces tú. Demasiado a menudo, además —soltó Harry sin pensar, usando un tono tan cortante que dejó a Mary Kate pálida de asombro.

Llena de vergüenza, bajó la cabeza e hizo esfuerzos sobrehumanos por seguir comiendo, sin éxito. Tras unos segundos de silencio, afectada por lo ocurrido y por las duras palabras de su cuñado, se levantó y huyó a la cocina a toda velocidad. Rose Anne suspiró y se tomó su té mientras acariciaba el hombro del pequeño JJ, que miraba toda la escena sin abrir la boca.

—¿*Ma* está triste otra vez, abuela?

Rose Anne frunció los labios. Hizo un gesto vago, pues no quería mentir al niño y bajó el rostro hacia él.

—Seguro que se siente mejor si recibe un abrazo de su hombre favorito. ¿Qué me dices?

El pequeño no tardó ni un segundo en saltar de la silla, siguiendo los pasos de su madre a todo correr. Una vez estuvo fuera, Rose Anne emitió un suspiro cansado.

—No ha sido el desayuno agradable que esperaba —murmuró con cinismo.

—Me disculparé con ella —dijo Harry tras pasarse la mano por la cara—. No quería ser tan brusco, Mary Kate no tiene la culpa de que Boyle sea un imbécil la mayor parte del tiempo.

—Pero tampoco hace bien permitiéndoselo —suavizó su madre mirando la puerta por la que había desaparecido su nuera con pesar—. Si fuera más dura con él...

—Aun así, no debí... no en ese tono. Es una buena mujer.

—Lo sé, cada día me pregunto qué vio en mi hijo para escogerle como marido. —Rose Anne puso su mano sobre la de Bree, que no había pronunciado palabra—. Me gustaría decirte que esto no pasa a menudo, pero mentiría.

—Siento ser motivo de problemas en su casa, señora Murphy. No es mi intención ser una carga ni aprovecharme de su hospitalidad —musitó avergonzada. La situación había resultado tan incómoda que aún podía notar el pulso latir con fuerza contra sus sienes.

—Te aseguro que no es el caso, querida.

—Pero no puedo dejar de pensar que estoy en deuda con esta familia, señora Murphy, yo...

—Nosotros tenemos una deuda con Milton, Bree —interrumpió Harry mirándola fijamente—. Como le dije, fui a trabajar al aserradero de Granville hace algunos años.

—Algo de lo que no tenía necesidad, por cierto. —Rose Anne levantó la barbilla, orgullosa. Estaba claro que la salida de Harry del nido no le había sentado demasiado bien en su momento, y era algo que todavía recordaba—. Aquí había trabajo de sobra y, además, todo lo que le rodeaba era su propia herencia.

Harry esbozó una sonrisa leve, encogiéndose de hombros.

—Era joven, necio y quería probar que era capaz de desempeñarme en algo que mi padre no hubiera levantado con sus propias manos —dijo, quizá más como una repetición para su madre que como una explicación para Bree—. Un día, sufrí un... leve accidente.

Rose Anne emitió una exclamación, mirándolo con reproche.

—¿Leve? Casi perdiste la pierna, Harry. Yo no llamaría a eso *leve.*

—¿Quién está contando la historia, madre?

Bree miró a uno y otra alternativamente, sin saber si era correcto participar de aquel retazo del pasado. Aunque imaginaba que la intención de la historia era cimentar la mentira sobre su supuesta viudedad, Bree no podía evitar encontrar divertido el intercambio de frases entre madre e hijo. Harry parecía relajado rememorando aquellos días, con un gesto afable surcándole las comisuras de los labios. Era atrayente verle así y, aunque no estuviera bien, no podía dejar de mirarle.

—Bien... es posible que tienda a exagerar un poco —reconoció Rose Anne tras un rato de meditación consigo misma—. Pero una madre siempre tiende a ponerse en lo peor, y rara vez se equivoca.

—En este caso, por suerte para mí, el corte que recibí en la pierna fue bastante menos impresionante de lo que mi madre cree —continuó Harry volviendo a tornar sus palabras de seriedad—. Sin embargo, estuve impedido varias semanas, no podía trabajar y, por tanto, mi paga desapareció. Milton, su marido... me ofreció su ayuda sin pedir nada a cambio.

—Nosotros habríamos socorrido a Harry, pero como te habrás dado cuenta, querida, mi hijo es muy necio y cabezota, y no supimos de su accidente hasta que volvió a casa y nos lo contó. —Tomó la mano de Bree, dándole unos golpecitos cariñosos—. Como ves, no tienes nada de qué preocuparte, ya que esa supuesta deuda que sientes tener con nosotros no es más que nuestro propio pago a la generosidad de tu marido.

Bree empezaba a comprender mejor el por qué Harry había escogido a Milton Harrison como tapadera. Siendo su viuda, y a tenor de lo que acababa de saber, los Murphy no tendrían motivos para echarla de su casa. Le debían a aquel supuesto marido fallecido suyo favores que ahora se cobraría ella sin merecerlo.

La buena de Rose Anne, que había expulsado a su hijo de la mesa por defenderla, la acogía con los brazos abiertos, confiada en que hacía lo correcto pagando la deuda a la esposa del hombre que había protegido y ayudado a Harry. Sin embargo, en realidad, estaba alimentando y dando cobijo a una mentirosa. A una asesina.

En ese momento, el pequeño JJ volvió de la cocina. Había restos de azúcar en su cara, de modo que su madre probablemente había premiado la atención mostrada con algún dulce. Rose Anne decidió aprovechar el momento para dar a aquel desayuno el aire distendido que se había propuesto. Ya había habido suficientes discusiones y recuerdos tristes.

Extendió la mano, invitando al niño a que se sentara a su lado y, luego, se giró hacia Bree, cuyo plato estaba todavía casi intacto.

—Vamos, come un poco, querida, no dejes que todo este drama enfríe el tocino. JJ ha traído los huevos especialmente para ti.

El niño la miraba sin pestañear, así que Bree se obligó a dar un bocado y a sonreírle después.

—Están deliciosos.

—No he *rompido* ni uno. —Rápido como una liebre, JJ giró el cuerpo entero en la silla, en busca de aprobación—. Díselo, tío Harry, ¿verdad que no he *rompido* ni uno?

—Ni uno, es cierto. —Él se rio y revolvió los cabellos del niño antes de apurar el contenido de su taza de café—. Pero es *roto*, no *rompido*.

JJ se encogió de hombros. A su parecer, si le entendían, ¿qué más daba que confundiera algunas palabras? Había demasiadas para su gusto.

—Todavía es demasiado pequeño para ir al colegio, pero temo que para cuando sea la hora ya no tenga remedio —le explicó Rose Anne a Bree con pesar, mirando a su nieto con preocupación.

—Soy listo —se defendió JJ cruzando los brazos sobre el pecho—. Y papá dice que para trabajar en la granja no hace falta saber mucho.

—Tu padre no trabaja lo bastante aquí como para saber los conocimientos que se necesitan —arguyó Harry mientras le apuntaba con el dedo—. Si te ha dicho eso, demuestra las pocas luces que tiene.

—Tal vez yo podría ayudar —se prestó Bree al instante. Rose Anne y Harry miraron a Bree, impresionados por su repentina participación en una conversación, cuando casi parecía haber desaparecido—. Puedo darle algunas clases básicas de lectura y escritura —se explicó—. Se me dan muy bien las cuentas, ya de pequeña ayudaba a mi padre con el negocio antes de vivir en Kentucky.

—¿Vivías en Kentucky? —Rose Anne la miró con curiosidad—. No sabía que Milton se hubiera trasladado allá, ¿cuándo fue eso?

—No, no, yo... viví allí mucho antes de casarme. —Bree se dio cuenta de que había estado a punto de desvelar su mentira—. Cuando mis padres murieron me fui a vivir con una tía...

—Cerca de Granville. ¿Verdad? —Harry entrecerró los ojos con intención, esperando que Bree recordara el nombre del lugar donde tanto él como Milton habían trabajado.

—Sí, eso es.

—Y allí le conociste —resumió Rose Anne mirándola atentamente.

Bree asintió rogando a Dios por que la mujer no estuviera más enterada de la vida de Milton Harrison y tuviera una versión diferente de los hechos. Como no dijo nada, pareció que la explicación de Bree la había satisfecho.

Entonces, Harry carraspeó trayendo la atención del momento hacia él. Colocó su mano grande sobre la cabeza de su sobrino, que se removió entre risas.

—A mí lo de las clases me parece bien.. Así se sentirá ocupada y ayudará a JJ a espabilarse.

—¡Pero si ya soy muy listo! —se enfurruñó el niño al verse abocado a unas lecciones particulares que no deseaba.

—Sí, yo también creo que es una buena idea —decretó su abuela mirándole con reprobación—. ¿Servirá esa tarea para que dejes de sentir que te aprovechas de nuestra hospitalidad?

—Bueno, en realidad podría hacer algunas labores también...

Rose Anne rio. Imitó a su hijo y, levantándose también, empezó a apilar tazas impidiendo a Bree que recogiera una sola cucharilla.

—Veo que tendremos una dura pelea contigo, Bree Harrison. ¿Cuándo podrías empezar?

—Esta misma tarde si quiere. Solo necesito papel y tinta para marcar algunas letras y cuentas sencillas que JJ pueda seguir.

—Puede encontrar todo lo que necesite allí. Tómelo con confianza —dijo Harry señalando con la cabeza los estantes que había al otro lado de la sala. Por lo visto, había ignorado por completo su petición de tutearla—. Nos vemos a la hora de la comida —añadió tras agarrar el sombrero del perchero.

Bree le miró unos instantes, anhelante, y se preguntó por qué no se demoraba para que pudieran estar a solas, hablar y poner en común toda aquella locura que parecía no hacer más que aumentar a cada día que pasaba. Después, notando la ansiedad que debían de mostrar sus ojos, apartó de él la mirada y lo dejó marchar, comprendiendo que estar alejados sería lo mejor.

—Voy a ver a Mary Kate —dijo Rose Anne llevando la pila de tazas sucias entre los brazos con la facilidad que da la costumbre—, y a repetirle que no es ella, sino yo, la que debe sentir vergüenza por el comportamiento de mi hijo.

—Agradézcale que me dejara la ropa, por favor. Aunque no sea negra, yo... lo aprecio mucho.

—Le gustará saberlo. Y también que vayas a enseñar a JJ. Ella ha intentado hacerlo, pero los niños responden mejor ante personas que no llevan su sangre para esas cosas.

—Espero que no le moleste.

—Tonterías. —Y ahí quedó zanjada la conversación—. Asegúrate de haber vaciado ese plato cuando vuelva o también tendré unas palabras contigo.

11

Estaba acostumbrado a que le tomaran por imbécil en su propia casa, desde luego que sí. Ya en vida del viejo, Boyle había tenido claro que era el segundón de los Murphy y poco importaba que se partiera el espinazo para darle a su familia lo mejor o que hubiera sido el primer varón en asomar la cabeza al mundo.

Para sus padres, no había otro como Harry. Había sido el favorito incluso cuando protagonizaba sus peores momentos. Como cuando, de niño, se había escapado repetidamente a las montañas, manteniendo en vilo a la familia y medio pueblo, que le buscaban incansables durante horas hasta dar con él.

Boyle llegó a preguntarse, en la segunda partida, cuando fingió una torcedura para quedarse atrás premeditadamente, por qué no dejaban al muy estúpido morir allí arriba, dado que era lo que tan desesperadamente quería. No obstante, volvió a casa una vez más y, después de eso, siguió haciendo su voluntad. Harry quería probarse a sí mismo. Quería salir adelante solo... y por primera vez en su vida, Boyle le había apoyado. Con Harry en el aserradero, el único hijo en que Julius Murphy podría apoyarse sería él. La decepción por el alejamiento de Harry debía servir para que la familia diera a Boyle su favor... pero eso no ocurrió.

Había sido el nombre de Harry el que su padre había pronunciado cuando la muerte lo acechaba. Rogó que volviera a casa y se ocupara de las tierras y de su madre. Porque Boyle no era suficiente para él. No lo había sido nunca.

Había aprendido a vivir con ello, pues tenía sus propias satisfacciones y venganzas personales de las que ni su madre, ciega de amor por el hijo pródigo, ni el perfecto Harry sabían nada. Eso le ayudaba a morderse la lengua ante las injusticias a las que era sometido día tras día. Que siguieran pensando que era un estorbo, bien sabía él que no era así y algún día, cuando llegara el momento, Boyle estaría más que dispuesto a escupirles en la cara lo imbéciles que habían sido al valorarle tan poco.

Sin embargo, lo que no aceptaba era que le juzgara una desconocida. Al mediodía, después del escándalo que su madre había armado echándole de su propia mesa por la mañana, Boyle había tenido que soportar que todos se pusieran en su contra, una vez más, por negarse en rotundo a que la dichosa viuda de Milton Harrison le diera clases de lectura y escritura a su hijo. Iracundo, vio cómo incluso Mary Kate, que rara vez le llevaba la contraria, apoyaba las palabras de Rose Anne asegurándole que el niño necesitaba atenciones que ninguno de los dos podía darle. Había tenido que tragarse la comida mirando los semblantes petulantes de Harry y la dichosa maestrilla aficionada, que no decía palabra, pero escondía algo bajo esa fachada de doliente sufridora que no soportaba. Intuía que eran muchas las cosas que la tal Bree Harrison ocultaba, estaba seguro. Su instinto rara vez fallaba cuando de mujeres mentirosas se trataba. Había tratado de descubrirla esa misma mañana, pero la vergonzosa participación de su madre se lo había impedido. Ahora, para colmo, tendría que soportar que pasara por encima de él e hiciera su voluntad, exactamente igual que todos los que vivían en la maldita granja

Esperaba que a todos les aprovechara su éxito. Pronto llegaría el día en que tendrían que descubrirse ante él, que era el verdadero cabeza de familia, aunque solo fuera para asombrarse ante la astucia que había demostrado manteniendo sus asuntos bien guardados.

—¡Por favor, Boyle, sé razonable! —le rogó Mary Kate, que lo perseguía por la casa como una gallina clueca, pero él ni siquiera se había girado para mirarla.

Después de salir al porche y ver a Bree Harrison sentada junto a JJ repasando el alfabeto, su ira se había salido de control. Entrando a la casa como una exhalación, había decidido que no tenía por qué tolerar aquello ni un segundo más. Estaban locos si creían que podrían obligarle a presenciar una escena tan estúpida.

—¿Adónde vas? —quiso saber la desdichada Mary Kate, que siguió los pasos de Boyle hasta el piso de arriba.

Estaba dispuesto a marcharse, lo vio en la forma de mirar a su alrededor mientras bramaba toda serie de improperios contra la señora Harrison.

—¿Para qué quieres saberlo? ¿Para correr a mi madre y apoyarte en ella? No podéis controlarme, Mary Kate, ¡no tengo por qué rendirte cuentas, mujer!

—Es que no entiendo qué problema ves en que la señora Harrison...

—¡La señora Harrison, la maldita señora Harrison! ¿No te das cuenta de que esa mujer ha entrado en esta casa creyéndose que puede hacer su santa voluntad? —gritó al borde del descontrol más absoluto. Si volvía a oír el nombre de esa miserable una sola vez, no sabía lo que podía llegar a ocurrir. Se deshizo de la mano conciliadora que su esposa le posó sobre el brazo y avanzó hacia el armario en busca de una camisa limpia.

—Solo quiere enseñar a nuestro hijo, ¿cómo puede parecerte mal?

—Lo que me parece mal es que su opinión valga más que la mía —masculló entre dientes mientras introducía los brazos por las mangas con tanta fuerza que las costuras crujieron en el segundo de silencio que se impuso entre ellos.

—¡Boyle, eso no es cierto! Es por el bien de JJ, por su educación, ¿es que no te importa tu hijo?

—¡Soy el hombre de esta casa, maldita sea! Si me opongo a algo, ¡así debe ser! Me has faltado al respeto al no apoyarme y, además, ¡te has puesto de lado de mi hermano!

Bajó las escaleras de dos en dos, agarró su sombrero y la chaqueta que colgaba del perchero, y abrió la puerta de un tirón agradeciendo que no hubiera nadie a quien tuviera que dar más explicaciones. Lo único que quería era salir de allí, perderlos de vista a todos de una vez.

—No te marches así, hablemos —rogó Mary Kate una vez más, sufriendo el nuevo desplante con infinita paciencia.

—El tiempo de hablar ha pasado. Soy tu marido, dije que no quería a esa mujer como maestra de mi hijo y tú no hiciste caso de mis palabras. Ahora atente a las consecuencias.

La mirada de Mary Kate se volvió brillante de repente. No de lágrimas, esas se le habían acabado tiempo atrás, en su lugar, la frustración y la desesperación acudieron a su rostro avejentándola y haciéndola sentir infeliz.

—Estás molesto y vas a vengarte de mí. Como si fuera tu enemiga. —Ella ya sabía qué esperar, por supuesto. Aquella no era la primera salida de tono de Boyle, que siempre actuaba con crueldad haciéndola responsable de sus infidelidades y deslices. Así se desquitaba de los desplantes que, a sus ojos, le hacía su familia. Y de paso, la castigaba con la dura humillación de marcharse dejándola con el claro pensamiento de que estaría en una cama que no era la que compartían.

—Eres mi enemiga, Mary Kate. En caso contrario, mi palabra habría sido el credo para ti. —Boyle le dedicó una mirada de soslayo mientras se calaba el sombrero—. Tienes lo que querías. Esa mujer de la que nada sabemos enseñará a JJ cosas que no necesita. Disfruta tu pequeño momento, sabe Dios que yo voy a disfrutar el mío.

—¡No, Boyle!

Pero él ya se había ido. Agotada, Mary Kate se dejó caer en el último escalón, sin fuerzas para volver a subir ni ánimos para seguirlo. Intentó no preguntarse adónde iría, ni poner cara o nombre al destino que refugiaría las iras de su marido. Una vez más, se quedaría en casa pasando la noche en vela, rezando por que entrara en razón y volviera a ella, y esperando un perdón que no recibiría. Abrazándose a sí misma se dijo que había hecho lo correcto para su hijo aunque ahora fuera su alma la que sufriera un girón más como pago a su decisión.

Estaba segura de que los gritos se habían oído incluso en el establo, pero conocía a la familia, ninguno asomaría la cabeza y la dejarían rumiar su vergüenza en soledad. Al menos, le quedaba eso.

A Boyle el malestar se le fue pasando conforme ponía distancia con la granja y su familia. Cuando llegó al pueblo y se encontró rodeado de comercios, tiendas y personas que deambulaban de un lado a otro, llegó a la misma conclusión de siempre: que él no había nacido para ser un jornalero que se levantara de madrugada y cayera rendido en la cama por unas míseras verduras que llevarse a la boca. Los pesares de las ventas de carne, los partos complicados de los potros, las heladas y la época de sequía a la que su vida se veía supeditada le sumían en el hastío más profundo. Al igual que lo hacían Mary Kate y su hijo.

Pensar que los próximos cuarenta años iban a ser exactamente iguales, día tras día, le daba ganas de empinar el codo hasta perder el sentido. Lástima de la Prohibición, pensó con una sonrisilla, aunque siempre había maneras de sacarle provecho. Era lo bastante listo para eso.

En cuanto a su hartazgo de la vida familiar, era algo fácil de solucionar. Dirigió la mirada al establecimiento de la modista de la que hablaban todas las mujeres, la más cara del pueblo. Allí, sentada con comodidad, hojeando catálogos de vestidos y lencería, estaba la persona que esperaba ver, la mujer que era a la vez su tormento y su bendición, y que esperaba su turno junto a una muchacha rolliza, comentando en voz baja los ostentosos vestidos de las imágenes.

Boyle procuró llamar su atención y entró a la minúscula salita de espera de la tienda haciendo que su apariencia hosca y grande resultara casi ridícula. Se oyó una risita por parte de una de las clientas que aguardaba sentada y, entonces, ella se percató de su presencia.

Con una ensayada sonrisa coqueta, Lyla Monroe cerró el catálogo, cambió su cruce de piernas y, atusándose el brillante pelo rubio, le hizo una caída de pestañas. Aquel gesto coqueto había sido la perdición de Boyle. Le miró con descaro durante unos segundos y después fingió interés en comentar algo a la clienta que tenía al lado, que había empezado a abanicarse azorada. Los rumores llegaban a todas partes, era un hecho.

Con dedos torpes, Boyle toqueteó algunas sedas expuestas e hizo girar de lado un maniquí que portaba un vestido de domingo en tonos tierra. A su parecer, todo aquel despliegue de telas y encajes no servía para nada, pero se obligó a serenarse y continuó el escrutinio unos segundos, echando miradas anhelantes a Lyla, que apenas mostraba haber reparado en su presencia.

Un duro carraspeo por parte de la modista, que sostenía en alto las tijeras y le miraba con la desaprobación pintada en la cara, hizo a Boyle detener el detallado examen al que estaba sometiendo a un par de guantes blancos.

—¿Se le ofrece algo en particular para su esposa, señor Murphy? —Recalcó con tanto detalle las palabras que una de las clientas soltó una risita que apenas pudo disimular.

—No, gracias. No. —Boyle se irguió cuan alto era y se metió las manos en los bolsillos de los pantalones de trabajo pretendiendo mostrar desinterés—. Solo... miraba. Pronto será el cumpleaños de mi madre.

La dueña del local ni siquiera se molestó en responder. Miró a Lyla con el ceño fruncido y, negando con firmeza, volvió a cortar el patrón que tenía extendido sobre el mostrador. Masculló algo por lo bajo, pero pensó en las ventas y se mantuvo en silencio.

Cansado de miradas de soslayo, Boyle enarcó las cejas y, usando el maniquí para tratar de ocultar su enorme apariencia, hizo un gesto claro a Lyla, que escogió ese momento para dejar caer al suelo el catálogo de moda de París que había estado hojeando con atención. Raudo como pocas veces en su vida, Boyle se apresuró a hincar la rodilla en el suelo para recogerlo. Tan pronto sus dedos se rozaron, la energía sexual lo recorrió. Deseaba a aquella mujer más de lo que quería nada de cuanto poseía, incluyendo su familia. Había hecho verdaderas locuras por tenerla y aquella tarde no sería una excepción.

—Por favor —le rogó en voz baja indicándole con un gesto la salida.

Lyla se enroscó un rizo entre los dedos tras dejar el catálogo en la coqueta mesita decorativa que tenía al lado. Con un suspiro tan ensayado que parecía real, se levantó despacio, se alisó la falda y alzó bien la cara para que todos los presentes fueran conscientes de que tenía algo que decir.

—Me temo que llego tarde a una cita importante —anunció evitando mirar a Boyle—. Creo que tendré que tomarme esas medidas en otro momento. Buenas tardes, señoras. Caballero.

Le dio todo un espectáculo de andares cuando caminó fuera de la tienda. Menuda, pero de cuerpo esbelto y brillante melena rubia, Lyla Monroe estaba hecha para lograr que los hombres perdieran la razón por ella. Con escotes siempre demasiado pronunciados y unas costuras que se le pegaban al cuerpo como una segunda piel, se maquillaba de tal modo que no habría pasado desapercibida ni en medio de un tumulto. Tenía la piel sonrosada y su aspecto era siempre el de una mujer segura y hermosa. Nunca se había mostrado ajada ni desaliñada, y jamás había bajado la cabeza ante nadie, incluso encontrándose en inferioridad de condiciones.

Era una mujer peligrosa que sujetaba a su presa con miradas lascivas y besos que pocas esposas sabían dar. Se decía que había tenido varios amantes, pero siempre había sido lo suficientemente discreta como para dejar que las sospechas siguieran siendo solo eso.

Boyle esperó todo el tiempo que pudo hasta que finalmente la siguió musitando una despedida que ninguna de las mujeres presentes oyó. Mientras caminaba tras ella, a una distancia prudencial, se preguntó por qué demonios Lyla no se dirigía directamente a su casa, donde podrían retozar juntos unas horas. Aunque, la verdad, cualquier callejón oscuro le valdría para saciarse de la esencia de aquella mujer que lo volvía loco. Luego ya volvería a la granja, donde sin duda le esperarían unos lloros y reproches mudos que ignoraría echándose a dormir.

Era lo que todos merecían. De ninguna manera dejaría impune la afrenta a la que le habían sometido.

Después de unos minutos que se le antojaron eternos, llegaron a un corredor que separaba la construcción del mercado de la barbería. Estaba oscuro y olía a los restos de verdura podrida que habían sido desechados. Al entrar a la improvisada callejuela, la silueta de la mujer deseada se hizo menos visible, aunque el sonido de sus pasos pareció multiplicarse. La respiración de Boyle se aceleró. Las manos se le humedecieron de pura ansiedad. El corazón, latiendo desbocado ante lo que sabía que venía, amenazaba con salírsele del pecho.

En cuanto estuvieron a salvo de miradas insidiosas, tiró del brazo de Lyla y la atrapó contra su cuerpo y la pared de piedra. Olisqueó su cuello posando una boca hambrienta y salvaje sobre la piel suave que tanto deseaba recorrer. Con premura, llevó la mano hacia la corta falda del vestido y empezó a ascender, acariciando el muslo y la rodilla de la mujer, que se deshacía entre sus brazos, mostrándose dócil y sumisa.

Sin embargo, en unos segundos, apartó las manazas de Boyle de ella, dejando una clara distancia entre los dos y advirtiéndole, con un gesto firme, que no aceptaría revolcones en un callejón maloliente. Aquel no era su estilo. Y menos cuando tenía los bolsillos casi vacíos como en aquel momento.

—Quiero estar contigo, Lyla —murmuró Boyle con una torpeza y ansiedad que le daba a ella todas las armas.

—Creí que estabas muy ocupado en la granja. No parecías tener tiempo para verme; sin embargo, yo he tenido que renunciar a mi cita con la modista por ti.

—Ahora estoy aquí. —Airado, Boyle se pasó las manos por el pelo apoyando la espalda en la dura pared. Aquello era lo que le faltaba después del día que había tenido—. Para reproches como estos, tengo suficiente con lo que he dejado en casa, maldita sea.

Lyla sonrió de medio lado, aunque en la oscuridad reinante él apenas podía verlo. «Pobre Boyle», pensó, «siempre lleno de complejos e inseguridades». Se llenaba de rabia en la granja y luego la buscaba, deseoso de consuelo y compresión. Ella estaba más que dispuesta a dárselo, claro que aquello tenía un precio y él lo conocía de sobra.

—Me encanta que desquites tus problemas caseros conmigo, Boyle, siempre me ha gustado. Por eso te busqué. Pero me temo que ahora... no va a ser posible.

—¿Qué demonios significa eso? —Alzó la voz queriendo mostrarse como un hombre que no se dejaba dominar por las mujeres; algo que, desde luego, estaba muy lejos de su alcance. Aquella batalla la había perdido tiempo atrás.

—Significa que ha pasado una quincena completa y no he recibido nada por tu parte. ¿Tengo que recordarte las condiciones de mi elegante silencio?

Con una maldición que no pudo esconder, Boyle se caló el sombrero. Estiró la mano, pero Lyla se rehízo rápidamente y escapó de su alcance. No le había pasado inadvertido su comentario ante la modista, la muy caprichosa iba a mandar hacerse otro vestido. Un nuevo pedazo de tela al que él no encontraría valor, pero cuyo gasto iba a tener que pagar. Porque proveerla de dinero para sus necesidades era la condición principal de su acuerdo. Y porque era, tal como Lyla siempre le recordaba, su obligación para que aquello que ambos ocultaban siguiera sin hacerse de dominio público.

El problema estaba en que aquellas demandas se sucedían cada vez con más regularidad llenando a Boyle de deudas que solo tenía una manera de pagar.

—No puedo darte dinero cada vez que se te antoje, ¿de dónde crees que lo saco? No crece en los árboles, demonios. —Por un loco segundo, desesperado por su abrazo carnal, pensó en tomar lo poco que guardaban en la casa. Inmediatamente desterró aquello de su cabeza, jamás lograría sustraer una sola moneda sin tener mil ojos encima cuestionándole.

—Posees tierras, animales… no me importa lo que hagas, querido. Sé que tienes recursos. Úsalos. —Lyla usó su tono más seco—. ¿Acaso no he demostrado merecerlo? ¿No lo he dejado siempre todo para complacerte?

—Vas a tener que esperar, Lyla. Ahora es un mal momento. —Boyle apretó los puños, nervioso. ¿Por qué no podía entenderlo? ¿Por qué no veía que conseguir lo que le exigía no era tan fácil?

Intentó tocarla, limar la negativa con una caricia que, por supuesto, ella rechazó. Ya no había calidez en su piel, ni quedaba rastro de la suavidad con que le había recibido tan pronto la oscuridad los amparó de miradas ajenas. Ahora Lyla mantenía aquella fría determinación que le dejaba bien claro que no era él quien tomaba las decisiones.

Puede que hubiese acudido a ella para no sentirse el pelele que era entre su familia, pero no era más que otro ante Lyla. Ella tenía el poder y, por más que Boyle se jactara de mantener secretos, sabía que toda su vida se derrumbaría tan pronto ella abriera la boca. Pagaba por sus favores, era muy consciente, pero también por mantener bien escondido el fruto de aquellos encuentros. Algo que por ningún motivo deseaba que saliera a la luz.

—Si tu situación es tan difícil, no te preocupes. Siempre puedo subir a la granja y hablar con tu madre. O con Mary Kate. Tal vez ella sea comprensiva, dado que estamos en una situación… parecida.

—No te atreverás. —Boyle remarcó aquellas palabras sujetándola del codo. Deseó zarandearla, mostrarle que allí mandaba él y no permitiría que se le coaccionara. Por supuesto, no hizo más que retenerla, temeroso de que un solo paso en falso la pusiera en su contra de forma inmediata—. No tienes razones para llegar a esos extremos.

—Los niños tienen la mala costumbre de comer todos los días, Boyle. Y sabes bien que el apetito de los Murphy es difícil de controlar.

—¡Cállate, maldita sea! —Soltándola de repente, se llevó las manos al rostro lleno de desesperación. No tenía manera de entregarle nada en aquel momento y lo recibido por su trabajo en la granja no sería nunca suficiente. Maldiciendo, Boyle golpeó la pared con las palmas de las manos y se rindió a la evidencia de que, una vez más, había perdido.

Lo tenía. Sonrió, porque ya saboreaba su triunfo. Se lo había ganado, después de todo. Lyla siempre había sentido envidia hacia las mujeres que con-

144

taban con la protección y el amparo de grandes familias. Quizá porque nunca había contado con una propia. Su infancia había sido triste y desarraigada, pero cuando llegó a Morgantown, decidió que empezaría a construirse una vida adulta completamente diferente.

Había conocido a Harry Murphy cuando él era adolescente. Ya entonces demostraba lo listo y guapo que sería con la madurez, y Lyla había comenzado a construir ilusiones alrededor de él. Un hombre trabajador, honrado, leal... era justo lo que quería. Era lo que se merecía. Ser la esposa de Harry Murphy le daría un estatus que nunca antes había tenido. Su propio hogar. Protección. Él la proveería de todo cuanto necesitara y ella solo tendría que preocuparse por mantener calientes su comida y su cama.

Se había acercado a él de mil maneras, pero Harry no parecía dispuesto a dejarse arrastrar por la pasión. Fue un perfecto caballero. Amable y simpático. Lyla comenzó a desesperarse y sus grandes planes de vida feliz se oscurecieron. Necesitaba con desesperación alguien que la mantuviera y, aunque se había prometido que jamás se convertiría en la amante de cualquier desgraciado, al final tuvo que actuar de forma práctica.

Boyle Murphy fue una solución rápida. Se había casado con aquella pueblerina simple, Mary Kate, tras engatusarla y dejarla preñada, y vivía una vida monótona y repetitiva. La envidia que sentía por Harry había sido más que notable para Lyla, que observaba cómo los dos hermanos discutían y parecían incapaces de llevarse bien. Boyle ambicionaba todo cuanto Harry poseía, de modo que, cuando Lyla mostró, de forma repentina, un mayor interés en él... Boyle no dudó en aceptar lo que se le ofrecía.

Aguantar las lisonjas de Boyle no le resultaba agradable, pero cada vez que la tocaba, Lyla se repetía que era por un propósito. Jamás se casaría con él y él no abandonaría la comodidad de su esposa por ella, pero su arreglo le era suficiente. La mantenía cerca de la familia Murphy. Cerca de Harry, al que no renunciaría jamás.

En su momento jugaría la carta de muchacha seducida y abandonada por el adúltero Boyle... y Harry, honorable como siempre, correría en su ayuda sin dudarlo.

Por el momento, tenía la voluntad de Boyle en sus manos, y no pensaba dejarlo escapar.

—Como soy una buena mujer... —le susurró acariciando su mejilla áspera y suavizando el tono—. Te daré hasta pasado mañana. Pero ni un día más, Boyle. Hablaré con tu familia, no es un farol.

No le dejó responder. Lyla se dio la vuelta y abandonó el callejón dejándole a solas con el eco de sus pasos.

Solo en la oscuridad, se preguntó qué demonios iba a hacer para salir de aquello de una pieza. La respuesta le llevó a esperar a que la noche fuera cerrada. Entonces recorrió las callejuelas del pueblo alejándose cada vez más de la zona de comercios y tiendas, donde ya no había movimiento ni compradores. Para cuando las calles se quedaron vacías, se encontraba ante una de las tabernas locales, venida a menos a causa de la Ley Seca.

Echó un vistazo a los lados y se subió el cuello del abrigo. La temperatura había caído con la puesta de sol y, en mitad de la quietud de la noche, el sonido de los roedores que moraban las montañas de basura dejada junto a los bordes de las aceras parecía multiplicarse. Componiendo una mueca de asco, Boyle se hizo a un lado y evitó pisar los excrementos de caballo que había junto a la entrada. El olor rancio del alcohol que antaño había impregnado cada adoquín parecía elevarse con el aire haciendo que le picara la nariz.

Apretó el puño y golpeó dos veces.

Tras lo que le pareció una eternidad, el cantinero abrió un poco la puerta y asomó apenas, sin dejar ver nada del interior del establecimiento.

—La cocina está cerrada a esta hora, amigo. —Declaró con la voz rasgada hablando de forma atropellada—. Hoy cierro temprano. Vuelva mañana.

—Soy yo, Flint. Abre. Tenemos que hablar. —Volvió a recorrer la oscura calle con una mirada nerviosa. No quería que ningún tendero curioso lo reconociera. Los rumores en ese condenado pueblo volaban, y ya tenía suficientes problemas en la granja como para añadirle más. Estaba cansado de que todo el mundo le reprochara sus acciones. Le pareció oír pasos, lo que le puso todavía más alerta—. ¡Vamos, maldita sea!

—¿Boyle Murphy? ¡Demonios! ¿Eres imbécil, muchacho? ¿Qué haces aquí?

—¡Abre te digo, no tengo toda la noche!

La madera crujió y Boyle se apresuró a empujar la puerta antes de que el dueño del local pudiera arrepentirse. El olor a cerrado le azotó casi con más intensidad que la peste que había tenido que sufrir fuera, pero al menos el frío era más llevadero. Se bajó el cuello del abrigo y miró al cantinero tomando una pose de clara superioridad. El hombrecillo, que sudaba copiosamente, dejó entrever el temor en su mirada tan pronto la figura de Boyle se coló en su establecimiento.

Con la precaria iluminación del interior, las miradas de ambos hombres tardaron unos segundos en encontrarse. Augus Flint, bajito y medio calvo, ataviado con un delantal al que no le cabían más manchas y desgarrones, miró al recién llegado como si no pudiera creerse que estuviera allí.

—Vengo a organizar una nueva entrega —informó Boyle sin dejar que nada lo distrajera—. Habrá movimiento en el puerto mañana por la noche.

—Es demasiado pronto para otro cargamento, todavía me quedan algunas botellas de la última vez.

—No me has entendido, Flint. —Boyle dio un paso al frente esperando que su estatura superior lo amilanara—. Necesito cobrar por una nueva entrega. Mañana.

—¡Es muy arriesgado! —exclamó el tabernero, desquiciado y temeroso de lo que podía ser capaz aquel hombre al que tan poca confianza tenía.

—Eso es asunto mío. Sé lo que hago. —Recordó el rencor que su familia y la dichosa maestra entrometida estaban haciendo crecer en su pecho. Ese era el motor principal porque ansiara tanto destacar en algo, mostrar su capacidad de revelarse contra lo establecido. Aquella era la única salida para conseguir lo que quería y no podía renunciar a ella—. Tiene que ser ya.

Flint se rascó la barbilla pretendiendo disimular el pavor que le despertaban las insanas ansias de Boyle. El negocio solo iba bien porque descerebrados como ese estaban dispuestos a jugarse el pellejo para que él tuviera licor de contrabando que poder ofrecer. No era estúpido, tenía una tapadera bien sellada, sirviendo comidas y cerveza sin apenas graduación a los pocos parroquianos que se pasan por allí durante el día. Mantenía la taberna abierta solo unas horas, para demostrar que su negocio, como muchos otros, acusaba la escasez de ganancias. Pero, en realidad, sus tratos con Murphy hacían que la caja se llenara. Flint había aprendido a hacer llegar la noticia a los oídos adecuados y le gustaba contar con excedentes; sin embargo, la idea de arriesgar demasiado no le seducía.

—Tendrá que ser la mitad que la vez anterior. El pago también se reducirá a la mitad. Es todo lo que puedo ofrecerte, Boyle.

—¿La mitad? —Apretó los puños obligando a todos sus músculos a rechazar la tentación de empujar aquella oronda barriga hasta ver a Flint caer al suelo como un apestoso fardo de paja sucia—. Maldito usurero... podría colocar ese alcohol en cualquier taberna por mucho más, Flint.

—Buena suerte burlando a los guardias entonces, Murphy. —El hombre volvió a cruzarse de brazos intentando ocultar así el temblor de sus rechonchos dedos, que traicionarían la firmeza que mostraba su voz—. Lo tomas o lo dejas.

Boyle pensó en Lyla. Aunque estuviera cegado por su cuerpo y lo que con él sabía provocarle, no era tan tonto como para no saber que era una auténtica zorra. Lo echaría a los perros si no cumplía, no le cabía duda. Mantener enterrado el secreto que tenían en común era lo más importante, de modo que Boyle no tenía ninguna intención de poner a prueba la paciencia de su amante.

Para conseguir lo que ella pedía, tendría que hacer todo el trabajo sucio. Esta vez no podría contratar a nadie para hacer la parte complicada del trabajo y debería ser él quien recogiera la mercancía y la llevara a la taberna... Para colmo de males, desde que Harry había vuelto de la montaña con la dichosa viuda Harrison a cuestas, todo el mundo parecía estar alerta en la granja, preparándose para un invierno donde serían una boca más, y cualquier paso fuera de lo habitual que diera llamaría la atención. Además, no podía ni permitirse alquilar una carreta y tendría que inventar cualquier excusa para llevarse una de las de la granja y usarla en el próximo desembarco. Era un contratiempo... pero, en esta ocasión, Boyle no podía desprenderse de ningún porcentaje.

—Mañana por la noche, pues —decretó estrechando la mano a Flint sin intención caballerosa alguna, y salió del lugar entre las sombras.

12

El alba sorprendió a Harry pensando en Bree. Desde el momento en que la había visto entrar en el salón comedor, con aquel vestido de su cuñada, el cabello bien peinado y el gesto vacilante, no se había podido quitar la imagen de la cabeza. Y no porque estuviera bella de una forma extraordinaria llevando ropa que le iba grande y luciendo los restos de la última pelea con Dairon. Se trataba de algo más. Algo en ella había cambiado. Algo que provocaba que su rostro volara a su mente sin que pudiera hacer nada para remediarlo. Algo que le hacía recordar una y otra vez la suavidad de sus labios, la calidez de esos ojos castaños y la sensación de sentirse incompleto si no la tenía cerca. Algo que, sin duda, lo estaba volviendo loco.

Aunque lo intentara con todas sus fuerzas saliendo de casa con el alba apenas despuntando y saltándose el desayuno, tal como había hecho ese día para evitar que su presencia le diera nuevos bríos a su imaginación, era imposible deshacerse de ese recuerdo que había convertido la noche en una incómoda sucesión de horas y que iba camino de convertir el día en una acumulación de tensión que lo dejaría incapacitado para cualquier otra cosa. Incluso para pensar con claridad.

La tarde anterior, mientras avanzaba cortando los leños para llenar las estufas de la casa, la había oído darle clases de lectura a JJ. Sentados ambos en el porche, Bree había explicado y dibujado letras en un pizarrín para que el niño fuera reconociéndolas. Durante los primeros minutos, incluso Harry tuvo que apretar los dientes y aferrar el hacha con fuerza para no lanzarse contra su sobrino, que se mostraba obstinado, inquieto y poco dado a prestar atención. Repetía sin cesar las palabras de forma incorrecta, argumentando repetidamente que su padre le había dicho que no había que estudiar mucho para llevar la granja.

Harry temió que las malas formas de Boyle hubieran calado demasiado en JJ, pero Bree, como por encanto, se lo había metido en el bolsillo y el crío había terminado tan metido en la lección, disfrutando tanto de las muestras exageradas de asombro que su profesora le demostraba con cada acierto, que incluso se quejó cuando dieron la clase por terminada.

Él también habría reaccionado así, se reconoció Harry a sí mismo, protegido por la intimidad que daba el establo, donde entró a revisar el estado de una de las vacas, que estaba preñada. Tener la sonrisa y atenciones de Bree para uno solo parecía ser tan dulce como la miel, y no entendía cómo podía haber en el mundo hombre capaz de resistirse a encantos semejantes.

Podría asegurar que no quedaba casi nada de la mujer asustada que había hallado en la montaña. Ella estaba cambiada... incluso la había oído reír un par de veces durante las lecciones. Parecía que con JJ se sentía a salvo, ningún mal podía hacerle el niño, y eso debía de ayudarla a bajar parte de aquel escudo tras el que se escondía. Harry había sido testigo lejano del momento, pero los sonidos se habían tatuado a fuego en su interior y ahora amenazaban con no dejarle nunca en paz.

A solas con sus pensamientos, se preguntó cómo llevaría ella el pasar tanto tiempo junto al niño, dada su condición. En lo que a Bree respectaba, sus intenciones de no traer su hijo al mundo habían quedado claras, pero Harry la había sorprendido acariciándose el vientre en dos ocasiones esa misma mañana, cuando ella no sabía que era objeto de su mirada. ¿Qué pasaría por su cabeza? ¿Qué pensamientos y dudas la estarían consumiendo mientras se debatía entre el instinto que la empujaba a amar y las ansias de protegerse a sí misma que despertaban su rechazo? ¿Se ablandaría a la maternidad gracias a JJ? Quizá su sobrino pudiera enseñarle algo a ella, después de todo. O tal vez el niño simplemente era fácil de querer porque no le traía recuerdos trágicos de su pasado. Porque no le recordaba al hombre que tanto daño le había causado.

Si Bree hubiera sido su mujer... El pensamiento le hizo tomar aire con fuerza. Tener intenciones románticas sobre ella era algo que no podía permitirse, por más que la idea se paseara por su cabeza, amenazando con construirse un hogar para quedarse a vivir por siempre.

Poco a poco, Harry iba conociéndola más. En sus conversaciones, Bree había revelado partes de sí misma, miedo, anhelos... y Harry guardaba cada precioso detalle en su memoria. Ya se había ganado su respeto en la montaña, siendo capaz de luchar por su vida incluso cuando la muerte le había enseñado su fea cara, pero ahora, con los desplantes de Boyle todavía frescos, Bree había seguido con determinación la idea de dar clases a JJ, sin permitir que él la amedrentara. No había insultado ni levantado la voz cuando su hermano la había ofendido, sino que su actuación había sido la opuesta, digna y elegante. Toda una dama. Una mujer que merecía más de lo que había tenido. Algo que Harry, de forma incomprensible, deseaba poder darle, aunque no tuviera ningún derecho para ello.

—¿Señor Murphy?

Tenso como si le hubiera mordido una víbora, levantó la cabeza de lo que estaba haciendo y dejó a medio llenar de paja los cubículos para los caballos, que se encontraban deambulando libremente fuera, en el cercado. Retirándose los guantes y el sombrero, se giró para encontrarse de frente con el fruto de sus devaneos más recurrentes.

Durante un segundo temió que pudiera leerle en los ojos que había estado pensando en ella durante gran parte de la mañana, pero su gesto fue como siempre, amable y ligeramente tímido.

Bree llevaba una falda basta que estaba muy lejos de la moda imperante en la sociedad. En tonos grises y de tela resistente. La había combinado con una blusa oscura, apretada en el delicado cuello, le daba un aspecto serio, haciéndola parecer mayor. Sin duda, Mary Kate había considerado que aquellas prendas estarían bien vistas en una mujer viuda. Harry se mostraba de acuerdo. Era una buena forma de guardar las apariencias.

—¿Qué hace aquí? ¿Ha pasado algo? ¿Se encuentra bien? —preguntó Harry alterado, parándose en seco tan pronto la vio aparecer.

Dejó la horquilla apoyada en la pared y se acercó a Bree como si estuviera dispuesto a tomarla en brazos y volver a socorrerla siempre que hiciera falta. Bree enarcó la ceja, eran demasiadas preguntas como para que pudiera responder a todas de una vez. Estaba recuperando el color y su pelo parecía brillar más cada día, incluso allí, dentro del establo y sin luz natural, Harry era capaz de notarlo.

—Creí haberle pedido que me tuteara —susurró. Aquello ponía un muro entre ellos que Bree deseaba salvar. Harry era el único a quien no tenía que mentir, la única persona que conocía la verdad, y esa cercanía era algo a lo que no podía renunciar.

—Usted no lo hace. No quiero ser descortés.

—Pues entonces tendré que cambiar mis costumbres, señor Murphy. —Bree le dedicó una ligera sonrisa—. Me envía tu madre. Dice que no has desayunado. Ha guardado pan y queso para ti.

Harry contempló cómo Bree levantaba un hatillo hecho con un pañuelo que reconoció de inmediato como parte de los enseres de la cocina de su madre. Harry se quedó callado unos segundos, valorando el gesto sin estar seguro de qué decir.

—No tenía...

—No es una molestia, antes de que lo digas.

—Bree —pronunció con miedo. El sonido de su nombre en la boca le pareció extraño, pero reconfortante—. No había ninguna razón para que caminaras sola desde la casa, podrías haber tropezado con algo o...

—Me atrevo a suponer que un establo sea menos peligroso que la montaña. Y, aunque no me sienta completamente yo misma, estoy mucho más fuerte que hace unos días —le replicó mientras continuaba sosteniendo el almuerzo de Harry con la mano extendida. Él aún no había mostrado intención alguna de agarrarlo, pero ella estaba segura de haber oído el ligero rumor de sus tripas hambrientas. Aquello le hizo contener una sonrisa que se le escapó por los ojos, que no dejaban de observar el rostro perfecto del hombre que había ante ella.

Harry se rascó la cabeza y señaló a Bree con un brazo:

—Estás embarazada, ¿lo has olvidado? —en el último segundo había recordado tutearla, tal como le había pedido.

El ligero brillo de humor se perdió de la mirada de Bree. Sintiéndose torpe, Harry estiró las manos para tomar la comida enviada por su madre lamentando haber usado aquellas palabras que visiblemente la habían molestado.

—Lamento si he interrumpido su trabajo, señor Murphy —musitó ella, al tiempo que retrocedía con la cabeza gacha y el alma encogida.

Harry se dio cuenta de que Bree, al igual que muchos animales cuando se sentían amenazados, se defendía alejándose de aquello que consideraban peligroso. Con el cuerpo en tensión, negó con la cabeza deseando encontrar las palabras adecuadas para mostrarle que no deseaba que se fuera, y mucho menos con la tristeza pintada en el rostro a causa de un comentario tan desacertado. Se apartó apenas de la pared y se acercó a ella unos centímetros, guardando la distancia que le salvaba de abrazarla contra él y recorrer la piel de su cuello con la yema de los dedos, aspirando su aroma embriagador.

—Ya que está aquí... hay algo que quiero enseñarle. Venga. —Harry le tendió una mano, rezando para que aceptara su invitación. Notó la duda en cada gesto que ella hizo, por lo que se obligó a esperar con paciencia.

—Tengo cosas que hacer junto a su madre, no creo que...

—Solo será unos minutos —insistió él con un gracioso movimiento de sus dedos. Las comisuras de la boca de Harry se alzaron al ver el rubor en las mejillas de Bree. Era la criatura más hermosa de cuantas había contemplado en su vida—. Vamos, señora mía —la tentó haciendo especial énfasis en aquella palabra que le salió sin pensar. Había tenido la firme intención de tutearla, pero, al parecer, le era imposible hacerlo más que en unas pocas frases—, le gustará lo que voy a mostrarle.

Bree fue incapaz de resistirse al tono de su voz y al entusiasmo de su mirada, no habría podido aunque quisiera, de modo que siguió a Harry hasta uno de los cubículos que él ya había atendido. Sobre la paja fresca, una enorme vaca estaba echada, descansando del esfuerzo que debía suponerle cargar con el enorme vientre que lucía.

—Ya le queda poco —explicó Harry metiendo el brazo y tocando la cabeza del animal—, esta es la última que queda por parir y el ternero llegará a principios de invierno.

—Me encantaría verlo —susurró Bree asomando la cabeza.

—Lo verá, pero no será tan impresionante como cuando llegue la primavera. En esos meses todo nace y florece. Como le pasará también a usted.

Bree, que no se había dado cuenta de que su propia mano había llegado hasta el cuerpo de la vaca, se estremeció cuando su piel rozó la de Harry. La aspereza de aquellos dedos pareció despertarle todas las terminaciones nerviosas del cuerpo. Sentirle tan cerca, notar su aroma y el calor que emanaba de su cuerpo, la hacía tan consciente de su feminidad, de su vulnerabilidad como mujer, que casi emitió un suspiro. Tener a Harry próximo, poder mirar las escasas pecas de su rostro, notar como el pecho le subía y bajaba a causa de la respiración y darse cuenta, con alivio y una alegría creciente, de que demoraba el roce con su mano más de lo adecuado llenó a Bree de excitación. Ninguna caricia recibida hasta el momento podía compararse a la sensación del toque de Harry Murphy, por inocente que este fuera. Nadie la estremecería así jamás, estaba segura.

Él se mantuvo quieto, con la mirada fija en ella. Cualquier movimiento brusco la espantaría y no deseaba por nada del mundo asustarla. El corazón se le había detenido hacía ya varios minutos, pero a Harry no le habría importado caer muerto sobre la paja seca que se amontaba a sus pies si con eso podía hacer aún más largo aquel instante perfecto. Bree y él, solos y a salvo en el establo, compartiendo un momento íntimo que recordaría cada hora del día.

Deseó tener la fortaleza de moverse unos milímetros, girar el cuerpo y abrazarla mientras le susurraba al oído que estaría ahí para ella, que siempre la sostendría, pero, una vez más, la razón le pudo al deseo y aguardó inmóvil y lleno de unas ansias que no podía mostrar.

—No puedo hacer que mi mente viaje a ese momento, señor Murphy —habló por fin, nerviosa, y expresó en un suspiro el miedo que sentía ante el alumbramiento. Apartó la mano del lugar donde los dedos de Harry jugaban con los suyos y se la frotó con la otra buscando alivió para el cosquilleo que le recorría la piel—. He estado viviendo estos días con pavor de que llegue el siguiente. Con miedo de lo que cada amanecer pueda deparar.

—No quiero que tenga nada que temer. No dejaré que viva con temor.

Apartándose de la vaca, Bree apoyó la espalda en la madera de la pared y cerró los ojos un instante imaginando la primavera. Para cuando llegaran las lluvias de mayo, su embarazo estaría a punto de llegar a su fin. ¿Dónde estaría entonces? ¿Seguiría castigándose por lo que había ocurrido? ¿Sería capaz de volver a apreciar algún día la belleza de las estaciones o todo quedaría opacado para siempre después de Dairon?

Harry se cruzó de brazos resistiendo la necesidad de tocarla para transferirle su fuerza al imaginar los funestos pensamientos que arrugaban el ceño de Bree. Tampoco él tenía claro cómo afrontarían las adversidades, pero había aprendido a no preocuparse por ellas hasta que las tenía enfrente.

—Usted no tiene la culpa de lo que él era, Bree —le dijo con voz suave—. Tiene que perdonarse y entender que no merecer ser infeliz por haberle querido.

—¿Y podré serlo? ¿Con el recuerdo constante de que existió?

—No intente borrarlo de su vida, solo... aprenda de ello. La ayudaremos. Un bebé siempre es motivo de alegría.

Ella también lo había creído así. Por momentos, aún lo creía.

—A veces olvido que es suyo, lo imagino como solo mío, de nadie más. Y entonces... entonces creo que es posible. Pero después todo vuelve.

—Dese tiempo —aconsejó Harry, sabedor de que las heridas que ella tenía guardadas dentro iban a ser más difíciles de curar que las que presentaba por fuera—. Su única preocupación debe ser reponerse por completo.

La mirada de Bree se alzó del suelo, donde hasta entonces había estado posada.

—Su madre insiste que me quede durante el invierno. —Bree habló en voz muy baja, pretendiendo que toda su atención estaba puesta en las tablas de madera que hacían las veces de estantes bajos para los aperos de trabajo. Sentía tal vergüenza al saber que su estancia iba a prolongarse que apenas podía mirar a Harry.

—Sería una locura dejarla marchar con las heladas tan próximas. —La voz le sonó clara, aunque por dentro temblaba esperando no mostrar sus propios deseos entremezclados con las palabras. Apartó unas briznas de heno con la bota, inquieto por el cariz que tomaba la conversación.

—¿Y qué pasará después? Primero estaré demasiado embarazada para viajar sola y, luego, recién parida, será demasiado difícil enfrentar los caminos.

—Nos ocuparemos de eso cuando llegue el momento. Deje descansar su mente, ha pasado por demasiado.

—He aprendido a no dar el refugio por sentado, señor Murphy. No puedo acomodarme a la hospitalidad de su familia. Ustedes no tienen por qué cargar conmigo y es cuestión de tiempo que todos lleguen a esa conclusión.

Durante unos segundos, ninguno de los dos pronunció palabra. A Bree le costaba mantener oculta la desazón. Debía su comodidad a otras personas y, por más tareas que se ofreciera a hacer, sentía que no podía pagarles lo suficiente por el cuidado que le prodigaban. Pese a su silencio, Harry leyó en la postura tensa de su cuerpo lo que estaba preocupándola.

—Si se refiere a mi hermano, le aseguro que él no tiene autoridad alguna para...

Un sonoro golpe hizo callar a Harry. Con el ceño fruncido, recorrió el espacio que separaba la zona del establo en la que se encontraba de la puerta. A unos metros, dando violentas patadas contra la cerca de las gallinas, se encontró con Boyle, a quien parecía haber llamado con el pensamiento. Su hermano llevaba la misma ropa del día anterior, aunque por sus tambaleos y aspavientos, estaba claro que no había vuelto tan sobrio como estaba cuando se había ido.

Harry apretó los puños y se dirigió a Bree sin girarse para mirarla.

—Ha vuelto. Vaya a la casa enseguida y dígaselo a mi madre.

Ella se reunió con él junto a la puerta en un segundo. Se cubrió la boca con la mano al ver a Boyle emprender a golpes con manos y piernas contra la cerca, prácticamente hecha pedazos en el suelo. Las gallinas cloqueaban, inquietas y molestas por la intrusión, pero él no parecía dispuesto a rendirse hasta que cada pedazo de valla quedara completamente destruido.

—Dios mío...

—Imagino que ayer oyó la pelea entre él y Mary Kate —dijo Harry con prisa devolviéndole la comida, que no había tenido tiempo de saborear—. Está borracho y no pienso dejar que entre en casa en ese estado.

—¿Borracho? ¿Y la Prohibición? —exclamó alarmada.

La mirada de Harry le dejó claro que, incluso con la Ley Seca, cuando un hombre como Boyle quería embriagarse tenía sus métodos.

—Vaya dentro. Busque a mi madre —repitió.

—Pero... ¿y usted?

—Voy a ver si consigo que entre algo de cordura en esa sesera —respondió Harry preparándose para una pelea fácil con su hermano. Había llegado buscando guerra y no tendría ningún problema en dársela.

Bree vio a Harry acercarse a Boyle a grandes zancadas. Preocupada, decidió que más le valía ponerse en marcha para evitar males mayores. Se recogió las faldas y obedeció la orden que él le había dado. Harry solo se giró un segundo para asegurarse de que Bree se encontraba lejos antes de que él se confrontara con su hermano. Ojalá Rose Anne saliera pronto, se dijo, o sería capaz de matarlo.

Uno de los tablones le pasó rozando las rodillas cuando Boyle lo lanzó con desprecio de un puntapié. Al ver a Harry cerca, sonrió con ese gesto estúpido que ponen los borrachos cuando son incapaces de mantener el tipo.

—Ya que estás aquí —balbució arrastrando las palabras con torpeza—, y como todo lo haces mejor que yo, he decidido que no solo vas a arreglar esta cerca, Harry. La reconstruirás entera.

—Ya eres un estorbo habitualmente, Boyle. No es necesario que intentes serlo más.

El aludido solo sonrió, como si las palabras no le importaran en absoluto.

—¿Sabes? He estado pensando mucho... —Boyle se rascó la barriga intentando posicionar unas piernas que no le respondían en el suelo. Escupió sobre algunas de las tablas que había hecho pedazos, riendo solo mientras buscaba el modo de hilar unas palabras que se le escapaban—. He pensado mucho sobre nuestra desconocida invitada entrometida.

Harry apretó los puños sin moverse del sitio.

—No es una desconocida. Es la viuda de Milton Harrison. Y solo se entromete para hacer de tu hijo un hombre mejor de lo que demuestras ser tú.

—¡Mientes! —Boyle le apuntó con el dedo pisoteando la madera, que crujió bajo sus botas—. No puedo decirte cómo lo sé, pero mientes. Estoy seguro.

—Déjalo ya, Boyle. —Advirtió Harry alzando los brazos y mirándole con un gesto que gritaba pelea a todo pulmón—. Si no puedes soportar no tener razón, trágate tu mierda y no hagas a la familia pagar por ella.

—Para mi familia soy un cero a la izquierda, pero no importa. Probaré que tengo razón. Sé que esconde algo y que tú estás de acuerdo con ella. —Levantó la temblorosa mano, pero su dedo índice apuntó a Harry con toda firmeza. Estaba seguro de sus palabras, por más que las pronunciara embriagado y sin casi sostenerse en pie.

Harry lo conocía muy bien, arranques como esos no eran nuevos en Boyle, pero esta vez, aunque le doliera, tenía la razón de su lado. Que insistiera tanto y se mostrara tan convencido ponía a Harry muy tenso. Su hermano nunca había sido avispado con nada, había sido pura mala suerte que su única corazonada certera fuera dirigida hacia Bree.

—Estás enfermo. Y borracho. —Harry le dedicó una mirada de puro resentimiento—. Siento lástima de tu pobre esposa, que tendrá que aguantarte y recibirte después de que te largaras anoche como un animal.

—A lo mejor tendrías que dejar de preocuparte tanto por mi mujer y buscarte una propia. —Por un segundo, trastabilló, pero logró mantenerse erguido y seguir vigilando cada movimiento de Harry con sus enrojecidos ojos, alerta ante cualquier indicio de que la guerra iba a comenzar—. ¿O quizá ya la tienes?

De pronto, los ojos de Boyle se abrieron. Creía haber encontrado la explicación a todas sus sospechas, así que enfatizó aún más la sonrisa producto del alcohol y se acercó a trompicones, pasando por encima de las tablas hasta rodear a Harry, que permanecía inmóvil. Boyle le miró y estalló en carcajadas durante unos momentos antes de aplaudir en su dirección y señalarlo después con las manos extendidas como si alabara su propia inteligencia.

—Te dije que no te hicieras muchas ilusiones con ella... ¿mi advertencia llegó tarde, Harry? ¿Es eso, hermanito? ¿El gran misterio de la viuda Harrison se ha descubierto por fin?

—Si quieres conservar los dientes hasta viejo, Boyle, más te vale no seguir por ese camino. —Los nudillos de Harry crujieron y sintió las uñas clavadas en su palma. Su cuerpo entero clamaba por liberar aquella rabia sorda que se le estaba acumulando.

—¿Estás tan desesperado por una mujer que te has agenciado a la que se revolcaba con otro? ¡Y preñada, nada menos! Te han dado todo el trabajo hecho, ¿eh, Harry? Vaya que te ha venido bien esa muerte.

El primer puñetazo hizo tambalear a Boyle hasta casi tumbarlo. Fue capaz de mantenerse en pie e intentar devolverlo, pero estaba demasiado bebido como para hacer blanco. No tuvo la misma suerte tras el segundo golpe de Harry, que lo hizo rodar por el suelo.

—Levántate y pelea como un hombre —rugió Harry—. Me voy a asegurar de que no te queden ganas de soltar más estupideces como esa por la boca.

—¿Y crees que callarás a todo el mundo, Harry? Porque los rumores volarán cuando empieces a acostarte con la viuda. Total, ya la has puesto en tu cama, ¡qué conveniente! —ironizó el mayor de los Murphy al levantarse y ponerse en guardia esperando el siguiente ataque de su hermano.

Boyle esquivó el puñetazo que llegó seguidamente, pero no el golpe en las costillas. Se dobló maldiciendo entre dientes y, aprovechando su posición, flexionó el brazo y le dio con el codo a Harry, que no llegó a tiempo de cubrirse. A lo lejos, en el camino que llevaba a la casa, empezaron a oírse voces airadas de mujer. Rose Anne y Mary Kate, saliendo a toda prisa, recorrían la distancia que las separaba de los dos hermanos con toda la velocidad que les permitían sus piernas.

Bree se había quedado paralizada a mitad de camino al contemplar la violencia con la que se pegaban los dos hombres. La imagen de Dairon, sonriendo con malicia mientras cerraba el puño ante ella, se le aparecía sin cesar.

Harry acertó a Boyle en el pómulo y este se defendió con una patada a traición que le hizo caer. Escupiendo sangre, trató de levantarse, pero Boyle volvió a golpearle. Dolorido por los golpes que se sucedían, Harry notó a la altura del hombro un pinchazo y, apretando los dientes, se sacó el clavo que se le había incrustado en la piel. La sangre le manchó la camisa.

—¡Estás tan solo que aceptas la primera mujer usada que encuentras en la montaña! —le espetó Boyle al tiempo que se limpiaba la sangre de la boca con el dorso de la mano magullada.

De un salto, Harry se puso en pie y propinó dos puñetazos seguidos en la cara de su hermano. Le acertó en la nariz y tocó la barbilla con la fuerza suficiente como para hacerle saltar un diente. Esperaba haberlo hecho. Oyó gritos a los lejos. Era su madre pidiéndole que parara, pero no lo hizo. Una furia ciega le nublaba la vista. Se agachó para esquivar un golpe y dio otro que hizo trastabillar a Boyle, que jadeaba ya.

—¡No vales ni la mierda que te llena las botas, Boyle! —le escupió moviendo la cabeza para que el flequillo húmedo de sudor que le caía en la frente no le impidiera la visión patética de su hermano que tenía frente a sí—. Si todo lo que eres no fuera solo culpa tuya, sentiría pena por ti.

Rabioso, Boyle atacó con todas sus fuerzas ocultando el rostro tras el codo en un gesto mal calculado, Harry esquivó y golpeó con el puño cerrado. Algo crujió en el cuerpo de Boyle, que cayó al suelo sujetándose el brazo con un gesto de dolor. Sus ojos, por un segundo, parecieron brillar. Después, bajó la cabeza, perdido en el dolor.

—¡Levanta! —le gritó Harry dando una fuerte patada a uno de los tablones que había regados por la hierba. La sangre del hombro escurría ya codo abajo—. ¡Levántate, maldito seas, terminemos de una vez!

—¡Basta ya, los dos! ¡Se acabó! —gritó Rose Anne, que llegó hasta ellos sin aliento. Colocó la mano sobre el pecho de Harry y lo miró con una expresión de desaprobación que hizo que este no hiciera el menor intento de volver a acercarse. Mary Kate estaba ya echada junto a Boyle examinando los golpes con gesto compungido. Bree, por su parte, se mantenía a distancia, observando en silencio.

—De haber sabido que ibais a haceros daño el uno al otro de esta manera, os habría tratado con menos cuidado cuando erais niños —declaró Rose Anne—. ¿Qué ha pasado?

Los dos hermanos compartieron una mirada de odio, mas, en medio de la disputa, ninguno rompió aquel código que dictaba que los problemas entre ellos eran solo cosa suya. Y callaron, para consternación de su madre.

—No estábamos de acuerdo sobre cómo arreglar esa valla —respondió Harry tras escupir sangre al suelo y pasarse la mano por la comisura de la boca.

—Harry Cameron Murphy, soy tu madre y estás mintiéndome a la cara. Volveré a preguntar, solo una vez más. ¿Qué ha pasado?

Con los ojos entornados, retó a Boyle a que repitiera las palabras dichas sobre Bree en presencia de su familia. Él no era tan estúpido como para hacerlo. No tenía intención de inflamar más sus iras.

—Creo que Boyle tiene algo roto, Rose Anne —exclamó Mary Kate, cuya preocupación parecía haber opacado la vergüenza que sentía por el escándalo de la noche anterior.

—¿Has oído, imbécil? Con suerte me has dado una excusa para dejarte todo el trabajo —masculló Boyle poniéndose en pie. No había pretendido que el malnacido de su hermano le hiciera tanto daño... pero aquello le sería de utilidad.

—Nunca la has necesitado. Naciste vago, además de estúpido. —Harry devolvió la pulla a toda velocidad.

—¡Oh, ya está bien! —Mary Kate se tapó la cara con las manos, al borde de las lágrimas—. ¡Boyle está herido, dejemos todo esto de lado, por Dios!

Rose Anne no estaba nada convencida, pero terminó por permitir que la sensatez de atender al herido tuviera más importancia que los motivos reales de aquella pelea. Tenía muy claro que sus hijos habían llegado a las manos por alguna razón, y eran más tontos que una piedra si pensaban que iba a olvidarse del asunto.

—Tienes razón, querida. Vamos a atenderlos, ya habrá tiempo de que sea yo la que les dé una lección después —sentenció la matriarca sin dar opción a réplica.

Boyle rechazó la ayuda que su esposa le ofrecía. Sujetándose el brazo herido con el sano, echó a andar al cobertizo haciendo eses. Pasó de largo la carreta pequeña, a pesar de que habría sido más fácil de manejar con una mano herida para bajar al pueblo, y, en su lugar, tomó la de trabajo sin importarle que todavía quedaran gruesos troncos sin descargar, protegidos por una lona. Tras atar a ella uno de los caballos mansos y sentarse en la balda, les espetó:

—Estáis locas si pensáis que voy a entrar ahí con él. Me voy al pueblo a que me vea el matasanos. Ya volveré.

—¡No te olvides de seguir bebiendo en cualquier taberna de mala muerte! —le gritó su madre mirándole y negando con la cabeza—. Con suerte te abrirás la cabeza en una curva del camino y entonces podré añadir el dolor al bochorno que ya siento por tu culpa.

Si le molestó que su madre hiciera alusión a su estado, no lo demostró. Por el contrario, tiró de las riendas con firmeza y se alejó de la granja a buen paso.

—¡Ahí tienes al hijo bueno, siéntete orgullosa de él! —añadió sin ningún miramiento al dolor que aquellas palabras podrían causar a Rose Anne.

Se perdió de vista por la linde del bosquecillo que daba al pueblo. Aturdida, Mary Kate se tapó la boca dando un hipido mientras observaba impotente cómo su marido se iba de nuevo de casa sin siquiera haber entrado. Con pesar, su suegra le rodeó el hombro con los brazos intentando consolarla sin éxito. Ella miró a Harry, implorante, pero este negó.

—No pienso ir a buscarle —decretó echando a andar hacia la casa—. Que se pudra donde quiera que dé a parar.

Desesperada, Mary Kate lloró con amargura, temerosa de que Boyle siguiera bebiendo y repitiera las atrocidades que podría haber hecho la noche anterior. Su matrimonio, cubierto ya de cruces, parecía muy frágil para soportar alguna más.

—¿Y si le pasa algo? —La esposa desconsolada apenas intentaba disimular su dolor. Aquel espectáculo de Boyle, aunque no era el primero, había atacado sus nervios dejándola indefensa. Aun así, la idea de no ayudarle le era inconcebible.

—Es un hombre adulto —Rose Anne le dio unos golpecitos en la mano—, debe enfrentar su rabia solo.

—Pero está herido... —insistió Mary Kate mirando al horizonte y rogando a un Dios invisible que hiciera recapacitar a Boyle.

—Confiemos entonces en que llegue al médico pronto. Él le retendrá hasta que vuelva a estar sereno.

—Oh, Rose Anne...

—Lo sé, hija, lo sé... —Con un suspiro de madre cansada, miró a Bree, que se había mantenido en un educado segundo plano, callada y sin moverse—. ¿Te importa entrar y ocuparte de Harry? El hombro le está sangrando demasiado. Mary Kate necesita un poco de aire.

Asintiendo, Bree se dirigió a la casa esperando que, a solas, Harry le confirmara si, tal como sospechaba, ella había sido el motivo principal de aquella discusión. La mirada de Boyle así se lo había gritado minutos antes, aunque nadie se hubiera percatado de ello. ¿Cuántos problemas más estarían dispuestos a soportar los Murphy antes de echarla a la calle?

13

Harry miraba al frente, hacia la pared de la cocina, inmóvil y sin hacer ningún gesto mientras Bree se ocupaba de curarle. Iba girando la cara, levantando o bajando la cabeza según ella le indicaba, viéndola usar pedazos de tela y algodón para retirar la sangre que le había provocado Boyle. Había mermado toda su fuerza de voluntad en el momento en que le había ordenado que se desabotonara la camisa para limpiarle las heridas. Descubrirse ante Bree, mostrar su cuerpo y dejar que lo tocara era como una bendición tras un largo periodo de penitencia.

—No parece que tenga nada roto. Lo que es una suerte teniendo en cuenta la fuerza de los golpes. Lo más grave es la herida del hombro —la oyó decir mientras presionaba con sus dedos sobre el punto donde, momentos antes, la sangre había brotado hasta teñirle casi el brazo de rojo escarlata—. No tendré que utilizar sutura, pero habrá que limpiarla muy bien y vigilar que no se infecte. —Bree deslizó la mano por la piel enrojecida que rodeaba la lesión y suspiró con delicadeza mientras aplicaba más apósitos empapados en desinfectante.

—Boyle no tiene más que brutalidad. Para hacer un daño que perdure, se necesita un mínimo de técnica. Saber dónde pegar.

Bree se quedó parada manteniendo su mirada lejos de él. Tragó saliva y aplicó un poco de agua en los nudillos enrojecidos de Harry. Le temblaron los dedos y él, que por fin se decidió a observarla fijamente, se arrepintió enseguida de sus palabras al comprender, demasiado tarde, lo que debían significar para ella.

—Imagino que hablar de golpes y heridas no ha de traerte recuerdos agradables. —La cercanía que sintió al tutearla le acarició la lengua haciéndole sentir bien a pesar de la situación—. Me disculpo por eso.

—Dairon tampoco tenía técnica, como tú lo llamas. Él solo... golpeaba con toda la rabia que era capaz de sentir. —Su voz, normalmente dulce y cálida, se llenó de dolor y rabia.

Harry recordaba el estado de la cara de Bree... Eran heridas producto de la ira, eso estaba claro, igual que algunas de las que ya se sentía en el pómulo y la barbilla. La diferencia es que él se había pegado con Boyle en igualdad de condiciones, de hombre a hombre, mientras que el salvaje de Dairon había abusado de Bree, amedrentándola con una fuerza bruta que la había hecho sentirse pequeña y asustada.

Harry se removió en la silla y le sujetó la mano cuando ella iba a limpiarle la comisura de la boca. Negando despacio, midió sus palabras para no provocarle más dolor.

—No tienes que estar aquí si te cuesta trabajo. —Era una locura, pero se permitió acariciar con la yema áspera de su dedo el dorso de la mano de Bree, presa en la suya. Por un instante perfecto, los golpes y peleas se olvidaron. Solo quedaron ellos, en la intimidad de una cocina limpia y bien iluminada, a solas con sus pensamientos—. Puedo ocuparme solo, no es la primera vez.

—¿Cómo puede ser que te parezca tan normal terminar a golpes con tu propio hermano? Y más en el estado en que estaba.

Harry intentó arquear la comisura de los labios y formar una sonrisa, pero fue imposible. Casi sentía que Bree estaba censurando sus acciones, como haría una amante esposa que ve a su marido comportarse de forma inadecuada. Lo imaginó durante unos segundos, hasta que se dio cuenta de que ni todas las heridas sangrantes del mundo harían de sus pensamientos algo lícito. Negando despacio, apoyó la espalda en la silla, que crujió bajo el peso de su cuerpo cansado. No soltó su mano, pero suavizó el tono y bajó aún más la voz para responder.

—Si crees que he aprovechado para responder a sus ofensas ahora que estaba borracho, te equivocas. Ha venido buscando pelea y la ha encontrado.

—¿Por qué no dejarlo estar? —Bree estaba molesta y su tono así lo expresaba. Ojalá hubiera podido sujetarlo con fuerza y zarandearlo, deseó. Ojalá pudiera encontrar las palabras que le convencieran de lo tonto de su comportamiento. Verle así, herido, necesitado de atención por haber respondido a las provocaciones de Boyle... le dolía. Cada golpe recibido por Harry lo sentía como propio, porque no soportaba que le dañaran.

Una mirada callada, un atisbo de brillo en aquellos ojos avellana se lo dijo todo a Harry. Tragó saliva con dificultad y su cuerpo entero se tensó. Bree estaba preocupada por él, enfadada y dolida porque sus acciones le habían llevado a estar cubierto de moratones. La conciencia de ese hecho calentó su alma como un guiso puesto al fuego. Presionó de forma muy suave sus dedos transmitiéndole su cercanía y su entendimiento y la acarició de la cabeza a los pies con su mirada. Calmarla con besos habría sido todo para él, pero sus palabras deberían bastar.

—No me ha hecho tanto daño, no te preocupes —le susurró como declarándole sentimientos a los que no había puesto todavía nombre.

Estaba seguro de que él debía de haberle roto al menos un dedo. Su hermano merecía mucho más, una brecha en la cabeza que le dejara tumbado en cama durante tres días habría sido una buena cosa, por ejemplo. No trabajaría, pero al menos dejaría de meter las narices en asuntos que Harry no quería que salieran a la luz.

—Los hombres y su orgullo... —Finalmente Bree le pasó el pedazo de tela por el borde del labio, delineándolo suavemente. Escocía, pero Harry no se quejó—, solo devolvéis el golpe porque no hacerlo os hace sentir menos fuertes.

—Te equivocas. Lo que estaba diciendo era estúpido. Dejarlo pasar le habría hecho creer que tenía razón, y ni por un segundo contemplé la posibilidad de darle esa satisfacción.

—Porque decía algo sobre mí. Algo sobre la verdad que estamos escondiendo, ¿no es cierto?

Boyle había sospechado de ella desde el día en que llegó, lo sabía. Se le veía en los ojos, se percibía en cada gesto o palabra que le dedicaba. No la creía. ¿Estaría amenazando con descubrirla?

Harry calló, no se le ocurrieron palabras para alejar a Bree de la verdad. Ante su madre podía haber ocultado las razones, porque estaba acostumbrado a mantener los motivos de sus discusiones con Boyle solo entre ellos dos. Sin embargo, mentirle a Bree... Harry ya cargaba en su conciencia una mentira que, de saberse, podría dar al traste con la poca paz y tranquilidad que había logrado reunir para ella. Cada mañana se decía que ocultaba sus sospechas sobre la muerte de Dairon solo para ofrecerle más días sin preocuparse ni pensar en él. Pero aquello era distinto, sería mentir por mentir, y no era justo que ella sintiera culpa por estar creando problemas en una casa donde se le había brindado cobijo. Bree ya cargaba con demasiado equipaje como para darle más.

—Boyle no tiene nada contra ti. Es a mí a por quien va. Solo... te usa para molestarme, porque ayudarte y traerte aquí fue mi decisión. —Harry movió el brazo, flexionando y estirando las articulaciones. La molestia en el hombro era punzante, pero podía soportarla.

—De modo que soy la excusa que habéis escogido para pelearos. —Nada podría desagradarla más. Después de haber sido víctima de la violencia de un hombre, lo que menos deseaba era convertirse en pretexto para que dos hermanos terminaran a golpes.

—No necesitamos ninguna excusa. Él... siente que debe reafirmar su posición en esta casa, frente a mí. Ha sido así desde antes de que mi padre muriera, tú solo eres... una razón más. —La ayudó a recoger los restos de algodón con que ella le había curado y procuró rozar sus manos tanto como le fuera posible, aunque estaba claro que el momento se había roto entre ambos.

Bree se levantó del taburete en el que se había sentado para ocuparse de Harry. Se acercó a la jarra de agua y humedeció unos trapos con los que limpiarse los restos de sangre de sus manos. Las manchas rojizas, inevitablemente, le recordaron a Dairon y las heridas que le había infligido.

«No pienses en eso», se dijo. «Olvídalo, ya no está, no volverá a hacerte daño». Pero Dairon no era el único hombre violento que existía, y la certeza de ese hecho hacía que el vientre se le contrajera. Temía no ser capaz de volver a sentirse a salvo nunca más.

Dio un pequeño respingo al sentir una mano apoyada en su hombro, pero enseguida se calmó y dejó que los párpados se le cerraran. Notó el olor de Harry tras ella, sintió su respiración y algo balsámico, casi desconocido, se instaló en su cuerpo, como acariciándole la piel. La certeza de estar segura y protegida sin importar lo que ocurriera. Solo Harry Murphy tenía ese efecto sobre sus sentidos. Solo él era capaz de apartar los demonios con su cercanía.

—Puedo imaginarme lo que sientes después de habernos visto a Boyle y a mí pelear como animales, pero debes saber, Bree, que ninguno de nosotros alzará nunca la mano contra ti. Eso es algo que puedo jurarte.

—Puedes hablar por ti, Harry. —Aunque no le veía, supo que él estaba negando—. ¿Podrías asegurarlo? ¿En su nombre?

—Mi hermano tiene muchos defectos intolerables, pero nunca le ha pegado a una mujer. Y no lo hará.

Bree no compartía su seguridad, pero guardó silencio y asintió con la cabeza. El calor que emanaba la presencia de Harry a su espalda nublaba sus sentidos. Sentía el movimiento de su torso desnudo contra la espalda y la ansiedad por girarse y contemplarlo la tentó tanto que tuvo que apretar los puños. Él mantenía la mano apoyada en su hombro emitiendo, de cuando en cuando, una ligera presión que amenazaba con volverla loca y rendirla a partes iguales. Notó que él se aproximaba más y lo imaginó aspirando el olor de su pelo.

Con el corazón latiendo desbocado, Bree se preguntó si él la tocaría más, si deslizaría las manos por su cintura y dejaría reposar los labios en su cuello. Tal vez la acunara contra su pecho y entonces ella podría aspirar el aroma de su piel, acariciarlo de forma más profunda. ¿Se apartaría Harry si ella se dejaba caer contra su pecho?

Un sonido procedente de la puerta la sacó de sus pensamientos y la hizo enrojecer por completo. Molesta consigo misma, Bree dio un paso a la derecha. Harry entendió su intención y comenzó a apartarse mientras se abotonaba la camisa con toda la rapidez que las molestias de sus brazos le permitían.

Cuando fueron capaces de encarar al visitante, se dieron la vuelta y se encontraron de frente con el rostro demacrado por las lágrimas de Mary Kate. Estaba algo despeinada y tenía restos de tierra en el vestido, seguramente de cuando se había lanzado al suelo en pos de su marido al verle herido. Por suerte para Harry, que fue muy consciente de lo inadecuada que aquella situación podría parecer, su cuñada estaba demasiado absorta en su propio dolor como para plantearse el íntimo abrazo que había interrumpido.

Él fingió que se miraba los dedos examinando la pequeña cicatriz que le había quedado del corte que el hacha le había provocado en la montaña y que, por suerte, había curado bien. Aunque no la tocaba, notaba la presencia de

Bree en el mismo aire que estaba respirando. Sus mejillas seguían coloradas y su pecho subía y bajaba tomando aire para calmarse. Deseó envolverla en su brazo y atraerla a su pecho mientras le susurraba que no pasaba nada, que todo estaba bien, pero obviamente las cosas no eran tan sencillas. Ella era una viuda y él no tenía derecho a tomarse ciertas libertades aunque las deseara.

—Tu madre te espera en el establo, quiere hablar contigo —susurró Mary Kate por fin, mirando a Harry sin verlo realmente.

—Por supuesto —suspiró él, convencido de que toda excusa para permanecer junto a Bree había acabado—. No esperaba que fuera a pasarlo por alto.

Echó una última mirada a Bree y ella asintió confirmándole que estaba bien. Al menos, todo lo que cabía esperar.

Una vez a solas, Mary Kate empezó a apilar los platos limpios de forma compulsiva y los colocó en la alacena por orden. Bree le dio tiempo guardando silencio y tirando a la basura los pedazos de tela manchados de sangre con que había curado a Harry. De vez en cuando, le parecía que la mujer de Boyle hipaba, pero los hombros de Mary Kate no bajaban, su semblante estaba tenso pero callado y la mirada, aunque ausente, no tenía rastro de lágrimas.

Cuando le pareció que había sido lo bastante respetuosa, Bree la tomó de la mano impidiendo que siguiera removiendo toda la cocina con el fin de tener algo que hacer que le calmara los nervios.

—Estoy convencida de que estará bien. —Bree deseó que fuera cierto, no tanto por Boyle como por la desesperada esposa que lamentaba su marcha con lágrimas en los ojos. Ojalá Boyle volviera y le pidiera disculpas, pensó, aunque no parecía probable que fuera a ocurrir.

Entonces, la mujer emitió un suspiro que pareció salirle del alma misma. Se le demudó el rostro dejando visible toda la incertidumbre que llevaba por dentro.

—Aunque sea un mal consuelo... no es la primera vez que conduce la carreta estando ebrio, y jamás se ha accidentado.

—Pues entonces aférrate a eso. Es mejor que nada.

Mary Kate asintió y se dejó caer en la silla que había ocupado su cuñado. Se sacudió las faldas, sin que pareciera importarle manchar el impoluto suelo de tierra, y después miró a Bree. En sus ojos se leía una disculpa que no le correspondía a ella darle.

—No me creerás si te digo que él no es así. —La vergüenza de Mary Kate fue palpable en cada palabra, aunque se sujetó a ellas con la desesperación propia de quien no tiene más argumentos que su propia fe.

—Apenas le conozco y tú eres su esposa. No tengo por qué poner en duda tu palabra —contestó Bree con cortesía.

—Se comportó de un modo tan vergonzoso ayer... pero ese no es Boyle en realidad. No es el hombre con el que me casé, al que quiero... el padre de mi hijo. —Desesperada, Mary Kate tiró de la mano de Bree—. No le juzgues por unos pocos momentos malos.

—No soy quien para juzgar a nadie, te lo aseguro. Yo no estoy... libre de pecado, Mary Kate. Nadie lo está —respondió al tiempo que bajaba la cabeza hacia sus manos entrelazadas. Había matado a un hombre y ahora estaba esperando a su hijo. No lo olvidaba ni por un segundo.

—Boyle lo ha pasado realmente mal. Es el hijo mayor, pero siente que no puede ejercer ese papel porque Harry lo ocupa. Yo quiero a mi cuñado, lo respeto, créeme. Es un buen hombre, trabajador y honrado, pero a veces no puedo evitar...

—Harry dice que han tenido problemas desde hace mucho tiempo, incluso antes de que su padre falleciera. —Cediendo a la angustia que leía en Mary Kate, Bree tomó asiento frente a ella, ofreciéndole la cercanía que tanto parecía necesitar.

—Sí, pero todo empeoró poco antes de la muerte del señor Murphy. Hasta ese momento no habían tenido más que riñas entre hermanos, nada serio. Entonces Harry quiso trabajar en el aserradero y Boyle le animó a hacerlo.

—¿Qué pasó luego?

Mary Kate se tomó unos instantes para responder. Con la vista perdida en la ventana entreabierta, observó cómo las hojas de los árboles más cercanos se mecían. Se preguntó si Harry ya habría encontrado a Rose Anne o si se habría detenido a reparar los destrozos que su marido había ocasionado antes de desaparecer. ¿Habrían reunido ya a las gallinas, que se habían dispersado después de que su cerca se hiciera pedazos? ¿Se habría preocupado alguien de buscar algún huevo antes de que acabaran hechos añicos y no tuvieran para desayunar a la mañana siguiente? Suspiró, sin entender por qué le preocupaban aquellas cosas.

—Mi suegro nunca estuvo conforme. Cualquiera podía verlo. Su hijo predilecto se alejaba y era algo que él no podía aceptar. Le dejó marchar porque no podía impedirle que tomara sus decisiones, pero nunca fue lo mismo aquí. Boyle no era suficiente para él. —Habló con la vista fija en la ventana, sin cambiar el tono de voz.

Bree se preguntó si estaba bien que se quedara allí sentada escuchando verdades que no merecía saber. Después de todo, ella ocultaba cosas realmente graves que no podía confiar a nadie, pero Mary Kate parecía tan necesitada de desahogo, tan desesperada por ser oída por alguien fuera de su familia, que simplemente no pudo coartarla. Dejó que se expresara, que sacara de dentro todos aquellos pensamientos que la torturaban. Permitió que justificara ante ella a un marido que, en opinión de Bree, no tenía excusas para la forma en que se portaba con las personas que vivían bajo su techo. Debía amarlo mucho para abogar por él con tanta pasión. Boyle debía de serlo todo para ella.

—Cuando mi suegro se puso enfermo —siguió Mary Kate mientras se retorcía las manos sobre la falda—, quedó claro que no se iría tranquilo hasta dejar todas las tierras al cuidado de Harry. Clamó por él día y noche, rechazando los intentos de Boyle de ocuparse de todo. Nada de lo que hacía estaba lo bastante bien o era lo bastante bueno. Solo Harry podía darle paz para morir.

—Eso debió ser terrible para Boyle.

Mary Kate asintió.

—Empezó a perder el gusto por cualquier labor, ¿tú no lo harías si cada brizna de heno que mueves está demasiado torcida como para que sirva de algo? Boyle solo... dejó de esforzarse. Harry volvió a casa, Julius murió, y entonces fue evidente que la posición de hijo primogénito no significaba nada.

—¿Y la señora Murphy no defendía a Boyle delante de su marido? —preguntó Bree, demasiado impresionada para recordar que lo cortés habría sido evitar juicios.

—Al principio sí, claro. Una madre no puede hacer distinciones, pronto lo sabrás. —Mary Kate esbozó una sonrisa que no tardó en desaparecer—. Pero después Boyle comenzó a vaguear, salía al pueblo, conseguía alcohol para embriagarse... era como si tratara de darle la razón a su padre. Dado que no podía destacar en nada bueno para él, empezó a hacerlo en cosas malas.

—Y a guardar rencor a Harry —dijo Bree con pesar, al tiempo que apretaba la mano de Mary Kate, reconfortándola. La mujer de Boyle asintió y emitió un suspiro resignado que ambas compartieron.

—Creo que Harry le culpa por no haber hecho más por su padre cuando estaba aquí. Él se fue y, aunque nunca ha reprochado tener que dejar la vida que tenía y volver, pienso que se arrepiente. A veces creo que no quiere estar aquí.

—¿De verdad piensas eso? —Bree no podía creerlo—. Sé que casi no le conozco, pero me cuesta imaginar que prefiriera estar lejos.

—Una cosa es lo que hacemos porque es nuestro deber y otra... lo que hacemos porque es nuestro deseo. —Mary Kate la miró directamente, con una expresión en el rostro que fue mucho más elocuente que cualquier palabra que hubiera pronunciado.

Para Bree fue claro que aquella frase ocultaba más de lo que dejaba ver. ¿Había ella hecho algo porque era lo correcto aunque no lo quisiera? ¿O tal vez Boyle al casarse con ella?

En cualquier caso, le costaba imaginar a Harry amargado por haber dejado su vida independiente. Por lo que sabía de él, era un hombre cabal, serio y respetuoso que jamás habría abandonado a su madre tras la muerte de su padre. Ni tampoco la granja que este había levantado con sudor y esfuerzo.

Después de todo, y por propios méritos, ahora todo aquello era suyo, pues dudaba que Boyle aspirara a una sola hectárea de tierra, dado su carácter y forma actual de comportarse. Puede que en un principio se hubiera portado así solo para demostrar algo a su padre, pero estaba claro que las pocas ganas de trabajar que presentaba ahora eran legítimas. Se había acomodado en su posición de oveja negra, algo que le era muy fácil cuando Harry estaba allí para ocuparse de todo.

—Sé que los gritos de Boyle se oyeron por toda la casa ayer, cuando discutimos —dijo Mary Kate de repente—. Aunque todos han sido lo bastante clementes para no decir una palabra.

Era tan evidente que no tenía sentido negarlo, de modo que Bree solo asintió. Mary Kate lanzó un suspiro y se pasó la mano por la cara. Luego la miró, había poca vergüenza en su mirada, en lugar de ello, una sombra de pena le cubría el brillo de los ojos, apagado tiempo atrás.

—Boyle tiene curiosas formas de vengarse cuando siente que le desplazan en las decisiones. Una de ellas es irse al pueblo a beber o... a visitar a su amante.

Bree abrió los ojos de par en par, sorprendida por la revelación de Mary Kate. Se llevó las manos a la boca y contuvo el aire admirando en secreto la calma y el sosiego de aquella mujer al asumir las infidelidades de su esposo. Mary Kate se encogió de hombros para restarle importancia a un asunto que casi había dejado de afectarla. Casi, pues las noches en que no sabía dónde se encontraba su marido, solo podía imaginarlo en brazos de otra, una mujerzuela que le daría el calor que a ella se le escapaba con cada desplante del hombre al que había entregado lo mejor y más valioso de su vida. «Resignación», se decía una y otra vez mientras ideaba la forma de agradarle para evitar que sus discusiones lo hicieran huir para cobijarse en la cama de otra.

—No es un secreto para nadie.

—¿Cómo puedes decirlo así? ¿Sin más? —A Bree le era imposible creer que la mujer que tenía en frente no se derrumbara ante una confesión semejante. ¿De verdad la costumbre y la conciencia de las acciones de Boyle habían enfriado tanto su dolor?

—¿Podría hacer otra cosa? He llorado, Bree. Rezado, rogado, pedido y suplicado. No me ha servido de nada. Esa mujer, Lyla Monroe... existía antes que yo y sigue presente ahora, aunque yo lleve el apellido Murphy y ella no lo haya conseguido.

—¿Quería casarse con Boyle?

Mary Kate negó con la cabeza. Una ligera sonrisa se dejó ver en sus labios, pero desapareció pronto.

—Estuvo interesada en Harry hace mucho tiempo. Según Rose Anne, lo habría dado todo por pescarlo, hubiera hecho cualquier cosa, pero no lo logró. Puede que con él se hubiera casado.

—Pero... si quería a Harry... ¿por qué...? —El espanto que mostraba el semblante de Bree la había dejado pálida. Imaginó a una mujer sin cara abrazando a Harry, devorándolo con unos labios rojos llenos de una pasión desmedida, y la recorrió un escalofrío de repulsión.

—¿Por qué está con Boyle? Se conforma con lo más parecido, supongo. —Mary Kate hizo un mohín con los labios y puso los ojos en blanco—. Quizá aspira a estar cerca en caso de que Harry cambie de parecer. Cualquiera sabe lo que piensan esa clase de mujeres.

El aire pareció cortarse mientras las dos mujeres, sentadas frente a frente, tragaban las verdades que se les habían servido. Una brisa fría se coló por la ventana y movió las bonitas cortinas que Rose Anne había colgado para alegrar la estancia, que ahora se sumía en un silencio incómodo.

Eran unos descubrimientos horribles, decidió Bree, que se abrazó a sí misma para protegerse de una verdad tan descorazonadora. Podía imaginar por qué la tal Lyla había perseguido con tanta vehemencia a Harry, no cabía duda de que tenía méritos más que suficientes para atraer a cualquiera. La idea de que una mujer hermosa le hubiera rondado molestó a Bree, provocándole una desagradable sensación en el pecho que no pudo identificar. Él se había resistido, quizá porque no quería atarse a nadie del pueblo si había pensado en marcharse lejos para hacer su vida. Entonces, Lyla habría echado las redes a la segunda opción más parecida. Lo que más cerca estaba de Harry.

No entendía cómo Boyle, a pesar de sus celos a su hermano, había aceptado tomar la amante que este había rechazado, pero estaba claro que ella había sabido jugar sus cartas y seducir al mayor de los Murphy. Tampoco entendía por qué estaba con ella, teniendo una esposa tan buena y comprensiva como Mary Kate. ¿Por qué la ofendía de esa manera, yéndose a buscar a Lyla, dejando a la vista de todo el mundo su adulterio y avergonzando a su mujer?

—Lo siento mucho, Mary Kate —le susurró, acariciándole la mano—. No deberías tener que pasar por eso. No tendrías por qué aguantarlo.

—Boyle se casó conmigo —aseveró con un suspiro—. Durante nuestro noviazgo... bueno, digamos que fui demasiado permisiva con él. Pero cumplió con su palabra y nos casamos en cuanto supimos que JJ estaba en camino. Ha dado su protección a nuestro hijo y me ha provisto de casa y bienestar. Me quiere, puede que no con pasión y entrega, pero lo hace. A su modo.

—¿Y eso es suficiente? —preguntó Bree, que, a pesar de lo que acaba de confesarle Mary Kate, no acababa de creer la indiferencia con que ella le contaba todo aquello. A ella jamás le bastaría con palabras bonitas y un apellido en el que resguardarse. Ya no. Había pasado por eso y ahora sabía que no volvería a cometer ese error, no mientras faltara lo más importante, el motor de cualquier matrimonio: el amor.

—Si no me conformara, podría dejarle. O irme lejos. Sabe Dios que Boyle no iría a buscarme. ¿Crees que eso sería mejor para mí y JJ? ¿Verme sola y desamparada?

Para Bree, las palabras de Mary Kate resonaron en el vacío de su alma como un fuerte estruendo. «Como yo», pensó de inmediato, «sola y desamparada, con una criatura a cuestas, sin la mano de un hombre en la que sostenerme y huyendo de un delito imperdonable». La mirada se le nubló y el temblor en el labio inferior la obligó a esconder su rostro bajando la cabeza. Quizá la esposa de Boyle lo hubiera dicho sin intención de ofenderla, pero había dolido. La cruel ráfaga de aire que antes le había hecho sentir frío ahora pareció calarla hasta los huesos.

Consciente de su error, Mary Kate estiró la mano y tomó a Bree del brazo, disculpándose con una mirada llena de arrepentimiento. Sus ojos brillaban y, por un segundo, pareció que aquella falsa fortaleza tras la que se escondía se quebraba.

—Dios mío, Bree, cuanto lo lamento, ¡soy una estúpida cabeza hueca! No pretendía decir algo como eso, no me refería...

—No pasa nada, Mary Kate, lo entiendo —la tranquilizó, al mismo tiempo que tomaba aire para hacerlo ella también—. Mi situación no es exactamente la tuya, ni lo era cuando el padre del bebé que espero vivía, pero comprendo que no quieras renunciar a tu vida hogareña y a tu esposo. Nadie te juzga por eso.

La misma Bree no sabía si lo habría hecho. Tal vez si Dairon no la hubiera engañado con el matrimonio y le hubiera dado una vida tranquila... seguramente habría buscado otras mujeres, tenido excesos y actitudes como las de Boyle, pero a lo mejor, si nunca la hubiera pegado, si no hubiera existido el miedo, Bree podría haber cerrado los ojos a la realidad. De todos modos, pensó que Mary Kate debía de amar con desesperación a Boyle para estar dispuesta a algo así. O tal vez solo quería evitar el sentirse sola y perdida si lo dejaba marchar. Como ella misma.

Rose Anne esperaba a Harry en el establo, contemplando la vaca preñada que su hijo había estado cuidando, cuando este cruzó el quicio de la puerta.

—Espero que este tiempo que te he dado no te haya servido para inventar nuevas mentiras —declaró la matriarca, sin dar tregua a su vástago menor. Harry se apoyó en la madera de la pared, cruzado de brazos. Rose Anne le imitó el gesto levantando una ceja suspicaz que casi siempre precedía la tormenta—. Peino canas desde hace demasiados años como para creerme patrañas, Harry. ¿Qué pasó ahí fuera? La verdad.

—Ya conoces a Boyle. Lo has parido tú, madre —respondió con insolencia, aunque se arrepintió al segundo siguiente. Su madre no tenía culpa de los devaneos con su hermano. Ella siempre los había enseñado bien y merecía todo el respeto que ambos pudieran darle—. Lo siento. No pretendía faltarte.

Rose Anne le indicó con un gesto de la mano que aquello era lo que menos le importaba.

—Lo he parido y sé que venía bebido y buscando pelea. Lo que no esperaba es que tú estuvieras tan dispuesto a dársela.

—¿Por qué no? —preguntó enfurruñado—. Soy solo un hombre. Merezco desahogarme de vez en cuando.

—Si tu hermano no hubiera dicho más que insensateces de borracho, probablemente te habrías reído en su cara, sin perder el tiempo con él. Reaccionaste con rabia, Harry —argumentó, y su dedo acusador lo señaló en la distancia como la veleta que marca el camino de la brisa en otoño—. Así que algo de lo que dijo debió herirte o afectar a alguien a quien te sientes obligado a defender.

No hizo falta que Rose Anne pronunciara el nombre de Bree, ni siquiera que pusiera voz al motivo por el que intuía que había ocurrido toda aquella trifulca. La mirada de Harry, su expresión vehemente tan pronto la oyó mostrar su sospecha, fue suficiente.

—Estoy harto de dejarle pasar las cosas, madre. Se largó al pueblo tras montarle un escándalo a Mary Kate. No me pareció bien, aunque me quedara callado en ese momento para no ofenderla. Buscó pelea, sí, y yo le complací.

Inquieto, intentó encontrar algo en lo que ocuparse, pero los ojos de Rose Anne le siguieron por cada rincón del establo en que intentó centrar su atención. Harry sabía que no tenía escapatoria y el sentimiento de ahogo, de verse presionado a contar verdades que prefería esconder, pareció hacer más pequeño el espacio, robándole el aire.

—Soy tu madre. Algo te está torturando y quiero saber qué es —se preocupó Rose Anne al ver la tormenta que crecía en los ojos de su hijo. Harry no era un hombre de trato fácil, pero haría cuanto fuera posible por escampar el aguacero que le nublaba el juicio en esos momentos—. No voy a aceptar medias tintas ni que escondas cosas porque creas que no podré con ellas.

Atrapado, Harry no vio cómo salir del atolladero. El peso de lo que cargaba a cuestas amenazaba con romperle los huesos, de modo que miró a su madre, con el gesto demudado por las dudas y la preocupación. Ella guardó silencio, dándose cuenta de que oiría verdades que, con toda seguridad, no le iban a gustar.

—Tiene que ver con Bree, ¿no es cierto? —aventuró ella poniendo finalmente palabras a sus sospechas—. Boyle ha demostrado desde el principio que no está nada de acuerdo con tenerla aquí.

—Me acusa de querer... de pretender convertirla en mi amante o algo parecido —confesó, al fin. No le mentiría a su madre, pero tampoco estaba dispuesto a contarle todo lo que había pasado desde que Bree apareciera al pie de la montaña medio muerta.

Si Rose Anne se escandalizó por el comentario, no lo hizo notar. Por el contrario, apretó más los brazos, que tenía cruzados sobre el pecho y resopló con hastío al tener que esperar a que Harry decidiera continuar hablando.

—¿Y es cierto? —le cuestionó rozando un lugar muy sensible en el corazón de su hijo. Harry golpeó con la mano abierta la puerta del cubículo de una de las yeguas, que piafó en protesta. Negó con la cabeza, pero su ira le quitaba credibilidad al gesto. Rose Anne se acercó, tocándole el hombro y haciendo una ligera presión—. Hijo... es fácil confundir los sentimientos de cariño con los de lástima. Lo sé bien. Bree es la viuda de un hombre con el que te sientes en deuda, su situación es tan triste, su estado tan delicado, que no sería extraño que, queriendo protegerla...

—No es la esposa de Milton, madre. No le conoce siquiera. Lo inventé.

Callada, Rose Anne le miró con fijeza. Estaba sorprendida, pero no tanto como cabía esperar. Con un gesto, indicó a Harry que no era momento de callarse, y él, desesperado por desahogarse, decidió hablar.

—Encontré a Bree herida en la montaña. Sin conocimiento y con el cuerpo surcado de golpes —declaró con los dientes tan apretados como sus puños. Todavía sentía la presión en el pecho cuando recordaba el momento en que ella apareció ante sus ojos—. Me contó que había subido huyendo del hombre con el que vivía. Un hombre que no había hecho otra cosa que maltratarla y dañarla.

—¿Ese hombre no era su marido? —Harry negó, algo que, por algún motivo, Rose Anne ya se esperaba.

—Ella creyó que sí. El muy desgraciado orquestó toda una ceremonia y le hizo creer que habían contraído matrimonio —le contó con rabia—. Poco antes de abandonarla en la montaña le confesó su sucia mentira...

—¿Qué fue de él? —preguntó Rose Anne sintiendo parte de la furia que corría por las venas de su hijo, así como la lástima que le transmitía la verdad que estaba escuchando.

Harry le contó la historia completa. Cómo Bree había escapado tras golpear a Dairon con una piedra en el momento exacto en que él iba a terminar con su vida de manera cruel y miserable. Le explicó los detalles que ella le había contado aquel primer día. Y después le habló de su intento fallido por dar sepultura al bastardo y de cómo se había convencido de la necesidad de ocultárselo a ella, dado su frágil estado de salud.

—Algún animal daría buen uso a esa carroña, Harry. Se lo llevarían a su cueva para pasar el invierno —intentó razonar Rose Anne, consciente de que las sospechas de su hijo no eran infundadas. Harry sabía identificar las señales de la montaña mejor que nadie.

—Eso quiero pensar, madre. Pero no había marcas de ningún tipo ni quedaban restos de huesos o de carne despedazada. El bastardo pudo caer por el precipicio, si acaso no murió en el acto, pero...

—¿Piensas que puede estar vivo? —Rose Anne se llevó las manos al rostro, poniéndose por un momento en la piel de aquella pobre chiquilla desgraciada, que había visto su vida peligrar por culpa de un mal hombre que a punto había estado de asesinarla—. Todo por un saco que apenas llena la palma de una mano —comentó, en referencia a aquello que Bree guardaba con tanto celo y a lo que ella, respetuosamente, no había hecho mención—. Debe de ser terrible pensar que algo tan nimio es todo lo que tienes en la vida.

—Ella cree que he mentido sobre su identidad porque no la habrías aceptado bajo este techo de saber que había matado a un hombre —le explicó Harry desvelando así los miedos de Bree.

—Pues deberías saber que la habría recibido con los brazos abiertos de conocer la realidad de la historia. Soy una mujer; si tu padre, Dios lo tenga en su gloria, hubiera resultado ser como ese hombre, habría recibido más que una pedrada por mi parte.

A su pesar, Harry sonrió. Estaba seguro de aquello.

—Podía imaginarme que no la culparías —susurró con orgullo y acompañó sus palabras con una caricia al rostro de su madre. Tenían mucha suerte de que ella fuera una persona abierta, nada acorde a la época que vivían, algo que, en el pasado, le había traído más de un problema.

—Y ahora está embarazada... ¡Jesús! No me extraña que reniegue de la criatura. ¿Cómo amar a un bebé que le recordará cada día algo tan horrible? ¿Cómo aceptar su condición si cree que ella...?

—Lo peor es que si mis temores se confirman... si ese desgraciado hijo de puta no ha muerto en la montaña, volverá por ella. Un odio así no se deja pasar, madre. Ya no será por el dinero robado, sino algo personal —comentó Harry con miedo. Imaginar que ese hombre pudiera ir a reclamarla como suya para hacer de ella el centro de sus brutales atenciones le revolvía el estómago y avivaba las llamas del infierno que dormía dentro de su pecho. No permitiría que volviera a ponerle un dedo encima. Bree estaba a salvo bajo la protección de su propiedad. Si alguien pretendía arrancársela, iba a tener que pasar por encima de él.

Harry se pasó las manos por el pelo sucio al sentir crecer poderosos sentimientos de posesión en su alma. No, no dejaría que Dairon se la llevara, no dejaría que nadie la arrancara de su lado ni de su corazón.

—No tiene por qué encontrarla aquí, Harry. Fuiste inteligente inventando otra identidad para ella. En caso de que descubra que hemos acogido a una joven, ¿cómo va a relacionar a la viuda de Milton Harrison con Bree? —Lo tranquilizó Rose Anne, mientras posaba las manos sobre los puños cerrados de su hijo, intentando aliviar la tensión que le recorría el cuerpo.

Eso era lo que Harry se repetía sin cesar. Pero la mentira solo era firme en tanto nadie empezara a hacer preguntas, porque era muy difícil explicar que dos mujeres se hubieran perdido en la montaña y no fueran la misma persona.

Si Dairon seguía vivo, seguro que sentiría curiosidad por ver la cara de la supuesta viuda al conocer los detalles de cómo había ido a parar a casa de los Murphy.

—Claro que hubiese estado bien cambiarle también el nombre —añadió Rose Anne, haciendo que Harry se sobresaltara por un detalle en el que no había pensado—. Pero vivimos lejos del pueblo y fuera de esta casa será siempre la señora Harrison, no te preocupes. Y ese... hombre ni siquiera tiene por qué dar con nosotros —insistió rápidamente su madre, muy segura—. Y, de todas maneras, es casi imposible que haya sobrevivido. Es muy probable que Bree, Dios la bendiga, acabara con ese cerdo de un golpe y, de no morir al momento, lo hiciera unos metros más adelante, donde no pudiste encontrarle.

—Ojalá sea así, madre... ojalá.

—Vaya mujer... —declaró con orgullo—. Hay que ser muy valiente para huir montaña arriba para defender la vida. O estar terriblemente desesperada.

—No ha dejado de estarlo un solo día. Teme que os enteréis de la verdad y sabe que Boyle sospecha algo.

—Hablaré con él y me aseguraré de que pare de hacer insinuaciones. También guardaré tu secreto, no tienes que pedírmelo. Seguirá siendo la viuda de Milton Harrison para todos. Pero, hijo, algún día tendrás que contarle la verdad a esa muchacha. —Harry se tensó al oírla, pero Rose Anne necesitaba que comprendiera la importancia de sus palabras. Algunos secretos hacían más daño que la verdad—. Aunque ahora mismo sea mejor para ella saberlo muerto, llegará un momento en que la esperanza de no haber matado a nadie será más reconfortante que el miedo a que ese hombre pueda seguir vivo. Tenlo en cuenta.

Él no parecía convencido, pero bajó los hombros y se rindió a la evidencia. No podría guardar aquello siempre.

—Lo haré, madre.

—Y ahora, no te preocupes, aquí va a estar bien.

—¿Preocuparme? —resopló Harry, mostrando un amago de sonrisa que distaba mucho de reflejar alegría alguna—. No hago otra cosa desde que la conocí.

A Rose Anne le vinieron múltiples preguntas a la boca, pero no pronunció ninguna. Entendía todo lo que Harry debía esconder en su cabeza, el miedo a que su engaño se supiera y nadie lo comprendiera, la furia ante un maltrato semejante, del que solo había podido ser testigo impotente, y los innegables sentimientos que Bree empezaba a despertar en él. Los cuales seguramente consideraba negativos y llegados en mal momento.

Era su madre. Lo había traído al mundo después de casi tres días de parto con dolor. No podía engañarla. Si había reaccionado de modo semejante ante las provocaciones de Boyle, era porque esa idea de reclamar a Bree como mujer, aunque solo fuera de manera fugaz, había cruzado por su mente.

Por supuesto, Rose Anne sabía la clase de hombre que había criado y tenía claro que, aunque ardiera de amor, nunca daría el primer paso para mostrar sus intenciones a Bree, que en aquel momento no estaba para aceptar atenciones de hombre alguno. ¿Cómo hacerlo después de lo que había pasado? Así las cosas, no parecía que nada fuera a pasar entre ellos, y lo sentía por su hijo, pues estaba claro que pronto empezaría a sufrir.

A Rose Anne solo le restaba dar su apoyo, de modo que le tomó la mano y la apretó con fuerza.

—Cuidaremos de ella, Harry —le aseguró—. El invierno será implacable, pero pasará de largo y después... después la vida seguirá adelante. De una manera u otra.

Él asintió y su mente, todo un batiburrillo de ideas, se preguntó qué pasaría entonces, cuando la primavera brillara en todo su esplendor, Dairon no hubiera aparecido y no quedaran motivos ni razones lógicas por las cuales retener a Bree en aquel lugar. Imaginó que ella se iría, libre de vivir su vida como mejor le pareciera, y la sola certeza de ese hecho añadió el sentirse miserable a todos los sentimientos que ya cargaba en el pecho.

14

Lyla se sirvió otra copa de vino. Necesitaría al menos media botella para sentir que se le embotaba el cerebro y los recuerdos vividos minutos antes empezaban a difuminarse. Siempre le ocurría lo mismo cuando se acostaba con Boyle.

Teniendo mucho cuidado en dejar uno de sus hombros al descubierto, se ató la bata sobre la piel desnuda. Le gustaba insinuar y sentir los ojos de su amante puestos en ella, incluso aunque este fuera de naturaleza torpe y poco capaz de satisfacerla. Boyle la deseaba, de eso no cabía ninguna duda, la prisa que se daba en cumplir con todas sus exigencias y el modo sumiso en que aceptaba sus amenazas dejaba claro lo mucho que disfrutaba en la cama con ella.

A Lyla no le extrañaba, teniendo en cuenta la esposa que tenía. Mary Kate debía de llevar uno esos horrendos camisones hasta los tobillos, atado al cuello, de tela gruesa, raído por el uso y en un color nada seductor. Ella, por el contrario, encargaba su ropa de cama por catálogo a París. Prendas atrevidas, llenas de encajes, sedas y transparencias con las que se aseguraba de que el flujo de dinero de Boyle no parara de llegar a su puerta.

Con placer, acarició la bolsita donde había guardado la cantidad que él acababa de entregarle. Apuró la copa decidiendo que se daría el capricho que merecía y compraría ese conjunto interior negro con hilo rojo que tanto la obsesionaba desde que lo había visto en el catálogo de su modista habitual. Tal delicadeza bien valía el gasto. Y por supuesto también pagaría la manutención del crío y le compraría algo, aunque solo fuera por quedar bien. Por suerte, Boyle no le preguntaba en qué usaba el dinero y ya le parecía bien que su hijo, al que apenas conocía, viviera con una vecina.

Recordando la sonrisa petulante que había mostrado Boyle al aparecer con el dinero, Lyla casi estuvo tentada de preguntarle qué demonios había hecho para conseguirlo tan pronto. Sin duda, él estaba deseoso de que alguien le tirara un poco de la lengua para soltar quién sabe qué supuestas proezas... pero ella consideraba que aguantaba suficiente compartiendo la cama con él como para además tener que dedicarse a escuchar sus historias. Tanto le daba si había vendido un caballo o robado en una tienda. Por lo que a ella respectaba, mientras le pagara lo acordado, Boyle podía dedicarse a lo que le viniera en gana.

—¿Qué piensas ahí de pie? —oyó a su espalda. Tenía una voz rasgada por el cansancio y por el orgullo masculino que a Lyla le provocaba aprensión. Y cada vez le resultaba más desagradable.

Componiendo su mejor sonrisa, se giró atusándose los rizos rubios con un gesto que no tenía nada de inocente. Desde la cama revuelta, él la miraba con adoración y complacencia, seguro de que debía estar extasiada por el rato compartido. Pobre imbécil, pensó Lyla. Si supiera que había tenido que fingir placer todas las veces que habían estado juntos no luciría una sonrisa tan brillante en el rostro.

—Pensaba... que tu familia podría ser rica si te dejara a ti el control total de la granja —le aduló, como siempre—. Si has podido reunir todo este dinero en un par de días, ¿qué no harías con más tiempo?

Boyle sonrió. Entregar aquella cantidad había sido un gesto fácil en comparación con los riesgos que había enfrentado. La seguridad en el río era cada vez mayor y la inquietud del imbécil de Flint había estado a punto de sacarlo de sus casillas. Sin embargo, todo había resultado bien. El alcohol había viajado en la carreta hasta la taberna y, una vez allí, Boyle había obtenido su pago. No había sido coser y cantar exactamente... pero el riesgo le provocaba una sensación tan intoxicante como el propio licor.

—Son unos paletos —decretó, sin importarle ofender a quienes vivían bajo su techo—. No verían un buen negocio ni aunque les golpeara en la cara.

—Pero seguro que tú tienes muchas ideas, ¿verdad?

—¿Y crees que voy a malgastar mi buena sesera en medio del estiércol y los animales? —se carcajeó rascándose la cabeza de forma desagradable—. Prefiero seguir con mis negocios personales. Para despellejarse por las tierras ya está Harry.

Lyla asintió mientras echaba un ojo a través del visillo de su ventana, hacia la carreta que Boyle había dejado delante mismo de su casa. Todo el vecindario la reconocería y sabría de inmediato dónde estaba, pero si a él no le importaba, no iba a ser ella quien se anduviera con remilgos. Después de todo, tenía lo que quería. Ahora sería cuestión de darle un poco de conversación para evitar que quisiera repetir... y, de paso, sacarle información. Siempre disfrutaba estando enterada de las cosas que pasaban a su alrededor. Especialmente si tenían que ver con Harry Murphy.

—¿Ya ha subido Harry a la montaña a por la leña? —preguntó sirviéndose más vino, intentando hacerse la desentendida.

Boyle frunció el ceño de inmediato.

—¿Y qué te importa eso a ti?

—Traes la carreta llena de madera, querido. Dudo que quieras construirme un columpio en la entrada, así que he supuesto que Harry ha hecho su acostumbrada excursión de todos los inviernos —respondió con lógica, ocultando sus intenciones tras la sonrisa con que le acercaba una copa, que Boyle vació casi por completo.

Removiéndose en la cama, él asintió con la cabeza. El calor del alcohol pareció irle calentando la lengua, tal como Lyla esperaba, pues enseguida empezó a despotricar delante de ella, sin medirse ni controlar las palabras que decía.

—El muy santurrón... ¡no quiera Dios que la familia sienta frío! ¿Acaso cree que no podría hacerlo yo? ¿Se ha molestado en preguntarlo? Yo te lo diré: ¡No! —Airado, Boyle gesticuló hasta vaciar los restos de vino sobre las delicadas sábanas de Lyla, que hizo grandes esfuerzos por no gritarle.

—Eres el mayor, Boyle. Sabe que si subes con él a la montaña perderá importancia. Además... ¿no es mejor que te quedes en casa y te asegures de que tu familia está bien? Nadie podría hacerlo mejor que tú. —Con la sonrisa más convincente que pudo mostrar pintada en los labios, tomó asiento en el borde de la cama dejando parcialmente descubierta una de sus piernas, la cual se acarició para deleite de Boyle, que asentía con firmeza a cada una de sus palabras.

—Claro, sí... por eso lo hago, ¿sabes? No me costaría ningún esfuerzo emprender ese condenado viaje. Pero no me fio dejando a los míos. —Removiéndose, provocó que las tablas sobre las que estaba acostado crujieran.

—Un hombre como es debido no lo haría —afirmó Lyla fingiendo una aprobación que estaba lejos de sentir. Echando una mirada alrededor, deseó tener más dinero para cambiar por completo la distribución de aquel dormitorio, ampliar el tocador y llenarlo de botellitas de caros perfumes. El biombo tras el que se cambiaba empezaba a tener desgastados los dibujos, y la cama... quemaría esa en cuanto pudiera deshacerse de Boyle—. Así es como actúa un cabeza de familia.

Complacido hasta más allá de todo límite, Boyle le tendió la copa y Lyla se la rellenó. Durante un rato le oyó hablar de las torpezas que, según su opinión, cometía Harry. Lo mucho que retrasaba el trabajo que se perdiera en la montaña, aunque no fueran más que un par de noches, la escasa cantidad de madera inútil que traía y un sinfín de tonterías a las que Lyla ni siquiera atendió.

La realidad era que no existía en todo aquel cochino pueblo de Virginia un hombre al que deseara más que a Harry Murphy. Por él, gustosa se habría atado un delantal sobre el cuerpo y habría dedicado su juventud a hacerle la comida y calentarle la cama. Incluso le habría parido varios hijos si él hubiera tenido a bien hacérselos.

Conformarse con Boyle era algo que sobrellevaba de la mejor manera que podía, aunque no siempre era un plato que comiera con gusto. Por fortuna, había aprendido a manejarlo y tenía ratos como aquel, donde, sin que el muy tonto se diera cuenta, la ponía al día de todo cuanto hacía su hermano. Lyla se deleitaba escuchando la hombría y capacidad que tenía Harry, y sobre todo disfrutaba sabiendo que no compartía sus noches con ninguna mujer. Al menos hasta aquel momento.

—Por si no tuviéramos que aguantar suficiente, ahora ha traído a esa estúpida viuda con él... ¿y crees que le ha consultado a alguien? No señor, ¡su palabra es ley, por lo visto!

—Espera... que... ¿qué viuda, Boyle? —preguntó con consternación. Aquella información no era lo que esperaba escuchar y la dejó tan jadeante que hasta su amante alzó la vista de la copa para mirarla con sospecha.

—La mujer de su compañero del aserradero, Milton Harrison. Al parecer tuvo un accidente en la montaña. Ella estuvo a punto de morir y mi hermano, que va para santo, decidió que la mujer era asunto nuestro.

—¿Y dices que está viviendo con vosotros en la granja? —Disimular su curiosidad había quedado en un completo segundo plano. A Lyla poco le importaba mostrarse como la mujer rabiosa de celos que era en realidad, todo cuanto deseaba, más incluso que el hecho de que el imbécil de Boyle saliera de su cama, era saber cada detalle que tuviera que ver con la viuda que vivía en casa de los Murphy.

—Ocupando el dormitorio de Harry, nada menos —remató su amante, que disfrutaba enormemente de ser el centro de atención aunque fuera para hablar de otras personas.

El vino le supo a hiel, pero Lyla se obligó a tragarlo. Las palabras de Boyle, que rumiaba algo de que todos se habían puesto en su contra y habían permitido que la desconocida le diera clases a su hijo, fueron solo un murmullo lejano para ella. Todo en lo que podía pensar, lo único que se había quedado en su mente era el terrible conocimiento de que había una mujer durmiendo en la cama de Harry. Una viuda recién aparecida a la que ella ni siquiera había visto ni conocía.

Sintiendo que las manos le temblaban, Lyla se levantó, dejó la copa vacía en el aparador y, acercándose de nuevo a la cama, tomó asiento sin quedar al alcance de Boyle. Carraspeó para hacerle callar, intentando esconder su profunda ira y mostrar solo una sana curiosidad.

—¿Cómo es esa mujer?

—Pues... una mujer, dos piernas, dos brazos, dos...

Lyla se forzó a armarse de paciencia, aunque lo que de verdad deseaba era golpear a ese zoquete para ver si así le contaba algo con sustancia.

—Me refiero... ¿es atractiva?

—Podría serlo, aunque llevando la ropa de Mary Kate, poco favorecida está. —Boyle se rio—. Es menuda, pelo rojo, delgaducha... aunque no por mucho tiempo. Bajó preñada de la montaña.

—¿De Harry? —graznó Lyla con voz aguda.

—Ellos dicen que del difunto Milton, ¿pero quieres saber qué pienso yo? —preguntó a modo de confidencia—. Mi hermano tiene demasiado interés en ella, así que o bien el crío es cosa suya o pretende dejarse cazar. —Se encogió de hombros para darse importancia—. A mí hay algo que no me cuadra en esa historia...

A Lyla le faltó el aire en los pulmones. De repente, una imagen de mujer desconocida con el cabello pelirrojo y las formas delicadas, sonriendo a Harry con falsa inocencia, apareció en su mente; entre ambos crecía un vientre fecundo. ¿Sería posible? ¿Iba a tener Harry Murphy un hijo con otra?

—No creo que tu hermano acepte a una mujer usada y embarazada de otro —manifestó con evidente desgana, pero su negativa estaba impregnada de ese tono de recelo que volvió a poner en guardia a Boyle—. ¿Por qué iba a hacerlo? Podría tener su propia esposa si quisiera, no tendría que mendigar la que ha dejado otro.

—¿Y a ti que te importa si Harry se queda o no con la dichosa viuda? —cuestionó con sospecha. Empezaba a no gustarle nada que Lyla mostrara tanto interés por su hermano menor, al que consideraba culpable de todos los problemas que, seguro, estaban por venir.

Inmediatamente, Lyla compuso su mejor máscara de indiferencia. Había convencido a Boyle hacía mucho tiempo de que Harry no le había interesado más que por mera atracción juvenil. Algo inocente y sin consecuencias. Su arranque de celos no podía poner aquello en peligro.

—A mí nada, querido... pero piensa en ti. En tu familia. —Estirando la mano, melosa como un gato, Lyla acarició el muslo velludo de Boyle y comprobó que el simple roce de sus uñas sobre la piel tenía el poder de despertar su virilidad—. ¿No puede ser que esa aparecida pretenda atraparlo dándole pena? Su crío tendría derecho a una herencia que no le corresponde...

—Sí... sí... yo también lo he pensado, sí —respondió siguiendo con impaciencia la caricia de aquellos finos dedos perfectos, que lo harían jadear si continuaban ascendiendo por su pierna.

—No todas las mujeres son tan decentes como yo, Boyle, que escondo a mi pequeño para no crearte problemas... y eso que, en este caso, la paternidad está más que asegurada.

Boyle tenía mucho que decir a eso de que Lyla mantenía escondido su particular regalito para no crearle problemas... pero se cuidó de pronunciar palabra alguna. Tenía razón en cierto modo, pensó, ella le pedía dinero porque él, como hombre, debía proveerla teniendo en cuenta su situación. Pero nunca había pretendido meterse en su casa ni desbaratar su vida. De hecho, el crío vivía la mayor parte del tiempo con la vecina de Lyla a cambio de una pequeña cantidad y rara vez madre e hijo eran vistos juntos en público. Y, si acaso había pasado alguna vez, Lyla se había asegurado de evitar los chismes. Ella cumplía su parte y, aunque a veces le amenazaba con dejar de hacerlo, Boyle no la creía capaz de ello. No obstante, procuraba no darle motivos.

Bree, sin embargo... ¿quién sabía qué intenciones podría tener?

—Harry parece enajenado desde que ella apareció —añadió Boyle con un gemido de excitación cuando ella trazó cadenciosos círculos cerca de su ingle—. Está insufrible, cree que puede tomar las decisiones por su cuenta, y si le llevas la contraria o le haces saber que está equivocado...

—La emprende a golpes —acabó Lyla, que chasqueó la lengua, y acarició las magulladuras de la cara de Boyle. Con fingido interés, echó un vistazo al vendaje de su mano, en el que apenas había reparado—. Está claro que no aprecia los consejos de su hermano mayor.

—Le importan un cuerno. Pero a mí me da igual, porque sé que esa mujer oculta algo, y puedo asegurarte que, cuando lo descubra, todos van a tener que reconocer que yo estaba en lo cierto.

Aquello interesó mucho a Lyla, que esperó de todo corazón que, por una vez en su vida, Boyle diera en el clavo y hubiera algo imperdonable bajo la fachada de la dichosa aparecida. De ese modo, Harry tendría que renunciar y repudiarla. La echaría de la granja si no era trigo limpio, no le cabía la menor duda.

Quizá su corazón se rompiera entonces... y ese podría ser el momento que Lyla tanto había estado esperando. Después de todo, si la otra demostraba ser una mujer peor que ella, ¿por qué no se aferraría Harry a su consuelo?

—Te has quedado muy callada, ¿en qué estás pensando? —le preguntó Boyle imitando las caricias que ella le había prodigado segundos antes, pero con resultados mucho menos satisfactorios. Lyla se apartó del contacto desagradable de aquella mano y disimuló el escalofrío de asco que la recorrió entera.

—Me preguntaba... ¿cómo es posible que tu madre haya dejado que una desconocida se quede en su casa sin más?

—Ya te lo he dicho, Harry la encontró malherida y mi madre creyó que había sido un gesto muy caballeroso auxiliarla. —Intentó de nuevo acercarse a ella para tocar su suave piel, pero ella tenía otras intenciones y rehuyó la aspereza de sus dedos.

Maldita Rose Anne, pensó Lyla. Aceptaba en su condenada granja a cualquier mujer menos a ella.

—¿Crees que tu hermano la ama? —preguntó tratando de sonar lo menos intrigada posible. La mano de Boyle alcanzó su hombro y se deslizó por el brazo con torpeza. Se recordó que debía permitir ese tipo de lisonjas para que él continuara hablando sin sospechar de sus intenciones.

—Le interesa, de eso estoy seguro. ¿Por qué la ayudaría tanto si no?

—¿Y pensáis acogerla durante mucho tiempo?

—Estando preñada y con el invierno encima, comprenderás que no vamos a ponerla de patitas en la calle. Y no es que me falten ganas... pero nadie me apoyaría, como siempre.

—¿Y tu esposa? ¿Le da lo mismo que esa mujer use su ropa, eduque a su hijo y viva en su casa?

—Mary Kate nunca ha tenido redaños para cambiar las cosas que le molestan. —Y como una imagen valía más que mil palabras, Boyle tiró de Lyla para acercarla a él. Trató de besarla, pero ella le esquivó con una sonrisa—. Es una buena mujer cristiana, así que ayuda a su prójimo porque es lo que debe hacer.

—Pero se puso en contra tuya, ¿no es así? Tú no querías que esa viuda enseñara a tu hijo —fustigó mientras enredaba uno de sus dedos en el abundante vello del pecho de Boyle. La complacía mucho usar contra él la propia información que el muy estúpido le daba.

—Me trae sin cuidado lo que haga, en tanto no me moleste ni se cruce en mi camino —decretó él depositando un húmedo beso en el cuello de Lyla mientras ella evitaba que accediera a su boca, disfrazando de juego la molestia que sentía.

Imbécil. Era un cobarde por más que se las diera de fuerte. Nunca se parecería a Harry ni sería la mitad de hombre que él. Su opinión jamás valdría nada. Esconder el desprecio que le producía se le hizo casi imposible.

—¿Te has dejado convencer entonces por la bondad de la pobre mujer de la montaña?

—¿Estás celosa, Lyla?

Ella soltó una carcajada. Pobre Boyle, ese brillo repentino de sus ojos, lleno de placer, dejaba claro que pensaba que ella se sentía amenazada a causa de Bree. La verdad era que Lyla estaba molesta y ardía de celos, sí, pero solo por la cercanía que la tal viuda parecía tener con Harry.

—Si tuvieras interés en ella, no estarías aquí, querido.

—Muy cierto. —La manaza de Boyle le sobó un pecho, con torpeza y prisa—. Además, no creo que esa mujer tenga ojos más que para Harry.

—¿Entonces crees que a ella le gusta? ¿Pretende quedarse con él, que crie a su hijo?

—¿Y yo qué demonios voy a saber? Estás haciendo muchas preguntas, Lyla. Vengo aquí a olvidar las miserias de mi casa, no a contártelas.

Ella le echó los brazos al cuello y le ofreció los labios por fin. Después de unos besos húmedos que pusieron de manifiesto el profundo deseo de Boyle, Lyla le sonrió y enredó las piernas en sus caderas, provocándole un gemido ronco que le agradó. Acostarse con Boyle no le otorgaba demasiado placer, pero saberse deseada hasta el punto de que él sacrificara la paz de su familia era excitante. Solo por ese instante de poder merecía la pena tener que fingir un clímax con el que agrandar el patético orgullo masculino de Boyle, que creía con toda seguridad que Lyla se derretía en sus brazos.

—Me gusta pensar que te desahogas conmigo, querido. Así me siento importante.

—Hay otras formas en que puedo hacerte sentir importante.

La embistió y Lyla tuvo que cerrar los ojos y dejarse hacer. Su mente era un hervidero de ideas, pero estaba claro que hasta no dar a Boyle lo que quería, no lograría sacar nada más de aquello. En tanto él empujaba con la torpeza de un animal excitado, sin importarle si ella estaba sintiendo más que repulsión o no, Lyla hiló todos los datos que hasta el momento tenía. La viuda de Milton Harrison, le había dicho... embarazada y perdida en la montaña, encontrada milagrosamente por Harry, quien le había dado refugio en su propia casa.

¿Cómo de unidos estarían? ¿Empezaría él a ver a esa pobre y desvalida mujer, sola en el mundo, como una pareja potencial?

Tumbada bajo el peso de Boyle, añorando el vino que había dejado demasiado lejos, Lyla lamentó no haber sabido antes de la predisposición de Harry a meter en su alcoba a pobres y desdichadas mujeres en estado. De haberlo sabido antes...

Ahora, ya era tarde y de nada le valía lamentarse, pero eso no quería decir que no pudiera intentar sacar provecho de la nueva situación. Lo primero de todo era obtener la máxima información posible sobre esa viuda... después, ya vería si las sospechas de Boyle eran certeras. Si esa mujer era una farsante, ella misma se encargaría de ayudar en todo cuanto pudiera para desenmascararla y sacarla de una vez por todas de la vida de Harry.

15

Las siguientes semanas sumieron a los miembros de la familia Murphy en una tranquila quietud rutinaria de la que Bree aprendió a formar parte.

Poco a poco fue ampliando los ratos de clase a JJ, que ya era capaz de componer palabras sencillas y reconocer las vocales con solo verlas dibujadas en el pizarrín que usaban para las lecciones, y del que no se separaba. Sentada en su mecedora, tejiendo o remendando camisas y calzones, Rose Anne iba asintiendo orgullosa, con una sonrisa en los labios, conforme su nieto iba siendo capaz de deletrear palabras cortas.

—Acabará siendo el nuevo médico del pueblo como siga a ese ritmo —decía cada tarde—. Jackson Julius Murphy, doctor.

Y aquello hacía que el pequeño tuviera ánimos para una media hora más de estudio.

Por lo que respectaba a Boyle, había adoptado una actitud de completo desdén hacia Bree. Aunque seguían compartiendo mesa para las comidas e incluso se cruzaban por la casa alguna que otra vez, no le dirigía la palabra y hacía grandes esfuerzos para evitar cruzar con ella siquiera una mirada. No hacía mención a los esfuerzos de Bree, ni valoraba su atención al niño, solo rumiaba por lo bajo que todos aquellos conocimientos salían cuando el momento llegaba, restándole así toda importancia a la labor de maestra.

Aunque Mary Kate hacía lo imposible porque su voz de agradecimiento se oyera más alto que los desplantes de su marido, a Bree no le importaba la ausencia de elogios. Estaba contenta siendo de ayuda para JJ, era una manera de tener ocupado su tiempo, de reconciliarse con hacer algo por alguien y obtener la satisfacción de ver que sus lecciones estaban siendo de utilidad.

También la ayudaba a tener la mente alejada de todos aquellos pensamientos que la surcaban. La muerte de Dairon, con esa imagen de nieve tiñéndose de rojo que parecía imposible que lograra olvidar; la presencia de Harry Murphy, que se colaba despacio en su vida, pero con pasos tan firmes que imaginar un solo día del incierto futuro sin él provocaba que le faltara el aire, y luego... luego estaba el bebé. Aquel pedacito de sí misma que crecía en su vientre, aferrándose a la vida incluso cuando dejarse morir habría sido lo más fácil. Bree se sorprendía siendo cada vez más incapaz de parar de pensar en él. Imaginaba su cara, escuchaba sus gorjeos y su aroma la inundaba.

Intentó que la dejaran participar en otras tareas de la casa y poco a poco fue logrando hacerse un hueco en los quehaceres diarios. Ayudaba a preparar el pan y adecentaba el dormitorio que estaba ocupando, además de hacerse con una aguja y ayudar a Rose Anne a remendar y coser cuando la veía tomar sus gafas y ponerse al oficio, cada día, con la caída del sol.

—Parece que estás en todas partes —exclamó Mary Kate en tono jovial al observarla trasteando—. No puedo darme la vuelta sin que te ofrezcas a ayudarme.

—No me parece justo estar ociosa mientras tú cargas con casi todo el trabajo de la casa —le explicó con aquella voz dulce y armoniosa.

—¿Ociosa? —Mary Kate se detuvo en medio de la cocina y la miró de hito en hito con la pila de platos en las manos, sostenidos en el aire—. Estás haciendo de mi hijo un niño leído, Bree, no suelo verte muy ociosa. Nadie pensaría eso de ti.

—No es lo mismo, Mary Kate —le rebatió—. Yo enseño a JJ porque creo que es bueno para él y creo que puedo hacerlo bien. También es... algo que me ayuda, que me distrae. Pero eso no me exime de las labores de la casa que toda mujer debe desempeñar. Bastante en deuda me siento con la familia como para que no me dejen tampoco demostrar mi agradecimiento.

Mary Kate dejó sobre la encimera de la cocina su carga y tomó las manos de Bree con verdadero afecto. Empezaba a considerarla como a una hermana y rogaba a Dios por las noches que no llevara a su vida más sufrimiento del que ya había pasado.

—Yo fregaría y pelaría patatas por ti siempre. Soy yo la que te está agradecida por la labor que haces con JJ. Permite que sea mi forma de pagarte, aunque mi marido no se muestre demasiado agradable —pidió con amabilidad, aunque sin enmascarar del todo la vergüenza que le provocaba la actitud de Boyle.

—Pero yo también tengo mucho por lo que pagar y esta es la única forma que tengo de hacerlo —insistió señalando hacia los fogones y los utensilios de limpieza que reposaban contra la pared.

—Bien, pues entonces hagámoslo juntas, pero debes prometerme que no te excederás. Pronto empezarás a sentirte sin fuerzas por el embarazo.

—Te lo prometo —le concedió y, con una sonrisa sincera y agradecida, continuaron con las labores que las ocupaban.

Entretanto, en la estancia contigua, Rose Anne escuchaba con atención las palabras de las dos jóvenes al tiempo que soplaba el café de la taza que sostenía entre las manos. La mirada, fija en el horizonte que se oscurecía tras el cristal, estaba henchida de orgullo y admiración, pues ambas eran buenas mujeres con cruces a cuestas que no deberían soportar.

Pensó en Mary Kate, en la dulzura de su carácter, en la benevolencia de sus actos y en la amargura que su hijo mayor causaba en ella. Era demasiado buena para él, pero eso no podría reconocerlo abiertamente, a no ser que quisiera desatar la furia de Boyle. En cuanto a Bree, la muchacha era fuerte y decidida. Perfecta para Harry. Podía percibir el fuego que ardía en el corazón del más joven de sus hijos cuando la miraba, el mismo que se mostraba en las mejillas de ella cuando se encontraba con los ojos de Harry. Sin embargo, ahí estaba de nuevo el pasado que la condenaba y que frenaba el ritmo normal de los acontecimientos obligándolos a esconderse tras una mentira que no alcanzaría buen puerto jamás.

Una jovial carcajada la guardó de pensamientos lúgubres y la hizo regresar a la estancia donde se encontraba. Echó un vistazo por encima de su hombro hacia la algarabía que ambas mujeres transmitían y sonrió complacida.

—Doy gracias a Dios tenerlas en mi casa. A las dos —murmuró con los ojos cerrados y la expresión serena, y acabó su café humeante entre plegarias y deseos de unirse a los quehaceres que la aguardaban a poca distancia.

En medio de toda la agradable camaradería femenina, Bree era incapaz de apartar a Harry de su cabeza. Le veía cada día y compartía con él momentos a menudo, pero desde su último encuentro en el establo, no habían vuelto a tener una conversación a solas. Él era amable y solícito, y hasta la felicitó por su primer pan, aunque todos supieron que había usado demasiada sal. Tampoco la apresuraba cuando era demasiado lenta sirviendo la comida, comprendiendo que no solo tenía poca costumbre de atender a una familia de varios miembros, sino que en el pasado toda su seguridad había sido mermada con insultos y críticas que hacían que ahora temiera cosas tan tontas como derramar el contenido de un vaso. Le daba los buenos días al irse y las buenas tardes al regresar, pero no hacía intentos por tener una charla distendida. Por las noches, echada en la cama de él y mirando al techo, Bree se planteaba si Harry estaba evitándola. Tal vez se arrepentía de haberla socorrido. Después de todo y por más que se esforzara, estaba segura de que era una molestia en más momentos de los que podía considerarse de ayuda.

No solo era una boca más que alimentar, sino que también le había robado el dormitorio, obligándolo a ocupar el pequeño sofá del cuarto anexo al salón comedor, donde a buen seguro dormiría incómodo, y se había visto obligado a mentir a su familia por su causa. Además, estaba lo sucedido en la montaña. Seguramente verla le recordaba el crimen que ella había cometido, algo que Bree solo era capaz de dejar de lado en contadas ocasiones.

Cuando se dormía, soñaba con Dairon. Se veía a sí misma golpeándole con la roca, observándole caer al suelo entre una marea de sangre escarlata, y entonces aparecía Harry con la pala, no la miraba a los ojos, pero negaba con la cabeza con expresión de decepción. Le aseguraba que le enterraría y luego lloraba, implorando a Bree que no le matara a él también. Se despertaba empapada en sudor, temblando y agarrándose el vientre con fuerza. Después lo soltaba, incapaz de mostrar afecto a aquella leve curva que empezaba a dar forma a su cuerpo. No se apreciaba bajo las amplias ropas prestadas de Mary Kate, pero estaba ahí, atormentándola unas veces, llenándola de una alegría desconocida otras.

No podía evitar preguntarse qué sentiría al ser madre y, cuando observaba el trato que Mary Kate le daba a JJ, casi notaba un pinchacito de esperanza tocarle el corazón. Pero luego todo se esfumaba y su ciclo de tortura volvía a empezar.

Con el paso de los días, las nubes plomizas habían ido bajando de la montaña, haciendo las horas de luz cada vez más cortas. Anochecía antes y las tareas iban acumulándose de una jornada para otra. Cada mañana, la hierba amanecía cubierta con una fina capa blanca que cada vez tardaba más en derretirse. Pronto, las nevadas serían continuas, los caminos se helarían y todo el manto verde quedaría cubierto.

Harry agradecía trabajar con aquellas duras condiciones, pues las ocasionales corrientes de aire enfriaban los pensamientos que tenía constantemente sobre Bree. La tarde anterior, mientras cruzaba el pasillo para reparar una tabla suelta del armario de su madre, la había visto estirando las sábanas de la cama con pulcritud. Tarareaba algo, aunque en voz tan baja que él no había podido reconocer la melodía. Se había quedado parado durante un instante observando cómo las diligentes manos tocaban las sábanas y las mantas devolviendo el orden a una cama arrugada. Su mente traicionera llevó a Harry a imaginar que cruzaba el umbral y la rodeaba con sus brazos. Empezaría a besar su cuello, sus orejas...y, al final, tomaría esos labios dulces y tentadores. Su fantasía culminaba con los dos deshaciendo el lecho de nuevo, aunque las risas y suspiros de placer opacaban con mucho toda queja que Bree hubiera podido emitir.

El tiempo se le escapaba de las manos observándola. Sus mejillas más enrojecidas y el saludable peso que iba ganando al cuidado de la familia Murphy se hacían notar. Y la sonrisa dulce se encendía con cada gesto de cariño mostrado a JJ. A veces, Harry la sorprendía con la mirada perdida y el instinto de aproximarse y adivinar sus pensamientos hacía que todas las articulaciones del cuerpo le dolieran. Debía refrenarse, anclar los pies en el suelo y recordarse que no podía permitirse ningún paso en falso, de modo que trataba de ignorar la presencia subyugante de Bree, mantenerse apartado de ella y no prestar atención a sus movimientos ni al aire impregnado de su aroma, que parecía llenar la casa y amenazaba con no marcharse jamás.

Trabajaba sin descanso creyendo que mantenerse lejos le ayudaría, pero la realidad era que, si no podía verla, la imaginaba. Cocinando, remendando alguna de sus camisas o, Dios se apiadara de él, enseñando a leer a alguno de sus hijos. Criaturas nacidas de la pasión y el deseo mutuo, pensamientos que le devolvían, una y otra vez, a las sábanas cálidas de su cama.

Harry alternaba cada actividad diaria con revisiones a la vaca. Su preñez estaba tan avanzada que apenas podía moverse, por lo que había que revisar que tuviera alimento y agua cerca para que se mantuviera hidratada.

—Vas a darnos un ternero impresionante —le susurraba acariciándole la inmensa tripa con cariño—, te prometo que después podrás descansar.

Harry demostraba mucha ansia de trabajo y hacía verdaderos esfuerzos por pasar fuera de la casa el mayor tiempo posible. Su hermano llevaba días demasiado tranquilo para su gusto, y esa era una fuente de preocupación constante. No es que Boyle se esforzara más en el trabajo, pero se encargaba de sus tareas sin entrar en quejas ni conflictos. Tampoco se podía decir que Boyle estuviera de buen humor, pero tenía algún que otro gesto de interés por su hijo y sus estudios, y era atento con Mary Kate, alabando a viva voz su cocina cada mediodía cuando se sentaban a comer. Aunque Harry sospechaba que lo hacía para hacer sentir mal a Bree con respecto a sus primeros intentos fallidos, su cuñada estaba extasiada con aquel repentino cambio.

Él sabía que aquello no estaba destinado a durar, pues había aprendido a ver los patrones en el comportamiento de su hermano y sabía que, tras cada periodo de calma, Boyle les preparaba una tempestad cada vez peor. Así había sido desde niño y no parecía posible que cambiara después de mayor.

Esa misma tarde, mientras se entretenía con un pedazo de madera y su navaja de tallar, Boyle apareció por detrás del establo silbando. Se tocó el ala del sombrero con un gesto socarrón demasiado evidente para dejarlo pasar, de modo que Harry decidió entrar en su juego aunque solo fuera para comprobar qué era lo que escondía aquel condenado y cuánto le iba a costar repararlo.

—¿Practicando para cuando seas viejo, hermano? —preguntó Boyle haciendo alusión a la tarea.

—La mesa del comedor cojea. Hago un tope para la pata.

—¿Lo ves, Harry? Esa es la diferencia entre tú y yo. —Boyle se cruzó de brazos—. Tú buscas trabajo incluso cuando hacerlo no tiene ningún sentido. Yo soy más práctico.

—No me digas... —Sopló las virutas y apartó, con la punta de la bota, las que habían caído cerca.

—En vez de arreglar esa mesa roñosa y anticuada, ¿por qué no comprar otra? No creo que estemos tan en la miseria para no poder permitírnoslo.

—Me gusta conservar las cosas mientras aún son útiles —contestó en un tono carente de humor.

—Lo que te gusta es vivir como un pordiosero. O creerte y hacer creer a todo el mundo que eres indispensable haciendo reparaciones absurdas para que te tengan en cuenta. —Enfatizó el gesto de desdén con un movimiento del ala del sombrero. Después, giró la cara y escupió al suelo, peligrosamente cerca de donde se encontraba una de las botas de su hermano.

Harry sonrió mirando hacia Boyle con un gesto cínico pintado en la cara. Levantó la navaja y se rascó la mejilla con ella. Después, pasó el dedo por la afilada hoja, la cerró y la guardó en su bolsillo.

—El único imprescindible en esta casa, Boyle, eres tú. Sería imposible vivir sin ti. Nos encontraríamos con demasiada paz, sin problemas ni discusiones causados por nadie. Me da escalofríos pensarlo —remató con sarcasmo, haciendo aspavientos con las manos y fingiendo un absurdo temblor.

—Pues ponte una chaqueta, Harry.

Boyle se tocó el sombrero y se echó el ala hacia atrás antes de darse la vuelta y empezar a caminar. Sin embargo, antes de que se perdiera del todo de vista, Harry alzó la voz para un último comentario.

—Bonito Stetson. ¿Es nuevo?

Incluso de espaldas, intuyó la sonrisa burlona de su hermano, que no se molestó en darse la vuelta para responderle.

—Como he dicho... no todos disfrutamos siendo unos pordioseros.

—Es curioso —comentó Harry incorporándose despacio y estirando las piernas contra el tope de madera que usaba para apoyar la leña antes de cortarla—, nunca has sido muy generoso con nada, y últimamente parece que tengas roto el bolsillo.

Haciendo cuentas, Harry recordó el par de zapatos nuevos que Boyle había traído para JJ hacía unos días. Y aquel delantal almidonado con bordados que Mary Kate no se quitaba de encima. Nada demasiado ostentoso, era cierto, pero grandes cosas cuando se hablaba de alguien como su hermano, para quien los detalles que solía tener con su esposa solían estar enfocados a no darle disgustos, más que a hacerle obsequios.

—Cuido de mi familia. ¿Eso te sorprende? —Boyle levantó el mentón y cuadró los hombros. Se estaba preparando para la pelea.

Maldito Harry... solo él tenía esa habilidad para estropearle el día con unas pocas frases. Boyle apretó la mandíbula, molesto. La verdad era que trabajaba para hacer méritos. No con su esposa ni su hijo, aunque fueran los directos receptores de sus regalos. Lo hacía, sobre todo, ante su madre. Además, mostrándose generoso con los suyos, por más que le pesara gastar en ellos parte del dinero que ganaba con el contrabando, mantenía callada a Mary Kate, que era más permisiva con sus salidas al pueblo. Y, de paso, demostraba a aquella entrometida de Bree que era él quien se ocupaba de su familia y no el engreído de su hermano.

—No sueles ser tan desprendido —siguió Harry, que reconoció una actitud demasiado defensiva en la respuesta de Boyle. Si no tuviera nada que ocultar, ¿por qué tantas explicaciones?—. Normalmente das tu jornal a Mary Kate y es ella la que se ocupa de lo demás. Me resulta curioso que hayas decidido involucrarte en las compras tú mismo.

—Estás ciego, Harry. Creyendo que eres el único que vale para algo. Si tienes envidia de que pueda proveer a mi familia, es tu problema.

—Haces alarde de demasiado dinero, Boyle. No soy estúpido.

—Pues tampoco seas entrometido y deja mis cosas en paz —sentenció al tiempo que daba una patada a una piedra y giraba sobre sus talones.

No hubo opción a réplica, Boyle se perdió de vista y Harry se quedó parado donde estaba mientras su mente se llenaba con toda suerte de malos augurios. Su hermano había gastado en caprichos antes... de forma ocasional, aparecía con alguna camisa de domingo nueva o una hebilla de cinturón algo excesiva, pero, hasta el momento, no había extendido sus compras al resto de la familia. Que estuviera de buenas tantos días seguidos era una mala cosa. Y descubriría por qué.

Esa noche, con la ayuda de Mary Kate, Bree había preparado unas piezas de ternera con judías verdes que estaban tan buenas que incluso Rose Anne tuvo que rendirse a la evidencia de que había sido destronada como cocinera oficial de la familia Murphy.

—Al final voy a pensar que me he equivocado al darte la bienvenida, muchacha —bromeó con Bree mientras se servía patatas por segunda vez—. Como sigas a este ritmo, no tendré nada de lo que presumir.

—Seguro que solo ha sido cuestión de suerte —comentó Bree, sonriente. Sentía una satisfacción inmensa por haber hecho algo del gusto de toda la familia, se sentía tan útil y válida que le parecía mentira—. Estoy convencida de que seré incapaz de repetirlo por mucho que me esfuerce.

—No seas modesta, Bree. Te he visto preparar los ingredientes y atender la carne. Eso no se improvisa.

Agradecida, le sonrió a Mary Kate, que se había quitado mérito a propósito para dárselo a ella. La verdad es que solo había echado algunas especias a la salsa base y pasado la carne un poquito menos de lo habitual, acostumbrada a los gustos de su tía, que la comía casi cruda.

—Prácticamente todo lo has hecho tú —concedió la nuera de Rose Anne, dispuesta a dejar el crédito por entero a Bree—. Insisto —declaró la mujer, que llevaba puesto su impoluto delantal—, no debes ser tan humilde ante un talento como este. Si Dios te lo dio, será por algo.

Desde su lado de la mesa, Boyle hizo ruido con los cubiertos al dejarlos a un lado del plato. Consciente de que le miraban, se tomó su tiempo en tomar la hogaza de pan y despedazarla. Dio un par de bocados y luego sonrió en dirección a Bree, cargado de malas intenciones, como siempre.

—Haz caso, mujer —su voz fue un susurro suave, peligroso—, para algo que haces bien, no te quites méritos.

—Tengamos la cena en paz. —Rose Anne levantó la vista y barrió la mesa con ella. No había alzado la voz, pero no por ello sus palabras tuvieron menos contundencia.

Boyle miró a su madre alzando las manos en un gesto pacífico que nadie se creyó.

—¿Estás enfadado, *pa*? —preguntó JJ con inocencia levantando la cabeza del plato a medio devorar.

—Solo la estoy alabando —contestó Boyle sin engañar a nadie—. Tu abuela quería que fuera amable con nuestra invitada.

—Viniendo de ti, mejor será que no le dirijas una sola palabra —declaró Harry con la vista puesta en su hermano y la mandíbula tensa.

—Por supuesto, cómo no. —Boyle tomó la fuente de carne y se sirvió otro generoso pedazo haciendo un ruido exagerado cuando volvió a dejarla en la mesa—. Hablar con la señora Harrison es un privilegio que te corresponde solo a ti, ¿verdad?

Harry lanzó la servilleta a la mesa y Bree, de inmediato, se paralizó. Recordó aquella brutal pelea de la que había sido testigo y decidió, aunque no tuviera ningún derecho, que no permitiría que algo así volviera a pasar por su causa.

Sin ser consciente de lo que hacía, puso su mano sobre el brazo de Harry, que estaba completamente en tensión. El repentino contacto tuvo el efecto deseado, ya que, aunque estaban sentados al lado, nunca se habían rozado, ni siquiera por accidente, hasta ese momento. Sus ojos, puestos en los delicados dedos femeninos, pasaron a ella, mirándola con un anhelo de contacto que cada vez le era más complicado esconder.

Por un loco instante, Harry deseó que ella colocara la otra mano sobre él, aunque solo fuera para retenerle de dar a Boyle el escarmiento que tanto estaba pidiendo. Deseó que la mirada de Bree reflejara un anhelo evidente que pusiera en marcha todas las funciones de su cuerpo para levantarse de la mesa ante la mirada de su familia y llevarla escaleras arriba, donde quedarían protegidos, tras la gruesa puerta del dormitorio, de miradas, comentarios insidiosos y mentiras. Allí Harry podría recorrerla entera, ver el rubor formarse en sus mejillas cuando empezara a regar su piel de besos y hacerla suya tantas veces como ella quisiera y como las fuerzas le permitieran, sin pensar en nada más, sin que le importara nada más.

—Agradezco mucho tu comentario, Boyle. Lo tomaré como la alabanza que dices que es y te daré la razón. No voy a quitarme méritos ante una cena que ha quedado tan bien. Me alegro que te haya gustado —comentó Bree, anclada a la mirada ardiente de Harry. La sonrisa que le cubrió los labios, al igual que el sonrojo que coloreaba sus mejillas, tenían un único destinatario. Él, solo él que la miraba como si no hubiera nada más en aquella habitación.

Contrariado por no haber logrado molestarla más, Boyle se limitó a hacer un gesto y seguir comiendo en silencio, sin ganas de departir con nadie si su ponzoña no amargaba los bocados de los demás. Rose Anne le hizo un gesto casi imperceptible a Bree con las cejas. La había impresionado. Y le parecía bien.

—Dejando claro que no quiero desmerecer para nada el enorme favor que mi nuera está haciendo —empezó la matriarca cuando los platos quedaron vacíos y la modorra amenazó con alejar a cada mochuelo rumbo a su olivo—, creo que va siendo hora de pensar en hacer una visita a la modista. Bree va a necesitar ropa pronto.

—Puedo bajar del altillo la que usé cuando estaba encinta —se ofreció rápidamente Mary Kate—. Está un poco pasada de moda, pero...

—¿Y qué más da eso? Estando viuda y en casa ajena, dudo que la señora Harrison espere demasiadas visitas. —La voz ácida de Boyle, cargada de resentimiento, cayó en saco roto, de modo que se vio obligado a terminarse el café sin réplica.

—¡Ropa nueva para la señora profesora! —celebró JJ haciendo ruido con su cubierto, para irritación de su padre—. ¿Cosas bonitas, abuela? Es muy buena. Debería tener cosas bonitas.

Sonriendo al niño, Rose Anne le hizo poner el tenedor junto al plato, a salvo de nuevos golpes. Después, devolvió a su nuera toda la atención.

—Me parece que si la que usa ahora le va holgada, la de embarazo habría que atarla con cuerda, Mary Kate.

Ella se sonrojó aceptando que no había tenido en cuenta ese detalle.

—La ataré con lo que haga falta —ofreció Bree—, no puedo asumir ese gasto y de ninguna manera...

—Das clase a mi hijo sin cobrarnos nada, por favor, Bree, permite que te regale algunas piezas de la modista. No podrán ser de lujo, pero...

—Yo las pagaré —anunció la atronadora voz de Harry. No pretendía convertirse en el foco de atención; sin embargo, ese sentimiento de posesión que latía fuerte en su pecho habló por él y manifestó lo que en su fuero interno más deseaba: adorarla, consentirla, postrar el mundo entero a sus pies. Porque, aunque las circunstancias jugaban en contra y sus deseos eran una locura sin freno, se permitiría ser un demente por unos instantes.

Los ojos de Boyle, que fueron alternativamente de su esposa a su madre, parecieron salírsele de las órbitas. Harry carraspeó dedicando una atención exagerada a contar los dibujitos de flores bordadas de su lado del mantel. Cuando habló, su voz sonó ronca y no levantó la mirada para no encontrarse con la de Bree.

—Puedo ocuparme de eso. No tengo apenas gastos, así que no es ningún problema.

—¡No puedo permitirlo! —La sola idea la hacía sentir como una mujer aprovechada, sacando beneficio de un hombre demasiado generoso para su propio bien—. Puedo seguir pasando con las prendas que tan amablemente me presta Mary Kate y, si fuera necesario, tengo algunas monedas...

—Ni hablar de eso, muchacha. —Rose Anne movió la mano en el aire—. ¿Tienes idea del trabajo que estás ahorrando a mis viejos huesos? Solo por eso, estoy en deuda contigo.

—Pero... yo no...

—Está decidido, señora. Soy un hombre adulto que puede gastar su dinero como mejor le parezca. —Harry sabía que era un gesto posesivo hacia ella y también que no tenía ningún derecho, pero le fue imposible evitarlo. Quería proveer a Bree de lo que necesitara, ocuparse de su bienestar del modo que pudiera. Como lo haría un marido. O un amante al que ella quisiera.

—¡Esto es inaudito! —Boyle golpeó la mesa y se levantó de súbito—. ¿Me echas en cara que gasto dinero en mi mujer y mi hijo y ahora tú entregas el tuyo alegremente a alguien que no es nada nuestro? Eres un hipócrita, Harry.

Maldito fuera... ¿de qué le había servido a Boyle todo su despliegue si ahora, una vez más, su condenado hermano iba a pasarle por encima? ¡Y en beneficio de la viuda, nada menos!

—Boyle... —Rose Anne levantó las cejas emulando aquel gesto hecho tantas veces antaño y que tantas arrugas le había provocado en la vejez.

—¡No, madre, basta de callar! Ahora tengo razón y todos lo sabéis.

—Está educando a nuestro hijo sin cobrar un penique, Boyle —musitó Mary Kate con mucha menos firmeza que rato antes.

—¡Vive aquí, mujer, come aquí! ¿Acaso tenemos que hacernos cargo también de sus caprichos? —Boyle lanzó la servilleta y volcó la tacita de café, que tintineó con un ruido molesto.

—Boyle Anderson Murphy, siento si te ha parecido que tenías voz y voto en esta decisión, pero no es así. A menos que quieras mostrar colaboración y ayuda, te sugiero que te calles. Y mis sugerencias es mejor seguirlas, lo sabes por experiencia. —Rose Anne levantó la voz, algo que raras veces hacía. Extendió una mano hacia JJ, que la miraba con tensión, pero no apartó los ojos de su hijo mayor, evaluando cada gesto que este pudiera hacer.

—No puedo creerlo... ¡es absurdo! —Boyle golpeó la mesa de nuevo.

Mary Kate dio un saltito y cerró los ojos, en tanto el resto, en silencio y muy incómodos, seguían la escena sin atreverse a involucrarse.

—Ojalá nunca te veas privado de medios y pasando necesidad, hijo. —Rose Anne le dedicó una mirada de lástima, pero firme—. Me temo que la vida te reservará todo el egoísmo que ahora estás mostrando y del que siento vergüenza.

Furioso, Boyle abandonó el comedor y azotó la puerta tras de sí. Como ocurría siempre en aquellas ocasiones, su mujer mostró la vergüenza que debía llevar él en la cara y Bree, sintiéndose humillada, se preguntó por qué, pese a sus intentos, no había logrado que se mantuviera la cena en paz.

JJ miró irse a Boyle y compartió una mirada vacilante con su madre y luego con su abuela, que le indicó con un gesto mudo que terminara su cena sin moverse del sitio.

—No dejes que te afecte —le aconsejó Rose Anne a Bree—. Solo le molesta que no le den la razón.

—Pues quizá la tenga —dijo ella, con una voz tan baja que fue un milagro que la oyeran—, estoy aquí como un favor... no puedo pretender suponerles más gasto del que ya soy.

—Ya te dije una vez que, cuando empezaras a resultar una molestia, te lo comunicaría. —La matriarca de los Murphy habló con desgana. Pareció que su pelea con Boyle había mermado con mucho sus fuerzas.

—Nosotros te lo ofrecemos, no estás exigiendo nada. Me sentiría mejor ayudándote, agradeciéndote con ese gesto lo que haces por JJ. —Ante las palabras de Mary Kate, Rose Anne asintió con firmeza mostrando su apoyo absoluto.

Bree se sintió conmovida de que saliera en su defensa. Después del espectáculo que había formado su marido y la vergüenza que todavía le coloreaba las mejillas, era casi un milagro que Mary Kate fuera capaz de hablar. Y mucho menos para ponerse de parte de quien había despertado las iras de Boyle.

—Haz caso a mi nuera. Pese a haberse casado con mi hijo, tiene bastante mejor cabeza que él.

—Muchas gracias. A todos. —Miró a Harry—. Se lo pagaré en cuanto me sea posible.

Él solo hizo un gesto, aunque Bree estuvo segura de que no aceptaría una sola moneda en retribución por el gasto que iba a hacer.

—Vuelve a cocinar esta receta y procura que me quede claro qué es lo que debo hacer para que la carne esté tan tierna. Con eso bastará —dictaminó Rose Anne dando por concluido el asunto.

Bree asintió muy agradecida. Después ayudó a las mujeres a recoger los platos, en tanto Harry acababa de tomarse un café que, a buen seguro, se habría quedado frío. Cuando no quedaron excusas para que siguieran mirándose de soslayo y una vez quedó claro que él estaba demasiado molesto por la actitud de Boyle como para disfrutar de un poco de sobremesa, se levantó.

—Voy a revisar a la vaca antes de acostarme.

—Llévate el abrigo. Las temperaturas de la noche son atroces. —Harry asintió a las palabras de su madre. Le dedicó una última mirada anhelante a Bree mientras se ponía el chaquetón y salió de la casa en silencio. Esperaba que el frío templara sus ansias, pues empezaba a serle imposible controlarlas.

—Ojalá no se encuentre de frente con Boyle hasta que los dos se hayan calmado —dijo Mary Kate en un tono tal que pareció que rezara.

—Si yo fuera tú, prepararía algunas vendas. Solo por si acaso —añadió Rose Anne mientras llevaba la pila de platos a la cocina, seguida por su nuera y por Bree, que no pudo evitar sumarse al deseo de Mary Kate y rogaba interiormente que no hubiera más peleas entre los hermanos.

Trató de distinguir la figura de Harry a través de la ventana, pero, a pesar de la luna llena, la negrura era demasiado densa para que pudiera intuirle siquiera. Resignada, decidió que se ofrecería voluntaria para lavar los cacharros. Quizá si tardaba lo suficiente, él tendría tiempo de volver. Así ella comprobaría que lo hacía sano y podría volver a verle antes de acostarse.

16

No había ni rastro de Boyle, lo que seguramente sería para bien. Harry miró al horizonte todo lo que la oscuridad de la noche le dejaba atisbar a lo lejos. No faltaba ninguna de las carretas, de modo que, si su hermano había huido al pueblo para rumiar su mal humor, debía haberlo hecho a caballo. Tanto mejor, decidió mientras se subía el cuello del abrigo y se metía las manos en los bolsillos para dirigirse al establo. Lo último que le apetecía era encontrárselo de frente. Estaba harto de los desplantes y malas formas que Boyle siempre parecía tener preparadas para Bree. De encararlo, la cosa terminaría mal.

En cuanto cruzó las puertas del viejo establo, notó algo extraño en el ambiente. El aire estaba enrarecido y los sonidos que percibía no parecían los de siempre. En dos zancadas se puso junto al cubículo de la vaca, que cabeceaba con los ojos vidriosos, inquieta y asustada. Tenía la cola retorcida y un líquido le resbalaba por las patas. Su vientre, abultado y duro, parecía al límite de cuanto podía estirarse. El animal sufría y era incapaz de echarse sobre la paja, lo que quería decir que aquel no iba a ser un parto fácil.

Harry se deshizo del chaquetón y metió el brazo en el cubo de agua limpia que había dejado preparado para llenar los abrevaderos antes de cenar. Con cuidado, entró al pesebre tratando de hacer los movimientos más suaves y delicados que pudiera con el único objetivo de no asustar más a la vaca. Si esta comenzaba a removerse, tendría que atarla y el estrés que eso conllevaba podría provocar la pérdida del ternero.

Con sumo tiento, Harry hizo un examen superficial de la situación en la que se encontraba el animal y no necesitó más que un par de segundos para confirmar sus sospechas: las patas de la cría no estaban estiradas, por lo que no podría tirar de ellas para que naciera con facilidad

—Mierda —masculló apartándose a un lado—. Vamos a tener una noche larga.

Saltó fuera sin molestarse en abrir la puerta y echó a correr en busca de ayuda, pues le sería imposible atender solo al animal. Llegó sin aliento a la puerta de la casa y la abrió de un empellón. El sobresalto que causó el repentino estruendo de su aparición provocó tal conmoción en la pobre Mary Kate, que bordaba junto a la estufa, que acabó pinchándose un dedo y estropeando el intrincado diseño de flores en el que había estado trabajando. Al ver el rostro alterado de su cuñado, la joven se llevó las manos al pecho y contuvo un jadeo de terror.

—¿Es Boyle? —preguntó al tiempo que se levantaba—. ¿Ha pasado algo?

Harry solo tuvo tiempo de negar con la cabeza mientras llamaba a su madre y consultaba la hora en el reloj de cuco de la pared del salón comedor. Era demasiado tarde para salir a buscar al veterinario, sobre todo si eso implicaba dejar a las tres mujeres solas atendiendo el inminente y complicado parto.

—¿Harry? —Rose Anne, ya con su taza de té en la mano, apareció de pronto, alterada ante la llamada de urgencia de su hijo—. ¿Qué maneras son esas de...?

—La vaca está pariendo —anunció sin preámbulos, pues no había tiempo que perder—. No parece que las cosas vayan a ser fáciles. Es posible que el parto se complique.

—¡Maldición! —exclamó Rose Anne anticipándose a una pérdida que podría ser delicada para la granja.

Inmediatamente, y tras dejar la taza sin cuidado sobre un aparador, la matriarca de los Murphy se puso en movimiento recolectando trapos y llenando con ellos un cubo. Después sacó otro de debajo de la pila y se lo entregó a Bree, que lo observaba todo sin comprender.

—Lo llenaremos en el establo —explicó—. Habrá que sacar al ternero lo más rápido que podamos y asegurarnos de que la vaca sufra el menor daño posible.

Bree asintió apresurándose a cargar con todo lo que podía. Harry la observó por un momento, en su pecho un nuevo sentimiento se hizo latente al observar la predisposición de la mujer. Quizá no fuera el momento de pararse a pensar en lo que ella le despertaba, pero el corazón no entendía de situaciones de urgencia y aquellos sentimientos, cada vez más fuertes, lograban anular su determinación cuando de ella se trataba. La observó seguir las indicaciones de su madre y se detuvo un segundo en la forma de sus dedos, en la finura de sus brazos y en la firme decisión de ayudar en lo que fuera posible. Quizá ella fuera el remedio que diera un poco de esperanza a la noche que estaba por llegar.

—¿Dónde demonios está Boyle? —exclamó Rose Anne—. ¡Debería estar yendo al pueblo a por el veterinario!

—Me parece que ya está allí, aunque dudo que avisando a Lester. —Harry lamentó que su cuñada oyera aquellas palabras, pero no había tiempo para ser delicado—. La vaca está muy nerviosa, habrá que sujetarla y procurar ser rápidos para que no se desgarre.

—Ninguna de nosotras tiene fuerza para eso, Harry —declaró Rose Anne, que casi era incapaz de mantener la calma dada la situación que se les presentaba.

—Yo la sujetaré, Mary Kate y tú solo tenéis que ocuparos de que el ternero no golpee con violencia contra el suelo una vez haya salido. —A continuación, sus ojos se posaron en Bree, sin parpadear—. Ella lo ayudará a nacer.

—¿Yo? Pero... pero... —balbució la joven, asustada por la tarea que él quería encomendarle.

—Necesitamos a alguien que cause el menor sufrimiento a la vaca. Mi madre y yo tenemos las manos más grandes y las de Mary Kate no son tan finas como las suyas —la alentó mientras ella se miraba los dedos con los ojos muy abiertos—. Yo le explicaré qué debe hacer en todo momento, no tema. —Rose Anne asintió con firmeza ante la idea de su hijo—. ¿Qué me dice?

—¡Pero jamás he hecho algo como eso! —exclamó aterrada—. ¿No debería hacerlo alguien que supiera...?

—¡No hay tiempo! —la apremió Harry, suplicante—. No va a estar sola, yo le iré dando indicaciones. La vaca está muy asustada y necesita alguien con fuerza para calmarla en caso de que las cosas se compliquen. Si yo saco al ternero...

—Está bien. Vamos —cedió al fin Bree, con una tenue voz cargada de angustia. Por supuesto, no podía negarse a ayudar a aquellas personas a quienes prácticamente debía su vida, pero ¿asistir un parto? Había días en que se creía incapaz de valerse por sí misma, ¿cómo iba a hacer algo así?

Minutos después, Harry, seguido de las tres mujeres, emprendió el camino al establo. Los mugidos lastimeros eran ya audibles desde fuera, igual que se oían los golpes que el animal, dolorido, daba contra la madera que lo rodeaba. Rose Anne procedió a encender los candiles y Mary Kate llenó todos los cubos que alcanzó a reunir con agua limpia.

Las manos de Harry presionaron los hombros de Bree, y la acercaron al lugar donde el animal permanecía con la mirada enajenada y el vientre a punto de reventar. Aquella visión tan espeluznante la dejó paralizada, tensa como la cuerda de un violín y asustada como si su propia vida dependiera de lo que estaba a punto de hacer.

—¿Está bien? —oyó decir a Harry. Ella asintió, aunque nada convencida—. Si las cosas hubieran sido distintas, mi hermano habría ido a por el veterinario y nosotros solo hubiéramos tenido que esperar, pero el parto está muy avanzado y, si no actuamos ya, los perderemos a los dos.

—No quiero hacerlo mal, Harry. —La voz de Bree dejó ver todo el miedo que sentía—. Si me equivoco podría...

—No se equivocará —le aseguró con firmeza—. Todo saldrá bien, ¿de acuerdo?

El primer cubo de agua vino acompañado de una pastilla de jabón. Rose Anne indicó con diligencia a Bree cómo debía lavarse las manos y el antebrazo, así como la forma adecuada de introducirlo en la vaca y qué hacer después.

—Aquí está el último —anunció Mary Kate, y dejó junto a la puerta de madera otro de los cubos—. No he encontrado una cuerda lo bastante gruesa, Harry.

—Hay una en la carreta, voy a por ella. Intentad no acercaros demasiado, la vaca está muy asustada.

Salió a todo correr dejando atrás a su madre, que le indicaba a Bree lo que se esperaba que hiciera. Tan pronto alcanzó la carreta que había usado para subir a la montaña, Harry apartó la lona y buscó la cuerda que había usado en la montaña entre los pocos troncos que aún quedaban sin cortar. Tanteando con prisa y nerviosismo, sus dedos tocaron algo frío y redondeado. Confuso, se inclinó más sobre la carreta y usó toda la fuerza del brazo para desencajar el misterioso objeto que parecía encallado entre los troncos. A la luz de una luna grande y redonda, Harry se topó con una botella de coñac sin etiqueta. No había que ser un genio para darse cuenta de que aquel alcohol era fruto del contrabando. Y solo existía una respuesta para el hecho de que estuviera en su carreta.

—Maldito seas, Boyle —susurró a la noche dejando la botella donde estaba—. Ya ajustaremos cuentas, imbécil.

Como aquel no era el momento, decidió concentrarse en encontrar la cuerda y volver al establo, donde tenía por delante la misión de lograr que un ternero, que ya había sido apalabrado, no muriera por un mal parto.

—Que Dios nos ayude —pidió enrollándose la cuerda en el brazo—. Necesitaremos toda la colaboración posible.

Bree fue incapaz de acercarse las dos primeras veces que Harry se lo pidió. La paralizaba el miedo, la desconfianza que sentía en sí misma y el saber que podía echar a perder lo único que los Murphy le habían pedido.

Durante mucho tiempo, había creído que no servía para nada más que fregar el suelo, al menos eso era lo que le decía Dairon cuando la tormenta entre ellos se avecinaba. Al final había llegado a aceptar que así era y no se sentía capaz de hazaña alguna. Sin embargo, en los últimos tiempos, había demostrado ser más fuerte y valerosa de lo que había podido imaginar jamás. Se había enfrentado a la muerte, había ganado la partida y sobrevivía rodeada de una familia que le prodigaba amor y respeto. Una familia que ahora la necesitaba. Pero tenía tanto miedo de hacerlo mal...

—Bree, escúcheme. —La mano de Harry se posó en su hombro y la zarandeó levemente—. Puedo imaginar lo que está pensando, pero no es cierto, ¿lo entiende? Tiene que ayudarnos. La necesitamos.

—Pero no sé cómo hacerlo, Harry. Él siempre decía... decía que yo...

—Hija, Bree, mírame. —Rose Anne la tomó de la mano haciendo una presión que provocó que los ojos de la muchacha se posaran en ella—. No voy a decirte que será fácil o que cualquiera podría hacerlo, porque es mentira. Pero lo que sí te diré es que tú lo lograrás, porque no estás sola y nosotros te guiaremos.

—Pero tal vez usted o Mary Kate...

—Tus dedos son los más delgados y nosotras hemos sujetado terneros antes, así que sabemos que no se nos caerá. Harry es el único que puede mantener tranquila a la vaca, eso solo te deja a ti para sacarlo, Bree. Podrás hacerlo.

La mirada de ella pasó por todos los presentes: Mary Kate, que asintió con firmeza, seguramente porque jamás podría aguantar ser ella la que metiera el brazo en el interior de la vaca. Rose Anne, que no la había soltado y la miraba con tal seguridad que de haberle dicho a Bree que era capaz de atravesar la pared, ella la habría creído. Y Harry. Harry, que, a pesar de la tensión del momento, la prisa y todo lo que se jugaba, no se había movido para darle tiempo a decidir. No la presionó, pero su expresión, firme y seria, le aseguró que podía con ello. Que confiaba en ella.

—¿Me dirás lo que debo hacer? —le susurró al tiempo que sus ojos establecían un vínculo muy profundo con la mirada de Harry.

—Cada paso —le prometió. La cadencia de aquellas dos palabras caló profundo en el interior de Bree y un dique, hasta entonces contenido, se rompió e inundó sus sentidos de tranquilidad y confianza. Había algo extraño en la expresión de Harry, algo diferente, pero no era el lugar ni el momento óptimo para averiguar por qué el brillo de sus ojos acariciaba su corazón de una manera tan intensa.

Bree asintió y, entonces, todos se pusieron manos a la obra.

Durante bastantes minutos, los cuatro se afanaron en preparar al animal de la mejor forma. Evitar cualquier padecimiento al ganado era una prioridad y, para ello, Bree debía tener claros los movimientos a seguir.

Mientras Rose Anne le explicaba cómo tantear el interior de la vaca e identificar las partes para que pudiera informarlos, Harry prodigaba caricias y susurros a la futura madre, en un tono tan bajo que resultaba calmante incluso para Bree, que no podía evitar dirigir la mirada a las manos rudas de aquel hombre, convertidas en el más poderoso bálsamo.

—Necesito que me diga en qué posición se encuentra —le pidió Harry levantando la vista de los ojos de la vaca—. Sé que no viene de la mejor forma, pero, si tantea la parte de arriba y me dice qué encuentra, podré saber cómo de complicado será el parto.

—Confía en tu sentido del tacto, querida —la animó Rose Anne—. Sé que crees que no serás capaz de encontrar nada, pero estoy convencida de que no será así. Solo debes describir lo que vas tanteando y nosotros lo reconoceremos de inmediato.

Con un poco más de confianza en sí misma, Bree procedió a hacer lo que Rose Anne y Harry le indicaban. Sus ojos se encontraron con los de él, que continuaba susurrando sobre las orejas de la vaca. Se centró en el sutil movimiento de sus labios y ratificó que las palabras calmantes dirigidas al animal surtían un efecto similar en su agitada respiración. Pronto comprendió que la caricia que los ojos de Harry le prodigaban a ella era similar a la que sus manos ofrecían sobre el cuello de la futura madre, mucho más tranquila.

—Lo estoy tocando —anunció de pronto, sin poder contener un jadeo de sorpresa.

—¿Qué notas? —preguntó Harry con calma.

—Creo... creo que es el rabo. No encuentro la parte más dura de las pezuñas en la punta —les explicó. Harry admiró con una sonrisa torcida la expresión de satisfacción que se dejaba ver en su bello rostro y le pareció la mujer más preciosa del mundo cuando cerró un ojo y la punta de su lengua apareció entre los dientes. Lo estaba haciendo muy bien.

Las órdenes de Rose Anne a partir de ese momento fueron mucho más precisas. Tal y como le habían dicho, no tuvo demasiados problemas para identificar las patas o la posición en la que se encontraba. Sus manos se movían ahora en el interior del animal con soltura y el temblor que le sacudía el cuerpo cesó en el momento en que tomó las patas del ternero para encarrilarlas hacia el exterior.

—Tenemos que ir más rápido o será demasiado tarde —advirtió Mary Kate al observar el torrente de sangre que escapaba de la vaca.

Fue todo cuanto Bree necesitó para acelerar su tarea. No iba a permitir que el ternero muriese ni que la familia se quedara sin el recurso económico que su venta les proporcionaría. Siguió las indicaciones de Rose Anne y prestó atención a las palabras de Harry, siempre sosegadas y conciliadoras pese a la urgencia del momento. A los pocos segundos, una enorme masa viscosa de color oscuro veía la luz acompañada de un grave mugido y tres sonrisas de felicidad.

Sin embargo, poco después, el rostro de Mary Kate se teñía de preocupación al comprobar el estado del ternero recién nacido.

—No respira —anunció Mary Kate, despeinada y con el vestido manchado de sangre—. Lo he limpiado, pero no toma aire.

Rose Anne apartó los trapos, agarró uno de los cubos y echó agua sobre la cabeza del ternero para ver si este movía las orejas al sentirlo. No ocurrió nada. Tensa, Bree observó a Harry, que se arrodilló junto al animal y empezó a tocarlo, moviéndole la cabeza y presionándole el vientre mientras le abría la boca.

—Vamos pequeño, yo sé que estás bien, tienes que estarlo. —Con las fuertes palmas de sus manos, le empujó el estómago ejerciendo tanta presión que Bree creyó que acabaría rompiéndole algún hueso al animal—. Venga... vamos, vamos.

Repitió la acción varias veces más, masajeando el vientre del ternero y poniéndole la cabeza de lado. Era una imagen de lo más impresionante que le cubrió los ojos de lágrimas. Por fin, el animal se removió y empezó a respirar. Moviendo las patas y los ojos, emitió un sonido bajo y lastimero que fue inmediatamente captado por las orejas de su madre, que agachó la cabeza y comenzó a lamerlo mientras la cría se tambaleaba intentando erguirse.

—Ha sido increíble —musitó Bree que, absolutamente maravillada, miraba cómo Harry, siempre atento, se encargaba de comprobar que todo estuviera bien con ambos animales y cómo, sin molestar ni a la cría ni a la madre, sacaba la paja sucia y la sustituía por otra, evitando en todo momento tocar al ternero mientras este era atendido y revisado por la enorme vaca. Aquel era un vínculo sagrado, Bree lo comprendió en un instante. El que nacía en el momento exacto en que una se convertía en madre, sin importar de qué especie fuera. Y ella había ayudado a un ser vivo a experimentarlo. Sin querer, se tocó su propio vientre, embargada por la emoción.

—De haberlo perdido no habríamos podido venderlo —oyó decir a Rose Anne—. Eso habría hecho que todo lo invertido fuera para nada, además de lo que supone perder vidas antes de que comiencen.

Bree miró a la mujer, que le sonreía.

—Gracias por ayudarnos, querida.

—Creo que debería ponerle nombre, ya que ella lo ha traído al mundo —intervino Harry, que la miraba con la horca todavía en las manos. Le guiñó un ojo, dejando que el triunfo vivido le inundara de buen humor—. ¿Qué dice, señora? ¿Se le ocurre alguno?

—Me parece horrible darle nombre a una criatura que van a vender para... para...

Esbozando una sonrisa, Harry se caló el sombrero y se limpió las manos en la parte trasera de los pantalones. Estaba sudoroso y sucio, pero las líneas de tensión habían abandonado su rostro devolviéndole todo el atractivo al que Bree estaba acostumbrándose cada vez más.

—Esa es la ley de la vida. —Rose Anne le dio unas palmaditas en el hombro y se dispuso a recoger el estropicio de trapos que quedaba a sus pies—. Al menos irá adonde deba ir siendo bautizado.

—Pensaré un buen nombre, entonces —murmuró Bree con los ojos puestos en el ternero—. Uno bueno de verdad.

Mary Kate ayudó a su suegra cuando esta comenzó a llenar los cubos con los trapos manchados, dispuesta a llevarlos a la casa y dar por concluida aquella noche de sobresaltos.

—Vaya a descansar, se lo ha ganado —le dijo Harry a Bree cuando estuvieron a solas, juntos ante la puerta del establo, mirando la noche y recibiendo su frío abrazo—. Lo ha hecho realmente bien.

Había sido más que impresionante verla seguir unas pocas indicaciones con tanta celeridad. Harry, que se había criado en esa granja, había tardado mucho más en ser capaz de mantener la mente fría cuando uno tenía entre las manos el futuro económico de los próximos meses para toda una familia. Bree se había crecido. Su mirada huidiza y el temblor que solía acompañar sus movimientos ni siquiera se habían dejado ver. Valiente, segura, su determinación había hecho que una noche destinada a teñirse de tragedia resultara un verdadero milagro. Todo cuanto tocaba, relucía, Harry estaba convencido.

—No creí que fuera a poder, hasta el último momento yo... —Tomó aire con fuerza, todavía incapaz de creer que gracias a ella las cosas hubieran terminado bien. En aquel momento, apenas sentía el aire gélido sobre el rostro acalorado. Estaba exultante, capaz de soportar cualquier embate que el destino le pusiera delante.

—Pero lo hiciste, Bree. Yo sabía que podías. No habría puesto a esa vaca en manos de cualquiera.

—Supongo que no. —Le devolvió la sonrisa con agradecimiento—. Ha significado mucho para mí toda esa confianza. No estoy acostumbrada a que crean que soy capaz de hacer las cosas bien.

—No hay ni una sola cosa que hayas hecho mal desde que te conozco.

Por un instante, los dos se miraron y algo extraño sucedió en el silencio de la noche. Un hombre y una mujer que anhelaban en secreto una felicidad que no les estaba permitida. Harry se preguntó en su fuero interno si merecía sentir amor por alguien como ella, por una preciosa mujer que estaba dispuesta a enfrentarse a la muerte. ¿De verdad podía soñar siquiera con pretender sus sentimientos?

Un leve bostezo se dibujó en los labios de Bree sacándolo de sus ensoñaciones. Estaba agotada, no había sido consciente de ello hasta que se fijó en las sombras oscuras que se perfilaban bajo los ojos marrones que no se apartaban de él. Estaba cansada, pero continuaba siendo la mujer más hermosa y la única capaz de conquistar su corazón.

—Anda, ve a acostarte. Hace demasiado frío para estar aquí fuera —insistió Harry estirando los dedos y rozando con ellos la muñeca de Bree. Todavía quedaban manchas de sangre adheridas a sus brazos, a pesar de la insistente friega que Rose Anne le había prodigado nada más acabar el trabajo. Pero a Harry no le importaban, su piel continuaba siendo más suave que cualquier otra cosa que hubiera tocado antes.

—¿Y tú? ¿Te quedarás?

—Solo unas horas, para asegurarme de que el ternero se alimenta y todo está bien.

Ella asintió, preguntándose qué se sentiría al ser cuidada de esa forma por alguien. Aunque no fuera sensato, experimentó una punzada de envidia del animal, pues él tendría la atención y el cuidado de Harry. La idea la incomodó y un súbito calor anidó en su pecho al imaginar las caricias de Harry sobre su vientre abultado, justo antes de dar a luz. Un burbujeo de anticipación tembló en su pecho mientras su mente componía imágenes que jamás tendrían lugar. Caer rendida entre los brazos de Harry, sentirse arropada por la fuerza de su confianza, experimentar su olor tan cerca, tan cálido. Aspiró con fuerza cuando el sabor de sus besos se coló en la imaginación. El cuerpo le tembló por el deseo contenido y los ojos se le anegaron de lágrimas.

—Eres una mujer valiente, Bree. Y fuerte. Capaz de todo lo que quieras lograr. No dejes que las palabras de nadie te hagan creer lo contrario —la alentó Harry, interpretando erróneamente el brillo triste de su mirada.

—¿Y debo creer las tuyas?

Harry se echó hacia atrás el sombrero y se acercó un poco más. No podía dejar de mirarla ni deseaba soltar la mano que todavía acariciaba como al descuido. Renunciar a ese contacto era como privarse del aire que precisaba para respirar.

—No hablo con una boca llena de veneno, sino con el corazón —musitó embelesado por la magia que los envolvía.

—¿Puedo confiar en su corazón, señor Murphy?

Tal vez fue la suavidad de su voz o el tono que el brillo de las estrellas le daba a su pelo o quizá el hecho de que juntos hubieran hecho lo que a ella le parecía imposible, creando un lazo que los uniría incluso aunque la distancia de mil mares los separara, poco importaba... En aquel preciso instante, Harry quiso decirle que su corazón latía diferente cuando hablaba con ella y que, por tanto, fiarse de él era una apuesta segura. Deseó ser un hombre elocuente y asegurarle que, si en algo podía depositar su confianza, era en él. Quiso expresarle que era lo bastante fuerte para sostener cada promesa que hacía y recio para soportar lo malo que estuviera por venir, fuera lo que fuera, y demostrarle que su voluntad y su vida estaban en sus manos desde el mismo momento en que la había visto por primera vez...

Decidido a mostrar con gestos lo que las palabras no podrían explicar e incapaz de reunir las fuerzas suficientes para detener el impulso que le latía en las venas, tiró de ella con suavidad hasta que el aire dejó de pasar entre los cuerpos. No había miedo en sus ojos ni sorpresa en la mirada, pero la situación la abocó a bajar la cabeza hasta que Harry perdió de vista la luz de aquellos ojos avellana donde se hundían todas sus ilusiones.

—No —susurró temeroso de que el instante muriera sin que hubieran podido vivirlo—. Mírame, por favor.

Le alzó el mentón con los dedos y tomó aire cuando Bree cerró los ojos. Los labios de la joven se entreabrieron y temblaron, y solo entonces supo que llevaba toda la vida preparándose para ese momento: besarla.

17

Nada le podía haber preparado para la explosión de sensaciones que tuvo lugar en cuanto los suaves labios de Harry entraron en contacto con los suyos. En cuanto su mente se relajó y se abandonó al sensual movimiento de su boca, se dio cuenta de lo sedienta que había estado toda su vida.

Permitió que él tomara su labio inferior entre los dientes, haciendo una ligera y deliciosa presión que inflamó todo su cuerpo y le calentó la sangre de una manera que no había sentido nunca. Él no intentó profundizar en su boca de manera violenta, no fue exigente ni brusco, sino que iba tanteándola con suaves roces que acompañaban a los gemidos que escapaban de su garganta. Dejó que se acostumbrara al roce de su barba en las mejillas, al calor de sus labios posados sobre los de ella, a las cosquillas que su flequillo le hacía en la frente. También al sutil movimiento de los dedos sobre la base de la espalda, al calor que desprendía el cuerpo, al aroma masculino que embriagaba sus fosas nasales hasta hacerla desfallecer de deseo. Le dio tiempo a que se sintiera cómoda con él, a que se reconciliara con la sensación de ser tratada como una mujer.

Bree se sorprendió poniéndose de puntillas y dejando que la palma se posara sobre el pecho de Harry, allí donde la camisa dejaba sentir el calor de su piel. Notó el latido impetuoso del corazón bajo los dedos, cómo le retumbaba dentro del cuerpo a la misma velocidad que hacía el de ella y, por un instante desesperado, quiso rasgar la tela y absorber por completo el tacto de su piel, palpar la dureza de sus formas contra su mano.

La idea la asustó. El crudo deseo que se despertó en su vientre la hizo retroceder, presa del miedo y las dudas. Bree fue consciente de que, mostrando aquella cercanía, estaba dándole un poder para el que no estaba preparada y, arrepentida, pretendió echarse atrás, pero Harry no supo interpretar aquella retirada.

Perdido ya en la bruma de una pasión que amenazaba con descontrolársele por completo, llevó las manos a la cintura de Bree y, sujetándola, la acercó a él unos centímetros. Cercándola para que no se apartara. Llevaba tanto tiempo deseando tomarla entre sus brazos que no percibió las reticencias que ella desarrollaba conforme su excitación iba en aumento.

Al verse acorralada, fue incapaz de soportar la sensación de ahogo. La ansiedad se apoderó de ella y, de pronto, el rostro de Dairon y el sonido desagradable que tomaba su voz cuando la insultaba inundaron sus sentidos. Negó con fuerza usando la mano con que antes había acariciando a Harry para apartarlo de ella con todas las fuerzas que fue capaz de reunir. El instinto primario de ponerse a salvo la empujaba lejos, igual que había ocurrido tiempo atrás en la montaña.

Separó los labios, pero ni pronunció palabra ni fue capaz de abrir los ojos. El rostro amenazador de Dairon se cernía sobre ella burlándose de sus intentos por reconciliarse con la mujer cariñosa y pasional que había sido cuando él la conoció. Aquella que abrazaba y entregaba sin medida ya no estaba. Él la había hecho desaparecer con cada golpe y cada insulto.

Con la frente sudorosa y negando con la cabeza, empezó a balbucear y a removerse, desesperada por librarse del confinamiento al que la sometían los brazos de Harry, que de pronto se le antojaban demasiado rudos. Repentinamente, la virilidad que había despertado su deseo la hacía sentir amenazada. Después de todo él era un hombre, la superaba en fuerza y, de quererlo, podría hacerle daño.

Incapaz de pensar con claridad y recordar que se encontraba muy lejos ya del lugar donde Dairon la había sometido, una lágrima cayó por sus ojos desconcertando por completo a Harry, que la miraba sin comprender a qué podía deberse aquel cambio de actitud.

—¿Bree? —pronuncio sin dar crédito a lo que estaba ocurriendo. Trató de zarandearla para hacerla volver en sí, pero ella no parecía dispuesta a mirarle—. ¿Qué ocurre? ¿Estás bien?

—Déjame... no puedo... no... ¡Déjame!

Su grito le desgarró por dentro provocando que una grieta marcara su corazón allí donde había empezado a latir por ella. La vio tropezar con sus propios pies en un febril intento por poner la máxima distancia posible entre ambos. Conforme más la veía llorar y susurrar palabras que solo entendía a medias, empezó a comprender que quizá su cercanía le había traído recuerdos del pasado que solo servían para hacerle daño. Deseó ser capaz de sentir ira, rabia. Cualquier cosa sería mejor que la pena sorda que caía como una losa sobre su pecho al comprobar que un solo roce de sus manos le había recordado a Bree los crueles golpes de Dairon. Quiso hacerle entender que él jamás haría algo así. Consolarla con caricias suaves, ser más tierno de lo que nunca antes había sido con otra mujer. Volver a besarla y dejar que su boca borrara los recuerdos, pero, tras acercarse unos pasos, ella le dejó claro que no deseaba ningún tipo de contacto. Solo verle le causaba rechazo en esos momentos y saberlo acabó con las pocas ilusiones que Harry se había permitido mantener.

—Escúchame, por favor, Bree —dijo en voz baja, en un intento desesperado por arrancarla de los recuerdos—. Soy yo, soy Harry. Jamás te haría daño. ¿Lo comprendes, verdad?

—Lo siento... no puedo —balbució conteniendo las lágrimas y las acuciantes ganas de continuar corriendo para no detenerse en mucho tiempo. Acompañó sus palabras con una mirada de dolor, en respuesta a la súplica silenciosa que veía en el rostro de Harry, y comenzó a alejarse de él, un paso tras otro, despacio, como si hacerlo resultara doloroso. Lo era, dolía en lo más profundo, pero también lo hacían las cicatrices que Dairon había dejado en su alma y que seguían presentes arañándole las entrañas.

—Bree... espera, ¡espera!

—No puedo.

Negando con vehemencia, como disculpándose por no poder controlar un miedo que le hacía imposible ser objetiva con el buen hombre que tenía delante, Bree se recogió la falda y echó a correr en dirección a la casa dejando plantado ante la puerta del establo a Harry, que la miraba huir de su lado mientras todavía sentía la dulzura de su beso en los labios. Entonces supo que jamás encontraría en otra boca un sabor igual y temió que el recuerdo de algo que no podría volver a tener le hiciera vivir en agonía el resto de sus días.

Mientras tanto, en la taberna del pueblo, Boyle apartó a un lado los restos del estofado que había estado comiendo. El mal humor con el que había llegado seguía intacto, aunque ahora notaba los nervios algo más templados. Sin intención de perder más el tiempo fingiendo ser solo un cliente más interesado en alguna bazofia caliente, resopló con alivio cuando el último de los comensales se marchó. Flint, que no había dejado de mirarle con intención, empujó la puerta y colgó el letrero de cierre.

Había esperado poder retirarse a degustar una de las botellas de coñac que había guardado del último desembarco, pero la presencia de Boyle había echado por tierra sus planes. No se creyó ni por un segundo que hubiera aparecido allí solo a tomar algo y, conforme la noche se volvía más oscura y fría, sus peores temores quedaron confirmados.

—Puedo tenerte preparado un cargamento en dos horas —anunció Boyle levantándose de la mesa y echándose atrás el sombrero, en un gesto estudiado que denotaba una seguridad demasiado espesa para la locura que estaba proponiendo.

—Has perdido el juicio, Murphy.

Ese estúpido de Boyle Murphy... había intentado razonar con él, pero el pobre diablo había aparecido con los humos más negros que de costumbre despotricando sobre su familia y el poco respeto que le demostraban. Había sido un milagro que cerrara el pico y se pusiera a comer. Nada más verlo cruzar la puerta, Flint supo a qué acudía, pero tuvo la esperanza de que, pasado un rato y tras serenarse, Boyle dejaría de comportarse como un idiota y volviera a su casa. Por supuesto, las cosas no estaban saliendo así.

—¿Quieres escucharme, maldito seas? Esta noche es perfecta, nadie espera que vuelva a casa después de cómo me he ido.

Ni que un barco de contrabando volviera al río tan pronto. Una oportunidad inmejorable que no pensaba desaprovechar.

—Tampoco yo espero que me compliques la vida. Es demasiado pronto. —A Flint le tembló ligeramente la voz, pero se rehízo. Boyle solo era un joven que no valoraba las consecuencias de sus actos, pero él ya era maduro. No podía ceder, no cuando aquel negocio suyo estaba destinado a irse al garete a causa de los aires superiores de un imbécil como el que tenía enfrente.

—Eso dijiste la última vez, y bien que te has llenado los bolsillos a costa de mi temeridad. —Boyle se golpeó el pecho con el puño cerrado enfatizando así sus palabras.

—¿Acaso no pagué por ello como habíamos acordado? —El dedo regordete de Flint señaló a la cabeza de Boyle—. Buen sombrero, apuesto a que no lo has comprado con las ganancias de la granja.

Murphy sonrió con desdén. Escupió al suelo y movió una silla con un movimiento de la bota. Aunque Flint estaba convencido de que actuaba de aquella forma para tratar de intimidarlo, intentó que no lo consiguiera. Aquel antro era ya una porquería antes de la Prohibición, en tanto Boyle se descargara con los muebles y no en él, tanto le daba si acababa por mearse sobre una de las mesas.

—El barco ha llegado al Monongahela, Flint, es una oportunidad de oro.

—No tengo tanta demanda como para otro cargamento, Boyle. ¿Acaso crees que los guardias no han visto llegar ese barco igual que tú? ¿Crees que no esperan que algún tonto se arriesgue por esas botellas? —Se negó a creer que había perdido aquella batalla, pero temía que nada haría entrar en razón a Boyle si ya había decidido que el infierno se los llevara.

—Solo habrá que endulzarles un poco la noche si hacen demasiadas preguntas. Déjalo de mi cuenta. Sé lo que hago.

Pero Flint estaba seguro de que no era cierto. La exaltación y prisa que Boyle Murphy demostraba por venderle licor de contrabando iba mucho más allá de las ganas de conseguir dinero para mantener una amante o comprar cosas que de otro modo no habría podido permitirse. Aquel loco usaba la adrenalina y el peligro que el alcohol ilícito le provocaba para pavonearse secretamente ante su familia. Se desquitaba con ellos demostrándoles, aunque estos no lo supieran, hasta dónde llegaban sus temeridades.

El problema estaba en que cada vez tomaba menos en cuenta los riesgos y Flint empezaba a lamentar haberse asociado con un tipo tan voluble como Boyle. Sus ansias iban a terminar trayendo la desgracia justo a la puerta de su taberna y, luego, Murphy tiraría de la familia de la que tanto había renegado para que le salvara el pellejo. ¿Qué sería de él entonces? Flint solo se tenía a sí mismo para protegerse.

—Lo siento, amigo. Ahora no es buen momento —se excusó al tiempo que se ponía a ordenar unos estantes para liberarse así de mantenerle el pulso con la mirada a aquel loco que pretendía sacar de él hasta los hígados—. Con ese manifiesto sobre la Templanza que está recorriendo las calles, sería absurdo intentarlo siquiera. Vuelve el mes que viene, para ese momento el coñac estará en las últimas.

Lleno de una ira que apenas podía enmascarar, Boyle agarró a Flint de la pechera y lo empotró contra la pared de piedra. El tabernero peleó, pero la juventud y fortaleza de su atacante pudieron más que él.

Por nada del mundo iba a dejar que el carcamal usara sus miedos para estropearle el negocio. Tenía muchas cosas que demostrar y a Lyla pisándole los talones. Quería ese dinero y no pensaba esperar para conseguirlo. Preso de la anticipación, Boyle tenía los ojos inyectados en sangre y sudaba copiosamente bajo el ala del Stetson. Sonrió con frialdad, carente de toda emoción, y el tabernero comprendió que aquella amistad interesada estaba a punto de tocar a su fin. Y acabaría muy mal para uno de los dos.

—Estúpido saco de mierda, ¡te he hecho rico y no eres capaz de dejar de lado tu miedo para ganar un poco más! —masculló entre dientes, en un tono lo bastante lacerante para dejar claro que no estaba de farol.

—Consigue todo el licor que puedas, Boyle, nunca me ha interesado saber cómo lo haces y tampoco quiero saberlo ahora —escupió Flint cerrando las manos sobre las muñecas de Boyle, que se negaba a soltarlo—, pero yo no... no puedo comprarte más. Lo siento.

—¿Ahora vas a dártelas de honrado? —siseó mientras se acercaba más a su cara.

—Sabes que no, pero tampoco soy imbécil —se defendió Flint, endureciendo el tono—. ¿Lo eres tú?

Fuera de sí, Boyle estampó el puño en la cara de Augus Flint, que perdió el equilibrio y cayó hecho una maraña de brazos y piernas contra el suelo de madera. Escupió sangre al suelo y, sin levantarse, miró al hombre que había sido su socio con todo el rencor que fue capaz de reunir. Decidió en ese momento, todavía tembloroso y más asustado de lo que reconocería jamás, que si el mundo debía hundirse, se aseguraría de no ser el que cayera primero. En cuestión de supervivencia, era un experto.

—Volveré en dos horas con ese cargamento, Flint —amenazó Boyle señalándole con un dedo acusador—. Más te vale tener preparado mi dinero para entonces.

—¿O si no qué? ¿Dejarás migas de pan que conduzcan a mi puerta? Me detendrían y te quedarías sin el único estúpido de este pueblo capaz de hacer negocios contigo. ¿Qué harías entonces?

Boyle se caló el sombrero mientras se dirigía hacia la salida como si nada de aquello hubiera sucedido. Su actitud era la de un hombre tranquilo que había cerrado un negocio lucrativo sin el menor contratiempo. Se veía contando las ganancias, saboreando lo que con ellas disfrutaría.

Mientras tanto, que el estúpido de Harry siguiera limando topes para que la mesa dejara de cojear y se gastara lo que no tenía en ropa para la viuda recogida. Él se iría al pueblo, buscaría a Lyla y demostraría que no los necesitaba para nada. Volverían arrastrándose y lamentarían cada vez que le habían dejado de lado. Iba a demostrar a todos que estaban tan equivocados como lo había estado su padre. Nadie volvería a rechazar nada que tuviera que decir.

—Quiero mi dinero en dos horas —resolvió desde la puerta antes de abandonar el tugurio maloliente—. Agradece que sea un proveedor honrado y no te suba el porcentaje por tu mala disposición.

—Estás enfermo, Boyle. Y desde luego no sabes nada sobre la ley de la oferta y la demanda. —Con tiento, Flint se incorporó sujetándose a la barra—. Los que tienen tu mal no duran mucho.

—Sé lo que es un negocio ventajoso. ¿Te asusta ser ambicioso? Debiste pensarlo antes, amigo. Porque no estoy dispuesto a dejarlo ahora.

Se marchó de allí rumiando amenazas que Flint solo oyó a medias. Tan pronto Boyle se alejó, su cabeza empezó a trabajar a toda velocidad, preguntándose cómo iba a salir de aquello de una sola pieza.

—No va a parar hasta que acabe con él mismo o me hunda en la miseria, lo que ocurra antes...

Apesadumbrado, Flint deseó que alguien diera un escarmiento a Boyle para que frenara sus ansias de poder y dinero. Para dedicarse al contrabando de alcohol había que ser muchas cosas, entre ellas, listo y paciente, cualidades de las que Murphy carecía por completo. Lo único que aquel zoquete tenía a su favor, era el arrojo para cometer estupideces, y él se había aprovechado de eso, recibiendo las bebidas y distribuyéndolas después. Ahora, los beneficios dejaban de valer los riesgos y Flint sabía que era cuestión de tiempo que uno de los cargamentos fuera interceptado. Entonces todo saldría mal e, irremediablemente, se vería hasta el cuello de problemas. A no ser que se guardara las espaldas...

Decidido, caminó detrás de la barra y apartó algunas cajas vacías hasta dar con un pedazo de papel lo bastante limpio para que su ruda caligrafía fuera legible. Compuso tan solo unas pocas oraciones simples, pero consideró que con aquello sería suficiente.

—Debiste hacerme caso, Boyle —susurró tirando el delantal con el que se había limpiado la sangre a un lado y sirviéndose un ron de su reserva personal—. Ahora pagarás cada humillación y esos aires que te has dado.

Salió de la taberna lo más sigilosamente que pudo y se dirigió hacia un callejón que se abría a su derecha. Apenas veía por donde andaba, pero conocía ese camino lo bastante bien como para haber podido recorrerlo con los ojos cerrados. Llevaba el papel doblado muy apretado entre los dedos y caminaba con la espalda pegada a la pared de ladrillo para evitar tropezar con cualquier indeseable.

Se detuvo bajo una farola cuyo candil llevaba apagado desde antes de lo que él podía recordar y emitió un silbido bajo. Aguardó unos segundos y los suaves pasos de un pillastre delgaducho se oyeron de repente. Aclarándose la voz, Flint levantó la gran manaza dejando ver apenas el papel y se lo mostró al chiquillo, cuyas pecas no fueron visibles hasta que estuvo tan cerca que Flint pudo oler el sudor que impregnaba los harapos con los que se vestía.

—Lleva esto a las dependencias policiales —explicó entregando las líneas que cambiarían su vida de manera inexorable—. En manos de un uniformado, ¿está claro? Te pagaré bien.

Un asentimiento fue todo lo que recibió por respuesta. La sombra desapareció en medio de los callejones llevando consigo el futuro de Boyle Murphy en una de sus ennegrecidas manos. «Supervivencia», se recordó Flint trasponiendo el camino de vuelta y dejando salir el aire que había estado conteniendo. «Y venganza». Había intentado ayudarlo y hacerlo entrar en razón, pero Murphy estaba demasiado corrompido para entenderlo. Si todo salía como debía, iría a un lugar donde no podría volver a amenazar a nadie.

Y donde no le permitirían quedarse con ese bonito sombrero nuevo. Solo le quedaba esperar.

—He hecho lo que debía —se dijo repitiéndose aquellas palabras hasta ser capaz de creérselas—. Ese muchacho estaba empezando a tener demasiado poder... y a esas personas, alguien tiene que frenarlas.

Mejor hacerlo él, antes de verse arrollado por su tremenda estupidez.

18

La salida del sol encontró a Harry trabajando, aunque con la mente puesta en todas partes salvo en las cuestiones de la granja. Había pasado la noche en vela inventándose tareas para no pensar en el dolor lacerante que rompía su corazón en pedazos. Su madre había salido fuera fingiendo que su intención era tender los trapos que habían usado para contener la sangre de la vaca y que, por lo visto, se había apresurado a lavar. Le había mirado de reojo esperando que decidiera volver dentro y dormir, o quizá explicar por qué Bree había vuelto del establo hecha un manojo de nervios. Pero no preguntó nada, y Harry solo se pronunció para decirle que en un rato saldría a avisar al veterinario.

Rose Anne asintió con la cabeza y se perdió tras la puerta de su casa, sin nada que objetar. Había estado casada con un Murphy, sabía cuándo no era de recibo insistir. Fuera lo que fuera, ya entraría él cuando estuviera listo.

Mientras, Harry volvía a revisar de forma casi obsesiva el estado de las cercas y alimentaba a los animales. Era incapaz de dejar de pensar en Bree, a quien no había vuelto a ver después del beso que había compartido en el establo.

Sabía que, ni aun intentándolo, podría sentirse más imbécil. ¿Cómo se le había ocurrido dejarse llevar en un momento como aquel? ¿De verdad creía que unos pocos instantes de euforia serían suficientes para que el miedo de Bree se escondiera hasta desaparecer? Había sido un tonto, un engreído, pensando que su boca la salvaría de los temores y malos recuerdos. Había pecado y ahora tenía que pagar la penitencia.

Verla escapar huyendo de él había sido tan duro que Harry apenas había podido moverse, cargado de remordimientos y vergüenza. Su intento por dar vida a los íntimos deseos que ella le despertaba le había estallado en la cara y, además, ahora sus sentimientos habían quedado expuestos ante Bree. Estaba desnudo y sin protección.

Sin embargo, incluso a esas horas de la mañana, sin haber tenido ni un solo segundo de descanso, sabía de sobra que volvería a cometer el mismo error tantas veces como le pusieran delante la oportunidad, porque no habían existido en su vida unos instantes tan dichosos como los compartidos con la mujer dueña de su alma y de su corazón. Deseaba a Bree de un modo que le estaba prohibido, aquella era la verdad. Podría intentar taparla o fingir que aquel beso no había sido más que fruto del calor del momento, de la alegría por el triunfo, pero se estaría mintiendo a sí mismo. Lo único que podía hacer era dar tiempo a Bree para que se hiciera a la idea de que él no era una amenaza. Quizá así volviera a ganarse su confianza y, en algún momento, ella lograría volver a estar cómoda cerca de él. A lo mejor, así, las cosas volverían a ser normales, como habían sido los últimos días.

—¿Y qué diferencia habría? —rumió apretando entre las manos el cepillo con el que pensaba dedicarse a las crines de una de las yeguas—. Nada hará que vuelva a verla como antes. Nada va a arrancármela del pecho.

Maldiciendo su suerte, cepilló la yegua y cambió la paja de todos los pesebres haciendo caso omiso de los rugidos de protesta de su estómago y el persistente olor a sudor que se le había impregnado a la camisa. Casi le parecía percibir todavía efluvios de Bree, de aquellos escasos segundos en que sus brazos habían sido un hogar para ella. Solo por eso merecía la pena seguir retrasando su aseo personal.

Por supuesto, sabía que albergar tal esperanza le hacía parecer patético, además de que era una gran mentira, pero de momento le servía para resistir la tentación de entrar a la casa y buscarla para hablar con ella ... y buscarla hasta hacerla entrar en razón.

Si había algo de lo que estaba seguro, era que ella había sentido lo mismo que él mientras se besaban con pasión. Su mano había recorrido su pecho con una caricia intensa y arrolladora que lo dejaba sin aliento cuando pensaba en ella. Y esos labios deliciosos, por los que daría parte de su corazón, se habían adaptado a los suyos para hacer realidad lo que tanto deseaba. Estaba convencido de que ella también lo había percibido, pero no podía precipitarse. Ya no. Ahora debía obrar con calma y paciencia, aunque eso se llevara los últimos vestigios de su cordura.

«Dale tiempo», se repitió. «Aunque no puedas soportarlo».

Terminadas sus tareas y habiéndose lavado un poco con el agua del pozo, Harry agarró un caballo y tiró de las riendas en dirección al pueblo, tenía un veterinario al que localizar.

El sol estaba ya en lo alto cuando Lester llegó al establo. Con un rostro completamente lampiño y un cabello negro como el azabache, nunca se había casado, a pesar de que eran muchas las muchachas del pueblo que habían estado interesadas en hacerle sentar la cabeza. De complexión delgada y muy atlética, pasaba los días y las noches recorriendo kilómetros de una granja a la otra, centrado solo en el trabajo y con los animales como único foco de interés. Acababa de volver a casa cuando un vecino le había dado el recado de que le necesitaban en la granja de los Murphy. Apenas había tenido tiempo de asearse antes de volver a salir.

Tras un saludo cortés a Harry, al que conocía desde que ambos eran niños, entró a ver a la vaca, maletín en mano, y realizó las pruebas pertinentes, tanto a la madre como al ternero, para asegurarse de que ambos animales estaban en buen estado de salud. Con su sonrisa aniñada, Lester le dio una palmada en el hombro tras firmar unos documentos que acreditaban la buena calidad de la cría y marcaban la fecha del último parto de la vaca, para los registros de la granja.

—Debo decir que, teniendo en cuenta que contabas solo con la ayuda de tres mujeres, todo ha salido sorprendentemente bien —lo felicitó el veterinario.

Harry hizo una mueca recordando con angustia la noche anterior, aunque más por lo que había ocurrido después que por el parto de la vaca en sí.

—Está claro que no has visto entrar a mi madre en acción en momentos de crisis —le dijo revisando los informes a medida que Lester se los daba—. Sería capaz de poner en marcha a un regimiento solo con proponérselo.

—Piensa que, tal como fue todo anoche, quizá habría sido peor estando tu hermano por aquí.

Harry no tuvo que preguntar cómo había llegado a Lester aquella información. Aunque él hubiera estado distraído flagelándose por su debilidad de carácter, estaba convencido de que su madre no había dejado que el veterinario pisara el establo sin antes hacerle tomar café en la cocina. Era lo cortés, y nadie acusaría nunca a Rose Anne de actuar con un invitado a su casa de forma inapropiada. Incluso aunque este viniera por trabajo, tanto daba. Darle conversación que sacara detalles a relucir era inevitable.

—La fama de Boyle le precede —masculló desviando la mirada más allá de los límites de sus tierras, donde comenzaban a formarse nubes de tormenta.

—Son muchos años, Harry. —Emitiendo un suspiro, Lester guardó sus enseres en el maletín y lo cerró con mano experta—. Ya sabes que no es precisamente santo de mi devoción.

—Aunque no hubiera servido más que para estorbar, era aquí donde tendría que haber estado.

—Por lo menos para cuidar de su hijo —coincidió Lester siguiendo a Harry fuera del establo—. Es imperdonable que haya tenido que quedarse solo para que tú y las mujeres pudierais salvar estas dos vidas. Y parte del negocio, por cierto.

—Pues sí... pero, como has dicho, son muchos años. Conocemos a Boyle. No contamos con él más que lo justo.

Y no estaba en las raras veces en que uno lo necesitaba, pensó Lester, aunque se lo calló. Echó un vistazo poco disimulado hacia el porche de la casa, donde Mary Kate se afanaba en sacudir una alfombra con la vista perdida en el horizonte. Con toda seguridad, observaba el camino que iba al pueblo esperando ver volver a su marido en quién sabe qué condiciones tras toda una noche fuera de su casa. El veterinario apretó los puños repitiéndose una vez más que nada de aquello era asunto suyo. No era ese el motivo por el que había ido a la granja de los Murphy. Su único interés debían ser los animales de cuatro patas, no las pobres esposas atadas a hombres despreciables que no las merecían.

—Debiste seguir insistiendo antes de que empezaran su noviazgo —comentó Harry de pronto al ver cómo los ojos de su amigo se detenían en la figura distante de su cuñada—. Lo suyo era un enamoramiento juvenil, podría haber cambiado de parecer.

Bajando la cabeza para pretender que no sabía de qué le hablaba, Lester puso la mirada en las briznas de hierba que aplastaba con las botas. Se conocían lo suficiente como para saber que había cosas imposibles de ocultar, entre ellas, la admiración que siempre había profesado a Mary Kate.

—De eso hace mucho tiempo, Harry. No tiene sentido removerlo.

—Los dos sabemos que no ha salido ganando precisamente —lo animó pese a saber que aquellos comentarios solo avivaban una llama que parecía destinada a no expandirse. Su hermano había tenido un carácter menos difícil tiempo atrás... pero, en opinión de Harry, nunca se había esforzado por el amor de Mary Kate. Simplemente, había aceptado recibirlo por pura comodidad.

—Ella escogió a tu hermano —resolvió con ese enfado que aún lo dominaba cuando recordaba aquel momento funesto—. No había nada que pudiera hacer.

Harry abrió la boca, dispuesto a decirle que siempre había algo más que intentar, pero recordó su propia situación, el pavor reflejado en los ojos de Bree, la vehemencia con la que había susurrado que no podía, rogando que la dejara ir. Tal vez Lester tenía razón, a lo mejor había ocasiones en que simplemente uno tenía que rendirse. El problema era que no estaba seguro de ser capaz de hacerlo.

—¿Has podido superarlo? —preguntó, más por tener la esperanza de poder hacerlo él algún día, que por el consuelo de su amigo.

Subiéndose las gafas que llevaba puestas por el puente de la nariz, Lester sonrió de pasada. La brisa de la mañana le había revuelto el pelo haciéndole parecer un niño a punto de cometer una travesura.

—Tengo la esperanza de hacerlo cuando me muera, hasta entonces... Tienes un buen ejemplar de ternero. Que engorde. Sacarás un buen dinero por él.

Ambos se estrecharon las manos con formalidad y Lester se perdió de vista colina abajo, sin dedicar una sola mirada atrás, para no ver cómo la mujer del porche seguía sufriendo por un hombre que jamás la había respetado, pero que había ganado su corazón sin siquiera pujar por él.

Ajena a lo que hablaban los dos hombres, Bree había estado asomada a la ventana, atenta a cada movimiento que hacía Harry, a las expresiones de su cara, a la forma en que cambiaba el peso de un pie a otro y cruzaba los brazos. Había contado las veces que movía la cabeza, los pasos que daba antes de pararse a compartir otra tanda de palabras y el tiempo que permanecía en silencio hasta volver a hablar. Estaba perdiendo la razón, de eso no cabía duda, pero no podía remediarlo. Harry se había metido en algún lugar desconocido de su alma y no parecía posible que pudiera arrancarlo de allí.

Lo había visto entrar al establo en compañía del veterinario, al que había conocido de pasada solo unos momentos antes cuando Rose Anne se había empeñado en que nadie trabajaría en sus tierras sin haber tomado un café primero. El hombre, que se llamaba Lester, apenas había soltado el maletín y casi se quemó la lengua de tanta prisa como demostró en vaciar su taza. Y Bree, que fingía estar remendando unos pantalones, no pudo evitar percibir que el nerviosismo del veterinario se disparaba cuando Mary Kate asomaba por la cocina. Curioso, pensó.

Se preguntó si la mujer de Boyle tendría algo que ver con la charla que Harry y Lester estaban compartiendo. Rose Anne lo había puesto al tanto de las peripecias que habían vivido la noche anterior, cuando el parto de la vaca los había sorprendido, y, por lo tanto, estaba enterado de que se habían visto solos porque el hermano de Harry había decidido armar una de sus acostumbradas escapadas. Escapada de la que, por cierto, no había vuelto todavía.

—No me extraña que se sintiera tan inquieto ante Mary Kate —suspiró Bree—. Es horrible mirarla sabiendo cuánto sufre.

Su marido seguía por ahí, probablemente descargando la rabia que sentía en brazos de su amante. Bree todavía no estaba segura de cómo sentirse sobre esa información, que Mary Kate había compartido con ella con más sosiego que angustia. ¿Qué sentiría ella de verse en esa situación? ¿Y si Harry fuera suyo y tuviera otra mujer a la que acudir? ¿Usaría los favores de una amante para castigarla cuando las cosas entre ellos fueran mal? Solo pensarlo le dio un vuelco el corazón.

El sabor de su boca se negaba a abandonarla. ¿Cómo había podido asustarla la suavidad de aquel beso, la sensación de ser estrechada entre los brazos de un hombre fuerte, honesto y trabajador? ¿Se había sentido así alguna otra vez? Dudaba de haberlo experimentado siquiera con Dairon, pues cuando huyó con él era una niña soñadora que no sabía lo que eran los hombres. Ahora, con el peso de cien años encima en forma de remordimientos y aprendizajes a base de golpes, Bree era capaz de interpretar mucho mejor lo que sentía y pensaba. Pero también valoraba las consecuencias de sus actos con un tiento que antes no había tenido.

Aunque hubiese huido asustada la noche anterior, su pecho se inflamaba y toda su piel gritaba por el contacto de Harry. Sin embargo, no era tan egoísta como para permitir que las cosas avanzaran más. Él no se merecía aquello. No tenía por qué cargar con una mujer llena de taras y con un pasado que no podía borrarse. No tenía derecho a esperar que un hombre como Harry Murphy se enamorara de ella. Y tampoco podía permitirse devolverle esos sentimientos pese al brillo que veía en sus ojos y al deseo que sentía por conocer de nuevo el tacto de sus labios. Bree estaba marcada y ese era un peso que solo le correspondía soportar a ella.

Había matado a un hombre, ni por un segundo se le olvidaba. Y tanto si había sido para defenderse como producto de una rabia que se había ido cociendo a fuego lento con cada golpe y humillación, era un hecho que nunca podría cambiar. Jamás limpiaría del todo sus manos de la sangre de Dairon. Ya había permitido que Harry mintiera a su familia para ocultar esa verdad, pero no aceptaría que se viera sepultado con todo lo demás.

Inconscientemente, se llevó la mano al vientre, donde la curva empezaba a hacerse notable. Aquella era otra consecuencia con la que era incapaz de reconciliarse. Esa mañana las náuseas la habían despertado y, mientras se doblaba sobre sí misma y sufría las arcadas con la frente perlada de sudor, había tomado una decisión. No aceptaría a Harry si acaso él estaba tan loco como para volver a acercarse a ella.

Dejó caer el visillo de la ventana y este cubrió la imagen de Harry, que acababa de despedirse de Lester con un gesto varonil de la cabeza. Apesadumbrada, se preguntó si debía marcharse ahora que todavía no había ocurrido nada irreparable o si hacerlo sería tomado por la familia como una descortesía después de tantos favores como le habían prestado.

«Pero, ¿de qué les sirve tenerme aquí?», se preguntó dejándose caer en la cama. Quizá su ausencia relajara a Boyle y permitiera que su esposa viviera un poco más tranquila. Y Harry... Harry no tendría que verla y estaría libre de esa promesa de protegerla que se había hecho a sí mismo. Además, podría dejar de mentir por ella antes todos, y sobre todo ante su madre, que, sin ninguna duda, la expulsaría de la casa sin contemplaciones si supiera la verdad...

Unos nudillos pequeños golpearon la puerta y la sacaron de sus funestos pensamientos. Bree se secó unas lágrimas rebeldes que había escurrido por sus mejillas y aclaró la voz antes de responder.

—¿Señora *profesor*? —oyó a JJ al otro lado—. ¿Ya no está *indisponible*?

Sin poderlo evitar, la sonrisa asomó a los labios de Bree, que se levantó y abrió la puerta, para encontrarse con la figura inocente del niño ante ella. Cada vez que lo veía y contemplaba su carita dulce, sentía un pellizco en su interior. En aquellos momentos, íntimos y solo suyos, casi anhelaba su turno de ser madre, de estrechar en sus brazos un cuerpecito cálido y amoroso como el de JJ. Pero después, recordaba que aquel niño que se aferraba a su vientre no le pertenecía solo a ella, sino que llevaba la marca de Dairon. Entonces, toda su sangre, la carne misma que recubría sus huesos, se rebelaba contra la idea de darlo a luz, como si sospechara que aquella criatura estaba destinada a cosas tan horribles como las que había hecho su padre en vida.

—Se dice *indispuesta* —lo corrigió con ternura acariciándole el pelo, tan parecido al de Mary Kate—. Y no, ya no lo estoy.

—¿Ya podemos estudiar? —JJ pareció tan esperanzado que ella tuvo que reírse—. ¡No me estoy haciendo más listo, señora *profesor*!

—Entonces más vale que nos pongamos a ello —coincidió Bree extendiendo el brazo para conducir a JJ hacia las escaleras que daban a la planta baja—. Y el femenino de *profesor* es *profesora*. Como soy una mujer, es así como puedes llamarme.

—De acuerdo, señora profesora.

Con una sonrisa, los dos bajaron los escalones. JJ parloteaba sin parar, repitiendo todas las palabras difíciles que había ido aprendiendo y que, según él, diría a sus compañeros de colegio en cuanto pasara el invierno para demostrar cuánto más listo que ellos era. Bree se maravilló de que el niño se hubiera mantenido al margen de los problemas causados la noche anterior con su padre, por el que no había preguntado. Era muy posible que creyera que Boyle estaba trabajando. Que había salido muy temprano de casa y que por eso no había desayunado en la mesa y él no le había visto.

En un intento de protegerlo de la verdad que sabía que no le correspondía, Bree le tomó de la mano deseando de todo corazón que no tuviera que compartir nunca el pesar que sufría su madre. Algo que, por otra parte, no parecía fácil de lograr.

Tan pronto pisaron el salón comedor, las voces que provenían del porche alertaron a Bree de que la clase iba a tener que esperar. Pidió a JJ que la aguardara allí un momento y ella se aproximó a la puerta, que estaba a medio abrir.

En los escalones, la figura encorvada de Harry hacía todos los esfuerzos que podía por sujetar los hombros de una Rose Anne completamente fuera de sí, que alzaba la voz y se removía apartándose del consuelo que su hijo intentaba darle. Ante ellos, un hombre vestido con un uniforme que Bree reconoció como el de la Policía sostenía la gorra entre las manos tratando de hacerse oír por encima de los intentos de Rose Anne por soltarse de Harry y lanzarse contra su cuello.

Fuera lo que fuese lo que había pasado no debía de ser nada bueno. Un sudor frío le bajó por la espalda. ¿Irían a buscarla? ¿Habría descubierto el agente lo que había hecho?

—Señora Murphy, por favor... si solo me acompaña, allí mi superior...

—¡Ya te he dicho que no! No pienso ir a ningún sitio hasta que no me digas qué pasa —gritó Rose Anne recuperando parte de la dignidad que la caracterizaba. Desde que había llegado a la casa, Bree nunca había visto a la madre de Harry perder los estribos de aquel modo, ni siquiera cuando sus dos hijos se empeñaban en destrozarse a golpes.

—Pero es que no estoy autorizado a darle esa información aquí, señora Murphy. Si tiene la bondad... —la encomió con amabilidad. Todos conocían a la viuda Murphy y le tenían gran estima. Por eso quizá el guardia mostraba una tremenda incomodidad ante el estallido de furia que presentaba la mujer.

—¡Pues no, Jefferson, no tengo la maldita bondad!

Los ojos de Rose Anne echaban chispas y Harry, viéndose venir que sus intentos no iban a conseguir más que empeorar las cosas, decidió soltarla.

Estaba agotado hasta más allá de todo extremo, sin asear, sin comer y rogando por una superficie blanda donde pudiera apoyar la cabeza y dejar de pensar en cualquier cosa. Apartar de su mente a Bree, a Boyle, la granja, la verdad sobre qué habría pasado con Dairon y todos los demás problemas durante tan solo unas horas era cuanto ambicionaba para lograr enfrentar el resto del día con cordura. Sin embargo, tan pronto había decidido dirigirse hacia la casa para darse un baño, John Jefferson, uno de los agentes del pueblo, había aparecido por el camino preguntando por Rose Anne. Se conocían de toda la vida, Harry y él habían jugado juntos de niños, y su expresión seria dejaba bien claro que las órdenes que traía no iban a ser plato de buen gusto. Un terrible presentimiento se le alojó en la boca del estómago.

—Te exijo que me digas ahora mismo qué ha pasado —bramó Rose Anne, sin amilanarse—. Y te juro por Dios Nuestro Señor que, como no hables, alguien tendrá que notificarle tu secuestro a ese bendito superior tuyo, porque no dejarás mi granja hasta que me cuentes lo que sabes.

—Mamá... —intentó Harry, pero ella negó con la cabeza—. Ya la has oído, Jefferson.

El agente, viendo que no tenía salida, asintió derrotado. Parecía realmente inquieto con el trabajo que le había tocado, pero ya no había nada que pudiera hacer para remediarlo. Tenía que conseguir llevar a Rose Anne Murphy con su jefe aunque para ello debiera saltarse algunas normas. Con tiento y sin dejar de apretar la gorra entre sus dedos temblorosos, clavó en Harry una mirada de circunstancias confirmándole, sin palabras, que lo que iba a decir no sería agradable de escuchar.

Harry se hizo cargo y, dando unos pasos hacia su madre, se quedó cerca, pero sin tocarla.

—Se trata de su hijo, señora Murphy. Boyle —soltó al fin con la voz estrangulada.

Rose Anne cerró el puño y se lo llevó a la altura del pecho. Se le congeló el rictus, pero se mantuvo firme. Con un gesto de la cabeza, le indicó a Jefferson que siguiera hablando, mientras, por dentro, todas sus fuerzas se concentraban en rogar por que no viniera a notificar algo irremediable.

—Le han detenido esta madrugada, en el Monongahela —informó el agente levantando bien la cabeza. Era un trabajo del que estaban orgullosos aunque no fuera a presumir de ello delante de la madre de Murphy—. Está acusado de contrabando de alcohol. Le han llevado a dependencias policiales.

Un solo segundo le bastó a Harry para unir aquella información con todos los demás retazos que había ido recopilando. Los alardes de dinero, esos repentinos regalos a su familia, aquella botella recién aparecida en la carreta, los viajes al pueblo en mitad de la noche... Ciego de ira, apretó los puños obligándose a mantener las formas por su madre.

Rose Anne, que tardó un poco más en digerir aquella información, hizo solo una pregunta al agente, que aguardaba nervioso poder cumplir el resto de sus órdenes.

—¿Está herido? —Jefferson negó con la cabeza—. Bien. Si esperas un momento, iré a por mi chal y te acompañaré. Si tienes prisa, Harry me llevará al pueblo en cuanto se haya aseado.

—No tengo prisa, señora Murphy, pero confío en su palabra. Tómese su tiempo, voy a avisar a mi superior de que están en camino. —Después de todo, Boyle no iba a moverse de donde estaba—. Estaré esperándolos en la comisaría.

Con la dignidad propia de una reina, la matriarca de los Murphy se despidió del policía y entró en la casa seguida de cerca por su hijo, que se movía como un autómata, sin expresión alguna en el rostro.

Justo cuando Harry pasaba a pocos centímetros de donde Bree aguardaba, su mano cobró vida propia y se posó en el antebrazo del hombre por el que suspiraba. Harry se detuvo, conmocionado por volver a sentir el roce de aquellos dedos y los miró con expresión seria antes de levantar la vista hacia ella. En los ojos que la miraron solo se veía cansancio y algo que ella reconoció como dolor. Sí, era un dolor intenso que latía en el fondo de aquellas pupilas apagadas.

No obstante, la caricia de consuelo y apoyo surtió efecto unos segundos después, cuando Harry, agotado, cerró los ojos y suspiró con fuerza. Al volverlos a abrir, los sentimientos la desbordaron y una tremenda compasión se apoderó de ella. No era justo. Esa familia luchaba por subsistir mientras el mayor de los hijos se corrompía, llevado por la avaricia y a saber qué más, pensó.

No pronunció ni una sola palabra. El tacto del brazo de Harry le quemaba en la palma de la mano, pero era incapaz de moverse, incapaz de apartarse de esa mirada perdida y triste, necesitada de consuelo.

—Todo estará bien —musitó él, con un asentimiento en dirección a Bree, mientras desviaba los ojos hacia su madre, antes de acudir a su lado.

Con el corazón encogido, Bree observó cómo, una vez cerraron la puerta, aquella mujer de aspecto fuerte e imperturbable se dejaba caer en uno de los sillones del salón comedor, se tapaba la cara con las manos y rompía a llorar.

 19

—¡No puede haber sido él, os digo que es imposible! ¡Le conozco! —La voz estrangulada de Mary Kate rompió el silencio que había imperado en la casa tras la marcha de Jefferson. La esposa de Boyle, desesperada, se toqueteaba el delantal negando con la cabeza, como fuera de sí.

—Precisamente porque le conoces deberías saber que esto es justo lo que cabía esperar. —Rose Anne, rehecha de su momento de debilidad, no quitaba la mirada de su nuera, que parecía inconsolable, caminando sin rumbo por la sala como una gallina incapaz de encontrar el nido.

—Boyle no puede haber hecho algo así. ¡Me niego a creerlo! —insistió Mary Kate con tono agónico. Le era imposible creer lo que había oído. Por más desplantes que hubiera recibido, Boyle era su marido y confiaba con la bondad que habitaba en él.

—Lo encontraron en el río, Mary Kate. Estaba comprando ese alcohol. Mi hijo, tu marido, está detenido por contrabando. Esa es la única verdad. Tenemos que aceptarla.

—¡Pues yo no lo creo!

En ese momento, Harry apareció por las escaleras subiéndose los tirantes, se había cambiado de ropa a toda prisa, dispuesto a no perder mucho tiempo. Intercambió una mirada preocupada con su madre, pero en el rostro de Rose Anne solo había seria determinación. Tenía que ver a Boyle y escuchar de sus labios lo que había hecho y por qué. Después, ya decidiría si entregarse a la pena o dejar que el enfado barriera con todos sus sentimientos.

—Tiene que ser un error —repetía Mary Kate una y otra vez, retorciéndose los dedos de preocupación—. Harry, por Dios, ¿acaso tú puedes creer algo así? —le preguntó al ver la expresión escéptica que le dirigía su cuñado—. Boyle tiene sus defectos, pero no es una mala persona.

La mirada suplicante de Mary Kate casi le hizo desear mentir, pero Harry sabía lo que escondía su hermano en las profundidades de su alma. Habían crecido juntos, después de todo, y por más que deseara aliviar el dolor de su cuñada, no podía mentirle. Ella debía hacerse a la idea de cuál era la verdad. Y puesto que no podían estar seguros de qué iba a pasar con Boyle, mejor estar preparados para lo peor.

—Anoche, antes de volver al establo con la cuerda para atar al ternero —empezó Harry sacando a la luz por fin su descubrimiento—, encontré escondida una botella en la carreta grande.

—¿Una botella? ¿Y qué importancia puede tener eso? ¡Cualquiera puede tener botellas de alcohol en su casa! —exclamó Mary Kate al percibir adonde pretendía llegar su cuñado.

—Has leído el manifiesto por la Templanza tantas veces como yo, Mary Kate. —Rose Anne resopló, cansada, como si de repente el peso de todos los años que tenía le hubiera caído encima—. Comprar y vender licor está prohibido por ley.

—¡Pero no por fuerza tiene que haber sido Boyle!

—Es el único que utiliza esa carreta aparte de mí, Mary Kate. Y te aseguro que yo no compré nada. —Harry la miró con lástima, pero sin dejar que el dolor que reflejaba le quebrara las fuerzas.

—Todos esos arrebatos, esas escampadas furiosas... Creí que éramos nosotros los que le hacíamos perder la paciencia y en realidad no eran más que excusas para ir a realizar sus trapicheos ilegales. Embustero... —dedujo Rose Anne con los dientes apretados por la rabia. Ojalá pudiera creer que era una equivocación, pero en su fuero interno sabía que Boyle era culpable.

—Por Dios bendito, Rose Anne, ¡es tu hijo! —gritó Mary Kate espantada con las declaraciones de su suegra. Estaba tan asustada que el temblor de las manos le impedía mantenerlas quietas un solo segundo. ¿Qué sería de ella si resultaban ciertos los cargos que le imputaban a su marido? La gente la señalaría con el dedo por el pueblo, su hijo tendría que soportar la vergüenza de un padre corrupto. ¿Es que no era suficiente con que tuviera una amante? Un quejido lastimoso escapó de sus labios justo cuando Rose Anne se levantaba para consolarla.

—Tengo el alma rota —declaró Rose Anne con voz quebrada—, pero no dejaré que eso me impida ver la realidad. Harías bien en imitarme para que estés preparada cuando sepamos la suerte que va a correr después de todo esto, hija.

Podían caerle muchos años de cárcel, y aquella idea sobrevoló las mentes de todos los presentes. Mary Kate, superada, se sentó en una de las sillas del comedor, rota de llanto, incapaz de sentir consuelo ante los múltiples reveses que le había tocado padecer en la vida. Aferrando con los puños la suave tela del delantal que Boyle le había regalado, se empecinó en negar con la cabeza, como si, de creerlo con la fuerza suficiente, pudiera hacer todo aquello menos cierto. Como si, así, su marido no hubiera sido marcado con el sello de delincuente, demostrando con hechos lo que ella siempre había sospechado, que Boyle jamás había tenido suficiente con su familia, su casa y su trabajo. Todo lo que ella tanto valoraba y quería no era bastante para él.

—Habría preferido saberlo con su amante... —musitó completamente devastada—. Ojalá Dios hubiera querido que solo fuera al pueblo para verla a ella.

La dura franqueza de aquellas palabras tocó el corazón de Harry, que fue incapaz de mantener la mirada en Mary Kate. Pobre mujer, pensó. Qué cara había pagado su decisión de enamorarse de Boyle y qué poco había valorado su hermano tener un amor así, tan puro y sincero como el que ella le profesaba. Cómo envidiaba a su hermano en ese aspecto. El muy estúpido estaba dejando escapar a la mujer que bebía los vientos por él. No necesitaba mendigar caricias a nadie, pues las más cálidas y suaves procedían de aquella que le había escogido, con la que se había casado, la madre de su hijo.

No pudo evitar buscar a Bree con la mirada. Él no la dejaría jamás si fuera suya, pensó imaginando la vida al lado de su señora. No tendría ojos para ninguna otra mujer, porque ya no sería dueño de las miradas, ni de las palabras, ni de los latidos que daban vida a su corazón. Todo era de ella, le pertenecía en cuerpo y alma.

Rose Anne se acercó a Mary Kate y la abrazó compadeciéndose de ella. Como madre, su interior estaba dividido entre el dolor de imaginar lo que esperaba a su hijo y la vergüenza que le producía saberlo culpable. Boyle había cometido un delito sin que le importara lo que eso pudiera significar para su familia. Solo había pensado en él y ahora tendría que pagarlo, probablemente perdiendo el resto de años que le quedaban de juventud tras las rejas de una cárcel, desde donde no veía crecer a su hijo. Aquello parecía justo, si era cierto que había quebrantado la ley de forma tan estúpida. Lo que no estaba bien era el costo que todo eso tendría para las personas en quienes no se había molestado en pensar. Solo por eso, por la fría verdad de todo cuanto Boyle les había arrebatado con su egoísmo, Rose Anne se obligaba a mantenerse firme.

—¿Qué será de mí ahora? —balbuceó Mary Kate meciéndose en los brazos de su suegra, sin consuelo—. ¿Qué será de JJ?

—No preguntes tonterías, mujer —la reprendió Rose Anne secándose una lágrima antes de que nadie pudiera notarla—. Esta es tu casa y la de mi nieto. Cuando todo esto se aclare y sepamos qué esperar... seguiremos con nuestra vida lo mejor que podamos.

—¿Y Boyle? ¿Qué le pasará a Boyle?

Harry y su madre se miraron preguntándose exactamente lo mismo. No parecía que hubiera buenas perspectivas para él, sobre todo teniendo en cuenta los posibles testigos, las pruebas y el hecho de haberle hallado en el lugar mismo donde se estaba cometiendo el delito. Solo un milagro le salvaría, y Boyle no había hecho méritos para merecer ninguno.

—Lávate la cara y acompáñanos al pueblo. Allí sabremos a qué atenernos —le indicó Rose Anne con determinación. Ya era hora de que se pusieran en movimiento.

—¿Y JJ? No puedo llevarlo conmigo ni dejarle solo en casa.

—Yo le cuidaré —se ofreció Bree de pronto. Su voz pareció sacarlos de un trance profundo. Ella se había mantenido callada, apartada en una esquina de la sala sin hablar ni interrumpir, consciente de que aquel problema no era suyo y que, por tanto, no le correspondía entrometerse.

Tres pares de ojos cayeron sobre ella de inmediato y le dedicaron toda su atención. Se ruborizó y se preguntó si su presencia allí resultaría incómoda para la familia; no obstante, si alguno de los presentes lamentaba haber compartido miedos y secretos familiares ante ella, no lo expresó, y eso le dio alas para seguir adelante con su ofrecimiento. Después de todo, sería una manera de empezar a devolverles todo cuanto habían hecho desde su llegada.

—Cuidaré de JJ —repitió—, así Mary Kate podrá acompañaros a ver a Boyle. Estará bien conmigo, lo prometo.

Tan pronto había comprendido las malas noticias que traía el agente, Bree había enviado al niño a jugar a la parte trasera de la casa. Desde su posición, podía verlo corretear, feliz y ajeno a lo que ocurría. Parecía lógico que intentará mantenerlo así, mientras el resto de la familia iba a intentar descubrir qué pasaría con Boyle.

—Pues claro que sí, querida. —Rose Anne le dedicó una media sonrisa de reconocimiento—. Te lo agradecemos mucho.

Bree negó, segura de que ni mil gestos igualarían todo cuanto le habían ofrecido desde que llegó. Vio a Rose Anne acompañar a Mary Kate escaleras arriba, entre susurros de ánimo y peticiones de fortaleza. No parecía que aquella pobre mujer, avejentada a causa de la pena y las innumerables decepciones de un mal marido, pudiera mantenerse firme ante lo que ahora vivía. Cualquier otra habría abandonado a Boyle a su suerte. O escapado, como había hecho ella.

—Debe quererle mucho para soportar algo así —dijo Bree sin ser consciente de que lo hacía en voz alta.

Harry se acercó unos pasos, pero mantuvo cuidadosamente las distancias. El recuerdo del rechazo que había visto en sus ojos tras el beso de la noche anterior seguía muy vivo en su memoria, incluso después de todo lo que acababa de pasar.

—Teme quedarse sin nada ni nadie si le pierde —comentó con la mirada fija en el lugar que habían ocupado su madre y su cuñada.

—¿No puede ser amor? —preguntó Bree extrañada. Quizá sus pensamientos no fueran adecuados para manifestarlos delante de él, pues notaba una clara tensión después de lo sucedido, pero ella creía ver cariño en los ojos de Mary Kate cuando miraba a Boyle—. Es muy feo insinuar que su congoja atiende únicamente a un interés de estabilidad, francamente —le reprendió con voz suave y melódica.

Harry giró con brusquedad la cabeza al escuchar la regañina que Bree acababa de lanzarle y tuvo ganas de acercarse más para borrar con sus labios el ceño fruncido con que lo miraba. No obstante, decidió centrarse en lo que acababa de decirle. Pese a que él tenía razón en creer que la relación de su hermano y Mary Kate estaba abocada al fracaso, ella también la tenía. No había sido un comentario acertado en un momento tan delicado.

—Creo que, a su manera, sigue queriéndolo —le concedió después de unos segundos observándola y notando su nerviosismo—. Pero Boyle ha ido matando esos sentimientos. En Mary Kate solo queda el recuerdo de lo que fue y el ansia de dar estabilidad a su hijo. El miedo es un motor muy potente.

—Lo sé... —Bree se sintió incómoda ante el cinismo que percibía en las palabras de Harry. Parecía asqueado de la vida y el mundo en general, hastiado de tantos problemas y malas noticias—. Pero todavía espera que vuelva. Y habría preferido saberle con otra que metido en problemas.

—Porque, si ese hubiera sido el caso, sus esperanzas continuarían vivas, después de todo. Volvería a verlo más tarde o más temprano —concluyó Harry en un susurro.

—Yo... fui mucho más cobarde que ella. —Las palabras de Bree sorprendieron a Harry, que abrió los ojos con escepticismo. Ella se ruborizó un poco ante tal intensidad, pero fue capaz de mantenerle el gesto, sin bajar la cabeza—. Escapé dejándolo todo atrás para seguir a un mal hombre. Y cuando supe lo que me esperaba... volví a huir.

—Y salvaste dos vidas en el proceso —le recordó él aproximándose despacio.

Por instinto, Bree se rozó el vientre. Después, al ver que él seguía mirándola, se apartó unos pasos.

Harry no podía comprender el modo en que ella veía todo lo ocurrido. En lo que a él respectaba, que hubiera conseguido sobrevivir al salvaje de Dairon bien había valido aquella huida. De hecho, le parecía imposible que nadie que viviera una situación parecida hubiera actuado de otro modo. Incluso la inseguridad de la montaña, con sus helados picos, los ríos embravecidos y aquellos acantilados, que podían sorprenderlo a uno cuando ya era demasiado tarde, resultaba más atractiva que el devenir de los días en compañía de un hombre sin escrúpulos, que no se tocaba el corazón a la hora de castigar con furia a la mujer que compartía su vida.

Sin embargo, para Bree, Mary Kate demostraba valentía manteniéndose firme en una decisión que había tomado tiempo atrás. Ella había elegido a Boyle, formar con él una familia, criar un hijo y continuar con él hasta el final. ¿Acaso no le habría sido más fácil dejarlo atrás, olvidar las infidelidades y humillaciones y empezar de nuevo? Puede que tuviera miedo a verse desamparada, pero sus prioridades eran pelear por su familia, a toda costa, sin importar los impedimentos que hubiera que superar. Y para eso debía existir amor. Ella amaba a su marido y a su hijo.

—Mary Kate se queda al lado de su marido y lucha. Demuestra ser fuerte y digna de respeto —dictaminó Bree, convencida de que toda la fortaleza que hubiera podido mostrar ella quedaba en nada en comparación con la de su nueva amiga—. ¡Ella necesita sentirse respetada! ¡Se mantiene firme en su posición de devota esposa para que nadie, ni en el pueblo, ni su suegra, ni... usted, pueda echarle en cara que no ha defendido a su marido!

—Nunca le he dicho que no respete a mi cuñada, señora. —El tono frío de Harry la impresionó y, al instante, ella se arrepintió de haber vuelto a poner distancia entre ellos tratándole de usted y de haberlo increpado con tanta pasión en sus palabras—. La respeto, pero se equivoca. Hay cosas por las que vale la pena luchar y otras por las que no.

—¿Y el matrimonio no lo es? ¿Y el amor? —insistió Bree, afectada por la forma de pensar de Harry—. ¿No son dos motivos para hacerlo?

—¡No, maldita sea! En este caso, no —exclamó exasperado, y su estallido provocó un sobresalto que pilló desprevenida a la joven—. ¿Qué amor le profesa Boyle a Mary Kate? ¡Ninguno! ¿Qué queda de ese matrimonio por lo que merezca la pena continuar creyendo en él? ¡Nada! Ella se conforma y espera...

—¡Es valiente y perseverante! —lo interrumpió, colocando sus brazos en jarras para afianzar su posición. El tono de Bree se elevó hasta estar a la altura del de Harry y sus miradas quedaron enfrentadas en una lucha de opiniones encauzada hacia ninguna parte—. Mary Kate ama a Boyle, por eso cree que debe estar ahí para él... Yo, en cambio...

Harry resopló por la nariz y trató de tranquilizarse, pero no lo consiguió. Bree estaba convencida de que era una cobarde por haber huido, lo podía ver en la expresión de sus ojos cuando hablaba de su cuñada. Sin embargo, se equivocaba. No existía valentía en la resignación, sino en la lucha por uno mismo.

—¿Usted, en cambio, qué, Bree? —le preguntó con seriedad—. ¿Ahora cree que debería haberse quedado junto a Dairon? ¿Que debería haber puesto su vida y la de su hijo en peligro para apoyar a ese hombre? ¿Tanto lo ama?

Ella abrió los ojos y contuvo un jadeo al percibir el odio con el que Harry dejaba escapar las sílabas de los labios. La mano le voló al pecho, al punto exacto en el que su corazón se había detenido un segundo antes de reemprender la alocada marcha que retumbaba en sus oídos. ¿Amar a Dairon? ¡No! Tal vez en otra época, una que quedaba muy lejos ya, había creído hacerlo. Ahora temía que el pulso que le daba vida cada instante del día tenía otro nombre y otro rostro, uno que, en esos momentos, se encontraba muy cerca de ella, con las facciones tensas y severas. Pero estaba claro que el beso que habían compartido en el establo había marcado un antes y un después en el comportamiento de Harry. Buena muestra de ello era la conversación que estaban manteniendo, donde la fuerza de sus palabras atendía más al rechazo que a cualquier brizna de deseo que pudiera quedar en él.

—¿No responde? —la increpó al tiempo que se acercaba un poco más. Se sentía tan desamparado cuando estaba en presencia de aquella mujer que su única alternativa era mostrarse hosco con ella. No era una buena idea transformar el deseo en enfado, pero resultaría mejor que dar rienda suelta a lo que tenía en mente—. Puede que, al igual que usted por Dairon, Mary Kate todavía sienta afecto por Boyle, pero ¿qué vida le espera al lado de un hombre que no le corresponde, que le paga todo ese cariño con desprecio? ¿No se da cuenta? No merecen llamarse hombres ni contar con el preciado afecto de mujeres como vosotras...

—No... yo no siento nada por... él. Ya no —musitó avergonzada y bajó la mirada a sus manos, evitando así cualquier atisbo de duda que él pudiera detectar en sus ojos—. Pero la mía fue una actitud muy cobarde y egoísta, por eso admiro a Mary Kate. Ella lucha por lo que...

—¡No! Deje de decir eso. No puede comparar lo que está pasando Mary Kate con lo que le ocurrió a usted —se exasperó Harry. Deseó tanto tomarla en sus brazos y zarandearla para que viera con sus propios ojos que la situación que había vivido no podría haber tenido otro final que tuvo que hacer acopio de todas sus fuerzas y cerrar los puños para evitar que las manos, temblorosas de anhelo, le traicionaran.

Bree percibió la desesperación de Harry y la interpretó de forma errónea. Sabía que no debía tener miedo de él, pero la situación era tensa y no le traía buenos recuerdos. De todos modos, era la primera vez en su vida que se permitía discutir cara a cara con un hombre sin que su empeño le acarreara graves consecuencias. Y en cierto modo le gustaba el intercambio dialectico con él, aunque no se podía decir lo mismo de Harry, que no parecía tener mucha práctica en esto de que le llevaran la contraria y comenzaba a sentirse incómodo.

—Ella antepone a su hijo y la seguridad de Boyle. Eso es más importante que sus propios sentimientos. Eso es lo primero —trató de hacerle ver, suavizando el tono de sus alegaciones y volviendo a mirar la vena que le palpitaba en la sien.

De forma inesperada, Harry la tomó del brazo y se acercó un poco más a ella. El calor que desprendían los cuerpos los inflamó y sendos gemidos escaparon de sus labios mezclando el aire que quedaba retenido entre ellos. Nada le impedía besarla de nuevo y, por Dios, que era lo que su mente le gritaba de forma enloquecedora, pero no deseaba asustarla otra vez, no soportaría verla marchar. En el fondo de aquellas pupilas castañas que lo miraban con cautela había oculto un deseo que debía florecer por sí solo. Alentarlo para que no desfalleciera era su labor, pero hacerlo crecer y expandirse le correspondía a Bree.

—Anteponerse a un hijo es comprensible. Hacerlo por un hombre como mi hermano, no. Pretende que lo vea a través de sus ojos, Bree, pero no entiendo siquiera cómo usted puede verlo así.

Mientras Harry evaluaba su expresión, la cadena de reacciones en el interior de la mujer se activó de forma súbita e imparable. Respiró con dificultad, inconsciente de lo que sus jadeos le provocaban a él. El placentero cosquilleo que percibía en el estómago cuando lo tenía cerca sobrepasó los diques de contención y corrió libre por cada rincón de su ser. Se humedeció los labios resecos y la inocencia de ese acto causó estragos en el pecho de Harry, a quien no podía dejar de mirar. ¿La besaría de nuevo?, se preguntó ansiosa. Lo deseaba con todas sus fuerzas, lo soñaba a cada momento. Jamás creyó que el sabor de un beso fuera a convertirse en tan poderosa adicción. No obstante, del mismo modo inesperado con que la había atrapado bajo los dedos, la soltó.

La situación se le estaba yendo de las manos y Harry refrenó sus instintos antes de no poder dar marcha atrás.

—Defendía su vida. De haberse quedado junto a ese hombre, estaría muerta, Bree. Mary Kate debería aprender de usted y dejar de esconderse —susurró cerca, muy cerca de su rostro.

Durante un segundo, estuvo más que tentado de besarla, y que el mundo se fuera al infierno después. Clavó los ojos en los de ella esperando a que le dijera por qué debería refrenar algo que deseaba más que seguir respirando. Sin embargo, la poca cordura que le quedaba le pidió sosiego y se apartó unos pasos para dejar enfriar mente y cuerpo.

Cogió aire, y agradeció a la Providencia que su madre y Mary Kate estuvieran en el piso de arriba, protegidas tras las gruesas puertas, buscando atuendos adecuados para visitar un lugar tan desagradable como eran las dependencias policiales. De lo contrario, las voces las habrían alertado.

—Tiene miedo... —correspondió Bree tras unos segundos, en el mismo tono pausado y sensual que él había utilizado—, como yo...

—¿Todavía tiene miedo, Bree? —le preguntó a sabiendas de que se metía de nuevo en un terreno que no era conveniente tratar mientras estuvieran a solas.

—No. Ya no.

Y era cierto. No sabía en qué momento había desaparecido la presión del pecho, ni los sobresaltos, ni los temblores que le impedían cerrar los ojos, pero ya no estaban. Entendió entonces lo que Harry trataba de explicarle con tanto ahínco. Mary Kate no perdería el miedo a volar sola mientras su marido continuara humillándola, pero eso era algo que nadie más que ella misma podía impedir.

—¿Qué cree que va a pasar? —preguntó compungida, con esa suave voz que despertaba los instintos más primarios en Harry.

Él suspiró, se puso el chaquetón y agarró un sombrero del perchero. Estaba agotado, todavía no había podido comer ni cerrar los ojos, y sus planes de dejar el mundo girar mientras el agotamiento se lo llevaba se habían borrado de un plumazo. Ni siquiera su espíritu iba a poder tener el descanso que merecía.

—La venta de alcohol es un delito. La Prohibición es firme y... cualquier juez encontraría culpable a mi hermano.

—Pero quizá se pueda hacer algo —deseó ella, llena de una ingenuidad que volvía tierno un momento tan desagradable como aquel.

Harry se permitió esbozar una sonrisa suave. Las mejillas de Bree estaban coloreadas y percibía con claridad el nerviosismo en sus movimientos.

No quiso dar mayor importancia a lo que eso pudiera significar, pero era inevitable pensar que ese estado de excitación lo había provocado él con su cercanía y la osadía de tocarla.

«Si la hubiera besado, la habría llevado al cielo», presumió en un arranque de orgullo. No había sido el momento, tampoco ahora lo era, pero saberla alterada por sus actos le calentaba el corazón.

—Sé que mi madre intentará que le dejen en libertad bajo palabra pagando una fianza que no podemos permitirnos, pero dudo que consiga nada —susurró cambiando el peso de un pie a otro y observándola sin parpadear.

—¿Y la persona a la que iba a vender ese cargamento? ¿Acaso no es tan culpable como Boyle? Tal vez demostrando que había interés por otra parte su pena pueda ser más leve. —Harry sonrió rindiéndose ante el pellizco que su corazón se empecinaba en sentir conforme más y más firmes sonaban las palabras de Bree—. Nada se pierde con intentar averiguar quién era el comprador. Quizá él pueda testificar en favor de Boyle o... explicar que el alcohol no era para venta sino para propio consumo en... partidas de cartas o... ¡qué sé yo!

La ternura le devastó provocándole unas ansias fuertes y densas de estrecharla entre sus brazos y consolarse con aquellas palabras. Bree no tenía ni idea de lo que decía, pero el que intentara buscar atenuantes significaba mucho para él. Se le acercó unos pasos y ella respondió mirándole con aquellos ojillos llenos de sentimientos aún por aceptar. Si pudiera estirar el brazo con el convencimiento de que ella lo tomaría, si pudiera apretarla contra su pecho y aspirar el olor de su pelo mientras todo se desmoronaba alrededor...

—No dude de que me enteraré para quién era ese cargamento, Bree. —Le dedicó un asentimiento con la cabeza dándole el crédito que merecía por haber tenido aquella idea—. Sobre todo porque no creo en las casualidades, y el hecho de que encontraran a mi hermano en el Monongahela en ese preciso momento me parece demasiado sospechoso.

—¡Piensa que alguien le delató! —exclamó ella al tiempo que se llevaba las manos a la boca en un gesto de sorpresa. Solo tardó unos segundos en hilar todas las posibilidades—. ¡Debió de ser el comprador! ¿Cómo si no iba la Policía a saberlo con tanta exactitud?

Esta vez, una suave risa escapó de los labios de Harry. Pasándose la mano por el pelo, se apartó el flequillo a un lado y se mordió el labio ocultando las palabras que realmente quería pronunciar.

—¿Sabe, Bree? Me sorprende que, tal y como la ha tratado mi hermano, intente ayudarlo con tanta vehemencia. —Harry se rindió ante las sospechas de la dama y la preocupación que toda aquella situación le causaba. Estaba preciosa cuando se alteraba, pero aún lo estaba más cuando el sonrojo teñía sus delicadas mejillas y los párpados caían para ocultar su vergüenza. No tenía nada de qué esconderse, pensó admirándola sin pudor. Si fuera suya... si alguna vez lo lograba, no se cansaría de mantener con ella esas incesantes disputas que tanto le calentaban la sangre. Y al final la tomaría en volandas para llevarla a la habitación y venerar con su cuerpo lo que ahora solo podía hacer con sus ojos.

Ella bajó la cabeza. Era cierto, Boyle no era santo de su devoción y, ni de lejos, su persona favorita en aquella casa. Pero era hijo de alguien, padre y esposo. Y pertenecía a una familia a la que ella debía más que la vida, pues los Murphy la habían socorrido y ayudado a no sentirse culpable por sobrevivir.

—No lo hago por él —musitó Bree pasados unos minutos.

—De todos modos, se lo agradezco.

Ella le miró y deseó acercarse a él para ofrecerle el consuelo de un gesto amable y una caricia. Quiso darle mucho más que todo cuanto ella era, aunque no fuera poseedora de bien alguno. Los sentimientos se abrieron paso amenazando con provocarle lágrimas de anticipación, y las ganas de sentirle cerca se inflamaron, pero no pudo. Tocarle podía hacer que el deseo renaciera. Y debía recordar, por su propio bien y el de él, que su vida era excesivamente compleja. Apreciaba demasiado a la familia Murphy como para complicarles la existencia con sus problemas.

—Hemos dejado de tutearnos otra vez —advirtió Bree. Cualquier cosa con tal de deshacer el nudo tenso que volvía a crearse entre sus miradas.

—Yo solo hago lo que usted me ordena, señora. La sigo como un perro a cada paso que da.

Harry guardó silencio preguntándose si el atrevimiento de su declaración había puesto el último clavo al ataúd de la confianza de Bree. De haberla asustado, no recuperaría jamás la precaria confianza que habían construido y que ahora se debilitaba a causa del beso compartido que no era capaz de olvidar. Por unos segundos agónicos, se mantuvo inmóvil, mirándola sin tener claro si debía mostrar disculpa por sus palabras o arrepentimiento.

Bree abrió la boca, sin emitir sonido alguno. Se llevó el puño cerrado a la altura del pecho en tanto sus labios, temblorosos, se cerraban. Le brilló la mirada de una forma especial y sintió como en su interior ronroneaba la alegría ante aquello que Harry le había confesado, de forma velada pero certera. Eran las palabras de un hombre que ya había reconocido su condena y que aspiraba a cumplirla al precio que hiciera falta.

Esbozando una leve sonrisa torcida, Harry Murphy bajó ligeramente la cabeza. Se caló el sombrero y dejó que el sutil toque que le dio al ala fuera más elocuente que cualquier cosa que sus nerviosos labios pudieran componer.

«Tendrás tu tiempo, señora», parecieron musitar sus pestañas al parpadear en su dirección. «Pero me reservaré cada sonrojo y jadeo que pueda arrancarte».

Era una promesa.

—Estamos listas, Harry —anunció la matriarca, cuyos pasos se oyeron escaleras abajo.

Las dos mujeres escogieron ese momento para aparecer, cortando la conversación en aquel punto. Con las caras surcadas de preocupaciones y los semblantes pálidos y serios, las dos llevaban chales gruesos y los bolsos sujetos entre sus manos. La mirada de Rose Anne se había enrojecido, prueba inequívoca de que el llanto la había asolado mientras se preparaba. Mary Kate, por su parte, que había escogido la falda de tela más basta y oscura que tenía sin ser de luto, apenas era capaz de dar dos pasos sin removerse llena de inquietud.

—No creo que tardemos mucho, Bree, pero, si así fuera, siéntete libre en esta casa como si fuera tuya. —Rose Anne le dedicó un amago de sonrisa que murió en sus labios tan pronto como apareció.

—Mantendré la estufa encendida y prepararé un caldo —ofreció, a falta de algo más útil que hacer—. ¿Qué debo decir a JJ si me pregunta?

—Que su padre está trabajando en el pueblo y hemos ido a llevarle algo de comer. —Nadie decretó palabra alguna en contra de la de Harry; por tanto, así quedaron las cosas.

Desde el porche, Bree los miró marchar manteniendo un ojo puesto en JJ, que jugaba con inocencia persiguiendo unas gallinas que huían cacareando de sus pisotones. Pobre niño, pensó. La mentira no podría cubrirle durante el resto de su vida. Tarde o temprano, la cruel realidad se abriría paso y ya no quedaría infancia que se pudiera proteger.

Harry, que no había pisado nunca las dependencias policiales, suponía que estas serían un lugar desagradable, frío y frecuentado por delincuentes de la más diversa calaña. Por ello había estado durante todo el camino preocupado por llevar a su madre y cuñada a un sitio como aquel. Sin embargo, la realidad con la que se encontró al cruzar las puertas del edificio de piedra fue bastante peor de cuanto hubiera podido imaginar. El establecimiento olía a orines y sudor. Los presos, entre los cuales no pudo distinguir a su hermano, se agolpaban dentro de una celda más que insalubre. Mientras un par de agentes tomaban declaración a una serie de rufianes de poca monta, los Murphy llegaron a una habitación que hacía las veces de recibidor.

En un lateral, con el vestido remangado y los cabellos rubios hechos un completo desastre, una mujer, que sin duda se dedicaba a hacer la calle, le dedicó a Harry su sonrisa más descastada al tiempo que le mostraba el amplio escote que lucía. Le faltaban al menos cuatro dientes y tenía el rostro surcado de picaduras de viruela.

—¿Buscas compañía, guapo?

—Cierra la boca, Lucinda —le gruñó uno de los agentes, aposentado detrás de una mesa alta de madera—, ¿o debo añadir a tu lista el intentar ejercer dentro de las dependencias policiales?

—Si me dejaras ponerme de rodillas, no habría ninguna lista.

Los ojos de Mary Kate casi se le salieron de las cuencas. Rose Anne la tomó de la mano y tiró de ella para que no prestara atención. Durante un segundo, la mujer pensó en buscar asiento, pero, al ver que tres de ellos eran ocupados por un maloliente tipo que dormía mostrando sus sucios pies descalzos a todo el que quisiera verlos, cambió de parecer.

—Y pensar que mi hijo está en algún lugar de esta cloaca...

Harry la cubrió con un brazo protector, aunque sabía que nada de lo que dijera o hiciera consolaría a su madre de aquello. La cruel verdad de saber a Boyle confinado por haber cometido un delito era un peso que nadie podría arrebatarle por más que lo quisiera.

Por fin, después de un rato, que se les hizo eterno, vieron aparecer a Jefferson por detrás de la misma mesa alta donde el otro agente estaba ya recogiendo las huellas dactilares de una muy ruidosa Lucinda, que exigía que se le abonara el pago por las horas perdidas en las que no había podido recorrer las calles en busca de clientes potenciales.

Tan pronto vio al agente que había irrumpido en su casa acompañado del que dedujo que sería su superior, Rose Anne se lanzó hacia ellos como una flecha y golpeó la superficie desvencijada de la mesa con la mano abierta.

—¿Dónde está mi hijo? —graznó la mujer, con la boca seca y las manos temblorosas. Llena de nervios, apartó la mano de su hijo cuando este intentó contenerla. Se encontraba fuera de sí, pero no tenía intención de calmarse antes de obtener las respuestas que buscaba.

—Buenas tardes, señora Murphy, soy el sargento Miller.

—Déjese de formalidades, sargento, ¿dónde está mi hijo?

Ambos agentes buscaron la mirada de Harry, seguramente pensando que hablar con él sería mucho más fácil.

—Boyle Murphy —exigió Rose Anne, sin amedrentarse—. No miren a Harry, les estoy hablando yo. Mi hijo. ¿Dónde está?

—Abajo —contestó Miller de mala gana. Le habría gustado decir que habían aislado a Boyle porque sus delitos eran de más seriedad que los de aquellos rateros y carteristas que se agolpaban a unos metros, pero la verdad era que apenas tenían sitio—. La bodega de suministros funciona como celdas anexas. Según me ha contado el agente Jefferson, ya saben por lo que está retenido aquí, ¿verdad?

—¿Le han llevado a una mazmorra? ¿Sin apenas ventilación y en condiciones inhumanas? —Mary Kate se giró hacia su suegra, con el pavor brillando en sus ojos—. ¡Boyle es un buen hombre, Rose Anne! ¡No pueden tratarlo así!

—Su marido ha creído ser más inteligente de lo que le correspondía, si me permite decirlo. —Amparado por su jefe, Jefferson hinchó el pecho y miró con supremacía a la familia que tenía delante. Aquel era su terreno. Ahora no estaban hablando en la granja, sino en su lugar de trabajo y eso confería a sus acciones mucha más seguridad—. La Ley Seca está para ser cumplida, señora. No en vano, el manifiesto quincenal, que recoge el movimiento por la Templanza, critica muy expresamente la venta ilícita de alcohol.

—Sabemos que gran parte de las activistas del movimiento son vuestras esposas, Jefferson. Mujeres morales, religiosas y rectas que no saben que sus maridos hacen la vista gorda cuando les conviene —exclamó Harry sin el menor disimulo. Ni siquiera se molestó en bajar la voz antes de presentar su acusación, muy por el contrario, se cruzó de brazos y afianzó bien las piernas en el suelo, como si estuviera esperando que alguien se le echara encima buscando hacerle callar a golpes.

Su madre y Mary Kate mostraron una elocuente expresión de horror en sus caras al escucharle. La matriarca, sobre todo, era muy consciente de que un arranque mal interpretado de su hijo menor bien podría ocasionar que todos acabaran pasando la noche en una celda de castigo. Le reprendió con un gesto, aunque no esperó que este tuviera efecto alguno.

—¡No diga insensateces, señor Murphy, o me veré obligado a tomar las medidas oportunas! —replicó el agente Miller sin ninguna amabilidad—. Ahora, si me disculpan, tengo otros asuntos de los que ocuparme. El agente Jefferson terminará de informarles de la situación. —Y dicho esto, se fue por el mismo sitio por el que había aparecido minutos antes.

Rose Anne, cansada de seguir esperando, volvió a golpear la mesa. Cuanto más tiempo perdieran, más tardarían en solucionar todo el asunto de Boyle. Y, a cada minuto transcurrido, el peligro de que Harry acabara en la celda de al lado aumentaba.

—Por Dios bendito, John Jefferson, ¡¿cómo puedes hacerme esto?! ¡Te cuidé como a mi propio hijo cuando no tenías ni unas horas de vida!

—No... no sé de qué me habla, señora.

—Tu madre, Marcia Jefferson, que en paz descanse, se quedó embarazada de ti al poco de dar a luz a tu hermano y, cuando naciste, estaba seca, no tenía ni una gota leche en los pechos para alimentarte. —Rose Anne levantó las cejas invitándole a que le llevara la contraria si se atrevía—. Por ese entonces yo acababa de destetar a Harry, ¿entiendes por dónde voy?

Jefferson se puso colorado hasta las cejas, incómodo de que alguien pudiera oír un detalle tan íntimo como aquel, por el que sin duda sería la burla de todos sus compañeros. Mary Kate también parecía incómoda, pero a Rose Anne le importó un demonio cómo se sintiera. Aquel muchacho tenía una deuda con ella y ese era el momento de cobrarla. Usaría todas las armas que estuvieran en su poder para saber de Boyle cuanto antes y, a poder ser, llegaría a un acuerdo que le permitiera llevarle a casa, aunque no las tenía todas consigo en ese aspecto.

—¿Qué te parece, Jefferson? —Harry se rascó el mentón, sin atisbo de sonrisa en su expresión—. ¡Resulta que somos hermanos de leche!

—Yo... tengo que entregarles los papeles para...

—Déjate de papeleos, muchacho, quiero ver a mi hijo *ahora*.

—Señora Murphy, le aseguro que, aun respetándola como lo hago, por su edad y las circunstancias que... —Un agente tan ancho como un armario con las puertas abiertas arrastraba fuera en esos momentos a uno de los borrachos habituales. El hombre, tembloroso y pálido, se deshizo en toses, pero el oficial no se dejó impresionar y siguió propinándole empellones hasta que se perdieron de vista—. Yo... no está en mis competencias...

—¿Vas a negarme la posibilidad de ver a Boyle llamándome anciana? ¿Sabes que ofender a una mujer es también un delito? Me pregunto qué diría la pobre Marcia sobre eso... —Rose Anne remarcó cada palabra con un gesto de su índice. Después, se persignó y echó una mirada al techo, como si mirara a la difunta madre de Jefferson, que suspiró rendido.

Antes de que se abriera el suelo y se los tragara a todos, Harry decidió que era momento de actuar. Se acercó a la mesa y miró a Jefferson a los ojos. A su espalda, la escandalosa Lucinda era por fin desalojada de las dependencias, aunque no se fue sin hacer algunos gestos obscenos y gritar a muy viva voz el nombre de los allí presentes que habían contratado sus servicios en el pasado.

—Qué vergüenza —musitó Mary Kate, abochornada—. Creo que preferiría morirme antes de caer en ese... agujero.

—¿Y si el que tuviera que morir fuera JJ? ¿También lo preferirías? La vida no siempre te da opción a escoger, querida. Harías bien en recordarlo —le susurró Rose Anne, que prestó oídos sordos a las voces de la descarriada mujer a la que en ese momento desalojaban.

Mary Kate se sonrojó, incapaz de responder a su suegra, cuyo mal humor era visible.

—¿Cuáles son las opciones de mi hermano exactamente, Jefferson? —preguntó Harry reconduciendo la conversación.

—Está acusado de contrabando de alcohol, Murphy. Lo sorprendimos cargando varias cajas en una carreta que tomó prestada, y que ya hemos devuelto a su propietario, por cierto. Con unos datos tan precisos y teniendo en cuenta las evidencias... fallar era imposible.

Harry apretó los labios y recordó la charla con Bree. Él estaba en lo cierto, alguien le había tendido una emboscada a Boyle. ¿Y si Bree tenía razón y el delator era el comprador mismo?

—¿Y no te parece muy curioso que alguien os informara con semejante exactitud? —ironizó frunciendo el ceño en dirección a Jefferson, que sudaba a pesar de las bajas temperaturas.

—Fue una nota anónima. La entregó un muchacho... un pillo que echó a correr tan pronto tuve el papel en mis manos —explicó el agente esforzándose por ocultar todas las lagunas de su historia.

—No me digas, ¡qué conveniente! —exclamó Harry, molesto. Todo aquello era tan estúpido... ¿es que acaso no veían con toda claridad que se había tratado de una trampa? ¡Alguien había hundido a Boyle! Aunque el muy estúpido había sido sorprendido con las manos en la masa, desde luego, no era el único metido en todo aquello.

—Sé que no compraba el licor para propio consumo. —Jefferson hizo un gesto de elocuencia con las cejas, dejando en claro que esa era una idea que ya había tenido—. Por supuesto que sabemos que era para la venta, pero no podemos demostrar que trabajara con alguien. Tu hermano no ha acusado a nadie.

Aquello sí sorprendió a Harry. De hecho, incluso Mary Kate pareció asombrada de que Boyle no hubiera acusado a quien hiciera falta para salvarse.

—Necesito hablar con él.

Jefferson echó una ojeada al lugar. Era imposible tratar de la forma que correspondía a todos los delincuentes del tres al cuarto con los que tenían que lidiar a diario, y los pocos agentes disponibles a menudo aligeraban el trabajo enviándolos a la celda o aceptando pagos compensatorios por los delitos de bajo escalafón que habían cometido. Un juicio justo, con una condena que se pudiera estipular de forma legal ante un juez, parecía más que impensable en un nido infecto como aquel.

—Ahora mismo no puede recibir visitas.

—¿Y cuándo podrá, Jefferson? ¿Cuando venga el juez designado dentro de cuatro o seis meses? ¿Cuando haya que cambiarlo a otra mazmorra porque tengáis tantas putas que no sepáis dónde hacinarlas? ¿Entonces podremos verle?

—Hacemos cuanto podemos con nuestros recursos, Murphy. Somos pocos, no tenemos espacio, ni medios. —La mirada de Jefferson se volvió fría, ofendida por los comentarios de Harry y por la realidad de la situación que vivía todos los días—. Pero de una cosa puedes estar seguro, cuando el crimen es serio, la condena lo es aún más.

—¿Qué quiere decir con eso? ¿No va a dejar que nos llevemos a Boyle a casa? —La desesperación de Mary Kate sonó tan patética que incluso Rose Anne se vio forzada a indicarle que callara.

Ella ya conocía la respuesta a esa pregunta e intentaba lidiar con su repercusión en silencio, rogando que al menos les dejaran verlo para poder saber cómo se encontraba. Y preguntarle, de paso, por qué había sido tan estúpido.

—Lo siento mucho, Murphy. Nadie aquí va a jugarse el trabajo por tu hermano. Su detención es un correctivo, una manera de mostrar a los sublevados que en Morgantown estamos a favor de la Prohibición.

—Una cabeza de turco, vaya —resopló Harry, cuyas fuerzas se le escapaban.

—Un cabeza hueca, si me permites —corrigió Jefferson—. Si lo hubiéramos pillado comprando solo algunas botellas, podríais habéroslo llevado bajo palabra pagando una multa. Pero no fue así. ¡Estaba cargando una carreta entera! ¿De dónde sacaba el dinero para comprar ese alcohol y a qué tratos había llegado con la gente de ese barco? No nos ha dado una sola respuesta. Tampoco se entregó de forma voluntaria, por cierto. Lo único que admitió fue haber tomado prestada la carreta del viejo Collins sin que este se enterara de nada. No es un hombre cabal, Murphy.

—De modo que va a quedarse encerrado como un animal —resumió Mary Kate, habiendo perdido toda esperanza—. Mi marido va a seguir detenido, acusado de contrabando y sin poder volver a casa.

—Lo siento, señora —repitió Jefferson, incómodo—. Es la ley.

Harry estaba convencido de ello, aunque también sabía que, de haberse tratado de una persona que despertara menos animadversión que Boyle, tal vez podrían haber encontrado un entendimiento. Las palabras de Jefferson dejaban a la vista cierta rencilla personal que no pasó inadvertida a Harry. Tal vez Boyle y el agente hubieran tenido problemas en el pasado. Todo el mundo sabía que su hermano visitaba el pueblo y volvía siempre en malas condiciones. Le debían de haber visto borracho en incontables ocasiones, probablemente pavoneándose de conseguir licor para embriagarse sin ninguna consecuencia que se le pudiera demostrar... Hasta ahora, que había caído con todo ante las narices de los agentes.

—Tengo que verlo aunque solo sea unos minutos —insistió Harry haciéndose cargo de los nervios de las mujeres que le acompañaban—; saber si está bien, qué demonios ha pasado y para quién era todo ese alcohol. Y sobre todo, cómo demonios se hacía con él.

—Ya te he dicho que no ha dado nombre alguno del destinatario del cargamento.

—A mí me lo dirá. —Su seguridad hizo enarcar una ceja a Jefferson—. Si me permites verlo solo unos minutos, tendrás el nombre.

Tentado por la posibilidad de añadir una medalla más a su cuadro de honor, Jefferson fingió que se lo planteaba durante unos segundos, aunque Harry ya sabía que había ganado aquel asalto. Después, emitiendo un suspiro exagerado, señaló a Rose Anne con un dedo.

—Por usted, señora Murphy. —Y mirando a Harry añadió—: Voy a permitirte que le veas durante diez minutos. Pero ni uno más.

—Con eso será suficiente. —Harry bajó los hombros, pero la tensión que sentía no se disipó—. Y, Jefferson... Boyle se fue con uno de nuestros caballos, quiero recuperarlo.

20

Harry bajó las escaleras en silencio. Se preguntaba qué le diría a su hermano tan pronto lo tuviera enfrente, porque lo único que se le ocurría hacer era darse la vuelta y marcharse por donde había aparecido, dejando que se cociera en su propio guiso de vergüenza, o pedir que le dejaran entrar a la celda para poder partirle la cara de un par de puñetazos. Desde luego no se merecía menos, teniendo en cuenta que había dejado a su madre y a su esposa bañadas en angustia y lágrimas. Solo por aquel mal rato merecía pudrirse unos cuantos días en la cárcel y, si dependiera de Harry, firmaría para que su estadía fuera más que considerable. Quizá así aprendiera a ser menos inconsciente.

Jefferson se detuvo justo antes de girar en una curva. Con la mano levantada, le señaló a la primera puerta enrejada que se vislumbraba tras el giro.

—Tienes diez minutos.

El agente emprendió el camino de vuelta y Harry dobló la esquina, entrecerrando los ojos para ver más allá de la oscuridad que imperaba en el lugar. El olor a sudor y putrefacción hizo que le hormiguearan los ojos, pero se obligó a rehacerse tan pronto estuvo justo delante de los barrotes.

Había tres hombres en aquella celda. Uno yacía en una esquina, hecho un ovillo y con la cabeza escondida entre los brazos, que tenía doblados sobre las rodillas. El segundo roncaba en el camastro, estirado y sin moverse más que lo justo para respirar. Boyle era el tercero. Aguardaba su suerte sentado en el suelo, con la cabeza apoyada en la pared de piedra. Tenía un aspecto lamentable y un lado de la boca empezaba a hinchársele. Probablemente a aquello se había referido Jefferson al decir que no había sido una detención voluntaria.

Al verse cara a cara con su hermano, Boyle mostró una leve sonrisa seguida por un suspiro. Rascándose la cabeza, se alborotó el pelo que le caía sudado sobre la frente y habló sin levantarse ni mostrar emoción alguna.

—Y yo que pensaba que las cosas no podían ir peor...

—¿Habrías preferido que bajaran madre o Mary Kate?

—¿Están aquí? —Aquello sirvió para que Boyle se dignara a girar el rostro, dejándole ver a su hermano el morado de uno de sus ojos—. ¿Cómo demonios has sido tan imbécil para traerlas?

—No creo que estés en disposición de tratar a nadie de imbécil, Boyle. —Harry se cruzó de brazos. Dudó en si apoyar todo el cansancio de su cuerpo contra la pared mugrienta que quedaba tras de él, pero lo pensó un segundo antes de hacerlo y se mantuvo en el sitio retando a su hermano a seguir con sus estupideces mientras se pudría en la celda—. Tienes un aspecto horrible. Más de lo habitual.

—Perdona, hermanito. De haber sabido que venías habría pedido una pastilla de jabón y un peine.

Boyle escupió al suelo y dobló las piernas con un quejido. Harry se preguntó si estaría magullado más allá de lo que la ropa dejaba ver o si solo se trataba de mera incomodidad. Como fuera, el tiempo se le escapaba de las manos, así que más le valía empezar a tantear el terreno para descubrir la información que le había prometido a Jefferson y, de paso, intentar saber cuál era la envergadura del crimen para poder hacerse una idea de qué iba a pasar con su hermano, que no parecía, ni de lejos, tan preocupado cómo debería.

—Por lo menos tienes una agradable compañía.

—¿Estos dos? —preguntó Boyle señalando con la mano hacia el interior—. Si no oyera a uno roncar, pensaría que lleva días muerto. Y el otro, más de lo mismo. Y no lo digo solo por lo mucho que apestan.

Harry suspiró, acercándose más a las rejas y bajando la voz para que nadie más pudiera oírlos.

—Estás metido en un lío, Boyle —dijo en voz muy baja esperando que su mirada seria le dijera a su hermano cómo de grave era la situación..

—No me digas...

—Es evidente que alguien dio el chivatazo para que te encontraran.

—Hay redadas todo el tiempo, Harry. Es lo que pasa cuando existen personas que se atreven a ir contra las absurdas leyes del Gobierno. Nos cazan como a animales. —Boyle se rascó la barba y echó una mirada por el pasillo cuando oyó un quejido en otra celda.

—¿Así que te crees un héroe por haber empezado a hacer contrabando de alcohol? —Harry sujetó uno de los barrotes con la mano, apretando los nudillos hasta que se le quedaron blancos.

—Piensa lo que quieras. Al menos, no soy un cobarde.

—No, eres un necio. Te han vendido, Boyle. Quienquiera que sea la persona a la que ibas a llevarle el cargamento te lanzó a los leones.

—¡No sabes nada, Harry! —le increpó levantándose. Dio una patada contra la puerta que no sirvió más que para alterar al preso que dormía a su espalda, que roncó más fuerte como protesta—. ¿A qué demonios has venido? ¿A pavonearte? ¿A darme un sermón porque te crees dueño de superioridad moral? Pues deja que te diga una cosa, hermanito, cumpliendo las normas no se llega a nada ni se tiene dinero. Puedes pasar el resto de tu vida partiéndote la espalda en esa condenada granja que jamás saldrás de donde estás.

Harry tiró de los barrotes, aunque, por supuesto, estos no se movieron. De buen grado habría estampado su propia cabeza contra ellos si con eso hubiera logrado encontrar el modo de que su hermano comprendiera que, si no les daba a aquellos agentes algún nombre como muestra de buena voluntad y arrepentimiento, su condena sería de por vida.

—¿Y dónde te ha llevado a ti todo tu arrojo, Boyle? —cuestionó sin esperar realmente una respuesta por parte del hombre que le miraba desde el otro lado de las rejas—. Estás en la cárcel y tus perspectivas no son buenas.

—Eso cambiará pronto... —Boyle no dijo más.

Con la cara recortada tras los barrotes, estaba tranquilo y muy convencido de que la ayuda no tardaría en llegar. Había hecho un buen trato, se dijo. No sabía cómo habían podido descubrir la hora exacta de la entrega, pero tanto daba. Confiaba en el capitán de aquel barco y sabía que su silencio se vería recompensado.

Ellos lo sacarían. ¿Quién iba a mover sus mercancías con él tras las rejas? No. No le dejarían pudrirse ahí. Era solo cuestión de tiempo, pensó con una sonrisa taimada. Pronto, muy pronto, estaría libre.

Apretando los labios, Harry contempló a su hermano y se dio cuenta de que estaba ante un hombre al que apenas reconocía. Cegado por lo que creía que había sido un arranque de viril valentía, consideraba haber hecho algo completamente lícito, ya que estaba destinado a darle lo que creía que se merecía.

Harry ya sospechaba que Boyle vivía insatisfecho, aunque muchos en su situación se habrían sentido felices, pero nunca imaginó que su ambición fuera tan inmensa que despreciara tanto el trabajo honrado en una tierra que le pertenecía. Incluso él, que durante un momento de su vida había querido experimentar el valerse por sí solo, no se habría planteado nunca recurrir a lo que Boyle había hecho para obtener ganancias. Esas cosas nunca traían nada bueno, saltaba a la vista.

—Tenías una buena vida, Boyle —le susurró mirándole fijamente y preguntándose qué diablos le había pasado a su hermano y cuándo le habían perdido—. Tu esposa y tu hijo te quieren. Nuestra madre está sana, el trabajo en la granja es honrado y la tierra que pisamos nos pertenece. ¡Por el amor de Dios! ¿Qué más podías querer?

Para responder aquella pregunta, Boyle se sacudió la suciedad con un movimiento estudiado de su mano sobre las mangas de la camisa destrozada, como si de un traje de domingo se tratase, y miró a Harry con firmeza sujetándose de los barrotes.

—Respeto —dijo sin más—. Puede que no lo hayas notado, porque siempre has gozado de él, pero para mí cada opinión, cada sugerencia y decisión han sido un completo infierno. Ya desde antes que padre muriera quedó claro que nada de lo que hiciera valdría la mitad de lo que haces tú.

—Así que de eso va todo —se lamentó Harry con rabia—. Eres un estúpido acomplejado que ha quebrantado la ley para demostrar... ¿qué, Boyle? ¿Qué has conseguido con todo esto?

—Hacer algo que tú jamás podrías.

Ciego de rabia, porque no era capaz de asumir que aquellos absurdos celos fueran el detonante que había provocado que su hermano estuviera decidido a tirar el resto de su vida por la borda, Harry golpeó la puerta de la celda con ambas manos emitiendo un bramido que hizo a Boyle retroceder con una sonrisa ladina, encantado de ver al bueno de Harry fuera de sí.

—Vas a molestar a mis vecinos, hermanito —musitó enseñando los dientes con provocación.

—Si eso era lo que buscabas, enhorabuena entonces. Puedes estar seguro de que yo nunca pondría en riesgo la estabilidad de mi familia por comprarme un estúpido sombrero nuevo. Tienes menos seso del que pensaba.

Boyle se rio a carcajadas, haciendo que el hombre que dormía se removiera, aunque siguió roncando de forma audible para todos los presentes. Cuando volvió a hablar, lo hizo señalando a Harry con el dedo, con el rostro iluminado por la burla. Estaba claro que se consideraba en una posición ventajosa, en poder de un conocimiento que ni su hermano, un dechado de virtudes, podía conocer.

—Este es un negocio que no solo sirve para desafiar las leyes, Harry. Sino para otorgarte poder. Para hacer relaciones con gente importante —cada palabra sonó melosa en sus labios, cargada de orgullo y placer—. Cada vez que movía uno de esos cargamentos y me pagaban por ello, obtenía recompensas que me hacían mucho más llevadero el volver a la granja, donde mi vida era mediocre.

Le habló con sumo orgullo de las noches pasadas en brazos de Lyla Monroe, a quien hacía regalos maravillosos y que siempre se mostraba dispuesta a complacerle de un modo en que su esposa jamás habría consentido. Lyla era adicta a sentirse adorada y él podía darle eso. Y muchas cosas más. Cuanto más oía Harry, más enfermo y ofendido se sentía, y las ganas de cruzar los barrotes y terminar de romper las facciones de Boyle aumentaban en su interior. Su hermano no tenía decencia, pero demostraba que tampoco era nada sensato. Metido en la mentira que se había creído, estaba seguro de que el contrabando era su futuro, la manera de escapar de todo lo que creía insuficiente para él. No lo dijo y Harry tampoco le preguntó, pero estuvo seguro de que, de haberle ido mejor las cosas, Boyle pronto los habría abandonado sin ningún remordimiento.

—De modo que te vengabas de ser un don nadie en casa pagando por los favores de tu amante. —Harry apretó los puños sintiendo cómo la tensión se abría paso por todo su cuerpo—. Me pregunto cómo se tomarán eso madre y Mary Kate.

—Alégrate, Harry. Después de contarlo subirás varios peldaños en tu perfección ante los ojos de todos, mi sofocante esposa incluida.

—¡Tu mujer está arriba llorando por ti, lamentando tener que contarle a JJ que su padre está en la cárcel! ¿Es qué no te importa nada tu hijo, maldito seas? ¿No te das cuenta de que tu estúpido juego lo deja desamparado?

—¡No es el único hijo por el que tenía que velar, Harry!

La verdad se abrió paso en la mente de Harry, como impulsada por un hierro candente. El peso de aquel conocimiento le sumió todavía más en la decepción. Pensar que debía compartirlo con el resto de la familia le ponía en una posición muy inquietante.

—¿De Lyla? —Su hermano solo asintió—. Demonios, Boyle.

—Sus exigencias para mantener el secreto han ido aumentando —explicó con un tono de voz más bajo y humilde—. No deja de decirme las cosas que necesitan ella y el crío, y amenaza con contarlo todo si no cumplo.

—E imagino que se muestra más que amable contigo cuando le llevas lo que ganas con el contrabando.

—Velar por ellos es mi maldita obligación, Harry. Es mi hijo, tanto si me importa un comino como si no. Lyla me necesita, solo a mí. Y manteniéndola contenta ahorro sufrimiento a Mary Kate.

Sintió asco por Boyle, por lo que había hecho y por los motivos tras los que se escondía. Que tuviera envidia y solo quisiera destacar cometiendo un crimen como aquel era ya motivo más que suficiente para que mereciera la cárcel, pero que además de todo tuviera que seguir haciéndolo para esconder una falta tan grande a su familia... Harry deseó más que nunca darse la vuelta y dejarle solo con su problema. Estaba harto de buscar soluciones, de tener que pensar y de ser él quien debía dar la cara ante los demás por culpa de los desmanes de su hermano.

Pero, de forma inesperada, la pena se abrió paso en medio de toda la ira y sintió lástima por él, quien, aunque no lo supiera, estaba siendo extorsionado por una mujer que había jugado muy bien sus cartas, usando aquel complejo de inferioridad galopante de Boyle justo en su contra.

—Debes decirle a Jefferson que estás siendo extorsionado.

—¿De qué estás hablando? ¡No pienso declarar que estaba amenazándome una mujer! —Su voz áspera dejó evidencias de que sería tajante en aquel punto. Nunca usaría el chantaje de Lyla como defensa, pues eso solo le haría quedar en ridículo.

—Es la única manera de añadir atenuantes a tu causa, ¿es que no lo entiendes?

—Eres tú el que no lo entiende. No voy a estar aquí mucho tiempo, Harry. Tengo amigos que me ayudaran.

Desesperado porque se le acababan las opciones y el tiempo, Harry se acercó todo cuanto pudo a los barrotes y, mirando directamente a los ojos de Boyle, vio que su hermano realmente creía lo que estaba diciéndole.

—No me digas... ¿Los contrabandistas de los que consigues esas botellas? ¿O el comprador de todo el alcohol que la policía está destruyendo en este momento? ¿Crees que alguno de ellos va a sacarte de aquí, Boyle? ¿Y cómo crees que podrán hacerlo sin delatarse? ¿Acaso no ves que cualquiera sin dos dedos de frente puede hacer tu trabajo? No puedo creer que seas tan tonto como para creer lo que estás diciendo.

—Sé mantener la boca cerrada y eso, hermano, se recompensa. —Con un gesto de la mano, abarcó el estrecho pasillo medio a oscuras que le separaba de la salida. Metros que recorrería pronto, cuando todo acabara.

Los dos se midieron con la mirada, dejando que solo fueran audibles sus respiraciones agitadas, tan exaltadas que rivalizaban con el continuo sonido de ronquidos que llegaban desde el rincón.

—Estás loco... y espero que te aferres a esa idea solo para mantenerte cuerdo aquí dentro, porque, si de verdad no te has dado cuenta de que la persona que te traicionó no puede ser otra que tu comprador, es que tu situación es todavía peor de lo que creía.

Boyle levantó la barbilla y se cruzó de brazos sin amilanarse. Confiaba en la palabra de aquellos hombres de mar. Incluso era posible que el viejo Flint dejara caer algún soborno en las manos adecuadas si la situación se dilataba demasiado. Le necesitaban. Era importante en aquel negocio y no le dejarían pudrirse en la cárcel. Que todo se solucionara era solo cuestión de tiempo y paciencia.

—Si has venido hasta aquí pretendiendo sacarme algo más, has perdido el tiempo.

—Intento decidir qué voy a contarles a tu esposa y a nuestra madre de todo lo que he oído.

Boyle se encogió de hombros, indiferente.

—Di lo que te plazca, después de todo ya deben de haberse hecho un juicio sobre mí. Soy la oveja descarriada, ¿no es verdad? Pues al fin tienen motivos para creerlo. Y padre también. Seguro que sonríe en su tumba viendo que no se equivocaba al nombrarme segundón.

—No saldrás de aquí, Boyle. —Harry esperó que la gravedad de la situación quedara latente en sus palabras—. Usa lo que puedas para defenderte, por favor, o te esperan muchos años de cárcel.

Él, sin embargo, sonrió.

—Te escribiré desde donde esté, hermanito. Tan pronto todo se aclare y abran estas rejas, daré un golpe tan grande que haré temblar este inmundo pueblo. Después iré a buscar a Lyla y me largaré de aquí.

—¿Y Mary Kate? ¿Y JJ? ¿Qué pasa con ellos? —preguntó Harry completamente desconcertado ante la ligereza con la que su hermano mostraba su clara intención de abandonar a su familia sin más.

—Siempre fuiste mejor hombre que yo, Harry. Los cuidarás bien. —Boyle tragó saliva y, quizá por primera vez desde que toda aquella conversación había empezado, no hubo ninguna acidez en su comentario.

La voz de Jefferson se oyó atronadora al irrumpir en el silencioso pasillo.

—¡Murphy, se ha acabado el tiempo!

Apesadumbrado e incapaz de comprender por qué no sentía más odio por su hermano después de lo que pretendía, Harry se dispuso a marcharse.

—Solo una cosa más antes de que te marches, hermanito —lo detuvo Boyle con ese tono de voz tan petulante del que Harry había aprendido a esperar lo peor. Al parecer, todavía le quedaban pullas en esa lengua viperina—. Necesito que hagas una confesión.

—¿Yo? Creo que el único que debe admitir culpas aquí eres tú —respondió Harry mirándolo por encima del hombro con desprecio.

—Dios sabe que hasta los hombres intachables como tú guardan sucios secretos. ¿No es así? —le espetó, captando la atención de Harry.

—Deja a Dios en paz y habla de una vez. No tengo tiempo para tus estúpidos acertijos.

La carcajada de Boyle le puso el vello de la nuca de punta, pero Harry permaneció inmóvil. Intrigado, esperó a que su hermano decidiera por fin dar por concluido su patético teatro y escupiera lo que tuviera que decir. Después, ya vería él cómo hacer lo propio con la enorme cantidad de inmundicia que se iba a ver obligado a compartir con su familia.

—¿Quién es nuestra querida Bree? —preguntó Boyle sin más, con una sonrisa siniestra—. Hace tiempo que dejé de ser tan inocente, así que tus mentiras nunca significaron nada para mí. Confiesa, Harry, no es la viuda de Milton Harrison, ¿verdad?

Los dos intercambiaron una única mirada. Después, y sin entender muy bien por qué lo hacía, Harry negó con la cabeza confirmando las sospechas de Boyle.

—Lo sabía, siempre lo supe. —Boyle emitió un suspiro que hizo de su alivio algo casi palpable.

—Su historia es mucho más complicada y triste que esa —dijo Harry, rendido a la evidencia.

—Me importa un comino, hermano. Tú, ella y lo que sea que os traigáis entre manos. Solo necesitaba saber que no me había equivocado. Yo tenía razón y tú mentías. Parece que, al final, no eres tan buen hombre como todos piensan —lo increpó, burlándose a pesar de lo precario de su situación.

—Vete al infierno, Boyle.

Recibió una carcajada como respuesta mientras emprendía el camino de vuelta, alejándose de un hombre al que no podía despreciar y por el que sentía una lástima más grande de lo que era capaz de expresar.

Hundido por completo y sin haber obtenido el nombre que había prometido a Jefferson y que habría podido aliviar los delitos de su hermano, Harry se preguntó cómo iba a enfrentar las verdades que había descubierto ante aquella celda y cómo encontraría las palabras adecuadas para hacer partícipe a su familia de todo lo que ocultaba el alma negra de Boyle.

La madrugada siguiente, incapaz de pegar ojo, Boyle empezaba a ponerse nervioso. ¿Cuántas horas más iban a esperar esos imbéciles para sacarlo de aquel agujero? Cuánto más tiempo pasara lejos del negocio, más opciones habría de que le sustituyeran y, entonces, todos sus planes desaparecerían. Estaba cansado de esperar, no le habían dado nada de comer y el pestilente hedor de los demás presos amenazaba con pegársele a la piel para siempre. Por si fuera poco, iba a tener que dar a Lyla mil explicaciones sobre dónde había estado y por qué su último capricho no le había llegado todavía a las manos. Maldita mujer, si no estuviera tan loco por ella hacía mucho tiempo que la habría hecho callar.

—Bastardos... ¿acaso van a obligarme a pasar aquí otro día más? —rumió al incorporarse para estirar las piernas entumecidas—. Y ese cobarde de Flint... voy a darle una tunda que no olvidará fácilmente.

—Eh, tú. —En medio de las sombras, uno de sus compañeros de celda levantó la cabeza. El tipo que había estado sentado con la cara oculta entre las manos le miró con una sonrisa que no presagió nada bueno. Se rascó la barba señalando a Boyle con la mano e hizo amago de incorporarse—. Te oí antes hablando con tu hermano. Dijiste algo de un gran golpe.

—Métete en tus condenados asuntos.

Boyle le dio la espalda, asqueado de tener que compartir conversación con un tipo como aquel. Sintió a su espalda como el hombre se levantaba y un crujido desagradable le indicó que el que dormitaba hacía lo propio.

—Verás, resulta que sí que es nuestro asunto —intervino el otro tipo, mucho más grande de lo que había parecido mientras estaba echado—. Sobre todo, porque pavonearse de dar un golpe grande significa hacer ruido, y eso no interesa a nuestro jefe.

—Te has convertido en una molestia para su negocio —dijo el primero—, y al jefe no le gustan las molestias.

Con la espalda pegada a los barrotes, Boyle miró de forma alterna a uno y otro. Entre los dos ocupaban prácticamente la totalidad de la celda. La cara de uno de ellos le resultaba vagamente familiar. ¿Lo había visto en el río, descargando cajas? No estaba seguro. Nunca había prestado atención más que al hombre con el que negociaba. Ni siquiera se había fijado en él al entrar en la celda. Un sudor frío le bajó por la espalda, se le secó la boca y las manos le temblaron. Sin embargo, intentó que la voz le sonara serena y desprovista de emoción al hablar.

—¿Y puede saberse dónde demonios está vuestro jefe?

El tipo que había estado hecho un ovillo negó con la cabeza y el otro sonrió.

—Como tú mismo has dicho, uno tiene que meterse en sus propios asuntos, amigo. Y este no es el tuyo.

—No soy tu amigo —masculló Boyle, sin lugar al que ir.

—Tanto mejor. Eso hará el trabajo todavía más fácil —declaró el hombre que había dormido en el jergón sacando de la nada un artilugio punzante que, por lo visto, había pasado inadvertido a los guardias que le habían cacheado antes de encerrarlo, si acaso alguno se había tomado la molestia de hacerlo.

Antes de poder emitir el más mínimo sonido, Boyle se vio inmovilizado por la fuerza bruta del preso de la barba. Un leve haz de luna que se colaba por una rendija formada entre la piedra iluminó la escena el segundo antes de que el pincho se le clavara en el costado. Su grito de horror quedó sofocado cuando le cubrieron la boca y notó cómo se le perforaba el hueso y cómo la sangre, caliente y húmeda, manando a toda velocidad, se extendía por su ropa. Había sido un golpe certero.

21

Las circunstancias familiares habían sacudido los cimientos de la granja de los Murphy y el día transcurría entre silencios incómodos y miradas de pena.

Cuando había regresado de la celda de Boyle el día anterior, Harry había sentido que la cabeza le explotaría en cualquier momento. Después de unos terribles momentos donde los sollozos de Mary Kate se mezclaban con las mil preguntas de Rose Anne, que exigía saber palabra por palabra lo que sus hijos habían hablado, Harry había estado más que agradecido de poder alejarse de ellas el tiempo suficiente para poder pensar con frialdad. Jefferson le había entregado el caballo que su hermano se había llevado de la granja, de modo que su madre y su cuñada habían regresado a casa en la carreta, otorgándole a él la posibilidad de galopar a solas y en silencio.

Una vez en la granja, Harry, aunque parco, había compartido parte de su conversación con Boyle. Aunque no fue capaz de mirar a Mary Kate a los ojos y confesarle los egoístas planes de su hermano y su secreto. Atestiguó ante su madre la incapacidad de Boyle para entender su grave situación y lo confiado que estaba, sin ninguna razón de peso que lo sustentara, en que pronto se vería libre de la cárcel.

Poco a poco, las cuestiones de Rose Anne fueron desvaneciéndose y la angustia de Mary Kate se hizo más profunda y callada. Las dos asumieron que la situación de Boyle no iba a mejorar por culpa de su propia obstinación. Sabían que pasaría mucho tiempo hasta que volvieran a verlo caminar libre. Más tarde, el cansancio se había apoderado de todos ellos y, en sepulcral silencio, se escondieron en sus respectivas habitaciones.

Por la mañana, Rose Anne, que había llorado cuanto había necesitado, se afanaba en remendar toda la ropa de Boyle, pensando que, si le condenaban y era trasladado a la prisión estatal, necesitaría mudas limpias para una buena temporada. Hacer algo práctico la ayudaba a despejarse, aunque las arrugas de su rostro, cansado y surcado por la pena, parecían haberse multiplicado por diez en las últimas horas.

En el caso de Mary Kate, su mutismo empezaba a ser preocupante. Apenas había dicho una sola palabra desde que habían salido del edificio policial y ni siquiera había intentado sonsacar más información a Harry sobre su conversación con Boyle. En lugar de protestar o abandonarse a la pena, parecía haberse resignado con suma velocidad a lo que iba a ser su vida desde ese momento. Se ocupó del desayuno, atendió a JJ con naturalidad y hasta se encargó de las cuentas de la granja como había hecho siempre, callada y pasando tan desapercibida que, a menudo, uno no reparaba en que se encontraba en la habitación hasta que se daba de bruces con ella.

Bree lo veía todo desde un segundo plano y hacía cuanto podía para ayudar, consciente de que su presencia allí se volvía tan incómoda como útil por momentos. Intentó resultar un soplo de aire fresco para Rose Anne, junto a la que se sentó a coser mientras le daba conversación. Y también se ocupó de JJ, que seguía creyendo con firmeza que su padre se encontraba trabajando en el pueblo. Bree acallaba sus preguntas con ejercicios de lectura y cálculo, y lo animaba a practicar sus lecciones fuera de la casa cuando la situación en el interior se mostraba tensa. No era buena idea que Rose Anne avasallara a Harry con sus preguntas mientras el niño estuviera presente, ni mucho menos que increpara a su madre para que expresara sus sentimientos.

—Condenada chiquilla —murmuró zurciendo con rabia los calzones de su hijo—, explotarás en cualquier momento como sigas rumiando de esa manera. ¿Y entonces qué?

Sin embargo, si algo preocupaba a Bree hasta el punto de sentir dolor en el fondo de su alma, era la actitud que había adoptado Harry. Se había vuelto callado y taciturno en cuestión de unas pocas horas. Toda la familia estaba sumida en una tensa expectativa desde su visita al pueblo, pero él parecía cargar con una cruz invisible que no estaba dispuesto a compartir con nadie, por más que su propia madre insistiera con fiereza. Lo que fuera que Boyle le había dicho en la intimidad de su oscura celda le había trastornado, aunque él no estuviera dispuesto a confesarlo.

Por su lado, Harry casi agradecía que su hermano siguiera tras las rejas, de ese modo su madre sabría al menos dónde encontrarlo y, aunque se lamentara por su suerte, no tendría que vivir el resto de sus días preocupada, preguntándose donde habría ido y por qué había abandonado de ese modo a la familia, como había dejado claro que pretendía hacer en cuanto saliese de la cárcel.

Aquella mañana, cargado con la pala que usaba para quitar la nieve de la entrada y el establo, apenas sentía el aire helado arañándole la cara. No llevaba puestos los guantes y era muy posible que los dedos se le quedaran pegados al mango de madera cuando intentara retirarlos, pero no le importaba. Todo su mundo estaba del revés. Una vez más, se encontraba estancado a causa de los errores de Boyle, paralizado sin saber qué hacer o hacia dónde avanzar. Volvía a esconder secretos por el bien de los demás, incluso cuando la verdad le picaba en la lengua y el rincón más mezquino de su ser le gritaba que lo mandara todo al diablo y expusiera a Boyle ante los suyos. Total, ¿acaso podía irle peor?

—¿Harry?

La voz de Bree le hizo parar en mitad de una palada. Sorprendido, se dio la vuelta y la contempló en el camino que acababa de despejar, hermosa y abrigada, como una diosa de las nieves. Tenía la nariz roja y los ojos brillantes a causa del aire frío. Y, entonces, el calor que necesitaba para hacer frente al temporal que azotaba su vida le derritió el corazón en el pecho.

—Me has llamado por mi nombre de pila... —fue todo cuanto se le ocurrió decir.

—Lo intenté con *señor Murphy* un par de veces, pero parecías necesitar algo más fuerte para salir de tus pensamientos —se justificó mientras en sus mejillas aparecían las acostumbradas marcas enrojecidas, provocadas por la sensual mirada que él le dirigía. Se mordió el labio inferior y bajó la cabeza, avergonzada, pues era consciente de que Harry se había percatado de su turbación. La sonrisa lo delataba.

Con un carraspeó que distendió el momento, Harry clavó la pala en el suelo y se apoyó en ella para evitar que la presencia de Bree terminara por mermar sus fuerzas y le tirara al suelo.

—He hecho café —le informó ella al tiempo que le indicaba la casa con un gesto—. Tu madre se ha recostado un rato, así que podrás tomarlo sin que te haga preguntas.

—De modo que lo has notado —ironizó Harry, sabiendo que la insistencia de Rose Anne no habría pasado desapercibida para nadie.

—He intentado hacer oídos sordos... pero no hay mucho sitio donde esconderse. —Bree se arrebujó más en su abrigo provocando en Harry deseos de abrazarla para darle calor—. Sé que no me corresponde estar en medio de las cosas de la familia. No es justo que tengáis que compartirlas conmigo por obligación.

—No digas eso, Bree. Eres un respiro para todos, la única que está tan aparte de esto que podemos fingir que hay otras cosas en las que podernos ocuparnos además del asunto de Boyle.

Ella le agradeció el intento con una sonrisa, aunque seguía convencida de que estar enterada de todo aquello escapaba a sus funciones como invitada en la casa.

Harry suspiró mirando montaña arriba, donde la niebla parecía estar más baja y espesa que nunca. El aire casi era tangible de tan frío como bajaba, avisando de que la nevada duraría aún algunas horas.

—Tengo miedo de hablarle a mi madre de la verdadera personalidad de Boyle —confesó Harry, deseoso de compartir con alguien parte de sus preocupaciones—. Su imagen de hijo ya está muy dañada ante ella, pero esto... esto la destrozaría del todo.

—¿Temes que no le perdone por no mostrarse arrepentido? —preguntó Bree tratando de leer en los ojos de Harry la profundidad de aquellos sentimientos que le inquietaban.

—Una madre siempre perdona, lo que temo es comprender lo que decía y terminar defendiéndolo ante ella.

—¿Por qué harías eso?

Harry dejó de mirar el montículo de nieve donde había anclado la pala y alzó la cabeza despacio. Contempló a Bree como si la viera por primera vez, fijándose en aquellos mechones de pelo que el aire había hecho huir de su recogido y ahora se mecían con el viento. Tenía la nariz colorada y los copos que habían caído sobre su ropa se derretían, creando pequeños regueros de agua. Contó las suaves pecas que adornaban sus mejillas y se preguntó si habría más ocultas en esa piel blanca que todavía no había visto.

—Porque algo de lo que me dijo me hizo tenerle envidia, Bree. Porque una parte de esa conversación, en la que mi hermano se mostró egoísta y mezquino, me hizo ver que es valiente y pelea por lo que quiere caiga quien caiga, algo que yo no he hecho jamás.

—Harry, no pretendo curiosear, pero es evidente que lo que sea que Boyle te dijo ha calado muy profundo en ti y yo... yo quisiera ayudarte, pero para eso tienes que contármelo. —Usando un tono muy delicado, Bree se aproximó unos pasos. Sabía que él sufría y se ahogaba con el secreto que estaba ocultando, y nada quería más que aliviar aquel peso. Sus ojos se lo dijeron y supo que él lo había visto, pues la rigidez de su cuerpo pareció disiparse unos instantes.

Hacerlo no parecía tan difícil cuando ella lo planteaba así, sobre todo después de todas las horas que había pasado rememorando una a una las palabras de Boyle, analizando su sentido, intentando entenderlas y mantener firme su desprecio más absoluto a todas las decisiones que había tomado.

—Su plan es largarse de aquí tras un último gran golpe. Cualquiera sabe qué pretensiones tiene... prefiero no imaginarlo.

Bree sintió cómo el enfado calentaba sus músculos, apartando el frío que las bajas temperaturas le provocaban. Aunque no era quién para inmiscuirse, la verdad la impactó y le provocó un alto grado de repulsa ante lo que aquel hecho significaba para el resto de una familia a la que había aprendido a querer. Abrió la boca, pero no pudo pronunciar palabra, momento que Harry aprovechó para hablarle de los delirios de Boyle acerca de aquellos socios que, según él, iban a sacarle de allí cuanto antes.

—Está convencido de que, si no los delata, buscarán la manera de sacarlo. —Harry llenó la pala y lanzó la nieve fuera con manos expertas. Si seguía quieto, la angustia se le iría comiendo por dentro. Tenía que mantenerse ocupado o enloquecería—. Pero eso no es todo, piensa irse con su amante en cuanto esté libre.

—¿Y va a dejar a Mary Kate? ¿A JJ?

Harry asintió, guardándose para él la última confesión de su hermano, que todavía no había sido capaz de aceptar.

—Dios mío... —La imagen de JJ, risueño y lleno de curiosidad, impactó en la mente de Bree. Pensó en él, aguardando a un padre que no echaría la vista atrás para despedirse, preguntándose durante todo su crecimiento qué habría pasado para que le dejaran atrás. ¿Cómo podía ser Boyle tan injusto? ¿Su corazón no le daba para pensar en aquellos a los que abandonaba?

—Es repugnante, Bree. No tienes que decírmelo. El comportamiento de mi hermano es cruel y egoísta, pero aun así... es capaz de dejarlo todo por seguir lo que cree que necesita para ser feliz.

—¿Crees que ama a esa mujer en realidad? —Si esa era la respuesta a las acciones de Boyle, al menos demostraría ser capaz de albergar sentimientos, aunque estos solo hubieran nacido para romper una familia.

Harry negó.

—Boyle solo se quiere a sí mismo. Ella es... solo una manera de demostrar que puede conseguir las cosas, sin importar cómo. Eso es lo que empiezo a envidiar, porque, aunque sus métodos sean repulsivos... es capaz de jugárselo todo por...

Harry golpeó la pala, que cayó sobre la nieve cuajada con un sonido sordo. Se pasó las manos heladas por la cara y el aire frío movió sus cabellos, despeinados y húmedos. Volvió a mirar a Bree, con toda la intensidad del mundo reflejada en sus ojos. Estiró una mano hacia ella, pero fue incapaz de tocarla antes de volver a dejarla caer. Los ojos color avellana de Bree le recorrieron, esperando una caricia que no sabía que estaba deseando hasta que las intenciones de Harry se esfumaron.

—Es solo cuestión de tiempo que Mary Kate y mi madre sepan todo esto —susurró mientras el viento de la montaña enredaba el pelo de Bree a pocos centímetros de él—. El infierno se desatará en esta casa y, sin embargo, yo solo puedo pensar en ese beso que compartimos y que está desmoronando mi vida poco a poco.

Dos pasos hacia delante le bastaron a Harry para sentir en el rostro la caricia de los cabellos de Bree que el aire mecía. Esta vez, cuando alzó la mano, encontró los dedos de ella y los aferró con el cuidado que usaría para sujetar a un gorrión perdido que temblara bajo su contacto.

—No puedo dejar de pensar en ti ni un solo minuto —prosiguió—. Y me lamento y me odio a mí mismo porque incluso mi hermano, que es el hombre más cobarde de la tierra, ha sido capaz de luchar por tener lo que quería aunque no lo mereciera.

Acarició su rostro rogando a cuantos dioses hubieran existido en el mundo por que ella no rechazara su cercanía. Eso le mataría, incluso entendiéndolo. No sería capaz de soportar que se apartara de él otra vez, no en ese momento, cuando ella era lo único firme que se mantenía en su vida. Aunque no fuera nada suyo.

—Mereces un hombre que cuide de ti, que te respete y te proteja. Alguien bueno al que no debas temer, junto al que te sientas segura y confiada. Creo que puedo ser ese hombre, *señora*. Y necesito una oportunidad para demostrarlo.

Acongojada, Bree negó con la cabeza notando que una lágrima traidora corría por su mejilla. Trató de huir, pero esta vez Harry no se lo permitió o quizá ella no lo intentó con tanta fuerza como hubiera hecho en el pasado, porque su pecho gritaba por fundirse contra Harry hasta que la vida se le escapara entre los dedos. Deseaba darle aquella oportunidad, pero con igual fuerza sabía que ella no tenía derecho a esa felicidad, porque estaba marcada por un pasado que siempre se interpondría entre los dos.

—No, no te merezco, Harry. Nunca lo haré —musitó al tiempo que acomodaba el rostro contra la palma de la mano con que él la acariciaba.

—Deja que yo decida eso —protestó con suavidad. Su corazón había decidido tiempo atrás y no había tenido un segundo de tregua desde que sus labios la devolvieron a la vida en la montaña—. Permite que sea yo quien elija con quién compartir mi vida.

—No lo entiendes, incluso si lo intentáramos y yo pudiera confiar, si pudiera entregarme a ti y ser capaz de creer que todo esto es real, que está pasándome, nunca seríamos felices. Es imposible que nada se construya encima de un pasado como el mío.

—Yo me ocuparé de eso, Bree —se ofreció, dispuesto a cualquier cosa—. Permíteme cerrar todas las grietas y arreglar lo que se haya roto. Puedo hacerlo, demonios. ¡Permíteme demostrar que así es!

Harry apoyó la frente contra la de ella, tomándole el rostro entre las manos, llenándolas del calor que ella emanaba. Era tan suave, tan tierna... y él se sentía tan conmovido por sus palabras, por aquel resquicio de esperanza que se abría tras el duro muro en el que ella se había escondido... La acarició con suavidad y anheló que ella solo asintiera con la cabeza y le diera el consuelo de saber que iba a poder poner a prueba su amor, que iba a permitirle mostrarle todo cuánto podía ofrecerle.

—Por favor, Bree. Deja que lo intentemos...

—Voy a tener un hijo de otro hombre, Harry... no es responsabilidad tuya hacerte cargo de algo así. No sería justo —sollozó contra su pecho. Deseaba que fuera posible, lo anhelaba tanto como la vida, y nada la haría más feliz que compartir con él todo cuanto quería darle, pero no era justo que la sombra de sus actos lo envolviera a él.

—Esa es mi decisión. —Su pulgar le rozó los labios, tentándola, rogándole una sola señal para lanzarse al vacío sin mirar atrás—. Esa criatura merece un padre, y yo os acepté a ambos cuando te encontré en la montaña. Mi compromiso es firme desde entonces, lo sabes. Tienes que saberlo.

—Lo sé... claro que lo sé...

—¿Entonces? ¿Por qué no combatimos el miedo y la tristeza juntos? Apóyate en mí, deja que me apoye en ti.

—Dairon...

Él negó lentamente haciendo que su frente rozara la cabeza de Bree, acariciándose la piel con la suavidad de su pelo. Ella jadeó, dejando caer los párpados hasta que sus ojos se quedaron ciegos y solo el aroma de Harry impregnaba sus sentidos. Los animales guardaban silencio, temerosos de que cualquier ruido estropeara un momento donde ambos estaban entregando el corazón a una batalla que no parecía tener fin.

—No menciones su nombre, ya no importa.

Pero la magia se había roto. La mirada de Bree estaba anegada en lágrimas de impotencia, porque, aunque estaba lista para bendecir los sentimientos de Harry, no podía perdonarse a sí misma. Lo que había hecho pesaría cada día de su vida sobre su conciencia, la impregnaría con un efluvio amargo que acabaría señalando no solo a Harry, sino también al resto de su familia. Entonces llegaría el día en que él lamentaría haberla mirado con otros ojos y, aunque su honradez le impediría abandonarla, nunca sería feliz a su lado. Harry Murphy era demasiado importante para ella, y Bree no estaba dispuesta a causar su desdicha.

—Le maté, Harry. Eso es algo que ni tú ni yo podemos cambiar. ¿Qué derecho tengo a abrazarte y desear tus caricias cuando estoy manchada con la sangre de un hombre, cuando deseé que el hijo que crece en mis entrañas muriera con él? —Alzó las manos para mostrarle los dedos crispados que sujetaron el arma que acabó con Dairon, y tembló de rabia por lo indigna que le parecía su vida—. No merezco la felicidad más que cualquier otro criminal. No sería justo obtenerla... y no podría conservarla, porque la justicia divina me castigaría en lo que me doliera más, y eso serías tú.

Con los puños cerrados, Harry pensó mil palabras que pudieran tirar por tierra las de Bree, mas no pudo pronunciar ninguna. Tan solo había una cosa que podía decirle que acabara con su prejuicio y temor a permitirse tener una segunda oportunidad, pero aquella sospecha que había albergado no era una verdad completa que pudiera servir para traerle paz a Bree. Además, ¿y si saberlo terminaba de hacerla pedazos?

Durante un segundo debatió consigo mismo qué hacer, hasta que recordó las palabras de Boyle, que estaba dispuesto a arriesgar su propia vida por conseguir lo que quería. Sería egoísta, al menos una sola vez. Haría lo posible por tumbar sus reservas una a una hasta que pudiera saberla suya por fin.

—¿Y si te dijera que no es así? ¿Y si hubiera alguna posibilidad de que no lo hubieras hecho? —se aventuró a decir mientras la tomaba de los brazos y agachaba la cabeza para mirarla directamente a los ojos.

—¿Qué quieres decir con eso? No entiendo... —Las facciones de Harry se endurecieron al instante. Lo que fuera que pasaba por su cabeza le obligaba a apretar las mandíbulas y a mantenerse tenso mientras sus dedos presionaban la tierna carne de los brazos de Bree. Su cercanía resultaba esperanzadora, pero las palabras ensombrecían el momento y la llenaban de dudas—. ¿Qué... qué sucede? ¿Qué pasa?

—Bree, hay algo que deberías...

—¡Murphy!

El traqueteo de una carreta empezó a hacerse audible al mismo tiempo que los gritos que de ella provenían. En medio de la niebla, la figura que le llamaba no fue visible hasta estar casi en el camino de entrada a la casa. Durante unos minutos agónicos, Harry y Bree aguardaron, con las almas abiertas de par en par, rodeados de aquellos sentimientos expresados por vez primera, hasta que, por fin, los bayos que tiraban del carro se detuvieron a escasos metros de donde se encontraban.

Abrigado bajo una gruesa capa, Jefferson hizo aparición y seguidamente bajó de un salto y miró a los lados con cara de circunstancias. Por instinto, Harry dio un paso al frente y ocultó el menudo cuerpo de Bree tras de sí. No quería que Jefferson la viera e hiciera preguntas innecesarias.

—¿Están tu madre y tu cuñada en la casa? —Harry asintió, confundido—. Bien, ¿hay alguna forma de asegurarse de que no nos interrumpan? Tenemos que hablar.

Harry acusó el ruego de Jefferson y, en silencio, le pidió a Bree que fuera junto a su madre y Mary Kate y no las dejara salir al exterior.

Cuando la joven desapareció por la puerta, se volvió hacia el agente y entrecerró los ojos escrutando su semblante pálido y el nerviosismo de sus pies.

—¿Quieres decirme de una vez qué ha pasado, Jefferson? Te aseguro que, si buscas paciencia y comprensión, este es el peor momento posible y yo el hombre equivocado.

El agente se quitó el sombrero y algunos copos de nieve se le posaron sobre el cabello. Cuando alzó la vista hacia Harry, este adivinó que algo muy malo debía de haber pasado.

—Ha habido una fuga. Esta madrugada —balbuceó Jefferson con torpeza—. Todavía no sabemos cómo...

—¿Boyle? —apremió Harry, aunque rápidamente perdió las pocas esperanzas que había albergado al ver al agente negar de inmediato.

—No, Harry... tu hermano... —titubeó—. Yo bajé a hacer la ronda y... lo siento, de verdad. Boyle estaba... muerto.

La puerta de la casa se abrió con un chirrido y, entonces, el mundo se hizo pedazos.

22

Llevaba más de veinte minutos subida a la peana de la modista, que trajinaba en el vestido que le había encargado hacía al menos dos semanas. Al llegar a la tienda, las clientas que aguardaban su turno no habían dejado de cuchichear mientras le echaban vistazos con los ojos entrecerrados, casi como si esperaran un arranque por su parte. Pero Lyla no iba a satisfacer esa ansiedad morbosa, no tenía necesidad. Aunque por dentro bullera de rabia, no dejaría entrever sentimiento alguno. Cuando todo aquello pasara, todas esas insulsas mujeres de pueblo tendrían que morderse las lenguas y tragarse sus palabras. Entretanto, ella aguantaría. Era estoica y siempre caía de pie. También lo haría en aquella ocasión.

A pesar de su convicción, un rastro de amargura le cerraba la garganta. El muy imbécil... ¿cómo diablos se le había ocurrido a Boyle meterse en el mundo del contrabando? Era más tonto que una piedra, Lyla lo sabía bien porque lo manejaba sin despeinarse, ¿de verdad había creído que podía salir adelante en aquel negocio sin que lo descubrieran? Ahora estaba pudriéndose en la cárcel y sabía Dios qué repercusiones tendría eso para ella.

Confiaba en que los Murphy lo sacaran pronto, pero el riego de dinero al que estaba acostumbrada iba a verse reducido de forma drástica, estaba segura. De ninguna manera Boyle volvería a arriesgarse tras salir de prisión; si él no era lo bastante avispado para decidirlo, Harry lo haría en su nombre.

Un ardiente anhelo se abrió paso por su vientre al pensar en él, haciéndola tener que esconder un jadeo. Ojalá hubiera conseguido seducirlo. En lugar de eso, ahora se veía obligada a rezar para que fuera lo bastante bondadoso como para sacar al imbécil de Boyle de entre las rejas. Y después esperar un milagro para que él trajera el dinero que le había prometido.

Lyla no pensaba aceptar que le pusiera uno solo de sus burdos dedos encima hasta que no le entregara lo acordado. Poco o nada le importaba cómo lo hiciera, aunque esperaba que demostrara haber aprendido la lección y buscara el dinero en una fuente más estable que el contrabando de alcohol.

—Esto ya está —anunció la modista retirándole la pieza de tela que conformaba el corsé—. Creo que deberías vestirte.

Confundida, Lyla se dio cuenta de que, en vez de los arreglos que había exigido, aquella costurera estúpida había deshecho las costuras. Roja de ira, se dio la vuelta en la peana, encarándola con los brazos doblados sobre el pecho, apenas cubierto por una prenda interior.

—¿Qué demonios crees que haces? ¡Has estropeado mi vestido!

—No es tuyo hasta que lo hayas terminado de pagar. Y dudo que puedas hacerlo.

Intentó agarrar a la mujer del brazo, pero esta, apartándose, metió la tela en una caja y la cubrió con papel de seda. Cuando cerró la tapa, lo hizo mirando a Lyla con el desafío pintado en sus ojos surcados de arrugas.

—No tienes idea de con quién estás hablando, ¡yo soy...!

—Oh, sí, querida, lo sé muy bien. Pero no creo que ahora mismo Boyle Murphy esté en condiciones de sufragar ninguno más de tus caprichos. —Con un tono de voz lleno de acidez, la modista reunió todos los alfileres que había ido desprendiendo de la prenda y procedió a guardarlos. La mirada suspicaz que dirigió al resto de clientas al pasar detrás del biombo que ocultaba la peana para tomar medidas provocó una serie de risitas que llenaron la tienda.

Lyla no podía verles las caras, pero sonrió con desdén, sin que le importara un comino que aquella información llegara a otros oídos. Mejor, pensó. Que se enteraran todos de que no estaba sola. Que supieran que había un hombre que se ocupaba de su bienestar y pagaba por el placer de su compañía. Si pensaban que el cotilleo de la detención de Boyle iba a hacerla esconderse, estaban equivocadas.

—Es cuestión de tiempo que salga libre. Su familia no permitirá que se quede encerrado —espetó totalmente convencida, cuando la modista regresó donde ella se encontraba indicándole con su gesto que ya no era bien recibida—, y tan pronto ponga un pie en la calle, ¿adivinas quién será la primera persona a la que irá a visitar?

—No sé, Lyla, ¿al sepulturero, tal vez?

Los murmullos no se hicieron esperar, aunque pronto cesaron. Lyla recogió su ropa de la silla, se vistió a toda prisa y salió de detrás del biombo en el momento exacto en que una de las mujeres que aguardaba su turno se marchaba negando con la cabeza.

Un sudor frío le bajó por la espalda y se transformó en un horrible presentimiento que hizo que el estómago se le contrajera.

—¿De qué estás hablando? —Lyla miró a la costurera con los ojos inyectados en llamas. Estaba acostumbrada a disfrutar de sus visitas, agasajándose con las caras telas y los delicados encargos que pocas mujeres más podían permitirse. Pagaba en efectivo, lo que la convertía en una buena clienta, pero, al parecer, algo había cambiado. Las inquietantes palabras que estaba oyendo la desagradaron y deseó ponerles fin cuanto antes.

—Imaginaba que no lo sabías, porque no creo que, aun siendo como eres, hubieras sido capaz de tener la frialdad de venir a medirte ropa en un día como hoy.

La mujer que seguía sentada esperando asintió con la cabeza y le dedicó a Lyla un gesto de reprobación que hizo que a ella le subiera la bilis por la garganta. Amargadas, pensó, ¿qué estupideces estaban inventando ahora para perjudicarla? No eran más que unas envidiosas que nunca habían podido aceptar que ella fuera una mujer capaz de tener lo que quería, aunque para ello tuviera que valerse de mañas que la mayoría de aquellas puritanas desconocía.

—¿Y qué diantres se supone que significa «un día como hoy»? —preguntó sonriendo con una socarronería que no tardó en congelársele en la cara.

—Boyle Murphy está muerto —informó la modista sin emoción en la voz—. Lo encontraron esta madrugada en su celda, apuñalado.

Negando con fuerza, Lyla notó que el mundo se abría bajo sus pies y que todo cuanto era y tenía amenazaba con desmoronarse. Aquello era un error, tenía que serlo. ¿Quién iba a querer matar al estúpido de Boyle? No era nadie, solo un granjero que se había creído demasiado listo. No podía estar muerto. No podía ser verdad, porque de lo contrario estaba en la ruina, en la calle. Y lo que era peor, sola para cargar con el maldito crío. ¿Qué sería de ella?

Era mentira. Un embuste que la costurera había inventado como venganza por tener que coser durante horas para satisfacer sus pedidos. La envidiaba porque era joven, hermosa y podía permitirse vestir con la elegancia y atrevimiento de las grandes damas de Europa. Eso era todo. Tenía que serlo.

—Mientes.

—Piensa lo que quieras, pronto te enterarás. —Distraída, la mujer apiló varias cajas en un estante que ya estaba atestado—. Harry Murphy en persona bajó a las dependencias policiales hace unas horas con la carreta para recoger el cuerpo. Llevaba una caja de pino con él.

—No... ¡no! Eso no es verdad, ¿me oyes, vieja estúpida? Boyle no puede estar muerto. No lo está. Lo detuvieron por contrabando, pero su hermano le va a sacar. ¡Vendrá aquí y te demostrará que te equivocas!

La modista se limitó a encogerse de hombros dando a entender que le importaba poco lo que Lyla, en su desesperación, pudiera decir.

—Cree lo que quieras, muchacha, pero yo de ti... iría buscando soluciones, porque me parece que tu buena estrella se ha apagado. —Se dio la vuelta y se perdió de vista en la trastienda.

Lyla se quedó allí parada y con la boca abierta. En sus ojos brillaba el espanto. ¿Acaso podía ser verdad? ¿Había perdido a Boyle? Si él estaba muerto, no tenía ni idea de qué pasaría con su vida desde ese momento.

Debía mantener la cabeza fría y pensar. Resuelta, abandonó el establecimiento mientras trataba de ignorar las voces de todas aquellas chismosas del pueblo. Tenía que pensar rápido y actuar más deprisa aún. Si Harry había recogido el cuerpo esa mañana era porque pensaban velarlo en la granja durante las próximas horas. Parecía lógico que a ella se le permitiera presentar sus respetos; después de todo, podía mostrarse más afligida que su devota esposa si quería. Por no hablar de que tenía serios intereses en lo que fuera que Boyle tuviera que dejar a su descendencia. Con suerte, se llevaría un buen pellizco.

—Es hora de que conozcamos mejor a la abuelita Murphy —susurró entre dientes mientras se encaminaba a la casa de su vecina, donde pasaba la mayor parte del tiempo el hijo bastardo de Boyle.

A primera hora de la tarde, Bree, vestida con un traje negro prestado por Mary Kate, se ofreció a ayudar a Harry en la ardua tarea de recibir y saludar a aquellos que iban llegando a la granja para transmitir sus condolencias a la familia de Boyle. Como una esposa entregada, se mantuvo a su lado durante todo el tiempo que él fue capaz de soportar la tensión de ser blanco de miradas y preguntas, en silencio, pero haciéndole saber con su cercanía que contaba con ella para apoyarse cuando la pena amenazara con sobrepasarle. De cuando en cuando, Harry acompañaba dentro a algún vecino y lo guiaba junto a Rose Anne, que no se separaba del ataúd. Entonces, Bree seguía en su puesto, guardando el lugar del hombre cuyo sufrimiento le rompía el corazón.

Se había recogido los mechones rojizos en un moño apretado y señorial y mantenía las manos convenientemente cruzadas sobre la falda plisada. Callada y esperando, echaba vistazos de cuando en cuando al interior de la sala, esperando a que Harry volviera a su lado y atenta por si pudieran necesitarla. A ratos, Bree se escabullía a la cocina, ponía a calentar té y servía algunas tazas. Luego, volviendo junto a la entrada, escuchaba las preguntas de los curiosos y les indicaba con un gesto hacia dónde debían ir.

—¿Se sabe cómo ha pasado? ¿Quién lo ha hecho? ¡Dios mío, es horrible! —exclamó el dueño de una granja cercana en uno de aquellos momentos en que se había quedado sola recibiendo a quienes se acercaban a mostrar sus respetos.

Ella asintió hacia la persona que hablaba, señalándole que pasara dentro, donde Rose Anne, Mary Kate y Harry aguardaban rodeando el ataúd en el que reposaba Boyle.

Toda su mente era una maraña de ideas sin orden. Aquellas mismas preguntas que gran parte de los asistentes se hacían habían anidado en ella, que se había preguntado durante horas cómo era posible que las cosas empeoraran cuando ya estaban prácticamente al borde del abismo.

Boyle había sido atacado por los vulgares secuaces de algún contrabandista, fugados después de cometer aquella aberración. Esa era toda la información que Jefferson les había dado tras informar de la muerte. No había nada más, ningún dato o nombre del que agarrarse para dar identidad a los culpables.

En tiempos convulsos como los que vivían, cuando tantos contrarios al cumplimiento de la Prohibición intentaban hacer negocios fuera de la ley, las celdas se atestaban de criminales que comerciaba con alcohol, a los cuales se detenía sin tomar declaración o dato de interés alguno. Por lo que respectaba a la Policía, cualquiera podía haber sido el que asestara a Boyle el golpe final. Nada sabían y, por lo tanto, lo más que pudieron hacer por la familia Murphy fue permitir a Harry llevarse el cuerpo lo antes posible para que su familia pudiera darle cristiana sepultura y despedirse de él.

Bree miró dentro, demorando sus ojos de forma inevitable en Harry. Estaba tan guapo vestido con aquel traje, la corbata apretada en el cuello y la sombra de la barba oscureciéndole las mejillas que casi parecía un acto sacrílego. Llevaba el pelo trigueño bien peinado y su rostro, aunque inexpresivo, estaba surcado por la tristeza. Con el cuerpo de Boyle presente, Bree sabía que cada mirada y pensamiento hacia Harry era un pecado más que añadir a los que ya tenía encima, pero nada podía hacer por evitarlo. El momento compartido con él justo antes de que llegara la terrible noticia planeaba sobre ella, volando alrededor de su cabeza como un parajillo que buscara dónde anidar. Todavía sentía su voz y el calor de su presencia, aun cuando metros de distancia los separaban y aquel no fuera lugar ni momento para recrearse en palabras tiernas.

Por un instante, él levantó la cabeza y también la vio. Sus ojos parecieron hacerla arder y, en un segundo, creyó verle esbozar un leve gesto cariñoso con el rostro, como si le diera reconocimiento con aquella mirada. Casi como si la estuviera acariciando sin tocarla.

Era una tonta, se dijo, obligándose a saludar al joven que acababa de cruzar la puerta y se quitaba el sombrero en gesto de respeto. Todo lo que le había dicho a Harry antes era cierto, ella no merecía construir su felicidad sobre los cimientos de la desgracia y la muerte de otras personas, por malas que hubieran sido. Y tampoco merecía a un hombre como él, estaba convencida. Aunque esa certeza perdía fuerza con cada mirada ardiente que compartían.

—Qué desgracia —oyó decir al hombre que tenía delante—. Estuve aquí justamente ayer... quién iba a imaginar algo así.

—Estamos todos muy impresionados —declaró Bree, a falta de algo más profundo que añadir—. ¿Es amigo de la familia?

El hombre asintió, tomándola de la mano para saludarla como correspondía.

—Lester Warren. Soy el veterinario de la granja desde que el señor Murphy padre vivía. Harry y yo somos buenos amigos.

Bree asintió al reconocer al hombre con el que Harry había estado hablando el día anterior, tras el parto de la vaca que ella había asistido. Entonces no se había fijado, pero ahora que le tenía cerca constataba que era bien parecido, alto y apuesto. Y su mirada buscaba en el interior de la casa, ansiosa, algo que no lograba encontrar.

—¿Debo entender que usted es la señora que ayudó a nacer al ternero? —Al ver a Bree asentir, Lester sonrió—. Un trabajo espléndido.

—Que espero no verme en la obligación de repetir —le aseguró ella, al tiempo que esbozaba una leve sonrisa y se sonrojaba por la intensidad de la mirada con que él la observaba.

Compartieron un gesto afable, tras el cual Bree le indicó que pasara al salón comedor, donde podría dar el pésame a la familia. Observó el paso vacilante de Lester y el reconocimiento en la mirada de Harry al estrecharle la mano. Después, vio al hombre deshacerse de forma casi mágica ante Mary Kate, que estaba sentada en una silla, inmóvil y con la vista fija en el cuerpo de Boyle. Lester le ofreció su pésame y en sus ojos Bree notó una mirada que nada tenía que ver con la cordialidad que le había demostrado a ella a su llegada. Aquel brillo solo podía deberse a una cantidad de sentimientos casi imposibles de esconder. Del mismo modo, el gesto incómodo con que Lester observó a Boyle expresaba mucho más que cualquier declaración explícita.

Por más que lo intentaba, Harry no se veía capaz de desentenderse de la presencia de Bree. Aun con el cadáver presente, se encontraba a sí mismo desviando la atención hacia ella, recorriéndole el cuerpo con los ojos de una manera que no solo era impropia, sino una falta de respeto. No era su marido y, por tanto, no tenía derecho a aquel tirón que sentía en el corazón cada vez que observaba cómo el aire fresco que bajaba de la montaña le movía un mechón de cabello, rebelde e indomable, que se había salido de su correcto peinado. Verla junto a la puerta, con la silueta recortada por los copos blancos de nieve que caían fuera de forma intermitente, le llenaba de desesperación y de un anhelo que cada vez parecía más difícil de saciar.

Bree estaba justo en el límite que separaba su casa del exterior. Era casi metafórico que mantuviera un pie dentro y otro fuera, pues así era como Harry la sentía en esos momentos. Al alcance de su mano, pero también lo bastante lejana como para verla partir si la empujaba demasiado.

Horas antes, cuando había abierto el balcón de su alma ante ella y mendigaba por una oportunidad de demostrar que podía existir vida para ellos, que podía ser digno de amarla y reconfortarla, había creído que era posible arañar un poco de felicidad. Había deseado convencerse de que la vida, después de todo, se abriría paso a través del dolor y la amenaza. Pero después, todo intento de conquistarla había quedado estancado al recibir la funesta noticia de la muerte de Boyle.

Miró al difunto y se preguntó cómo no se había dado cuenta de sus negocios y se maldecía por ello. Quizá, si lo hubiese descubierto a tiempo, habría podido...

—Sea lo que sea que pienses para tener ese semblante de culpa, Harry, bórralo de tu cara. Es una orden —susurró Rose Anne arrancándole del castigo interno con que estaba flagelándose. Ver sufrir a sus hijos era algo que la matriarca de los Murphy nunca había podido tolerar, y trataba de evitarlo siempre que le era posible, aunque tuviera que pelear contra ellos mismos.

En silencio, él bajó la mano y presionó los dedos frágiles de su madre, que se mantenía serena mientras saludaba y aceptaba las condolencias de cuanta persona había subido a la granja para presentar sus respetos. Rose Anne estaba ajada y su expresión era de profunda pena. Había envejecido diez años en unos días y algo en sus ojos había muerto con Boyle. Una madre que sobrevivía a un hijo no volvía jamás a ser la misma.

—No puedo dejar de pensar que debería haber investigado de dónde salía el dinero con el que pagaba sus caprichos... —El dueño de la tienda de comestibles del pueblo, con el que solían comerciar, le estrechó la mano en ese momento, expresando el pesar que sentía ante la pérdida de alguien tan joven y válido. Harry asintió, incapaz de decir ninguna palabra.

—Son los actos de tu hermano los que le han llevado aquí. No los tuyos.

Rose Anne se secó los ojos con un pañuelo cuando la abrazó una de sus grandes amigas. Mujeres como aquella, a la que solo veía en bodas y entierros porque la vida las había ido separando con el paso de los años, eran una de esas presencias que provocaba que la tragedia fuera más manifiesta. Cada vez que alguien a quien apreciaba le daba el pésame, sentía que Boyle moría una vez más.

—Eso no servirá para que su hijo recupere al padre que ha perdido. —«Sus hijos», pensó Harry notando que el peso de aquel secreto caía más hondo en su pecho. No era tan ingenuo como para esperar que Lyla siguiera manteniendo silencio sin más. Esperaba que quisiera obtener beneficio incluso de la muerte de Boyle, pero en aquel momento, con su hermano de cuerpo presente, era incapaz de enfrentar la realidad semejante, aunque sabía que debería ocuparse del asunto en algún momento.

—Que tú te culpes innecesariamente, tampoco. Puede que JJ haya perdido a su padre, pero tiene un tío. —Rose Anne levantó la cabeza hacia él—. Si te conviertes en una sombra llena de remordimientos, tampoco te tendrá a ti.

—Lo sé, madre... lo sé.

—Entonces, olvídalo. Lo hecho no puede deshacerse. Despídete de tu hermano y roguemos para que Dios, en su juicio, le permita encontrar la paz.

Cerrando con fuerza los ojos, Harry deseó que así fuera y se preguntó si él, cuando llegara su hora, podría ser juzgado con magnanimidad después de todas las cosas que callaba. Sin pretenderlo, sus ojos volvieron a Bree, a aquel tormento delicioso que provocaba espasmos en su torrente sanguíneo haciéndole consciente de sus necesidades y deseos más profundos. La idea de poseerla, de tener la oportunidad de empezar de cero a su lado, le llenaba de impaciencia. Pero también de miedo, pues la mentira que había entre los dos era tan profunda que no estaba seguro de poder levantar muros lo bastante fuertes para contenerla.

—¿Cuándo piensas contarle la verdad sobre tus sospechas? —le interrogó su madre aprovechando un raro instante en que no había nadie alrededor ofreciéndole condolencias.

Inquieto, Harry se dio cuenta de que Rose Anne estaba siguiendo la dirección de su mirada y sacando sus propias conclusiones.

—No es el momento para eso, madre —murmuró.

—A tu hermano no le importaron estas cosas en vida. Dudo mucho que se ofenda si las hablamos ahora que ha muerto. —Con tiento, Rose Anne acarició la mano de Harry mientras sujetaba su viejo rosario con fuerza—.

Bree está viva, y el secreto que le guardas es uno que todavía puedes compartir.

—No sabría cómo decírselo... ni si serviría de algo.

—La verdad siempre sirve de algo, hijo. Ahora ella está recuperada y ya no parece la mujer temerosa que llegó a esta casa hace unas semanas, ¿por qué sigues callándolo?

Harry suspiró, llevándose las manos al cuello y rechazando la tentación de arrancarse la corbata. Negó con la cabeza, como si ni él mismo conociera la respuesta a esa pregunta.

—No lo sé, madre. Ya lo hablamos. Hace unas semanas pensaba que era lo mejor para ella, que lo que necesitaba para sanar sus heridas y dejar de temer. Estar tranquila sabiendo que esa amenaza había desaparecido. Al fin y al cabo, puede que me equivocara de lugar o que ese... indeseable consiguiera dar algunos pasos y muriera en otro sitio. No se ha sabido nada de él, nadie ha reportado que un hombre bajara de la montaña malherido...

Callada, Rose Anne esperó, sabiendo que su hijo luchaba una guerra interior en la que nadie podía ayudarlo.

Harry continuó, hablando más para sí mismo que para el atento oído de su madre.

—Ahora que ha conseguido esa paz y que su salud es fuerte... si descubre que existe la más remota posibilidad de que él siga vivo, huirá de aquí.

—Entonces la perderías.

Harry asintió una sola vez y apretó los puños, haciendo un verdadero esfuerzo de autocontrol por permanecer donde estaba en lugar de correr hacia ella y gritarle sus miedos, rogándole que le dejara protegerla.

—Aun si me perdonara el engaño, no se quedaría aquí por temor a que la encontrara, eso lo sé bien. —Aquel era su mayor miedo, quizá la razón más poderosa que se escondía tras su silencio.

Había imaginado tantas veces y de forma tan clara cómo Bree salía de su vida al conocer la verdad que casi podía verlo ocurrir ante sus ojos. Los ratos que había vivido ese mismo día, compartiendo juntos la tarea de recibir a quienes subían a la granja para dar su último adiós a Boyle, desaparecían para siempre. Estaba tan desesperado por retenerla que aplazaría al máximo el momento de confesarle sus sospechas, aunque supiera de corazón que no estaba actuando de forma correcta.

—Ten cuidado, Harry. —Su madre, como siempre, pareció leerle el fondo mismo del alma cuando habló—. Hay algunas mentiras que son por egoísmo aunque creamos que lo hacemos por el bien de las personas a las que queremos conservar.

—Por eso vivo un infierno desde hace semanas, madre. Porque, aunque no deseo engañarla, tampoco puedo soportar que se vaya de aquí.

Rose Anne suspiró asintiendo con la cabeza como si aquellas palabras hubieran confirmado una verdad que ella ya venía sospechando hacía tiempo.

—La quieres, entonces. —No era una pregunta, por lo tanto no esperaba recibir una respuesta, pero la mirada de Harry, el blanco de los nudillos que apretaba con fuerza y su semblante resignado contestaron por él.

—Lo único que importa es lo que sienta ella. Sea lo que sea que guarde su corazón, yo lo acataré.

Y llegado el momento, si ese era su deseo, la dejaría marchar conociendo toda la verdad. Aunque su corazón roto no encontrara cura jamás y su destino fuera el de vivir solo el resto de sus días.

—Descúbrelo, Harry. —Estirando la mano, su madre rozó con los dedos la suave madera de pino del ataúd—. Uno no sabe nunca cuánto tiempo le queda para poner en orden sus asuntos. No demores los tuyos, no te lo mereces.

A Bree le sudaban las manos a pesar de encontrarse justo de cara al aire frío que se arremolinaba bajo sus faldas. Cada vez era más consciente de la mirada de Harry puesta sobre ella y su corazón traicionero no cesaba de palpitar a toda velocidad.

Sus ojos también se iban a Rose Anne, que parecía férrea a pesar del dolor que rompía sus facciones. Se llevó la mano al vientre, ya notable, preguntándose por un segundo qué sentiría ella en esa situación. Cuando su hijo naciera y lo tuviera por primera vez entre sus brazos, ¿sería capaz de imaginar lo que podía estar sintiendo ahora esa mujer al despedirse de uno de los suyos?

Ella, que tanto había rezado por que aquel bebé muriera en su vientre, por que se perdiera en el olvido junto a todo el espanto y dolor sufrido en la montaña, se daba cuenta de cuán egoísta y cruel había sido. De pronto, un duro instinto de protección se adueñó de todo su cuerpo y su cerebro conectó con el fondo mismo de su alma, llevándola hacia una luz que, hasta entonces, había permanecido a oscuras.

Iba a ser madre y, ahora que contemplaba el dolor de una que se despedía de su hijo, entendió que aquello que llevaba dentro era el milagro más grande e importante de cuantos tendría en su vida. Una semilla de esperanza pura e inocente que debía proteger hasta verla germinar y crecer. Algo de lo que jamás podría desprenderse. Algo que le pertenecía.

Un tímido rayo de sol se coló entre los rojizos colores del crepúsculo. Después, leves gotas de lluvia empezaron a caer con un sonido sordo que parecía triplicarse al impactar contra las hojas y el techo de la casa. Con el paso de las horas, la casa se había ido vaciando de visitantes, que volverían al día siguiente para acudir al entierro, y apenas quedaban los más allegados acompañando a la familia.

Con un suspiro cansado, Bree miró a lo lejos y vio un par de siluetas acercándose. Confusa, se preguntó si a la señora Hastings, amiga de Rose Anne, le habría surgido algún inconveniente cuidando a JJ y le traía de vuelta, ya que no parecía posible que quedara un solo granjero en todo Morgantown que no hubiera acudido a dar su pésame.

Presurosa, salió bajo la lluvia apenas cubierta por el chal gris que le habían prestado, dispuesta a llevarse al niño al establo, si era necesario, para que no se encontrara de frente con el cadáver de su padre. Tropezó con una piedra y se golpeó el tobillo, por lo que se vio obligada a detenerse y dedicar un segundo a examinar la posible herida. Cuando comprobó que estaba bien, se incorporó, pero entonces no fue necesario que siguiera andando, pues los recién llegados estaban ya lo bastante cerca para que pudiera distinguirlos. Eran una mujer y un niño, pero no los que esperaba. La cara del pequeño estaba parcialmente cubierta por un gorro de lana demasiado grande para su cabeza.

—Tú debes de ser la viuda —dijo con desdén la recién llegada dedicándole una mirada despreciativa—. No te pongas demasiado cómoda. No estarás aquí mucho tiempo.

Dejando a Bree de lado, la mujer siguió adelante, tirando con brusquedad del bracito del niño e ignorando la lluvia que le mojaba el pelo rubio y discurría por el inapropiado escote del vestido de luto que había escogido para presentarse allí. No le dijo su nombre, pero tampoco habría hecho falta.

Era Lyla Monroe, y estaba claro que no había aparecido solo para presentar sus condolencias.

23

El primero que se dio cuenta del súbito cambio en el ambiente fue Lester, que permanecía apoyado en una esquina, guardando silencio y sin quitar la vista de encima a Mary Kate, ausente de todo y todos hasta ese preciso momento.

Su tez pálida, tan fina como una capa de nácar sobre el mejor de los juegos de té, adquirió al instante un tono de sonrojo que Lester consideró delicioso. No tanto lo fue la transformación de sus labios que, apretados en una fina línea, desaparecieron sin más. Mary Kate frunció el ceño y enfocó su vista perdida en un punto fuera de la sala en la que velaban a su difunto esposo, un punto que Lester no alcanzaba a ver desde donde se encontraba. En cuanto vio sus puños cerrarse con rabia y apretar entre los dedos el pañuelo de su consuelo, tuvo la certeza de que algo extraño estaba pasando y no tardarían los presentes en darse cuenta de ello.

De repente, tan digna como una reina, se levantó de la silla, rehusó el contacto de su suegra y se sacudió la falda, decidida a mantener el tipo a pesar de las circunstancias.

—Esto no voy a consentirlo —masculló dando un primer paso hacia la puerta de entrada.

Rose Anne, asombrada por el comportamiento de su nuera y el tan inapropiado comentario, intentó restar importancia al asunto con un ademán dirigido a sus amigas más antiguas, que velaban el cuerpo de su hijo junto a ella y observaban la escena sin terminar de entenderla.

—Pobrecilla —dijo una con susurros casi inaudibles—. Le ha afectado tanto que parece poseída por un mal espíritu.

Harry puso los ojos en blanco al escuchar semejante barbaridad. Cualquiera que fuera el motivo que había provocado ese cambio de humor en su cuñada estaría justificado por causa física y nada tendría que ver con los infiernos a los que la condenaban las mujeres del pueblo. Miró a Lester, que había abandonado la postura relajada para adoptar una más envarada y alerta, y su levantar de cejas le dio a entender que tampoco sabía qué estaba pasando.

Sin embargo, un rápido vistazo al lugar donde Mary Kate mantenía la mirada fue suficiente para entender el porqué de todo aquel revuelo.

—Maldición —masculló adelantándose a Mary Kate que avanzaba con excesiva lentitud—. ¿Cómo demonios tiene la desfachatez de presentarse aquí?

Los ojos asustados de Bree se encontraron con los de Harry y pidieron disculpas en silencio por no haber sido capaz de detenerla.

Allí estaba Lyla Monroe, la enfermedad que había consumido el buen juicio de Boyle. La descarada que se pavoneaba por el pueblo presumiendo de caprichos, todos pagados con el dinero de su amante, un contrabandista de alcohol con mujer e hijo, a quien habían dado muerte. Ni siquiera parecía compungida por la pérdida, pensó Bree. Más bien sus facciones parecían dominadas por otra clase de sentimientos, que tenían su raíz amarrada al hombre que había frente a ella: Harry Murphy.

—Mi más sentido pésame, señora Murphy —pronunció justo en el momento en que Mary Kate se ponía al lado de su cuñado con el rostro congestionado de ira—. Aunque debe de ser un consuelo no tener que seguir viviendo con la incógnita de si su marido volverá a casa o pasará la noche con otra mujer.

Una sonora bofetada hizo el silencio en la casa. Las pocas personas que todavía no se habían marchado, entendieron que era momento para musitar una despedida contrita y abandonar la granja, en tanto que Lyla, asombrada, se llevó la mano a la mejilla, que le ardía a causa del golpe, y contuvo un jadeo de frustración. Con la mirada encendida y el deseo de devolver el golpe picándole en los dedos, intentó dar un paso adelante, pero Harry se lo impidió con una única advertencia. Lester, que con discreción se había acercado para observar la escena, recogió el chal de Mary Kate que había caído al suelo y se lo colocó sobre los hombros sin decir palabra. Con toda probabilidad, ella ni siquiera se había percatado, pero eso no le importaba. Se mantendría tras ella, en silencio, sin tocarla, dispuesto a salir en defensa del honor de los Murphy si fuera necesario.

—Estúpida campesina —escupió Lyla mientras apretaba el bracito del pequeño que la acompañaba con excesiva fuerza. El niño, ajeno a lo que sucedía, tiró del agarre, dolorido, y se quitó el dedo de la boca para manifestar con un lloriqueo el dolor que su madre le hacía—. No me extraña que buscara a una amante de verdad. Tú solo eres una triste y patética criada en su propia casa.

Mucho más tranquila, y segura de que tenía fuerzas para continuar con el enfrentamiento, Mary Kate cerró los ojos un segundo y tomó una bocanada de aire que la reconfortó. Lyla Monroe solo quería herirla, pero no sabía que llegaba tarde. Ya no había nada que pudiera dolerle más que haber perdido a su marido y padre de su hijo.

—Es mi marido quien yace en esa sala. No permitiré que ensucie el velatorio con su presencia. Le pido que abandone esta casa para siempre y no regrese jamás —declaró solemne.

Bree, que observaba la entereza de Mary Kate con los ojos muy abiertos y el corazón desbocado, admiró a la reciente viuda por su coraje.

La carcajada hilarante de Lyla resonó por toda la casa. Lester tragó saliva con dificultad y se aflojó con un dedo el corbatín que le apretaba la garganta. Harry apretó los puños, preparado para tomar en volandas a semejante mujerzuela y sacarla de allí en un abrir y cerrar de ojos. Bree, en cambio, se llevó las manos al pecho al ver cómo la garra de Lyla se estrechaba en el bracito del niño, que continuaba a su lado conteniendo las lágrimas, medio oculto tras la tela raída del gorro de lana. Probablemente le habían prohibido llorar y el castigo por hacerlo podía ser mucho peor.

—Ya has oído a mi cuñada, Lyla —intervino Harry, con una voz tenebrosa que no dejaba lugar a interpretaciones erróneas—. Sal de aquí o te sacaré yo mismo sin reparos. No tienes nada que hacer en esta casa ni con esta familia.

Pero, en el fondo, Harry, que no podía dejar de echar miradas fugaces a la criatura que se escondía tras las faldas de su madre, sabía que su declaración no era del todo cierta. Lyla Monroe todavía guardaba secretos que podían poner la vida de su familia del revés.

—¡No me iré de esta casa hasta que no me den lo que me corresponde! —gritó enfurecida.

—En esta casa no hay nada para usted, señorita Monroe. —Se oyó la voz de Rose Anne que avanzaba con paso sereno hasta el lugar donde gritaba aquella mujer. Con una majestuosidad digna de una reina, apartó a Harry y a Mary Kate para quedar cara a cara con la arpía que había destrozado buena parte de su felicidad.

—Señora Murphy... Cuánto lamento la grave pérdida —fingió cambiando de súbito el registro de su voz para convertirlo en un susurro complaciente, casi doloroso. Para cualquier persona que no supiera del asunto, Lyla parecería una inocente muchacha con un vestido algo provocativo.

—No es bien recibida aquí. No sé cómo ha tenido la poca vergüenza de presentarse en el funeral de mi hijo, aunque supongo que era lo que cabía esperar.

—¡Yo le quería! —declaró con dignidad, pero el brillo malintencionado de sus ojos decía todo lo contrario. Ella amaba su dinero—. Tengo derecho a decirle adiós.

La matriarca cerró los ojos y negó de forma imperceptible. ¿No era suficiente bochorno el que habían tenido que pasar para que ahora esa ramera pisara su casa exigiendo derechos frente al féretro de su hijo? ¿Es que Dios no los había castigado suficiente, que la mandaba a ella para poner a prueba su infinita paciencia? Rose Anne encontró en la expresión de Bree cuanto necesitaba para responder a sus preguntas: les había enviado un ángel de rostro angelical que se hacía cargo de su nieto, que consolaba a su nuera, que la ayudaba en la casa y que pronto, si era la voluntad del Creador, también curaría el corazón de piedra de su hijo menor. Lyla Monroe no era más que una oveja descarriada de un rebaño y no merecía el esfuerzo que todos en aquella sala estaban haciendo por ella.

—Dudo que pueda querer a nadie más que a usted misma, y la compadezco. Permítame que llore la muerte de mi hijo en paz, porque, al contrario que usted, yo sí tengo derecho a hacerlo —sentenció afligida pero firme en sus palabras. Cuando vio que Lyla abría la boca para replicar, alzó una mano y se dirigió a Bree—: Por favor, querida, prepara una hogaza de pan para este pequeño, no tiene culpa alguna y parece hambriento.

La joven se apresuró a cumplir la orden de Rose Anne mientras ella tomaba del brazo a Mary Kate y la impelía a regresar junto a Boyle. Allí era donde debía estar y no discutiendo banalidades con una mujerzuela de vida alegre. Sin embargo, Lyla no había jugado su última carta y Harry supo que no desaprovecharía la oportunidad que su madre acababa de brindarle al referirse al niño.

—Las migas para los pobres, ¿no es así? —farfulló Lyla, presa de un nuevo ataque de rabia que ambas mujeres ignoraron—. ¿Esa es la forma que tiene de tratar a su nieto, señora Murphy? ¡Mi hijo también es hijo de Boyle! —estalló tomando con fuerza al pequeño y colocándolo delante de ella. Con desdén, le quitó el gorro de la cabeza y la carita del pequeño fue visible ante los presentes.

Los pasos de Rose Anne y Mary Kate se detuvieron antes de traspasar las puertas del salón comedor. Bree, que traía en la mano una buena hogaza de pan, se quedó quieta en mitad de un paso. El parecido del niño con Boyle era innegable y, de algún modo... que Lyla hubiera subido hasta la granja con él había sido un movimiento muy calculado. No se habría tomado la molestia si la presencia de aquella criatura no tuviera un propósito. Bree miró al niño con lástima y, luego, observó al resto de la familia con inquietud, preguntándose cómo tomarían aquel nuevo golpe cuando aún no se habían recobrado del primero.

Lester, que se negaba a marcharse del lado de Mary Kate, retrocedió un par de pasos para hacerse invisible, pues sabía bien que no le correspondía estar presente. Y Harry... Harry exhaló todo el aire que contenían sus pulmones antes enfrentar la ira de su familia, pues solo él conocía la confesión que su hermano le había hecho antes de morir. Maldijo una y mil veces a Boyle por haber sido tan estúpido y a Lyla Monroe por querer acabar con su cordura. Si acaso conservaba algún ápice de simpatía hacia ella, acababa de dilapidarlo bajo el odio que le profesaba en esos momentos.

El silencio de Harry actuó como un oráculo para Rose Anne, que soltó el tembloroso brazo de Mary Kate y acudió junto a su hijo menor. Un solo vistazo a su semblante pétreo y al temblor del músculo en su mejilla le valió para saber la verdad.

—¿Harry? —le preguntó sin dar crédito. Él miraba al niño con lástima y a la madre con rencor, pero ni una sola palabra salió de sus labios para desmentir semejante barbaridad—. ¿Harry, es cierto?

—¡Claro que es cierto! —exclamó Lyla con desesperación—. ¡Mírele a la cara, señora Murphy, y dígame que no ve a Boyle!

—Dice la verdad —confirmó Harry al fin, con la voz ronca y seca.

—¡No! ¡No puede ser! ¡Miente! —aulló Mary Kate, que cayó de rodillas en el suelo, destrozada por algo para lo que no estaba preparada.

Bree y Lester corrieron de inmediato a socorrerla. Sus estremecimientos eran tan aterradores que pronto las lágrimas acudieron a los ojos castaños de la joven embarazada. En los labios de Lyla se dibujó una sonrisa de complacencia que tanto Harry como su madre pudieron percibir. Había ganado, ese era su as en la manga y lo había jugado con la maestría de una superviviente. Ahora, la responsabilidad de la familia para con el niño también la beneficiaría a ella, y no estaba dispuesta a recibir migajas. A su hijo le correspondía una parte de la herencia de su difunto padre y ella se encargaría de pelear por lo que era suyo.

—¿Cómo puedes saber que es cierto, hijo? No puedo entenderlo... —murmuró Rose Anne, destrozada, incapaz de encontrarle sentido a todo lo que estaba sucediendo.

—Él me lo contó —respondió Harry, igual de afectado. Apartó la vista del niño porque solo mirarlo hacía que se le encogiera el corazón—. Me lo dijo antes de morir.

—¿Y ahora qué? ¿Dejarán que esta pobre criatura, nacida de la simiente de un Murphy, pase hambre y frío? —preguntó Lyla en tono lastimero mientras acariciaba la carita sucia del niño—. ¿Qué dirán las malas lenguas cuando sepan que acogen a cualquier animalillo perdido en la montaña, pero rehúsan hacerse cargo de un niño de su propia sangre? ¿O es que una viuda preñada tiene más valor que el hijo de un Murphy?

Aquello fue más de lo que Harry pudo soportar, acortó la distancia que lo separaba de ella y la enfrentó con la amenaza pintada en el rostro y las facciones contraídas por la ira.

—No te atrevas a compararte con ella, ¡jamás! No eres lo bastante mujer para estar a la altura de uno solo de sus cabellos —rugió dejándose llevar por sus sentimientos y descubriéndose ante el resto con aquella declaración.

Con el gesto imperturbable, Lyla se apartó a un lado y dedicó una mirada a Bree, que consolaba a Mary Kate sin perder de vista la situación ni un segundo. «Maldita desgraciada», pensó. Con aquella cara pálida y los ojos de cervatilla asustada brillando de desaprobación se había agenciado el corazón por el que ella suspiraba. ¿Acaso se creía mejor mujer para él? Hipócrita del demonio... estaba jugando al juego que la misma Lyla había perfeccionado. Y, si creía que iba a permitirle quedarse con Harry, estaba más que equivocada.

—No te confíes, querida —advirtió a Bree con un tono que ponía los pelos de punta—. Embarazada o no, en cuanto se cansen de ti te darán una patada y estarás de regreso a las montañas antes de que quieras darte cuenta. ¿O tienes pensado colarte bajo las sábanas de Harry para afianzar tu silla en la mesa de la familia? ¿Es ese tu plan, viuda?

—¡Basta ya, Lyla! —masculló Harry con los puños cerrados y la tensión destrozando su mandíbula.

Bree se incorporó hasta quedar de pie frente a aquella mujer. No sabía qué decir, ni si le saldrían las palabras para defenderse de tamaña acusación. Las manos le temblaban y el latido de su corazón era tan ensordecedor que temió estar a punto de desmayarse.

—Al final va a resultar que entre tú y yo no hay tanta diferencia, querida —sentenció la otra con una sonrisa cínica de medio lado.

—¡Sal de aquí de inmediato y llévate el veneno que destilas, Lyla Monroe! —exclamó Rose Anne volviendo sobre sus pasos, harta de escuchar cómo las palabras de esa vividora destrozaban a su familia—. Echaste a perder a mi hijo mayor, mujer del demonio, pero no lo lograrás con Harry. Quiera Dios que sea una muchacha como esta —dijo señalando a Bree con cariño— la que se gane el corazón del único hijo que me queda. ¡Fuera de mi casa!

Aquel fue un golpe más duro que la bofetada que había recibido de Mary Kate. Completamente airada, miró a Rose Anne con todo el desprecio que fue capaz de reunir y escupió sobre el suelo que pisaba aquella endemoniada familia. Luego, recomponiendo su vestido como si fuera una señora de alta cuna, los miró uno a uno y sonrió con saña. Todavía no estaba todo perdido, no era una pobre damisela que se conformara con cualquier cosa. Lucharía hasta el final por lo que le pertenecía.

—Asegúrate de que cavan bien hondo —le dijo a Mary Kate, que no había parado de sollozar—. Ese mujeriego sería capaz de encontrar el camino a mi cama incluso muerto.

Soltó una risa grosera y, después, tirando del brazo del niño, se alejó entre la llovizna que no había cesado de caer.

Harry salió fuera para asegurarse de que Lyla tomaba el desvío al pueblo y no causaba más problemas. Tan pronto la perdió de vista, volvió sobre sus pasos, pero se demoró en la entrada, donde Bree, prácticamente escondida entre las sombras, aguardaba en silencio.

—¿Estás bien? —le preguntó, parado junto a ella, pero sin girar el rostro para mirarla. Cómo había deseado estrangular a Lyla por la ofensa que le había hecho. Si no fuera un momento tan inadecuado, se ocultaría con ella en las sombras que la rodeaban y le daría un motivo de peso para poner color en sus mejillas y aliento en esos labios pálidos que no dejaban de temblar.

—Está herida y asustada —la justificó Bree pese a las barbaridades que había dicho sobre ella—. Las mentiras no pueden ofender si no las crees.

—Si fuera solo la mitad de mujer que tú, no se habría atrevido a poner un pie en esta casa. —Harry respiró hondo, hinchando el pecho por el esfuerzo que hacía para dominarse—. Lamento mucho que hayas tenido que aguantar sus bajezas.

—Estoy bien. —Bree tragó saliva, obligando a su mente a dejar de enumerar las razones por las que Lyla y ella eran más parecidas de lo que todos creían. De hecho, ella era incluso peor—. No te preocupes por mí.

—Eso es algo para lo que no tengo voluntad, señora. No puedo detener lo que siente mi corazón.

Los dedos de Harry buscaron los de ella y se entrelazaron durante unos segundos. Inmóviles, parados en mitad de la entrada a la casa donde minutos antes se había librado la batalla, dejaron que sus pieles entraran en contacto y el mundo se convirtió en una burbuja en la que solo cabían ellos dos. Todo pareció estar bien mientras sus cuerpos se rozaron, pero la vida seguía adelante y no pudieron quedarse atrás.

Las horas de vigilia, durante las cuales Bree intentó ocupar su mente cocinando para el día siguiente y ayudando a la familia Murphy en lo que le fuera posible, transcurrieron en silencio entre rezos y sollozos. Nadie en la casa se sentía con fuerzas para hablar de todo lo que había sucedido en las últimas horas.

Ya de madrugada, Lester se retiró a descansar después de besar con gentileza la mano de Mary Kate y decirle, sin palabras, cuánto sentía su dolor. Un poco más tarde, al despuntar el alba, y con los preparativos para el entierro fijados para el mediodía, Rose Anne consintió tomar una taza de té y tumbarse durante una hora, aunque fue incapaz de cerrar los ojos. Sabía que en ese momento, mientras ella fingía descansar, Harry, ayudado por los granjeros que habían llegado hacía unos minutos, estaría clavando la tapa del ataúd de Boyle, cubriendo su cuerpo de la vista. Ya no volvería a ver la cara de su hijo y añoraría su ceño fruncido y sus ojos cada día de vida que le quedara. Esperaba que, allá donde su primogénito fuera, encontrara el camino del perdón y su alma, por fin, estuviera en paz. Sabía Dios que no había dejado en los vivos más que dudas y decepción.

La fría lluvia, que no había dado tregua durante la noche, tampoco se retiró cuando la familia Murphy acompañó a Boyle a la sepultura. El agua se había vuelto intensa y humedeció la tierra removida en lo alto de la colina, impregnando el aire con su olor. Habían cavado la tumba bajo la sombra de un gran nogal, junto a la desgastada roca grabada con el nombre de Julius Murphy.

Tras unos minutos, los asistentes fueron dispersándose. Mostraron sus respetos a Julius Murphy, que ahora descansaba acompañado de su hijo mayor, y dejaron a solas a la familia, que guardaba silencio ante el túmulo haciéndose preguntas cuyas respuestas quizá no conocieran nunca.

Harry se alejó del lugar a pasos lentos, llevando del brazo a su madre, que estaba tan agotada que apenas pronunciaba palabra. Cuando habían emprendido parte del camino, Rose Anne se detuvo en mitad de un paso y miró a su hijo con seriedad.

—La próxima debo ser yo —aseveró—. Que nadie piense ni por un segundo que seré capaz de enterrar a otro miembro de esta familia.

Tras ellos, fielmente acompañada por Lester, Mary Kate caminaba cabizbaja, luciendo una calma que solo presagiaba la profunda tormenta que brillaría en todo su esplendor tan pronto estuviera a solas con sus pensamientos, libre para lamentar y odiar la suerte que la había privado de un marido que, en realidad, nunca había sido del todo suyo.

—Algo de lo que dijo esa mujer me consuela —susurró impresionando a todos los que la escucharon—. Es cierto que ya no tendré que preguntarme cuándo volverá a casa nunca más. Ahora siempre sabré donde está, ¿no es así? Siempre lo sabré...

—No sabes cuánto lamento que hayas tenido que pasar por esto —le murmuró Lester, conmovido por su entereza—. No lo mereces. —Acto seguido, tomando la mano de Mary Kate, le dio un apretón afectuoso que pretendía ser inocente, pero que se demoró más de lo debido. Después, cuando hubo acompañado a la familia hasta la granja, se despidió con cortesía y abandonó el lugar, sabedor de que su presencia allí ya no se sostendría con ninguna excusa.

Bree había decidido no acudir al entierro, considerando que sería más útil si recogía la casa para cuando la familia Murphy volviera. Llena de tensión, las manos le temblaban mientras recogía las tazas usadas por los visitantes durante la mañana, provocando que la porcelana tintinease. Desde el día anterior, su cabeza era un hervidero de rabia, las sienes la palpitaban y sentía un profundo ardor en el estómago que casi la hacía vomitar.

Lyla Monroe... ¿Cómo se había atrevido a importunar en un momento como aquel? Sus acusaciones y risas malintencionadas se habían grabado en la mente de Bree. Sentía tanta lástima por Mary Kate... ni siquiera en un momento como aquel había tenido a Boyle para ella sola. Y Rose Anne... ninguna madre debía oír ciertas cosas sobre un hijo, y muchos menos si este estaba de cuerpo presente.

En cuanto a Harry, cuya presencia pareció llamarla a gritos desde el umbral tan pronto la familia regresó del entierro, había demostrado más aplomo del que esa mujer se merecía. Lo vio entrar llevando a su madre del brazo y los sentimientos la inundaron, entremezclando el cariño profundo que ya sentía con el respeto que se abría paso tras las últimas horas compartidas.

Le observó besar la mejilla de su Rose Anne y tocar con cariño el hombro de su cuñada, que se retiró de inmediato a la habitación. A la mañana siguiente, JJ volvería a casa y habría de explicarle, de un modo que su cabecita infantil pudiera comprenderlo, que su padre no iba a regresar. Agotada, hizo un gesto de asentimiento hacia Bree y se perdió escaleras arriba.

Rose Anne dejó el rosario sobre la mesa de centro y exhaló un suspiro al sentarse, antes de soltar la mano de Harry. Tenía los mechones encanecidos pegados a las sienes a causa de la lluvia y una honda expresión de cansancio le surcaba el rostro.

—De todo esto —anunció para todo el que quisiera oírla—, decido quedarme con la idea de que mi hijo se metió en un negocio peligroso e ilegal con un único objetivo, alimentar a esa criatura. Aunque no sea cierto, este pensamiento será mi consuelo.

Acercándose, Bree tomó asiento junto a la mujer y le entregó una taza de té caliente que había preparado. Rose Anne le sonrió con sinceridad al tiempo que alzaba la mano para darle unas palmaditas amistosas en las rodillas.

—Muchas gracias, niña. Espero no haberte ofendido con lo que dije ayer delante de esa mujer, sé bien que los asuntos de tu corazón y lo que en él haya por mi hijo no son de mi incumbencia.

Azorada, Bree levantó la cabeza y dejó que sus ojos se posaran en la puerta, pero Harry ya no se encontraba allí. Con un carraspeo, aseguró a Rose Anne que nada de aquello tenía importancia y se obligó a sí misma a calmarse, antes de que el martilleo de su pecho y la respiración agitada que le sobrevenía la delataran.

—¿Qué cree que va a ocurrir con el hijo de Lyla, señora Murphy? —preguntó con tiento—. Viendo de lo que es capaz...

—En este momento, Bree, lo único que puedo pensar es en el hijo que acabo de enterrar. Mañana, si sigo en este mundo, intentaré encontrar respuesta a tu pregunta —le contestó con tristeza. Tras un silencio, y al darse cuenta de las sombras oscuras que rodeaban los ojos castaños de la muchacha y de lo pálida que estaba, añadió—: Ahora ve a descansar. Llevas demasiadas horas despierta y tienes que velar por tu criatura.

Bree asintió y, llevada por un impulso, besó la mejilla de la mujer, que suspiró al notar como una lágrima discurría por su mejilla.

Rose Anne vio a la muchacha alejarse y pensó, aunque fuera egoísta, que esperaba que no encontrara pronto razones para dejarlos. Ya había perdido un hijo, no deseaba que el que le quedaba viviera en sufrimiento.

Bree subió los escalones que llevaban al dormitorio tan perdida en sus pensamientos que, cuando llegó al rellano superior, se percató que se había deshecho por completo el apretado moño que retenía la hermosa mata de pelo rojizo. En ese momento fue consciente de lo exhausta que se sentía, de lo triste que habían sido los últimos días y de la desesperanza que había recaído sobre la familia a la que tanto apreciaba. Anduvo por el pasillo hasta que los sollozos de Mary Kate se hicieron audibles tras la puerta de su cuarto, y un poco del estado de ánimo de la joven viuda se trasladó a su pecho y la llenó de congoja. ¿Habría lamentado ella tanto la muerte de Dairon de haber sido las cosas diferentes? ¿Se habría roto su corazón como ahora se quebraba el de Mary Kate?

Con la mente perdida en Mary Kate, cuyo llanto amenazaba con no cesar en toda la noche, Bree entró en su habitación con un suspiro. Pronto detectó que un olor diferente había impregnado la estancia. Aunque el sobresalto fue inevitable, la luz de la luna, que se colaba por la ventana como una espía curiosa, le descubrió la silueta de un hombre. Uno al que no confundiría jamás con ningún otro.

Durante un segundo, ninguno de los dos dijo nada. Después, él se incorporó con torpeza, frotándose las manos y mirándola con una rara expresión que Bree no supo descifrar.

—Sé que... que no es apropiado que esté aquí —dijo con atropello, inquieto porque intuía que su presencia la había incomodado—. Espero no haberte asustado, señora, yo solo...

Recuperada del susto que se había llevado al encontrarle, Bree le hizo un gesto para indicarle que no se preocupara. La conmovió la vulnerabilidad que veía en Harry y que hubiera acudido a ella al sentir que le fallaban las fuerzas. Se midieron con una mirada callada durante unos segundos. Después Harry dio un torpe paso al frente, reduciendo así la distancia entre los dos.

—Yo... debería irme. No son horas... no es adecuado que esté...

—No, no te vayas —azorada, Bree alzó los brazos, como si con ellos pudiera dominar la voluntad de un hombre como Harry y retenerlo—. Si has venido aquí es porque necesitas desahogarse. Puedes hacerlo conmigo.

Él dejó caer los hombros y se frotó los ojos con aquellas manos grandes y cálidas. Bree se preguntó si habría llorado por Boyle o si todavía contenía sus emociones. No le parecía bien preguntarle de forma tan violenta, pero sí le indicó que no tuviera miedo a expresarse con libertad mientras estuvieran juntos. Allí nadie le juzgaría y solo encontraría consuelo a todo cuanto tuviera que decirle.

—Son demasiadas cosas —musitó Harry sin saber expresar con palabras la madeja de pensamientos que había estado acompañándolo durante todo el día—. A veces creo que soy lo bastante resistente para llevarlas todas encima, ¿sabes? Pero entonces llegan días como hoy y... no me dan las fuerzas para sujetar el dolor de mi madre, la decepción de mi cuñada y el vacío que mi hermano ha dejado en todos nosotros. Ahora mismo, soy un hombre sobrepasado, Bree. No tengo ni idea de por dónde empezar a arreglar nada de esto.

—Estoy aquí, a tu lado, y no me importaría ayudarte a soportar cuanto haga falta. Te ayudé con el nacimiento del ternero, por amor de Dios, confiaste en mí entonces. Hazlo de nuevo.

Harry levantó la vista una vez más y la posó en ella con toda atención. Recorrió su cuerpo, que empezaba a redondearse, su rostro de piel clara y aquel cabello rojo que caía suelto y libre sobre los hombros. Una mujer hermosa, quizá no la más exquisita del mundo, pero sí la que hacía que su vida tuviera sentido.

—No le importábamos, Bree. Esta familia no significaba nada para él, ¿no te das cuenta? Iba a fugarse con Lyla y...

—Lo sé, es horrible —susurró Bree mientras jugueteaba con sus dedos sobre la palma de la mano de Harry.

—Saber que ese niño inocente es de nuestra sangre... No puedo permitir que quede desamparado, pero tampoco que Lyla lo utilice en su propio beneficio para amargarle la vida a mi madre. Ella seguro que se desviviría por el pequeño igual que hace por JJ, pero ¿y Mary Kate? ¿Estará dispuesta a acoger en su propia casa a la prueba de los engaños de su difunto marido?

—No pienses en eso ahora, deja pasar un poco de tiempo antes de tomar ninguna decisión —lo reconfortó Bree, que cada vez percibía un mayor respeto y admiración por Harry. Su preocupación era tan noble y tan real que por un momento sintió que era el padre que necesitaría su hijo al nacer

—Le dije que se fuera al infierno —masculló él apretando los dientes—. Esas fueron las últimas palabras que mi hermano escuchó de mí.

—No podías saberlo. No te castigues, por favor —le rogó al ver la tensión en su rostro—. Ahora eso ya no tiene importancia.

—Lo sé, pero saberlo no hace que el alma me pese menos.

Bree tiró apenas de él, pidiéndole en una súplica muda que la mirara. Harry se giró despacio y quedó de frente a ella. Con tiento, llevó su mano a la cabellera suelta de aquella mujer dulce y menuda que con sus palabras estaba intentando sanar una herida que Harry pensaba que quedaría siempre sin cicatrizar en lo más hondo de su cuerpo. Enredando los dedos en uno de sus mechones rojizos, se maravilló de lo suave y sedoso que le parecía.

—Eres el único motivo por el que no pierdo la razón, Bree —le confesó en un tono apenas audible—. El único rayo de sol que se cuela entre toda esta oscuridad.

—Entonces aférrate a mí. Deja que sea yo quien te sostenga. Quizá sea una buena forma de devolverte todo lo que has hecho tú por mí.

Sus ojos se encontraron. Los labios de Bree temblaron apenas cuando Harry dejó reposar la mano sobre la curva de su cuello y deslizó las yemas de los dedos por la fina línea de su pulso provocando que toda su piel se erizara. Bajo el vestido, las cimas de sus senos, llenos y firmes, pugnaron por sus caricias. El leve cosquilleo que percibía cuando se encontraba a tan poca distancia de él se acrecentó hasta convertirse en un anhelo insoportable. Se asustó con la intensidad de su deseo y sus pensamientos la llevaron a un terreno que no debería pisar a la ligera. No había nada que deseara más que recibir la calidez de aquellas manos sobre su vientre desnudo o las lisonjas que sus dedos prodigaran a la tierna carne de sus muslos. Que Dios la perdonara por tales pensamientos impuros, pero su cuerpo y su mente habían encontrado un motivo de disputa, y aquella era la única forma de resolverla.

—Aférrate a mí —le repitió cerrando apenas los ojos cuando él llevó su dulce caricia hasta la mejilla y la curva de los labios—. Si mi presencia aquí sirve de algo, entonces...

Harry la hizo callar rozando con su dedo el labio inferior de Bree, que abrió apenas la boca, obediente, rendida a cada caricia que pudiera obtener de él. Sedienta de unas manos que hasta entonces apenas la habían tocado, hambrienta de unas palabras de amor que ninguno de los dos sabía cómo pronunciar.

Sus frentes se encontraron y ambos aspiraron con fuerza, grabándose en el alma la esencia de la persona querida, sin encontrar cómo describir los sentimientos que los embargaban. Bree olía a mujer, y Harry hundió el rostro en su cuello para impregnarse de ese aroma, de ese rocío húmedo con una esencia que solo pertenecía a ella, que se desprendía de sus poros llamándole con unos gritos tan atronadores que fue un milagro que la casa no se derrumbara hasta los cimientos.

—Di que te quedarás conmigo… —siseó Harry recorriéndole con los labios la frente y las mejillas, demorándose en la punta de la nariz, suspirando contra los párpados cerrados, adorando la comisura de aquella boca que era su entrada al paraíso—. No me sueltes, Bree. Di que te quedarás a mi lado

Abrazada contra su pecho, sintió el calor del cuerpo de Harry apretado contra ella y notó cada curva y cada valle siendo explorados. Bree solo asintió, llena de miedo, pero con el pecho henchido de esperanza. Asintió una y otra vez, y gimió quedamente cuando los brazos fuertes de Harry la apretaron aún más. Fundida contra su cuerpo, recostó la cabeza en su pecho y le escuchó latir el corazón. Quizá no merecía nada de aquello, pero decidió enterrar todos los pensamientos que la habían llevado a alejarse de él. Si Harry la quería solo la mitad de lo que ella lo quería a él, dedicaría todos los días que le restaran a compensar la amargura que ahora veía en sus ojos. Podía hacerlo, el destino le había puesto en su camino y la había llevado a sus brazos. Ahora estaba convencida de ello. Aquella debía ser la razón. Estar con él, tenía que ser la razón.

—Dilo —rogó Harry, memorizando con sus dedos la curva de sus caderas, el nacimiento de su vientre, la blancura de sus brazos—, por favor, dilo.

—Me quedaré contigo —le concedió Bree abrazándose a su piel como si aceptara el abrigo que se le ofrecía para aguantar la tormenta—. Me quedaré a tu lado.

—Mi Bree… mi dulce Bree, cuánto te he esperado…

Envueltos en silencio, sus labios se buscaron y bebieron las lágrimas que les pertenecían a los dos. Las caricias de sus dedos absorbieron lo que dejaron sin decir y, cuando sus miradas coincidieron, pletóricas de dicha, algo mágico ocurrió.

—¡Es el bebé! —Colmada de emoción, le sonrió a Harry con los ojos llenos de un brillo que los hacía relucir. La belleza de la maternidad, en todo su esplendor, se reflejó en el rostro de Bree eclipsando todo lo demás—. ¡Está moviéndose, Harry! —exclamó soltando una carcajada espontánea que derritió el corazón del hombre que estaba junto a ella.

Pegado a su cuerpo, él colocó la palma de la mano en su vientre y compartió el instante más hermoso de cuantos habían vivido. Juntos, se encerraron en un mar infinito de esperanza y posibilidades, pues aquel leve movimiento tuvo la fuerza de hacerles creer que un nuevo comienzo era posible para ambos.

24

A Bree solo se le ocurría una palabra para definir los días que siguieron: felicidad. O al menos lo más próximo a ella que había sentido en mucho tiempo.

Aunque no le gustaba la idea de construir su alegría sobre los restos del sufrimiento de los demás, comprendió que el destino y la vida misma terminaban por tomar decisiones por ella, aunque no estuviera preparada para afrontarlas. Decidió dejar de luchar contra lo que se le daba y abrazó el horizonte iluminado por el sol, con todas aquellas posibilidades que se le abrían camino.

Tan pronto aceptó la verdad de que en pocos meses sería madre, Bree empezó a ser consciente de cada pequeño cambio en su cuerpo. El sutil movimiento que había sentido en su interior y la aceptación que vio en los ojos de Harry al compartirlo con él fueron el inicio de algo glorioso que no iba a dejar escapar.

Cada mañana, antes de vestirse para empezar el día, se miraba en el espejo de pie que Rose Anne había colocado para ella en el dormitorio y estudiaba su vientre tratando de medir con las palmas de las manos su crecimiento. Le hablaba a aquel bebé al que por tanto tiempo había tratado como si no existiera, acariciaba la piel tersa que lo resguardaba y le susurraba palabras de cariño. Le aseguraba que siempre estaría ahí para él, que no volvería a tener miedo. Sería su madre y ese lazo los mantendría unidos y protegidos para siempre.

Los días posteriores a la muerte de Boyle amanecieron nublados, como el ánimo de las dos mujeres que compartían tareas con Bree. Las flores y la hierba se fueron helando al contacto con los suaves copos de nieve que cada mañana se escapaban de entre las nubes, preludio de las grandes tormentas que se acercaban desde la montaña.

Para Bree, encontrar una tarea que la distrajera de pensamientos impúdicos se estaba convirtiendo en algo imposible. Dejar de pensar en él era imposible. Cumplía con las tareas de la casa, ayudaba en todo lo que fuera necesario, charlaba con JJ e impartía sus clases como cada día, pero la simple brisa removiendo una cortina, los pasos ahogados en el piso de arriba o el característico sonido de la puerta al abrirse eran motivos suficientes para regresar al momento que habían compartido en el dormitorio.

Desde aquel día se habían vuelto inseparables. Tanto si estaban sentados a la mesa como atendiendo el huerto o revisando a los animales, sus miradas se encontraban y, pronto, la simple contemplación no era suficiente. Buscaban el contacto de sus manos, la cercanía que les permitiera compartir el mismo aire, el roce tímido de sus labios o una caricia perdida en el pelo que pudieran dedicarse sin levantar demasiadas sospechas.

Bree estaba segura de que Rose Anne había notado el cambio que había tenido lugar entre ellos. Sin embargo, dado que no había mencionado palabra, Bree confiaba en poder mantenerlo oculto durante un tiempo más. Le parecía más respetuoso así, sobre todo para Mary Kate, que arrastraba una gran aflicción difícil de ignorar. La viuda de Boyle apenas pronunciaba palabra, se movía como guiada por cuerdas que tiraban de ella, no sonreía ni encontraba alivio a su soledad en compañía de nadie. Únicamente trabajaba en sus labores diarias, de forma mecánica, sin que brillo alguno llegara a sus ojos.

Otro problema con el que debían lidiar era el duelo de JJ por su padre. Aunque Mary Kate y Rose Anne habían tenido con él una larga charla el día después del entierro, y a pesar de que el propio Harry había respondido con toda franqueza las preguntas del niño y de que este parecía haber asumido bien la marcha de ese hombre ausente, a cuya distancia se había acostumbrado, con cada nuevo atardecer, su mente infantil se llenaba de dudas y temores sobre ese futuro incierto que iba a verse obligado a enfrentar sin la figura de su padre.

Una fría tarde, mientras Bree se afanaba en preparar tareas que mantuvieran ocupado al niño, JJ la había sorprendido con una pregunta que ella no supo cómo responder. Quería saber si encontraría a su papá en el cielo, si una vez allí sabría dónde buscarlo y si él estaría esperando para recibirlo. Después de lo que le había pasado a su padre y de todo lo que había tenido que escuchar, la idea de separarse de su madre, de su familia, había calado profundo.

—No deberías preocuparte por eso ahora, cariño —resolvió Bree con un nudo en la garganta.

—¿Y si me ahogo en el río iré al cielo? —Volvió a la carga dejando las cuentas a medio hacer—. ¿Y si me ahogo, pero no me encuentran hasta que pasen las heladas? ¿Iré al cielo igual?

—¡Claro que irás al cielo!

—¿Y si me come un oso? —siguió JJ, incansable, tras unos minutos pensando nuevas y terribles posibilidades.

—JJ, ¿por qué iba a comerte un oso? —le preguntó Bree un tanto exasperada. No quería hablar de la muerte con el niño, no era la persona más adecuada para hacerlo. Sin embargo, él esperaba su respuesta con la mirada fija en Bree, atento y dispuesto para disparar su siguiente ocurrencia infantil—. Aquí en la granja estás a salvo, no tienes nada que temer.

—Vale ¿pero y si me come un oso y acabo en su tripa, iré al cielo? ¿Estará mi padre allí? —Lleno de ansiedad, apretó los pequeños puños sobre la mesa—. ¿Y llegaré entero o a pedazos?

Bree suspiraba, sonreía con suavidad y le tomaba de la mano. ¿Cómo saber cuál era el destino de un hombre como Boyle? Desde luego, si uno tenía entre las manos las Sagradas Escrituras, parecía demasiado evidente que alguien que en vida se había comportado con egoísmo y crueldad, siendo adultero y dejando no uno, sino dos hijos desamparados, tenía muy pocas posibilidades de llegar al reino de Dios.

Pero ante la mirada suplicante de JJ, que se preocupaba por el destino del alma de su padre, y por la propia cuando llegara el momento, Bree solo asentía.

—Irás al cielo sea cual sea la forma en que mueras —le aseguró—. Y tu padre estará allí.

Tras recibir la contestación que andaba buscando, el pequeño volvió a las cuentas y Bree a sus pensamientos. No le gustaba mentir, y menos a una criatura tan inocente, pero el amor que JJ sentía por su padre era tan grande que tuvo miedo de quebrar su frágil alma con una verdad contundente.

Aquella mañana, después de desayunar, Bree agarró una cesta y emprendió el camino al huerto, decidida a preparar un guiso consistente para intentar llenar con algo caliente el estómago de los Murphy. Mientras recogía unas zanahorias y limpiaba los restos de tierra de las cebollas tiernas, recordó la visita del agente Jefferson de la noche anterior. No había traído noticias útiles sobre la identidad de los asesinos de Boyle y, tal como había expresado, no era optimista con respecto a dar con ellos.

—Puede que nunca lo sepamos —había dicho, evitando la mirada doliente de Rose Anne—. Si trabajaban para un contrabandista con contactos, nadie los delatará.

—¿Y qué me dices de detener a ese contrabandista? Si cae el cabecilla, los demás irán detrás, ¿no es cierto? —Dolida, la matriarca se aferraba a cualquier esperanza que le diera paz para dormir por las noches.

Jefferson se había encogido de hombros. Estaba claro que no había testigos dispuestos a dar nombres. Por supuesto, había silenciado el hecho de que varios de sus compañeros aceptaban sobornos para mirar a otro lado, aunque eso no era secreto para nadie en aquellos tiempos. Interesaba que la Prohibición se cumpliera, pero podían hacer excepciones siempre que el pago fuera considerable.

—Así que eso es todo —había concluido Rose Anne, permitiendo por unos segundos que el duelo tomara el control de todo su cuerpo—. Mi hijo pasará al olvido sin que nadie pague por haberle quitado la vida.

—Hacemos cuanto podemos, señora Murphy.

Ahora, con el sol brillando en un cielo de color azul desvaído, Bree esperaba de todo corazón que alguien testificara. Era lo único que pedía a aquellas Navidades que, por primera vez en la granja Murphy, no iban a celebrarse.

Boyle nunca le había caído bien, y estaba claro que ella tampoco le gustaba, pero nadie merecía morir de ese modo, en silencio y entre sombras, sin que se supiera jamás quién había tenido la culpa. Incluso si los crímenes de Boyle merecían castigo, no debió haber pagado con su vida.

—No pensó en lo que sería para su familia meterse en algo así —comentó para sí misma llenando el cesto con las verduras del huerto—. O, simplemente, no le importó.

Con esa idea en la cabeza, pasó ante el cercado de las gallinas, tomó un par de huevos y los metió en el cesto. Después, los airados mugidos procedentes del establo la hicieron detenerse. Entornó los ojos, intentando distinguir algo en la oscuridad. Tal vez la vaca estaba enferma o el ternero que ella misma había ayudado a nacer se quejaba por algún dolor.

Dando un par de pasos, se acercó con cautela para no poner nerviosos a los animales con su presencia y, entonces, tan pronto estuvo lo bastante cerca para que la luz de la mañana bañara la entrada, la sonrisa iluminó su rostro. Allí estaba él, con la camisa completamente perdida de restos de tierra y paja, tirando con esfuerzo de la vaca, que mugía como protesta, inmóvil en el cubículo. Con la mandíbula apretada, Harry empujaba los cuartos traseros del animal, que movía la cola y se negaba a cooperar.

—Enorme tonta del demonio —gruñó Harry, haciéndose a un lado y secándose el sudor con el dorso del brazo—. ¡Tengo que sacar al ternero! ¿Es que no entiendes que necesito que te muevas?

La vaca mugió en respuesta, provocando que Bree soltara una risita que no pasó desapercibida para el oído de Harry. Aunque intentó mostrarse serio, la sonrisa tiró de la comisura de sus labios, dándole a su rostro una imagen más atractiva de la que ya tenía a los ojos de Bree.

—Lo que me faltaba, ¡otra mujer terca!

Fingiendo un enfado que estaba lejos de sentir, ella dejó el cesto y se aproximó un poco.

—¿A quién llama terca, señor Murphy? —preguntó poniendo los brazos en jarras—. ¿No cree que sería más práctico intentarlo de otro modo? Parece que su método no está funcionado del todo bien. —Y señaló a la vaca para que quedara claro a qué se refería.

Él se permitió sonreír entonces, cruzando los brazos sobre el pecho y admirando el paso cadencioso con que ella se acercaba aún más. Ese sensual movimiento de caderas que la acompañaba era tan inconsciente para Bree como torturador para él. Levantaba el mentón con orgullo, en un enfado fingido que estaría gustoso de borrar, mientras le bailaba la sonrisa en los ojos y hacía esfuerzos tremendos por contener sus labios en una firme línea. Que Dios lo perdonara, pero esos labios lo harían pecar sin arrepentirse.

—¿Y qué otras maneras hay, según usted, de mover a un animal de trescientos kilos que se niega a separarse de su cría?

—Sin duda ser más inteligente que ella. —Y como Harry no decía nada, Bree levantó las cejas, exasperada—. ¡Engañarla para que salga!

Se acercó al altillo donde se guardaban los aperos y enseres del establo y sacó unos tallos gruesos de caña de azúcar. Arrancó algunas hojas y acercó el dulce alimento al hocico de la vaca, que no tardó en lamer con avidez.

Con pasos cautelosos, Bree fue caminando hacia atrás, alejando la caña de azúcar de la vaca, que comenzó a aproximarse con el bamboleo propio de quien tiene que mover tres toneladas de peso con solo cuatro patas. Muy despacio, sin movimientos bruscos, el animal dejó el cubículo del establo, yendo en pos de la comida sin percatarse de que se estaba alejando de su cría.

—Apostaría todo lo que tengo a que eres la mujer más lista de toda Virginia —le sonrió a Bree, que acariciaba a la vaca para premiarla por su colaboración—. Está claro que vas a ser una gran incorporación a esta familia.

Ruborizada, Bree escondió una sonrisa, obligando a su corazón a que dejara de saltarle en el pecho. Mirando a Harry de reojo vio cómo sus manos revisaban con mimo y cuidado el ternero, vigilando que su crecimiento fuera correcto, que tuviera los ojos limpios, los dientes sanos y las orejas libres de parásitos. Al escucharle susurrar al animalillo palabras cariñosas, sintió una punzada de envidia y las ansias por encontrarse entre sus brazos le estallaron dentro del pecho.

Tras un instante, los ojos de Harry también se pusieron en ella y parecieron compartir exactamente sus mismos pensamientos. Vivo estaba en su memoria el recuerdo de aquella noche, cuando tan cercanos se habían sentido. La intimidad de unas palabras susurradas, las caricias llenas de cadencia y necesidad... de no haberse interrumpido por el inesperado movimiento de su vientre, Harry estaba convencido de que, a esas alturas, Bree sería suya. Solo pensarlo le secaba la boca. Paciencia, se dijo, Bree era una mujer a la que esperaba conservar durante el resto de su vida, de modo que tenía que actuar con calma. Por nada del mundo iba a perderla ahora que casi podía rozar con las yemas de los dedos la felicidad de poder amarla libremente.

Aunque no sin secretos... le recordó su conciencia, obligándole a tener presente algo que, embriagado por su olor y la mirada cálida que veía en ella, amenazaba con olvidársele.

—Está muy sano y crece grande y fuerte, hasta puede que saquemos más de lo que teníamos apalabrado por él.

—No me extraña que crezca tan bien si le dedicas tantas atenciones —comentó al descuido mientras acariciaba el pelaje de la vaca.

Harry salió del cubículo tratando de limpiarse las manos y la camisa con un trapo que había visto tiempos mejores.

—No me gusta hacer venir a Lester si no es necesario. Además —se acercó, pasando la mano sobre el lomo de la vaca y con ello, aproximando su posición a la de Bree—, si no hubiera sido por tu hábil engaño, no habría podido cuidarlo. O sea que, técnicamente, lo he hecho por tu culpa... —concluyó escondiendo una sonrisa.

—Solo quiero ser útil, por si acaso te arrepientes de haberme pedido que me quede. —Lo dijo en un tono muy suave, pero quedó claro que aquella era una realidad que la preocupaba.

Tomándola entonces por el talle, Harry la apartó de la vaca, que lamía la caña de azúcar, y la miró directamente a los ojos. Con un solo dedo, levantó la barbilla de Bree para que sus miradas conectaran y ambos notaron en sus almas la sed de cercanía que amenazaba con devorarlos.

—Eso no pasará jamás —le aseguró con la voz ronca, y bajó la cabeza lo suficiente para depositar un beso rápido sobre los labios de Bree, que se abrieron para él, anhelantes.

Se sonrojó cuando notó que Harry se retiraba y ponía un punto de distancia entre sus rostros. Continuaba aferrado a su cintura y las manos de Bree, locas de excitación, acariciaron el vello áspero de los brazos que no la dejarían caer.

—Jamás es mucho tiempo, Harry. No puedes estar seguro.

—Pues lo estoy —aseveró mirándola como si nunca más quisiera que sus ojos contemplaran otra cosa—. Hubo una razón para que te encontrara, una razón para que sobrevivieras y llegaras aquí. Es porque este tiene que ser tu hogar, Bree. Conmigo. Aunque no creyeras en las señales, tú me habrías estallado en la cara.

—¿Soy tu señal?

Con la yema de su dedo, Bree le limpió un poco de barro de la mejilla. Fue solo un roce fortuito, un pequeño gesto sin importancia, pero suficiente para que el pecho de Harry se inflamara y ardiera. El deseo que ella le provocaba estaba a punto de escapar de su control.

—Yo he decidido que lo seas, ¿qué importa si algo más fuerte que nosotros nos ha unido o no? Ahora estás aquí y voy a hacer lo imposible para que desees quedarte.

—Eso suena como una promesa —suspiró. Por un segundo, los malos recuerdos invadieron su mente—. He aprendido a no esperar demasiado de ellas.

—Yo siempre cumplo las mías, Bree. En eso puedes confiar.

Con una mirada tierna, Harry ahuecó su mano sobre la delicada mejilla. Recordó la primera vez que la vio, magullada, inconsciente, a merced de la ventisca. A su mente acudió el momento de pánico que había vivido al ver que casi no respiraba y lo poco que le había costado devolverle el aliento en un beso que lo había martirizado noche tras noche. Desde entonces, y tras conocer su historia, la profundidad de sus heridas y todo cuanto había tenido que hacer para sanarlas, su respeto y admiración por ella no habían hecho más que crecer. Era una mujer admirable, fuerte, valiente, tan capaz como cabezota, tan insensata como preciosa.

Harry la quería a su lado porque era una mujer en la que podría apoyarse cuando flaqueara, que sabría cuidar de sí misma y salir adelante cuando la vida los golpeara con tormenta y granizo. La quería porque era tentadora, una completa delicia, y jamás se cansaría de tomarla entre sus brazos. Bree era la mujer perfecta para darle hijos que llenarían juntos de cariño. Además, era inteligente y divertida, y uno podía ver pasar las horas a su lado entre conversaciones de cualquier tema posible. ¿Acaso necesitaba más motivos para desear formar una familia con ella?

—Hablaremos con mi madre, quiero que sepa que deseo estar contigo. Ella ya te acepta, pero no quiero que haya dudas respecto a mis sentimientos —susurró Harry contra sus labios, sin rozarla, mirándola con una adoración que ya no podía esconder—. Y después iremos al pueblo a dar cuenta al vicario de nuestras intenciones.

El corazón de Bree se saltó un latido y su respiración alterada la hizo emitir un jadeo. Se obligó a calmarse, temiendo no haber oído bien, y puso las palmas de sus manos sobre el pecho de Harry, notando la tibieza que emanaba, deseando recostarse contra él y ver pasar las horas sin más preocupación.

—¿Hablas de matrimonio? —preguntó incrédula.

Harry levantó una ceja y compuso esa sonrisa de medio lado que despertaba el aleteo de las mariposas en su estómago. Si no la estuviera sosteniendo por la cintura, sus piernas no habrían soportado la debilidad que la invadía cuando él la miraba de esa guisa.

—No pensarás que voy a seguir durmiendo en el sofá durante el resto de mi vida, ¿verdad? La espalda de un hombre tiene ciertos límites, señora.

A Bree la risa le nació desde el centro mismo del pecho. Incapaz de contenerse, se abrazó a Harry, respirando su olor a trabajo y sudor, dejando que los latidos de su corazón se acompasaran con los suyos. Era tan feliz... ¿sería correcto que se sintiera así? ¿Lo merecía, después de lo que había hecho, de las decisiones tomadas para sobrevivir?

Poco a poco, el recuerdo de aquellos días en la montaña empezaba a hacerse difuso. Las imágenes del horror perdían nitidez. El rostro de Dairon, su voz y sus insultos se iban difuminando en su memoria y eran sustituidos por cada segundo que pasaba junto a Harry. Quizá estaba sanando, se dijo. Tal vez eso era lo que tenía que pasar. Seguir adelante, vivir sin miedo. Volver a amar.

Abrazó a Harry con más fuerza, esperando que el temblor emocionado de su piel le dijera todo lo que sentía sin necesidad de palabras. Se imaginó por un segundo vestida de novia, caminando hacia él, recibiendo la bendición que los convertiría en marido y mujer... y lo deseó con todo su corazón.

—Creo que me gustará ser tu esposa —oyó que le decía Bree, con una leve nota de timidez que dulcificó cada palabra—. No se me ocurre mejor hombre junto al que vivir... con el que formar una familia y ver pasar los inviernos.

Harry chasqueó la lengua intentando ignorar la punzada de vergüenza que le acicateó.

—No pretenderás que, después de decir esas cosas, te deje marchar así como así, ¿verdad? —le preguntó al tiempo que las manos que habían estado paradas en la cintura de Bree comenzaban un lento movimiento por su espalda—. Lamento decirle, señora, que voy a echar a perder su vestido con mi cercanía, pero no me importa lo más mínimo —le susurró al oído, y la caricia de su nariz contra el cuello de Bree le arrancó a ella un gemido y un estremecimientos que lo alentó a continuar—. Lo único que deseo en estos momentos es tenerte entre mis brazos.

—Creo, señor Murphy, que ese es un riesgo que puedo asumir.

—Te pondremos a prueba, entonces.

Observó cómo Bree cerraba los ojos y entreabría los labios para recibir su promesa. Con toda la delicadeza de la que eran capaces sus dedos sucios, le sujetó las mejillas con firmeza justo cuando ella se humedecía el labio inferior. Aquel gesto destrozó sus defensas y lo impulsó hacia delante, en un desesperado intento de calmar la ansiedad que lo consumía. Capturó con los dientes la humedad que su lengua había dejado y succionó con pasión la dulce carne de su boca, disfrutando con la sorpresa de un beso tan sensual. La lengua de Bree buscó la suya, intrépida, y lo complació su iniciativa y esa fogosidad que encontró cuando presionó contra sus labios y se movieron a un mismo ritmo. La acarició con maestría, la elevó sobre sus pies y recorrió con ella los pocos pasos que lo separaban de la pared del cobertizo. No podía dar rienda suelta a sus deseos ni podía sobrepasarse con sus lisonjas, ya habría tiempo, pero al menos nadie le negaría el placer de aquel suculento beso que se merecían.

Con la garganta agonizando por la falta de aire, Harry la abrazó más fuerte, negándose a soltarla, incapaz de separarse de ella por temor a que la realidad gris encontrara el modo de interrumpirlos.

25

No había tenido intención de matarlo, pero no le había quedado otra opción. El granjero estaba haciendo demasiadas preguntas y las respuestas parcas que le había dado no hacían sino provocarle cada vez más sospechas. Le había oído la noche anterior, cuando creía que dormía, cuchicheando con la zorra de su esposa. Planeaban forzarlo a marcharse aunque fuera por las malas. Infelices... no tenían ni idea de a quién se estaban enfrentando. Nadie lo sabía.

La mujer tardaba en volver del pueblo y él comenzaba a impacientarse. Lo último que le faltaba era que hubiera avisado a la policía del pueblo o comentado con algún otro campesino de aquel maldito estado que habían acogido a un hombre herido. Estúpidas... todas las mujeres eran iguales, unos sacos hechos para recibir golpes y órdenes, sin excepción.

Esa era incluso peor, porque estaba casada con uno de los imbéciles que creían que el matrimonio servía para compartir las penas y cargas. ¡Hombres como esos eran los que echaban a perder el mundo! Las mujeres debían obedecer, sin más, así eran las cosas y así tenían que seguir.

Haciendo a un lado el cadáver de una patada, se miró en el espejo que colgaba de la pared. Hacía días que había dejado de tener fiebre, pero la cicatriz seguía infectada, daba igual lo mucho que se esforzara en limpiarla, aquella podredumbre salía de dentro, de algún lugar demasiado recóndito para que las medicinas pudieran hacerle efecto. El dolor lo torturaba constantemente y el hecho de que le hubiera sido imposible conseguir una sola botella de alcohol para aplacarlo le estaba matando.

Aquella herida había sido lo primero en levantar sospechas. Por suerte, cuando se encontró con aquel matrimonio en medio de la montaña, había logrado componer una triste y creíble mentira sobre un accidente junto al río y la desesperación de un marido anhelante por recuperar a su mujer. Hacía semanas de aquello y ahora aquellos paletos empezaban a dudar de su historia. Sin embargo, si no había calculado mal, el pueblo donde se refugiaba estaba a los kilómetros suficientes del único lugar al que podría haber huido Bree y, con el invierno arreciando y las comunicaciones parcialmente bloqueadas por las primeras heladas del año, era poco probable que ella hubiese ido a ninguna otra parte o que se hubiera enterado de su repentina reaparición. Bree debía de pensar que había acabado con su vida, eso sí había logrado escapar con vida de los malditos Apalaches.

Estúpida mujer... de no estar muerta, iba a pagar muy cara cada gota de sangre y sudor que había derramado persiguiéndola por la montaña. ¿Acaso creía que había escapado de él? Deseaba que hubiese encontrado el camino al pueblo más cercano y que siguiera con vida, pues se había jurado que iba a matarla de una forma tan cruel que ella misma le rogaría que terminara con ella rápidamente. Pero, por supuesto, no la complacería y todo el sufrimiento que hubiese podido padecer en su vida, y que esperaba que en ese mismo momento estuviese padeciendo, no sería nada comparado con lo que le esperaba cuando diera con ella.

Debía tener la mano firme para cuando volviera la mujer del granjero, porque esta vez no pensaba dejar cabos sueltos y se aseguraría de cubrir sus huellas a la perfección, como había hecho siempre menos en aquella última ocasión.

Nunca debió sacarla de Kentucky. Claro que, ¿cómo resistirse a un bocado tan delicioso? Bree era perfecta para sus planes, una mujer de apariencia dulce, que pasaba desapercibida lo justo y nunca daba de qué hablar. El ama de casa ideal, hecha para cuidar de un hombre sin levantar la cabeza. La tapadera perfecta para mostrarse como un joven esposo confiable y poder robar a los mineros o provocar accidentes que le beneficiaran de manera todavía más fácil de lo que ya había resultado antes de conocerla. Aquello le hacía feliz, la destrucción y la muerte le provocaban un éxtasis que no podía comparar con nada más.

Además, tener unas cuantas noches calientes con aquella pelirroja soñadora no había estado mal. Solo mencionar las palabras *familia* y *matrimonio* había hecho milagros para que abriera las piernas, confiada y llena de cariño.

Estúpida como todas. Había sido tan sencillo orquestar aquella pantomima que incluso el borracho que los había proclamado marido y mujer dudaba de su suerte. Unas míseras monedas y la promesa de unas cuantas botellas ilegales de buena cosecha, y el ignorante más a mano se convertía en el párroco ideal, uno que jamás entregó su vida a Dios ni al sacerdocio. Ella se lo había creído a pies juntillas y Dairon todavía se relamía al observar su pudor la mismísima noche de bodas en que le robó la inocencia. Todo había parecido perfecto hasta el momento en que había decidido rebelarse, despojarlo de todo lo que había sacado de la mina y huir. ¡Cómo si pudiera escapar de él!

Una fea sonrisa le surcó el rostro. Pobre Bree... antes de que exhalara su último aliento disfrutaría rompiendo cada uno de los huesos de su cuerpo. Y después, después se ensañaría a golpes contra su preciosa carita, igual que ella había intentado hacer con aquella piedra del demonio.

—Pensándolo mejor... —le dijo a su imagen en el espejo mientras se cubría la cicatriz con el flequillo—, no deseo que te encuentres en una situación miserable, espero que estés en un buen hogar, Bree. En un sitio donde te sientas segura y querida... porque, así, arrancarte de él será aún mejor.

Agudizó el oído y oyó pasos que se aproximaban. Recuperó el cuchillo de cocina con el que había matado al granjero y se ocultó donde las sombras de la puerta entreabierta no hicieran llamativa su presencia. Con una gota de sudor cayéndole por las sienes, notó el momento exacto en que la esposa comprendió que algo iba mal. La puerta no estaba cerrada y dentro de la casa reinaba un extraño silencio. Ella llamó a su marido, y Dairon casi sintió ganas de reír.

«No va a responderte nunca más», pensó satisfecho. «Pero no sufras, pronto le acompañarás».

Las ansias de llevarse otra vida provocaron que le sudaran las manos, pero se obligó a no anticiparse, a esperar. Así, el miedo de ella solo iría a más. El pavor aumentaría y eso haría la caza mucho más intensa. Con el corazón latiéndole de placer, bombeando estímulos a todo su sistema nervioso, esperó quieto y en total silencio.

La mujer volvió a llamar a su marido, pero esta vez acercándose con cautela. No iba a servirle de nada, pero disfrutó viendo el tiento con el que se aproximaba, el cuidado con el que cruzaba el umbral, esperando que sus pasos no provocaran chirridos en el suelo desgastado de madera.

Por fin llegó el momento, el instante justo en que ella tropezó con los restos del hombre por el que tanto preguntaba.

Se llevó las manos a la cara con horror y palideció mientras contemplaba el charco de sangre oscura que iba haciéndose más y más grande a medida que abandonaba el cuerpo, empapaba la ropa y se escurría por una piel que se iba quedando fría a cada minuto que pasaba. Los ojos vidriosos y vacíos del que había sido su marido la miraron sin ver y ella profirió un grito de temor que fue la señal que había estado esperando. Con la agilidad de un felino, emergió de las sombras cuchillo en alto y le dedicó a la mujer una sonrisa diabólica. Ella balbuceó algo, rogó por su vida, pero eso solo sirvió para que su desprecio fuera en aumento.

Asestó los golpes de forma mecánica, disfrutando de cada grito y salpicadura de sangre que teñía de rojo las limpias paredes y los coquetos muebles de una sala de estar donde ya nadie más se sentaría. Cuando acabó, suspiró con alivio. Ahora podría pensar con frialdad.

Desvalijaría la casa y después emprendería el camino hacia el otro lado de la montaña, al pueblo donde era más probable que la zorra hubiera escapado. Inventar otra historia para recabar información sería pan comido, teniendo en cuenta lo confiados y estúpidos que eran todos aquellos crédulos granjeros, con sus leyes y prohibiciones.

El final de Bree estaba cerca y, desde luego, no iba a ser tan pacífico como el que había dado al amable matrimonio que tantos días había velado por su recuperación. Ella tenía que haber sobrevivido a los Apalaches para que él pudiera destrozarla tal como merecía. Era una promesa que se había hecho desde que había despertado helado y medio muerto en la montaña, y aquella era una que Dairon no pensaba dejar de cumplir.

El plato que tenía en las manos resbaló y se hizo pedazos en el suelo, pero Bree no oyó el estrépito provocado por la porcelana. De hecho, si un huracán se hubiera llevado el techo de la granja, tampoco se habría enterado. ¿A qué se debían el sudor frío y la sequedad que sentía en los labios? Notó como si algo, un mal presentimiento, se abriera paso en la nebulosa de ideas alegres que poblaban su mente. Como si un pitido lejano la avisara de que mantuviera la guardia alta, como cuando Dairon se encontraba cerca de ella. Pero, ¡menuda tontería!, el embarazo llenaba a las mujeres de miedos, sobre todo cuando no tenían ninguna experiencia. ¿Cómo no estar nerviosa cuando llevaba una vida creciendo en su interior? Eso era todo. Para convencerse, se acarició el vientre con cariño asegurándole al bebé, sin palabras, que todo iba bien.

—¿Se está moviendo? —La voz de Rose Anne la sacó de sus pensamientos. La mujer sonrió, quizá el primer gesto de alegría sincera en días—. Por tu cara de miedo adivino que sí. No te preocupes, hija. Los bebés crecen y se mueven, es normal. Quiere decir que está sano.

Rose Anne colocó la palma de la mano abierta sobre su vientre, palpándolo con la experiencia de quien ha dado a luz anteriormente. Con un gesto satisfecho, asintió.

—Creo que va a ser un chico.

—¿De verdad? —Con una ilusión creciente, Bree se permitió imaginar a un bebé rollizo de grandes ojos tiernos y boquita en forma de corazón. En su mente, aquella criatura que acunaría en brazos era idéntica a Harry, con sus hoyuelos al sonreír, su color de pelo, sus gestos...

—Los chicos se mueven más, son más activos... al menos eso me dijo mi madre —vaticinó Rose Anne, sacándola de su ensoñación.

Bree intentó recordar si su madre o su tía le habían dado algún consejo maternal, pero lo único que recordó fueron las peticiones de esta última de que no se marchara con Dairon. Aunque ahora se sentía dueña de una gran felicidad, con su corazón abierto al amor, no pudo evitar pensar que ojalá le hubiera hecho caso. Quizá así se habría librado de tener que acabar con una vida en pro de la suya. Como madre, tenía mucho que aprender, si acaso quería dar buenos consejos a su bebé.

—Vas a tener un bebé sano, hija. —Rose Anne le dio unas palmaditas en la mano—. Y parece que yo voy a tener el derecho a llamarlo nieto.

Por un segundo, las dos mujeres se midieron con una mirada. Bree, completamente ruborizada, se preguntaba cuándo habría tenido Harry tiempo de contarle a su madre los planes y conversaciones que habían estado teniendo. Rose Anne esperaba, paciente y callada, con una ceja levantada de forma indolente, como si la estuviera retando a negar la evidencia.

—Harry ha... hablado pronto con usted, me parece —tartamudeó conmocionada.

—Pues la verdad, querida, es que no ha dicho una palabra —le explicó con un ademán que le restaba importancia a la situación—. Lo nervioso que se pone cuando se menciona tu nombre y la forma en que os miráis han dicho todo lo que necesitaba saber.

Mientras Rose Anee continuaba realizando las tareas sin dar demasiada importancia a la expresión de sorpresa que Bree tenía en el rostro, ella buscaba tener las manos ocupadas para darse tiempo a pensar cómo enfrentar aquel momento tan trascendental. Tomó la escoba y barrió los restos del plato que había roto, los apiló junto al recogedor y, después, suspiró acariciándose la tripa para infundirse valor.

—No merezco a su hijo, señora Murphy. Esa es la verdad, por más que quiera ocultarla —murmuró, presa de una incontrolable pena. No tenía valor para mirar a aquella mujer de frente, pues temía lo que pudiera encontrar en su sabia mirada. Quería a Harry por encima de todas las cosas, pero no viviría en paz si su familia no aprobaba la unión entre ellos; no se casaría con él hasta saberse aceptada plenamente.

—Yo creo que esa es una decisión de Harry, Bree. Y parece que lo tiene bastante claro.

—Estaba dispuesta a dejar que su forma de ver todo esto me convenciera, pero, ahora, mirándola a usted... —Bree se tapó los ojos con una mano durante unos segundos—. No creo que obtenga su bendición para estar con Harry, no cuando sepa toda la verdad. —Aunque le daba la espalda y Bree no podía ver su reacción, estaba segura de que aquellas palabras habían provocado una fuerte impresión en Rose Anne.

Sin embargo, la matriarca ya sabía la verdad y a punto estuvo de contárselo y decirle que no veía motivo alguno para negarse a que ella y su hijo tuvieran una relación, pero recordó que, a veces, uno necesita decir en voz alta lo que le tortura para que esa sombra quede atrás, así que se giró hacia Bree y compuso su mejor expresión de incertidumbre. Si deseaba confesarle la verdad, Rose Anne la escucharía.

Bree observó la sonrisa suave con la que aquella mujer la miraba, sin presionarla. Solo estaba allí, con los labios curvados de esa forma tan característica que Harry había heredado. Era momento de librarse del peso de tantas mentiras, pues Bree no podría hacer planes de familia ni matrimonio hasta que los hechos que la situaban en la granja de los Murphy quedaran al descubierto. Estaba segura de que la matriarca nunca vería con buenos ojos que su hijo se relacionara con una mujer que había hecho lo que ella, pero callárselo solo la haría sentirse más indigna.

—No he sido sincera con usted sobre lo que pasó en la montaña cuando Harry me encontró. —Se retorció las manos, nerviosa ante lo que estaba a punto de confesar. La voz le tembló y temió no tener fuerzas para continuar, aunque sabía que debía hacerlo.

Rose Anne asintió, intentando que su rostro no cambiara de expresión. Sentía una gran admiración hacia Bree, que en aquel momento se debatía entre el sentido del honor y el miedo a ser expulsada del único hogar en que se había sentido segura desde hacía meses. ¿Podría haber una mujer mejor para Harry? Después de todo cuanto Bree había tenido que pasar, aún era capaz de sentir respeto ante las verdades que amenazaban con ensuciar su nombre, y eso demostraba que era una buena chica que solo se había salido del camino correcto para defender su vida.

Al verla temblando como una hoja de otoño, Rose Anne deseó confiarle que lo sabía todo, mas se obligó a dejar que Bree se soltara de aquel amarre por sí misma. Después, cuando todo pasara, ya podrían hacer planes que llenaran la casa de alegría y Rose Anne tendría una ilusión a la que aferrarse después de tanta pérdida: tomar en brazos a su nieto o nieta; pues, sin importar quien le hubiera engendrado, aquella criatura de Dios sería de su familia porque así lo sentía su corazón.

—¿Por qué ahora, Bree? —le preguntó despacio ayudándola a encauzar su confesión de la forma más sencilla posible—. Pareces tener el corazón de mi hijo en las manos y él no parece darle importancia a eso que te tortura tanto, ¿entonces? ¿Por qué no lo dejas atrás y te centras en darte otra oportunidad?

—Dice eso porque no conoce el alcance de lo que hice, señora Murphy. Tal vez ni siquiera pueda mirarme a la cara cuando lo sepa.

—¿Y qué tengo que saber, hija? ¿Que no eres la viuda de Milton Harrison? —soltó de repente sin poder seguir viendo cómo se torturaba aquella pobre muchacha—. ¿Qué no le conoces siquiera? ¿O que mi hijo te encontró malherida después de haber tenido que pelear con uñas y dientes por salvar tu vida cuando estaba siendo amenazada?

Perpleja, Bree abrió la boca. Intentó hablar, pero Rose Anne le hizo un gesto para que callara. Tragando saliva, la mujer decidió que era momento de dejar de lado los fingimientos, que ya nada aportarían, y hablar con todas las cartas puestas sobre la mesa.

—Sé que un mal hombre te hizo elegir entre su vida y la tuya, Bree. Y la decisión que tomaste es una por la que solo puedo mostrarte respeto. Yo habría hecho lo mismo de verme en esa situación.

—Usted lo sabía —musitó Bree. No era una pregunta, y el asentimiento de Rose Anne así lo corroboró—. ¿Desde cuándo?

—No importa. —Rose Anne estiró la mano y con ella acarició el brazo de Bree, infundiéndole calor con su gesto—. Como tú ahora, Harry necesitó un momento de desahogo. Me confió el secreto y yo prometí mantenerlo si con ello te daba paz de espíritu.

—Maté a un hombre, señora Murphy. Llevo a su hijo en el vientre. ¿Puede abrirme las puertas de su casa y aceptarme junto a su hijo sabiendo algo tan terrible? —Rose Anne se obligó a morderse los labios recordando que las verdades no estaban del todo completas. Pensó en las sospechas de Harry, en la posibilidad de que aquel desgraciado siguiera respirando y, por un segundo, sintió que debía contárselo, pero inmediatamente descartó la idea. Era un secreto de Harry, después de todo. No le correspondía a ella revelarlo.

—Creo que tiene mucho valor lo que has hecho, Bree. Defendiste tu vida hasta las últimas consecuencias y, como he dicho, es una actitud de valentía que elogio. No encontrarás rechazo en mí.

Agotada, Bree se dejó caer contra la encimera. Cargar aquella mentira la había dejado exhausta y, a pesar de que ahora notaba la liberación refrescándole el alma, la sensación de vulnerabilidad que le provocaba haber abierto su corazón de ese modo la había dejado sin aliento.

—Vamos, vamos —la consoló Rose Anne—, has pasado por un infierno, pero todo se cura con el tiempo necesario.

Todo se curaba con el tiempo... Bree esperaba que así fuera, porque seguir regodeándose en el pasado era una forma muy vil de traicionar el amor que Harry le profesaba. El tiempo, si era benevolente, le daría un bálsamo para curar sus heridas, pero tendría que ser ella la que acelerara la curación, de lo contrario, no encontraría la forma de disfrutar del amor que sentía.

—Harry es el mejor hombre que he conocido, señora Murphy. Es bueno, noble, cariñoso y atento. Siempre se preocupa y está pendiente de todos, cuidándolos, procurando que nada les falte —comentó emocionada—. Jamás pensé encontrar en mi camino a alguien como él. No me lo merezco, pero ya que él se empeña en hacerme ver que sí, no seguiré rechazándolo. Sabe Dios que eso me dolería más que cualquier otra herida del pasado.

—Y además, le amas —confirmó la mujer, ante la mirada avergonzada de Bree. Rose Anne le quitó importancia con un gesto y decidió poner la guinda a la situación—: Si todavía no se lo has dicho a él, fingiré que no hemos tenido esta conversación.

—Estoy muy asustada.

—¿Quién no lo estaría? Es toda una prueba de fe estar dispuesta a entregarte a alguien después de lo que has pasado.

Bree estaba de acuerdo. De hecho, se había convencido de que el amor y los hombres habían dejado de existir para ella, porque no se sentía bastante valiente para atreverse a tentar a la suerte una vez más. Hasta ahora...

—Me da más miedo ver pasar el resto de mi vida sin Harry —confesó por fin—. Me da miedo no ser la madre que este niño necesita, cuando ya le he fallado desde antes de nacer. Y me da miedo no saber agarrarme a la felicidad que ahora se abre paso ante mí.

—Siempre habrá inseguridad, Bree. Pero no puedes dejar que eso te robe las ganas de vivir. Si Harry ocupa tu corazón, deja el pasado donde está y que todo lo que viviste en esa montaña quede enterrado allí. —Con un gesto triste, Rose Anne miró las hojas mecidas por el viento de la tarde a través de la ventana—. Ama al hijo que esperas y vela por él cada día, valora cada segundo y, si tienes suerte, dejarás este mundo cuando él sea adulto y se valga por sí mismo, sin que importe lo que sentiste en un momento de miedo y dudas.

Bree tomó la mano de la mujer, cuyos ojos vidriosos hicieron mella en su alma. El recuerdo de esa mirada de aceptación perduraría en ella durante toda su vida.

—Si Dios te dio esa criatura, es porque debías ser su madre —culminó Rose Anne—. Al igual que yo debí ser la madre de Harry. Y como es el único hijo que me queda, te suplico, si en algo vale mi palabra para que tu decisión sea más fácil, que seas la felicidad que tanto se ha ganado.

Conmovida más allá de las palabras, Bree solo pudo asentir con la cabeza. Un gesto demasiado frío, quizá, pero solemne y muy sincero. Rose Anne se secó las lágrimas y dio por terminado su alegato, convencida de que en algo había colaborado con sus palabras. Esperaba que el camino que aquella pareja recién florecida iba a emprender estuviera más sembrado de rosas que de espinas. Ya habían tenido su ración de hiel, después de todo.

—No tengo cómo agradecerle su comprensión y cariño, señora Murphy. Desde el mismo instante en que la conocí, fue como una madre para mí.

—Estoy segura de que la tuya discrepará allá donde esté, pero si de verdad quieres ser agradecida, empieza por dejar de llamarme *señora Murphy*. Perteneces a esta familia, ¿está claro? ¡Y ya está bien!, no podemos pasarnos todo el día lagrimeando.

—No puedo creerlo...

Las dos mujeres levantaron la cabeza al mismo tiempo y contemplaron con asombro la figura recién aparecida en el umbral de la cocina. Allí, visiblemente demacrada y sin haberse peinado, estaba Mary Kate mirándolas con los ojos llenos de rencor y pena.

—Tenía razón, tenía razón desde el principio... no lo escuché ¿por qué no lo escuché? Era mi marido. Boyle era mi marido y yo le fallé. Le fallé —musitó entre los dedos que le cubrían los labios temblorosos. Tenía la vista perdida en algún punto tras la cabeza de su suegra, pero no veía más que la niebla de rabia que se avecinaba por lo que ella creía injusto.

Rose Anne y Bree compartieron una mirada llena de preocupación. No entendían qué estaba sucediéndole a Mary Kate, ni a qué se debían aquellos balbuceos sin sentido, pero la desolación que transmitían sus palabras las dejó tan inquietas como las piernas de la muchacha, que no dejaban de temblar.

—Mary Kate... ¿te encuentras bien? —le preguntó Bree, con una voz muy suave que dejó traslucir su inquietud.

—No le hice caso... era mi marido y yo nunca escuché... no escuché nada de lo que me decía —continuó su diatriba sin sentido con un sollozo histérico—. Está muerto... está muerto y... y si yo... si yo lo hubiera escuchado estaría vivo, ¡estaría vivo!

Rose Anne, que se había quedado pálida, dio un paso al frente y extendió la mano para ofrecerle consuelo, pero la reacción de Mary Kate fue tan violenta que retrocedió de inmediato.

—¡No me toque! —bramó de manera desmedida—. No quiero que me toquéis, ninguna de las dos. ¡Embusteras! ¡Él tenía razón! ¡Tenía razón y lo enterré sin tener oportunidad de decirle cuánto lo sentía!

Se apartó un mechón de pelo de la cara, sin que le importara dejar su trenza más alborotada de lo que ya estaba. Parecía intentar poner en orden una serie de pensamientos inconexos que nadie más que ella podía entender. Entonces clavó una mirada en Bree, a quien siempre se había referido con buenas palabras, tratándola con cariño y cercanía. Ahora, sin embargo, su gesto era desafiante y la observaba como si el demonio se hubiera apoderado de ella y viera en Bree a su mayor enemigo.

—¡Tú! ¡Tú has traído la desgracia a esta casa con tus mentiras! —le gritó señalándola con un dedo acusador—. Confié en ti... y no hubo ni un ápice de verdad en lo que decías. ¡Yo te compadecí! ¡Te defendí ante mi marido! ¿Y cómo me lo has pagado?

—Mary Kate, ¡ya basta! —intervino Rose Anne. Pese a que la observaba con lástima, no permitió que la voz le temblara. Ya habían sufrido demasiada desdicha bajo ese techo y no toleraría más.

—¡No! —se reveló fuera de sí—. ¡Es una asesina, has dado cobijo a una asesina en esta casa, mientras a tu hijo lo despreciabas!

Con el dolor pintado en el rostro, Rose Anne le cruzó la cara con una bofetada que resonó en la cocina. El golpe surtió efecto, pues la mujer se calló y ahogó los gritos en unos sollozos apenas audibles. Después, la abrazó con fuerza apretándola contra su cuerpo menudo. Mary Kate rompió en renovados sollozos, empapando las mangas de su suegra, que la sostenía con la firmeza que le daba saber que ambas sufrían el mismo dolor.

—Ya está, hija, ya pasó —la consoló Rose Anne con suaves pasadas sobre sus cabellos despeinados. Sin duda, la pobre Mary Kate necesitaba desahogarse y, a pesar de haberlo hecho contra Bree, que no tenía ninguna culpa, su estallido emocional serviría para abrir las compuertas de sus emociones y dejarlas salir por fin.

—Lo he perdido, ya no me queda nada... —se lamentó la joven viuda, entre estremecedoras sacudidas de su frágil cuerpo—. Ya no tengo nada de él... ya no tengo nada...

—No digas eso. No vuelvas a decirlo nunca —la reprendió su suegra, con mucha seriedad y también un gran cariño—. Piensa en tu hijo, piensa en JJ. Eres de esta familia, Mary Kate. Lamento no habértelo repetido cuando lo necesitabas, pero no volveré a olvidarlo. Perteneces aquí y nos tienes a todos contigo. Estamos aquí, hija. Yo estoy aquí.

La mirada de Rose Anne se cruzó con la de Bree, que aguardaba muda de asombro, prácticamente echa un ovillo en una esquina. Los aullidos de dolor de Mary Kate le pusieron el vello de punta y algo en su interior se resquebrajó hasta casi romperse. La mujer le dedicó un gesto de disculpa, pero Bree lo desestimó. No guardaba rencor a Mary Kate por sus palabras; de hecho, deseaba que se calmara y encontrara consuelo para poder disculparse por no haber correspondido a aquella amistad siendo sincera.

Ya no había secretos con ninguno de los integrantes de la familia Murphy y la sombra que tenía en el alma desapareció del todo. Ahora, quizá, podría tener la valentía suficiente para volver a empezar desde cero, sin mentiras ni zonas oscuras.

Allí, en silencio, contemplando la cara más cruda de la pérdida en forma de llanto de una viuda desconsolada, estuvo segura de que, si eso era lo que se sentía cuando una veía partir al hombre amado, ella no estaba dispuesta a renunciar a Harry mientras ambos tuvieran aliento. Iba a agarrarse a la felicidad en tanto esta siguiera a su alcance.

26

Harry no conciliaría el sueño esa noche, estaba convencido. Echado en el sofá, con los brazos cruzados bajo la cabeza y mirando al techo, tenía demasiadas ideas rondándole la mente como para poder cerrar los ojos y abandonarse al cansancio que surcaba cada músculo de su cuerpo.

En el silencio de la casa, donde solo era audible el sonido del viento colándose por la rendija de alguna ventana y el rítmico tocar del reloj de cuco, recordó a Mary Kate y el modo en que había tenido que ayudar a su madre a llevarla al dormitorio, donde estuvo presa de un ataque de llanto y nervios que duró varias horas. Había bajado al pueblo a por el médico y este le había proporcionado un calmante que había transformado el histerismo doliente de Mary Kate en un callado sollozo que no se interrumpió hasta que se quedó dormida. Sus últimas palabras fueron de disculpa para Bree, algo que a Harry no le extrañó cuando supo la naturaleza de aquel griterío que había tenido lugar en la cocina. Su cuñada no era una mujer cruel, solo el dolor más profundo podía haberla hecho hablar así.

Bree estaba sobrecogida y la palabra *asesina* sobrevolaba de nuevo su cabeza como un buitre. Le dolía haber mentido a Mary Kate, ocultar la verdadera razón de su estancia en la casa de los Murphy y, sobre todo, romper su confianza. La mujer de Boyle se había disculpado, era noble y no albergaba sentimientos mezquinos por nadie, pero la traición brillaba en sus ojos, incluso aunque se hubiera retractado de sus crueles palabras.

Así las cosas, Harry hizo lo único que estaba en su mano para que el ambiente reinante en la casa no afectara más de la cuenta y se había llevado a Bree a dar un paseo por los alrededores de la granja para enseñarle los senderos, las plantaciones y los lugares donde dejaba pastar a las vacas. Habían caminado en silencio gran parte del camino, con sus manos rozándose levemente a cada paso, sintiendo escalofríos cada vez que sus dedos se tocaban, preguntándose, como quinceañeros inexpertos, quién sería el primero en entrelazarse.

La había besado bajo el roble anciano que delimitaba sus tierras. Con los dedos ásperos por el duro trabajo en el campo, había acariciado el rostro de Bree mirándola con ojos llenos de promesas que ansiaba tener tiempo para cumplir. Ella se había abierto a él como una flor bajo el calor de la primavera, con las mejillas sonrojadas y los labios llenos de ese temblor anhelante que había provocado en Harry un deseo casi imposible de frenar. El aire del invierno le había mecido los cabellos y él se había embriagado con su perfume, absorbiéndolo como si fuera una botella de coñac añejo, sabiendo que nunca se sentiría saciado.

No era un hombre leído, no sabía pronunciar palabras de amor que sonaran a música en los oídos de una mujer, pero tenía claro que estaba enamorado de Bree y aquella verdad era suficiente para que se hiciera el firme propósito de estar para ella cada vez que lo necesitara. La sostendría, cuidaría de ella y de aquel bebé que guardaba en su vientre. Aspiraba a ganarse el derecho a que Bree estuviera a su lado confiada, sin ninguna preocupación que le enturbiara el brillo de los ojos, viendo pasar los días con la calma de quien sabe que todo a su alrededor es bueno y está bien. Con la certeza de que sería amada durante toda la vida que le quedara por vivir.

Harry deseaba pedirle formalmente matrimonio, decirle algunas palabras que tocaran su corazón, pero, entonces, casi cuando tuvo en la lengua las frases adecuadas, el recuerdo de su mentira volvió a acosarlo.

Allí, bajo la sombra del roble, con los labios húmedos de los besos compartidos, miró a Bree a los ojos y el peso del remordimiento le dobló las rodillas. Sintió el deseo imperante de confesarse, de hablar de su miedo y sus sospechas, asegurándole que, aunque estas se confirmaran, cualquier persona que quisiera dañarla habría de pasar por encima de él para hacerlo. Le rogaría que tuviera fe en su fuerza y determinación, que perdonara la torpeza cometida callando, que entendiera que solo deseaba protegerla y verla vivir en paz... Pero aquellas palabras también se le atascaron. Porque la mirada nublada por el deseo que lo contemplaba embelesada se iría para siempre. Bree había padecido bajo demasiadas mentiras y jamás asumiría ninguna otra, aunque esta hubiera tenido el único motivo de hacerla sentir segura.

Harry había sucumbido a los besos para que sus labios no tuvieran la tentación de hablar, y la tarde había transcurrido entre mieles y caricias, dejando oculto en un rincón recóndito todo lo que no fueran ellos dos.

Con un suspiro, volvió a la realidad en la que se encontraba, se colocó de costado en el sofá e intentó encontrar una postura que le permitiera algunas horas de sueño. Solo dormido podría salvarse de la ansiedad que le corría por las venas. Las preocupaciones y el peso de las decisiones tomadas parecían hacerse más fuertes por la noche, cuando el silencio le permitía oír a gritos sus pensamientos.

Intentó concentrarse en el sonido del reloj del salón comedor. Había pertenecido a su padre y, durante años, Harry había visto cómo lo reparaba, le daba cuerda, limpiaba sus engranajes y dedicaba a aquel aparato tantas atenciones que los sobreviviría a todos ellos. Respetaba aquella determinación con la que Julius se ocupaba de las cosas importantes, de forma metódica, con cuidado y valor. Harry había admirado todo cuanto su padre era capaz de hacer, sintiendo que era capaz de arreglar cualquier cosa y de hacer que volviera a funcionar. Ahora, él era el único hombre de aquella casa y sobre sus hombros recaería dar cuerda y poner aceite en los mecanismos de una familia demasiado tocada por la tragedia. Dudaba de sí mismo en muchas ocasiones, sentía dolor por no haber sido mejor hermano para Boyle, no ser capaz de quitar del gesto de su madre la pena de saber que los culpables de la muerte de su hijo nunca serían castigados o verse incapaz de evitar el trastorno de su cuñada o las dudas y miedos de su sobrino.

Su padre ya no estaba para tomar las decisiones y, en días como aquel, cuando el sueño se le escapaba y los recuerdos dulces no eran suficientes para olvidar los problemas que traería el nuevo día, Harry sentía mucho más su ausencia.

De repente, oyó un sonido en la escalera. Se incorporó, alerta, agudizando el oído y notando un sudor frío que le erizó el vello del pecho. Estiró la mano para buscar la camisa, pero a oscuras le fue imposible dar con ella. Percibió entonces otro crujido y luego, uno más. Parecía que alguien andaba merodeando, se dijo, y se puso en pie con cuidado. Si hacía demasiado ruido podría alertar al posible intruso.

Temiendo ver a su sobrino agazapado en una esquina, haciéndose a sí mismo preguntas sobre qué le pasaría a su alma si moría en el monte, en el fondo del río helado o dentro de una cueva, Harry subió despacio los primeros escalones intentando pensar en palabras que tranquilizaran a niños asustados o a mujeres presas de ataques de nervios. ¿Mary Kate se habría levantado presa del dolor y estaría deambulando por su dormitorio lleno de recuerdos? ¿O sería su madre, incapaz de conciliar el sueño después de haber enterrado a un hijo?

—Las preocupaciones no dan tregua ni siquiera en las horas de sueño —masculló Harry para sí mismo al llegar al primer piso, donde se encontraban las habitaciones. La cortina del ventanal del pasillo estaba descorrida y dejaba entrar los rayos brillantes de luna, que llenaban de marcas la moqueta, limpia pero desgastada a causa de años de pisadas.

Miró en todas direcciones, mas las puertas estaban cerradas. Todas salvo una, la de su propio dormitorio.

Sintió a Bree sin verla. El olor de su cuerpo le despertó los sentidos antes de que el haz de luz creara sombras en su rostro y enmarcara las formas de su cuerpo, esas que ni el amplio camisón prestado podía disimular. Tenía los ojos muy abiertos, vivos y expectantes, como si el sueño también hubiera decidido escapársele a ella entre los dedos. Se había quedado parada en mitad del pasillo, oculta en la oscuridad observando la figura de Harry, que había enmudecido solo mirándola.

—Señora... —dijo él con la voz ronca—. ¿No puede dormir?

Bree le dedicó un gesto amable. Un amago de sonrisa resignada que declaraba sin palabras su convencimiento de que, aun siendo marido y mujer y viendo pasar los años juntos, Harry no dejaría de referirse a ella con aquella propiedad respetuosa que tan cálida sonaba en sus labios. Se llevó la mano al vientre y negó con la cabeza.

—Estaba inquieta y... tu madre dijo que era bueno caminar un poco cuando eso pasaba. Cosas del embarazo.

—¿En mitad de la noche? ¿Descalza y desabrigada?

—Lamento haberte despertado, Harry —se excusó al ver el gesto hosco de su perfil y percibir el enfado en sus palabras—. Intenté conciliar el sueño, pero con todo lo que ha pasado hoy...

Él asintió. La comprendía muy bien.

—Yo tampoco podía dormir —confesó y trató de que su mirada no se demorara más allá de los ojos de Bree—. Creo que rogaba en silencio por un pretexto que me hiciera dejar de dar vueltas en ese condenado sofá.

Ella compuso una mueca de disculpa que le hizo sonreír. Ni en sueños la culparía por ocupar su cama, aunque él se dejara la espalda en el proceso. Con un poco de suerte, su aroma de mujer quedaría grabado para siempre en las sábanas y él podría percibirla incluso cuando no estuvieran juntos.

—Me alegro de haber sido yo ese pretexto, entonces. Aunque siento privarte del sueño con mis paseos —susurró al tiempo que dejaba caer las pestañas y bajaba el rostro para que él no viera la turbación que su cuerpo acusaba cuando estaban cerca.

—Usted me desvelará el resto de mi vida, señora. No importa lo que haga.

Su intención de mirarla con respeto fracasó. Harry culparía a la noche clara, que le proporcionaba a Bree un brillo que habría hecho que el hombre más santo pecara al fijarse en cada cima y curva de su cuerpo. El embarazo empezaba a ser notable de forma deliciosa, había vuelto generosas sus caderas y elevado con turgencia los senos, que casi se apretaban contra el escote bordado del camisón. El cabello recogido en una trenza caía con gracia a un lado del cuello, enviando sombras sobre el rostro de piel blanca, donde destacaba aquella boca sabrosa, a cuyo sabor Harry ya se había acostumbrado demasiado. Las piernas, que se adivinaban desnudas bajo la tela, habían ganado en consistencia y se habían vuelto más torneadas y fuertes, perfectas para enroscarse en la cintura de un hombre cuando la pasión arrasara. Tenía unos pies pequeños y delicados que en aquel momento se movían con inquietud. Sus graciosos dedos se curvaban, y Harry sospechaba que no era por el frío que trepaba por la madera del suelo, sino a causa de un nerviosismo que picaba bajo la piel. Él también lo sentía.

Bree era el objeto de su deseo. Le calentaba la sangre, despertaba todos sus instintos... Nunca antes la promesa del calor que lo envolvería estando dentro de una mujer le había obsesionado tanto. Iba a volverse loco y nunca recuperaría la serenidad después de haberla hecho suya. Pero bendita locura, decidió. Valdría la pena.

El sonido atrayente de la tela al rozar con sus piernas lo estremeció y lo sacó de sus pensamientos. Bree se había acercado hasta que sus pieles casi podían rozarse. La sintió apoyando la cabeza contra su pecho desnudo. Encajaron de inmediato, como hechos para unirse cada noche bajo el brillo de una luna cómplice para que sus miradas pudieran beberse.

—Me pregunto en qué piensas cuando me miras así y te quedas tan callado —musitó Bree levantando la mirada, dejando que sus palabras acariciaran a Harry y se colaran a través de aquella deliciosa neblina de emociones que provocaba aleteos en su corazón.

—Pienso que pones demasiada fe en mí y en las tentaciones que soy capaz de soportar. —respondió él en murmullos a centímetros escasos de su boca.

La sonrisa llegó a los ojos de Bree y la hizo resplandecer. Alzando los dedos, Harry le acarició los cabellos y la curva de la oreja. La observó girar el rostro, como un potrillo manso ansioso de gestos de ternura, y todos los muros sobre los que cimentaba su voluntad cayeron.

—Desearía tanto poder borrar todo lo que sucedió antes de conocerte, Harry —susurró, admirando sus formas y trazando apenas el recorrido de su vello, pecho abajo, con la yema de un dedo—. No tener heridas ni cicatrices que temer enseñarte, ni recuerdos del pasado...

—Entonces no serías esta Bree que se ha apoderado de mis pensamientos, que me acompaña cuando duermo y cuando me encuentro en vigilia. La que necesito. A la que deseo hasta sentir que me falta el aliento —le confesó él mientras ahuecaba su mano sobre la curva del vientre, calentando la tela del camisón hasta que ella sintió que la piel le ardía en llamas. La forma en que la tocaba, venerando el milagro que ella como mujer gestaba en su cuerpo, la llenó de amor. Un amor tan grande que podría tirar cualquier barrera que se empeñara en levantar para separarlos.

—Quisiera que fueras el único —musitó, con voz tan suave y baja que él creyó haberlo soñado—. Que no hubiera existido otro antes de ti.

Harry le levantó la barbilla con un dedo y acarició el contorno de su rostro con la misma delicadeza que usaría para sostener una fruta madura en la palma de su mano. Con tiento, esmerándose en que nada pudiera estropear su perfecta piel suave y rozagante, disfrutó del escalofrío que la hizo jadear de placer.

—Seré el único, Bree —le respondió bordeándole la cintura con el brazo libre y estrechándola con ansiedad contra él—. Y tú lo serás para mí, porque, cuando estemos juntos, nada ni nadie más importará. Será la primera vez, te lo prometo.

Bree se sintió renovada. Estaba dispuesta y finalmente se creía merecedora de entregarse al hombre que su corazón había escogido. Esta vez, de verdad. Sin mentiras, sin promesas vacías, sin miedo. Harry era la persona que el destino le había reservado. Ahora lo sabía. Nunca antes había sentido lo que él con una sola palabra le provocaba. Nunca su cuerpo había deseado ser acariciado y poseído como ahora le gritaba. Porque nunca había amado, comprendió. Ojalá hubiera esperado por él, se dijo, pero las cosas había que tomarlas como venían y, tal como le había dicho, nada importaría una vez se entregara a él. Pertenecería a Harry Murphy hasta el fin de sus días y no habría para ella más recuerdo que el de sus manos sobre su cuerpo.

Lo miró con adoración mientras sus dedos ascendían por los fuertes brazos desnudos de Harry y notaba en las yemas la tensión que sus caricias le provocaban. Estaba decidida, excitada, deseosa de rendirse a su abrazo y darle todo cuanto su corta experiencia con los hombres le había enseñado. No tenía buenos recuerdos de lo que sucedía entre un hombre y una mujer en la intimidad del dormitorio, pero sí sabía que, cuando él la tocaba, nada era igual. Su piel despertaba y amplificaba cada roce hasta hacerla contener la respiración.

Deshizo el camino marcado a fuego por sus dedos y lo tomó de la mano. Era un paso que debía dar ella, aunque el descaro le tiñera las mejillas y sus ojos fueran incapaces de sostenerle la mirada. Tiró de él con suavidad hacia la puerta abierta del dormitorio, al tiempo que le dirigía una insinuante caída de pestañas y se humedecía los labios con coquetería. Y cuando los pies de Harry rompieron las raíces que lo habían amarrado al suelo, el corazón de Bree emprendió un estremecedor galope, consciente de que ya no había vuelta atrás.

Harry acogió la tentación y se dejó invadir por ella. Como sumido en un hechizo poderoso, la siguió y cruzó el umbral del dormitorio. Ella le miraba, parada en mitad de la habitación como una diosa venida desde el cielo solo para él, y se preguntó si aquello sería real o si estaba abajo, dormido y soñándola como tantas noches atrás. El sonido de la puerta al cerrarse le demostró que no era un sueño, que estaba con ella, a solas, en su habitación. Harry tuvo que cerrar los ojos y apretar los puños para no atraparla de inmediato y tomarla como un auténtico salvaje sin escrúpulos. ¿Es que no se daba cuenta de la tortura a la que lo estaba sometiendo? En lo único que podía pensar era en enterrarse entre sus piernas hasta saciarse de ella, aunque sabía que jamás tendría suficiente.

La respiración de Harry se aceleró cuando Bree le colocó las manos contra el pecho y arqueó la espalda buscando su contacto. «Oh, Dios mío», pensó perdido, «algo muy bueno he tenido que hacer para merecerla».

—Te quiero —declaró ella por fin, incapaz de callarlo por un segundo más—. Me gustaría tener más para darte, pero quiero que sepas que todo lo que soy, lo bueno y lo malo, es tuyo si lo aceptas.

—Yo no quiero nada salvo a ti —la correspondió con fiereza desatando a la bestia que aguardaba nerviosa en su interior.

Harry la tomó entre los brazos y la envolvió con el calor que desprendía su cuerpo. Buscó sus labios y se cernió sobre ellos para depositar un beso rebosante de ardor, desesperación, deseo y promesas. Al instante notó el cambio en su frágil cuerpo, el anhelo que respiraba, la necesidad de acercarse más a él. Y la complació, la veneró con sus manos, llenándose con sus formas, grabando en la memoria tan extraordinario placer. Tomó el labio inferior de Bree con los dientes y se deleitó en el gemido que exhaló. Temblaba de éxtasis, al igual que Harry, cuya virilidad amenazó con partirlo en dos de dolor cuando sus manos acunaron los firmes pechos. Recordó entonces que debía ser suave aunque eso lo consumiera en el infierno. Ella estaba encinta, no había sido tratada como merecía en la intimidad de una alcoba y, pese a estar seguro de que deseaba lo mismo que él y que lo igualaría en fogosidad, no quería cometer ni un solo error en ese momento.

—El resto de mi vida no será suficiente para todo cuanto deseo compartir contigo —le susurró Harry sobre los labios magullados por tan pasionales demostraciones de amor mientras el candente masaje de sus dedos la hacía perder el hilo de aquellas palabras—. Haré que cada día tengas un motivo para sonreír, un motivo para besarme... y uno por el que ir a la cama conmigo por las noches.

La empujó con suavidad, al tiempo que depositaba suculentos besos por su cuello y por el nacimiento de sus senos bajo la tela. Se volvería loco si no lograba degustar semejante dulce pronto.

—No necesito que me hagas promesas —jadeó Bree, sin saber bien en qué sentido se movía la tierra que pisaba, ni cuánto tiempo hacía que no respiraba—. Solo quiero disfrutar de cada momento contigo, atesorar cada instante de felicidad por si...

—Chssss, calla. Calla, por favor —le rogó sustituyendo su boca por un dedo que le recorrió el contorno húmedo de los labios—. No soy un hombre que sepa decir palabras bonitas, señora. Pero mantengo las promesas que hago porque entrego en ellas mi honor. Y yo le prometo... te prometo...

La ansiedad con que lo miraba le impidió continuar. Abarcó con sus manos las mejillas de Bree y saqueó su boca entreabierta hasta que la lengua rozó el néctar más exquisito, el más embriagador. Estaba loco de deseo, completamente demente por lo que ella le ofrecía con tanto abandono y, a la vez, con miedo y pudor virginal. No le importaba que no fuera una inocente doncella, lo que sí cobraba interés para él era borrar su pasado para que no quedara temor alguno la próxima vez que levantara una mano para tocarla como merecía.

Bree no tenía fuerzas para continuar hablando. Nuevas caricias, más íntimas, se iniciaron en la base de su espalda y siguieron por las caderas hasta que percibió el aire frío de la habitación colarse bajo su camisón. Las palabras que intentaba pronunciar salían de su garganta convertidas en gemidos licenciosos jamás escuchados por sus castos oídos. Al principio, pensó que solo residían en su cabeza, pero con cada roce de los dedos de Harry sobre su piel fue consciente de que aquellos eróticos jadeos resonaban en la habitación proclamando así su redención.

—¿Qué vas a prometerme? —le preguntó cuando consiguió recuperar el aliento mientras el fresco aire de la noche se colaba en su pecho después de que Harry, con dedos diestros, hubiese desatado los cordoncillos que le cerraban el frontal de la camisola.

—Que la querré, señora, eso prometo. La querré cuando esté dormido, trabajando o sumido en profundos pensamientos. La querré cuando no recuerde los motivos y las cosas sean tan difíciles que vernos el uno al otro solo sirva para avivar la ira y el rencor. La querré hasta cuando desee no hacerlo y diga cosas de las que luego me arrepienta. —La tumbó despacio, con suavidad, llevando una mano a la nuca de Bree para que sus ojos no perdieran conexión mientras vaciaba el alma con palabras que ninguna otra mujer había escuchado antes—. La querré cuando me comporte como un bruto y no atienda a razones, por bien que usted me las explique. En todo momento y bajo toda circunstancia, señora, la querré. Esa es mi promesa y empeñaré mi fuerza y mi vida entera para mantenerla.

Bree levantó la espalda de la suavidad del colchón para permitir que el camisón bajara por sus brazos cuando las manos diestras de Harry lo retiraron y dejaron al descubierto la gloriosa visión de sus senos. Estaban enhiestos, con las cumbres coronadas de rosa, y reclamaban unos besos que él se apresuró a entregar. Lamió con pasión y acunó tan tiernos guijarros con sus dientes y su lengua hasta que, sobrepasada de sensaciones, Bree gritó su nombre y lo tomó con furia del pelo.

Los delgados brazos de Bree, que se habían aferrado a rocas afiladas, que habían asestado golpes y sujetado la tierra fría para mantenerse en pie, se ceñían ahora al cuerpo del hombre al que amaba, como una salvación. Clavó las uñas en los fuertes hombros y dejó un sendero marcado en ellos, allí donde los músculos se convertían en valles y montañas duras como el hierro de la forja.

Con el flequillo húmedo de sudor cubriéndole una parte los ojos, Harry besó cada porción de la inmaculada piel que Bree le ofrecía, excitando sus sentidos con la deliciosa fricción de su barba áspera. Acabó de desnudarla retirando el camisón con urgencia y deslizó la mano entre los muslos, que se abrieron como por encanto, dándole la bienvenida a su nido de rizos rojizos, empapados del rocío más dulce que Harry pudiera haber imaginado.

—Borraré cada recuerdo —le musitó al oído cuando alcanzó la entrada donde deseaba perderse—. Cada lágrima. —Tanteó con un dedo la calidez que lo recibía y se adentró en ella con mucha suavidad, conteniendo las ganas de dar a su masculinidad el poder que reclamaba—. Cada disgusto. —Notó cómo

Bree se estremecía y sus músculos lo aprisionaban, ofreciéndole la señal que necesitaba para empezar su labor. Con enloquecedora lentitud, profundizó y salió de ella una y otra vez mientras bebía de sus jadeos y sollozos de pasión—. Desde ahora y para siempre.

La torturó con deliciosas lisonjas, emulando el movimiento que habría de hacer su cuerpo cuando por fin Bree fuera su mujer. La vio elevarse, irse lejos de allí, con los puños apretados en las sábanas y un quejido dulce enmarcado en los labios, abiertos, húmedos, suyos...

Cuando Bree alcanzó el orgasmo y se dejó ir contra su mano, la abrazó con pasión y besó cada una de las lágrimas de goce que escapaban de sus ojos cerrados. Mantuvo la mano entre los níveos muslos, temblorosos por los espasmos del clímax y, en cuanto escuchó su respiración serena, comenzó a acariciarla de nuevo. Estaba seguro de que todavía ardía en ella un anhelo insatisfecho, una necesidad devoradora que estaba pendiente de atender. Y no se equivocó. En cuanto deslizó los dedos por la suavidad de sus pliegues empapados, la tensión se volvió a apoderar de ella y sus piernas cedieron a las caricias.

—¿Cómo es posible...? —se sorprendió Bree, cuyos latidos del corazón martilleaban contra el pecho y en ese lugar tan íntimo donde él depositaba sus atenciones.

—¿Lo sientes? ¿Sientes lo que te pide tu cuerpo cuando te toco? —le preguntó, con la mirada velada de pasión controlada. Deseaba darle tanto placer como fuera posible, pero su contención estaba rayando la desesperación y cada gemido de aquellos labios tentadores hacía tambalear su resistencia.

Bree acarició su frente arrugada cuando lo vio fruncir el ceño, ansiosa por compartir con él aquel cosquilleo de placer que recorría su cuerpo.

—Tómame, Harry, te lo ruego.

Las palabras de Bree eran todo cuanto él necesitaba para saber que estaba preparada, que necesitaba sentirlo tanto como él a ella. Se deshizo del molesto calzón en un abrir y cerrar de ojos y regresó al lado de su mujer, que lo esperaba con la mirada brillante y agitada.

—Qué hermoso eres —le susurró ella contemplándolo tal cual era, sin ropa ni máscaras, entregado y débil bajo su mano. Deslizó con cautela los dedos sobre la sedosa piel de su prominente excitación y se sorprendió por la dureza y el calor que desprendía—. Me haces sentir fuerte y segura... una mujer completa.

Harry no supo con exactitud si fueron sus palabras o el dedo que ella deslizaba, ignorante de lo que le hacía sentir aquel sencillo reconocimiento, pero le tomó la mano con brusquedad y apartó la tersa caricia antes de derramarse sobre el colchón como un muchachito inexperto.

—Eres mía. —Con voz ronca, se posicionó entre sus piernas y tanteó la suave entrada con su henchida virilidad. Antes de que pudiera pensar en la delicadeza que debía tener, Bree alzó las caderas en clara invitación, y él entró en ella mientras el aire salía brusco de sus pulmones—. Mía y solo mía.

Le dio tiempo suficiente a Bree para acostumbrarse al peso de su enorme cuerpo, a la grandeza que la llenaba, a la sensación de vértigo que crecía ante su inmovilidad. A él también le urgía quedar quieto un instante. Era tal el deseo acumulado por ella que no quería echar a perder el momento antes de tiempo.

—Sí, mi amor... lo soy desde la primera vez que nos vimos. ¿Hará que no lo olvide, señor Murphy? —lo tentó con una breve rotación de caderas que hizo maldecir a Harry. La sonrisa que se dibujó en los labios de Bree lo cautivó para siempre. Acababa de descubrir el poder que tenía sobre él y eso le llenaba el pecho de orgullo y de éxtasis.

—Vas a robarme la razón. Pero no importa, merecerá la pena ser un pobre loco si puedo tenerte entre mis brazos cada noche —resolvió antes de comenzar a moverse con lentitud sobre ella.

Las palabras quedaron atascadas en la garganta de Bree al percibir el maravilloso cambio que se producía en su cuerpo. Se abrió a Harry como una flor en primavera y, con cada poderosa embestida, un sentimiento nuevo le recorría la piel hasta volverla etérea.

La fuerza del cuerpo de Harry parecía seda caliente y se deslizaba sobre ella aprisionándola y haciéndola libre al mismo tiempo. Sentirle temblar y ver el esfuerzo que le suponía contenerse la animó a ser más osada, a sostener con los dedos las curvas de sus glúteos de piedra, a presionar con las piernas los muslos firmes que empujaban contra su interior, a buscar el oído masculino y rogarle una tortura eterna que no terminara jamás.

El clímax la abrasó de nuevo e invadió su cuerpo con una rigidez capaz de partirla en dos. Los dedos de Bree se convirtieron en garras que arañaron la piel de la espalda de Harry en un intento por contener un segundo más el ascenso al paraíso más devastador. Lo hizo prisionero de su cuerpo, envolviéndolo con los músculos de su interior.

Ocultando el rostro en el pecho de Bree, Harry extrajo fuerzas de las reservas de su mente y agonizó con las últimas embestidas hasta desbordarse.

27

Lyla se obligó a ser paciente, aunque sabía perfectamente que había poco que sacar de aquel usurero. El hombrecillo se había puesto unas gafas de cristales muy gruesos y examinaba los pendientes con ojo crítico, pasando una uña mugrienta por la superficie brillante de la piedra, casi esperando que esta se soltara y rodara por el desvencijado mostrador.

—No parece falso —concedió después de lo que pareció una eternidad.

—Ya le dije que eran buenos —respondió Lyla apretando los puños, pero forzando un gesto amable para no echar a perder el negocio. Necesitaba el dinero con urgencia—. Me han dicho que usted es el mejor tasador de este pueblo.

El halago pasó desapercibido para el hombre, que siguió manoseando la joya con aire de entendido. Lyla empezaba a sospechar que solo pretendía darse importancia. Aquellos pendientes eran uno de los pocos objetos de precario valor que le quedaban. Después de la inconveniente muerte de Boyle, había tenido que empezar a empeñar cosas para subsistir, pero aquel remedio no duraría mucho.

Malditos Murphy... Había contado con que fueran a ella arrastrándose, rogando conocer al bastardo e incluso llevárselo con ellos o, por lo menos, con la clara intención de darle dinero para que pudiera llenarle el estómago al crío y, de paso, poder mantenerse ella de forma decente. En lugar de eso, se había visto obligada a recorrer las calles hasta dar con un tasador de joyas que estuviera lo más lejos posible de Morgantown para evitar más habladurías. Con las mejillas enrojecidas, recordó esa misma mañana, cuando se había visto obligada a revender a precio de saldo a la señora Moritz, la modista, las mejores prendas que esta había cosido para ella en el pasado. El bochorno de entregarlas para conseguir algo de dinero no se le olvidaría nunca. Y alguien tendría que pagar por semejante humillación.

Condenado Boyle, como si soportarlo en la cama no hubiera sido suficiente, tenía la desfachatez de morirse y dejarla al cargo de su hijo. ¿Se podía ser más desgraciado que él? ¿Cómo demonios había pensado que podría prosperar en el contrabando de alcohol siendo un estúpido redomado?

Lyla lamentó su suerte. Siempre supo que había sido condenada al hermano tonto, pero nunca creyó que su situación llegara a ser tan lastimera. Si las cosas no mejoraban, debería buscar un nuevo amante, tendría que sacar a relucir su lado más complaciente para conseguir dinero suficiente con que mantenerse a ella y al crío, humillarse hasta ganarse los favores de alguien sobre quien no tenía poder... A Boyle Murphy había logrado controlarlo con facilidad, pero esa era una situación que tal vez no se volviera a repetir. Solo de pensarlo se le helaba la sangre.

—¿Y bien? —se impacientó Lyla. Necesitaba con urgencia el dinero y salir de aquel cochino lugar cuanto antes.

—No puedo darle más de veinte dólares. —El vendedor se encogió de hombros, poniendo aquella expresión de suma generosidad que tanto tiempo había tenido para ensayar.

—¿Veinte? ¿Está loco? ¡Son piedras de verdad!

No podía permitirse perder los nervios o el trato se iría al garete. Si se marchaba de allí con el orgullo y las piedras, pasaría otro día sin comer. Miró al vendedor intentando llegar a un acuerdo, pero él fue firme. No pensaba dar una sola moneda más.

—Auténticas pero pequeñas y de mala calidad. —Las dejó caer en la palma temblorosa de su mano con tal desprecio que Lyla temió que escupiera sobre ellas—. Tendrá suerte si logra colocarlas en algún sitio.

—¡Cuestan al menos el doble en una joyería! —se empecinó Lyla, a la que ya costaba dejar ir sus pertenencias más valiosas por una cantidad justa. Saber que estaba siendo timada la llenaba de indignación. ¿Es que sus pesares no acabarían jamás?

—Intente venderlas allí entonces.

El tasador le ofreció los pendientes a Lyla con un gesto de claro poder. Él tenía la última palabra. Ambos sabían que estaba tasando las joyas muy por debajo de su precio, pero poco podía hacer ella salvo aceptar las migajas que le ofrecía o marcharse de allí con el rabo entre las piernas. No podía comer pendientes para sobrevivir y, desde luego, el crío no dejaría de llorar de hambre si se los daba. No le quedaba más opción, y maldijo por ello con todas sus fuerzas.

—Que sean veinte —declaró en voz baja.

El hombre le dedicó una risilla, enseñándole unos dientes que no parecían haber sido blancos nunca. Sacó un saquito de debajo del mostrador y contó minuciosamente su contenido. Después, se lo entregó a Lyla y se guardó los pendientes en el bolsillo para evitar que se arrepintiera del trato.

—Un placer hacer negocios con usted, señora.

Cabizbaja, emprendió el camino de vuelta a casa y, por si su suerte no fuera ya lo bastante mala, comenzó a llover. Las calles empezaron a enfangarse y pronto algunas piedras de granizo se estrellaron contra los toldos y las ventanas de los comercios.

Aquel era un lugar miserable y asqueroso y ella no merecía estar allí. A cada paso que daba, con los zapatos echados a perder, Lyla detestaba más y más su vida, a Boyle y a toda la familia Murphy. Malditos todos, mil veces malditos, sobre todo Harry, que, lejos de compadecerse de su situación, había estado a punto de echarla a la calle de un grosero puntapié. Nada parecido al modo en que trataba a esa tal Bree. Viuda odiosa, ¡en mala hora había aparecido! ¿Por qué no se había muerto en la montaña? ¿Acaso existían muchas probabilidades de que alguien pudiera sobrevivir a semejantes condiciones, preñada, sin comida y siendo tan delgaducha y vulnerable?

Ya estaba metida hasta el cuello entre las sábanas de Harry, a punto de convertirse en su flamante querida, si es que no lo era ya. Y con un crío en el horno... Pasándose la mano por la cara, Lyla apartó las gotas que le empapaban los mechones rubios y le impedían ver por dónde pisaba. Rose Anne sin duda le daría cobijo tan pronto el niño naciera, después de todo ya la tenía arropada bajo sus faldas, instalada con comodidad en la granja, al servicio de Harry para todo lo que se le ofreciera.

—Vieja infeliz —gruñó mientras pateaba una piedra que se cruzó en su camino—. Acogerías a una gata callejera antes que a mí. Te las das de piadosa... ¡pero no te ha importado dejar a tu nieto en la calle!

No esperó que la dejaran marchar después de aparecer en el funeral. Había estado segura de que saldría de aquella granja con los bolsillos repletos y libre del peso que suponía criar a un niño que solo le había servido mientras Boyle vivía. Sin embargo, nadie se había movido por ella, ni Rose Anne, ni mucho menos Harry, que la había mirado con el mismo desdén de siempre. Qué honorables eran todos creyéndose superiores a ella, intachables y sin mácula... ¿Y la tal Bree? ¿No era ella una desgraciada en su misma situación?

Claro, la viuda había perdido un hombre de modo honorable, su bebé iba a ser fruto de un matrimonio y eso, sin duda, la hacía superior ante la escrutadora mirada de los Murphy.

Ojalá las sospechas de Boyle hubieran sido ciertas. Ojalá existiera algo turbio que pudiera probar que la inocente mujer de la montaña no era más que una farsante, una zorra de tan baja calaña como ella, que no merecía a Harry ni la comodidad de su casa. Sacarla de allí había sido su prioridad, pero ahora debía alimentarse para poder seguir viva y trazar algún plan que la acercara a la misericordia de los Murphy. Después ya vería cómo desquitarse. Estaba claro que, si debía renunciar a Harry, se aseguraría de que esa mujercita no pudiera tenerlo tampoco. Al menos le quedaría el consuelo de haber echado su ridículo romance a perder. Cómo logarlo era la pieza que le faltaba por descubrir.

Ya iba a cruzar la calle y emprender el largo camino para volver a Morgantown cuando advirtió cierto revuelo alrededor de un puesto de frutas ambulante. Aminoró el paso, se cubrió el pelo con la capa pretendiendo pasar lo más desapercibida posible, y agudizó el oído mientras fingía interesarse en unas manzanas que había en un rincón.

Justo frente al vendedor, un hombre alto y atractivo gesticulaba con prisa. No llevaba sombrero ni nada con lo que cubrirse de la inclemencia de la lluvia, por lo que el agua escurría ya por su delgada chaqueta haciendo que las mangas se le pegaran a la piel.

Aunque intentaba ocultarlo con el pelo, una fea cicatriz le surcaba la frente, contraída en un gesto de inquietud cuya falsedad no pasó desapercibida para Lyla. Sabía lo bastante sobre engaños para reconocer una pose fingida cuando la veía. Y la preocupación y el tono angustioso que aquel hombre se esforzaba en mostrar no tenían nada de verdaderos, por muy bien que lo aparentara.

Dio unos pasos más hacia él, evitando mirarle, y centró toda su atención en la conversación que mantenía con el tendero, que le daba largas, a todas luces deseoso de que el desconocido siguiera su camino y le dejara proseguir con sus negocios.

—¿Está seguro de que no la ha visto? Es así de alta, pelirroja, menuda... ¡Una mujer bonita no pasa desapercibida!

—Señor, ya le he dicho que no sé...

—¡Estoy desesperado, por el amor de Dios! —El hombre levantó las manos al cielo con cierta exageración, pero sus ademanes surtieron efecto, pues algunas personas se detuvieron a escuchar—. ¿Quiere al menos hacer memoria, por favor? ¡Podría estar herida de gravedad, hace semanas que tuvimos el accidente en la montaña!

Todo el vello del cuerpo de Lyla se puso en tensión y nada tenía que ver con el frío o la lluvia que ya calaba a través de su capa. Dejando de lado toda precaución, miró de frente al hombre, que tenía todavía la mano alzada hasta la altura de su hombro, más o menos, y no cesaba de repetir una y otra vez, de forma inconexa, los datos físicos de la persona a la que buscaba.

Una especie de milagroso entendimiento llenó su cerebro e, incapaz de contenerse, llamó la atención del desconocido con un carraspeo. Él la miró un segundo, con el ceño aún más fruncido, molesto por la interrupción.

—Perdone, no he podido evitar reparar en su descripción y creo que es posible que pueda ayudarle.

—Toda ayuda será bienvenida, estoy al borde de la desesperación.

—Me ha parecido oír que busca a una mujer pelirroja que sufrió un accidente en la montaña —le indicó Lyla con aparente desinterés. El desconocido alzó las cejas dándole a entender que había acertado. Ella sonrió.

—Así es —coincidió el hombre con el gesto más relajado pero alerta—. Es mi esposa. ¿Tiene alguna información sobre ella?

—Es posible... por casualidad, ¿su mujer responde al nombre de Bree?

El brillo en los ojos del desconocido fue casi palpable, al igual que la sonrisa de triunfo de Lyla. Después de todo, aquel día no iba a ser una total pérdida de tiempo.

«Ya te tengo, zorra», pensó Dairon, que casi podía sentir el frío de sus monedas robadas sobre la palma de la mano... la misma que daría a aquella ladrona su merecido.

—¿Sabe dónde está? —preguntó con cortesía aunque la prisa le bullía por dentro.

—Oh, sí —contestó Lyla, que disfrutaba del roce de cada palabra contra su lengua—. Y será un verdadero placer llevarlo hasta ella.

Definir la felicidad era de las cosas más complicadas que Bree había intentado hacer. Quizá porque no había gozado de ella durante largos periodos y, por lo tanto, no estaba segura de cómo debía sentirse cuando abrazaba la dicha en su estado más puro.

El olor a lluvia entraba por la ventana y creaba un agradable repiqueteo al caer sobre la tierra húmeda. Notaba el airecillo frío colarse por el hueco que no habían cerrado la noche anterior, pero, aunque el invierno amenazaba con no dar tregua, aquella mañana la tormenta parecía muy lejana, solidaria con los amantes que, todavía enredados, se negaban a despertar al nuevo día y abandonar la paz que encontraban el uno en el otro.

El brazo de Harry la rodeaba, sentía su aliento en la nuca y la suavidad de los dedos que le recorrían el vientre. Su respirar pausado le hacía cosquillas en el pelo y el calor que emanaba su presencia lo llenaba todo. Incluyendo su corazón.

Aunque no podía verle, le imaginaba con el rostro lleno de sosiego. Relajado, sonriendo con los ojos cerrados y con las mejillas salpicadas de sombras provocadas por las largas pestañas curvadas que coronaban sus párpados. En todos aquellos detalles se había fijado durante las horas de vigilia en que lo había recorrido hasta memorizarlo, con sus manos y labios, prodigándole unas caricias que no habían sido nunca para ningún otro hombre.

—Buenos días, mi señora.

El sonido de su voz provocó que las mariposas aletearan en el estómago de Bree. O quizá fue el bebé, que se desperezaba haciéndose notar. Tanto daba, las dos opciones la llenaban de alegría.

Giró entre los brazos de Harry y le dedicó una sonrisa tan pronto sus ojos se encontraron. La parte inferior de su cara estaba cubierta por una ligera barba de color claro, tenía el flequillo despeinado y los ojos soñolientos. Para Bree, a quien el pecho le rebosaba de amor, no había estado nunca más guapo.

—¿Cuándo vas a dejar de llamarme *señora*? —Para Harry, la voz de Bree fue como el caramelo, suave y líquida. Con una sonrisa soñolienta, sintió el roce de sus piernas contra las de él bajo el calor de las mantas que los cubrían.

—Nunca. Así fue como la conocí, siendo una señora sin nombre, con el rostro magullado y llena de secretos. Me enamoré de usted cuando lo único que sabía era que necesitaba protegerla.

De los labios de Bree escapó una risilla musical. Se sentía ligera de tanta alegría. La ternura de Harry, el cariño con el que la trataba, era algo a lo que deseaba aferrarse para no soltarlo jamás. Con suerte, tendría la dicha de oírle llamarla *señora* cada día durante el resto de su vida.

Harry demoró sus dedos en la curva del hombro de Bree, rozándole apenas la piel y apartando con suavidad un mechón rojizo de pelo. Se inclinó y posó los labios sobre la superficie de su cuerpo que las sábanas dejaban al descubierto, provocándole cosquillas que la hicieron reír.

—He soñado con este momento incluso sin ser consciente de que lo deseaba —murmuró Harry sin dejar de besarle la línea de la mandíbula mientras la respiración de Bree se tornaba pesada—. La primera vez que la vi creí que la había perdido antes de saber quién era, antes de conocer qué nos deparaba el destino. Y en un arranque de rabia por querer devolverle el aliento, la besé, señora.

—No lo recuerdo —musitó pérdida en las sensaciones que los besos y caricias provocaban en su interior—. Pero ya no lo olvidaré jamás, te lo aseguro. Tu beso me dio una nueva oportunidad.

—Quería obligar a la muerte a echarse atrás, a pasar de largo. Merecía vivir aunque yo todavía no supiera que nuestros destinos iban a ligarse de esta manera. —Suave, con la ternura que le nacía solo al contemplarla, Harry se removió para que su cuerpo no perdiera contacto con el calor de Bree—. No sé qué me impulsó a besarla... pero el primer roce de su boca me condenó para el resto de mi vida, señora. Y doy gracias a Dios todos los días por ese impulso.

—¿Qué habré hecho para merecer el cariño del hombre más bueno del mundo? —susurró Bree, conmovida, enredando los dedos en los mechones del color del trigo de Harry. Cada vez que se movían, las sábanas dejaban a la vista partes de sus cuerpos que ambos se apresuran a llenar de besos y caricias. La excitación por saberse entregados el uno al otro era tan intensa que parecía imposible que lograran dejar de tocarse.

Por un segundo, la mirada de Harry se oscureció. Durante un instante casi imperceptible el peso de los secretos que ocultaba casi le quitó el aliento. Compuso una sonrisa y negó con la cabeza enredando los dedos en la generosa cabellera de Bree, intentando que su suavidad y aroma alejaran los fantasmas que amenazaban con privarle de la mañana más bonita de cuantas había tenido en su vida.

—No soy el mejor hombre del mundo, Bree. Estoy más que lejos de que se me pueda considerar así, no quiero que sea eso lo que pienses al mirarme. —Entrelazó sus dedos con los de ella. Observó sus manos, tan distintas pero tan perfectas la una para la otra. Solo quería eso, se dijo, ser el hombre con el que Bree encajara, con sus imperfecciones y sus malos momentos. Alguien real junto a quien poder construir su futuro.

—Pienso muchas cosas, Harry. —Recostó la cabeza sobre su hombro mientras respiraba el aire helado de la mañana que se colaba por la ventana—. Y una de ellas es que, después de todo lo que he hecho... de esas cosas horribles, casi parece mentira estar viviendo este momento.

Harry se giró tan rápido que hizo tambalearse la cama. Sonriente, abrazó a Bree mientras observaba, aturdido por el amor que sentía, lo bien que su piel blanca combinaba con sus sábanas. Olió con placer el aroma de mujer que había impregnado en su piel y, llevándose a los labios la delicada muñeca femenina, la besó despacio. Bree se mordió el labio al sentir nacer en su vientre una nueva bandada de mariposas que aleteaban con fuerza.

—Yo podría hacerme la misma pregunta entonces —ronroneó Harry deslizando el brazo de Bree a través de su cuello para sentirse abrazado por ella—. ¿Cómo he logrado tener entre mis brazos a la mujer más fuerte y valiente de toda Virginia?

Todo era posible tras la puerta cerrada de esa habitación: empezar de nuevo, criar a ese niño juntos y dejar de lado los errores cometidos. Quizá entonces, cuando el amor de la mujer a la que ahora miraba como si nada más en el mundo tuviera importancia estuviera a salvo, Harry podría descargar su conciencia y sincerarse. Quizá entonces se atrevería...

—Lo siento como si fuera mío —susurró Harry bajando la mirada hasta su mano, que acariciaba el estómago de Bree, que crecía cada día que pasaba—. Sé que no lo es, pero si tú quisieras... para mí no habría ninguna diferencia. Soy su padre desde este día si estás de acuerdo.

Llena de emoción, Bree le rodeó el cuello con los brazos fundiéndose contra él. La sábana resbaló por su piel y sus pechos llenos provocaron calor en el cuerpo de Harry, que carraspeó al tiempo que la apretaba con fuerza contra él. No le había dicho que sí, pero el entusiasmo con que había acogido sus palabras fue todo cuanto él necesitó para convencerse.

Iba a ser padre. Un buen padre. Aquella criatura inocente no añoraría jamás al hombre que lo había engendrado.

—¿Ve lo que hace conmigo con solo abrazarme? —La sonrisa socarrona de Harry se hizo todavía más profunda cuando apretó a Bree contra su cuerpo dejándola sentir la evidente dureza que le provocaba su deseo recién despierto—. No soy para nada un buen hombre, señora.

—Nada de lo que digas hará que cambie de opinión. —Lo besó con suavidad, rozándole apenas los labios—. Te esperaba, Harry Murphy, incluso cuando todavía no te conocía.

Bree suspiró dejando que él volviera a acomodarla entre sus brazos, a cobijarla entre el calor de su pecho y la suavidad de las mantas. Abajo, en la casa, el día empezaba a despertarse; se oyeron cacharros y puertas y el parloteo de JJ, que iba subiendo de tono conforme exigía más atención a su abuela, que debía estar atareada ante los fogones.

Por un segundo, Bree sintió una punzada de remordimiento ante las pocas ganas que tenía de abandonar aquella habitación. De haber podido, habría firmado su detención perpetua para que la encadenaran para siempre a Harry. Después, al comprender que estaba a punto de tener aquel maravilloso despertar cada mañana, la inquietud se deshizo para convertirse en un anhelo agradable que la envolvió.

Como leyendo su mente, Harry besó su sien y le recorrió el brazo desnudo con los labios, provocándole cosquillas.

—Habrá muchos más despertares —le susurró al oído, acariciándola con sus palabras mientras sus manos hacían lo propio por su espalda.

—Lo sé... pero ninguno tan especial como el primero. —Bree cerró los ojos. Un escalofrío de anticipación la recorrió entera al sentir el pequeño mordisco que Harry le daba en el hombro para sacarla de pensamientos tristes que no tenían cabida en un momento como aquel.

—¿Quién dice que no, señora? —murmuró besándola bajo la oreja como el más entregado de los amantes—. Habrá tantas primeras veces como quiera, se lo prometo. La primera mañana tras nacer el bebé, la primera después de que podamos dormir la noche entera, la primera tras casarnos...

Girando apenas el rostro, Bree se encontró de frente con aquella mirada. Había algo que torturaba a Harry, escondido más allá del brillo alegre y jovial de quien tiene buen despertar por encontrarse acompañado en la cama. Algo lo entristecía bajo esa superficie, algo profundo y desagradable. Probablemente la reciente pérdida de Boyle, las circunstancias terribles de su muerte y la aparente imposibilidad de hacer nada al respecto le restaban felicidad a un día como ese. Y Bree se sintió egoísta por haberse abandonado a ella con tanta facilidad. Puede que Boyle y ella nunca se hubieran convertido en amigos, pero era padre y esposo de personas a las que ella había aprendido a querer y, aunque solo fuera por eso, su duelo merecía ser respetado y tenido en cuenta.

—Sé que no te he dado una respuesta en firme... —le dijo Bree con pudor. Por un segundo se preguntó si él interpretaría aquel silencio como una negativa, y la sola idea la instó a querer explicarse.

Harry calló sus palabras con una negación suave con la cabeza. Tomó la mano de Bree, le besó los nudillos y se acarició con ellos el rostro, como si no hubiera tenido suficiente de su tacto y sus caricias.

—Debo pedírtelo como Dios manda. Hasta entonces, no me digas nada.

—La casa está de luto, Harry. —Ella bajó la voz, como si fuera pecado hacer planes alegres cuando la tierra de la tumba de Boyle no se había asentado—. Tu hermano se ha ido y no ha pasado el tiempo suficiente desde que yo...

—Él no era tu esposo, Bree. No hay duelo que debas mantenerle, y tampoco se lo merece. Perdió esos derechos cuando incumplió sus promesas y decidió hacerte daño. En cuanto a Boyle... —Harry respiró hondo y se incorporó hasta quedar sentado en la cama. La sábana cubrió sus caderas y la luz mortecina de la mañana nublada que incidía en su ancha espalda remarcó sus músculos—, él no habría dejado de vivir por ninguno de nosotros.

—Pero tú no eres él. —Mucho más pudorosa, Bree se cubrió antes de sentarse junto a Harry. Apoyó el rostro en su hombro y entrelazó sus dedos a los de él—. Y, aunque solo fuera por tu madre y Mary Kate, deberíamos esperar.

Harry pensó que aquello sería una tortura, pero quizá un tiempo de gracia le ayudaría a encontrar la mejor manera de hacer partícipe a Bree de sus sospechas con respecto a Dairon. No sería apropiado que se casaran mientras él ocultaba ese secreto, de eso estaba seguro. Por otro lado, su casa seguía de luto, era cierto, y ese era un aspecto en el que su amada señora había estado mucho más acertada que él. Mary Kate no estaba preparada para ver a una pareja unirse cuando ella acababa de quedar viuda, y su madre... Rose Anne tenía todo el derecho a vivir su pena por el hijo perdido antes de sentir dicha por el que se casaba. Bree tenía razón y, aunque Harry deseaba bajar al pueblo y contar a todo el mundo que era suya, entendía que esperar para la boda era lo más conveniente.

Entretanto, y confortada por las caricias de Harry mientras veía cómo el sol se alzaba en un cielo azul a través de la ventana, Bree pensaba en los sentimientos que despertaría en la granja la noticia de la boda. Después de ver a Mary Kate deshacerse en llanto al descubrir sus mentiras, no podía imaginarse comunicándole las buenas nuevas. Rose Anne, por su parte, se mostraría encantada por la alegría de su único hijo, pero en el fondo sentiría interrumpido su tiempo de luto por Boyle. Bree comprendía perfectamente los sentimientos encontrados con los que su futura suegra debería lidiar, pues estaba familiarizada con ellos.

Para ella, el embarazo, el luto y la carga que aún pesaba sobre su espalda con la muerte de Dairon eran motivos más que suficientes para ir con calma, sin precipitarse. Solo rogaba a Dios que Harry la esperase, que fuera paciente, que quisiera continuar con ella después de ver cómo su cuerpo cambiaba y cómo el fruto de otro ocupaba una parte de su corazón al nacer.

—¿Estás de acuerdo en esperar un poco? —la oyó preguntarle, seguramente alertada por el silencio—. No me importará que el bebé ya haya nacido.

Será bonito tenerle presente, que comparta ese momento con nosotros... si a ti no te importa que se sepa...

—Está bien —concedió Harry tras besarla en el pelo para interrumpir lo que estaba seguro que ella diría. Aquella criatura sería suya y no le importaba si llegaba antes o después de que el párroco los hubiera bendecido. Retrasar la boda no cambiaría nada para él—. Si te hace feliz, a mí me parece bien.

—Te prometo que no me echaré atrás.

Un brillo peligroso pasó fugaz por la mirada de Harry. Se sentía con ánimo de jugar y actuar despreocupadamente. En circunstancias normales, llevaría horas trabajando, pero aquella mañana, mientras contemplaba el rostro expectante de Bree, trémula en sus brazos, había decidido que no era en absoluto una circunstancia normal. Sus fuertes brazos la envolvieron para echarla sobre el colchón, las risas inundaron el dormitorio y cualquier tema de debate fue olvidado entre las sábanas revueltas.

—Señora mía, que no vaya a ocurrir todavía no la exime de tener que responder a una petición adecuada y, por supuesto, tomaré mis precauciones para asegurarme una respuesta afirmativa —la advirtió al tiempo que descubría los generosos senos que tan loco lo volvían.

Divertida y sonrojada, Bree se mordió el labio fingiendo no entender de lo que le hablaba.

—No me diga, señor Murphy, ¿y qué precauciones serán esas? —preguntó sin poder resistir el primer roce de los labios de Harry contra los duros riscos que lo apuntaban.

—Oh, ahora mismo me disponía a enseñárselas.

Con un guiño, la boca de Harry tomó posesión del manjar que ella le ofrecía al mismo tiempo que una de sus manos se perdía bajo las sábanas. Cuando aquellos dedos, diestros y trabajadores, encontraron el vértice entre sus muslos y se perdieron en su interior, Bree olvidó que esperaba una respuesta.

28

—¿Qué es eso de esperar?

Harry, que estaba cargando con unas hogazas de pan y algunas manzanas en un cesto, sacudió la cabeza exasperado. En cuanto se habían quedado a solas, su madre le había exigido explicaciones sobre lo ocurrido la noche anterior y parecía que no había dado el tema por zanjado. Con las cejas arqueadas y los brazos cruzados, Rose Anne esperaba una respuesta a su última pregunta.

—No puedo forzar las cosas, mamá —le explicó—. Lo haremos cuando ella esté preparada.

—Disculpa que hable contigo de estos temas, hijo, pero me parece que, si esa muchacha se ha sentido lo suficientemente valiente para abrirte las puertas del dormitorio, es porque ya está preparada para casarse. De modo que no veo el motivo para andarnos ahora con remilgos.

—¡Madre! —la advirtió con una mirada iracunda. Al ver la expresión comedida de Rose Anne, suavizó el ceño y acompasó sus palabras—. Queremos hacer las cosas bien. Sin apresurarnos.

—Sin apresuraros, claro... Entonces pasarás el resto de las noches durmiendo en el sofá hasta que llegue la boda —dictaminó la matriarca con contundencia. Bastante desgracia había caído ya sobre la familia como para que ahora tachasen a su futura nuera de licenciosa.

—Como si alguien aparte de ella y, para mi vergüenza, tú, fuera a saber dónde paso las noches.

Rose Anne levantó las manos al cielo, como llamando a algún ente superior que fuera capaz de hacer llegar a su hijo un poco de cordura. No lograría nada, estaba segura. Su pequeño tenía el mismo carácter adusto y empecinado de su padre. Sin embargo, Julius hubiera estado de acuerdo con ella, solo por el hecho de no unirse a su hijo en el sofá, cosa que sucedería si no la apoyaba en su decisión. Sonrió para sus adentros y una parte de ella encontró entrañable la determinación que veía en la mirada del hombre que tenía delante. Aun así, insistió.

—Esta es una casa decente, Harry. Te exijo que respetes a Bree como ella se merece y si acaso piensas que voy a permitir que te aproveches de...

—¡Quiero casarme con ella, mamá! ¡Yo se lo pedí, por Dios!

—¿Y su respuesta fue que quería esperar, no es cierto? —Rose Anne levantó una ceja insolente y se cruzó de brazos.

Harry volvió a suspirar. Dejó lo que estaba haciendo y giró sobre sí mismo para mirar a su madre. Por el rabillo del ojo echó un vistazo fuera, donde Bree se había escondido, con el pretexto de preparar la carreta para el viaje al pueblo que iban a hacer. Le había ido de perlas que aquel fuera el día escogido para vender el ternero para mantenerse alejada de preguntas y reproches, pues obviamente los habían visto salir juntos y a horas tardías del dormitorio. Harry había pensado que él tendría la misma suerte, pero a la vista estaba que no lo había conseguido.

—Eres el único hombre de esta familia, Harry. Tu deber es dar ejemplo y mostrar el comportamiento adecuado en toda situación. Si has compartido con Bree algo más que palabras, besos y caricias, debéis casaros ya, ¡por amor de Dios! —El tono de Rose Anne, sosegado al principio, había ido aumentando hasta convertirse en una súplica exigente.

—Nadie desea echarse la soga al cuello más que yo, madre. Pero no quiero presionar a Bree. No tiene buenos recuerdos de este tipo de promesas.

—Precisamente por esto debes apresurarte en cumplirlas. —Rose Anne siguió la mirada de su hijo, que observaba a la muchacha. Bree estaba fuera acariciando los caballos y escuchando el parloteo de un JJ sobreexcitado por la inmediata excursión—. No permitas que dude de tu palabra, hijo.

—Mi propuesta es firme y Bree lo sabe. Será tan pronto ella lo considere oportuno —sentenció sin dar lugar a réplica.

—Harry —Rose Anne tomó un trapo limpio, lo dobló y cubrió con él las hogazas de la cesta—, haz caso al consejo de esta anciana y no esperes. Insiste, a las mujeres les gustan los hombres decididos.

Al rascarse el mentón, él recordó demasiado tarde que esa mañana no se había afeitado. Claro que había estado demasiado entretenido devorando las mieles más ocultas de Bree... Un amago de sonrisa se formó en sus labios. Bree. La tenía tan metida en la sangre que era un milagro que pudiera pronunciar más palabras que su nombre. Realmente la quería, la respetaba, deseaba pasar con ella tantas horas de vigilia como noches en la cama, durante tantos años de vida como Dios les diera. Aquella criatura que empezaba a abultar su vientre se había convertido en una ilusión también para él, que se sorprendía a menudo pensando cómo sería, si le gustaría la granja y querría aprender a trabajarla con él, si le llamaría papá... Sería capaz de querer tanto a aquel bebé que dedicaría su vida a que no sintiera la ausencia del hombre que lo había engendrado. Si de Harry dependía, borraría el recuerdo de Dairon de la faz de la tierra, tal como esperaba que hubiera pasado con su cuerpo.

—Todavía no le he contado mis sospechas y no me parece honrado desposarla con una mentira como esa entre nosotros —confesó de pronto al notar la mirada de su madre fija en la expresión ceñuda de su rostro.

—En esto no te falta razón, hijo.

—Además, Bree cree que es irrespetuoso pensar en una fiesta de bodas cuando la muerte de Boyle está tan reciente. Y yo creo que tiene razón. No vamos a celebrar la Navidad, mamá, ¿cómo vamos a hacer una boda pudiendo esperar un poco? —añadió con convencimiento. Su madre no tendría argumentos para luchar contra eso.

Rose Anne abrió la boca, pero enseguida volvió a cerrarla. Con el gesto decaído, asintió. Cada día que pasaba perdía más las esperanzas sobre poder esclarecer el motivo por el cual había tenido que enterrar a un hijo de forma prematura. Empezaba a creer que nunca hallaría culpable alguno y, por tanto, Boyle jamás descansaría en paz, pues su asesino no recibiría justa pena por el crimen de haberle robado la vida que aún le quedaba por delante.

El silencio de Rose Anne hizo desviar la vista a Harry. La vivacidad y el empeño de sus ojos habían desaparecido. En su lugar, una profunda pena se mezclaba con la incertidumbre y la impotencia que la muerte de Boyle había dejado en la casa. Aquellos ojos vidriosos que ahora lo miraban eran los mismos que su cuñada arrastraba por doquier.

—No me rendiré, madre —susurró Harry acercándose a ella y acariciándole el hombro con cariño—. Todavía hay muchas preguntas que no he hecho, personas que podrían saber algo...

—¿Sabes qué, hijo? A veces, cuando me despierto por las mañanas, hago en mi cabeza una lista de las tareas que puedo emprender durante el día y otra con todas a las que no puedo enfrentarme. Boyle y el hijo que tuvo con esa mujer están en la segunda lista.

—No he olvidado ni por un momento a esa criatura, te lo prometo. —Harry tragó saliva recordando la deuda que tenía con la memoria de su hermano y que todavía no se había visto capaz de enfrentar. Aunque solo fuera por las cosas que los habían separado en vida, haría hasta lo imposible por enmendar el daño que aquella mujer pensaba hacer a su familia. Su hijo, el hijo de Boyle, no padecería bajo el yugo de una madre que solo lo usaba como moneda de cambio.

Rose Anne emitió un suspiro. Levantó la mano y apartó con ella un hilo suelto de la camisa de su hijo. Era un buen muchacho. Sabía que, cuando hacía una promesa y empeñaba su palabra, siempre cumplía sin importar el tiempo que tardara. Eso la preocupaba.

—No te reprocho que busques tu felicidad, Harry. No soñaría jamás con esclavizarte en la tarea de buscar respuestas y soluciones, dejando pasar tu vida de largo. Eso no es justo ni lo que quiero para ti.

—Pero algo debemos hacer, madre. Lyla no puede criar a ese niño. ¡Sabe Dios lo que estará haciendo con él ahora que no tiene a mi hermano para sufragar sus gastos! —Solo de imaginarlo sentía escalofríos. Le inundaban terribles visiones cada vez que pensaba aquello, pues no había ni un solo momento del día en que se permitiera dejar la suerte de su sobrino fuera de sus pensamientos.

—Lo utilizará para jugar con nosotros, Harry. —Rose Anne miró por la ventana. A lo lejos vio a JJ saltar sobre el travesaño de pasajeros de la carreta. El chiquillo no había sonreído de aquella manera en mucho tiempo, pero ahora lo hacía con la despreocupación que convenía a su edad. Bree estaba a su lado haciéndole cosquillas y mirándole con una ternura que llegó al alma de la matriarca de los Murphy. No, decidió, Lyla no emponzoñaría a ningún otro miembro de su familia—. Y no voy a permitir que gane. Jamás aceptaré que entre en mi casa, donde haría lo imposible para indisponerte con la mujer que has escogido como esposa.

El disgusto transformó las facciones de Harry, que volvió a observar a Bree por la ventana. Ninguna mujer le había hecho sentir nunca lo que ella, con ninguna otra había sido tan consciente de su virilidad, de sus ansias de formar una familia y tener un espacio para él mismo. Deseaba amar a Bree con todas las fuerzas de su ser y Lyla Monroe jamás lo impediría.

—Si eso es lo que te retiene de reclamar al niño, despreocúpate, madre. Ella no significa nada para mí.

—Tampoco estoy dispuesta a someter a tu cuñada y a Bree a compartir este techo con ella ni que sea por un minuto. —El fuego y la determinación volvieron a raudales hasta el rostro de Rose Anne. No consentiría que nadie sembrara ni una sola semilla podrida más en aquella casa—. No sé cómo voy a resolver este tema, pero te aseguro que encontraré el modo de hacerlo. No te preocupes, hijo. Deja que yo me ocupe de ello en cuanto esté preparada para hacerlo.

Harry asintió, poco más le quedaba por hacer cuando su madre se mostraba tan decidida. Comprendía su necesidad de mostrarse fuerte e imperturbable ante una mujer como Lyla, acostumbrada a usar las debilidades de uno para chantajearle y obtener beneficios a costa del sufrimiento ajeno. Había tenido de Boyle lo que había querido, seguramente bajo la amenaza perpetua de dar a conocer el hijo que habían concebido juntos, pero también, sometiendo su voluntad con los placeres del sexo fácil. Lyla había sido amante de Boyle, y Harry no dudaba de que sus encantos habían sido provechosos para obtener dinero y bienestar. Ahora buscaría tocar la fibra más maternal de Rose Anne para forzarla a mantenerla a ella en una posición acomodada con la excusa del niño. Sin embargo, su madre estaba muy lejos de parecerse a Boyle, de modo que Harry estaba convencido de que Lyla no tenía modo alguno de salirse con la suya esta vez.

—Anda, no quiero entretenerte más. Ve al pueblo e intenta sacar más de lo acordado por *Torbellino*. Es uno de los mejores terneros que hemos tenido nunca, bien vale un ajuar decente para nuestra Bree.

Sonriendo, Harry tomó el cesto y comprobó que llevaba provisiones suficientes para pasar varias horas en el pueblo junto a una mujer embarazada y a un niño impresionable.

—¿*Torbellino*? ¿Al final Bree decidió bautizarlo? —preguntó con una ceja alzada.

—JJ lo hizo. No me pareció muy acertado para un animal tan dócil, pero no quise quitarle a ese pobre chiquillo una de las pocas razones que tuvo estos días para sonreír —le confió ella con una tierna sonrisa en los labios y un gesto de preocupación que a Harry no pasó inadvertido.

—Estará bien, madre. Los niños sanan mucho más rápido que los adultos.

—El tiempo le hará conformarse —suspiró Rose Anne, con el peso de toda una vida cargado sobre los hombros—. Como a todos nosotros.

Harry la besó en la mejilla y luego abandonó la cocina con un sinfín de ideas nuevas bulléndole en la mente. ¿Y si su madre tenía razón y Bree solo quería esperar porque él lo había permitido, porque no había mostrado una seguridad férrea en su deseo de convertirla en su esposa, de darle su apellido y el cobijo de su familia? Tal vez tuvieran que conformarse con una ceremonia pequeña hasta que el luto hubiera pasado, pero, incluso si debían desposarse solos ante un párroco, sin más arreglo que unas pocas flores y el vestido que la modista tuviera tiempo de confeccionar, sería bueno para ambos. Ya le daría más adelante la celebración que Bree merecía. Así ella vería que sus promesas eran tan duraderas como la alta montaña donde se habían conocido, se sentiría segura de él y ya no tendría nada que temer. Ni él nada que ocultar, pensó con desasosiego.

—Harry.

La voz de su cuñada, al pie de la escalera, le hizo detenerse en seco. Su semblante seguía siendo triste, pero se esforzó por sonreírle cuando él se detuvo. Mary Kate estiró el brazo y le entregó una chaqueta de color gris.

—Es para JJ —explicó.

—Me encargaré de que la use, no te preocupes.

Ella asintió y pareció que aquella iba a ser toda la conversación que estaba dispuesta a mantener, pero entonces, recordó algo importante y volvió a llamar la atención de su cuñado.

—Es un gesto muy bonito por parte de Bree haberle invitado al pueblo. Y tuyo por consentirlo. JJ no ha tenido muchas oportunidades para salir de la granja últimamente.

—No tienes nada que agradecer, Mary Kate. Somos su familia. Y la tuya también. Haremos todo lo que podamos los unos por los otros. Siempre.

Ella aceptó su palabra sin hacer ningún gesto, con la vista perdida quién sabía dónde. «Pobre mujer», pensó Harry. Contra todo pronóstico parecía que había querido a Boyle más y más conforme él menos se lo merecía. Y al contrario que Lyla, Mary Kate sentía aquella pérdida en los huesos, en las entrañas mismas, y no por razones materiales o prácticas, sino porque la persona a la que había escogido para entregar lo mejor que tenía se había ido. Y ni siquiera le quedaba el consuelo de saber que los últimos pensamientos de Boyle habían sido para ella. Hasta eso le había robado Lyla.

—A JJ le vendrá bien pasear —dijo de repente, más para sí misma que para Harry—. Quizá así deje de hacerse preguntas que nadie puede responder.

—Es muy pequeño, Mary Kate. Llegará un momento en que entenderá la muerte como algo natural y aprenderá a vivir con ella.

—Todos tendremos que hacerlo.

El tono lúgubre de su cuñada le estremeció, pero a Harry no se le ocurrió nada que decir ante sus palabras. Con un gesto de la cabeza, se despidió de ella y alcanzó el sombrero del perchero, dispuesto a salir cuanto antes para aprovechar el día lo mejor posible. Con suerte volvería con un buen dinero a cambio del ternero y, si las cosas iban bien, quizá le arrancaría a la mujer que amaba una promesa en firme de matrimonio.

—Harry —Mary Kate lo llamaba de nuevo desde lo alto de la escalera. Se giró, pero ella quedaba oculta tras las sombras—. Di a Bree que no espere. Boyle no habría postergado ninguno de sus planes por nadie, no me parece justo que lo hagáis vosotros.

Aquello fue todo. Emocionado, Harry comprendió que era la forma que su cuñada tenía de expresar que perdonaba las mentiras de Bree y que, de alguna forma, apoyaba que hubieran decidido casarse aunque la alegría que la boda provocaría en la casa fuera a chocar de frente con la pena que ella llevaba dentro.

Mucho más seguro de los pasos a dar, Harry salió al patio, donde ya lo aguardaba la carreta grande, con *Torbellino* atado, JJ subido en la parte trasera y removiéndose sin parar, y Bree, que enrojeció hasta las orejas al verle e intentó ocultarse tras los caballos que tirarían del conjunto para llevarlos al pueblo. Risueño, dejó la cesta bien sujeta, le puso la chaqueta a JJ y después rodeó con sus brazos a aquella mujer que lo volvía loco, lo que provocó risas en el niño.

—Tío Harry quiere jugar —exclamó JJ riendo a carcajadas cuando Bree intentó apartarse, sin éxito—. ¡No puedes escapar, señora profesora!

Mostrando una sonrisa ladeada, Harry recorrió con disimulo las formas femeninas de Bree rememorando en su mente las delicias compartidas la noche anterior. Sus miradas se encontraron y parecieron recitar los mismos deseos prohibidos, convenientemente ocultos en sus mentes, pero iguales en intensidad.

—Tiene razón —le susurró al oído—. No puedes escapar.

—Creí que había quedado claro que no estaba en mi intención hacerlo.

—Ni en la mía faltar a mis promesas. —Con suavidad, Harry le recogió un mechón de pelo tras la oreja—. Quiero estar a la altura del buen hombre que ves en mí, Bree. Hacerte mi esposa es el primer paso para conseguirlo.

Confundida, ella miró en la profundidad de aquellos ojos con los que soñaba cada noche desde mucho tiempo antes de lo que se atrevía a confesar. El sol le arrancaba destellos brillantes al cabello y, cuando lo tenía así, frente a ella, percibía como los músculos de su cuerpo rivalizaban con la dureza de las rocas de los Apalaches. Era tan atractivo y tan fuerte que a menudo Bree se preguntaba qué habría visto él en ella, pero entonces se veía a sí misma a través del reflejo de la mirada de Harry y comprendía por qué le brillaban los ojos cuando ambos se contemplaban. Él la veía como a una mujer fuerte y decidida, cuya valentía la había hecho sobrevivir a lo imposible y salir adelante a pesar de las heridas que sufría en el cuerpo y el alma. La veía como alguien capaz de dar cariño, de enseñar a los demás, de mostrar piedad y compasión incluso cuando la habían pisoteado y ofendido. Harry Murphy la había ayudado a confiar en sí misma, convenciéndola de que merecía ser tenida en cuenta, de que era digna de amar y ser amada con respeto y pasión.

Se casaría con él, gritó su corazón golpeándole contra las costillas, porque ser la esposa de Harry se le antojaba el sueño que alejaría por fin todas las pesadillas que había vivido.

Bree escuchó embelesada las palabras que salían de los labios de Harry mientras comprobaba las cuerdas que ataban al ternero y daba los últimos arreglos a las riendas de la carreta. Lo había visto charlar a través de la ventana, pero no creyó que la conversación con Rose Anne estuviera versada en ella. Ahora veía que sí.

—¿Tu madre cree que no estás conduciéndote como un caballero? —rio al ver su expresión—. ¡De modo que es eso! Señor Murphy, se ha dejado tirar de las orejas como si fuera un niño.

—Tiene razón, señora —le concedió—. Pero te juro que no tengo intención de reformarme. A menos que me eches con todas tus fuerzas, no volverás a dormir sola una sola noche más.

—Eso suena amenazador —susurró muy cerca de él, evitando que JJ pudiera ver la actitud acaramelada que demostraban. Sus delgados brazos se cerraron alrededor de la cintura de Harry, que la acunó con cariño—. ¿Debería asustarme?

—¿Conmigo? Nunca. —La besó en la coronilla, aspirando el aroma de su pelo—. Solo te advierto de que no tengo en mente renunciar a ti, de modo que, si temes por tu reputación, más vale que apresuremos el casamiento.

—No creo que mi reputación se vea amenazada por nadie de esta casa, listillo. Y no te preocupes, ya me ha quedado claro que tu palabra está a la altura del hombre que eres.

—De modo que vas a seguir resistiéndote... —Ella asintió con solemnidad intentando contener la risa que le provocaba el ceño que veía en la amada cara de su señor Murphy.

Con un fingido suspiro de angustia, Harry la levantó por el talle y la acomodó en la balda de la carreta que hacía las veces de asiento. La aupó con tanta facilidad que Bree emitió un chillido de sorpresa, convertido después en risas llenas de alegría. Se acarició el vientre, anhelando momentos que estaban aún por venir, saboreando ya la felicidad que aquel hombre estaba destinado a compartir con ella.

Él la besó en la mejilla y se echó el sombrero hacia atrás, al tiempo que colocaba la palma de la mano sobre la rodilla de Bree y le dedicaba una caricia que los hizo temblar a ambos.

—Seguiré asegurándome de que no cambias de idea —musitó con la mirada al frente y una sonrisilla boba curvándole los labios—. Y más te vale ser comprensiva conmigo, aunque solo sea para que los reproches de mi madre sean menos amargos.

—¿Podemos irnos ya, tío Harry? *¡Quiero irnos ya!*

—Se dice *que nos vayamos*. *Quiero que nos vayamos ya* —corrigió Bree con dulzura mirando a un cabizbajo JJ.

—¡Pero la carreta no se mueve, señora profesora! ¡No podemos *irnos* ni *que nos vayamos* si la carreta no se mueve! ¡Tira de las riendas, tío Harry!

Para dar gusto a su sobrino, Harry obedeció poniendo a los bayos en movimiento. También él tenía prisa por llegar al pueblo, había muchas cosas que deseaba hacer.

JJ parloteaba con alegría mientras Bree lo corregía con suma paciencia cada vez que decía alguna palabra de forma incorrecta. El niño bufaba y exclamaba que no entendía por qué se necesitaban tantas formas de decir las cosas y, mirando a Bree de reojo, Harry empezó a creer que el crío tenía razón. Las personas se complicaban tanto la vida cuando esta podía ser tan sencilla... pero aquello formaba parte de hacerse mayor y cargar con responsabilidades. La inocencia quedaba atrás y otras cuestiones ocupaban el espacio que esta dejaba.

Se guardó para sí las palabras de Mary Kate y también la petición de Rose Anne sobre que no postergara más su felicidad manteniendo duelo a un hombre que nunca había mirado más que por sí mismo. Después de todo, no era adecuado mencionar a Boyle delante de JJ.

Esperaba convencer a Bree y que la boda solo se retrasara lo suficiente como para poder poner en orden ciertos elementos prácticos, el primero de los cuales pasaba por dejar a Bree en el taller de la modista.

Bajaron a Morgantown al ritmo que marcaba *Torbellino*, cuyas horas junto a la familia Murphy iban a terminar pronto. A medida que fueron llegando al pueblo, Bree se arrebujó más en la capa que Rose Anne le había prestado e insistió con todas sus fuerzas para que JJ se abrochara el abrigo que le había hecho su madre. Consiguió convencerlo con la promesa de comprarle algunos dulces, hecho que de inmediato puso al niño de su parte.

—Los hombres de granja llamamos a eso chantaje, señora —le expresó Harry, ayudándola a bajar de la carreta tan pronto llegaron a su primer destino.

—Las mujeres también, pero en ocasiones es muy necesario.

Bree y JJ quedaron entretenidos ante un puesto de golosinas que puso los ojos del niño como platos y él fue a buscar al comprador del ternero. Aquel hombre entrado en años había sido uno de los principales socios de Julius y, como bien había supuesto Rose Anne, al ver lo grande y fuerte que había crecido el ternero, le acabó pagando más de lo convenido meses atrás, tan pronto se había anunciado la preñez de la vaca. Al terminar la transacción, encontró a Bree pagando la cuenta de los dulces que ya manchaban las mejillas y nariz de JJ de chocolate. Ella se encogió de hombros y aceptó su brazo cuando él se lo ofreció.

—Después de tanto como has padecido para guardar ese dinero, me parece un desperdicio que gastes parte de él en eso —comentó Harry con una indicación hacia la pequeña bolsa de tela que ella se apresuraba a guardar.

Bree miró con nostalgia el saquito que había recorrido con ella la montaña nevada y negó con la cabeza, convencida de que aquel era el destino idóneo para un dinero que había sido obtenido de malos modos.

—Pues yo creo que es un buen fin para unas pocas monedas convertirse en algo que haga feliz a un niño inocente.

—Eres tan dulce, Bree, que creo que podrían venderte junto a esos pasteles.

Besó los nudillos blancos y suaves de sus dedos y ella le respondió al gesto con una sonrisa. Algunas personas se los quedaron mirando. Harry Murphy era lo bastante conocido en el pueblo como para que causara impresión verle mostrar semejantes afectos ante una mujer desconocida, pero, si alguien estuvo en contra de sus demostraciones de cariño, ellos no pudieron darse cuenta.

Así debía ser la vida de los amantes felices, pensó Bree, a quien ni el bochorno ni la exposición pública de su vientre y las atenciones de Harry importaron en absoluto, ciega a todo lo que no fuera su amor.

—¿Ya has terminado?

—En parte. —Harry tensó apenas los hombros, pero intentó disimularlo—. Tengo algunas cosas que hacer aún, además de hablar con Jefferson en las dependencias policiales.

—¿Ocurre algo? ¿Es sobre...? —Se inquietó al instante. Desde que había llegado a la granja, el nombre de Jefferson siempre traía malos presagios.

—Solo quiero que responda algunas preguntas. Quizá eso me lleve a hacer otras tantas a la persona correcta —le informó Harry, que tampoco pretendía darle mucha más información estando su sobrino delante.

Sumida por un repentino estado de preocupación, Bree tomó la mano de JJ y lo atrajo hacia sí. El niño estaba demasiado distraído disfrutando de los dulces como para advertir la tensión que surcaba los rostros de los adultos.

—Estaré bien —confirmó Harry interpretando la mirada de preocupación de Bree—. Aprovecha el tiempo y ve a la modista. Te prometí ropa nueva, deja que cumpla con mi palabra. Y, por favor, no olvides encargar también el más bonito de los vestidos...

La promesa que él le repetía, velada, tras aquella simple frase, le provocó un aleteo en el corazón y se dejó convencer, aunque eso no significó que cruzara la calle llena de entusiasmo. La idea de separarse de Harry la llenaba de desasosiego, no tanto por ella, sino por él. Temía que se metiera en problemas o que recibiera información que le disgustara. Parecía imposible que la imagen de su hermano pudiera emborronarse más en su mente, pero tal y como estaban las cosas, Bree estuvo segura de que aún quedaban secretos oscuros que no habían sido descubiertos. Sin embargo, versada como estaba en el daño que hacían las mentiras, comprendió la necesidad de los Murphy de conocer la verdad, de modo que dejó el miedo y las dudas atrás e hizo lo único que le pedía el corazón: apoyar a Harry.

—Ojalá encuentres lo que buscas —le dijo cuando se despidieron ante la puerta de la modista.

Él le dedicó una sonrisa franca mientras le acariciaba el rostro y sostenía sus dedos entre sus manos durante tanto tiempo que pareció que iban a fundirse.

—Ya tengo exactamente todo cuanto quería, señora.

Bree entró a la tienda, donde fue rodeada por las clientas que los habían visto llegar juntos, y estas agasajaron a JJ con una fuente de caramelos. Ante tales atenciones, el niño tomó asiento de inmediato dispuesto a dejar pasar el tiempo sin rechistar. Sonriendo al ver cómo su sobrino parecía haber olvidado los últimos acontecimientos mediante unos simples caramelos, Harry tomó un desvío calle abajo, abandonado todo gesto amable de su rostro y decidido a obtener respuestas de aquel policía que poco o nada estaba haciendo por esclarecer el asesinato de su hermano. Puede que Boyle se hubiera metido en negocios turbios, pero eso no le eximía de merecer justicia. En memoria de aquellas terribles últimas palabras que le había dedicado, Harry había decidido que no dejaría respirar a Jefferson hasta obtener el nombre de la persona que había entregado a su hermano a las manos de sus asesinos.

29

Dairon los vio tan pronto llegaron al pueblo. Habría sido imposible no reconocerlos; después de todo, llevaba horas allí esperando. Con las ansias de venganza como única actividad en su futuro más próximo, dar vueltas por el pueblo había sido su única ocupación desde que se encontró con Lyla. Ella parecía tan ansiosa como él por darles caza a los nuevos tortolitos... de modo que Dairon solo había tenido que pasearse y permanecer medio oculto mientras se llenaba de paciencia. En algún momento, aparecerían y él estaría preparado.

Los observó, obligándose a permanecer quieto justo donde estaba y puso en Bree toda su atención, recorriéndola con ojos ávidos. El pelo de ramera que lucía la habría hecho visible para cualquiera incluso en ese momento, cuando iba bien peinada y vestida con ropa limpia y llena de almidón. Tampoco necesitó que Lyla le dijera que quien la acompañaba era Harry Murphy. Su recién estrenada compañera se lo había descrito con tal lujo de detalles que un solo vistazo había sido suficiente para saber de quién se trataba. Estaba claro que la rubia sentía algo más que atracción por el granjero, bastaba ver la pasión con la que se refería a él. Pobre estúpida, pensó. Como todas las mujeres, se dejaba tentar por lo que consideraba un buen hombre, trabajador, honrado... y, con seguridad, sin los redaños para hacerse respetar.

El tal Harry tenía pinta de niño bonito. Una cara sin cicatrices, un cuerpo fornido y aquella sonrisa bobalicona que ponía cuando miraba al crío que había viajado con ellos. La expresión le cambiaba al mirar a Bree y eso era notable incluso desde la distancia a la que estaba Dairon. Los gestos de intimidad eran evidentes y patéticos: los roces de manos, el intercambio de miradas, la forma en que él le besaba los dedos y procuraba mantener contacto con su piel... todo decía a gritos que habían compartido la cama. Algo que, en opinión de Dairon, solo servía para reafirmar su creencia de que todas las mujeres, y Bree en particular, no eran sino unas zorras coquetas que buscaban abrirse de piernas ante el primero que les hacía una promesa y era fácil imaginar la que aquel tipo le habría hecho.

Ella le creía muerto y ya se paseaba de la mano de otro, ¿no tenía acaso razones para querer castigarla? Se lo merecía. No solo por intentar asesinarle, sino por creer que tenía derecho a ser la respetable señora de un granjero bueno para nada.

Entonces, a pesar de la ropa holgada que llevaba, se dio cuenta: el busto le había aumentado, sus formas estaban más redondeadas, la lozanía de su rostro era evidente... O se había cuidado mucho, o...

—¿Está preñada? —formuló en voz baja a Lyla, que se encontraba a su lado observando la escena con desprecio. No soportaba ver el cariño con que Harry trataba a aquella mujer.

—Como una vaca —respondió Lyla con una sonrisa de victoria que le indicó a Dairon que había callado esa información para poder regodearse en el efecto que causaría en él—. Llegó así de la montaña, señor mío —añadió utilizando aquel tono condescendiente que Dairon empezaba a aborrecer.

Vaya, vaya, pensó al instante. Así que había bajado embarazada de la montaña... Los planes se formularon en su mente a toda velocidad... ¡Los modos de tortura que podría utilizar contra Bree acababan de ampliarse de forma exponencial!

—¿No vas a hacer nada? —La impaciencia de Lyla lo sacó de sus dulces pensamientos—. ¡Están ahí mismo! ¡Es el momento!

—¿Pretendes que aparezca de la nada en mitad de la calle? No seas estúpida —gruñó Dairon mientras cavilaba bien sobre cómo actuar.

—No entiendo a qué viene tanta ceremonia. Quieres a la tal Bree, pues ahí la tienes. He cumplido con mi parte del trato.

Maldita mujerzuela... por eso Dairon trabajaba siempre solo.

—No tienes que entender nada, solo hacer lo que se te pide. —Le dedicó una mirada que no dejaba lugar para la duda—. Y habrás cumplido tu parte cuando yo decida que esto ha terminado.

Callada, Lyla se mordió una uña mirando desde su escondite a la pareja que se deshacía en cariños y mimos en público. Se olvidó del recelo que le provocaba Dairon al ver el gesto amoroso de Harry, que le dedicaba a aquella mujer atenciones con las que ella solo podía soñar. El modo en que la miraba y tocaba dejaba claro que existía un lazo profundo entre los dos, algo que amenazaba con hacerse cada vez más fuerte.

—Solo quiero que desaparezca para siempre —rezó Lyla, que destilaba odio por los poros.

—Oh, lo hará, te lo aseguro. —Dairon mostró un amago de sonrisa—. Pero, para que el correctivo sea más efectivo, debemos esperar el momento oportuno.

Lyla deseó preguntar cuándo sería, pero Dairon había dejado claro ya que los detalles de su plan quedaban solo para él.

Desde el encuentro en el mercado, su manera de comportarse había cambiado de forma radical. Pronto dejó de mostrarse como un amante esposo preocupado y, en cuanto fue evidente que tanto Lyla como él buscaban la destrucción del naciente romance entre Harry y Bree, se decidió a enseñar su verdadera cara, una que era cien veces más cruel y peligrosa de lo que Lyla había imaginado.

Se sintió atraída inmediatamente por él. No era ni la mitad de atractivo que Harry, y mucho menos con aquella fea marca cruzándole en el rostro, pero el brillo de sus ojos, el odio profundo que destilaba cada una de sus palabras y la forma que tenía de susurrar las peores intenciones hacia Bree fueron suficientes para hechizarla.

Aunque Lyla solo sabía lo justo, que pensaba llevarse a la estúpida mujer con él, eso le bastó para compartir toda la información que tenía con Dairon y se ofreció a conseguirle más, con el fin de que la desaparición de Bree fuera inmediata. Después, ella se encargaría del inconsolable Harry y entonces todo estaría exactamente donde debía.

Se obligaba a creer que la espera haría el triunfo más dulce, pero empezaba a ponerse nerviosa, pues había algo en Dairon que la incomodaba.

—Cuánto más tiempo esperes, más unidos estarán —lo increpó de nuevo, sin saber que la paciencia de aquel extraño tenía un límite demasiado corto para lo que ella estaba acostumbrada. Ni siquiera intuía de lo que él era capaz ni de los pensamientos psicópatas que poblaban su mente y crecían con su continua cháchara. Habría callado de repente si hubiese visto una milésima parte de su maldad.

—Precisamente. —Él volvió a sonreír de forma enigmática, atraído por un segundo por la piel sedosa del cuello que la mujerzuela exponía ante sus ojos. La muy condenada era atractiva y la curva de sus senos lo estaba atormentando desde que se habían encontrado, pero en aquel momento no podía pensar en nada que no fuera su principal objetivo. En cuanto Bree se puso en movimiento, acompañada siempre del mocoso y del pimpollo de granja que la seguía, perdió interés en su compañera y continuó maquinando su venganza—. Que se confíen. Así el golpe dolerá más.

Dairon esperaba de corazón que Bree estuviera enamorada del tal Harry Murphy. Ojalá tuvieran ideas para su futuro que incluyeran a aquel bebé que él mismo había engendrado. Pobre y estúpida Bree, seguro que estaba convencida de que esta vez cruzaría el pasillo de cualquier parroquia de pueblo para convertirse en la verdadera esposa de alguien. Ilusa, cómo lo había mirado en la montaña al descubrir que no existían votos matrimoniales entre ellos, que todo había sido un teatro para tenerla a su alcance. Había sentido un poder vigorizante corriendo por sus venas al ver el miedo y el dolor en los profundos ojos de Bree. Castigarla por escapar, por creer que podía robarle y salirle con la suya habría sido el broche perfecto tras confesarle la verdad. Era lo que ella merecía, lo que se había buscado por desafiarle. Lo menos que esperaba Dairon era acabar moribundo en medio del bosque. Maldita desgraciada. Ojalá el tal Murphy también la engañara, aunque no parecía posible. Tanto daba. Él sabía cómo cobrar su venganza.

Con un ademán molesto, se llevó la mano a la cabeza, que empezaba a palpitar con aquellos fuertes dolores que sufría desde el endemoniado incidente. Entrecerró los ojos a causa de las punzadas, vio como Bree y Harry se despedían con ternura antes de que ella entrara en el establecimiento de la modista.

Si todo salía como debía, Lyla se enteraría de cuanto le hiciera falta saber para afinar el momento exacto en el que asestar el golpe final.

—Goza de tus últimos días de felicidad, perra —masculló furibundo—. Me encargaré personalmente de que el infierno mismo se desate bajo tus pies. —Y con una sonrisa que le nació del mismo centro del pecho, Dairon decidió que empezaría su castigo en aquel abultado vientre tan lleno de vida.

Augus Flint vio a Harry Murphy entrar en las dependencias policiales con el rostro demudado. Le bastó con acercarse un poco a una de las ventanas rotas del establecimiento para escuchar parte de las airadas palabras que provenían del interior. No era difícil imaginar cuáles eran los términos de aquella conversación. Con su hermano muerto en circunstancias penosas y ni una sola pista sobre la identidad de los culpables, parecía bastante lógico que Harry mendigara respuestas. O las exigiera, más bien. Su postura corporal y los retazos de palabras que le llegaban desde el interior dejaban poco lugar para las dudas. Después de todo, pensó Flint, Boyle podía haber sido un hombre difícil y, en su mayor parte, despreciable, pero tenía una buena familia. Querrían darle descanso.

Cargando el peso de los remordimientos, Flint esperó bajo la sombra del saliente de piedra del edificio, con la cabeza escondida bajo una gorra gris y mirándose los pies. Llevaba días sin apenas comer ni dormir, había cerrado la taberna para siempre y su estado podía resumirse como de ruina total. No era capaz de encontrar disculpa a sus acciones, aunque en un principio le hubiera parecido que actuaba de forma correcta. Él solo había pretendido pararle los pies a Boyle, que alguien le diera un escarmiento. Estaba seguro de que los Murphy habrían encontrado el modo de sacarlo de la cárcel y con unas semanas tras las rejas habría bastado para calmarle esos aires de gran capo del alcohol que había empezado a darse. Boyle le había tratado como si diera asco, había llegado incluso a amenazarle y agredirle físicamente, así que Flint no había tenido más opción que ser quien pusiera un palo a su rueda. Lo había hecho por su bien, aunque ese hecho se enmascarara un poco con la sed de venganza que había sentido en el momento de hacer la nota. Pensó que así se sosegaría, que dejaría de insistir y de apresurarse. Y, con suerte, tal vez esa mala mujer que estaba desangrándolo también se calmaría. Lo que nunca pensó Flint fue que su gesto acabaría en una familia rota y con Boyle Murphy criando malvas. Además de ese crío que ya no tenía padre.

Desde luego, su intención jamás había sido que acabara muerto, y era por ello que se sentía con una deuda de honor con el único hombre vivo que quedaba en la granja de los Murphy.

Reuniendo el poco coraje que le quedaba, decidió presentarse y hacer lo que no había podido con Jefferson: dar la cara. La suerte quiso que no tuviera que enfrentar a la familia completa, pues el destino le había puesto a Harry prácticamente en frente. Buscando respuestas.

Bien, Flint iba a dárselas. Aunque nunca supiera para quién trabajaban los tipos que habían matado a Boyle y cuya fuga había estado en boca de medio pueblo tan pronto habían entregado el cuerpo a la familia, haría lo que le dictaba la conciencia. Así al menos no le quedarían cuentas pendientes cuando la parca viniera a buscarlo.

—Y que caiga sobre mí lo que tenga que caer —murmuró, poniéndose tenso al verle salir—. Con suerte podré empezar de cero, aunque tenga rotos todos los huesos del cuerpo.

Dio un par de pasos al frente, pero se paralizó cuando observó a Harry más de cerca. El pobre diablo tenía pintada en la cara toda la decepción y la rabia que un hombre frustrado en busca de justicia era capaz de mostrar.

Podía imaginar su rabia tras la charla con Jefferson, un bobalicón que no daba la cara, como él, que había sido capaz de denunciar anónimamente a un hombre por un crimen que habían cometido juntos.

Ninguno de los dos tenía nada que hacer contra Harry Murphy, porque era uno de los pocos hombres honrados que podían permitirse exigir verdades sin temor a que las suyas salieran a la luz.

La única diferencia entre Jefferson y Flint era, en aquellos momentos, que el primero no tenía ninguna información útil para dar.

Paralizado, vio cómo Harry sostenía entre las manos el lujoso Stetson del que tanto había presumido Boyle la última vez que se habían visto y que el menor de los Murphy debía haber recuperado en las dependencias policiales. Contemplarlo y rememorar aquella noche, el sabor de su propia sangre tras los golpes y la ira sorda que sintió, casi provocó que Flint se replanteara su arranque de sinceridad. Por suerte, Harry reparó en su presencia y este se decidió.

—¿Señor Murphy? —carraspeó, ganándose con eso su atención—. ¿Puede pararse unos minutos?

—Estoy muy ocupado.

—Seguro que así es, pero me temo que no ha encontrado respuesta alguna en esas dependencias... y quizá yo pueda darle algunas si está dispuesto a escucharme unos instantes.

Harry dedicó unos segundos a valorar al hombre que tenía delante. Se frotaba las manos con nerviosismo y no le miraba a la cara, algo que nunca era buena señal. Midiendo muy bien sus palabras, confinó sus ansias de gritar exigiendo que hablara y se obligó con todas las fuerzas que poseía a ser paciente. Si el tipo que tenía delante conocía detalles sobre lo ocurrido a Boyle, debía lograr que se los dijera.

—Lamento... siento mucho su pérdida —dijo Flint, sintiendo que cada palabra que pronunciaba estaba fuera de lugar.

—¿Conocía a mi hermano? —preguntó alarmado. No esperaba encontrar a nadie dispuesto a reconocer a Boyle como amigo. ¿O quizá las intenciones del hombre frente a él eran otras? Mandaría al cuerno a cualquier que viniera a liquidar deudas.

—Bastante bien, sí. Trabajamos juntos... durante un tiempo —respondió acobardado.

—Dudo que Boyle haya hecho algo parecido al trabajo en algún momento de su vida —sostuvo Harry, tan crítico con su hermano tanto en vida como en muerte.

—Él lo consideraba así. Entre nosotros, al menos.

Un presentimiento inundó entonces la mente de Harry. Se acercó al hombre despacio, cuidando su postura, con movimientos suaves para evitar que se sintiera amenazado y cesara la conversación. Le dedicó una mirada penetrante, forzándole a levantar los ojos por fin. Lo que vio en ellos, confirmó sus sospechas.

—Soy Augus Flint —declaró con los hombros caídos—. Poseo... poseía, una taberna en el pueblo. La cerré hace unos días.

—La Prohibición no es famosa por ayudar a los negocios como el suyo —masculló Harry, que empezaba a notar un sabor amargo en la boca del estómago. La rabia se abría paso, acicateada por un terrible presagio—. ¿Ha perdido hace poco algún proveedor de alcohol, Flint?

—Sí, señor Murphy. A su hermano Boyle.

—¡Maldito bastardo! —gritó Harry propinando a Flint un empujón que le hizo perder el equilibrio. El hombrecillo se rehízo como pudo y estiró las manos para frenar cualquier otra agresión que le impidiera confesar todo lo que había guardado.

—¡Espere, déjeme explicarle! —Sudaba copiosamente y los resuellos que emitía al respirar se intensificaron. Harry Murphy estaba perdiendo los estribos, ¿pero cómo culparlo?—. Déjeme explicarle.

Harry lo miró como si no fuera más que otra de las ratas que se arrastraban en ese momento por entre los desperdicios acumulados en los callejones. La rabia que calentaba su cuerpo era tan intensa que ya no sentía siquiera el frío. Parecía que todos los sentidos se le habían embotado, concentrados en una sola cosa: conocer la verdad y castigar al culpable.

—¿Qué va a decirme? ¿Que le faltó valor para dar su nombre cuando denunció a mi hermano a la Policía por contrabando? ¿Acaso que usted no hiciera el trabajo sucio le hacía menos responsable?

—¡Boyle se había vuelto completamente loco, usted debe de saberlo como yo! —Su vehemencia enardeció más a Harry, pero Flint no se dejó amilanar. Ya lo había perdido todo y unos cuantos zarandeos no iban a asustarle—. Empezó a impacientarse, a quererlo todo y a quererlo ya. Era imposible negociar con alguien así, tarde o temprano iban a terminar cazándolo.

—De modo que decidió que fuera pronto, ¿no es así? Asqueroso cobarde... —Harry endureció la mandíbula y dio un paso al frente, dispuesto a cargar con todo. Flint se apresuró a levantar los brazos una vez más, ansioso por llevar aquella historia a término.

—¡Sí, lo soy, soy un cobarde! Llámame hijo de mil padres si eso le hace sentir mejor, me lo merezco. —Desesperado, se quitó la gorra, usándola para secarse el sudor que le llenaba el rostro, y miró a Harry de soslayo preguntándose cuándo llegarían los golpes—. Su hermano estaba desquiciado y no medía las consecuencias de lo que hacía. Le dije que no era buen momento para hacer una nueva entrega, pero no reaccionó nada bien, se lo aseguro.

Le enseñó la cicatriz que lucía en la barbilla. Harry la contempló en silencio. Aprovechando aquellos momentos de tregua, Flint tragó saliva e intentó bajar el tono. Detestaría dar un espectáculo tan cerca de las dependencias policiales.

—Escuche, Murphy. No intento defender lo que hice. Estuvo mal. Quise creer que había denunciado a Boyle por su propio bien, para pararle los pies y que se salvara de sí mismo, pero la verdad es que estaba enfadado, me sentía ofendido y, en ese momento, solo quise vengarme. Solo quería... ¡demonios, quería que pasara unos días privado de libertad, bajarle los humos!

—¿Y cree que sus intenciones me sirven de algo? Mi hermano está muerto. —Harry dejó caer el Stetson al suelo y apretó con fuerza los puños—. ¡Le apuñalaron en la celda en la que usted le metió!

La furia sorda que anidaba en el pecho de Harry fue imposible de controlar. Con la visión cegada de pura rabia, alzó el puño y golpeó con él a Flint, que recibió el derechazo en la cara sin tener oportunidad de esquivarlo. Trastabilló y cayó al suelo como un fardo, con un ruido sordo que alertó a algunos de los transeúntes, que se detuvieron a mirar lo que ocurría.

Perdido en la frustración del momento, Harry se lanzó contra él y, sosteniéndole de la pechera sucia de la camisa, levantó el puño por segunda vez. Por Boyle, le dijo una voz oscura de su interior. Por su madre que sufría y lloraba sin saber a quién echar la culpa de la pérdida de su hijo. Por el niño sin padre y la esposa sin marido... apretó los dientes notando toda la fuerza que poseía concentrada en unos nudillos que se le volvieron blancos. Podría golpear a aquel perro sarnoso hasta matarlo y escupir sobre su cuerpo inerte, sabedor de haber hecho justicia. Pero ¿qué sería de Bree entonces? ¿Acaso seguiría amándolo cuando supiera que había matado a un hombre sin importar las razones que hubiera tenido? ¿Criaría sola al bebé mientras él se pudría en la cárcel sin poder estar con ella? Descargarse a golpes contra Flint no le devolvería a su hermano, pero sí provocaría que perdiera a Bree.

Haciendo acopio de unas fuerzas que desconocía tener, Harry respiro hondo y, después de dedicarle al hombrecillo una mirada de asco, se apartó de él lo suficiente como para resistir la tentación de volver a golpearle y recogió el sombrero.

—Me lo merezco —masculló Flint, tocándose la mandíbula y limpiándose un reguero de sangre que ya le corría por la comisura de los labios. Tardó en ser capaz de ponerse en pie, pues las piernas no le respondían. Cuando volvió a mirar a Harry, lo hizo con renovado respeto—. Lo que he hecho es algo que me perseguirá siempre, señor —declaró abatido—. Ojalá me hubiera partido todos los dientes, al menos así sentiría que he pagado parte de mi deuda.

—No está en mi intención hacerle sentir mejor —le dijo Harry con un tono que dictaminaba a las claras que la suya era una paciencia que no debía ponerse a prueba.

A pesar de la situación, Flint se atrevió a esbozar una leve sonrisa. Ahora entendía los comentarios que Boyle hacía sobre su hermano, todo aquel desdén que se translucía en sus palabras, los celos y la envidia. No había que ser muy listo para darse cuenta de que Harry era un hombre mucho mejor.

—Sepa usted, por si le sirve de consuelo, que voy a dejar el pueblo y no creo que vuelva. —Con un suspiro, Flint volvió a limpiarse los restos de sangre de la comisura de la boca—. No busco su perdón, no soy tan tonto como para pedirlo, pero entiendo lo que es meterse en la cama con la cabeza llena de dudas y no quería eso para usted. No era de justicia.

—No considere su deuda saldada ni por un segundo, Flint. —La voz de Harry, fría como el hielo, impactó directamente contra el hombrecillo, que pareció hacerse más pequeño—. Mi madre despierta cada mañana sin saber quién mató a su hijo y me temo que la identidad de esos asesinos es una información que nunca podré darle.

—Pero ahora me tiene a mí, Murphy. —Flint lo saludó con un gesto de la gorra—. Conoce mi nombre y ha visto mi cara. Diga a su madre que ya tiene a quien maldecir. Que pase un buen día.

Parado en mitad de la acera, con el sombrero de Boyle entre las manos, Harry vio a Augus Flint marcharse con andar renqueante. Con las emociones entremezcladas, sintiendo furia y cierta paz al mismo tiempo, comprendió que, a veces, saber la verdad no lo liberaba a uno de los demonios, sino que los alimenta.

La idea de que su hermano había sido un mal hombre, un criminal, y que había tenido lo que merecía lo sacudió. Le dolía saber su sangre derramada, el dolor de su madre, el pesar de la esposa que se había quedado viuda y el abandono de un hijo pequeño que lo añoraba, pero una voz en su interior, insidiosa y fría, le gritaba que viera aquella verdad por más que doliera.

Solo había algo que podría traer paz a esa zona oscura que perduraría en su pecho por el resto de su vida, ocupando el lugar donde debía estar el cariño por su hermano perdido, y ese algo era Bree.

Pensar en ella le hizo anhelar tenerla en sus brazos, aspirar su aroma, tomar aquella boca dulce y carnosa bajo la suya y devorarla lentamente, hasta que no hubiera espacio ni tiempo que pudiera separar sus cuerpos. Viendo perderse de vista a Flint, tuvo la voluntad de darse la vuelta y volver al lugar donde había dejado la carreta y a las personas que serían capaces de aliviar la rabia que bullía ya en su interior.

Una vez más, debería enfrentar a su madre y a Mary Kate, y contarles las funestas noticias para que pusieran cara y nombre a la persona que, con motivos o sin ellos, había guiado a la muerte a Boyle de forma prematura. El peso de tal responsabilidad lo aplastó amenazando con ahogarlo en su propia sangre. El deseo de huir, de poder escapar y esconderse fue tan fuerte como antaño, cuando salir de la granja para labrarse un futuro propio se le había antojado la cura a las exigencias y obligaciones que su padre ponía sobre sus hombros.

Ahora, sin embargo, había poderosas razones para quedarse. Aquel era su hogar. Allí estaba la gente que quería, la tierra que su sudor había germinado. Y la mujer a la que amaba.

—¡Tío Harry has *tardido* mucho!

—*Tardado* —lo corrigió Bree una vez más, con una dulce caricia sobre sus cabellos alborotados. La expresión de Harry no parecía amigable, pero se esforzó por sonreír cuando su sobrino le tiró de la manga, ansioso por su atención.

—La señora profesora va a tener ropa nueva. Ropa bonita, ¿sabes, tío Harry? Le han puesto cosas y cosas... ¿verdad, señora profesora? ¿Verdad que las están *hecho* ahora mismo?

—*Haciendo* —insistió Bree señalándole con un dedo reprobador—. Y sí, es verdad.

Parte de su frustración se disipó cuando vio la sonrisa que Bree le dedicaba solo para sus ojos. Entonces, ganándose la mirada confundida de JJ, la tomó en sus brazos y volvió a sentirse persona.

—¿Has encontrado lo que buscabas? —se interesó ella al notar un ápice de desesperación en sus arrumacos.

Harry la abrazó todavía más fuerte, cerrando los ojos, con el rostro hundido en su cabello rojizo, pretendiendo que el aroma de Bree le impregnara por completo para no sentirla ajena nunca más.

—Casi siempre es mejor vivir en la ignorancia —susurró con la voz estrangulada—. A veces uno desearía no haber hecho preguntas.

Inquieta, Bree se apartó cuanto pudo tratando de encontrar con su mirada la de Harry. Lo vio abatido, y ser consciente de su dolor la hizo contraerse.

—¿Qué ha pasado? ¿Qué has...?

—Aquí no. Ahora no —rogó él con semblante derrotado—. Le debo a mi madre ser la primera en saberlo.

Bree asintió comprendiendo que algo se había esclarecido. Quizá el alma de Boyle encontrara descanso por fin. Quizá entonces la encontrara la de ellos.

—¿Tío Harry, y ese sombrero? Es el sombrero nuevo de *pa*, ¿verdad, tío Harry? ¡Lo has encontrado! —interrumpió el niño con una cara de felicidad que se llevó buena parte de la pena que invadía su corazón.

Con una sonrisa franca, Harry se apartó del calor del cuerpo de Bree y asintió en dirección al niño, cuyos ojos inocentes estaban puestos en el Stetson, casi con la misma reverencia que, tiempo atrás, había mostrado Boyle.

En un gesto cargado de emoción, Harry carraspeo para ganarse la atención del pequeño y, despacio, con toda ceremonia, colocó el sombrero sobre su cabeza. De inmediato, este cayó hacia delante y le tapó los ojos, pero JJ, que admiraba todo lo que para él significaba convertirse en un hombre como su padre y su tío, quedó tan maravillado que, quizá por primera vez en su corta vida, no tuvo palabras.

—Es tuyo —le dijo Harry—. Es lo que tu padre quería.

—¿De verdad? —preguntó acariciando el ala ancha con dedos que temblaban—. ¿Él te lo dijo?

Con un asentimiento firme, Harry miró a su sobrino a los ojos y eliminó de su mente el recuerdo de todas aquellas palabras que Boyle había pronunciado. Por lo que a él se refería, JJ jamás conocería las intenciones de abandono de un padre al que, pese a todo, admiraba y echaba de menos. Conservar su recuerdo limpio no podría hacerle daño.

—Me lo dijo —aseveró—. Fueron las últimas palabras que compartimos.

«La verdad no siempre nos hace libres», recordó dirigiendo una mirada de anhelo hacia Bree. Había secretos que merecía la pena mantener enterrados. ¿De qué le serviría a su querida señora escuchar las sospechas que había estado escondiéndole desde que la encontrara en la montaña? ¿Cómo podían ser el desasosiego y el miedo algo bueno? No... la verdad no siempre traía paz al espíritu. A veces, solo lo retorcía todavía más.

Con aquel oscuro pensamiento anidándole en el pecho, Harry subió a la carreta y emprendió el camino a casa.

30

No había nada en el mundo que complaciera más a Harry que estrechar entre sus brazos a Bree cuando llegaba la noche y la intimidad del dormitorio les dejaba rienda suelta para amarse. Cada día encontraba más dificultad en contener sus impulsos delante de su familia o de quien estuviera a su alrededor en esos momentos, pero era necesario guardar un poco las apariencias hasta que llegara el día de la boda, algo que deseaba como un tonto enamorado.

—Lamento la insistencia de mi madre durante la cena. Ya sabes que para ella nuestro matrimonio es una chispa de esperanza en el corazón de esta casa —se disculpó Harry mientras su mano acariciaba el vientre de Bree con sumo cariño.

Rose Anne había vuelto a la carga con el hecho de casarse cuanto antes, pero Harry sospechaba que solo era una forma digna de no recrearse nuevamente en las palabras de Augus Flint. Su madre era una mujer muy astuta y en pocas ocasiones se dejaba llevar por arrebatos de rabia. Sin embargo, su dolor se trasparentaba como los rayos del sol a través del cristal, y la única forma de mantenerse cuerda y velar por el bienestar de la familia era insistiendo en temas mucho más agradables y felices.

—No te preocupes por eso, la entiendo —suspiró mientras disfrutaba de las osadas manos de Harry, que se aventuraban de nuevo muy por encima de la curva de su barriga—. Ella solo quiere lo mejor para nosotros, pero no se da cuenta de cuánto hiere todo esto a Mary Kate. Es demasiado pronto para llenar la casa de esponsales y alegría cuando la tristeza todavía se deja notar en cada rincón de la granja. Me comprendes, ¿verdad?

—Te comprendo y te adoro —le susurró al oído. La estrechó un poco más entre sus fuertes brazos y le depositó decenas de besos sobre el hombro al tiempo que la virilidad entre sus piernas se hacía más y más evidente. El roce de su lengua sobre la base del cuello de Bree provocó un escalofrío que recorrió el sensible cuerpo femenino, lugar de veneración para el hombre que la tenía presa—. ¿Tienes frío o son mis caricias las que despiertan cada poro de tu piel?

—¡Presuntuoso! —exclamó ella removiéndose con picardía hasta notar contra las nalgas la dureza de su hombría—. Si no me hubieras despojado de mi camisón...

—Si no te hubiera despojado de tu camisón me hubiera vuelto loco. Pero no sufras, mientras estés conmigo bajo las mantas, no permitiré que tengas frío jamás.

Las manos de Harry ocuparon el lugar que les pertenecía, sobre los hinchados y sensibles pechos de Bree, y masajearon la tierna carne con una delicadeza sublime.

—¿Sabes que cuando las mujeres están encintas sus pechos se agradan y se vuelven más llenos? —le susurró haciendo rodar sus pezones entre los dedos y arrancando gemidos que llenaron la habitación—. Estás preparándote para alimentar al bebé, Bree, pero hasta entonces... —La giró entre sus brazos para hacerla suya una vez más.

Ella lo deseaba, anhelaba el calor y la sensación de sentirse completa cuando él la tomaba de cualquier forma, ya fuera con suavidad o con rudeza. Era un amante excepcional, que conocía su cuerpo como la misma montaña, y era capaz de llevarla al risco más alto de aquella vertiginosa escalada. Sin embargo, el cuerpo de Bree atendía a otros planes que nada tenían que ver con someterse a las necesidades que los devoraban. Con una intensidad mayor de la que había experimentado nunca, el bebé que crecía en su vientre se movió y la sensación fue tan arrolladora que los ojos de la muchacha se llenaron de lágrimas de felicidad.

—Parece que nuestro campeón no quiere que volvamos a molestarlo, ¿no es así? —observó Harry cuando Bree abandonó las fervientes caricias en su espalda para posarse las manos sobre la tripa.

—Está inquieto —advirtió con los ojos cerrados, como si tuviera una conexión extraordinaria con el bebé—. Debe de notar mi nerviosismo y eso lo hace moverse.

—¿Qué te preocupa, Bree? —preguntó acariciándole el rostro con una mano y mirándola con devoción en los ojos—. Haré cualquier cosa por aliviarte.

—Últimamente me pregunto muy a menudo a quién se parecerá cuando nazca. No quiero que sea como...

—No lo será —declaró con convencimiento—. Si es una niña, será fuerte como su madre, intrépida, valiente y algo cabezota. —Bree sonrió ante aquella definición de sí misma y besó la palma de la mano que continuaba anclada a su mejilla.

—¿Y si es un niño?

—También será todas esas cosas, créeme. Chico o chica, será un Murphy —anunció con orgullo—, y apreciará todas las cosas que amamos los Murphy: la familia, la granja, la montaña... —La reacción de Bree al oír la alusión a los Apalaches la puso tensa e intentó separarse de Harry. No deseaba que su hijo se perdiera por la montaña como le había pasado a él de pequeño o como había sufrido ella misma—. Tranquila, sé qué piensas, y no permitiré que le pase nada malo.

—No creo que pudiera soportar organizar partidas de búsqueda una y otra vez.

—Bueno, señora, me temo que eso será inevitable. Un chico tiene que explorar. Y una chica, también. La montaña llama y atrae. ¿Cómo cree, si no, que hemos acabado aquí? —La tentó con una mirada burlona. Trató de besarla, pero Bree se apartó. Con un chasqueo de la lengua, Harry intentó tomarse aquella preocupación en serio—. Cuando llegue el momento, le enseñaré —aseguró—. Aunque sea imposible evitar que se pierda, le indicaré cómo dejar señales con las que podamos encontrarle.

—¿Eso es posible? ¿Puedes hacerlo? —Harry asintió y tiró de las mantas hasta cubrir la piel de los hombros de Bree, que había quedado fría.

—Verás, no tiene sentido que hagas muescas en un tronco con una navaja, porque nadie las distinguiría de la rugosidad de la corteza. Hay otras señales más útiles —empezó a explicar mientras la acomodaba contra su pecho. No soportaba perder el contacto con ella—. Después de perderme la primera vez en la montaña, mi padre, muy enfadado, me dijo que llevara siempre un tarro del aceite que usamos para los ronzales y las sillas de montar. Solo hay que mezclarlo con barro, tierra roja de la montaña u hollín de una fogata. Cualquiera reconocería las marcas de ese ungüento. También es útil crear señales con ramas o con piedras... —Se rascó la barbilla con una sonrisa en los labios recordando aquella primera noche que le sorprendió sin saber volver a casa. Había corrido con torpeza, tropezado con cada roca del camino, destrozado la ropa...—. Incluso la propia sangre es útil, aunque te aseguro que no lo aprendí por las buenas. Mi rodilla nunca fue la misma después de golpearla contra un saliente, pero la mancha que dejó en la roca guio a mi padre.

—¿Y enseñarás a nuestro hijo a hacer todas esas cosas?

«Nuestro hijo», pensó Harry con orgullo. Era la primera vez que ella lo decía y ya deseaba volverlo a escuchar. Asintió con un gesto y besó la dulzura de los labios que se abrían a pocos milímetros de él.

—Pero no temas por eso antes de tiempo. Tendrán que pasar años hasta que sea capaz de explorar solo.

—Tú asegúrate de que lo aprende todo, ¿de acuerdo? Compraremos tarros y tarros de aceite. Y guardaré el hollín cada vez que encendamos la chimenea —exageró con convencimiento.

Con una carcajada melodiosa, Harry volvió a tirar de las mantas, hasta cubrirlos a ambos con ellas. El cansancio del día hacía mella en él y deseaba caer dormido justo como estaba, con Bree apretada contra su cuerpo, sintiendo que era el hombre más afortunado de Virginia. No podía ambicionar nada más.

—Me ocuparé de todo —le susurró al cerrar los ojos—. Yo me ocuparé.

Él le había prohibido todo contacto o cercanía con algún Murphy, pero Lyla no estaba dispuesta a obedecer todas y cada una de las órdenes que ese extraño le impusiera, por violento que hubiese demostrado ser.

Sabía que, desde su posición, se arriesgaba a que la vieran y a que la furia de ese hombre cayera sobre ella, pues, para aquella mente maquiavélica, el factor sorpresa era imprescindible. Sin embargo, si quería tener más datos para encontrar el momento de llevarse a su puta sin levantar sospechas, Lyla tenía que detallarle sus costumbres a la perfección. Además, el odio que ella misma sentía hacia Bree la obligaba acercarse lo suficiente como para saber exactamente qué tramaba aquella estúpida recogida con tantas escapadas a la modista...

Dos visitas en los últimos días indicaban un pedido importante y, a juzgar por el alboroto y el trasiego de cajas donde guardaban las mejores sedas y tules, estaba claro que no solo habían encargado algunas prendas de diario, sino que también estaban buscando telas para un vestido especial...

—Estás gorda, estúpida... estás gorda y cada día lo estarás más y más... y, aunque consiguieras un vestido que lo ocultase, nunca te lo pondrás —masculló al notar como la envidia le roía las entrañas como un mal bicho.

La ira que sentía era tan grande que casi podía enmascarar todos los otros sentimientos. Con cuidado, se llevó la mano a la mejilla donde todavía le palpitaba el golpe que Dairon le había dado un par de noches antes. Se había acostado con él. Había pretendido aliviar la tensión obsesiva que veía en su nuevo socio y había tratado de usar todas las armas que antaño tan buen resultado le habían dado. Dairon había sucumbido, por supuesto, era un hombre después de todo. Primario, básico, pero para nada moldeable como los demás.

Desde el primer gesto había dejado bien claro que allí las órdenes las daba él y en la cama no iba a ser ninguna excepción. Había sido rudo y rápido y, cuando Lyla había tratado de tomar el control, la bofetada la había dejado paralizada sobre el colchón, tumbada como una muñeca inanimada, débil ante los embates bruscos de un hombre al que, como comprendió, debía empezar a temer.

Nunca había creído que echaría de menos el sexo con Boyle, pero ahora entendía que estaba demasiado acostumbrada a verse ante los hombres como una diosa, con el poder que le daba ser consciente de su cuerpo y sabiendo usarlo para controlarlos a su antojo.

Con mucho gusto huiría de Dairon dejándolo a su suerte, pero no podía. Ella deseaba tanto acabar con Bree como él llevársela. Porque sabía que, cuando se la llevara lejos de las caricias de Harry, las manos de su amor necesitarían a quién acariciar, y allí estaría Lyla dispuesta a complacerlo. Entonces todo aquello merecería la pena. En los brazos de Harry olvidaría el toque sucio de Dairon y los besos de su amado curarían los cardenales que hubiese sufrido hasta el momento en que todo llegara a su fin. Cuando fuera libre,

Lyla viviría la vida que merecía. Se convertiría en la señora Murphy y aquella costurera de pacotilla volvería a bajar las cajas de las telas más sofisticadas para confeccionar sus vestidos. Ninguna tendera ni panadera volvería a mirarla con lástima ni por encima del hombro. Dejaría de ser la mujer mantenida, la que tenía que valerse de un niño para mantener atado a un hombre. Sería respetable aunque eso nunca hubiera significado nada para ella.

Lo único que quería era a Harry.

Quizá, cuando estuvieran juntos y consiguiera deshacerse de la vieja entrometida y la estúpida de Mary Kate, hasta podría ser una buena madre. La vecina que cuidaba a su hijo ya le había dejado claro que no le pagaba lo suficiente como para seguir dándole al crío todas las comidas del día, por lo que más pronto que tarde habría de encontrar una solución. Junto a Harry podría tolerar la presencia del chiquillo y criarlo aunque, por supuesto, siempre sería menos amado por ella que los que nacieran de su matrimonio. Un hijo de Harry sería su prioridad y, tan pronto Bree desapareciera, pensaba seducirlo y quedarse embarazada de él.

Después de dos horas, Bree volvió a aparecer por la puerta de la modista. Lyla se preparaba para ir a informar a Dairon, pero entonces lo vio.

Bree llevaba un paquete celosamente envuelto entre las manos. Lyla reconoció de inmediato la manera de envolver lencería que tenía la costurera y recordó con añoranza toda la que ella había comprado cuando Boyle vivía para costearla. En ese momento, las palabras de Dairon advirtiéndola sobre la importancia de pasar desapercibidos y no levantar la liebre sobre su presencia se esfumaron en su memoria. Los celos la inundaron y fue muy consciente de que era un tren en marcha que nadie podía detener. Sin pensarlo, cruzó la calle y, plantándose ante aquella usurpadora, apartó la capucha lo justo para que, como sucedió, pudiera reconocerla.

Bree llevaba el pelo rojo recogido en un moño bajo y sus mejillas estaban sonrojadas. Su forma redondeada, los labios brillantes y la piel tersa y suave completaban la imagen que Lyla percibió de ella. Estaba radiante, libre de miedos y preocupaciones, como si nada en el mundo la acechara. Lyla sonrió con malicia, pues bien sabía ella que aquello no podía ser menos cierto.

—Caramba, viuda Harrison, tienes buena cara para haber perdido a tu marido de forma tan trágica.

Bree, que se había quedado sin palabras, recorrió a la mujer con la mirada. Tenía un feo moratón en la mejilla que, de alguna manera, le recordó a aquellos que ella había lucido antaño por todo el cuerpo. ¿Tendría Lyla un nuevo protector que le hacía daño? ¿Habría sustituido a Boyle por alguien todavía peor?

—La vida continua —fue todo cuanto pudo responder, rezando para que Harry acudiera a recogerla pronto.

—No cabe duda. Claro que para unas mejor que para otras. —Lyla sonrió, con un gesto que indicaba todo menos alegría—. Mi hijo ha perdido a su padre y yo me veo obligada a mendigar por un pedazo de pan con que alimentarle, ¡pero es cierto, la vida sigue! Tú, en tu viudez, compras lencería y yo, en cambio...

Abriendo los brazos, abarcó la raída capa y la mejilla amoratada. Bree enrojeció de rabia y dio un paso al frente, encarándose con Lyla, a quien no pensaba permitirle que la hiciera sentir culpable por arañar la felicidad tras tanto rogar por ella.

—No eres quien para juzgar los momentos de alegría que me permito, Lyla Monroe, no sabes nada de mí. Y te recuerdo que Boyle ha dejado una familia que le llora con legítimo derecho —la reprendió con menos intensidad de lo que hubiera deseado. No estaba acostumbrada a enfrentarse a la gente que pretendía hacerle daño, pero en algún momento debía comenzar a plantar cara a los demonios que amenazaban su buena estrella.

—Legítimo... ¡es curioso que uses esa palabra! ¿Acaso te crees que eres legítima para Harry? ¿Crees que puedes comprar ropa de amante para acostarte con él porque eres libre para hacerlo?

En otra circunstancia, Bree se habría sentido violenta, habría enrojecido y bajado la cabeza. Pero esos tiempos habían quedado atrás. En lugar de eso, miró a Lyla desafiante.

—Sí, lo soy. Para eso y para hacer planes. Pasaré el resto de mi vida con Harry, que es el hombre al que quiero. —Altiva, levantó bien la cabeza cuando habló, mirando de frente a aquella mujer y demostrándole que su presencia no la alteraba en absoluto.

Jugueteando con unos copos de nieve que se habían ido acumulando a sus pies, Lyla se mordió una uña, prolongando así su momento de silencio con el fin de poner nerviosa a Bree. «Estúpida palurda», pensó con sorna. Qué bonitas quedaban las palabras que había pronunciado, pero qué poco tiempo iba a durarle todo aquel castillo de naipes que se había construido.

—Ya veo... pero, si fuera tú, no pagaría por adelantado nada de lo que esa costurera insulsa esté haciendo para ti. —Se toqueteó la barbilla con un dedo, como si echara cuentas—. Dudo que puedas llegar a estrenarlo.

—Voy a casarme con Harry, Lyla. —«Me quiere a mí», se recordó mirándola a través de los copos blancos de nieve que iban cuajándose a su alrededor. «No importa lo que diga, porque es a mí a quien ha escogido»—.Y lo siento por ti, pero no hay nada que puedas hacer para impedirlo.

—Oh, tal vez yo no pueda. Pero conozco a alguien que está más que dispuesto a romper tu burbuja, no lo dudes. El pasado siempre vuelve y nos cobra lo que le debemos.

Con sumo placer, Lyla vio pasar por el semblante de Bree toda suerte de expresiones, duda, incertidumbre, miedo... ¿llegaría a sospechar lo que estaba a punto de venírsele encima? Habría querido gritarle en esa cara de mosca muerta la verdad, decirle a quién había conocido y lo que este iba a hacer. Escupirle directamente que sus días en Morgantown y junto a Harry estaban condenados al olvido, porque el hombre al que había intentado dejar morir en la montaña había vuelto y pensaba llevársela, pero se lo calló. Lo descubriría pronto, se dijo, cuando ya no hubiera modo de escapar.

—¿Qué quieres decir con eso? ¿A quién conoces? ¿De qué hablas? —Un escalofrío recorrió la espalda de Bree, cuya voz sonó débil y trémula. Aferró el paquete que llevaba en los brazos con más fuerza y resistió el impulso de temblar. ¿Tanto deseaba a Harry? ¿Era su obsesión tan poderosa como para no dejarla cejar pese a que ya había perdido? ¿O quizá no era eso?

La sonrisa satisfecha de Lyla le heló la sangre. Fuera lo que fuese que sabía, no pensaba contárselo, pero había tenido éxito en su intención de infundirle temor.

—Cuida tu espalda, *viuda Harrison* —pronunció cada palabra con extrema lentitud, paladeando su sabor—. Algunos asuntos no quedan enterrados para siempre. —Y después, sonriéndole, se cubrió con la capucha y empezó a alejarse, perdiéndose en medio de la multitud.

Subido al asiento de la carreta, con el sombrero bien calado sobre las orejas y la barba un poco congelada a causa de los copos de nieve, Harry silbaba despreocupado recorriendo las calles empedradas del pueblo sin acusar el frío que reinaba en el ambiente, creyéndose el amo del mundo, el hombre que pasaría aquel invierno infernal en mangas de camisa porque tenía el calor de la mujer que amaba metido bajo la piel.

Sin embargo, al acercarse a la tienda de la modista y ver a Bree paralizada y con los labios azulados, se puso nervioso. Algo no iba bien. Se apeó de un salto y se aproximó a ella en pocas zancadas. Con los brazos extendidos, la acunó contra su pecho. Se sorprendió de lo helada que estaba pese a llevar abrigo. Le tocó el vientre e intentó averiguar a qué se debía el estado de nerviosismo que detectó nada más tocarla

En la acera, empapándose del agua proveniente de la nieve, había un paquete envuelto. Más confuso aún, Harry se arrodilló para recogerlo y descubrió la sucia tela de lo que debía haber sido una prenda de cama delicada y fina. Enarcó las cejas y acarició la mejilla de Bree con sus dedos fríos buscando una respuesta que no llegó.

—Cariño. —La zarandeó ligeramente, en pos de algún estímulo que indicara que había vida en aquel cuerpo inerte—. Señora, ¿qué pasa? Me estás asustando, Bree. ¡Bree!

Por fin, ella movió los ojos y lo enfocó con cierta dificultad. Harry se echó el sombrero hacia atrás mirándola con espanto y duda a partes iguales. Bree abrió la boca y luego negó, moviendo la cabeza a los lados como si intentara ordenar unas ideas que no tenían ningún sentido.

«Tener cuidado. Conocer a alguien. Cuidar sus espaldas. Moratones. Lyla. Asuntos que no se quedaban enterrados. Pasados que volvían».

Y luego todo volvía a empezar, repitiéndose una y otra vez, sin sentido y, sin embargo, con el único sentido que podía tener.

—¿Señora...?

—Harry, Harry... —Bree alzó los brazos y apretó en los puños la tela de la camisa de Harry, que asintió acercándose más, susurrándole que estaba ahí, que se encontraba con ella.

Él le preguntó qué pasaba una y otra vez, pero ella no podía responderle. Harry intentó llevarla a la carreta, pero tampoco pudo moverla. Era como si

Bree hubiese quedado anclada en el lugar en el que estaba, como si el miedo que sentía fuera una cadena que le impedía moverse del sitio.

—Por Dios bendito, Bree, vámonos a casa. Está helando, vas a ponerte enferma, el bebé...

—En... en la montaña, Harry, en la montaña... ¡escúchame! Cuando me encontraste en la montaña, cuando te conté todo lo que había pasado, la primera vez que hablamos —balbuceó sin sentido. Desesperada por hacerse entender, lo miró con angustia rogando que sus palabras llegaran a él de forma clara—. Cuando te dije lo que había hecho... lo que tuve que hacer...

—Bree, no entiendo...

—Lo enterraste. Eso me dijiste. ¡Dijiste que habías enterrado a Dairon! —exclamó fuera de sí—. Te llevaste la pala, tardaste en regresar a la cabaña y me dijiste que lo habías enterrado.

La súplica brilló en los ojos de Bree. Ella esperaba de todo corazón que una palabra suya, una sola, confirmara aquellos hechos para que su alma pudiera volver a encontrar la paz. Pero Harry no podía hacerlo, no podía continuar mintiendo. Confuso, temiéndose lo peor, notó como se le secaba la garganta y un sudor frío, que nada tenía que ver con el invierno, le bajaba por la espalda.

—¿Qué ha pasado mientras no estaba, Bree? —Volvió a intentar abrazarla, pero las manos trémulas de Bree huyeron de su contacto, desconcertándole todavía más.

Impaciente por comprender lo que ocurría, Harry la zarandeó con suavidad, ganándose por ello la mirada inquieta de alguno de los paseantes que andaban a toda prisa esquivando los restos de la nieve que había estado cayendo hasta hacía unos minutos y que ahora discurría como agua sucia por la calle. Ignorando todo lo que no fuera Bree, Harry insistió, la frotó con sus brazos tratando de apartarla del aire frío que mecía sus faldas.

Algo de aquello debió de funcionar, aunque Harry no sabría nunca el qué, porque Bree parpadeó y le miró por fin, separando los labios para explicarse.

—Lyla se me acercó. Venía a recriminarme que hiciera compras... que... que me permitiera ser feliz pese a ser viuda cuando ella padece miseria después de que Boyle... ¡eso no importa, no es lo importante, ni siquiera es lo que dijo! Ella... ella insinuó...

—¿Qué insinuó? ¿Qué, señora? —Harry la tomó de las mejillas con las manos para animarla a seguir. Estaba seguro de que nada de cuanto escuchara serviría para que el día volviera a ir bien para ninguno de los dos.

—Me amenazó. Dijo que el pasado vuelve, que nada se queda enterrado para siempre y que vigile mi espalda. —Habló con atropello, a toda prisa, pero cada palabra caló en Harry—. Ella... tenía unos moratones y... Aseguró... que hay alguien. Otra persona. Alguien que impedirá que me case contigo... que me cobrará una deuda... solo podía estar hablando de él, Harry. ¡De Dairon! ¡Solo podía referirse a Dairon!

El mundo entero, con todos sus océanos y sus montañas, cayó sobre el corazón de Harry y lo despojó de toda la esperanza que había ido acumulando semanas atrás. Sus sospechas, aquellas que había intentado ocultar en el lugar más recóndito de su alma, de pronto se antojaban muy reales, y sus planes de futuro, sus ilusiones, se hicieron pedazos.

Tal como Lyla había dicho, el pasado siempre volvía. Y, en su caso, había estado esperando agazapado entre las sombras, dejando que se confiaran y se creyeran a salvo, pensando que todo lo que traía el horizonte era sol y nuevas oportunidades.

Los labios de Bree temblaron y sus puños cayeron inertes sobre su falda. El silencio de Harry no era nada alentador.

—¿Le enterraste, Harry? —preguntó una vez más con voz trémula.

Él bajó la cabeza, no pudo de enfrentarse a su mirada acusadora. Ya no podía sostener sobre los hombros el peso de aquel secreto, no ahora que lo que siempre había temido le había estallado en la cara. La verdad se abría paso y, por no haberla confesado a tiempo, ahora venía a por los dos.

De algún modo, Dairon supo que no había cumplido sus exigencias y se lo hizo saber con un puñetazo que abrió la tierna carne de su labio inferior. El dolor estalló en su mente como el chasquido de un látigo y la sangre que le llenaba la boca se le atragantó mientras intentaba justificarse. Lyla cayó sobre el duro suelo, desorientada, mientras Dairon la emprendía a patadas con una silla. Aquella preciosa sillita de madera pintada de un gracioso color rojo, que tantas veces había usado ella para maquillarse ante el espejo, yacía ahora hecha pedazos en un rincón.

—Maldita estúpida... ¡zorra estúpida! —gruñó Dairon fuera de sí, lanzando de un manotazo todas las botellitas de perfume que había sobre la mesita. Lyla se contrajo al sentir caer los vidrios como si la cortaran entera—. ¡Lo has estropeado todo! ¡Solo tenías que seguir una orden simple! Todas las mujeres... malditas mujeres tontas... incapaces de entender...

Se agarró la cabeza, preso de uno de esos momentos de dolor intenso. Las sienes le palpitaban y sentía que no podía pensar con claridad. Cuando la miró, tenía los ojos inyectados en sangre. Rápidamente, Lyla hizo memoria intentando comprender qué podría haberla delatado al llegar a la casa donde vivía, lugar en el que Dairon se había escondido y del que parecía no estar dispuesto a irse jamás. ¿Habría sido la sonrisilla petulante en su cara? ¿El inequívoco gesto de triunfo que mostraba por haber restregado ante Bree que su futuro no era tan brillante como ella parecía creer? ¿O simplemente aquel hombre lo había adivinado? Intentó incorporarse, pero las piernas no le respondieron.

—Todo está bien, Dairon —balbuceó notando el gusto de su sangre en la boca. Ya había intentado explicarse... pero él parecía incapaz de atender a razones—. Solo la he asustado un poco... eso hará que viva cada momento más intensamente... así el castigo será peor, así será más triste para ella, ¿no es lo que querías? ¿Castigarla por lo que te hizo?

—¡Ella no debía saber nada, no tenía que sospechar! ¿Cómo has podido ser tan imbécil? —Golpeó una mesita, y las escasas piezas de porcelana que Lyla había reunido se unieron a la colección de añicos que ya poblaba el suelo—. Aunque no hayas mencionado mi nombre, ahora vivirán con miedo y serán más cuidadosos, ¿cómo me haré con ella entonces?

—Yo... yo... estoy segura de que...

Pero Dairon la calló lanzándose contra ella, sujetándola con brutalidad del pelo rubio hasta que los ojos de Lyla se llenaron de lágrimas por el dolor. Intentó rogarle por su vida, pero no le salió la voz y supo que, de poder hablar, tampoco habría sabido qué palabras emplear para suplicar clemencia. Nunca había tenido que hacerlo.

—Tú, puta entrometida, vas a ayudarme a acabar con Bree. Ahora todo se ha acelerado, así que vas a arreglar el problema trayéndola para que pueda matarla.

Lyla boqueó creyendo que los golpes y tirones la hacían oír mal. El cuerpo se le cortó de miedo cuando procesó aquellas palabras. ¿Matarla? ¿Matar a Bree? La detestaba con todo su ser, eso era cierto. Deseaba con fervor que desapareciera para siempre, que se fuera lo bastante lejos como para que Harry no volviera a verla jamás. Pero nunca pensó que Dairon se estuviera preparando para asesinarla y, mucho menos, que esperara contar con su ayuda. Lyla había hecho muchas cosas despreciables en su vida, pero nunca había matado a nadie.

—No... no puedo hacerlo —acertó a decir, sintiendo que el cuerpo le temblaba—. No puedo.

—¿Crees que tienes opción, zorra? ¿Crees que estoy preguntándote si vas a hacer algo o no? —Apretó los puños ante ella, en una clara amenaza que estaba segura que terminaría cumpliendo—. ¡No puedes elegir, mujerzuela estúpida, yo te digo lo que hacer! ¡Yo decido!

La abofeteó. Y luego una vez más. Fuera de sí, Dairon empezó su diatriba de insultos y amenazas, se quejó de las mujeres, de Bree, de todo cuanto esta le había hecho y de lo mucho que merecía ser castigada por creer que tenía opción a vivir una vida lejos de él. ¿Acaso no sabía que había sido afortunada? ¿No se lo debía todo a él por haberla escogido y haberla sacado del pueblucho de Kentucky donde habría vivido sola y amargada? ¿Y cómo se lo había pagado? Le había robado y hasta había intentado ser verdugo cuando había nacido víctima. ¿Qué hombre con los pies sobre el suelo permitía algo así? Él no, por supuesto. Bree pagaría aquella afrenta. En lo que respectaba a la zorra de Lyla...

La mujer, que apenas veía por un ojo de tan hinchado como lo tenía a causa del último golpe, jadeó de terror cuando él le acarició la mejilla. Por primera vez en su vida rogó por algo, aunque no estaba muy segura de qué era lo que estaba pidiendo. ¿Que se fuera? ¿Por su vida? ¿La aparición de alguien que la ayudara?

Durante un solo segundo, se acordó de su hijo. Se preguntó qué estaría haciendo y, de forma absurda, si la vecina le habría dado de comer. Después, la voz de Dairon le apartó todo pensamiento de la mente.

—Siempre he sabido que trabajo mejor solo —le oyó susurrar—. Has demostrado que no me sirves para nada más que abrirte de piernas. Por tu culpa, mis planes se han adelantado y ahora... tendré que hacerme con Bree y acabar todo esto de forma mucho más chapucera.

Inclinándose sobre ella, le rozó de nuevo las mejillas con los dedos y, después, ante la mirada de horror de Lyla, cuyos ojos expresaron las mil palabras que ya no podría decir, las manazas de Dairon se cerraron sobre su garganta. En vano, ella intentó apartar la fuerza de aquellas manos con las suyas, pero fue inútil.

—No dejaré migas de pan esta vez —dijo, con una sonrisa—. Mira por dónde, Lyla, al final servirás como entrenamiento. —Presionó aún más en la carne y amplió su sonrisa conforme el rostro al que estaba privando de aire se volvía más y más azulado—. No llores, no llores... a Bree le espera algo mucho peor.

La muerte era generosa al final, pensó Lyla en su último momento consciente. Cuando comprendió que no iba a poder defenderse, que no sobreviviría, Lyla Monroe dejó de luchar. No pidió perdón ni se arrepintió. No mendigó una entrada al Cielo ni se planteó la vida que le quedaba y ya no viviría. Cuando la muerte se cernió sobre ella, se abstrajo del olor y de la visión de Dairon y abandonó este mundo tal como deseaba, con la imagen de Harry Murphy como último pensamiento.

31

El peso de la culpa y el egoísmo que había mostrado al callarse le hacían conducir la carreta en silencio y con la cabeza gacha. Qué feliz se había presentado ese día. Enredado en el cuerpo caliente y meloso de Bree, se había demorado besándola, jugueteando a descubrir su desnudez bajo las sábanas mientras ella, llena de un pudor que no demostraba durante la noche, había luchado con fingidas fuerzas para mantener cubiertas sus curvas. Habían reído y sus bocas habían servido solo para besos que no parecían tener fin. Después, todo se había estropeado. Y ahora ya no quedaba nada.

Sujetó sin ánimo las riendas. Al final del camino ya era visible la nube de humo que provenía de la chimenea de la granja. Seguramente su madre habría puesto la olla en el fogón grande y habría hecho pan.

Tan pronto fuera audible su llegada, JJ volaría fuera de la casa sin abrigo, ansioso por descubrir si le habían comprado golosinas en el pueblo, y haría mil preguntas con su mirada inocente, iluminada por esa ilusión infantil que provoca a los niños la expectativa de recibir algo que desean. Luego sus caras de circunstancias alertarían a Rose Anne de que algo había pasado y exigiría unas explicaciones que no podrían darle.

Bree y él no habían intercambiado palabra. ¿Cómo explicarle a la mujer que amaba con todas sus fuerzas lo que había ocurrido? Había mentido. Esa era la realidad. Harry Murphy, que se jactaba de no sentir temblar su pulso para nada, la había engañado y había vivido aterrado cada día con la perspectiva de que la misma suerte que había llevado a Bree ante su puerta se la arrebatara. Había temido a diario, como teme un hombre pecador a la muerte justiciera, tener que robarle aquella paz prestada con que ella había convivido sintiéndose a salvo, segura junto a una familia que la arropaba y daba cobijo. Ahora, todos sus miedos se habían vuelto reales.

Tirando con fuerza de las riendas, frenó los caballos en seco cuando la silueta de la casa quedó frente a ellos. No podrían hablar si se acercaban más y Harry sería incapaz de pasar la noche sin volver a escuchar la voz de Bree, aunque esta no tuviera para él susurros apasionados ni gemidos que llevaran su nombre.

—Lo siento —susurró sintiéndose torpe—. Tengo tantas razones que no sé por dónde empezar... ninguna de ellas tiene peso ni me parece importante ahora... pero en ese momento creí que hacía lo correcto.

La miró de reojo. Ella tenía las manos apretadas sobre la falda, sujetando el paquete echado a perder que con tanta ilusión había comprado horas antes. Una fina llovizna había empezado a caer sobre ellos y mojaba sus abrigos. Bree no se movió y, al ver que no respondía, Harry decidió continuar. Si aquella no iba a ser una conversación recíproca, al menos vaciaría su conciencia en espera del castigo que ella quisiera imponerle.

—Eras una desconocida para mí cuando me contaste lo que había pasado en la montaña —se justificó—. Al principio no me lo creí, eras tan menuda y estabas tan herida que parecía imposible que hubieras hecho lo que decías. Cuando pude pensar con claridad... supe que tenía que ser cierto. Alguien había intentado dañarte de la peor manera posible y, en un intento desesperado por vivir, habías ganado. Pensé en mí mismo, en cómo habría actuado yo de verme amenazado y lo único que pude ofrecerte fue enterrar su cuerpo, y no para que su alma de bastardo descansara en paz, sino para lo que hiciera tu conciencia. Para que no tuvieras más remordimiento del necesario.

Las manos empezaron a agarrotársele, pero, como se resistía a soltar las riendas, abrió y cerró los puños, aunque los dedos apenas respondieron. Se humedeció los labios con la lengua y se aclaró la garganta cuando un viento frío pasó alrededor de él. Bree casi no tembló, inerte como estaba, sin parecer apenas viva bajo el grueso abrigo que la protegía de forma precaria de la ventisca que se avecinaba en el horizonte.

—Al no encontrar su cuerpo, no quise pensar que me habías mentido —continuó. Se le hacía difícil contarle todo aquello sin un ápice de comprensión o de furia por parte de ella, pero no se detendría ahora. Era el momento de dejar salir todo cuanto había sucedido. Que Dios dispusiera después de su alma y lo condenara—. Había rastros de sangre, pero no despojos dejados por algún animal. No hallé pruebas, pero me convencí de que alguna bestia habría arrastrado el cuerpo y se lo había llevado como última cena antes de hibernar o que, moribundo, había intentando huir y se había despeñado por algún acantilado. Era lo más lógico, lo más fácil. Y tú tenías tanto miedo y estabas tan asustada que no creí que fuera cristiano preocuparte más. Decirte que había una remota posibilidad de que siguiera por ahí solo te habría aterrorizado. Al fin y al cabo, parecía imposible que un hombre malherido pudiera salir de los Apalaches... y así me obligué a creerlo.

—Me dejaste creer que había matado a un hombre —susurró Bree sin levantar la mirada de sus manos.

Harry casi se sobresaltó al oírla. Removiéndose en la carreta, se giró hacia ella. Una sola lágrima caía por la mejilla de Bree y el deseo salvaje que sintió por enjugarla, por beberla con sus labios, le provocó un dolor en el pecho que amenazaba con no abandonarlo nunca.

—Empezaste a mejorar, Bree. A confiar en nosotros. Tus heridas se curaron, sonreías... eras casi feliz, ¿cómo podía quitarte eso?

—Durante semanas... has dejado que me fuera a dormir cada noche con el peso en la conciencia de haber terminado con la vida del padre de mi hijo —le reprochó dejando que sus palabras sonaran un poco más alto esta vez.

Sus palabras arañaron el alma de Harry. Que ella considerara a Dairon en esos términos resultaba devastador. Apretó los labios, dolido hasta más allá de lo expresable con palabras, y respiró con fuerza por la nariz, calmando la rabia que podía estropearlo todo. Cuando habló, su voz sonó seca, agria, en un tono que nunca había usado con ella.

—No le llames así. Nunca. ¡Él no lo merece!

—¿Y tú sí? —Por fin, Bree dejó de lado su estatismo y le miró. Sus ojos destilaban ira, pero también un miedo crudo que le surcaba la expresión—. ¿Mereces ser su padre cuando, al igual que él, no has hecho otra cosa que mentirme desde un principio?

—¡Todo cuanto he dicho desde entonces ha sido verdad! —gritó con vehemencia, esperando que alzar la voz demostrara la fuerza de lo que decía, pues se lo jugaba todo con aquellas pocas frases—. Ni una de mis palabras, ni un solo beso ni caricia ha sido mentira. Jamás.

Bree negó con la cabeza a cada sílaba que él decía, incapaz de creerle.

—Cada vez que te acercabas a mí y oías mi pesar y mis remordimientos, callabas, Harry. ¡Callabas mientras me consumía el dolor y la vergüenza!

—¿Vergüenza? ¿Por haber sobrevivido? ¿Por haber terminado con una amenaza que solo hacía de este mundo un lugar más vil y horrible? —Incrédulo, Harry negó con la cabeza—. ¿Quién te culparía por haber hecho lo imposible por vivir?

—¡Tenía las manos manchadas de sangre, cada día me he dormido pensando que mi alma no volvería a estar libre de pecado jamás! —Frías lágrimas resbalaban por sus mejillas—. Creí... Dios mío, te dije que no te merecía, que había cometido errores demasiado grandes y que eras un hombre demasiado bueno y tú... tú... —sollozó con fuerza, provocando que le temblara todo el pecho.

Harry intentó abrazarla, pero Bree le apartó con manotazos y se removió tanto que a punto estuvo de perder el equilibrio y caer del asiento de la carreta. Trémulo por el susto, él la sujetó obligándose a usar la fuerza para contrarrestar sus intentos por escapar.

—¡Ten cuidado, por Dios! —exclamó aterido por un miedo que casi le paralizaba.

—¿Qué te importa lo que me pase? —respondió Bree—. No me has respetado nunca, no has sido sincero, hasta cuando te confiaba mis mayores miedos e inseguridades te quedabas mirándome sabiendo que me engañabas sin que eso te pesara.

—Eso no es cierto. La culpa por callarme mis sospechas me ha arrebatado la paz en todo momento —le dijo con toda la honestidad de que era capaz, sin esconderle cómo se sentía y lo cara que había pagado aquella decisión—. Cada mañana sentía tantas ganas de decírtelo que a veces era incapaz de mirarte a la cara por temor a flaquear.

—¿Y por qué no lo hiciste? ¿Por qué dejarme pensar que estaba muerto? ¿Qué necesidad tenías de ser tan cruel, de ocultar algo así? —reprochó dolida. Aquel era el hombre al que amaba, dudar de él le parecía peor que sufrir daño en su propia piel—. No entiendo cómo pudiste hacerlo.

—¡Lo hice por ti, Bree, por ti y por ese bebé en el que pienso con tanta ilusión que me duele el alma cuando lo imagino! —Sin poder mirarla, Harry se arrancó el sombrero de la cabeza y mil gotas de lluvia empaparon su cara—.

Callé porque tu felicidad era suficiente como para hacerme creer que tenía que estar equivocado, que quizá, aun conociendo la montaña, no había buscado el cuerpo en el lugar adecuado. Deseé con todas mis fuerzas que mis sospechas no tuvieran sentido alguno. El tiempo pasaba, tú eras cada vez más importante para mí, te me metías más dentro de la piel y nada malo ocurría. Él no aparecía, los días seguían su curso y yo... yo me enamoré de ti, Bree. Estoy enamorado de ti y te amo con cada fibra de mi carne. Y sí, fui egoísta, porque no quise llenar de dolor a la mujer a la que quiero, porque tuve miedo de que la verdad te apartara de mi lado. Solo soy un hombre, imperfecto, como tantas veces te he dicho.

Las palabras de Harry sonaban llenas de sentimiento con su voz rasgada por un llanto al que se negaba a entregarse. No parecía haber falsedad en ellas, pero Bree no podía asumirlas. Se sentía vacía por dentro, como una fruta madura a la que una experta cocinera, armada con su mejor cuchillo, hubiera extraído cada semilla. Escuchó de nuevo las disculpas y las explicaciones de Harry e incluso creyó oír algo sobre consultarlo con Rose Anne, y la idea de que todos en la granja supieran la verdad la llenó de una vergüenza irracional. Sentía el cuello dolorido y tenía las manos agarrotadas. A su alrededor, el silbido del viento y el movimiento de las hojas le ponía el vello de punta. Cada árbol que esa misma mañana se le había antojado hermoso, con las copas coronadas de blanco y las raíces oscuras enterradas en montículos de suave nieve fresca, era ahora foco de amenaza. Los miraba como un conejo tembloroso, esperando ver cernirse sobre ella el cruel rostro vengativo de la muerte.

Dairon debería haberla matado en la montaña cuando tuvo ocasión, pensó abandonándose a la desdicha. Ahora la buscaría y su crueldad no conocería límites. El miedo sería doblemente grande, y no tanto por lo que Dairon hiciera con ella en su locura, sino porque Bree ya conocía el verdadero amor, el abrazo de un amante cariñoso, el calor de una familia buena... Y todo le había sido arrancado de golpe, dejándola nuevamente sin nada. Sola.

Era lo que merecía. Lo único que siempre le había correspondido.

«Inútil estúpida... ¿de verdad creías que tendrías una vida como esa siempre? ¿Qué él sería para ti y criaría a tu bastardo convirtiéndote en una gran señora? No sirves para nada, Bree. Limpiar el suelo contigo sería demasiado bueno para lo que te mereces».

—Señora... por favor... —rogó Harry, incapaz de soportar los sollozos que surgían entre las manos de Bree, que se tapaba el rostro. La vio negar y el significado de aquel gesto le rompió el alma.

—No importa si lo hiciste por mí o no, Harry; por qué mentiste, si tenías razones o si era lo correcto. Aunque pensaras con todo tu corazón que era por mi bien o que decir lo que creías solo serviría para restarme días de paz... ya no importa. Nada importa. Él está vivo. Está aquí. Y no parará hasta encontrarme. Nada lo detendrá, ni el invierno, ni la montaña, ni nada.

No había hecho falta que Lyla Monroe se lo confirmara, la revelación se había abierto paso en la mente de Bree con suma facilidad. Su pesadilla no había perecido en las montañas. La suerte no había sido tan generosa con ella como para permitírselo. Dairon le haría pagar por intentar seguir viva y, esta vez, había muchas personas a las que podría utilizar para doblegarla.

—Yo lo pararé. —Lo dijo con tal seguridad que ella casi deseó poder sonreír—. Tendrá que pasar sobre mí para hacerte daño, te lo juro.

—Ese es el problema. Eso es justamente lo que hará. —Despacio, casi con dolor físico, Bree apartó las manos que Harry le acercaba. Él la miró con el corazón haciéndose añicos en su pecho. Ella le rehuía. Ante un momento de incertidumbre y miedo irracional, cuando veía el peligro planeando sobre su corazón, le apartaba.

—No permitiré que me eches de tu lado, Bree. Ya no estás sola, esta es nuestra lucha ahora. Nuestra.

—¡No! ¿Es que no lo has entendido? Él viene a por mí, Harry. Todo esto... toda esta muerte, este dolor, es culpa mía. —Estiró los brazos para señalar la inmensidad de la montaña. Todo aquel monumento de piedra donde había vivido los peores y mejores momentos de su vida. Donde conoció a Harry... donde casi perdió la vida y creyó haber arrebatado una. Él no podía entenderlo, pero era suficiente con que la propia Bree supiera qué hacer. Con los dedos trémulos de frío, se tapó la boca para esconder un hipido. Harry quería ayudarla y ella lo amaba por eso, pero no permitiría que nadie más sufriera daño, por eso volvió a apartarse cuando intentó consolarla, porque dejarle a un lado era la única forma de salvarle—. Encontró a Lyla y probablemente se aprovechó de sus sentimientos por ti y del odio que me tiene para encontrarme... Estoy segura de que lo guiará hasta tu casa, hasta tu familia. Ya has perdido a un hermano, no dejaré que pongas a nadie más en riesgo.

—Eres mi mujer —espetó, como retándola a decirle lo contrario—. Me importa poco que ningún párroco haya dado su bendición. En todo lo que importa eres mi esposa, Bree, y la criatura que llevas dentro es hijo mío. Si alguien viene a mi puerta con la intención de hacerte daño, daré mi vida por la tuya con gusto.

Ella lo sabía. La certeza de que lo haría la conmovió y también la llenó de miedo. Solo si ella se entregaba a su destino voluntariamente podría evitar que la maldad de Dairon se cerniera sobre aquellos a los que amaba.

—He tenido más de lo que me correspondía, Harry. No debí venir aquí, no debí creer que merecía más.

—¡Por Dios santo, Bree! —exasperado, Harry introdujo una mano entre las hebras mojadas del pelo de Bree y la posó sobre su cuello. La acercó a sus labios, sin rozarlos, para que las palabras que iba a dispensarle quedaran bien grabadas en su alma, y pronuncio con lentitud la promesa que ella no había querido escuchar—. Te estoy diciendo que nada que pise mis tierras te tocará. Confía en mí, por favor.

Bree lo miró a los ojos. El enfado por la mentira quedaba ya lejos, opacado debajo de muchos otros sentimientos más apremiantes. Duda, miedo, desilusión. Pero, sobre todo, amor. Por Harry y su familia. Por lo que le habían dado. Por aquellos días felices prestados.

Él había mentido por amor. Ella también lo haría para protegerlo.

—Necesito estar sola, Harry... necesito... pensar, tengo que...

Sin que Harry pudiera evitarlo, Bree bajó de la carreta y echó a andar con las lágrimas picando tras sus párpados. Una náusea subió hasta su boca haciendo que se doblara sobre sí misma. Harry corrió a su encuentro, pero, una vez más, Bree le rechazó, alzando una mano contra su pecho. La vio trastabillar hacia un árbol, donde apoyó sus delicadas manos y se dobló por la mitad para vaciar el contenido de su estómago mientras la lluvia, que no cesaba, le empapaba los cabellos. Le dolió el corazón cuando obligó a sus pies a no seguirla, pero debía darle su intimidad, tal y como ella deseaba.

Sin embargo, el deseo de Bree estaba muy lejos de lo que él creía. Lo amaba con todas sus fuerzas, no había nada que deseara más que regresar al amparo de sus brazos, pero sus anhelos y sueños ya no tenían importancia después de conocer la verdad sobre la muerte de Dairon. Proteger a los Murphy acabaría con ella, pero su pérdida sería algo bueno siempre que pudiera librarlos de una nueva desgracia. No habría más inocentes en el camino de Dairon.

—Maldita sea... —masculló Harry para sí mismo después de unos minutos observándola.

No podía soportar verla tan indefensa mientras los estremecimientos del llanto y de las náuseas la sacudían con violencia. Había jurado protegerla tantas veces que todavía no entendía cómo continuaba parado sin hacer nada. Con decisión, avanzó a grandes zancadas hasta el árbol donde Bree sollozaba, decidido a poner fin a sus dudas y rechazos. No importaba si ella gritaba o maldecía, no le temblaría el pulso si era necesario tomarla en volandas y encerrarla en el dormitorio.

—Bree... —la llamó con suavidad cuando solo dos pasos lo separaban de ella.

—Ve a casa, Harry —oyó que decía en voz baja—. Yo iré en cuanto me sienta mejor. Te lo prometo.

—No puedo dejarte sola aquí fuera, Bree. La lluvia no da tregua y se aproxima una tormenta.

—No me alejaré —insistió—. No quiero estar contigo, necesito pensar, sola. Respeta mi decisión, por favor.

Se convenció de que le había hecho daño por lo denso de su silencio. Al rato, oyó moverse la carreta y entendió que Harry había obedecido. Probablemente estaría guiando a los caballos hasta la cuadra, donde los desengancharía y aprovisionaría para una noche que se presentaba fría. Bree esperó inmóvil hasta que dejó de oírle y, luego, tras despedirse en silencio de todo aquello que amaba, se alejó de las luces encendidas del porche de la granja para que Dairon, estuviera donde estuviera, la encontrara solo a ella.

Bordeando la linde del bosque, tropezó con una piedra y perdió un pedazo del bajo del abrigo al enganchársele en una rama. El sencillo desgarrón desencadenó una furiosa reacción que concentraba todo el histerismo, el miedo y el dolor de las últimas horas. Sin pensar en las consecuencias, golpeó el tronco del árbol más cercano, dispensando manotazos contra los fantasmas de su pasado, hasta que se clavó astillas en la palma de la mano y le brotaron unas cálidas gotas de sangre. Lloró con fuerza y desesperación al tiempo que cerraba los ojos y contenía un grito en la garganta. ¿Por qué tenía que ocurrir? ¿Por qué? No tendría que haberse permitido amar, no tendría que haber creído que había algo más esperando por ella, algo mejor.

Levantó la vista al cielo, cubierto de nubes, y el aire le azotó la cara cargado con el familiar olor del cariño y el amor que se cocía en los fogones de la granja. De repente, no tuvo fuerzas para seguir alejándose de la granja y de todas las personas que en ella habitaban, y que tanto la habían cuidado y querido. Dejar atrás a Harry, a quien amaba con tanta fuerza que el poder de sus sentimientos casi atravesaba su corazón, se le antojaba el peor de los castigos. Creía en él. Confiaba en su fuerza y determinación. Sabía que él la protegería, que sería capaz de enfrentar el peor de los males por ella... aceptar su cobijo era una tentación tan grande y egoísta... ¿podría hacerlo? ¿Sería capaz de olvidar el peligro que correrían todos y refugiarse en los cálidos brazos de la familia Murphy? Deseaba hacerlo. Deseaba con desesperación verlos una vez más aunque fuera la última.

Ahora sabía que aquellos eran el lugar y la familia a los que pertenecía.

Se limpió las lágrimas y se sujetó las faldas con decisión, dispuesta a regresar junto a Harry para enfrentar juntos lo que viniera, pero, al echarse a andar, se quedó paralizada. Se encontraba más lejos de lo que pensaba, en una zona de altos pinos, oscuros y llenos de ramas, que ocultaban de la vista la fachada principal de la granja.

Los pasos, en mitad de una noche donde solo se oía el caer de la lluvia, fueron tan claramente audibles que le pararon el corazón. «Harry», pensó en primer lugar. Quizá él estuviera buscándola, pero... No podía ser, la hubiera visto antes de adentrarse en la arboleda.

Sus ojos avistaron una sombra y luego el reflejo de la figura que se abrió paso. Separó los labios, pero ¿qué iba a gritar? ¿A quién iba a llamar? Había puesto suficiente distancia entre ella y la casa como para que nadie se inmutara aunque gritara con todas su fuerzas. A su pesar, había conseguido lo que solo unos minutos antes había ido a buscar... estar sola justo ante el peligro.

Dio unos torpes pasos hacia atrás hasta que la figura se mostró por completo ante ella, iluminada por la luz brillante de un pequeño candil. Aquella sonrisa cínica, aquella mirada cruel desprovista de todo sentimiento... Lo supo al instante, antes incluso de posar los ojos sobre el rostro y ver por primera vez la fea cicatriz. Supo que miraba cara a cara a la muerte.

—Espero que hayas dicho adiós, *querida*.

Dairon alzó la mano y, golpeándola con el reverso, le hizo perder el equilibrio. Bree cayó sobre la nieve y se golpeó con una roca. Todo se quedó negro.

32

Harry desenganchó a los bayos de la carreta, los entró al establo y los cepilló con diligencia para eliminar el exceso de agua de sus pieles. Revisó los herrajes y apiló heno para que pasaran aquella noche tan fría lo mejor posible. De forma mecánica, dedicó a cada tarea el doble de tiempo que habría necesitado de no tener el humor hundido en el fango. Recolocó las cinchas, organizó las herramientas para herrar, revisó la cantidad de linimento que quedaba en las latas apiladas en un estante y hasta clavó un par de clavos para colgar las riendas húmedas que acababa de quitarles a los caballos. Cualquier actividad era válida para apartar su mente de la más cruda realidad. Era un idiota. Un auténtico imbécil incapaz de retener lo único que le había importado en su vida lo suficiente como para mentir por ello. Cabizbajo, se toqueteó el bolsillo y notó la forma cuadrada del regalo que llevaba escondido, cuidadosamente envuelto en un papel brillante. Qué feliz había estado horas antes escogiéndolo con todo mimo y detalle ante el joyero. Cuánto cambiaba la vida en poco tiempo, no podía haber imaginado nunca que retrasarse al ir a recogerla por comprar algo tan pequeño pero tan importante hubiera desencadenado una tragedia como esa.

—Solo hay dos cosas en esta vida a las que deseo dedicarme, señora. Amarla y protegerla, solo eso... —masculló al tiempo que se dejaba caer contra la pared del establo—. Habría pactado con el diablo si eso me hubiera asegurado que ni el mismo aire volvería a tocarla jamás.

Pero había fracasado del modo más absoluto. Dairon estaba vivo y atacaría. Alguien que vuelve de la muerte y siembra el terror en una mujer hasta tal grado no se rinde. Y mucho menos después de la ofensa que debía haber supuesto para él que Bree le hubiera dejado medio muerto en la montaña. No la perdonaría. Si la buscaba era para vengarse y terminar el trabajo que había quedado a medias en aquel laberinto que eran los Apalaches. Dairon quería matarla, Harry no tenía ninguna duda al respecto, y... ¡por Dios!, ¿cómo había podido ser tan estúpido?, ¡aquella discusión, ese distanciamiento en el que ahora se encontraban, solo le facilitaba las cosas! ¡A estas alturas, Dairon debía saber todo cuanto necesitaba para iniciar su caza!

—Diga lo que diga, es asunto mío, señora —determinó recuperando el sombrero del gancho donde lo había colgado y calándoselo con fuerza—. Firmé ese contrato conmigo mismo en la montaña, helado hasta el tuétano cuando la buscaba, y no pienso romperlo.

Salió del establo y fue recibido por el aguanieve y el viento, que soplaba con virulencia. Miró hacia donde se había ido Bree, pero la oscuridad era ya total y las sombras no le ayudaban a vislumbrar su figura por ningún lado. Debía de seguir oculta entre los árboles llorando y maldiciendo el día en que se habían conocido. Era una mujer tozuda y cabezota, pero también la más fuerte y valiente que Harry había conocido. Que quisiera lamerse sola la herida de la decepción decía mucho de ella y le obligaba, a su pesar, a admirarla. Sin embargo, ya podía enfadarse si quería, él iba a asegurarse de que estaba a salvo y, una vez Dairon dejara de ser la sombra que los mantenía mirando hacia atrás, ya se encargaría de recuperarla. Puede que no fuera un hombre perfecto, pero, por ella, por su señora, se convertiría en el mejor que pudiera.

Abrigado hasta las orejas, desanduvo el camino que había hecho y fue dejando atrás las construcciones de la granja, acercándose al camino principal que llevaba al pueblo. De repente, con el frío colándose a través de las costuras del chaquetón, un pensamiento oscuro, más gélido que el viento que soplaba montaña abajo, hizo mella allí donde la preocupación tenía un lugar de honor. Las marcas de la carreta seguían visibles en dos surcos notables sobre el terreno, pero las huellas de Bree se desviaban. Tenía el corazón contraído y los sentimientos a flor de piel. En su mente, miles de situaciones peligrosas se dibujaron y sintió ganas de ponerse a gritar el nombre de Bree para que regresara cuanto antes. El bosque no era seguro.

—No pienses en eso, maldita sea. Concéntrate —se reprendió, asustado, sin poder deshacerse de la presión irracional que le oprimía el pecho.

Un trozo de tela se removía con el aire, prendido de la rama en la que había quedado enganchado. Lo reconoció al instante, había visto aquel abrigo lo suficiente como para no confundirlo jamás. Continuó adelante y las pisadas se volvieron vacilantes. Los copos de nieve que empezaban a caer de nuevo amenazaban con hacer desaparecer las huellas. Entonces se fijó en el árbol que tenía justo delante, cuyo tronco estaba marcado por algunas gotas de sangre. Preso del pánico, esquivando ramas y rocas sueltas, siguió avanzando entre los árboles. Las huellas se iban haciendo más erráticas, hasta que desaparecieron. En su lugar había un surco que dejaba ver la tierra bajo la capa de nieve cuajada. Del tamaño de una persona.

A su lado, otras huellas, más profundas y grandes, conducían hasta un pequeño claro del bosque en el que los rastros de unos cascos de caballo se perdían montaña arriba.

Como alma que lleva el diablo, Harry echó a correr en dirección a la granja. Con cada paso que daba, el miedo que amenazaba con paralizarle casi lo sepultaba. Las ramas con las que tropezaba le arañaron la cara, y una de ellas le arrancó el sombrero, pero nada pudo frenarlo. Siguió corriendo, con la mirada puesta al frente, obligando a sus músculos agarrotados a hacer un último esfuerzo más. Debía llegar a su caballo. Debía hacerse con un arma. Tenía que encontrar a Bree.

Trató de correr más rápido que la culpa que roía sus entrañas, castigándole por haberla dejado sola, por haberse marchado escuchando sus deseos. Si él hubiera seguido ahí, si hubiera estado más pendiente... pero ya nada de eso importaba. Dairon habría acechado día y noche hasta encontrar su momento, que él mismo se lo hubiera servido en bandeja lo mortificaba, pero ya nada podía hacer por remediarlo. Lyla debía haberle guiado hasta la granja, estaba claro. Ya arreglaría cuentas con ella llegado el momento, decidió. Ahora solo importaba Bree, y devolver al bastardo al infierno de donde había salido.

Llegó al camino de piedras que conducía a la entrada y, poco a poco, fue deteniéndose. Había una carreta junto al cercado y su madre, cubierta por un grueso chal de lana, portaba un candil encendido ante la puerta. Frente a ella había una figura alta y ligeramente encorvada. Harry reconoció el uniforme a pesar de la capa que le cubría.

Si Jefferson estaba ahí a esas horas de la noche, solo podía significar una cosa. El corazón le martilleó con fuerza en el pecho, las náuseas amenazaron con destrozarlo por dentro y un nudo de terror le atenazó la garganta hasta sentir que le faltaba el aire.

—¿Bree? —preguntó con un hilillo de voz estrangulado. No alcanzaba a comprender cómo Jefferson la podía haber encontrado antes que él, pero la presencia del agente solo podía traer funestas noticias...

—¿Harry, hijo, qué sucede? —intervino Rose Anne con preocupación. El estado en que llegaba era lamentable y la mirada desesperada le confería el aspecto de un demente—. ¿Por qué llegas...?

Pero no escuchó a su madre, que levantó el candil para verle la herida de la mejilla. Demasiado nervioso para dar explicaciones, Harry esperaba que fuera Jefferson quien las diera aunque, a juzgar por el ceño fruncido de este, se encontraba tan confuso como él.

—¿Dónde está Bree? ¿Impediste que se la llevara? —cuestionó Harry con prisa—. ¡No pierdas más el tiempo, maldita sea!

—No sé de qué...

—¿Hijo, de qué demonios estás hablando? ¿Por qué Bree no viene contigo? —exigió saber Rose Anne con el rostro desencajado.

—¡Bree! —chilló Harry fuera de sí haciendo caso omiso a su madre—. ¡Bree! ¿Dónde está, Jefferson? No ha logrado llevársela, ¿verdad? Dime que no... dime que no se la ha llevado.

Azorado, el interpelado intentó explicarle que no sabía de lo que le hablaba, pero Harry parecía incapaz de volver en sí. Por fin, Jefferson logró soltarse de la prisión que suponían las dos manos de Murphy, que le sostenían ahora por la pechera. Se recompuso la ropa, carraspeó y logró un segundo de silencio del que no estaba dispuesto a desprenderse.

—No sé a qué te refieres, no sé nada de Bree ni de ninguna de las cosas que balbuceas. Ese no es el motivo de mi visita —comentó con temor. Conocía bien el temperamento de Harry y no deseaba exponerse a un linchamiento sin motivo alguno.

Rose Anne, visiblemente nerviosa, los miraba a uno y otro sin comprender. La noche se presentaba difícil, tenía a un policía ante su puerta, a su hijo presa del histerismo y no había rastro de Bree, que ya debería estar refugiada junto al calor del hogar. Un mal presentimiento se apoderó de ella. Inquieta, puso su atención en Harry, que no cesaba de hacer preguntas, esperando enterarse de una vez de lo que ocurría.

—¿No sabes nada de Bree? —La voz de Harry sonó helada, como una acusación—. ¿Entonces a qué demonios has venido? ¡Me haces perder el tiempo!

Cada minuto que pasaba, el peligro era mayor. Dairon no tenía idea de dónde iba y, si la tormenta arreciaba, podrían resbalar y despeñarse. Cuanto más ascendiera por la montaña, más posibilidades había de que se apartara de los caminos y, entonces, encontrarlo llevaría más tiempo. Pensó en Bree, en el bebé... y el nudo de su garganta se apretó un poco más. Otra vez perdida en la montaña, viendo en riesgo su vida, sin saber dónde ir ni cómo escapar. Pero ahora sería diferente, decidió intentando abrirse paso para entrar a su casa. Ahora no debería enfrentarse sola a Dairon, ahora le tendría a él.

—¡Harry, espera! —Rose Anne movió el candil con tanta fuerza que a punto estuvo de atizarle a Jefferson en la cara—. ¿Qué pasa, hijo? ¿Dónde está Bree?

—¡Tú, Jefferson, organiza una partida a la montaña, ahora! —ordenó de inmediato, sin pararse a pensar que nadie de los presentes conocía lo que había sucedido de verdad. No había un segundo que perder, ni siquiera para explicaciones. Su madre conocía la historia, pero Jefferson no y, dado el carácter sosegado del agente, empezar desde el principio solo serviría para perder el tiempo—. Bree ha desaparecido.

—¿Te has vuelto loco? ¡La tormenta viene justo de esa dirección! Tengo que volver a las dependencias policiales, levantar el cadáver y...

Harry se paralizó cuando iba hacia el estante de las armas. Desencajado y con la cara pálida, miró al hombre que tenía delante. Su madre, que se había cubierto la boca con la mano, lo observaba también, atónita.

—Esta tarde una vecina del pueblo vino a presentar una denuncia por abandono de un menor. El hijo de Lyla Monroe llevaba casi tres días a su cuidado y nada sabía de la madre —explicó Jefferson haciéndose cargo de lo delicado del tema—. Acudimos a la vivienda para obligarla a aceptar su responsabilidad o... hacernos cargo de la criatura, pero...

—¿Pero? —musitó Harry, aterrado.

Ante la mirada angustiada de Rose Anne, Jefferson se dijo que lo mejor sería destaparlo todo sin más.

—Lyla no abrió la puerta, de modo que mi compañero y yo la forzamos. Al entrar... la encontramos en el suelo. La habían asesinado.

—¡Dios bendito! —exclamó la mujer abriendo mucho los ojos. Harry se aproximó y dejó que su madre ocultara el rostro en su pecho. Demasiadas muertes, se dijo. Muy seguidas y cercanas. Todavía no habían tenido ocasión de recobrar la serenidad cuando de nuevo debían enfrentar algo tan desagradable como una pérdida, aunque fuera de alguien externo a la familia.

—¿Cómo fue? —preguntó Harry con emoción contenida. Intentó con todas sus fuerzas no pensar en el niño que se había quedado huérfano. En ese momento, con el alma en vilo, no podía dedicar su atención a nada que no fuera traer a Bree de vuelta, sana y salva. Pero después... —. ¿Cómo murió?

Tragando saliva, Jefferson se señaló el cuello con una de las manos. El gesto, que pretendía evitar que Rose Anne escuchara tan desagradable información, dejaba claro el motivo de la muerte. Sin embargo, los ojos empañados de la mujer vieron el movimiento por el rabillo del ojo y un estremecimiento la recorrió de pies a cabeza. No era frío lo que sentían sus huesos, sino temor.

—¿Pero quién ha podido hacer una cosa así? Lyla no era santo de devoción de mucha gente, ¡pero llegar a eso...! —exclamó apenada.

—Ha sido Dairon —declaró Harry con la mirada fija en Jefferson y su desconcierto—. Era el hombre que... vivía con Bree —le dijo ante el levantar de cejas del policía—. Intentó matarla a ella hace un par de meses, en la montaña, pero escapó dándolo por muerto. Ahora ha regresado. No sé por qué motivo Lyla se había enredado con él, pero ella lo conocía y estoy seguro de que lo ha conducido hasta Bree. Hasta nosotros. Ahora Bree ha desaparecido, él se la ha llevado montaña arriba, y nosotros estamos perdiendo el tiempo.

Volviendo dentro, Harry agarró el rifle que se llevaba cuando subía de caza. Examinándolo con ojo crítico, lo cargó y se guardó un puñado de cartuchos en los bolsillos. Rose Anne le miraba atónita, con el rostro completamente demudado de impresión. Jefferson, que se había perdido entre aquella maraña de información que le era desconocida, boqueaba como un pez recién sacado del río.

—¿El hombre que vivía con... ? ¿Pero Bree Harrison no era una viuda que habías acogido en tu casa?

—No, no lo es. Ese hombre está vivo y viene a por ella.

—¿Por qué iba a querer hacerle daño su marido?

—No tengo tiempo para explicaciones ahora, Jefferson —lo apremió—. Si no la encontramos pronto, no quiero pensar lo que ese hombre puede hacerle...

Rose Anne contuvo el aire de forma audible y se llevó las manos a la boca para detener el lamento que las palabras de su hijo le provocaban. Era pánico lo que acusaba el latido de su corazón y terror lo que sintió cuando vio a Harry dispuesto a poner su vida en manos del destino para salvar a la mujer que amaba.

—¿Estás seguro? —fue lo único que preguntó. Suspiró cuando vio a su hijo asentir—. Entonces, por el amor de Dios, espera a la partida de búsqueda, Harry. No subas solo a la montaña. ¡Eres el único hijo que me queda!

—Me alcanzarán a medio camino, madre —Y la mirada que le dedicó a Jefferson dejaba claro que la partida no podía retrasarse ni un minuto—. Pero no puedo esperar. Voy a meter a ese desgraciado en una tumba profunda y, esta vez, me aseguraré de que no vuelva a levantarse de ella.

Se echó el rifle al hombro y caminó con velocidad al establo. Cuando volvió a salir, iba ya montado en su caballo galopando en dirección a la oscura falda de los Apalaches.

33

Con los mechones de pelo húmedo nublándole la vista y calambres en las piernas, Bree avanzaba a trompicones por un camino sembrado de ramas, piedras y aguanieve. Cada metro alcanzado era una tortura de dolor y sufrimiento, pues Dairon, no contento con gritarle e insultarla en modos que hasta entonces ella había desconocido, a menudo la empujaba y propinaba golpes para que avanzara más deprisa, aunque solo lograba dificultar aún más la marcha. La leve luz del pequeño candil apenas le servía de referencia, por lo que Bree a menudo tropezaba y caía sobre el lecho húmedo del bosque, sin apenas fuerzas para volver a incorporarse.

—¡Levántate, maldita inútil! —aulló Dairon con furia después de que un nuevo empujón acabara con Bree echada sobre la tierra—. ¡No sirves ni para andar!

Temblando como un animalillo que ve cercano su final, Bree trató de incorporarse, pero el agotamiento le imposibilitaba ser tan diligente como su verdugo esperaba. No pudo reprimir un chillido cuando Dairon la levantó en vilo sujetándola del pelo sin miramientos y la empotró contra un árbol grueso que le arañó la piel a través de los múltiples rotos de su capa de abrigo.

—Vas a caminar, estúpida —le oyó decirle—. Porque no pienso matarte donde caigas, sino donde yo decida. ¡Muévete!

Bree levantó las manos buscando protegerse la cara, mas el golpe llegó de todos modos. Notó un pitido en el oído y casi estuvo tentada de rogar a Dios que la dejara sorda. Así no tendría que escuchar más insultos y la voz de Dairon se iría diluyendo en sus recuerdos para siempre. Entonces, notó un movimiento muy leve en su vientre, casi apagado, y los ojos se le llenaron de lágrimas. Su bebé apenas se movía. Intentó acariciarse el vientre, pero no se atrevió a hacerlo, temerosa de que Dairon se burlara de su instinto de protección y la emprendiera a golpes más brutales contra su pequeño. No tenía ninguna esperanza de salir viva de aquella montaña, y lo sentía tanto por aquella criatura inocente... el bebé milagroso que había aguantado ventiscas y huidas anteriores nada podría hacer dentro del vientre de una madre muerta. No había ninguna posibilidad de que Dairon se tocara el corazón, de ningún modo la dejaría dar a luz y contemplar el rostro de su hijo aunque también llevara su sangre.

Aquel bebé era un milagro y lamentaba, ahora que veía su final tan cerca como tenía a su captor, haberse dado cuenta de ello tan tarde. Si hubiera renegado menos, si se hubiera sentido menos desdichada al saber de su embarazo, habría podido vivir los primeros días con ilusión, en lugar de sentirse amargada y dolida por aquella seña que Dairon había dejado en ella.

—¿A qué viene esa cara, Bree? —preguntó con un cinismo que la encendió de ira—. ¡Te hago un favor! ¿O qué pensabas? ¿Qué ibas a pasar el resto de tu vida siendo una mantenida en esa granja? ¿De verdad esperabas que cargaran contigo y con ese bastardo?

—¡No lo llames así! —escupió con furia, olvidando el dolor del labio roto y siendo capaz incluso de erguir la espalda contra el árbol—. Es mi hijo. Mío y de Harry.

El brillo que vio en los ojos de Dairon le dejó claro que había hablado demasiado. Su perfil, recortado por la luz que arrojaba la luna, resultaba todavía más amenazador.

—Puedes creer lo que te plazca si con eso te despides de este mundo en paz —le espetó sin miramientos ni compasión—, pero los dos sabemos que el padre de ese crío soy yo. Y por eso decido qué va a pasar con él. —Agarrándola del brazo, tiró de ella antes de volver a arrojarla al suelo y provocarle nuevos golpes y magulladuras—. Va a morir bajo mis patadas, zorra. Lo sentirás desprendido de tu vientre y, cuando creas que no puedes aguantar más dolor, entonces empezaré contigo.

Dairon miró alrededor. No tenía ni idea de dónde estaban. Había abandonado el caballo para adentrarse en el bosque y, luego, en medio de la ira y la frustración por llevar a cabo una venganza que no había planificado como quería, habían emprendido un camino que ya duraba demasiado.

Bree, mientras, intentaba incorporarse apoyándose en las palmas. La huella de su sangre quedó grabada en la nieve, que lo cubría todo. Habían dejado huellas por doquier, pensó en un glorioso momento de lucidez. Se tocó la cara y, de nuevo, sus dedos se mancharon con sangre. Con timidez, intentando moverse lo menos posible, observó los árboles que tenía alrededor. ¿Seguirían ondeándose en ellos los jirones de su ropa de abrigo? Se le habían enganchado en cada rama, provocándole cortes y arañazos, haciendo que ahora sus brazos estuvieran casi desnudos, a merced del viento. ¿Sería posible...?

Una vez más, Dairon tiró de ella hacia arriba, empujándola para que retomara la marcha. Bree levantó el brazo para protegerse el vientre teniendo mucho cuidado de colocar la mano ensangrentada en una roca saliente antes de incorporarse del todo. Desesperada por ganar tiempo, jugándose toda esperanza a una carta que ni siquiera estaba segura de poseer, aclaró la voz tratando por todos los medios de que el asco que sentía por aquel hombre no fuera audible en sus palabras.

—Dairon... hablemos... por favor.

La carcajada con la que él respondió amenazó con hacerla desistir, pero Bree no se rindió. Era improbable que Harry la encontrara, pero su corazón le decía que debía intentarlo. No se rendiría con facilidad, se lo debía a sí misma y al hijo al que ya amaba sobre todas las cosas. Y también se lo debía a él. Pues, si de algo estaba segura en esa vida suya, cargada de dolor y momentos desgraciados, era que él la quería. Y, aunque fuera solo por hacerle honor a ese sentimiento, no pensaba dejarse morir sin luchar.

—Escúchame, Dairon, te lo suplico... —volvió a intentar Bree. Si tan solo pudiera razonar un segundo con él...—. Esto no tiene que acabar así... Te devolveré el dinero con creces. Los Murphy... guardan una pequeña fortuna y yo sé dónde la tienen escondida. Me será muy fácil llegar hasta ella y traértela. No le diré nada a nadie, pero por Dios, Dairon...

Él se detuvo de repente y la miró de hito en hito con el rostro nublado por la maldad. Bree observó cómo en su cabeza se abría paso la avaricia a grandes zancadas y, por un instante, creyó ver un rayo de esperanza. Jamás traicionaría la confianza de los Murphy. Eran su familia. Pero, si esa baza servía para que él la dejara libre, valdría la pena mentar el apellido de Harry en aquella mentira. Si Dairon la creía... tal vez ganara algo de tiempo.

Él se limitó a sonreír mientras sacaba de su bolsillo una especie de navaja con la que había estado amenazándola.

—Pequeña puta tramposa —masculló con lascivia acercándose a su rostro y presionando la hoja del cuchillo contra la mejilla—. ¿Crees que voy a dejar que regreses y avises a todo el mundo? —chasqueó la lengua y negó un par de veces fingiendo sentirse defraudado—. Voy a acabar contigo y con ese bastardo que engendras, y luego regresaré a esa maldita granja y la haré arder hasta los cimientos.

—¡No! —gritó ella revolviéndose con fiereza, aunque sus movimientos perdieron intensidad de inmediato y su voz se convirtió en un susurro apagado—. No, Dairon, te lo ruego. Ellos no saben nada, no han hecho nada malo. Son inocentes.

—¡No me importa si lo son! ¡Recibirán lo que se merecen por amparar a una puta ladrona! —voceó mientras presionaba más contra la mejilla, donde una gotita de sangre resbalaba solitaria—. Ese hombre al que te follas como una ramera sufrirá una muerte lenta y suplicará que acabe con él, al igual que el resto de tu querida nueva familia.

Se había equivocado, exponerse a que Dairon la encontrara a ella sola no iba a librar a Harry y a su familia de tener que enfrentarse a su maldad. De nada había servido el sacrificio de apartarse de ellos. Dairon estaba enfermo y su mal no terminaría con ella, pero, si de algo estaba segura, era de que Harry no rogaría. Lucharía por los suyos como el hombre que era y, de ser necesario, entregaría la vida por los demás. Porque tenía honor, algo que Dairon no conocería jamás.

A pesar de que estaba aterrada y el roce del cuchillo se hacía más intenso con cada sílaba que pronunciaba, todavía encontró fuerzas en el cuerpo para enfrentarse a él. No volvería a ver la luz del sol, de eso estaba convencida, pero no moriría conteniendo lo que pensaba.

—¡Eres un cobarde, un miserable cobarde! —pronunció con rabia—. Ensucias el nombre de Harry con solo pensarlo. —Levantó bien la cabeza y lo miró a los ojos mientras sentía la sangre escurrir por entre sus dedos y cerraba la mano con fuerza esperando que las gotas calaran en la nieve. Harry la encontraría muerta, pero la encontraría, y entonces daría su merecido al hombre que tenía delante—. Haz lo que te plazca, Dairon, mátame si es lo que deseas, pero atiende a mis palabras: Harry siempre será mil veces más hombre que tú.

Tal y como esperaba, la reacción de Dairon llegó de inmediato. La empujó contra el árbol que quedaba a su espalda con tal violencia que el impacto la dejó sin aire en los pulmones. De manera instintiva, Bree se llevó las manos al vientre y percibió el movimiento de su bebé, lo que hizo renacer sus ansias por sobrevivir. Justo cuando él alzó el puño para estrellarlo contra su rostro, se apartó, y el golpe de Dairon impactó de lleno contra la escamosa corteza.

Aprovechó los escasos segundos en los que él aullaba de dolor, gritaba improperios y se sujetaba la mano ensangrentada, y se precipitó por el primer sendero que encontró. Corrió haciendo uso de sus últimas fuerzas sin mirar atrás, echando un vistazo al cielo entre las ramas y rogando a un Dios, que se le había mostrado esquivo, que le permitiera seguir viva hasta ver a Harry una última vez.

Con el rifle a mano y la ayuda de un candil, Harry analizaba cada huella y marca del terreno tomándose el tiempo necesario para no dejar nada sin revisar, pero consciente de que cada segundo jugaba en su contra.

Era un verdadero milagro que la tormenta se estuviera desviado lo suficiente como para que no azotara la montaña con toda su fuerza. La nevada seguía constante y algún trueno rompía de cuando en cuando el silencio, avisando de que el peligro no había pasado, pero nada detendría su búsqueda.

Estaba agotado, se había visto forzado a dejar el caballo tan pronto había encontrado abandonada la montura de Dairon para seguir por los mismos senderos estrechos que ellos habían tomado y eso le estaba pasando factura. Pero, si ellos iban a pie, quería decir que estaban tanto o más cansados que él, por lo que confiaba en dar con ellos de un momento a otro.

La ruta que seguía Dairon, sin ningún tipo de orden ni dirección, dejaba claro que no sabía qué estaba haciendo ni hacia dónde iba. Estaba preocupado, y no solo por los jirones del abrigo de Bree que iba encontrando. Ir sin rumbo era peligroso, podrían perderse en lo profundo del bosque, caer por un precipicio o acabar hundidos en el Potomac por causa de un mal paso. Harry se estremeció con solo imaginar a Bree, de nuevo, pasando más peligros en la montaña. Tampoco quería ese fin para aquel malnacido. Esta vez, quería ser él quien estuviera presente, para asegurarse de que Dairon se iba de este mundo de una vez por todas.

Apretando las manos alrededor del arma, Harry se obligó a calmarse. Ya saldaría deudas con ese tipo ofreciéndole veinte golpes por cada marca que tuviera Bree.

—Aguanta, mi amor —rogó en el silencio de la montaña.

Ella lo había hecho antes, se repetía. Era una mujer de fuerza descomunal, valiente y capaz de sobrevivir. Había escapado a los implacables Apalaches dos veces; huyendo de aquel hombre y, luego, al dejar la cabaña sola. Volvería a hacerlo. Se lo debía a sí misma, al hijo que esperaba y a él, que no sería capaz de seguir adelante con su vida sin ella. No renunciaría al amor de la mujer que había escogido aunque tuviera que arrebatársela a la muerte de entre las manos otra vez.

—Estoy aquí —susurró deseando poder gritarlo para que ella le oyera, pero manteniendo silencio para no poner el enemigo sobre aviso—. Y te encontraré, Bree. Te encontraré dondequiera que estés.

De pronto, algo entre las ramas bajas llamó su atención. Un nuevo trozo de tela, más pequeño, le dio la fuerza necesaria para continuar. Estaba en el buen camino y el latido de su corazón, frenético, le animaba a continuar. Aceleró el paso mirando en todas direcciones y no tardó en encontrar las primeras marcas de sangre. Fijando la vista en cada roca saliente, cada rama y tronco de árbol, fue hallando un evidente rastro que seguir para quien sabía dónde mirar. Estaba tan preocupado como asombrado. Ella estaba dictándole el camino. Eso significaba que estaba viva y lo bastante consciente para pensar con claridad.

—Vamos, cariño, vamos —casi sollozó de alivio—. Dime dónde estás, llévame hasta ti.

Sus ojos se posaban en cada pista que ella le dejaba, en cada huella, cada desgarrón de ropa que la estaba lastimando, pero que Harry recogía con la mirada mientras sus pies corrían de manera automática entre las sombras del bosque. Estaba cerca, lo percibía, algo en el aire había cambiado y le obligó a hacer un esfuerzo para no dejar atrás ni un ápice de información vital.

Sin embargo, tras algunas zancadas sin encontrar huellas ni indicio alguno, se detuvo en seco y retrocedió hasta la última señal. Gotas de sangre que al amparo de la copa del árbol continuaban visibles. Las tocó con los dedos y las descubrió frescas, luego alzó la vista al frente y se topó con algo que le había pasado desapercibido. Alguien había golpeado el tronco, la forma que adquiría la corteza era inconfundible para sus ojos. Miró alrededor y observó unos segundos las pisadas que encontró. Unas iban por un lado, otras por otro. Descartó las suyas propias y sonrió para sus adentros. Bree había escapado y estaba escondiéndose a la espera de que él la encontrara.

—Vamos, señora —rogó en voz muy baja esperando que el rastro no se hubiese disipado a causa de los nervios y el miedo. Si lo perdía ahora, no podría dar con ella. Tomó con fuerza el rifle entre las manos y anduvo agazapado para evitar ser visto—. Sé que estás cerca, mi amor. No me falles ahora.

34

La luz del amanecer se alzaba tan brillante ante sus ojos que estuvo segura de que pronto iba a desmayarse. Exhausta, cayó de rodillas en un claro cubierto de nieve y, por un segundo, se permitió observar la belleza del lugar donde se encontraba. Aquel campo sembrado de blanco, con algunas pocas flores diseminadas, parecía un buen lugar para morir.

Su respiración se amplificó en el solemne silencio de la montaña. Debería sentir un dolor profundo, pero era tanto su agotamiento que Bree ya apenas lo percibía. Apenas notaba el calor de las lágrimas silenciosas que se iban deslizando por su tez fría y mortecina. Convencida de que su final estaba cerca, solo atinó a moverse para envolver con los brazos aquel vientre que ya no seguiría creciendo y, aunque quiso componer una oración, le fue imposible encontrar las palabras que hicieran justicia a la honda pena que la embargaba. Su pequeño hijo... Aquel bebé al que no conocería. Lo sentía tanto... Lamentaba de forma tan profunda no poder haberle protegido, no haber sido una madre mejor, que cada frase perdía sentido.

Las pisadas de Dairon empezaron a colarse en sus pensamientos interrumpiendo la callada despedida que Bree ofrecía al hijo que no tendría. Estaba cada vez más cerca, podía sentirlo. Oía sus jadeos y notaba cómo las hojas se quebraban a su paso. Tenía que moverse, pensó en medio de la niebla de su cansancio. Si aquel iba a ser el lugar donde reposaría su cuerpo, no quería dejar de vivir echada en el suelo, sino enfrentar el final con dignidad, levantando la cabeza y mirando a su verdugo a los ojos aunque no pudiera ponerse de pie.

—¡¿Dónde estás desgraciada?!

Bree vio la sombra amenazadora de Dairon penetrando en el claro. Tenía el pelo empapado sobre la cara cubriendo casi por completo la grotesca cicatriz. Aquellos ojos, enrojecidos y brillantes de una ira como hasta entonces ella no había visto, se le clavaron en el alma. Supo con certeza que aquello era el final, y el primer golpe, así se lo confirmó.

—¿De verdad pensabas que podías escapar de mí en esta maldita montaña, zorra? —le escupió—. ¿Qué esperabas? ¿Qué todas esas miguitas de pan que estabas dejando para él no me servirían a mí para encontrarte? ¿Crees que soy estúpido? ¿Eh? ¿Lo crees?

Bree se dobló sobre sí misma al recibir la patada que Dairon le propinó e intentó mantener el vientre protegido de la rabia incontenible de aquel hombre, que parecía dispuesto a cumplir la peor de todas sus amenazas: matar al niño primero y obligarla a sentir cómo lo perdía.

—¡Nunca dará contigo! ¿Lo entiendes? ¡No va a tomarse la molestia de buscarte! —gritó descontrolado mientras su voz se elevaba más allá de las copas de los árboles—. Y aunque lo hiciera... te aseguro que no hallará de ti más que despojos.

Volvió a arremeter, dándole un puntapié que le rozó la cara. El sabor de la sangre llegó a los labios de Bree, que tiritaba más por miedo que a causa del frío que estaba haciendo mella en todos sus huesos. Dairon seguía increpándola con insultos, lanzando improperios que sonaban el doble de audibles debido a la envidiable acústica del lugar donde se encontraban. Bree sentía como si toda la montaña estuviera siendo testigo del odio irracional que despertaba en aquel hombre al que, tiempo atrás, se había entregado con la confianza de que una nueva vida estaba empezando para ella.

La siguiente patada casi la hizo desfallecer por completo. Bajó la guardia y, con la tercera, él acertó muy cerca de su estómago. El dolor la hizo llorar.

—¡Por favor! —rogó sin voz, aunque sabía que aquello era el final—. ¡Te lo ruego Dairon, te lo suplico, el bebé... mi bebé...!

Él solo le sonrió en respuesta, lleno de una mezquindad insoportable.

—No mereces tenerlo. Tú no mereces nada.

Volvió a alzar la pierna y Bree cerró los ojos. En silencio, mientras esperaba el golpe de gracia, la velocidad de sus pensamientos la hizo boquear en busca de aire. El dolor la mantenía al borde del abismo, las lágrimas se congelaban en su rostro y el corazón ralentizó sus latidos, en clara invitación a la muerte. Ya no quedaba nada por lo que luchar, se estaba rindiendo. Suplicar estaba de más, rezar estaba de más, despedirse era lo único que le faltaba antes de que aquella bestia la condenara a una partida injusta.

La mente viajó rauda hasta el bebé que ansiaba tener entre los brazos, jamás podría admirar su carita, jamás compartiría con él los momentos que deseaba atesorar el resto de su vida, jamás le daría la oportunidad de ser feliz... El sollozo que le subió a los labios amenazó con partirla en dos del dolor. Pensó en los Murphy evitando centrar la atención en él, en Harry, en el hombre al que amaba y al que había defraudado una vez más. Qué estúpida había sido huyendo de él, qué equivocada había estado al no aceptar de inmediato su proposición de matrimonio. Rose Anne había estado en lo cierto, ¿para qué esperar si ambos lo deseaban más que nada en la vida? Ahora ya no tenía importancia.

«Harry», lo llamó en silencio, «perdóname».

El sonido de un disparo que impactó junto al tronco más cercano a ellos, rompió el silencio del claro.

Pálido, Dairon miró en todas direcciones a través de los copos blancuzcos que caían a su alrededor y rápidamente se agachó para levantar a Bree y tiró de ella con fuerza hasta que pudo usarla de escudo. Extrajo el cuchillo que llevaba atado al cinturón y se lo puso en el cuello. Ella apenas se movía. Con unas manos que habían perdido toda la fuerza, se sujetaba el vientre al tiempo que un hilillo de sangre roja se deslizaba por su pierna y marcaba la nieve.

—¿Quién anda ahí? —preguntó Dairon, nervioso.

A pesar de la neblina que enturbiaba su conciencia, a Bree no le cupo la menor duda de quién acechaba a Dairon en aquel bosque. Solo una persona sería capaz de encontrarla, de llegar al punto exacto donde se hallaban después de una noche entera de camino entre árboles y nieve.

Cuando Harry apareció en el claro, con el rifle en alto y el sombrero echado sobre la cara, con aquella mirada fija puesta en ellos, algo en su pecho se liberó. La presión del terror fue disipándose, pues, aunque estuvo segura de que no saldría de allí con vida, de que todos sus planes e ilusiones estaban ya perdidos, una paz inconmensurable la llenaba. Porque Harry no dejaría escapar a Dairon.

—¡Suéltala! —advirtió Murphy apuntando al hombre al que más odiaba con el cañón del rifle—. No fallaré el tiro una segunda vez, te lo aseguro.

Dairon se rio, probablemente por una mezcla de asombro y estupidez. El sonido de un trueno resonó sobre sus cabezas y, pocos segundos después, una lluvia suave pero insistente comenzó a caer.

Harry evaluó la situación con rapidez. Bree estaba sangrando, agotada y casi congelada. Una huida rápida estaba descartada. Entonces vio el sangrado que le discurría por debajo de la falda hasta calar en el suelo y el estómago se le contrajo de pena.

«No, Señor, no...».

—¿Has venido hasta aquí por ella? —La voz de Dairon tenía un matiz de duda que hizo aumentar el enfado de Harry todavía más—. Bueno... entonces terminar con esta zorra será todavía más satisfactorio, porque vas a verla morir, muy lentamente, con tus propios ojos.

Harry estaba tan furioso que, por un segundo, se sintió preparado para abrir fuego sin que importara nada más. Matar a Dairon era todo cuanto le pedían sus sentidos, pero entonces compartió una única mirada con aquellos ojos color avellana velados de lágrimas y respiró hondo. No podía arriesgar, no cuando la vida de Bree estaba en juego.

Si no controlaba sus emociones y desviaba la atención de Dairon, perdería cualquier oportunidad de salir de allí con Bree a salvo. Sin perder de vista el objetivo, Harry robó a la agonía que estaban viviendo solo unos segundos, dedicando a su señora un gesto que pasaría inadvertido para cualquiera, salvo ella. Enarcó con levedad una ceja y le hizo un guiño, rogándole sin palabras que borrara aquel semblante de rendición de su rostro. Aquello no había acabado allí, no cuando todo el amor del mundo se diluía en esa única mirada.

—Me has encontrado —susurró Bree, inmóvil, con el semblante ceniciento y los moratones empezando a formarse en su rostro—. Me has encontrado.

—Siempre la encontraré, señora. —Harry amartilló el rifle, puso el dedo con firmeza en el gatillo y dio dos pasos al frente—. Aparta el cuchillo de ella. ¡Ahora, Dairon! No tienes adónde ir.

—¡Acabaré con esta perra tanto si disparas como si no, granjero! Estoy en mi derecho. Me robó, después de que la sacara de ese pueblucho de mierda, intentó matarme y, por si fuera poco, se revuelca contigo. ¿De verdad ibas a aceptar una mujer así? ¿Ibas a vivir con una ladrona, puta y asesina?

Tentado a volver a disparar, Harry se obligó a calmarse. La nevada estaba empeorando y Bree apenas era capaz de sostenerse en pie. Dairon estaba dando imperceptibles pasos hacia atrás, con el cuchillo cada vez más presionado contra el cuello de Bree. No quería ni imaginar qué podía significar aquello... si se arriesgaba, ella podía acabar muy mal herida.

—Los caminos quedarán cubiertos de nieve, Dairon —exclamó Harry, haciéndose oír por encima del aullar del viento. Debía ganar tiempo como fuera—. Si le haces más daño te mataré, eso te lo juro por Dios. Olvida intentar huir, no sabrás volver al pueblo y morirás como un perro aquí arriba. —Tomó aire, obligándose a sonar convincente, forzándose a pensar que hacía aquello por ella, dejando el odio que sentía atrás—. Suéltala y te daré una oportunidad. Te diré qué camino tomar.

Aquello espabiló a Bree, que miró a Harry a través de la cortina rojiza de su pelo empapado. Negó con fuerza moviéndose con tal vehemencia que el cuchillo le rozó el cuello y le provocó un corte superficial que marcó su piel inmaculada.

—¡No, Harry, no! —Ella no importaba, ¡no importaba! Rogó para que Harry no hablara en serio, para que no dejara escapar a Dairon a cambio de ella. Aquel hombre seguiría sembrando el terror y la maldad por donde pasara.

—¡Cállate, inútil, cállate de una vez! —Dairon la sacudió, desesperado. El dolor de cabeza le estaba matando. Todas aquellas pulsiones que sentía, el frío, la lluvia y el agotamiento tras toda una noche cargando a la zorra por la montaña... trastabilló al caminar hacia atrás. Necesitaba pensar, pero el lloriqueo de aquella estúpida no lo ayudaba.

Intentando no hacer movimientos bruscos, Harry vio antes que ellos adonde se dirigían. Sin bajar el arma y cubriendo la distancia que los separaba, se detuvo cuando vio que Dairon empuñaba con más fuerza el cuchillo.

—¡No te muevas! ¡La mataré, acabaré con ella ahora mismo! Y como sigas acercándote, la destriparé despacio para que los dos sufráis hasta el último aliento, ¿está claro? —sonrió, satisfecho con sus palabras—. Vas a quedarte muy solo, Harry Murphy, es una pena, ¿sabes? Esa golfa de Lyla Monroe habría hecho cualquier cosa por ti. Solo por eso, mereció morir.

Cuando el entendimiento de lo que aquellas palabras significaban atenazaron a Bree, abrió mucho los ojos expresando con un grito el terror que no encontraría palabras para ser definido. Dairon narró con detalles cómo Lyla había exhalado bajo la fuerza de sus manos. Se burló de la esperanza de aquella mujer, de los intentos que hacía por lograr el amor de Harry, sin éxito.

—Habría hecho lo que le hubiera pedido con tal de que quedaras libre —se burló Dairon con la mirada puesta en los coléricos ojos de Harry—. Mujeres... no valen más que para una cosa, y algunas ni siquiera saben hacerlo bien.

Paseó el cuchillo por la garganta de Bree, que temblaba y se retorcía entre profundos dolores. Cada vez sangraba más, por sus múltiples heridas, por aquella pérdida que escurría entre los muslos. Lleno de rabia, Harry blasfemó, aunque sus palabras quedaron ahogadas por un potente trueno. Con el arma apuntando a Dairon, se iba acercando despacio a medida que este se alejaba. El precipicio que aquel asesino no había visto estaba a escasos metros de sus pies, pero antes de que Harry pudiera concebir ningún plan, tenía que apartar a Bree de todo peligro.

Su señora... la miró un segundo embargado de amor. Cuánto había pasado en tan poco tiempo, cuánto había sufrido. Él solo quería hacerla feliz, llenarla de amaneceres en sus brazos, colmarla de atenciones, vivir una vida plena y satisfecha juntos. Quererla, con el respeto y la devoción que una mujer buena y valiente como ella merecía, pero también darle la pasión suficiente para que no le quedara duda alguna de cuánto merecía ser adorada por un hombre que supiera lo que valía realmente una compañera como ella.

—Todo va a salir bien —le dijo, buscando tranquilizarla y darse paz a sí mismo—. Se lo prometo, señora. Estoy aquí y no voy a dejarla.

—¡Qué enternecedor! Es una pena que esta historia vaya a terminar aquí y ahora —se burló Dairon, moviéndose otro par de pasos hacia atrás.

—La tormenta se nos viene encima, Dairon —exclamó Harry sintiendo que se le entumecían los dedos con los que sujetaba el arma. Solo tendría un tiro. No podía fallar—. Apártate de ella y tendrás una oportunidad de salir de aquí.

—No lo has entendido, Murphy. No permitiré que Bree sobreviva. La marqué el día que puse los ojos en ella. Yo decido lo que le pasa, y su vida ha terminado.

El corazón se le saltó un latido, pero Harry no se amedrentó. Se recolocó el rifle en el hombro y apuntó.

—Entonces, no queda nada más que decir. —Harry recolocó las piernas sobre el lecho de nieve y entrecerró los ojos dispuesto a disparar. Calculó el ángulo y movió el cañón hasta que casi tuvo un tiro limpio. No podía estar seguro, pero no vacilaría. Dairon lo supo, y Bree también.

—¡La mataré! —exclamó Dairon, que sudaba pese al frío de la montaña—. ¿Me has oído, imbécil? ¡Voy a matarla!

—¡Y después yo te mataré a ti, Dairon! Y te prometo que, esta vez, me aseguraré de que no vuelvas a levantarte. —Harry puso el dedo en el gatillo y miró a Bree solo un segundo. Una mirada de amor y, quizá, de despedida.

Desesperada, Bree interpretó el gesto de advertencia de Harry y supo que un peligro más estaba acechando. Quiso girar la cabeza para ver adónde iban, para encontrar un árbol al que agarrarse, pero fue inútil. Él la tenía bien sujeta y el dolor que surcaba su cuerpo le impedía todo movimiento.

En una fracción de segundo, Dairon echó el cuerpo hacia un lado, pero calculó mal el ángulo de huida y se desestabilizó. Entonces abrió los brazos en un intento desesperado por recuperar el equilibrio, apartando el cuchillo por fin de Bree. Harry se dio cuenta, con horror, de que la fuerza de la caída de Dairon por el precipicio iba a llevarse a Bree con él y se lanzó sobre la nieve soltando el rifle, dejó escurrir medio cuerpo ladera abajo y, agarrando a Bree de la mano, la mantuvo suspendida en el aire, con los dientes apretados y sintiendo pinchazos en los hombros a causa del esfuerzo. Presionó los pies en la tierra y emitió un gruñido. Sus huesos podrían romperse en dos, pero de ninguna manera la soltaría.

Oyeron un grito y, luego, un terrible golpe. Dairon había caído y se había estampado contra el helado suelo de roca. Bree miró apenas y comprendió, al ver la posición del cuerpo, que el hombre que la había amenazado y torturado estaba muerto. Chilló de espanto removiéndose, lo que provocó que Harry tuviera que tirar aún más de su mano.

—No mires, no mires —le ordenó agarrándose al borde del abismo con la mano libre—. Señora, eh, eh, ¡Bree! Mírame a mí, ¿de acuerdo? Te tengo. Estás a salvo, te tengo.

En un esfuerzo sobrehumano, los dos usaron las pocas fuerzas que les quedaban para lograr subirla. Bree apoyó las piernas en cada saliente de roca que encontró, sin importarle los arañazos y los golpes, intentando tan solo proteger su vientre magullado de más heridas. Sin embargo, pronto comprendió que no tenía sentido seguir haciéndolo. La hemorragia no era acusada pero sí continua y el bebé llevaba rato sin moverse. A pesar del dolor que aquella certeza le provocó, usó las uñas y todo cuanto le restaba de fuerzas para ayudar a Harry, que tiró de ella como un animal, hasta que el cuerpo de ambos aterrizó sobre la pradera nevada, a salvo.

Tan pronto la tuvo cerca, y sin esperar a recobrar el aliento, Harry la abrazó. La oyó gemir y llorar contra su pecho mientras un torrente de lluvia les caía encima sin compasión. Miró al cielo dejando que sus propias lágrimas se confundieran con las gotas que se le escurrían por el rostro y dio gracias a Dios.

—La tengo, señora —le susurró, con el alma pendiente de un hilo—. Ya está a salvo. Ya está... ha pasado. Se acabó, lo prometo, Bree. Se acabó.

A lo lejos oyó voces y ladridos de perros. La partida de búsqueda se acercaba, por fin habían dado con ellos.

—Todo ha terminado —volvió a susurrarle besándola en la frente y las mejillas, acariciándole el rostro tan pronto ella lo separó de su pecho—. Ya está, amor mío.

—El bebé... nuestro bebé...

Aquel susurro le rompió el alma a Harry. Quiso decirle lo valiente que había sido, lo bien que había mantenido la calma y lo increíble que había resultado que pudiera dejarle todas aquellas señales para encontrarla, pero no encontró palabras que sirvieran para calmar el dolor que ahora compartían. Colocó la mano sobre el estómago de Bree y se miraron con la pena cayendo sobre sus hombros.

Ella suspiró poniendo su palma sobre la de Harry, aferrándose a él, temerosa de volver a perderle, y, con la pérdida latiendo con brío en sus corazones, solo pudo rogarle una cosa.

—Llévame a casa, Harry.

—Para siempre, señora.

35

Harry recordaría aquella noche mientras le quedara vida. Conforme avanzaba montaña abajo siguiendo a la partida de búsqueda, a esos hombres fuertes y capaces, recios y conocedores de los peligros de los Apalaches, veía cada sendero con otros ojos. Todo parecía haber cambiado en el transcurso de unas pocas horas. Pese al agotamiento y la preocupación por el estado de Bree, la angustia que le había atenazado el pecho se había aliviado.

Aunque le dolía hasta el último hueso del cuerpo y estaba seguro de haberse fracturado al menos un par de dedos al subir a Bree por la ladera, rechazó la camilla que los hombres le ofrecieron, para poder andar al lado de la de ella.

La observó con creciente emoción, sin poder creer que la tuviera viva y a salvo a su lado. Ella estaba acurrucada, cubierta con múltiples mantas y con los brazos doblados sobre el vientre. De cuando en cuando murmuraba algunas palabras y, aunque Harry no las entendía, asentía con firmeza. Ya habría tiempo para hablar y llorar las pérdidas más tarde, se dijo. Ahora solo le importaba que el peligro hubiera pasado. Si eran fuertes y estaban juntos, saldrían adelante. No les quedaba más opción, pues Harry no pensaba renunciar a ella por ninguna circunstancia, ni siquiera a causa de la propia Bree.

Cuando llegaron ante la granja, Rose Anne los esperaba en el mismo lugar donde había quedado la noche anterior cuando Harry se había ido. Abrigada con una manta que había pertenecido a su marido, se persignó al ver aparecer a los hombres cargados con la camilla y corrió a su encuentro, desesperada.

—¿La has encontrado, hijo? ¿Está viva? —preguntó ansiosa echándose sobre Bree. En cuanto pudo descubrir el rostro de la joven y vio sus ojos abiertos, la sonrisa le iluminó las facciones—. ¡Dios mío, muchacha, has vuelto a lograrlo!

Emocionado por la reacción de su madre, Harry tomó la mano de Bree acompasando su paso al de la camilla. Estaban en casa. Y lo habían logrado juntos.

Tres días después de su llegada, Harry se caló el sombrero con la mano sana y decidió que era momento de evaluar los daños que las lluvias y nevadas de los últimos días habían causado en la propiedad. Mientras tuviera entablillados dos dedos, poco o nada podría hacer para reparar goznes y engrasar puertas, pero al menos podría empezar a confeccionar una lista sobre la inmensa cantidad de trabajo que iba a venírsele encima tan pronto estuviera en condiciones.

—No me gusta ese ceño —oyó decir a su madre a su espalda—. ¿Estaba el beicon poco hecho?

—Estaba hecho de más —respondió Harry, que le sonrió girándose hacia ella con gesto cansado—. No he podido pegar ojo pensando en todas las cosas que voy a tener que hacer en cuanto esta maldita mano funcione como debe.

—Teniendo en cuenta que podrías haberla perdido, yo estaría agradecida. —Rose Anne apiló las tazas y, después, pensando que no tenía mucho sentido apresurarse, se sentó—. Todos haremos lo que podamos, Harry. De ninguna manera puedes cargar con toda la responsabilidad de la granja sobre tus hombros. No te lo permitiré.

—Soy el único hombre de la casa, madre. La responsabilidad recae en mí.

—Nadie duda de tu hombría, hijo, pero no vives solo. Aquí hay mujeres de sobra y te aseguro que ninguna es inútil. Mientras hablamos, Mary Kate y JJ se están ocupando de ordeñar y recoger huevos. En cuanto al resto...

Con una mirada elocuente, Harry puso los ojos en las escaleras que daban al piso de arriba, donde Bree descansaba. Tenía la espalda destrozada por haberse visto obligado a volver al dichoso sofá, pero de ninguna manera pondría en riesgo su recuperación forzándola a compartir la cama con él, por más que se muriera de ganas de sentir su calor y el peso de su cuerpo al otro lado del colchón. Esperaría una eternidad si fuera necesario. Tenía el resto de la vida, una promesa tan dulce que se sentía agradablemente empalagado.

Rose Anne se acercó y le dio un golpecito en el pecho. Madre e hijo se miraron con un gesto cómplice y Harry, ruborizándose, apartó la mirada.

—Ya está despierta. ¿Por qué no dejas ese sombrero en su sitio y vas a verla? —le sugirió con una picardía que hacía tiempo que no asomaba a sus ojos.

—Alguien tiene que evaluar los destrozos de la tormenta...

—¡Bah! Como si fueran a repararse solos por más rápido que los miraras —disintió con un gesto de su mano que indicaba lo absurdo de sus intenciones—. Anda, sube con ella. Lo estás deseando y esa cara de cordero degollado te pone en evidencia. Una madre no debería verse obligada a ver a su hijo en semejante estado.

Harry se agachó y la besó en la mejilla. Dejó el sombrero a un lado y decidió obedecer. A medida que fue conquistando cada peldaño que le aproximaba al dormitorio donde descansaba Bree, el corazón iba acelerándose a causa de la emoción.

Durante el primer día, una vez volvieron de la montaña, ella no había hecho otra cosa más que llorar aferrada a su pecho. Lloró y lloró, con unos gritos desgarradores que sumieron al resto de la casa en un silencio compungido que nadie se atrevió a romper. El llanto no cesaba y él había empezado a temer que las heridas infringidas por Dairon no llegaran a sanar jamás. Habían pasado por tantas cosas, habían experimentado un sufrimiento tan profundo, que era posible que las secuelas se negaran a abandonarla. Bree sufría y Harry se maldijo a sí mismo durante cada minuto que pasó secándole lágrimas, mientras la acunaba con fuerza rogándole que le perdonara por no haberla encontrado antes, por no haberla mantenido a salvo con más pericia.

Por fortuna, el médico se presentó en la granja con toda suerte de remedios y obligó a todo el mundo a cesar el llanto y recobrar la serenidad. Empezó su exploración y, entonces, aunque fuera tronaba con violencia, en la casa brilló un sol inesperado.

Y desde ese momento, casi por arte de magia, todo había empezado a ir mejor.

Harry llamó suavemente con los nudillos y esperó con respeto hasta que obtuvo permiso para entrar. Al traspasar el umbral, se encontró con la sonrisa soñolienta de Bree, que estaba medio incorporada en la cama, vistiendo un precioso camisón nuevo y trenzándose el cabello con un lazo de seda. Sus mejillas volvían a tener color y los moratones y arañazos, aunque visibles, no le restaban un ápice de belleza. Enseguida extendió la mano hacia Harry para que fuera a ella y él, aceptando aquella petición que no soñaba con rechazar, le besó los dedos y se sentó a su lado, con tiento de no mover excesivamente la cama, evitando provocarle cualquier daño.

—¿Cómo lo hace para que, cada vez que la veo, el corazón se me pare en el pecho, señora?

Bree se rio, entrelazando los dedos con los de él.

—No lo sé. Tú podrías decírmelo, ya que mirarte tiene el mismo efecto en mí.

Incapaz de contenerse, Harry se inclinó y la besó en la frente. Después, rozó con los labios la nariz de Bree y, por último, le tocó la boca con la suya. El anhelo bulló entre ellos como una olla puesta a hervir. Temiendo no ser capaz de controlarse, Harry emitió un gruñido y se apartó.

—Juraste que no volverías a dormir en el sofá —murmuró Bree mientras jugueteaba con los dedos rudos del hombre al que amaba.

—Lo hago por una causa que merece todo sacrificio. Y no me pesa. —Era cierto. No hizo falta que Rose Anne le indicara el lugar donde debía descansar hasta que ella se recuperara. Él mismo tuvo claro que no le pondría un dedo encima a su mujer hasta que estuviera sana por completo. Eso sí, rezó a Dios hasta caer agotado para que el cuerpo de Bree y la naturaleza obraran su magia, y se repusiera de las heridas cuanto antes.

—Aun así... no me parece justo, Harry. Este es tu dormitorio después de todo.

—Bree, una vez te dije que, en todo lo que importaba, eras mi esposa. Así que todo lo mío es tuyo, y eso incluye esta habitación. —Acariciándole el rostro con la mirada, memorizó esas facciones tan amadas—. No te sientas de prestado, mi vida. Nunca. Esta es tu casa. Si yo te pertenezco, ¿cómo no iba a hacerlo mi cama?

Con una sonrisa agradecida, ella asintió. Le dolía tener a Harry lejos por las noches, cuando el frío y el sonido de la nieve solo la invitaban a querer apretarse contra él, sentir su aliento y el tacto de sus manos en la piel. Añoraba que la abrazara y la colmara con su cariño, con sus besos y atenciones. Pero comprendía que debían esperar a que todo estuviera bien, a que no hubiera peligro. El momento llegaría, se recordó, y entonces ya no le dejaría marchar de su lado.

—Pareces preocupado esta mañana. ¿Algo va mal? —advirtió al ver las arrugas que poblaban su frente.

—Solo que las tareas de la granja se acumulan. —Aunque no quería indisponerla con los problemas, comprendió que, si quería tener una vida con ella, no podía mantenerla al margen—. Con todo lo inútil que era Boyle... hacía su parte y me ayudaba a que todo estuviera en orden. Ahora estoy solo y no sé cuánto me llevará dejar las cosas cómo deben estar.

No dijo más, aunque Bree entendió por su mirada el grado de preocupación que latía dentro del pecho de Harry.

—Me parece que hemos demostrado que no somos una familia al uso —le dijo Bree con cariño, sonriéndole—. Si alguien puede arrimar el hombro en esta casa, te aseguro que somos nosotras. Y, si alguna vez faltan manos, ya las encontraremos.

—¿Ha hablado con alguien, señora? —Harry enarcó una ceja al reconocer en las palabras de Bree la influencia clara de su madre.

—Solo puedo decirte que no vas a verte solo con tus preocupaciones. Todos saldremos adelante, Harry. Lo hemos hecho antes cuando luchábamos contra el miedo y la adversidad. ¿Cómo no hacerlo ahora cuando sudaremos por el hogar que amamos?

Lleno de gratitud, Harry se recostó junto a ella, acomodando la cabeza sobre su pecho lleno, sintiendo los calmados latidos de su corazón. Embargado de emoción, llevó la mano al vientre de Bree, llenándolo de caricias que los hicieron sonreír a ambos. Esperó con paciencia, hasta que notó el movimiento que albergaba su interior. Ahí estaba, se recordó. La prueba de que todo era posible, de que los milagros existían y, a veces, le tocaban a uno como una estrella celestial que hubiera caído justo ante su camino, iluminándolo todo de esperanza.

—Siento tanto tener que pasar de reposo el resto del embarazo...

—Ni se te ocurra decir algo así. Merecerá la pena cada día y cada hora que estés en esta cama porque, en primavera, darás a luz el hijo más fuerte de cuantos han nacido en este estado, señora. ¿Acaso no merece la pena?

Bree asintió con la cabeza. Lo habría dado todo por serle de ayuda a Harry, por darle sus brazos y sus fuerzas y levantar con él todo lo que se hubiera caído, pero ahora debía ser egoísta. Debía mantener la cabeza puesta en una única personita, esa que dependía de ella para poder sobrevivir. Su pequeño, la criatura que le había demostrado ser más persistente que el mal que había habitado en el hombre que la había concebido.

—Aún me parece mentira que siga aquí —la oyó decir con la voz tocada por el llanto—. Estuve tan segura de que se había ido... de que le habíamos perdido.

—Pero no fue así, mi amor. —Harry le besó los párpados y se llevó una lágrima que amenazaba con humedecerle la mejilla—. Nuestro hijo quiere vivir y nosotros vamos a asegurarnos de que así sea.

—No haré esfuerzos ni nada de provecho, lo prometo.

—Y como es usted tan terca, señora, no dudo que cumplirá con su palabra.

Por fin, el sonido de su risa inundó la habitación dándole al espíritu de Harry la paz que había necesitado. Fuera, tras la puerta del dormitorio, oyeron las voces airadas de Mary Kate y JJ, que debían de haber vuelto a la casa. El niño empezaba a reclamar la atención de los adultos que tan ocupados habían estado días antes y parecía cuestión de tiempo que echara las advertencias de su madre abajo y se abriera paso por todos los medios para encontrar sus propias respuestas.

—¡Pero es que la señora profesora ha dormido mucho, *ma*! ¡Nadie puede dormir tanto! —le oyeron chillar golpeando con los zapatos el tope de una silla.

—¡JJ, deja de patear la madera ahora mismo! —Mary Kate alzó la voz y, aunque no la veían, Harry y Bree estuvieron seguros de que se había puesto en jarras—. ¿En vez de perder el tiempo, por qué no retomas tus lecciones y repasas las letras? Cuando Bree vuelta a darte clases se desmayará del espanto al verte tan atrasado.

—¡No estoy atrasado! Pero a la señora profesora se le va a olvidar cómo hacer cuentas si sigue durmiendo tanto rato.

Las protestas no cesaron, pero marcharon escaleras abajo y no fueron audibles. Bree miró a Harry con una sonrisa de culpabilidad bailándole en las comisuras de los labios. JJ... echaba tanto en falta sus ocurrencias y los ratos que pasaban juntos afianzando lazos que comprendió perfectamente cómo se sentía el niño.

—No quiero que piense que le he abandonado, ni siquiera cuando nazca el bebé.

—Créeme, aunque quisieras, no podrías hacerlo. JJ te ha reclamado como su maestra personal y no renunciará a ti.

Encantada, Bree se echó hacia atrás la trenza y suspiró. Colmada de tantas atenciones y cariño, se sentía embriagada a todas horas. Aquello debía de ser la felicidad, pensó, la total ausencia de miedo e incertidumbre, vivir resolviendo solo pequeñas cosas del día a día, rodeada de personas que lucharían con ella por salir adelante. Sin dolor. Sin fantasmas.

—Espero que se vaya haciendo a la idea de que no seré para siempre la *señora profesora* —y un brillo tímido anidó en sus ojos—, sino tía Bree.

—¡Eso me recuerda algo! —Saltando de la cama, Harry se revolvió los bolsillos, extrayendo un paquete que había estado guardando durante días, esperando el momento oportuno. Mirando a Bree un tanto azorado, puso en sus manos un paquete envuelto en un papel de seda completamente destrozado. Harry se encogió de hombros, sin saber muy bien cómo explicarse.

—Yo... lo llevaba encima cuando subí a la montaña a buscarte. Quería dártelo en un momento perfecto, pero...

Curiosa, Bree removió la caja entre los dedos, hasta que por fin apartó la lazada y descubrió una cajita. El rostro se le iluminó y sus ojos buscaron los de él, para que confirmara si aquello era, de verdad, lo que ella estaba imaginando.

—Por eso me retrasé aquel día en el pueblo —explicó Harry, que estaba hincándose de rodillas junto a la cama—. Te prometí que haría esto como Dios manda. Bien, señora, pues eso incluye una petición formal y, por supuesto, un anillo de compromiso.

Temblando de emoción, Bree tomó entre los dedos la delicada sortija de oro que contenía la caja. Era sencilla y perfecta. Una joya que sellaría para siempre la promesa de amor y fidelidad que Harry estaba haciéndole en ese momento cumpliendo así una palabra en la que había empeñado su corazón y su vida entera.

—Bree Caser, ojalá fuera un hombre que dominara las palabras más bonitas que hayan existido nunca, porque entonces te las diría todas... —Extendiendo la mano sobre las suaves sábanas de algodón, Harry tomó la palma de

Bree y la besó—. No puedo ofrecerte más que la seguridad de que, mientras me quede aliento, estaré aquí para ti. Te cuidaré, te amaré y adoraré cada segundo que se nos conceda, sean buenos o malos tiempos. Siempre podrás saber que cuentas conmigo. La amo, señora, y juro que lo haré el resto de mi vida. ¿Se casará conmigo?

Ignorando las lágrimas que bañaban su rostro, ella sonrió con amplitud y asintió. Con toda solemnidad, dejó que Harry le colocara el precioso anillo y después rio al ver la devoción con la que le besaba cada dedo, como si no pudiera esperar para cumplir su promesa de adorarla para siempre. Ella tampoco podía.

—Harry... creo que encontrarte era el destino que me aguardaba. Te prometo que afrontaré lo que sea si tengo el convencimiento de que estarás cada noche a mi lado. Te quiero y, aunque sea una palabra que se me antoja pequeña para dar nombre a lo que eres para mí, no dejaré que pase un solo día sin que la oigas de mi boca. —Le rozó el rostro con los labios cuando él se inclinó hacia ella—. Harry... mi Harry... volviste a encontrarme. Siempre me encuentras.

—Nunca dejaré de buscarla, señora. Lo prometo.

Un rayo de sol logró colarse entre la capa oscura que la tormenta había dejado. Incidió en la granja y tocó con su luz la ventana de la habitación. Iluminados por la felicidad de un nuevo comienzo, Harry y Bree sellaron su compromiso con un beso, diciéndose en él todas las palabras que latían en sus corazones.

La primera tarde en la que no nevó, Jefferson apareció en la granja acompañado del hijo de Lyla. Al parecer, aquellas cartas que Rose Anne había enviado a las dependencias policiales solicitando el cuidado de su nieto habían tenido respuesta por fin. El niño fue recibido por la misma matriarca y por Harry, que había vuelto al trabajo con todo el ánimo que un hombre era capaz de reunir cuando debía cortar leña sin poder usar guantes después de haberse roto un par de dedos.

Tan pronto tuvieron al niño delante, Rose Anne se llevó la mano al pecho, incapaz de apartar la mirada de él. Realmente era como tener enfrente a un pequeño Boyle.

—Dios mío, Harry, es igual que...

—Se llama Brent —informó Jefferson, que se agachó un poco para colocar la mano sobre la cabeza del crío—. No consta apellido y nadie, aparte de ustedes, le ha reclamado.

El chiquillo miró a las personas que tenía delante con cierta curiosidad, aunque no con temor. Acostumbrado como estaba a andar de mano en mano, seguramente no le resultaba extraño encontrarse ante otra casa que le era casi desconocida. Harry dejó el hacha y se aproximó brindándole una sonrisa amable, aunque cargada de conmoción.

Brent tenía los ojos de Lyla, cuando la inocencia todavía era parte de ella, cuando todavía no la habían corrompido su ambición y las malas decisiones. Harry la recordaba de niña corriendo por el campo, libre y feliz, creciendo junto a él y los otros niños, sin más preocupación que ganar una carrera o rodar prado abajo entre risas escandalosas. Con un hondo pesar, pensó en aquellos primeros besos, cuando creyó que Lyla era una mujer distinta de lo que luego había mostrado ser. Después, todo había cambiado, ella exigió cosas que Harry no pudo darle, la distancia los separó y él olvidó... ella no. Aquel amor mal entendido había sido su destrucción y amenazaba con ser también la de Brent, que se había quedado solo en un mundo cruel, sin apellido ni padres.

—Se llama Brent Murphy, agente. —La voz de Mary Kate sonó más firme que nunca mientras bajaba los escalones del porche, antes de tomar lugar junto a Rose Anne, que estaba demasiado emocionada para hablar.

La viuda de Boyle, la mujer apocada que se había conformado con las migajas de un cariño que debería haberle pertenecido por completo, parecía renacida. Altiva, segura de sí misma, sin rastro de dolor o pena, y sin incertidumbre, se agachó hasta quedar a la altura del niño y le dedicó una sonrisa tan maternal que este, cuando ella le indicó que se acercara, lo hizo sin vacilar.

—Esta fue la casa de su padre y aquí viven su hermano, su tío y su abuela. Somos su familia y vamos a quererle —añadió limpiándole una mancha oscura de la mejilla con su delantal.

Seguramente aliviado al saber que el sentimiento de estar solo en el mundo no había sido más que un mal sueño, Brent se lanzó a los brazos de Mary Kate y se abrazó a su cuello como un náufrago que hubiese divisado tierra tras días de nadar sin rumbo. Ella cerró los ojos estrechando el cuerpecito con fuerza.

—Yo seré tu mamá —susurró Mary Kate acunando al pequeño y negándose a soltarlo—. Ya no estarás solo, Brent. Nunca más estarás solo.

Asumiendo que todo estaba dicho, Jefferson se despidió con un gesto de la cabeza y emprendió el camino de regreso a Morgantown, satisfecho por primera vez de forma completa con su trabajo. Estaba seguro de que no había destino mejor para el pequeño que la familia Murphy. Eran buena gente, realmente merecían un poco de paz en sus vidas. Con suerte, ahora la tendrían.

—Vamos dentro, ya es tiempo de que JJ conozca a su hermano —anunció Mary Kate, que se marchó con el niño mientras Harry aprovechaba el momento de intimidad para rodear a su madre con el brazo.

—Es una gran mujer. Ojalá Boyle lo hubiera visto —suspiró Rose Anne, que se había quedado pensativa.

—No es tarde para ella, madre —susurró Harry—. La vida tiene maneras increíbles de regalarnos nuevas oportunidades.

—Pues creo que bajo este techo nos hemos ganado algunas.

Sonriendo, Harry asintió. No podía estar más de acuerdo.

—Me alegra que tengamos a otro hombre en la granja. Aunque sospecho que habré de esperar algunos años antes de sacar de JJ y Brent algo más que nombres para los terneros.

—Bueno, todo llegará, Harry. Todo llegará. Dejemos que estudien y sean hombres de bien. Después... el tiempo lo dirá. —Con un gesto resuelto, Rose Anne miró hacia la ventana, donde adivinaba la figura de Bree recostada en la cama soñando con la criatura que llegaría con las primeras flores de la primavera—. Con tanto hombre en la casa, espero haberme equivocado con mis predicciones y que Bree me traiga una nieta.

Harry puso la vista en el horizonte, donde la luz del sol tardío arrancaba colores a la tierra majestuosa de los Apalaches. Si se concentraba, casi podía oír el discurrir del Potomac o el susurro del viento aullando entre las cimas de las montañas. Aquella impresionante extensión de piedra, casi impenetrable, que perduraría durante siglos, mucho después de que todos ellos hubieran abandonado el mundo, se alzaba ante sus ojos. Allí la había mirado por primera vez. La había amado y arrancado de las garras de la muerte. En aquel lugar, Bree se había convertido en parte de él, como la roca que se aferra al suelo y permanece a pesar de los embates del agua, del transcurso del tiempo y del devenir de las estaciones. En aquella montaña se habían encontrado, mucho antes de entender que buscarse era para lo que vivirían.

—Cuenta con eso, madre —declaró con una sonrisa radiante—. Si alguien puede lograr cualquier cosa, esa es mi señora.

Epílogo

« Las vistas desde la cima serán el regalo perfecto tras el viaje.»
HAROLD V. MELCHERT

Virginia Occidental, otoño de 1923

Valentina había nacido bien entrada la primavera, cuando el invierno y todos sus pesares ya habían quedado atrás. En un parto sorprendentemente fácil, llegó al mundo entre llantos, colorada y expresando las protestas por haber sido arrancada del vientre materno en el que tanto había luchado por permanecer desde muy pequeña. Se había convertido en la reina indiscutible de la casa y adultos y niños se paraban siempre al pasar por su lado, dispuestos a darle un mimo o una caricia.

Con sus grandes ojos almendrados y el escaso pelo que empezaba a enrojecerse, Harry decía con orgullo que era el vivo retrato de su madre. Y, aunque pareciera una locura, Bree era capaz de ver cosas de él en la pequeña.

—¿Cómo no va a tener parecido conmigo? —decía, casi ofendido, mientras la acunaba contra su enorme pecho—. ¡Soy su padre!

Meses atrás, tan pronto la futura madre se hubo recobrado de sus heridas y pudo levantarse de la cama sin peligro, la familia Murphy al completo había ido al pueblo. Ataviados con sus mejores galas, vieron cómo el párroco de Morgantown unía en matrimonio a Bree y Harry, en una ceremonia íntima que contó solo con los pocos familiares y amigos de ambos contrayentes, que no echaron nada en falta.

Aunque en un principio, tanto Harry como ella habían estado de acuerdo en esperar al nacimiento del bebé, todo lo ocurrido los había animado a dar el paso cuanto antes. Así que habían decidido no demorarlo más y recibieron la bendición, no sin miradas suspicaces del párroco por la prisa, en una mañana en la que el sol no dejó de brillar. Bree tuvo su vestido de novia, hubo flores decorando la iglesia, un coro de niños cantores, entre los que participaron JJ y Brent, para sorpresa de todos los presentes, y un digno banquete de novios en las tierras de la granja.

Bree no olvidaría nunca la expresión de Harry ese día y lo elegante que se había arreglado, con el cabello de reflejos claros bien peinado y la barba recortada. Estaba increíblemente atractivo y sonriente. La había hecho su esposa con el corazón lleno de alegría, seguro de su decisión, y, por fin, Bree se sentía perteneciente al núcleo Murphy por pleno derecho. Ellos la arropaban y ella los correspondería siempre con cariño incondicional. La habían salvado de muchas maneras distintas, dándole cobijo cuando se sintió perdida y abrigándola cuando el frío de la muerte estuvo a punto de llevársela. Les debía la sonrisa con la que daba la bienvenida al nuevo día cada mañana.

Recordando esos momentos, Bree sonrió con agradecimiento en dirección a Rose Anne, que tendía ropa junto a ella. Su suegra era un regalo del cielo, igual que todos los miembros de la familia. La había ayudado durante los duros meses de reposo previos al parto y, después, cuando su bebé dio por fin la primera bocanada de aire, estuvo a su lado en todo momento. Bree no podía pedir más de lo que tenía: un hogar y una familia que la quería de corazón.

Acabaron con la colada y, justo cuando iban a volver dentro, oyeron el traqueteo de la carreta acercándose por el camino que daba a la granja. Haciendo visera con la mano, Bree vio la figura de Harry, con el sombrero encajado en la cabeza, los tirantes caídos y la camisa remangada hasta el codo. Él sonrió en cuanto la vio y, parando los caballos, dio un salto enérgico al suelo. La besó con suavidad en la frente y luego en los labios. Después, acuclillándose, sacó a Valentina del cesto en el que descansaba y la arrulló cuando lloriqueó en protesta por haber interrumpido su sueño. Harry era tan grande y la niña tan pequeña que a Bree siempre le causaba gracia verlos juntos. Valentina parecía perderse en el fornido pecho de su padre, igual que hacía ella cada vez que se ponía el sol.

—Me pregunto qué estará pensando para haberse sonrojado, señora.

Bree le miró cruzándose de bazos.

—Pienso que es injusto que hayas roto el sueño de tu hija, Harry Murphy. Debes respetar que las mujeres necesiten dormir de vez en cuando.

—A usted no la he oído quejarse.

Le hizo un guiño y eso fue suficiente para Rose Anne, que carraspeó con fuerza para recordarles a ambos que seguía presente. Ver a su hijo tan feliz haciendo vida de marido y padre era todo cuanto su corazón cansado necesitaba para relajarse. Sentía que ya podía reunirse con su marido y con Boyle en paz, aunque no tenía ninguna prisa para ello, claro. Tenía tres nietos a los que ver crecer, al menos, de momento. Saber la clase de personas en que se convertirían, lo que sería de todos ellos... era una razón muy poderosa para tener ganas de vivir.

JJ había empezado la escuela ese mismo día. Emocionado y repasando todas las tareas con que Bree le había ido haciendo el camino más llano, acudió bien vestido y peinado a recibir sus primeras lecciones. La abuela no podía estar más orgullosa, al igual que Mary Kate, que había cocinado bollos caseros el día anterior para que pudiera desayunarlos en un día tan especial.

—¿Iba JJ de buen ánimo? —preguntó Bree girándose hacia Harry, que se removía con la pequeña en brazos.

—Apenas mantuvo el trasero en la carreta durante el trayecto a la escuela. No sé qué lo emocionaba más, si empezar en el colegio o todo lo que tendría para contarle a su hermano después.

Brent, que se había quedado con Mary Kate esa mañana, había asumido la marcha de JJ con estoicismo, haciendo pocas preguntas y limitándose a asentir cuando le informaron de que él todavía era muy pequeño para ir a clases; se conformaba con facilidad. Estaba tan acostumbrado a que su vida no fuera muy estable que había tardado en entender que tenía juguetes y ropa propios, y que podía pedir comida cuando lo deseara.

Rose Anne sonrió con cierta tristeza. Su pobre niño... tras lo que había pasado con unos padres como Lyla y Boyle, no era de extrañar que no diera a la familia por sentada, por más que cada uno de ellos le hubiera asegurado que no tendría que preocuparse por estar solo nunca más. Mary Kate no había hecho diferencia alguna entre los niños desde el día en que había decidido acoger a Brent como suyo. Había sido una madre entregada y cariñosa para ambos, ganándose la confianza y el cariño del pequeño cada minuto. Era una buena mujer, pensó Rose Anne, una a quien la vida no había terminado de darle lo que merecía por toda la bondad que reinaba en su corazón y que tan generosamente entregaba sin pedir nada a cambio.

—Irá perdiendo las ganas conforme lleguen las tareas del maestro —dijo Bree con una sonrisa—. Al menos sabemos que no empieza más atrasado que los demás niños.

—Y todo gracias a nuestra *señora profesora*. —Rose Anne le hizo un gesto cariñoso a Bree.

—Me habría gustado acompañarlo en su primer día.

—El médico dijo que no era bueno abusar de los viajes en carreta todavía. —Harry la acercó a él, cobijándola en su pecho junto a la pequeña que ambos veían crecer—. Fui egoísta llevándote al pueblo porque no quería esperar para que fueras mi esposa, pero ahora debemos tener cuidado.

—Me siento bien, cada día estoy más fuerte.

—Haz caso, querida. Aprovecha estos momentos en que tu marido no te exige demasiado, no durarán. —Harry rio las palabras de su madre, aunque el brillo en sus ojos no las desmentía. Besando a la niña en la cabeza, se la entregó a Bree y echó un vistazo a la zona del establo, donde Charlie, el joven que había contratado para que le ayudara con el trabajo más duro, debía de estar ya ocupándose de las tareas de diario. No se podía negar que era un muchacho despierto. Se lo había recomendado Lester y, aunque Harry había tenido sus reticencias, cuando quedó claro que él no podría con todo el trabajo no tuvo más remedio que ceder. Entre dos hombres, la cosecha avanzaba más rápido y los animales estaban mejor atendidos. Mientras Charlie se quedaba en la granja encargado de algunas cosas, Harry podía bajar al pueblo a vender género y aquello hacía que entrara dinero a la casa con más frecuencia.

—Algo me dice que Harry sería exigente aunque estuviera postrada en cama —bromeó Bree apuntándole con un dedo que él cazó y mordisqueó con ánimo juguetón.

—Vamos, señora, ¿cree que no la cuidaré bien para que eso no ocurra? —Sonriente, empezó a subirse los tirantes—. No hable como si usted no buscara darme trabajo extra también.

—Un caballero no tiene memoria, señor Murphy. —Le sujetó el tirante y acabó de colocárselo sobre el hombro con suavidad. Un conocido calor empezó fraguarse entre ambos, que se miraron como si el resto del mundo hubiera dejado de existir.

—Pero yo soy granjero, señora mía. La memoria es todo para nosotros.

Bree soltó una risita cuando Harry estiró el brazo y la tomó del talle para acercarla a su pecho mientras hacía carantoñas a la pequeña Valentina, que le miraba con sus grandes ojos muy abiertos.

—Hablando de caballeros... —Rose Anne se hizo notar nuevamente por encima de los gestos tiernos del joven matrimonio, que parecía haber olvidado una vez más su presencia—. Esta mañana Lester vino a visitarnos.

—¿Lester? —Por costumbre, Harry giró el cuerpo y echó un vistazo hacia el establo—. ¿Venía a revisar cómo le va a Charlie?

—Eso dijo, claro —respondió divertida la matriarca.

—¡Pero traía flores y una invitación! —Los ojos de Bree brillaron de emoción. Por lo visto, ambas mujeres habían tenido tiempo de sobra para hacer cábalas sobre todo aquel asunto—. Volverá esta tarde para llevar a Mary Kate a pasear.

Harry enarcó las cejas y se cruzó de brazos. Su madre y esposa parecían encantadas, pero él... como hombre de aquella casa, ¡su obligación era recelar! Y aunque Lester tenía toda su confianza y no le importaba en absoluto que subiera a la granja cuando él no estaba presente, sus visitas estaban empezando a convertirse en una costumbre. Y estaba claro que tenían un único objetivo, con el que Harry no estaba seguro de sentirse conforme.

—¿Acaso piensa recorrer toda Virginia con sus paseos? —ironizó, ganándose con ello una mirada suspicaz por parte de Bree.

Rose Anne bufó apoyándose la cesta de ropa en la cadera.

—¡Vamos, Harry! Está cortejando a tu cuñada. Lo menos que podrías hacer es apoyarle.

—Lo apoyo. Dios sabe que lo apoyé incluso cuando ella se casó con Boyle... pero es algo pronto, no sé si Mary Kate está preparada. —No sabía si él mismo estaba preparado para que las cosas cambiaran, aunque fuera egoísta pretender que su cuñada no avanzara en su vida para que la suya no tuviera sobresaltos.

—Eso, hijo, solo ella puede decirlo. Entretanto, ¿qué mal le hace un poco de sana atención? Se la merece. —Rose Anne hizo su característico gesto con la mirada, aquella expresión perfeccionada con los años que se traducía en un «no hay más que hablar».

Harry tuvo que reconocer que estaba en lo cierto. Los últimos tiempos no habían sido generosos para Mary Kate, quizá Lester fuera su recompensa. A lo mejor el momento de ambos había llegado. No deseaba inmiscuirse, y estaba convencido de que sería para bien.

—Es cierto, madre. Merece un buen hombre. Y Lester parece hecho a su medida —concedió estirando la mano para ahuecarla bajo la boquita húmeda de Valentina, que le sonrió.

—Entonces, dejemos que el tiempo sea sabio con ellos.

Bree asintió mientras dejaba a la niña en el cesto. Estaba maravillada ante la actitud de una mujer como Rose Anne, que animaba a su nuera a buscar la felicidad cuando ambas todavía vestían el luto por Boyle. Pero él no había sido un buen marido, todos lo sabían, y precisamente por eso no era justo que Mary Kate tuviera que pasar el resto de su juventud sola.

Lester la había amado tanto que había sido capaz de apartarse para no interferir en su vida. Ahora, viéndola sola y con dos hijos, parecía dispuesto a soportar cualquier peso futuro con ella. Un gran hombre, desde luego. A la altura de la mujer que cortejaba.

Tan pronto se quedaron a solas, Bree se acercó a Harry y le tomó la mano. Él sonrió agachando la cabeza, sumiso, cuando ella se puso de puntillas para besarlo.

—No seas duro con el chico, está haciendo un buen trabajo —susurró Bree—. Y te quita obligaciones.

Harry le bordeó la cintura con los brazos, al tiempo que le apartaba unos mechones rojizos del rostro para contemplarlo en todo su esplendor.

—Se ha ganado tu afecto porque me permite llegar a la cama con la fuerza suficiente para colmarte de atenciones cada noche. —Sonrió al verla asentir—. Ya lo sabía yo...

—¿Es un pecado que una esposa desee que su marido la cuide? —Rodeándole el cuello con los brazos, Bree se llenó los dedos con los sedosos mechones de Harry, que ronroneó ante unas caricias que deseaba más que ninguna otra cosa.

—No te querría de otra forma. —Para demostrárselo, le acarició la suave piel bajo las orejas con los labios y la hizo estremecer con pequeños besos que eran promesa de mucho más.

Con un gemido, Bree cerró los ojos, girando el cuello para facilitar a Harry la tarea de seducirla con aquella boca que había aprendido a anhelar. Y, apretándose más contra su cuerpo, sonrió anticipando los placeres que ambos compartirían cuando la noche y la puerta cerrada del dormitorio los amparara.

—Yo tenía razón —rio cuando él gruñó algo que no pudo entender, entretenido como estaba devorándola con mordiscos deliciosos—. Contratar a Charlie... te deja más tiempo libre. Quizá podamos aprovecharlo en... ¿dormir?

Harry levantó la cabeza y enarcó una ceja. El aire provocó que las hebras claras de su pelo le cubrieran los ojos y le dieran un aspecto terriblemente seductor. Bree se mordió el labio. Amaba tanto a ese hombre que las mariposas que sentía en la boca del estómago al verle nunca morirían.

—¿Y quién dice que vaya a permitirle dormir, señora? —preguntó Harry negando con seriedad en un intento por sonar amenazante.

Alzándola en brazos, la hizo reír a carcajadas mientras buscaba su boca y la devoraba con pasión haciéndole sentir el apetito que ya rugía en su interior. La abrazó con fuerza, respirando hondo y dejándose embriagar por el olor y el sabor de aquella mujer que había aparecido en su vida para convertirle en un hombre completamente diferente. Echando un vistazo al suelo, donde la pequeña Valentina dormía de nuevo abrigada entre sus mantas, pensó que no existía nada más en el mundo que pudiera desear.

—¿Qué puedo negarte cuando me lo has dado todo, Bree?

—Nada, señor Murphy. Y es algo de lo que me aprovecharé.

Sintiendo la caricia de su mano en el rostro, Harry la miró con devoción preguntándose cómo podía existir un hombre con tanta suerte como él.

—Pídeme lo que quieras, amor mío. Tuyo es.

Bree dirigió su mirada hacia los impresionantes Apalaches. Tan pronto Valentina fuera lo suficientemente mayor, los recorrería de nuevo, mostrándole el respeto y amor que debía tener a la montaña. Juntas, mirarían la cima con confianza, protegidas por el hombre que las amaba de forma incondicional. Él las guiaría y no permitiría que volvieran a perderse. Lo había prometido.

—Ámame siempre —dijo ella abrazándole con más fuerza—. Es todo lo que necesito.

—Para siempre, señora. Para siempre.

Bree sonrió confiada, Harry Murphy siempre cumplía su palabra.